KB092624

홍천기

紅天機

1

홍천기(리커버 에디션) 1

1판 1쇄 발행 2016년 12월 6일
2판 3쇄 발행 2021년 9월 14일

지은이 정은궐

펴낸이 박대일
편집 이문영 · 박지해 · 임유리 · 신지연 · 이지영
마케팅 임유미 · 손태석
교정 김필균
표지 디자인 디자인그룹 헌드레드
본문 디자인 박현주

펴낸곳 파란미디어
출판등록 2004년 9월 14일 제313-2004-00214호

주소 03992 서울시 마포구 동교로23길 14 국제빌딩 6층
전화 02.3141.5589 영업부 070.4616.2012 편집부
팩스 02.6499.5589
전자우편 paranbook@gmail.com
카페 http://cafe.naver.com/paranmedia
인스타그램 @paranmedia

ISBN 978-89-6371-918-4(04810)
978-89-6371-917-7(전2권)

홍천기
붉은 하늘의 기밀 紅天機
정은궐 장편소설
1
파란

차례

第一章

동지冬至 :
태양이 부활하는 날

1

| 세종 19년(정사년, 1437년) 음력 11월 16일 |

손에 잡혀 있는 꿩 두 마리만 제외하고 보면, 거지 중에서도 상거지였다. 머리카락인지 짚 더미인지 분간이 가지 않는 머리에, 거지조차 더럽다며 안 입을 것 같은 넝마에, 목덜미와 손발을 칭칭 감고 있는 걸레 조각에, 원래의 색을 알 수 없는 땟자국 가득한 피부까지. 그나마 둘둘 말아 묶은 긴 머리 형체가 남아 있어 여자라는 성별 정도는 구분이 가능했다. 이런 상거지와 깔끔하게 치장된 기와집이 어울릴 리 만무하였다. 더군다나 상거지가 기웃거리고 있는 이 집은 대문 옆에 길게 걸린 문패에서도 느낄 수 있듯이 아름다움으로 시작해서 아름다움으로 끝맺는 곳, '백유화단帛瑜畫團'이었다.

닫힌 큰 문 옆으로 비스듬히 열려 있는 작은 문을 발견한 상거지가 거리낌 없이 안으로 쑥 들어갔다. 꿩 목덜미를 흔들며 터덜터덜 걷는 모양새가 여인네의 다소곳함과는 거리가 멀었다. 이것은 짚 더미 같은 긴 머리만으로 구분한 성별에 대해 재고할 필요성을 주었다.

상거지는 마당을 가로질러 여러 칸을 이어 붙인 듯한 독특한 건물 앞에 섰다. 백유화단의 화공들이 모여 그림을 배우기도 하고, 그리기도 하고, 때로는 노닥거리기도 하는 공방이었다. 상거지가 마당 건너편에 있는 사랑채 쪽을 힐끔 살핀 후에 당당하게 공방 안으로 걸어 들어갔다. 반질반질 윤이 나는 마루에 지저분한 발자국이 찍혔다. 걸레 같은 헝겊으로 칭칭 둘러 놓은 발이었기에 얼핏 봐서는 사람의 발자국으로 보이지는 않았다.

상거지가 미닫이문을 열고 들어간 곳은 여러 칸을 터서 하나로 만든 커다란 방이었다. 한쪽에는 기다란 탁자와 많은 걸상이 놓여 있었고, 또 한쪽에는 각양각색의 그림 도구들로 채워진 수납장이 있었다. 그리고 벽에는 여러 점의 족자가 걸렸는데, 처용, 선녀, 호랑이와 까치, 매, 사자 모양의 해태, 수탉, 암탉과 병아리 떼 등의 그림이었다.

방바닥에는 여섯 명의 화공이 제각각 자유로운 자세로 퍼져 앉아 벽에 걸린 것들을 참고하여 그림을 그리고 있었다. 하지만 자유로운 자세만큼이나 화풍도 자유로워서 벽에 걸린 그림과 똑같은 것 하나 없이 자신만의 호랑이와 까치, 매, 그리고 해태 등을 채워 가고 있었다. 그들은 모두 작업에 몰두한 탓에 방에 들어온 수상한 상거지를 전혀 알아차리지 못했다. 하지만 인기척보다 더 강렬한 것이 그들의 집중을 흐트러뜨렸다.

"갑자기 무슨 냄새지? 킁킁! 어디서 썩은 내가 진동하는 거야?"

한 화공의 말에 여섯 개의 코가 일제히 실룩거리기 시작했다.

"그러게. 킁킁! 이거 묵은 된장 냄새 아니야? 근처 장독이 박살 났나?"

"아냐. 이건 단언컨대, 시체 썩는 냄새야."

여섯 개의 시선이 악취의 근원으로 모아졌다. 그곳에는 냄새보다 더 고약한 몰골의 상거지가 서 있었다. 여섯 명의 동작이 동시에 멎었다. 그러곤 평소보다 두세 배가량 커진 눈에 공포가 나타났다.

"호, 홍녀?"

여섯 화공이 비명을 지르며 벌떡 일어나, 거지보다는 귀신에 더 가까운 여인 앞에서 순식간에 멀어졌다. 그러더니 등을 벽에 밀착하여 섰다. 밝은 대낮이었지만 방으로 들어오는 빛을 등지고 선 탓에, 홍녀의 모습은 기괴하기 짝이 없었다.

"대, 대낮에 귀신이 나타나도 되나?"

"정말로 죽은 거야? 우린 죽었을지도 모른다고만 생각했지, 정말로 죽었을 거라고는 생각조차 안 했다고!"

"우린 네가 살아 돌아오길 얼마나……."

애원과도 같은 말이었다. 여인의 입술 한쪽이 삐죽이 올라갔다. 역광으로 인해 잘 보이지 않았기에 더욱 섬뜩한 느낌이었다.

"홍녀, 다른 건 놔두고 우선 이것부터 대답해라! 우리 눈에 보이는 게 썩은 시체냐, 아니면 구천을 떠도는 영혼이냐, 그도 아니면 사, 살아 있는 몸이냐?"

귀신일지도 모르는 홍녀가 기억을 떠올리듯 천천히 입을 움직였다.

"한 달 전, 범골에……, 인왕산의 범골에 들어가서……."

홍녀의 고개가 힘없이 점점 앞으로 숙여졌다. 그러고는 들릴 듯 말 듯 한 목소리로 중얼거렸다.

"못 봤어. 한 달이 넘게 기다렸는데……. 왜……."

"응? 뭐라고?"

"결국 못 봤다고요, 호랑이!"

버럭 지르는 소리로 대답한 홍녀가 꿩 두 마리를 탁자에 던지듯 올리고 의자를 빼서 털썩 걸터앉았다. 그러고는 벽에 걸린 호랑이 그림에 시선을 고정한 채 분을 못 참고 씩씩거렸다. 의자 등받이에 한쪽 팔을 걸치고 다른 팔은 탁자에 올려 제 턱을 받친 채, 왼쪽 발을 오른쪽 다리에 턱하니 걸쳐 놓은 꼴이 웬만한 사내 못지않게 불량했다.

어느 날, 그림을 그리고 있던 홍녀가 별안간 붓을 내려놓고 사라졌다. 인왕산의 범골에 다녀오겠다는 말만 남기고서. 인왕산이 어떤 곳인가. 인왕산 모르는 호랑이는 없다는 속담이 있을 정도로 호랑이가 득실거리는 곳이 아니던가. 그런 곳에 들어간 뒤 소식이 끊어진 지 한 달도 더 지난 지금, 이렇듯 살아서 돌아온 것이다. 그동안 화단 사람들이 얼마나 노심초사했는지 전혀 모르는 표정으로.

거지꼴을 한 것이 살아 있는 홍녀임을 확인한 화공들이 긴장을 풀고 반가운 표정으로 바꾸었다. 하지만 아무리 반가워도 악취가 나는 홍녀를 향해 다가가지는 않았다. 다들 비위가 약한 편이 아님에도 그랬다. 화공들이 고개를 절레절레 저으며 원래의 자리를 찾아갔다. 그중 홍녀와 가장 가까운 자리에 있던 두 화공이 제자리에 앉다 말고 코를 쥐고 다시 벽 쪽으로 달아나면서 소리쳤다.

"우욱! 좀 씻고 와라! 대체 무슨 냄새야?"

"킁킁……, 냄새가 나긴 나는 거죠? 호랑이가 좋아할 법한 동물들 배설물을 바르긴 했는데. 다리 쪽에는 제 것도 바르고. 그런데 왜 호랑이가 안 나타난 걸까요? 대체 왜! 말라붙은 지 오래돼서 냄새가 줄었나? 여름이었으면 냄새가 더 강했을 텐데."

화공들의 입이 동시에 떡 벌어졌다.

"하! 그 정도까지 나 잡아드쇼, 했는데도 살아 온 거야? 진짜 용하다, 용해."

그러곤 하던 작업을 계속하면서 구시렁거렸다.

"네가 제정신 아닌 건 일찍이 알고 있었다만, 이 정도인지는 몰랐다. 장정 대여섯이 모여도 위험해서 못 들어가는 곳을 어떻게 혼자 들어갈 생각을 했는지, 원."

홍녀의 시선은 여전히 호랑이 그림에 멈춰 있었다.

"위험하기는, 개뿔! 호랑이가 득실거려서 범골이라더니, 꼬리도 하나 안 보이던걸요."

"하여간 계집이 간이 부어서는, 쯧쯧. 네 몸에서 8할은 간이 차지하고 있을 거다."

"살아 돌아오면 뭐하나, 어차피 스승님 손에 아작 날 목숨인데. 쯧쯧."

홍녀의 시선이 잠시 화공들에게로 옮겨 왔지만 이내 호랑이 그림으로 다시 돌아갔다.

"스승님도 아세요?"

"당연하지. 하루 이틀 사라진 것도 아니고."

"적당히 둘러대 주시지……."

"어떻게 둘러대라고? 한 달이 넘도록 뒷간에서 똥 싸고 있다고 그러랴?"

"그 핑계도 나쁘지 않은데요? 그 외에도 많은 거짓말들이 있잖아요. 스승님께 시달리는 것보다는 거짓말이 나았을 텐데요."

"이야, 우리가 고생한 거 알긴 아는구나. 솔직히 우리가 무슨 수로 널 막느냐고. 미쳐 날뛰는 야생마를 막는 게 더 쉽지. 스승님도 잘 아시면서 그런다."

"호랑이가 먹다 남긴 네 머리통이라도 찾으러 가시겠다는 걸 만류하느라 우리 진이 다 빠졌어."

"허구한 날 돈 잡아먹는 벌레라고 나가 죽으라고 하시더니. 화단의 경사라며 깨춤이라도 추셔야지요."

말은 농담처럼 해도 목소리에는 미안함과 걱정이 가득했다. 그중에 가장 많이 담긴 건 호랑이를 보지 못한 데에 따른 애석함이었다. 홍녀의 머릿속을 알아차린 한 화공이 소리쳤다.

"야! 안 돼! 앞으로는 꿈도 꾸지 마!"

"뭐, 뭘요? 무슨 꿈?"

"네 생각 모를까 봐? 너 기회 봐서 또 범골 들어가려는 거지?"

멋쩍게 웃던 홍녀가 대답을 회피하려는 듯 방 안을 두리번거렸다.

"야! 지금 이 자리에서 다시는 안 가겠다고 약속……."

"사형들, 뭔가 허전한 것 같은데요? 어? 그러고 보니 영욱이가 안 보이네요. 뒷간도 못 가고 그림만 그리는 놈이 웬일로?"

방 안 가득히 칙칙한 먹색을 띤 공기가 내려앉았다. 그것은 지극히 무거워서 화공들의 고개와 어깨, 작업하던 손, 그리고 깊은 한숨까지 바닥으로 끌어내렸다. 그들 중 누구도 먼저 입을 떼지 않았다. 한참 동안 눈을 끔벅거리던 홍녀가 누더기 같은 옷자락을 펄럭거리자 그제야 코를 잡는 화공들의 움직임이 나타났다.

"으, 냄새!"

"영욱이 어디 갔냐고 물었잖아요. 아기 보러 갔나요?"

"그게……, 청문화단靑門畵團에서 빼 갔어."

"네? 또? 하다 하다 영욱이까지 빼 갔단 말이에요? 걔 빚 장부는요?"

"이자까지 전부 지불하고 데려갔어. 그곳 화단주가 돈 문제만큼은 깔끔하잖아."

"영욱이더러 뭐라고 하기도 좀 그랬지. 걔가 애 태어나면서부터 돈에 뒤쫓기듯 했으니까."

"하긴, 우리도 여편네랑 자식들 생기기 전까지는 붓 하나만 들고도 좋았었지. 그런데 갓 태어난 애 얼굴을 딱 맞닥뜨리는 순간부터 마음이 싹 달라지거든. 그건 정말 어쩔 수 없더라고."

"청문화단은 돈 되는 일감을 많이 끌어다 준다니까 영욱이 걔도 흔들릴 수밖에."

"그래도 영욱이한테로 들어오는 일감은 제법 되었는데……."

"이제 그 일감도 전부 청문화단 쪽으로 옮겨 가겠지. 벌써부터 일감이 확 줄어든 게 티가 나는데……."

화공들의 목소리에는 힘이 없었다. 차영욱까지 빼 갔다는 건 이곳 백유화단에서 돈이 되는 화공은 거의 다 데려갔다는 의미였다. 그리고 요즘 같은 시절에 화공을 빼 간 건 일감을 빼앗아 간 것과 크게 다르지 않았다. 홍녀가 자리를 떨치고 일어섰다.

"스승님 노여움이 이만저만이 아니실 텐데, 괜한 불똥이 저한테까지 튀지나 않을지 모르겠네요. 한 대 맞을 매가 서너 대는 불었겠다."

화공들이 다시금 코를 틀어막으며 창 쪽과 가까운 사람에게 문을 열라는 손짓을 하였다.

"뻔뻔하기는. 괜한 불똥이 아니라, 네 자체가 스승님 노여움의 원흉이야. 네가 한 짓을 보면 안 맞아 죽은 게 기적이지. 얼른 창문부터 열……."

그런데 손이 닿기도 전에 창문이 벌컥 열렸다. 한 곳만이 아니었다. 방으로 나 있는 문이란 문은 모조리 열렸다. 그러더니 차디찬 바람과 함께 앳된 얼굴의 수많은 사내아이들이 고개를 드밀었다. 모두가 적게는 열 살, 많게는 열예닐곱 살은 되어 보이는 문하생들이었다. 방 안에 있던 이들도 모두 남자였기에 이곳에는 홍녀만이 유일한 여자인 셈이다.

"홍 사형! 드디어 오셨군요!"

"와! 내가 뭐랬어. 살아서 올 거라고 했잖아. 홍 사형은 독해서 호랑이가 먹다가도 뱉어 낸다니까."

흥분하여 떠들어 대는 아이들에게 홍녀가 어처구니없다는 듯 웃으며 대꾸했다.

"아하, 그 칭찬 고맙구나. 워낙에 독해 놔서 호랑이가 아예 얼굴도 내밀지 않더라."

"못 봤습니까?"

"응, 못 봤어."

"우와, 아쉽다. 홍 사형이라면 스치듯이 보기만 해도 똑같이 그려 낼 테니까 우리들은 기대하고 있었다고요."

"산속에서 혼자 안 무서웠습니까? 구미호나 도깨비가 무서워서라도 우린 못 갈 것 같은데요."

"야! 범골에는 구미호가 없댔어. 호랑이가 득세하는 곳에는 여우가 못 산다고 그랬어, 우리 할머니가. 도깨비는 몰라도……."

홍녀가 똘망거리는 눈들을 두루두루 쳐다보면서 대답했다.

"호랑이도 못 봤지만, 구미호도, 도깨비도 못 봤어. 그러니까 다들 각자 방으로 돌아가서 그림 연습이나 해라. 우리 화단

문 닫기 전에 너희들이라도 쑥쑥 커 줘야지."

"그래 봤자 크는 족족 청문화단에서 빼 갈 텐데요, 뭐."

홍녀가 웃으며 아이에게 다가가 머리를 쿡 쥐어박았다.

"청문화단에서 빼 가도 좋으니 실력이나 빨리 늘어 주면 고맙겠구나."

싱긋이 웃는 홍녀 앞에 아이들도 안심이 된 듯 따라 웃었다. 그러면서도 자신들의 코를 틀어막는 건 잊지 않았다.

홍녀가 찡 목을 움켜쥔 뒤, 방을 나서며 큰 소리로 말했다.

"자! 그럼 지금부터 저는 스승님께 맞아 죽으러 가 보겠습니다. 관 좀 예쁘게 짜 주십시오."

"오냐! 네가 못 보고 죽은 호랑이 그림으로 치장해 주마."

"홍 사형! 무조건 엎드려 비셔야 합니다. 그래야 목숨을 건지십니다."

홍녀가 사라지고 뒤따라 문하생들도 뿔뿔이 흩어졌다. 그래도 아직 남아 있는 듯한 악취 때문에 열어 둔 창문은 그대로 두었다. 차라리 한겨울의 매서운 바람이 냄새보다 참을 만했다.

"그래도 저렇게 살아 돌아온 홍녀를 보니 마음이 놓여."

"근데 이상하지 않나? 범골에서 호랑이를 못 봤다니. 살아 돌아온 것보다 그게 더 있을 수 없는 얘긴데……."

"그러고 보니 최근에 호랑이 봤다는 소문을 들은 적이 없어."

"인왕산에서 호랑이가 사라지는 건 불길한 징조인데. 호랑이보다 더 강한 무언가가 나타나기 위한 전조 같은……."

잠시 동안 침묵이 오고 갔다. 그러다 그 침묵을 장난스러운 작은 소리가 꼈다.

"곶감?"

화공들의 웃음이 왁자지껄하게 퍼졌다.

"호도虎圖에 곶감도 그려 넣을까? 나무에 안 보이게 숨겨 놓으면 아무도 모를 텐데."

"예끼! 벽사용辟邪用 그림에다가 장난하면 쓰나. 그런 건 홍녀나 하는 짓이라고."

그들은 간간이 수다를 떨어 가며 하던 작업을 계속 이어 나갔다.

"아이고, 머리야. 끙끙! 아이고, 내 팔자야. 끙!"

머리를 싸매고 누운 최원호 입에서 신음 소리와 신세 한탄 소리가 끊임없이 뒤섞여 나왔다. 이 소리를 한 달 넘게 지겹도록 들어오던 사람들은 잠자리에 들어서나, 멀리 시장에 나가서나, 어디를 가도 환청에 시달릴 지경이었다.

갑자기 최원호가 벌떡 일어나 앉았다. 그 바람에 이마에 올려 둔 젖은 수건 뭉치가 이불로 툭 떨어져 내렸다. 귀를 기울였다. 바깥의 소란스러운 소리들 가운데 드문드문 계집의 소리가 찾아졌다. 최원호의 손이 무의식중에 옆에 둔 회초리를 찾아 쥐었다. 그렇다고 끙끙거리는 신음이 멈춘 건 아니었다. 소란스러움이 가까워지고 있었다.

"하하하! ……러니까요. 이건 제가 잡았죠."

사내 못지않은 대찬 목소리! 이걸 가진 계집은 최원호가 아는

범위에선 딱 한 명뿐이다. 그의 몸이 천장으로 솟구쳐 올랐다.

"반디, 네 이놈!"

최원호가 홍녀의 아명을 내지르며 방 밖으로 뛰쳐나갔다. 그가 열어젖힌 방문이 요란한 소리를 내며 벽에 부딪혔다. 최원호는 마루에 서서 홍녀의 모습을 찾아 재빨리 눈을 돌렸다. 그러다가 마당을 가로질러 오는 서너 명의 무리 중, 상거지에게서 움직임이 멎었다. 그의 눈이 제 손에 쥐어져 있는 회초리로 옮겨 갔다가, 다시 상거지에게로 돌아갔다. 연거푸 상거지와 회초리를 번갈아 보던 그의 눈에서 분노의 불길이 일었다. 성에 차지 않는 회초리를 집어 던진 그는 버선발로 마당에 내려섰다. 그러고는 마당 귀퉁이에 세워 둔 지게에서 회초리보다 훨씬 굵직한 지게막대를 빼낸 뒤, 머리 위로 휘두르며 달려갔다.

"반디, 이 미친놈!"

최원호와 가까워지기 전에 홍녀의 머리가 한발 앞서 꼬꾸라질 듯 땅으로 내려갔다.

"스승님! 무사히 다녀왔습니다!"

"나에게 스승님이라고 하지 말랬……. 윽! 이게 무슨 냄새야!"

최원호가 뒷걸음으로 홍녀에게서 멀어졌다. 몽둥이로 뽑아든 지게막대도 홍녀의 몸에 닿지 못하고 함께 멀어졌다. 멀찌감치 자리를 잡은 최원호가 분노를 가라앉히듯 꼼꼼하게 홍녀를 살폈다. 큰 이상은 없는 듯했다. 하지만 안심할 수는 없었다.

"고개 들어!"

최원호의 명령에 따라 숙여졌던 홍녀의 허리가 일어났다. 어느새 주위에는 화단 사람들이 모여들었다. 생기지도 않을 불상사인 줄은 알지만, 그래도 혹시나 하는 마음에 모여든 사람들이었다. 그 틈에는 최원호 곁에서 화단의 업무를 총괄하고 있는 강춘복도 있었다. 그는 얼굴에 표정 하나 없이 가슴팍에서 손바닥 크기의 책자 하나를 꺼내 들며 최원호 옆에 붙어 섰다. 최원호가 홍녀를 향해 소리쳤다.

"손에 든 거 내려놓고 팔 앞으로!"

홍녀가 꿩을 땅에 내려놓고 양팔을 앞으로 쭉 뻗었다. 걸레 같은 헝겊에 둘러싸인 손은 보이지 않았다.

"그거 풀고 손가락 움직여 봐!"

홍녀는 스승이 시키는 대로 헝겊을 풀고 손가락의 움직임을 보여 주었다. 멀쩡한 손가락이 최원호의 마음을 누그러뜨렸다. 반대로 홍녀의 멀쩡한 미소는 다시금 분노를 자극했다.

"호랑이를 보러 간 줄 알았더니 각설이패와 어울려 다녔더냐?"

"심려를 끼쳐 드려 죄송합니다, 스승님!"

"스승님이라고 부르지 말라 하지 않았느냐!"

언제나 그랬듯, 홍녀는 계속되는 최원호의 타박에도 아랑곳하지 않고 씩씩하게 대답했다.

"네, 화단주님."

"그래, 목숨 걸고 갔던 보람은 있었느냐?"

"못 봤습니다."

홍녀의 목소리에서 최원호는 단박에 알아차렸다. 이 녀석 또 가겠구나. 두 다리를 부러뜨려도 기를 쓰고 기어서라도 가고 말 텐데…….

"그러니 살아 온 게지. 그런데 별일도 다 있구나. 네가 포기하고 돌아오다니."

"모레가 동지잖아요. 이번에도 처용화 의뢰가 들어왔으면 어쩌나 걱정되어서 왔습니다."

"응? 동지는 오늘인데?"

"네? 정말입니까? 날짜 제대로 셌다고 생각했는데, 으악!"

제 머리통을 감싸 쥐며 비명을 지르는 홍녀를 앞에 두고, 강춘복이 최원호 눈앞에 책자를 펼쳐 보였다. 그러고는 한 대목을 손가락으로 짚었다. 홍녀의 예상대로 이번에도 같은 의뢰자에게서 처용화 주문이 들어와 있었다. 그리고 지목한 화공은 언제나처럼 홍녀였다. 최원호가 다급하게 외쳤다.

"반디야, 그려 둔 처용화 한 벌 정도는 있겠지?"

홍녀가 고개를 절레절레 저었다.

"맙소사! 우리 일은 신뢰가 생명이거늘! 춘복이 자네는 애가 호랑이 먹이가 되겠다고 나갔는데 그 의뢰는 왜 받아들였는가?"

강춘복은 대답 없이 하늘을 보았다. 그러곤 넓은 하늘 가운데 태양의 위치를 찾아 시간을 가늠하였다. 오시午時 즈음은 되는 듯했다.

"의뢰한 손님이 오시기로 약조한 시간까지 대략 한두 시진時辰가량은 남은 것 같습니다. 홍 화공이라면 그리 불가능한 일도……."

강춘복의 말이 끝나기도 전에 최원호의 득달같은 지시가 시작되었다.

"뭣들 하느냐, 빨리빨리 움직여야지! 우선 화로를 가져다 반디 손부터 녹이고, 필요한 안료를 꺼내다 개어라. 반디, 넌 왜 멍청하게 섰느냐? 어서 공방으로 들어가질 않고!"

홍녀가 당찮다는 듯 최원호를 보다가 머리를 긁으며 공방을 향해 돌아섰다. 시간에 뒤쫓겨 붓을 드는 게 싫었지만, 지은 죄가 있기에, 그리고 또 저지를 것이기에 군소리를 할 수가 없었다. 홍녀가 무겁게 떼던 걸음을 멈추고 돌아보았다.

"그 꿩, 스승님 드리려고 잡아 왔습니다. 산에 들어갈 때 부엌에 있던 말린 음식들 훔쳐 간 값입니다. 푹 고아서 드십시오!"

그러곤 잔소리가 나오기 전에 부리나케 뛰어서 최원호의 시야에서 벗어났다. 최원호는 뒤통수에다 대고 한소리 하려다가 포기했다. 뒷모습조차 더러운 꼴을 보니 잔소리하고 싶은 마음도 싹 달아났다. 그러다 물끄러미 꿩을 쳐다보았다.

"이런 걸 잡다가 손이라도 다치면 어쩌려고. 어찌 이리도 무모할꼬."

하지만 마음 한편에 나타난 서운함도 떨칠 수는 없었다. 호랑이 그림을 보고 그린 호도가 아닌, 진짜 호랑이를 보고 그린 호도! 홍녀가 목숨을 걸고 인왕산의 범골로 들어간 유일한 이유였다. 그리고 그 호도는 최원호도 가지고 있던 욕심이었다. 그래서 내심 홍녀가 호랑이를 만났기를 바랐다. 강춘복이 최원호의 손짓에 따라 꿩을 주워 들었다.

“춘복 아저씨! 종이 크기는요?”

공방에서 외치는 소리가 쩌렁쩌렁하게 들렸다. 어디 가서든 목청 크기로는 쉽게 지지 않을 홍녀였다. 강춘복이 꿩을 든 채로 가면서 대답했다.

“가로, 세로 석 자씩!”

“다른 요구는요?”

“작년처럼 처용 얼굴에 진사辰砂를 아끼지 말고 듬뿍 칠해 달라고 하더구나.”

최원호는 자신의 버선발을 깨달았다. 순간 시린 통증이 발바닥에서부터 척추를 타고 흰머리로 덮인 정수리까지 올라왔다. 그는 두 손을 겨드랑이에 끼고 잔뜩 움츠린 채, 종종걸음으로 사랑채로 가면서 중얼거렸다.

“석 자씩이라……. 진사를 아끼지 말고 듬뿍?”

처용화는 동짓날에 하룻밤 잠시 붙였다가 뜯어서 태워 버리는 일회성 그림이다. 그렇기에 웬만큼 산다고 하는 집안에서도 값이 올라갈 성싶은 요구는 하지 않는다.

“얼마나 돈이 넘쳐 나기에 이런 돈지랄을, 쯧.”

네 명의 가마꾼이 더 이상 나아가지 못하고 마을 어귀에서 멈췄다. 마을로 들어가는 길을 가로막고 있는 새끼줄 때문이다. 상태로 보아 어젯밤이나 오늘 아침쯤에 만들어진 것이다. 새끼줄 너머 마을 쪽에 앉아 있던 늙수그레한 사내가 가마 일행을 발견하고는 엉거주춤 일어섰다. 그의 손에는 보자기 뭉치가 들려 있었다.

가마와 함께 온 사내아이가 가마 안을 향해 침울하게 말했다.

"시일視日*마님, 이번에도……."

"가마를 내려라."

안에서 흘러나온 건 상당히 젊은 사내의 목소리였다. 게다가 나지막한 높이가 자연의 음률을 담은 듯 듣기가 좋아서 마치 귓속으로 스며드는 듯했다. 가마가 내려지자, 문 안에서 붉은색 지팡이 같은 것이 조심스럽게 나와 땅을 더듬기 시작했다. 이윽고 가죽신을 신은 커다란 발이 지팡이에 의지해 땅을 디디고 섰다. 온전히 가마에서 빠져나온 젊은 사내는 꼿꼿하다고 느껴질 만큼 반듯한 자세를 가지고 있었다. 그래서인지 훤칠하게 큰 키가 더욱 도드라져 보였다. 자세뿐만이 아니었다. 차림새 또한 흐트러진 데 없이 단정했다. 꼭두새벽부터 한양에서 출발해 이곳 양주楊州로 오기까지, 긴 시간을 가마에 앉아 있었다고 믿기 힘든 모습이었다.

젊은 사내는 붉은 지팡이로 땅을 더듬거리며 앞으로 걸어갔다. 두 눈은 깊게 감은 채였다. 눈동자가 보이지 않아도 충분히 아름다웠다. 진한 눈썹과 짙고 긴 속눈썹만으로도 감아서 보이지 않는 두 눈의 미감을 채우고도 남았다. 젊은 사내의 얼굴로

---

* 서운관(書雲觀, 천문을 관측하고 각종 자연재해를 예고하며 절기와 날씨를 살피는 일을 맡은 관청. 세조 12년에 관상감觀象監으로 바뀜.)의 정8품 벼슬.

가마꾼들의 시선이 저절로 모아졌다. 가마에 오르기 전에도 눈을 뗄 수 없었건만, 이번에도 역시나 입을 벌린 똑같은 표정들이 되고 말았다. 젊은 사내의 얼굴에 시선을 빼앗기지 않은 사람은 함께 온 사내아이 한 명뿐이었다. 하지만 이 아이도 처음에는 다른 사람들과 똑같은 표정과 반응이었다. 이렇게 시선이 자유로워지기까지는 여러 해가 걸렸다.

지팡이에 새끼줄이 닿았다. 젊은 사내는 손으로 허공을 더듬다가 차츰 아래로 내려가 새끼줄을 잡았다. 아름다운 얼굴이 잠시 일그러졌지만, 이내 차가운 표정으로 돌아왔다. 그가 새끼줄을 꽈악 잡은 채로 꼿꼿하게 몸을 일으켰다.

"너머에 행랑아범 와 있는가?"

늙수그레한 사내가 허리를 숙이며 대답했다.

"네, 도련님. 그간 별고 없으셨습니까? 쇤네, 이리 무례하게 또 도련님을 뵙습니다."

"마을은 다 평안한가?"

"네, 도련님 덕분에 올 한 해도 다들 배곯지 않았습니다."

젊은 사내의 입 끝에서 비아냥스러운 미소가 나타났다. 마을 사람들이 이 새끼줄로 막아 놓은 건 동짓날 역병도 귀신도 아닌, 이 젊은 사내였기 때문이다.

"어머니께서도?"

"네, 부인마님도 건강하십니다. 언제나 도련님만 생각하시지요. 이거 부인마님께서……."

행랑아범이 자그마한 종이 뭉치를 건넸다. 젊은 사내는 그것을 받아 종이를 벗겨 속에 든 검은 물체를 입 안에 밀어 넣었다. 어머니가 정성을 들여 손수 만든 전약煎藥*이었다. 젊은 사내가 없는 시간을 쪼개 가며 여기까지 온 이유가 이 작은 조각을 먹기 위해서였다.

행랑아범이 손에 있던 보자기 뭉치를 젊은 사내 앞으로 내밀었다. 그러고서 젊은 사내가 쥐고 있던 새끼줄을 빼고 대신 쥐여 주었다. 젊은 사내의 손을 잡는 행랑아범의 손에서 미안함과 참담함이 전해져 왔다.

"죄송합니다, 도련님. 죄송합니다."

"만수야."

젊은 사내의 부름에 사내아이가 쪼르르 달려와 두 사람 사이를 파고들어 보자기를 낚아채듯 받아 들었다. 그러고는 가마 안에서 다른 보자기를 가지고 나왔다. 받은 보자기에 비하면 부피가 작고 얇았다.

"시일마님, 여기 있습니다."

젊은 사내의 손이 허공을 잠시 더듬다가 만수가 내민 보자기에 닿았다. 그것은 곧장 행랑아범의 손으로 넘어갔다.

"어머니께 드리게."

보자기에 든 것은 내년 일과력日課曆이었다. 지금쯤 동지 하례가 거행되고 있는 경복궁에서 이것과 똑같은 것이 신하들에

---

* 팥죽처럼 동짓날에 먹는 음식 또는 약. 쇠가죽을 진하게 고아서 꿀과 관계官桂 · 건강乾薑 · 정향丁香 · 후추 따위의 가루와, 대추를 쪄서 체에 거른 고膏를 섞어 푹 끓인 후에 사기그릇에 담아 굳힌 것.

게 하사되고 있을 것이다. 하지만 어머니께 드리는 일과력이 그것들과 다른 것은 젊은 사내가 따로 별첨해 놓은 글자들이 있다는 것이었다.

"지체할 시간이 없습니다. 지금부터 가마꾼들이 서둘러 뛰어도 도성 문이 닫히는 시간까지 될까 말깐데……."

만수의 재촉은 비단 시간이 촉박해서만은 아니었다. 이 마을이 자행하는 무례함이 싫어서였다. 젊은 사내가 태어나고 자란 곳, 여전히 어머니가 사는 본가가 있는 곳이건만, 마을은 그가 이 새끼줄을 넘어가는 걸 용인해 주지 않았다. 그래서 빨리 이곳을 벗어나고 싶었다.

젊은 사내가 붉은색 지팡이로 땅을 더듬으며 몸을 돌렸다. 그러고는 지팡이 끝의 감각에 의지해 가마를 찾아갔다. 가마에 다다르기 직전이었다. 그의 발이 아쉬움을 참지 못하고 걸음을 멈췄다. 한동안 우두커니 섰던 그가 마을 쪽으로 고개를 돌렸다. 짙고 긴 속눈썹이 실오라기 정도의 틈만큼 벌어졌다. 그 밑으로 아주 잠깐 붉은색이 나타나는 듯했지만, 다시금 굳게 닫힌 속눈썹 밑으로 사라졌다. 만수가 가마 문을 들어 올리며 또다시 재촉했다.

"이러다가 밤이 됩니다. 동지에는 반드시 경복궁으로 들어가셔야 하잖아요."

젊은 사내가 소리 나는 곳을 향해 손을 뻗었다. 허공을 더듬어 찾아낸 만수의 머리를 다정하게 쓰다듬었다. 재촉하는 마음을 안다는 듯이. 비록 얼굴 표정은 차갑기 그지없었지만, 머리에 닿은 손은 더없이 따듯했다. 그것은 손 주인이 가진 마음의 온도이기도 하였다. 추위에 빨개졌던 만수의 코가 더욱 새빨개졌다.

가마로 들어가 앉은 젊은 사내 앞으로 문이 닫혔다. 약간의 기우뚱한 움직임이 있었지만 이내 일정한 간격으로 가마가 흔들렸다. 가마꾼들의 발소리, 호흡 소리가 들려왔다. 그제야 비로소 젊은 사내의 짙고 긴 속눈썹이 천천히 올라갔다. 그 아래로 드러난 눈동자, 그것은 붉은 빛깔을 하고 있었다. 보통의 인간과는 확연히 다른 색이다. 그렇기에 인간과, 인간이 사는 세상은 볼 수 없는 눈동자였다.

이 붉은색 눈동자를 가진 맹인은 서운관 시일, 하람河覽이었다.

의복을 말끔하게 갖춰 입고 귀밑머리를 매만지는 최원호의 입에서 흥얼거림이 이어졌다. 머리가 이 이상 가벼울 수가 없었다. 한 달 넘도록 지끈거리던 두통이 싹 날아가 버린 느낌이었다. 두통과 같은 기간 동안 방에 깔려 있던 이불도 곱게 접혀 구석으로 밀려나 있었다.

방 밖으로 나가려고 문고리에 손을 대던 최원호가 갑자기 손을 거두었다. 그러더니 방 안을 서성거리기 시작했다. 아무래도 이대로 끝내선 안 된다는 생각이 들었다. 몽둥이로 쓰기 위해 지게막대를 뽑아 들었건만, 살아 돌아온 모습이 그저 고마워 한번 휘두르지도 못하고 내려놓은 건 큰 실수였다. 평소에도 세상 무서운 줄 모르고 날뛰는 홍녀였다. 그녀의 안전을 위해서라도 이번 기회에 눈물이 쏙 빠지도록 혼낼 필요가 있었다.

"하! 여간해서는 눈물 한 방울 안 흘리는 놈인데. 어떻게 혼낸담?"

한참을 서성이던 최원호가 고개를 푹 숙이며 방을 나섰다. 그동안 별의별 방법을 다 써 봤지만 무용지물이었다. 이번에도 크게 다르지 않으리라.

고민을 거듭하며 별채로 걸어갔다. 그곳에서 강춘복이 곱게 접힌 그림을 들고 이곳을 향해 오고 있었다.

"그러잖아도 화단주님께 검토받으러 가던 참이었습니다."

"설마 벌써 완성된 건가?"

강춘복이 종이를 펼치며 대답했다.

"안료도 다 말랐습니다."

최원호는 서둘러 그림을 확인했다. 꼼꼼히 살피던 그의 입에서 미소가 삐져나왔다. 유쾌한 그림이었다. 거침없는 먹선으로 드러난 시원시원한 처용의 표정이 강렬하게 다가왔다. 사내 못지않은 힘찬 붓놀림이었다. 관모와 양옆에 장식된 꽃의 섬세함이 없었다면 그림을 그린 이가 여성임을 알아차리기가 어려웠을 것이다. 최원호가 처용 얼굴을 덮고 있는 붉은색에서 눈을 떼지 못하고 말했다.

"듬뿍 칠해 달랬다고 너무 아낌없이 칠했다. 이 비싼 안료를……."

"그 이상의 값을 쳐주는 손님입니다."

"그래? 그럼 상관없네만……. 우리 반디 말일세, 남자만 생기면 좀 얌전해질 것 같은데, 안 그런가?"

"얌전해져야 남자가 생기지요."

두 사람이 동시에 한숨을 내쉬었다. 그 한숨이 얼마나 깊던지 땅이 파일 뻔하였다. 홍녀는 얼마 남지 않은 올해가 지나면 곧 스무 살, 시집을 가고도 넘치는 나이였다. 그런데 극악한 소문들로 인해 오가는 혼담조차 없었다.

"이대로는 안 되겠어! 견주댁한테 말해서 반디 녀석 좀 씻기고, 옷도 새로 지어 입히도록 하게. 좋은 걸로. 빚 장부에 기록은 꼭 해 두고. 무엇보다 앞으로는 절대 그 꼴로 밖에 나다니지 못하게 하게."

"이미 그 꼴로 나갔는데요?"

"뭐? 언제? 어디로?"

"조금 전에 그림 완성되자마자, 동지라 부모님께 인사드리러 간다면서……."

"자네는 그 말을 믿었는가! 나한테 허락도 받지 않고 달아난 것 보면 뻔하지!"

최원호가 대문을 향해 헐레벌떡 뛰면서 분노를 내질렀다.

"이 불나방 같은 놈! 기어이 죽을 때까지 해 볼 참이냐!"

이번에 놓치면 정말로 처녀 귀신으로만 만나게 될 가능성이 높았다. 그러잖아도 끈질긴 걸로 치면 어디에서도 빠지지 않는 녀석 아닌가. 그런 홍녀가 처녀 귀신으로 둔갑하면, 삼대까지

골머리를 앓게 되리라.

대문을 열어젖힌 순간이었다. 최원호는 숨을 들이켜며 그 자리에 멈춰 서고 말았다. 대문 앞에 기골이 장대한 남자가 버티고 서 있었기 때문이다. 그 남자는 머리에 쓴 삿갓부터 신발까지 온통 검은색을 두르고 있었는데, 심지어 얼굴조차 검은색 천으로 가리고 있었다. 섬뜩한 기운이 최원호를 휘감았다.

"누, 누구요?"

"그림을…… 받으러 왔소."

목소리조차 검은빛에 가려졌는지 나이도 신분도, 그 어떤 것도 가늠이 되지 않았다.

"어떤……, 혹시 처용화?"

"오셨습니까? 기다리고 있었습니다."

강춘복이었다. 어느새 그림을 말끔하게 포장하여 나와서는 검은 손님 앞에 내밀었다. 홍녀의 것이 분명했다.

"우선 안으로 드시지요."

검은 손님은 최원호의 말을 듣지 못한 것처럼 그 자리에서 포장을 풀었다. 그러곤 안의 그림을 펼쳐 주문한 물건을 확인했다. 아무 말이 없었다. 단지 검은 천을 뚫고 나오는 허연 입김만 있을 뿐이다. 확인을 마친 그는 다시 종이를 접어 포장지 안에 넣었다. 그런 후에 품에서 꺼낸 삼베 주머니를 건넸다. 내용물은 보이지 않았지만, 받아 든 강춘복의 손 움직임을 봐서는 제법 많은 돈이 들어 있으리라는 짐작은 가능했다.

"같은 화공에게 문배門排와 세화歲畵를 주문하겠소."

"어떤 걸로 하시겠습니까?"

"문배로는 천왕과 선녀, 세화로는 해태. 문배 크기는 각각 가로 두 자, 세로 넉 자. 세화 크기는 가로세로 석 자씩이오. 둘 다 섣달그믐, 이 시간쯤에 받으러 오겠소."

"다른 요구 사항은 없으십니까?"

"화공의 뜻대로."

말을 마친 검은 손님이 몸을 돌렸다. 최원호의 목소리가 다급해졌다.

"자, 잠시만 기다리십시오."

검은 손님이 돌리던 몸을 멈추고 최원호를 쳐다보았다. 워낙에 큰 몸집이라 최원호를 향한 시선이 아래로 내리깐 듯한 모양새가 되었다.

"우리 화단의 귀한 손님이신데, 안으로 드셔서 차라도 한잔 하심이……."

"갈 길이 멀어 거절하겠소."

"드릴 말씀이 있어서 그렇습니다."

최원호는 자신을 내려다보는 눈을 바라보았다. 일반적인 사람의 눈과 다를 바 없었지만, 두려움이 가시지 않았다.

"여기서 말하시오."

토를 달 수 없는 명령이었다. 머릿속이 새하얘졌다. 안으로 불러들여 손님의 정체에 대해 묻고 싶었지만 핑계가 떠오르지 않았다.

"아닙니다. 살펴 가십시오."

"섣달그믐에 다시 오겠소."

몸을 완전히 돌린 손님이 저벅저벅 걸어서 멀어졌다. 다리가 길어서였는지 몇 발자국 가지 않아 보이지 않았다. 마치 시야에서 사라져 버린 느낌이었다.

"저 손님, 누구인가?"

"모릅니다. 매번 이렇게 대문 밖에서 그림만 사 가서……."

"이름은?"

"알 것 없다고 해서 꼬치꼬치 캐묻지 않았습니다. 어쩔 수 없이 장부에는 '흑객黑客'으로만 적어 두었고요."

한 번씩 그런 손님들이 있었다. 스스로에 대해 굳이 말하기 싫어하면 묻지 않는 것, 그것은 백유화단의 손님 관리 방법이기도 하였다.

"누군지 알지도 못하는 손님에게 그림을 넘겼다고?"

"산수화는 넘긴 적 없습니다."

"그래, 산수화는 신원이 확실하지 않으면 절대 넘기면 안 되네. 얼굴을 본 적은 있는가?"

강춘복이 무뚝뚝하게 고개를 두어 번 저었다.

"한 번도?"

"네. 저도 여쭤 봤는데, 얼굴에 곰보 자국이 가득하여 가리고 다닌다고 하였습니다."

"화단 안에 들어온 적은?"

"한 번도 없었습니다. 신분이 높으면 그러기도 하니까 이상하게 생각하지 않았습니다. 왜 그러십니까?"

"그걸 몰라서 묻는가? 하고 있는 꼴이 수상하니까 그렇지."

심장이 멎는 줄 알았다. 대문을 열자마자 맞닥뜨린 첫 느낌은 사람 같지가 않았다. 기골이 장대해서였을 수도 있다. 온통 검은 색으로 둘러서였을 수도 있다. 얼굴이 보이지 않아서였을 수도 있다. 그냥 기분 탓일 수도 있다. 어지러운 최원호의 머릿속을 읽기라도 한 듯 강춘복이 무뚝뚝함을 접고 소리 내어 웃었다.

"하하하! 저도 처음에는 그랬습니다. 화단주님처럼 사람인가, 아닌가, 긴가민가했었지요."

"그런데?"

"사람이 아니면 뭐겠습니까? 그림자도 있고, 허연 입김도 끊임없이 나오고, 주고 간 은화가 흙이나 돌멩이로 바뀐 적도 없었고, 매번 밤이 아닌, 오늘같이 벌건 대낮에만 왔었고. 무엇보다 사람이 아닌 존재였다면, 처용을 저리 아무렇지 않게 만질 수는 없었을걸요."

듣고 보니 틀린 말이 하나도 없었다. 처용뿐만이 아니었다. 흑객이 사 가는 건 모두 요사스러운 귀신을 물리치는 벽사용 그림이었다.

"휴! 자네 말이 맞아, 사람이 아니면 뭐겠는가. 저 손님은 언제부터 온 건가?"

"그게, 한 3년 되었나……."

'기해년己亥年에 태어난 화공이 있소?'

흑객의 첫 물음이었다. 그때도 대문 밖에 버티고 서서 안으로 들지 않았다.

'기해년이라면……, 있습니다.'

'그림을 보여 주시오.'

'우선 안으로 드시면…….'

'기다릴 터이니 가지고 나오시오.'

재수 없게. 신분 좀 높다고 이런 중간 정도 되는 집 문턱은 넘기 싫다는 거지? 강춘복은 기분이 상했지만 드물지 않게 당하는 일이기도 해서 그러마 하고 대답했다. 그러고는 최대한 많은 그림들을 챙겨서 가지고 나갔다. 모두 기해년에 태어난 차영욱 화공의 것이었다. 그림을 받아 든 흑객은 한 장 한 장 신중하게 살폈다. 원하는 것이 없는 듯했다.

'기해년에 태어난 화공을 찾으셔서 그렇습니다. 아직 솜씨가 여물 나이는 아니니까요. 외에도 우리 백유화단에는 훌륭한 화공들이 있습니다. 마음에 차지 않으시면 다른 화공 그림을 보여 드리겠습니다.'

'기해년생을 원하오.'

'굳이 고집하시는 이유라도 있습니까?'

대답 없이 종이만 한 장씩 넘기던 흑객의 손이 한 그림을 잡은 채로 멈췄다. 얼굴이 가려져 있어 표정을 알 수는 없었지만, 마음에 드는 걸 찾은 게 분명했다.

'그 그림이 마음에 드십니까?'

'이 그림을 사겠소.'

그런데 흑객이 들어서 보여 준 그림은 차영욱의 것이 아니었다. 당황한 강춘복이 그림을 가로채듯이 받아 갔다.

'앗! 이건 아닙니다. 바삐 챙기느라 다른 화공의 그림이 섞인 줄 몰랐습니다. 죄송합니다.'

'그 그림을 그린 화공은 언제 태어났소?'

'그러고 보니 이것도 기해년생 화공의 것이긴 합니다만…….'

'그 화공의 그림을 보여 주시오.'

'죄송한 말씀이지만, 이 화공의 그림은 아직 팔 수 없게 되어 있습니다. 그러니 보여 드리는 건 곤란합니다.'

흑객이 품에서 뭔가를 꺼냈다. 삼베 주머니였다. 그것을 손바닥에 두고 한 뼘가량 위로 올렸다가 받았다. 묵직한 돈의 출렁거림이 보였다. 그 돈의 위력이 없는 방법도 생각나게 하였다.

'아! 이 화공이 그린 것 중에서 팔 수 있는 종류가 있긴 합니다. 한데, 감상용은 아닙니다.'

'어떤 종류요?'

'액막이용 세화 정도만 가능합니다.'

잠시 고민하던 흑객은 결국 고개를 끄덕였다. 그러더니 삼베 주머니를 던졌다. 강춘복이 얼떨결에 그것을 받았다.

'계약금이오. 그 화공과 계약하겠소.'

'자, 잠시만요. 아직 가격은 말씀드리지 않았습니다.'

'그건 계약금일 뿐이오. 앞으로 그림값은 따로 쳐주겠소.'

강춘복은 묵직한 돈 주머니를 쥐고 검은 손님을 쳐다보았다. 그날, 흑객이 계약했던 그림의 주인이 홍녀였다.

2

무표정한 얼굴이었다. 어쩌면 슬픈 표정일 수도 있었다. 저잣거리에서 한 사람을 바라보는 홍녀의 얼굴이 그랬다. 추위가 에이는 곳에 자리를 펴고 앉아 꾸벅꾸벅 졸고 있는 그 사람을 혹자들은 주정뱅이라 불렀고, 혹자들은 미치광이라 불렀다. 아주 드물게 환쟁이라 부르는 이들도 있었고, 아주아주 드물게 화공이라 부르는 이들도 있었다. 그리고 홍녀는 그 사람을 가리켜 아버지라고 불렀다.

아버지 앞에 놓인 종이와 벼루, 붓, 그리고 두어 가지의 안료는 아무 쓰임이 없었다. 대목임에도 불구하고 그에게 그림을 주문하는 사람이 없거니와, 주문을 받아도 술기운에 취한 손은 그림을 만들어 내지 못했다. 그래서 곧잘 종이는 구겨지거나 찢겼고, 붓은 부러지고 벼루와 안료 그릇은 박살이 나곤 하였다. 오래전부터 그랬다. 그럼에도 불구하고 저 자리는 언제나 아버지의 것이었다. 술에 취하든, 잠을 자든, 정신을 잃든, 춥든, 덥든, 본능처럼 그림 도구를 끼고 저 자리에 앉았다. 그리고 어렸을 적, 아직 아이였을 때의 홍녀도 그 옆에 함께 앉아 있었다. 그때도 아버지는 저 상태였다. 단 한 번도 제정신일 때를 본 적이 없었다. 그렇기에 제대로 된 아버지의 그림도 본 적이 없었다. 단 한 번도…….

아마도 홍녀가 태어났을 때도 술에 취했던가 정신 줄을 놓은 상태였을 것이다. 그렇기에 한낱 계집의 이름을 그따위로 지었겠지. 홍녀는 아버지가 지은 이름으로 불리는 걸 싫어했다. 그래서 어디에서도 자신의 이름을 말하지 않았다. 오직 어머니가 부르는 아명인 '반디'로만 불리길 원했기에.

"처용 그릴 수 있느냐?"

지나가던 사람이 졸고 있던 아버지에게 물었다. 이에 눈을 뜬 아버지가 무턱대고 고개부터 끄덕였다. 홍녀는 자신도 모르게 한 발짝 내디뎠다.

"손이 얼어서 그리기 힘들……."

내딛던 발과 중얼거림을 멈췄다. 손이 얼든 말든 결과물은 어차피 똑같았다. 홍녀는 다시금 우두커니 선 채로 아버지를 살폈다. 앉아서도 휘청거리는 상태를 보니 아니나 다를까, 고주망태가 되어 있었다. 손님이 기울어 가는 하늘의 해를 보면서 다시 물었다.

"그려 놓은 것은 없느냐?"

아버지에게는 손님의 질문이 들리지 않으리란 것을 홍녀는 알고 있었다. 그저 그림을 그려야 한다는 의식만 존재할 뿐이란 것도 홍녀는 잘 알고 있었다. 아버지는 대답은 하지 않고 종이를 펼친 후, 먹을 갈기 시작했다. 손님의 목소리가 짜증스럽게 변했다.

"이봐! 지금 시작하면 언제 완성되는 것이냐?"

하지만 이번에도 아버지의 대답은 없었다. 홍녀는 아버지에게서 눈을 떼지 않았다. 붓을 든 아버지의 손, 그것은 먼 곳에서도 보일 만큼 심하게 떨리고 있었다. 더 이상 그림을 그릴 수 없는 손이었다. 그런 손으로 잡은 붓이 먹을 머금고 종이로 옮겨졌다. 보지 않아도 그려지는 선의 형태를 알 수 있었다. 이내 손님의 욕지거리가 쏟아졌다. 그러더니 아버지를 향해 침을 뱉고는 제 갈 길을 갔다. 평소보다 별 탈이 없는 셈이다. 발길질에 비하면 침 정도야 우스우니까. 아버지는 손님이 가 버린 줄도 모르고 계속 그림을 그렸다. 그림만 그렸다. 그렇게 더없이 행복한 표정의 아버지를 더없이 슬픈 표정의 딸이 바라보고 있었다.

아버지가 붓을 내려놓았다. 만족스러운 표정이었다. 그러고는 고개를 들어 손님을 찾았지만, 눈앞은 텅 비어 있었다. 홍녀가 제 입술을 깨물었다.

"아까운 종이만 버렸잖아, 바보같이."

홍녀가 아버지에게서 눈길을 거두고 몸을 돌리려던 때였다. 등이 심하게 굽은 한 노파가 아버지 앞으로 다가가 섰다. 행색을 보아 하니 거지가 분명했다. 물론 홍녀보다는 양호한 차림이기는 하였다.

"이 그림 나 줘."

아버지는 심하게 떨리는 손을 앞으로 내밀었다.

"돈부터 주면."

"없어. 그냥 줘. 차후에 돈 말고 다른 것으로 지불할 테니까."

"돈 말고 다른 것?"

아버지는 노파가 말하는 '다른 것'을 술로 받아들였을 것이다. 아버지의 그림이 노파의 손으로 넘어갔다. 노파는 두 손으로 종이를 잡고 그림을 들여다보았다.

"크크크큭. 좋아. 쓸 만해."

그러고는 야무지게 종이를 접어 품에 안고 아버지 앞을 떠났다. 아버지의 그림이 쓸 만하다는 말이 홍녀의 호기심을 자극했다. 곧장 노파를 뒤따랐다. 그런데 뛰다시피 걷는데도 앞서가는 노파와의 간격이 줄지를 않았다. 심하게 굽은 허리건만 지팡이도 없이 잘도 걸어갔다. 믿을 수 없을 만큼.

"할머니! 할머니, 잠깐만요! 할 말 있어요!"

홍녀가 한참을 부르고 나서야 노파가 걸음을 멈추고 돌아보았다. 덕분에 겨우 가까워질 수 있었다.

"할머니, 방금 그림 좀 보여 주세요."

"뭐야? 줬잖아. 근데 다시 빼앗아 가는 건 경우가 아니지."

"아뇨, 뺏으려는 게 아니라, 구경만 할게요. 잠깐이면 돼요."

"진짜지?"

노파는 의심스러운 눈초리로 노려보면서 종이를 내밀었다. 종이를 펼친 순간, 혹시나 하였지만 역시나 아니었다. 망가진 정신과 망가진 손으로 그린, 망가진 그림에 지나지 않았다. 아니, 그저 휘갈겨 놓은 낙서에 불과했다. 노파가 불안했는지 얼른 그림을 낚아채 갔다.

"아무튼 갚는다고. 나는 갚는다고 했으면 꼭 갚아."

그러곤 종이를 다시 곱게 접어 품에 안으면서, 해가 저문 하늘을 보았다. 얼굴이 일그러졌다.

"쳇! 이렇게 빨리 갚을 일이 생기다니. 하필이면 귀찮은 걸로……."

"네? 뭐라고요?"

노파가 다시 종이를 내밀었다. 마지못해 내놓는 듯했다.

"갖고 가. 안 할란다. 귀찮은 건 딱 질색이야."

홍녀가 두 손을 동시에 흔들며 뒷걸음질을 하였다.

"아뇨, 아뇨, 할머니 걸 왜 저한테 주세요? 귀찮게 해 드려서 죄송합니다."

그러고 나서 허리 숙여 인사한 뒤, 몸을 돌려 달아났다. 노파가 그 뒷모습을 보면서 중얼거렸다.

"왜 보여 달라고 한 거야? 방금 지가 그려 놓고서는……."

지저분한 뒤통수 하나가 엉성하게 엮어 놓은 울타리 밖에서 집 안을 살폈다. 홍녀였다. 그녀는 안간힘을 써서 몸을 감춰 가며 집을 한 바퀴 돈 후, 사립문을 열고 들어갔다. 그러고는 종종걸음으로 뛰어 장독대 옆에서 몸을 웅크렸다. 혹시나 최원호가 보낸 사람들이 있을까 싶어서였다. 이번에 잡히면 한동안 자유로운 외출은 어려울 것이다.

"지금쯤 나오실 때가 됐는데……. 화단 사람들과 함께 계신 건 아니겠지?"

때마침 부엌문이 열렸다. 홍녀의 모친인, 김덕심이었다. 이 시간이면 어김없이 물 한 사발을 장독대에 올려 두는 게 어머니의 일과였다. 새벽에도 한차례 같은 일을 하셨는데, 저녁과 다른 점은 보다 긴 기도였다.

"엄마!"

김덕심은 소리 나는 곳을 보고 딸임을 인지했지만, 우선 가지고 나온 물 한 사발부터 장독대에 올렸다. 그러고서 두 손을 모아 하늘에 절을 한 뒤, 비로소 홍녀에게 말했다.

"세상에, 이게 무슨 꼴이니? 윽! 냄새!"

"별일 없지?"

"별일은 네가 있는 것 같은데? 요즘 바쁘다며?"

"응? 누가?"

"화단주께서 한 달 사이에 두 번이나 다녀가셨어. 한동안 네가 바빠서 못 올 수도 있다고 하시더라. 죄송하다며 어찌나 깊게 한숨을 쉬시던지 괜히 내가 다 미안할 지경이었어."

홍녀의 웃음이 터졌다. 딸이 인왕산 범골에 들어갔단 말은 차마 할 수 없었던 스승의 고심이 느껴지는 듯했다.

"종이와 여러 그림 도구들도 가져다주셨어. 네 아버지 드리라고.”

아버지의 그림 도구들은 돈을 벌어 오는 용도로는 사용되지 못했다. 그럼에도 불구하고 어머니와 최원호는 챙겨 놓는 수고를 마다하지 않았다. 어머니의 이유는 확실했다. 집에 그림 도구들이 있는 한 아버지는 반드시 돌아오기 때문이다. 제정신이 아니어도, 고주망태가 되어서도 어김이 없었다. 그래서 길쌈과 바느질을 해서 고되게 번 돈으로, 굶을지언정 그림 도구들은 사 놓았다. 하지만 최원호의 이유는 알 수 없었다. 그저 홍녀의 빚 장부를 늘릴 심산일 수도 있었다.

“어차피 내 빚 장부에 달아 놓으실 텐데, 뭐.”

“얘는, 그래도 아직까지 네 아버지를 ‘홍 화공’이라고 불러 주시는 분이야.”

“다 내 빚이래도 그러네. 동지인데 처용화는 준비해 뒀어?”

“그럼! 언제나처럼 네 아버지가 그려 뒀지.”

그건 그저 먹물과 안료의 뒤엉킴일 뿐 처용화가 아니었다. 하지만 김덕심에게는 중요하지 않았다. 남편의 붓이 닿은 자국이라면 그것이 무엇이든 최고의 그림이니까. 홍녀가 장독대에 놓인 물그릇을 쳐다보았다. 맑은 물이었다. 하지만 새벽이 되면 꽁꽁 얼어 있을 것이다. 그것은 또다시 맑은 물로 바뀔 것이다. 언제나 변함없이 그렇게 해 왔던 어머니였다. 주위가 어두웠지만 김덕심은 딸의 탐탁잖은 표정을 알 수 있었다. 그래서 애써 밝게 말했다.

“요즘 칠성님께 뭘 빌고 있게?”

"관심 없어."

열심히 빈다고 이뤄지는 것도 없었다. 칠성님이란 것이 영험하다면 이미 아버지의 정신은 정상이 되었어야 옳다. 어머니 정성으로만 계산한다면 말이다.

"우리 딸한테 하늘에서 남자 하나만 내려 주세요, 이렇게 빌고 있다?"

홍녀에게서 코웃음이 나왔다. 미치광이 아비를 둔 딸, 그 핏줄을 받아 줄 집안은 어디에도 없었다.

"하늘에서 내려온 남자라면 사람이 아닐 텐데, 그걸 어디다가 써먹어? 차라리 동아줄 내려 달라고 비는 게 낫겠다."

"얘는, 비딱하게 말하는 것 좀 봐. 배필을 점지해 달라는 말이지, 그게 그런 뜻이니?"

"나 갈 거야."

"오랜만에 왔는데 들어와서 밥은 먹고 가. 팥죽 쒀 놨어."

"밥 먹고 미적거리면 인정人定까지 못 돌아가."

"그럼 자고 가면 되잖아."

"바빠. 엄마 얼굴만 보려고 들른 거야."

"그럼 잠깐만 기다려. 잠깐이면 되니까 그새 가 버리면 안 돼!"

"바쁘다니까!"

김덕심은 딸이 발걸음을 떼는지 감시해 가며 부엌으로 달려갔다. 그러고는 이내 숟가락으로 그릇을 휘휘 저어 가며 달려 나왔다.

"팥죽이 식어서 뜨거운 물을 부었어. 미지근하니까 물 마시듯 후루룩 마셔, 응? 너 이거 먹는 거 못 보면 엄만 잠 못 자."

홍녀는 마지못해 선 채로 마셨다. 걸쭉함이 있었지만 물을 섞은 덕분에 술술 넘어갔다. 하루 종일 뛰어다니느라 빈속인 것도 몰랐다. 한숨에 다 들이켠 홍녀가 손으로 입을 쓱 한 번 닦고는 그릇을 내밀었다. 김덕심이 받아 들며 말했다.

"입가에 묻었어. 애초에 네 얼굴이 더 더러워서 티도 안 난다만."

"상관없어."

"상관이 있어야 시집을 갈 텐데. 뭔 일을 하고 다니는지 모르겠다만, 좀 씻고 다녀. 더러워 죽겠네."

"응. 나 간다."

걸음을 떼려던 홍녀가 멈췄다. 그러더니 기어 들어가는 소리로 말했다.

"아버지 옷 좀 두둑하게 입혀서 내보내. 얼어 죽어."

김덕심이 싱긋이 웃었다.

"가서 뵈었니? 인사는 드렸고?"

"그랬을 리가 없……."

홍녀가 그 자리에 털썩 주저앉았다. 멀리서 남자 세 명이 오고 있는 걸 발견했기 때문이다. 어두워서 구분할 수는 없었지만, 화단 사람이 틀림없었다.

"반디야, 왜?"

"쉿! 나 갈게. 화단 사람들이 와서 나 찾거든 못 봤다고 그래. 알겠지?"

홍녀의 목소리가 작아지자 김덕심의 목소리도 따라서 작아졌다.

"왜? 왜 그래야 하는데?"

"쉿!"

홍녀는 손가락을 입술에 대고 있는 힘껏 인상을 찌푸렸다. 그러더니 엉거주춤 앉은 채로 걸어가 울타리를 넘었다.

"또 비싼 물건 깨 먹었니? 아니면, 혹시 너 또 위험한 일 벌이는 건 아니지?"

워낙에 조심해서 내는 목소리여서, 이미 사라지고 없는 홍녀에게까지는 들리지 않았다. 홍녀가 사라진 자리에는 넘어가면서 부서뜨린 울타리만 남아 있었다.

"홍녀다! 저기 홍녀가 있어!"

세 명의 남자가 요란하게 뛰어서 김덕심을 지나쳤다. 그 짧은 순간에도 다들 인사는 빠뜨리지 않았다.

"안녕하십니까, 아주머니? 안녕히 계십시오."

"저런, 다들 고생이 많으시네요. 죄송해서 어쩌나……."

그들이 지나간 자리에는 더 크게 부서진 울타리만 남았다. 김덕심이 울타리를 일으켜 세우며 딸이 사라진 곳을 보았다.

"애가 이번에는 제법 큰 말썽을 일으켰나 보네. 아차! 처용화 붙여야지."

땅을 두드리는 붉은 지팡이는 앞서 걷는 만수의 걸음과는 달리 조급함이 없는 듯했다. 이미 시작된 밤에 뒤쫓기는 건 만수가 아니라 하람이지만, 그의 불편한 눈이 자꾸만 발걸음을 잡은 탓이다.

1년 중 가장 밤이 길다는 동지, 그렇기에 이미 밤은 시작되었다. 아직까지 인경이 울리지 않았다고 하여 밤이 아닌 것은 아니다. 애초에 인간이 자연을 모방하여 만든 것이 시간이므로, 자연의 시간은 인간의 시간보다 더 정확했다.

오늘의 계획에서 몇 가지가 어긋났다. 이전과는 다른 가마꾼의 잦은 휴식과 목적지 변경 등이 원인이었다. 원래 목적지는 경복궁 근방까지였지만, 그렇게 되면 인정이 되기 전에 귀가하기 힘들다는 가마꾼들의 투정 때문에 중간에서 내릴 수밖에 없었다. 그들에게 더 많은 돈을 찔러 주는 방법이 있다는 걸 그때는 몰랐던 것도 원인이라 할 수 있었다. 하람은 하필이면 1년의 기준점이라 할 수 있는 동짓날에 일이 꼬여 버린 것이 꺼림칙하였다. 그렇기에 오늘 하루를 무탈하게 넘기려면, 더 나아가 1년을 어긋남 없이 보내려면, 반드시 인경이 울리기 전에 경복궁으로 들어가야만 하였다.

"만수야, 지팡이를 잡아라."

만수가 뒤를 돌아보았다. 웬만해서는 스스로 길을 짚어 가는 하람이기에 생소한 명령이 아닐 수 없었다. 그래서 잠시 멍하게 있다가 뒤늦게 말뜻을 이해하고 땅을 두드리던 지팡이 끝을 잡았다. 그런 뒤 등에 짊어진 보자기를 한번 추켜올리고는 다시 앞서 걷기 시작했다. 이전보다는 다소 빨라진 걸음이었다. 두 사람의 입에서 거친 숨이 나왔다. 그에 따라 허연 입김도 쉴 새 없이 뿜어져 나왔다.

"시일마님, 이제 오른쪽으로 돕니다. 으악!"

세 사람의 비명이 약간의 간격을 두고 연달아 나왔다. 첫 번째 비명은 만수였다. 모퉁이에서 튀어나온 더러운 거지와 심하게 부딪혀 땅에 나뒹굴었기 때문이다. 그러니 두 번째 비명은 같이 넘어진 거지였다. 마지막 비명은 하람이었다. 거지와 직접 부딪힌 것은 아니었지만, 넘어지는 와중에도 지팡이는 꽉 잡은 만수에 의해 휘둘린 탓이다.

그런데 넘어지던 순간이었다. 하람의 붉은색 눈동자가 흑갈색의 평범한 사람의 눈동자로 바뀌었다가, 땅에 상체가 닿기도 전에 다시 돌아왔다. 찰나였다. 거의 동시에 넘어진 세 사람이었지만, 제일 먼저 벌떡 일어선 건 거지였다. 보다 명확하게 설명하자면, 거지가 아니라 거지보다 더 더러운 홍녀였다.

"괜찮아요? 다친 데는 없어요?"

만수는 자신의 몸을 일으키려는 손을 뿌리치며 화를 내었다.

"모퉁이를 돌 때는 주의해서 뛰어야지!"

"미안해요. 제가 급한 일이 있어서요."

하람은 낯선 여인의 목소리를 들으며 일어서려고 하였다. 그 순간, 휘청하더니 또 한차례 눈동자 색이 바뀌었다가 돌아왔다. 이번에도 찰나였다. 하람이 땅에 주저앉은 채로 몸을 웅크렸다. 그러고는 갑자기 머리를 감싸 쥐었다.

홍녀가 웅크리고 있는 하람을 발견했다. 뒷모습밖에는 보이지 않았다. 어두워서 땅에 떨어진 붉은색 지팡이를 보고 노인으로 짐작했을 뿐이다. 이번에는 그 등을 향해 손을 뻗었다.

"어르신, 혹여 다치셨습니까?"

손가락 사이로 가려진 하람의 눈동자 색이 또다시 바뀌었다가 돌아왔다. 이번에는 이전보다는 약간 긴 찰나였다. 홍녀의 손이 하람의 등에 닿으려는 순간, 기겁한 만수가 고함을 질렀다.

"악! 그 더러운 손을 어디다 갖다 대는 거야! 썩 떨어져, 이 거지야!"

벌떡 일어선 만수의 등 뒤로 보자기가 풀려, 안에 있는 물건들이 땅으로 쏟아졌다. 하람의 어머니가 손수 지으신 옷가지들이었다. 당황하여 옷부터 집어 드는 만수에게로 홍녀가 다가오려고 하였다.

"도와줄……."

"저리 가! 가라고!"

"네, 갈게요. 가면 되잖아요. 그럼 살펴서 가세요."

마지막 홍녀의 말에서는 불쾌함이 묻어 나왔지만, 한시라도 빨리 이곳을 떠나게 되어서 기쁜 기색도 있었다. 그래서였는지 말이 끝나기가 무섭게, 순식간에 어둠 속으로 사라졌다. 계집 주제에 달리기는 빨랐다.

"시일마님, 괜찮으시죠? 보자기가 풀어져서 그러니까 잠시만 기다려 주십시오."

만수는 하람이 고개를 끄덕이는 것처럼 보였다. 그래서 보자기를 펼치고 땅에 흐트러져 있는 옷가지들부터 챙겼다. 조금만 더 지체되었다가는 무서운 순라군에게 끌려가게 될 것이다.

머리를 감싸고 있던 하람의 손이 아래로 내려왔다. 그러더니 눈을 감은 채 천천히 고개를 들었다. 그때였다. 끊임없이 분출되던 허연 입김이 마치 몸 안으로 빨려 들어가듯 순식간에 입속으로 사라졌다. 더 이상 입김은 나오지 않았다. 하람이 몸을 일으켜 섰다. 땅에 떨어진 지팡이는 그대로 둔 채였다. 그의 눈꺼풀이 올라갔다. 그 아래로 흑갈색의 평범한 사람의 눈동자가 모습을 드러냈다.

"하람, 실수했군. 동지 밤에 경복궁을 벗어나 있다니……."

하람의 입술이 움직여서 나온 목소리였지만, 하람의 말은 아니었다.

"네? 뭐라고요? 못 들었습니다. 시일마님, 잠시만 기다리십시오. 보자기가 흩어져서요."

만수는 허연 입김을 뿜어 대며 보자기를 원상 복구시키는데 집중했다. 자신의 등 뒤로 하람이 일어서 있는 게 느껴져 더 바빴다. 그가 마침내 꽁꽁 싸맨 보자기를 등 뒤로 돌려 묶으며 일어섰다.

"다 정리했습……."

열심히 정리한 보자기가 다시금 힘없이 땅으로 떨어졌다. 뒤돌아서자마자 만수가 본 것은 하람의 뒷모습이었다. 그 뒷모습은 거지가 갔던 곳을 향해 달리고 있었다. 그러더니 거지가 그랬던 것처럼 하람도 순식간에 어둠 속으로 사라졌다. 하람이 사라진 뒤에도 만수는 한참을 넋을 잃은 채로 우두커니 서 있었다.

여덟 살에 중금中禁*으로 궁궐에 들어와 근 5년 동안 하람의 눈이 되어 지내 왔다. 그동안 그의 곁을 벗어난 적이 거의 없었다. 그런데 저렇게 달리는 하람은 단 한 번도 본 적이 없었다. 앞을 보지 못하는 사람이기에 달릴 수도 없었기 때문이다. 그런 그가 보통 남자들처럼, 아니, 그보다 더 민첩하게 달리고 있었다.

"아, 아니야. 내, 내가 자, 잘못 본 거야. 있을 수가 없는 일이잖아?"

만수는 떨리는 손으로 보자기를 끌어안았다. 지팡이도 주워 들었다. 조금만 앞으로 가면 하람이 어둠 속에서 오도 가도 못하고 서 있으리라. 얼마 못 갔을 테니까 곧 만나게 되리라. 만수는 기도하는 마음으로 뛰었다. 그런데 가도 가도 그의 모습은 보이지 않았다. 뜀박질이 멈췄다. 땅에 떨어져 있는 하람의 갓을 발견했기 때문이다. 만수의 눈에서 눈물이 쏟아져 나왔다. 그것은 공포에 질린 눈물이었다. 갓 앞에 털썩 주저앉았다. 다리가 떨려 더 이상 걸을 수도, 서 있을 수도 없었다. 그 자리에서 오도 가도 못 하게 된 건 하람이 아니라, 만수였다. 만수는 절박한 심정으로 기도했다. 누구라도 지나가 주기를, 아니

* 조선 초기 액정서掖庭署에 딸린 하례. 주로 임금을 시종하며 전갈하는 일을 맡았는데, 15세 이하의 사내아이로 이를 삼았음. 신분은 양인 이상으로 글자를 아는 아이로 뽑음.

면 어서 인정이 되어 순라군이라도 와 주기를…….

오늘 밤을 넘겨서는 안 된다! 세상의 모든 이치가 그랬다. 꽃이 피어나는 것도, 달님이 구름을 헤집고 나오는 것도, 심지어 참새가 바구니 속으로 들어가는 것도 그랬다. 지켜보는 동안에는 잠자코 있다가, 잠시 눈을 돌린 틈에 모든 일이 일어나 버린다. 이번 호랑이도 마찬가지일 것이다. 한 달 넘게 기다리는 동안에는 보이지 않다가, 인왕산을 잠시 떠난 오늘 밤에야 비로소 모습을 드러낼 것만 같았다. 원래 동지 밤은 호랑이 장가가는 날이 아니던가. 호랑이같이 기운 센 영물의 교미는 보통의 밤은 짧다는 뜻이지만, 홍녀에게는 인왕산에 나타난다는 뜻과 다름없었다. 장가가는 날은 곧 마을 잔치니 인왕산이 호랑이들로 붐비지 않겠는가 말이다. 그 잔치를 보기 위해서라도 인경이 울리기 전에 인왕산 초입까지는 들어가야 한다. 잔칫상 위에 자신의 몸뚱어리가 올라가게 될지도 모르지만, 그건 상 위에 올라가서 생각해 볼 일이다.

"이봐! 환쟁이!"

홍녀는 자신도 모르게 달리기를 멈추고 소리가 나는 곳으로 고개를 돌렸다. '환쟁이'는 그럴 수밖에 없도록 만드는 단어였다. 아무도 없는 캄캄한 길가에 작은 모닥불을 피우고 앉은 사람이 보였다. 유심히 보니 아까 아버지에게서 처용화를 받아 갔던 그 노파였다.

"할머니가 저를 부르신 건가요?"

노파가 고개를 끄덕였다. 그러고는 팔을 들어 손을 까딱거렸다. 가까이 오라는 손짓이었다.

"할머니, 죄송한데 제가 지금 엄청 바빠서요."

"잠깐만 불 쬐고 가."

"아뇨, 괜찮아요."

"추워. 지금 몹시도 추울 거야."

이제껏 바삐 뛰어다니느라 몰랐던 것일까? 노파의 말이 미처 끝나기도 전에 갑자기 온몸이 으슬으슬해지기 시작했다. 그러더니 곧장 추위가 닥쳤다. 몸속의 모든 피가 얼어붙는 듯한 추위였다. 호랑이를 기다리던 깊은 숲속에서도 이런 추위는 느껴 본 적이 없었다. 홍녀는 어느새 모닥불 앞에 가 있었다.

"그, 그럼 잠시만 불 좀 쬐다가 갈게요."

홍녀가 불 쪽으로 손을 내밀었다. 그러자 노파가 기다렸다는 듯 그 손을 꽉 잡았다. 노파의 시선이 홍녀의 어깨 너머로 슬쩍 넘어갔다가 불 위로 돌아왔다. 홍녀의 어깨 너머에는 흑갈색 눈동자의 하람이 두리번거리며 서 있었다. 조금 전 홍녀가 섰던 그 자리였다. 몇 발짝 뒤건만 그의 눈은 밝은 모닥불을 전혀 못 보는 듯했다. 아울러 불을 쬐고 있는 두 사람도 전혀 알아차리지 못했다. 잠시 동안 두리번거리던 하람이 그 자리를 지나쳐 갔다. 그러고는 가던 방향을 향해 계속 달렸다. 노파가 손을 놓으면서 말했다.

"그림값은 이걸로 퉁 치는 거야."

"네?"

"비싸게 쳐준 셈이야. 목숨값이니까."

얼어 죽을 뻔한 걸 살려 줬다는 뜻인가? 홍녀는 노파의 허풍이라 생각하고 웃었다.

"그림값을 왜 저한테 말씀하세요? 그림 그려 준 사람한테 직접 주셔야지요."

"엥? 그림 그려 준 사람이라니? 아까 네가 그려 줬잖아."

노망이 있으신가? 홍녀는 망설이다가 고백했다.

"아까 그림 그려 준 환쟁이는…… 제 아버지세요."

홍녀의 머리부터 발끝까지 연거푸 훑던 노파의 눈이 홍녀의 얼굴에서 멈췄다. 그러더니 유심히 들여다보았다.

"음……, 헷갈려. 인간은 암만 봐도 모르겠어. 익숙해지지가 않아. 같은 핏줄은 더 분간하기가 어려워."

노망이 아닌 것 같았다. 아무래도 노안인 듯했다. 홍녀가 고개를 갸웃했다. 나이가 들어 아무리 시력이 약해졌어도 그렇지, 어머니도 아니고 어떻게 아버지와 헷갈릴 수가 있단 말인가? 우선 목소리부터가 다르지 않은가.

"제가 너무 사내 같나요?"

"상관없어. 사내나 계집이나 어차피 다 인간으로만 보이니까."

"할머니는 여자로 보이는데요?"

"그야 어쩔 수 없지. 그렇게 안 보이면 곤란하거든."

아이고, 맙소사! 노망도, 노안도 아니었다. 그냥 아버지와 똑같은 미치광이 노파였다.

"할머니, 저 이만 가 봐야겠어요. 너무 늦었어요."

"그래, 가 봐. 앞으로 어찌 되어도 난 모르는 일. 그림값은 충분히 했어!"

"그림값은 아버지한테 직접 주셔야 한다니까요."

"그건 너희 두 사람이 알아서 계산해. 난 너한테 대신 지불했어. 봐, 따뜻해졌지?"

정말 거짓말처럼 추위가 가셨다. 홍녀가 고개를 숙여 인사한 뒤, 가려던 길을 향해 걸음을 옮겼다. 모닥불값. 아버지의 그림값. 어떻게 계산해야 하는지 알 수 없었다. 결국 아버지께 손수 술을 사다 바쳐야 하는가? 젠장! 술 취한 모습은 지긋지긋한데…….

"이봐, 환쟁이!"

홍녀가 제자리에 선 채로 노파를 쳐다보았다.

"덤으로 하나 더. 그쪽 말고 다른 쪽으로 가."

"이쪽으로 가야 해요."

"맘대로 해. 난 할 만큼은 했으니까. 오늘은 동지 밤이야."

"알아요."

"음이 가장 강한 날이라고. 마魔와 귀鬼의 기운이 가장 왕성한 날."

"동지 팥죽 먹어서 괜찮아요."

"크큭! 팥죽이라니, 귀여운 인간일세. 조심해."

"네, 할머니도 조심하세요."

홍녀가 가고 없는 곳을 바라보던 노파는 밤하늘을 힐끔 쳐다보았다. 그러곤 얼른 모닥불로 시선을 도망쳐 왔다.

"귀수鬼宿가 끔찍한 얼굴을 내밀었군. 인간이 계산해 둔 시간도 제법 쓸 만해."

하람의 걸음이 점점 느려졌다가 급기야 완전히 멈춰 섰다. 여전히 눈동자는 흑갈색이었다. 그 눈동자는 쉴 새 없이 주변을 두리번거렸다.

"중간에 누가 빼돌렸군. 그렇지 않고서야 벌써 따라잡고도 남았을 터인데."

하람이 하늘의 달을 쳐다보았다. 보름에서 하루가 지났을 뿐이기에 어둠이 칠흑까지는 아니었다. 가시거리가 어느 정도는 나올 듯했다. 멀지 않은 곳에 버티고 선 커다란 나무도 찾아냈다. 입김이 나오지 않는 숨을 내쉰 하람은 순식간에 그 나무 위로 올라갔다. 사람의 것이라고는 할 수 없는 몸짓이었다. 하람이 단단한 나뭇가지에 올라앉아 아래를 살폈다. 그러고서 그리 힘들지 않게 홍녀를 발견했다. 홍녀는 이쪽을 향해 열심히 뛰어오고 있었다.

"저 인간인가? 내가 깨어난 걸로 봐서는 저 인간이 맞는 듯한데……."

순간, 하람의 눈동자가 붉은색으로 바뀌었다가 돌아왔다. 찰나였다.

"벌써 돌아오는 건가? 안 돼. 저 인간만 죽이면 되는데, 조금만 더 시간을……."

하람의 눈동자가 다시 붉은색으로 바뀌었다가 돌아왔다. 이번에는 조금 더 긴 찰나였다. 하람이 제 머리를 감싸 쥐었다.

“젠장! 하람, 이 지독한 자식!”

하람의 눈동자가 붉은색으로 완전히 돌아왔다. 그러자 몸속으로 빨려 들어가 있던 입김이 한꺼번에 터져 나오듯 입 밖으로 허옇게 나왔다. 하람의 몸이 휘청거렸다. 나뭇가지에 걸터앉아 있던 다리도 흔들렸다.

“어, 어? 뭐지? 어디에 있…….”

휘적거리던 손이 뒤늦게 나무줄기를 찾았지만, 미처 잡기도 전에 아래로 떨어지는 몸에 의해 미끄러졌다.

“으악!”

목까지 차오른 숨을 다스리기 위해 잠시 멈췄던 홍녀는 어디선가 들려오는 사람의 비명 소리를 향해 예민하게 움직였다. 그래서 소리가 들려오는 곳, 즉 하늘을 향해 저절로 고개가 올라갔다. 커다란 무언가가 떨어지고 있었다. 그것이 무엇인지 인지하기도 전에 커다란 무언가는 그녀를 덮쳐 왔고, 홍녀는 미처 피하지도 못한 채 그대로 깔려 버리고 말았다. 다른 의미로는 떨어지던 그것을 온몸으로 받아 낸 셈이다.

홍녀는 너무 놀란 나머지 커다란 무언가에 깔린 채로 눈만 끔벅거렸다. 그러고 보니 비명도 못 질렀다. 밤하늘을 보며 겨우 정신을 가다듬은 홍녀가 커다란 무언가를 밀쳐 내며 상체를 일으켰다. 그녀의 배 위에 떡하니 엎혀 있는 그것은 남자였다. 눈을 비비고 다시 살폈다. 그래도 여전히 남자였다.

“저, 정말로 떨어졌다. 하늘에서. 남자가.”

뎅!

종소리였다. 홍녀의 주위로 종소리가 한가득 내려앉고 있었다. 인경이 울리기 시작한 것이다. 뒤늦게야 화들짝 놀란 홍녀가 남자를 밀쳐 내고 벌떡 일어났다. 오른쪽 손목에서 통증이 느껴졌다. 하람은 밀치는 대로 차가운 땅으로 떨어져 내렸다. 엎어진 채였다. 홍녀는 통증이 있는 손목을 두어 번 돌리다가, 쪼그리고 앉아 남자의 어깨를 손가락으로 꾹꾹 눌렀다. 반응이 없었다. 아무래도 정신을 잃은 모양이었다. 이번에는 힘을 써서 남자의 몸을 뒤집었다.

뎅!

홍녀의 귀에 들려오는 종소리는 이제껏 들어 본 적 없는 아름다운 소리로 변해 갔다. 달빛에 드러난 남자의 얼굴을 확인한 시점부터는 더 그랬다. 그 얼굴은 긴가민가하던 홍녀의 의심을 꽉 붙들었다. 하늘에서 내려온 남자가 확실하다! 그렇지 않고서는 이런 얼굴일 수가 없다! 어느새 스물여덟 번의 인경이 끝이 나고 적막함에 휩싸였다. 이상하게 부엉이 소리 하나 들리지 않았다.

"저기, 선남仙男님! 일어나 보세요. 여긴 조선의 한양입니다."

홍녀가 통증이 없는 왼손으로 하람의 어깨를 잡고 힘차게 흔들었다. 목소리도 높였다.

"일어나 보세요! 네? 여기 한양은 인정 이후에 밖에 있으면 큰일 납니다."

하람의 눈이 조금 떠졌다. 긴 속눈썹 아래로 붉은색 눈동자가 드러났다가 이내 다시 그 아래로 파묻혔다. 소스라치게 놀란 홍녀가 어깨를 던지듯 놓았다.

"뭐, 뭐지? 방금 눈동자……."

고개를 세차게 저었다. 이러고 있을 시간이 없었다. 이 상황에 대한 고민과 눈동자 확인은 차후에 하고, 우선 순라군과 추위에서 몸을 숨겨야 한다. 이 근방에 비어 있는 집을 알고 있었다. 거기까지만 무사히 들어가면 오늘 밤은 넘길 수 있을 것이다. 홍녀는 하람의 팔을 잡아 제 등에 업었다. 그런 뒤 안간힘을 써서 일어섰다. 그때 옆으로 무언가가 툭 떨어졌다. 남자의 신발이었다.

"에이, 겨우 일어섰는데."

홍녀는 그냥 가려다가 찜찜한 마음이 들어 털썩 주저앉아 신발을 주웠다. 그것과 나머지 신발도 벗겨 허리춤에 묶어 둔 끈에 매달았다. 그러고 나서 다시금 있는 힘껏 일어섰다. 무거워서 다리가 부들부들 떨려 왔지만, 정성을 다해 한 발 한 발 내디뎠다.

3

경복궁 안, 경회루의 북쪽에 자리한 간의대 쪽에 네 명의 서운관 관원이 모여 제각각 하늘을 보며 기록하고 있었다. 층층이 돌로 쌓아 올린 간의대였는데, 제일 위는 네 명이 움직이기에 충분한 넓이가 확보되어 있었다. 동지는 별을 관측함에 있어서 중요한 날 가운데 하나였다. 음이 가장 강한 날이기도 하지만, 반대로 양의 부활이 시작되는 날이기도 하기 때문이다. 다행히 별을 가리고 있는 구름은 많지 않았다.

"이번 동지는 예년보다 일기가 좋습니다. 안타깝게도."

"걱정입니다. 동지는 추울수록 사계절이 평온한 법인데요."

"이 정도 기온이면 내년 한 해도 풍작은 어렵겠지요? 해충도 많을 터이고. 인왕산의 호랑이도 한동안 구경하기 어렵겠는데요?"

"제일 걱정은 질병이 늘어난다는 거지요."

박 사력司曆*이 혼천의와 하늘의 별을 비교해 보며 위치를 확인했다. 그러고는 작은 서책을 꺼내어 다른 관원들에게 말했다.

"잡담들은 그만하고, 지금부터 내 말을 듣게! 하람 시일께서 동지 밤부터 남방 주작 7수 중, 귀수鬼宿와 류수柳宿가 모습을 드러낼 거라 하였네. 그중에서도 귀수는 잠시도 눈을 떼지 말고 그 움직임을 소상히 기록하도록 하게."

"귀수 나왔습니까?"

"나왔습니다! 저기, 동쪽 하늘!"

자미원과 북두칠성을 살피던 네 개의 시선까지 모조리 귀수로 몰렸다. 다들 하늘의 별에게 농담처럼 반갑게 인사를 건넸다.

"이야, 오랜만입니다. 귀수님, 이번 겨울도 무탈하게 잘 부탁드립니다."

귀수는 겨울 밤하늘을 주관하는 남방 주작 7수 중, 주작의 눈에 해당하는 것으로 총 다섯 개의 별로 이뤄져 있다. 그중 네 개의 주홍색 별이 정 방향으로 나무 궤짝처럼 이루어져 있고, 그 중앙에 한 개의 흰색 별이 있는데, 이 흰색 별을 적시積尸라고 하였다. 하람이 말한 귀수는 이 다섯 개 외에도 그 주위에 딸린 여러 개의 별도 함께 지칭한 거였다. 관원들도 모르지는 않았지만, 자신들도 모르게 눈을 뗄 수 없는 별이 하나 있었다.

"저기, 가운데 흰 기운 덩어리는 적시 아닙니까? 유독 밝은

---

* 서운관의 종8품 벼슬.

데……. 작년도 저랬습니까?"

"저, 저거 올해는 왜 저래?"

관원들은 심각한 표정으로 별에서 눈을 떼고 서로를 바라보았다. 서운관의 관원에게는 별을 관찰하고 기록할 수 있는 권한이 주어졌지만, 그것을 해독할 수 있는 권한까지 주어진 것은 아니었다. 천문에 몸을 담고 있기에 보고 듣는 게 없을 수가 없지만, 입 밖에 낼 수는 없었다. 그렇기에 지금 저 적시의 밝은 모양이 불길하다는 걸 알아차려도, 서로의 시선만 주고받을 뿐, 말하는 이는 없었다.

임금이 하늘의 무늬를 읽고 해독할 수 있는 권한을 허락한 일관日官은 지금의 조선 땅에서는 하람이 유일했다.

"하 시일께서는?"

"그분이야 경복궁에 살다시피 하는 데다가 하물며 동지인데, 당연히 일직日直하시겠지요. '법궁法宮*의 터주신'이란 말까지 있……."

박 사력이 사색이 되어 외쳤다.

"어허, 이 사람이! 어디서 엉뚱하게 들은 말을 함부로 입에 담는가!"

"아……, 혹시 제가 실수했습니까?"

박 사력이 손가락을 입에 갖다 대며 목소리를 낮췄다.

"의미도 모르는 말은 두 번 다시 꺼내지 말게. 서운관의 관

---

* 나라의 가장 중심이 되는 궁궐. 조선 시대의 법궁은 경복궁.

원이 입에 올릴 말과 올리면 안 되는 말도 구분 못 해서야. 쯧쯧."

"죄송합니다. 저는 과중한 업무로 경복궁을 못 벗어나서 붙은 별명인 줄로만 알고……."

"저기, 장 주부主簿 아니십니까?"

멀리서 뛰어오고 있는 관원을 가리킨 말이었다. 그의 옆에는 금군禁軍 두 명도 함께 있었다.

"그러게, 저분이 뜀박질을 다 하시다니. 별일일세."

"우리한테 뭐라고 하시는 것 같습니다."

관원들이 간의대 아래를 내려다보며 물었다.

"뭐라고 하셨습니까?"

가까이 다가와 선 장 주부가 숨을 헐떡이며 위를 향해 말했다.

"하람 시일, 여기도 없느냐?"

"네. 설마 궐내 각사 쪽에도 없습니까?"

"없으니까 여기까지 왔지. 하 시일이 오늘 일직으로 올라 있는데, 아직 입궐이 안 되었다며 어찌 된 영문인지 금군이 묻는다. 뭐라 답하느냐?"

박 사력이 조금의 망설임도 없이 대답했다.

"별일 아닙니다. 오늘 본가에 간다고 들었습니다. 먼 길이라 제시간을 못 맞췄나 봅니다."

"그래? 그럴 수도 있지. 금군들, 잘 들었지?"

간의대 아래에 있던 세 사람은 상황을 납득한 듯 고개를 끄덕이며 왔던 길을 돌아서 갔다. 하지만 간의대 위에 있던 네 사람은 그렇지가 않았다. 특히 박 사력은 더 그랬다. 동지 밤은 하람이 경복궁을 지키는 날이다. 그것이 하람을 위해서인지, 경복궁을 위해서인지는 알 수 없었지만, 계속되어 온 동지 의례와도 같았다. 그리고 지금까지 단 한 번도 어긴 적이 없었다. 그의 눈이 순식간에 밤하늘에서 자미원을 찾고, 그 안에서 사보를 찾고, 또 그 안에서 태사성을 찾아냈다. 태사성의 빛이 조금 옅어진 것처럼 보였다.

"모두 태사성을 살펴보게. 자네들 눈에는 어떻게 보이는가?"

"잘 모르겠습니다. 평소와 다름없는데요?"

"빛이 다소 약해진 것 같습니다."

"제 눈에도 빛이 약해진 걸로 보입니다."

박 사력이 눈이 시려서 눈물이 맺힐 때까지 태사성을 살폈다. 기분 탓이 아니었다. 빛이 약해진 게 분명했다. '태사성의 빛이 약해지면, 임금의 곁에서 천문을 읽는 자에게 변괴가 생긴다.' 이것이 박 사력이 주워들어 알고 있는 천문 해독이었다.

"언니! 집에 있어요?"

어두운 집이었다. 차가워서 사람의 온기도 느껴지지 않았다. 원래 이곳은 친하게 지내는 언니 내외가 사는 집인데, 그들은 평소에는 벌레를 잡거나 식물을 채집하거나 광석들을 캐내거나 하여 안료 만드는 일을 하고, 겨울이면 친정에 가서 길쌈일을 도왔다. 그러니 홍녀의 짐작대로 지금은 비어 있었다.

홍녀는 하람을 업은 채로 가까스로 방문을 열고 안으로 들어갔다. 그러고서 냉골이 되어 있는 방바닥에 함께 엎어졌다. 그 상태로 잠시 숨을 골랐다. 하지만 숨 고르기도 추위 때문에 짧게 끝을 내고 일어나 앉았다. 오면서 여러 번 엎어진 탓에 다친 손목뿐만이 아니라 온몸이 욱신거렸다. 홍녀가 캄캄한 방 안에 내팽개쳐 있는 하람을 보면서 중얼거렸다.

"그냥 버리고 올걸, 내가 무슨 영화를 누리겠다고 사서 고생인지. 아야!"

홍녀가 자신의 오른쪽 손목을 쥐었다. 통증만이 아니라, 부기도 올라와 있었다. 하람이 몸을 뒤척여 옆으로 누웠다. 그러더니 새우처럼 몸을 잔뜩 웅크렸다. 홍녀가 냉큼 어깨를 잡아 흔들었다.

"정신이 드세요? 이봐요!"

하지만 추위로 인한 무의식적인 움직임이었을 뿐, 깨어날 기색은 여전히 없었다. 홍녀는 허리춤에 매달아 둔 신발을 풀어 아무 데나 집어 던진 뒤, 어둠을 손으로 더듬으며 이불을 찾았다. 겨우내 비어 있는 집이라 그런지 얇은 이불들밖에 없었다. 그거라도 바닥에 깔고 하람을 옮겼다. 그러고서 베개를 베이고 이불을 덮어 주었다. 몸에 닿는 이불이 싸늘해서인지 하람은 이불 속에서도 몸을 웅크렸다.

홍녀도 눕고 싶었다. 한 달이 넘도록 제대로 된 바닥에 등을 대고 누워 본 적이 없었기에 그 욕구는 간절했다. 그것은 졸음을 몰고 왔고, 몸을 쓰러뜨렸고, 추위의 맹공에도 불구하고 쉽게 잠에 빠져들게 만들었다. 잠에 취한 홍녀의 몸은 따뜻함을 찾아 이불을 끌어당기고, 하람의 품을 파고들었다.

잠자리에 누우려던 중전이 소스라치게 놀라 일어나 앉았다. 그러더니 바깥을 향해 귀를 기울였다. 옆에서 시중을 들던 상궁과 무수리도 같은 모양새였다.

부우우우웅!

부엉이 울음소리였다. 잘못 들은 게 아니었다.

"너희들도 들었느냐?"

"네! 또 부엉이가 울고 있사옵니다. 중전마마, 쇤네들은 무서워서 이 경복궁에서는 살 수가 없사옵니다. 제발 상감마마께 이궁移宮을 청해 주시옵소서."

중전이 이마를 짚었다. 힘겨운 기색이 역력했다.

부우우우웅!

가까운 곳에서 들리는 소리였다. 방 안에 있던 여인들이 일제히 공포에 질린 눈으로 중전을 바라보았다. 그것은 이곳을 벗어나게 해 달라는 애원과도 같은 눈이었다.

오래전부터 사람들은 부엉이 소리를 두려워했다. 부엉이가 저주를 품은 새로 알려져 있기 때문이다. 그리고 경복궁도 두려워했다. 너무도 많은 목숨이 비명횡사한 곳이라는 이유도 있지만, 반대로 이곳이 법궁으로 길들여지지 않아서 많은 목숨이 죽어 간다는 소문도 있기 때문이다. 그래서인지 지어진 이후로 경복궁은 법궁의 역할을 제대로 해 본 적이 없었다. 모두가 이곳에 머무르는 걸 기피했기에, 빈 궁궐로 남아 있었던 적이 많았기 때문이다. 그리고 지금처럼 부엉이 울음소리가 지척에서 들리면, 경복궁에서 죽어 간 수많은 원귀들이 모여든 거라 여겼다.

부우우우웅!

소리가 더 가까워진 듯했다. 게다가 한 마리의 소리가 아니었다. 중전이 머리를 쓸어 올리며 말했다.

"내가 일어나야겠구나. 조금 있으면 후궁들까지 몰려오겠어. 옷부터 다오."

상궁이 중전의 팔에 소매를 끼워 넣었다. 중전은 시중을 받으며 궁녀에게 말했다.

"상감마마께오선 아직 어침에 들지 않으셨을 거다. 어서 가서 건너가도 되는지 여쭈어라."

궁녀가 뒷걸음으로 물러났다. 그러다 문을 여는 순간, 등 뒤에서 느껴지는 무거운 존재감으로 인해 얼른 옆으로 물러났다.

"주상 전하 납시오."

이미 문이 열렸기에 내관의 속삭이는 듯한 목소리는 무의미했다. 중전이 옷고름을 매다 말고 상궁의 부축을 받으며 자리에서 일어나려고 하였다. 임금이 얼른 손바닥을 들어 제지하는 손짓을 하였다.

"아, 그냥 계시오, 중전. 나도 바로 앉을 터이니."

그러고는 주위를 둘러보며 말을 이었다.

"오늘 밤은 중전 곁에 머물 것이니, 이곳에 아무도 얼씬 못하게 하라."

부엉이 소리를 듣고 한걸음에 달려와 준 남편이었다. 그리고 궁궐의 여인들이 몰려와 중전을 힘들게 할 것을 알기에 내리는 명령이었다. 임금이 중전의 팔을 잡아 부축하듯 안았다. 그러자 방 안에 있던 모든 사람들이 두 사람만을 남겨 둔 채 순식간에 자취를 감췄다.

"그러잖아도 전하께 가려던 참이었사옵니다."

"그럴 것 같아 왔소. 난 아직 늙기 전이라 움직임이 중전보다는 가벼울 듯하여."

중전이 모처럼 남편의 어깨에 기대앉아 미소를 지었다.

"성은이 망극하옵니다."

부우우우웅!

소름이 끼치는 울음소리였다. 훨씬 가까워진 소리였지만, 남편이 옆에 있으니 두려움은 조금 덜해졌다. 남편의 손이 다정하게 어깨를 토닥였다.

"부엉이는 그저 밤에 사냥하는 날짐승일 뿐이오. 먹잇감이라도 발견하여 즐거워서 우는 소리이겠거니 여기시오, 중전."

"신첩은 전하께오서 그러하다면, 그러하다고 여기옵니다. 하오나……, 부엉이가 울 때마다 누군가가 죽거나 아파 오지 않았사옵니까? 그러니 모두가 두려워하는 것이옵니다."

"부엉이가 울지 않아도 아프고 죽는 이들은 있소."

"신첩의 기력도 예전과 같지 않사옵니다. 몸이 약해지면 마음도 약해진다더니, 요즘은 부엉이가 울면 신첩을 데리러 온 저승사자가 아닐까 두려워진답니다."

임금의 가슴이 철렁 내려앉았다. 중전이 없는 삶은 상상할 수조차 없었다. 그래서 고개만 저었다.

"중전은 아직도 젊소. 당신이 약해지면, 나도 약해지는 거요."

"신첩은 창덕궁에 머물 때가 더 마음이 편하옵니다."

이번엔 다른 의미로 고개를 저었다. 단호했다.

"여기로 돌아온 지 얼마 되지도 않았소. 더 이상 법궁을 비워 둘 수는 없소."

남편이 아닌, 임금의 목소리였다. 중전은 남편을 바라보았다. 하얗게 세어 버린 머리카락이 보였다. 검은 머리카락이 오히려 드물었다. 원래 그랬다. 젊어서부터 유독 흰머리가 많았다. 특히 오른편 머리 위는 청년일 때도 흰머리가 한 줄로 선명하게 났었다. 그 한 줄이 점점 넓어져 지금은 전체가 되었다. 아직도 피부는 젊은이 못지않은데 머리카락만 하얗게 변해 버린 것이다. 신기하리만큼.

"임자."

임금의 부름에 중전은 그만 피식 웃어 버리고 말았다. 예전에 젊었을 때, 임금도 중전도 아니었던 시절에 부르던 말이 가슴이 미어질 만큼 반가워서였다. 중전이 고개를 끄덕였다.

"주상 전하!"

바깥에서 들리는 소리였다. 다급함이 느껴졌다.

"아무도 얼씬하지 못하게 하였다."

"분부하신 명을 받들어, 부엉이가 어디서 우는지 알아보았사옵니다."

"어디냐?"

"그, 그것이……. 주상 전하! 목숨을 걸고 감히 청하옵니다. 이것은 친히 보셔야 하옵니다."

중전이 남편을 일으켰다.

"예사롭지가 않사옵니다. 어서 나가 보시옵소서."

"별일 아닐 거요. 걱정 말고 계시오. 금방 다녀오겠소."

임금이 밖으로 뛰어나갔다. 그러자 내관들이 담비 털로 만든 겉옷을 입히고 허리끈을 매어 주었다. 임금이 중전이 있는 방을 힐끗 보면서 목소리를 낮췄다.

"어디냐?"

"근정전이옵니다."

"뭐? 하필이면!"

신하들이 등을 들고 걸음을 재촉했다. 임금이 그들을 따라 근정전으로 향했다.

"대체 무엇을 직접 보아야 한단 말이냐?"

"소신들이 본 것을 차마 설명할 수가 없어서 그렇사옵니다."

신하들의 말을 이해하지 못한 것은 잠시뿐이었다. 보좌를 받아 근정전 마당에 도착했을 때는 그 이유를 충분히 납득할 수 있었다. 경복궁의 중심이자, 조선 왕실을 상징하는 건물, 근정전! 그 지붕 용마루에 부엉이가 앉아 있었다. 한 마리가 아니었다. 두 마리도 아니었다. 수십 마리의 부엉이가 노란 눈을 번뜩이며 임금을 내려다보고 있었다. 일찍이 이리 많은 부엉이는 본 적이 없었다. 처음 보는 기괴한 광경이었다. 또 한 마리의 부엉이가 멀리서 천천히 날아와 거대한 날개를 쭉 펼치며 용마루에 등 돌려 앉았다. 그러더니 조금씩 고개가 돌아가 앞 얼굴이 등에 맞춰졌다. 시선은 마치 임금을 보는 듯했다. 다시금 긴 울음소리가 들렸다.

부우우우웅!

날짐승의 울음소리에 불과했다. 알고는 있었다. 하지만 임금의 귀로 들어오는 그 울음소리는 마치 사람 이름을 부르는 것 같았다.

이방원!

정신이 아득해졌다. 용마루를 덮고 있는 시커먼 부엉이 떼가 한을 품고 죽어 간 원귀들이 웅크리고 있는 걸로 보였다.

"주상 전하, 괜찮으시옵니까? 주상 전하!"

임금이 정신을 차렸다. 자신도 모르는 사이, 부엉이의 기괴함에 혼을 빼앗기고 있었던 모양이다.

"아! 괜찮다. 아무렇지도 않느니. 하람 시일의 소식은 아직 없느냐?"

"네, 아직 어느 누구에게서도 전언이 들어오지 않은 걸로 아옵니다."

"사고를 당한 건 아니어야 할 터인데……."

동지 밤이면 반드시 경복궁에서 일직을 하던 하람이 갑자기 사라졌다. 그런데 하필이면 딱 맞춰 이런 괴상한 조화가 나타난 것이다. 임금이 당장 하람의 필요를 느낀 건, 그가 조화를 없애 줄 능력이 있어서가 아니었다. 그 어떤 조화도 평범한 자연 현상으로 말하는 재주가 있기 때문이다.

"날이 밝는 대로 해괴제解怪祭를 올리도록 해라. 조촐하게."

"조촐하게라고 하시었사옵니까?"

"그렇다. 부엉이가 근정전에서 울었으니 안 할 수는 없지 않느냐?"

예전에는 부엉이가 궁궐에서 울 때마다 해괴제를 올렸다. 이를 낭비라고 생각한 임금이 2년 전부터는 근정전에서 울 때만 올리는 것으로 제약했다. 이조차도 낭비라고 생각하는 임금이었다. 신하들이 근심 어린 표정으로 근정전 지붕을 보았다. 이번엔 다르게 해야 한다는 무언의 표정들이었다. 하지만 임금에게는 통하지 않았다.

"한 마리든, 여러 마리든, 약식으로 올려라. 숫자에 연연하지 말라."

임금이 용마루 위의 원귀 같은 부엉이들을 노려보았다.

"그저 날짐승일 뿐이다. 아무것도 아니야."

그리고 나는, 이방원이 아니다.

| 세종 19년(정사년, 1437년) 음력 11월 17일 |

더없이 편안한 잠자리였다. 맞춘 듯 딱 알맞은 베개 높이와, 따뜻하게 감싸 안은 이불과, 향기로운 냄새까지. 하늘의 남자가 내려온 것이 아니라 그에게 이끌려 하늘로 올라가고 있는 기분이었다. 하늘로 올라가? 나 죽은 거야? 꿈에서 깜짝 놀란 홍녀의 눈이 현실에서 번쩍 떠졌다. 동시에 몸도 움직였지만 단단한 무언가에 꽉 잡혀 옴짝달싹하지 못했다. 잠에서 온전히 빠져나와 상황을 파악했다. 맞춘 듯 딱 알맞은 베개는 하람의 팔이었으며, 이불은 하람의 몸이었으며, 향기로운 냄새는 하람의 체취였다. 그리고 꽉 잡은 단단한 무언가는 하람의 품이었다.

"저기, 깨, 깨어 계신가요?"

답이 없었다. 고른 숨소리. 잠결에 죽부인을 껴안듯 홍녀를 안은 모양이었다. 홍녀가 코를 킁킁거렸다.

"아, 선남에게서는 이렇게나 좋은 향기가 나는구나. 신기하다."

이런 기분 좋은 편안함이 언제 또 있었을까? 기억이란 것이 있는 지점까지 거슬러 가도 없었던 것 같았다. 이 느낌을 놓치고 싶지 않았다. 영원히 이 상태로 있고 싶었다. 배 속에서 계속되는 폭동만 없었다면 먼저 하람의 품을 떨치고 일어나는 일은 없었을 것이다.

홍녀가 아쉬운 마음으로 하람의 팔을 살그머니 들어서 빠져나왔다. 그러고는 일어나 앉아 환하게 밝은 창문을 보았다. 잠깐 잠든 것 같은데 이미 날이 밝아 있었다. 창으로 들어온 따뜻한 햇살이 하람의 얼굴 위에 머물렀다. 엷은 미소를 머금은 그 얼굴은 달빛의 착각이 아니었다. 햇빛도 하늘에서 내려온 남자임을 의심하지 못하게 하였다. 홍녀가 벌떡 일어나 창문을 열어젖혔다. 그러고는 하늘을 향해 외쳤다.

"이 선남, 저한테 주신 거 맞습니까? 정말로 제가 가져도 되지요?"

하늘의 대답은 없었다. 그 대신 의식 없이 누운 남자가 몸을 뒤척였다. 옮은 미소는 사라지고 없었지만, 사지 육신은 멀쩡해 보였다. 홍녀가 희죽 웃었다.

"아이참, 이걸 어쩌나. 하늘이 주신 건데 거절할 수도 없고, 하하하! 어차피 동침이라면 동침이랄 수도 있는 하룻밤을 보냈으니 하늘에서도 무르자고 못 하겠지. 빼도 박도 못 하게 하려고 내가 일부러 저 품에서 잔 게 아니라는 건 하늘이 더 잘 알 터이고. 그나저나 선남님이 할 줄 아는 게 있으려나? 이 땅에서 밥 벌어먹고 살 재주는 있어야 될 터인데……."

잠시 고민하는 듯했던 홍녀가 다시 히죽거리면서 말했다.

"까짓, 내가 벌어먹이지, 뭐. 하늘에서 내려왔으니 착하기는 할 거 아니야? 그거면 충분해! 남자가 착하면 됐지, 뭘 더 바라? 하하하! 아이고, 배고파. 아차, 눈동자!"

홍녀는 옆에 쪼그리고 앉아 하람의 눈을 향해 손가락을 뻗었다. 문득 자신의 손이 보였다.

"나 되게 더럽구나."

팔과 옷을 당겨 킁킁대며 자신의 냄새를 맡아 보았다. 남자에게서 나는 향기와는 다르게 악취가 났다. 어쩐 일인지 평소 몰랐던 부끄러움이란 감정을 알 것도 같았다. 홍녀는 조금 전까지 자신의 몸이 닿아 있던 하람의 가슴을 손으로 톡톡 털었다. 그렇게라도 자신의 냄새와 부끄러움을 없애고 싶었다. 하람의 가슴팍에 코를 가까이 하여 자신의 냄새가 배지 않았나 확인해 보았다. 나는 것 같았다. 이불을 당겨 하람의 가슴과 팔 등을 문질러 닦아 보았다. 하지만 역효과였다. 이불에서 나는 냄새도 만만치가 않았기 때문이다.

홍녀가 다시 하람의 눈으로 손을 뻗었다. 이번에는 계획대로 손가락으로 눈꺼풀을 올렸다. 하지만 미처 다 올리기도 전에 얼른 손바닥으로 눈을 덮었다. 가슴이 쿵쾅거렸다. 붉은색 눈동자였다. 이것도 달빛의 착각이 아니었다.

"선남이 아니라, 설마 도깨비?"

홍녀는 자신이 내뱉은 말에 스스로 놀라 손을 뗐다. 아무리 잘생겨도 도깨비는 무서웠다. 홍녀는 앉은 채로 두어 발 뒤로 물러나 벽에 기대앉았다.

"혹시 뿔 같은 것도 있나? 상투가 뿔은 아니겠지?"

처음에는 뿔을 찾기 위해 뚫어지게 쳐다보았다. 하지만 점점 목적을 잃고 잠든 남자의 얼굴만 하염없이 바라보게 되었다. 보면 볼수록 궁금함이 더해졌다. 인왕산의 호랑이와도 비교할 수 없는 궁금함이었다. 이 눈이 떠진다면 어떤 모습일까? 어떤 표정과 어떤 목소리로, 어떤 말을 할까? 할 수 있는 모든 상상을 동원해도 머릿속에서 그려지지가 않았다.

"선남이든, 도깨비든, 하다못해 저승사자든 상관없으니까 제발 눈 좀 떠 보세요. 대화 좀 하자고요. 이렇게 누워 있기만 하면 그림 속의 남자와 뭐가 달라!"

하지만 잠든 남자는 홍녀의 간절함 따위는 알지 못했다. 끊임없이 잠만 잘 뿐이었다. 역시 인간이기는 어려웠다. 인간이라면 이렇게까지 자는 건 불가능하니까. 홍녀가 하람의 얼굴에서 눈을 뗄 수 없었던 건 외모 때문만은 아니었다. 그 외모를 가득 채우고 있는 무표정 때문이었다. 그런데 이상했다. 분명 아무런 표정도 없는데, 슬펐다. 표정이 없어서 더 슬펐다.

"천상에서 쫓겨난 건가? 내려온 게 아니라……."

홍녀는 하람의 발 위치에 맞춰 자신의 발을 놓았다. 그러고는 옆에 나란히 누워 보았다. 홍녀의 머리끝이 하람의 어깨쯤에 맞춰졌다.

"키가 상당히 크시구나. 아……, 선남이든 뭐든 다 필요 없고, 그냥 평범한 사람이면 좋겠다. 평범한 사람……."

그림 족자들이 빼곡하게 걸린 넓은 방이었다. 뒷짐 지고 그 앞을 어슬렁거리는 이용李瑢의 얼굴에는 뿌듯함이 가득했다. 간간이 눈을 게슴츠레 뜨고 바라보기도 하고, 또 간간이 그림에서 뒷걸음으로 멀어졌다가 가까워지기를 되풀이하기도 하였다. 바깥에서 이용을 다급하게 부르는 소리가 들리기 전까지는 시간조차 근접하지 못하는 공간이었다.

"안평대군安平大君 나리! 안평대군 나리!"

공간이 파괴되고 있었다. 이용은 두 손으로 양쪽 귀를 필사적으로 막았다. 하지만 바깥의 소리는 손바닥을 가볍게 뚫었다.

"안평대군 나리! 잠시만 나와 보시옵소서."

"제발 나의 이 행복한 시간을 방해하지 말아 다오."

"급한 일이옵니다. 궐에서 들어온 소식이온데……."

“명나라로 떠난 사신이 돌아왔단 소식이 아니면 나를 부르지 마라.”

“그러지 마시고 좀 나와 보시옵소서.”

이용이 한숨을 푹 내쉰 뒤, 행여 차가운 바람이 그림을 침범할세라 조심스럽게 문을 열고 나갔다. 그러곤 문을 닫자마자 소리를 높였다.

“내가 이 방에 들어와 있을 땐 방해하지 말라지 않았느냐!”

“하오나 중대한 일이라…….”

“만약에 내가 듣고 대수롭지 않은 일이라 판단될 시엔 경을 칠 것이야.”

청지기는 잠시 망설이며 고민에 빠졌다. 자신이 들은 이야기가 안평대군이 듣기에 따라서는 별일이 아닐 수도 있기 때문이다. 하지만 매번 경을 친대 놓고서 단 한 번도 실행한 일이 없는 분이기에 망설임은 쉽게 접을 수 있었다.

“일관이 사라졌다고 하옵니다.”

“누가 사라진들 그게 나와 무슨 상관……, 응? 일관이라면, 설마 하람 시일을 일컫는 건 아니겠지?”

“지금 조선 땅에 일관이 그 사람밖에 더 있사옵니까? 아무튼, 어젯밤에 감쪽같이 사라졌다고 하옵니다.”

“사라져 봤자 경복궁 내 어딘가에는 있겠지. 별일도 아닌 걸 가지고…….”

“사라진 곳이 궐 밖이니까 이러는 것이옵니다.”

뒷짐을 지고 있던 이용의 손이 턱 밑으로 자리를 옮겼다. 그러곤 한참 동안 말이 없었다. 청지기가 그의 침묵을 깨웠다.

"안평대군 나리?"

"궐 밖을 나와 있단 말이지? 그 하 시일이……."

그러고 보니 어제가 동지였다. 하람이 경복궁을 비우는 몇 안 되는 날이었던 셈이다. 그것은 바꿔 말해서 이 나라의 일관과 접촉할 수 있는 몇 안 되는 날이라는 뜻과도 같았다.

"사람이 연기가 아닌 다음에야 사라지지는 않았을 터. 계속 말해 보아라."

"일관을 감시하는, 아니, 수행하는 중금 아이가 있지 않습니까? 그 아이가 어두워서 놓쳤다고 하옵니다. 밤사이 순라군도 찾지 못한 모양이옵니다."

"야간 방호가 형편없구나. 눈도 안 보이는 자를 어떻게 하면 못 찾을 수가 있단 말이냐?"

청지기의 목소리가 한층 낮아졌다.

"그리고 오늘 새벽, 궐에서 해괴제가 있었다 하옵니다."

"하필이면! 한낱 미물에 지나지 않는 부엉이가 어찌 그리 날짜를 잘도 맞췄을까?"

법궁의 터주신, 하람! 지금의 젊은이들은 거의 모르지만, 나이깨나 든 사람들은 알고 있는 이야기였다. 생각으로만 공유할 뿐, 소리를 만들어 입 밖으로는 낼 수 없는 이야기. 법궁의 터주신을 아는 사람이라면, 하람이 사라지자마자 근정전에서 부엉이가 운 것을 두고 비슷한 생각들을 했을 것이다.

'터주신이 자리를 비우자 비로소 원귀들이 모여들었다.'

이용은 이 소문을 알고 있는 몇 안 되는 젊은이에 속했다. 하지만 하람에게 왜 이런 별명이 붙게 되었는지까지는 알고 있지 않았다. 청지기가 뒤이어 말했다.

"그보다 더 중한 일은……, 진양대군晉陽大君*께오서 벌써 그 일관을 찾아 나섰다는……."

갑자기 말을 멈췄다. 하인의 안내를 받으며 들어오는 사람이 있었기 때문이다. 사복 차림이긴 했지만 한눈에도 임금이 보낸 내관임을 알 수 있었다. 이용이 짜증스러운 표정으로 차가운 마루에 털썩 앉았다.

"안평대군 나리, 소인 인사 여쭙습니다."

"인사는 놔두게. 어제 궐에서 동지 하례 할 때도 봐서 기억하니까."

"주상 전하의 급한 전교가 있어 밖에서 기다리지 못하고 이리 들어왔사옵니다."

"나더러 진양대군 형님보다 먼저 하람 시일을 찾아 궐로 데리고 오라시더냐, 주상 전하께옵서?"

"엇! 그걸 어찌 아시옵니까?"

"우리 아바마마께옵서도 나이가 드시긴 드셨구나. 별 시답지 않은 일에까지 신경 쓰시는 걸 보니."

이용이 고개를 들어 먼 하늘을 보았다. 차가운 겨울이긴 하였지만, 하늘은 더없이 새파랬고, 햇살은 따뜻했다. 바람에 묻

---

* 세종의 둘째 아들. 수양대군首陽大君.

은 한기만 아니었다면 어제가 동지였음을 깨닫지 못했을 것이다. 이 정도 기온으로는 동사하기도 쉽지 않을 터이니, 찾아낸다면, 혹은 구해 낸다면 여러모로 효용 가치가 높을 거라고 진양대군은 판단한 듯했다. 그리고 임금이 진양대군의 이리 작은 움직임에도 신경을 쓴다는 건, 세자의 건강이 썩 좋지 않다는 반증이리라.

"어제 뵈었을 땐 그리 나쁘진 않았는데……. 에휴! 두 형님 사이에서 내가 무슨 고생이람."

"도와주시는 걸로 알고 소인은 이만……."

갑자기 한쪽 다리를 들어 올려 쭉 뻗은 이용 때문에 내관이 말을 멈췄다.

"나의 이 다리가 얼마짜리로 보이는가?"

"네? 무슨 뜻이온지……."

이용은 다리를 내리고 이번에는 한쪽 팔을 쭉 뻗었다.

"이 팔은 얼마짜리로 보이는가?"

대답할 가치가 있는 질문인지를 고심하느라 내관은 침묵했다. 오래도록 자세를 바꾸지 않던 이용이 뻗었던 팔을 구부려 제 머리를 가리켰다.

"나의 이 머리는 얼마짜리로 보이는가?"

"대군의 신체이시옵니다. 어찌 감히 값을 논할 수 있겠사옵니까?"

그나마 가장 장단을 맞춘 대답이었다. 어디로 튈지 모르는 안평대군 앞에서 더 이상 알맞은 정답을 찾아낼 자신이 없었다.

"그런가? 허면, 값을 논할 수조차 없는 나의 이 다리와 팔과 머리를 이용하는 대가도 그에 상응하는 것으로 주시겠다고 하시던가?"

"네? 아니, 한시가 급한 중차대한 일 앞에서 그 어찌……."

"중차대한 일이란 것이 누구에게 급한가? 나에게?"

내관은 입을 다물었다. 안평대군이 말하는 '대가'는 짐작하고도 남음이 있었다.

"난 그다지 욕심 많은 사람이 아니야. 아바마마께옵서도 모르시지는 않을 걸세."

"주상 전하께옵서 그에 대한 건 윤언을 내리신 바가 전혀 없어서 소인도 드릴 말씀이 없사옵니다."

"그렇다면……, 까짓것, 그냥 여기서 말해 주지. 이미 답은 나와 있으니까."

내관이 놀란 눈으로 이용을 바라보았다.

"벌써 알아내셨사옵니까?"

"공짜로 나를 부려먹는 값어치만큼만 말한다면, 하 시일은 도망을 친 걸세."

어처구니가 없었던 내관은 대꾸도 못 하고 가만히 있었다. 당황한 청지기가 내관의 눈치를 살피며 나섰다.

"아무리 대가가 없는 일이라도 그렇지, 그런 얼토당토 안 되는 말씀을 하시면 아니 되옵니다."

하지만 이용은 청지기와는 달리 눈앞의 인간이 임금의 사자일지라도 눈치 따위는 보지 않았다.

"아니, 내 말을 들어 보게. 하 시일은 일관이기도 하지만 동시에 지관地官이기도 하고, 역관曆官이기도 하지. 그동안 하 시일이 주상 전하께 계속해서 주청해 오던 게 뭐였는가? 이 세 업무를 나눠서 각각 책임자를 둬야 한다는 거 아니었는가? 그런데 주상 전하께오서는 생각해 보마라고만 하시고, 차일피일 미루며 들어준 적은 없으셨단 말일세."

마음이 바빴던 내관은 그러면 안 되는 줄 알면서도 임금의 아들 말을 가로막고 들어갔다.

"도대체 무슨 말씀을 하시는 건지 소인은 도통……. 그래서 도망을 쳤다는 말씀이시옵니까, 하람 시일이? 다른 관원도 아니고 그 일벌레 하 시일이?"

"날 때부터 일벌레였겠는가? 주상 전하께옵서 그리 만드신 게지. 한 사람이 감당하기에는 너무도 많은 업무였어. 그 정도면 하 시일도 오래 참은 거지. 그러게 작작 좀 부려먹으시지. 쯧쯧. 논밭을 가는 황소도 쉬게 해 가면서 부려먹는 건데 말일세."

내관이 한숨을 쉬며 잠시 제 이마를 짚었다. 그러고서 끓어오르는 화를 가까스로 웃음으로 승화시키며 말했다.

"그래서 하시려는 말씀이 무엇이옵니까?"

"아바마마께 가서 전하게. 그 일에 이 어리석은 셋째 아들은 끌어들이지 마시라고, 응? 제 발로 도망간 놈을 뭔 수로 찾아."

"안평대군 나리, 그럼 대가를 드리면 다른 답도 주시겠다는 뜻이옵니까?"

이용이 제 손톱을 이리저리 살펴 가며 아랫입술을 쭉 내밀었다.

"뭐, 그렇다고 봐야지? 내 손이 비어 있는 지금으로서는 이 답이 최선일세."

"혹여 염두에 두신 대가라도……."

물어보고 싶지 않았지만 어쩔 수가 없었다. 예상대로 자세부터 달라졌다. 이용이 들뜬 목소리로 말했다.

"내가 원하는 건, 공민왕의 그림……."

"네에? 그런 말도 안 되는!"

"……이지만, 당연히 나라의 보물이라 안 될 터이고. 난 욕심이 없는 사람이라니까? 아주 욕심 없이, 약소하게, 도화원의 화공이 그린 산수화 정도만 원하네. 지금 선화善畵 자리에 있는 화공 정도면 딱 적당한 듯싶은데……. 선화는 고작 종6품 정도밖에 안 되지, 아마?"

애초부터 그림이 목적이라는 건 알고 있었다. 그리고 종6품의 선화가 안평대군의 품계에 비하면 '고작'이 맞다. 하지만 지금 선화 자리에 있는 화공이라면, 콧대가 높기로 명성이 자자한 안견安堅이 아닌가! 그것은 절대 '고작'이 될 수 없었다. 내관이 당황하여 말했다.

"안 선화의 그림이 어찌 약소한 것이옵니까?"

"싫으면 말고. 일관이 사라지든, 해가 사라지든 난 아무 관심도 없으니까."

"이건 소인이 결정할 수 있는 부분이 아니옵니다."

"그거야 나도 잘 알지. 나 같으면 지금 즉시 주상 전하께 달려가 윤허를 받아 오겠네. 자네가 빨리 움직일수록, 하 시일의 행방도 그만큼 빨리 찾아질 걸세."

내관은 자신에게 안평대군을 설득시킬 능력이 없음을 인지했다. 설득시키지 못하면, 차라리 설득당하는 편이 현명하다. 이 뒤는 임금이 자신의 아들을 손수 처리해 주시리라.

"주상 전하께 아뢰어 보겠사옵니다. 그럼 소인은 이만."

청지기는 내관이 시야에서 벗어날 때까지 동정 어린 눈빛으로 쳐다보았다. 하지만 이용은 새롭게 소장하게 될지도 모르는 그림으로 인해 잔뜩 들떴다.

"안견이다. 자그마치 안견 그림이야. 으흐흐. 부엉이가 이리도 고마울 수가. 어떤 그림으로 하지?"

"그게 어떤 거든 일관이 있는 곳을 알아야 가질 수 있지 않겠사옵니까? 공짜 답이라고 하셨으니, 진짜 도망친 건 아니라는 거지요?"

이용이 청지기를 보며 싱긋이 웃었다. 장난기를 머금은 눈빛이었다.

"하 시일은 조금 안 보이는 수준이 아니야. 저 태양의 빛조차 아예 인식을 못 하는 눈이라고. 그런 자가 자의로 사라지기는 힘들지."

"안 선화의 그림을 대가로 받을 정답은 역시 납치이옵니까?"

"아무렴, 납치지."

"그렇다면 심각한 사건이 아닐 수 없사옵니다."

이용이 고개를 크게 끄덕였다. 잔뜩 긴장한 청지기와는 달리 이용의 표정은 더없이 즐거웠다.

"하 시일을 잡아 두고 있는 자는 이유가 무엇이건, 두 번 다시 빛을 보긴 어려울 거야. 하지만 의외로 심각한 사건이 아닐 가능성이 높아."

"심각한 사건이 아닐 수도 있다니요? 일관이라니까요!"

"하 시일은 일관이지만, 진짜 일관은 아니다. 그래서 절대 예언 같은 건 하지 않아. 나처럼 허튼소리를 하는 사람도 아니고. 그렇기에 납치해 가 봤자 이용할 거리가 없어. 찾아내서 납치당한 걸 구해 냈다고 꾸며 내는 게 더 이용 가치가 있겠지."

일관인데 일관이 아니라니, 이게 대체 말인지 방귀인지 알 수가 없었다. 그나마 천만다행인 건 자신이 허튼소리를 하는 것 정도는 안다는 점이다. 청지기에게서 신뢰감이 사라지고 있는 걸 알았는지, 이용이 웃으며 말했다.

"넌 하 시일을 직접 본 적은 없지?"

"당연한 말씀을 하시옵니다."

나라의 일관은 함부로 사람을 만날 수 없었다. 왕손이라면 더더욱 그랬다.

"그러니 그렇게만 생각할 수밖에. 하 시일이 과중한 업무에 지쳐 스스로 도망친 게 아니라면, 납치라도 된 거라면, 그 납치범은 단언컨대……."

잠시의 뜸이 있었다. 청지기는 몸이 바짝 달아올라 가까이 다가갔다. 안평대군이 평소에는 실실거려도 놀랍도록 예리한 면이 있다는 걸 알고 있었다. 그렇기에 임금도 안평대군의 손을 빌리는 것이 아닌가.

"단언컨대, 그 뒤는 무엇이옵니까?"

"계집이다!"

청지기의 어깨에서 기운이 쭉 빠졌다. 안평대군의 입에서 답다운 답이 나오리라 기대한 자신이 바보 같았다.

"네, 네. 그렇겠지요. 암요. 계집……. 하! 차라리 조금 전, 공짜 답으로 하시는 건 어떻사옵니까? 이왕 막 갖다 대기로 한 거면, 도망쳤다는 쪽이 훨씬 그럴싸하옵니다."

"어허, 이 사람이 속고만 살았나! 일관? 그따위 자리는 그자의 미모에 비하면 아무 짝에도 쓸모없는 거야. 두고 봐, 내 추리가 옳을 터이니. 범인은 평소 상사병을 앓고 있던 계집이야."

아무래도 농담하는 것 같지가 않았다. 하지만 믿을 수는 없었다. 그러기에는 너무 허무맹랑했다.

"네, 알겠사옵니다. 정 그러시면 그 계집이라도 찾으러 가보셔야지요."

이용이 두 손을 펼쳐 청지기 앞으로 내밀었다.

"아직 난 빈손이야. 이 두 손이 무거워지기 전까지는 내 엉덩이가 무거울 수밖에."

청지기가 마지못해 고개를 숙였다. 주변 사람들 속이 썩든 말든 오늘도 이용 홀로 즐거웠다.

"화조도로 할까? 내 초상화도 한 점 갖고 싶기도 하고. 아니지, 안견이 인물도는 조금 그렇지. 뭐니 뭐니 해도 안견은 산수화인데……."

4

| 세종 19년(정사년, 1437년) 음력 11월 18일 |

벽에 기대앉아 꾸벅꾸벅 졸던 홍녀가 옆으로 떨어지는 머리에 놀라서 퍼뜩 깨어났다. 창으로 들어오는 햇살로 봐서는 다시 하루가 지난 듯했다. 그사이에도 하람은 깨어나지 않았다. 잠꼬대조차 없었다.

"젠장! 인사 한번 나누기 정말 힘드네."

홍녀가 입 옆으로 흐르던 침을 손등으로 쓱 문질러 닦았다. 그러곤 허리를 두드렸다.

"아이고, 허리야. 아야!"

무의식중에 움직인 손이 다친 손목이었던 탓에 터진 비명이었다. 하지만 이 소리도 하람을 깨우지는 못했다. 홍녀가 제 배를 쓰다듬었다. 어제 말린 나물을 씹어 먹기는 했지만, 간에 기별도 가지 않았다. 자신의 배고픔을 느낀 순간, 누워 있는 남자의 배고픔도 걱정되었다. 나물조차 삼킨 적이 없기 때문이다. 그동안 남자가 삼킨 건, 강제로 떠 넘긴 물 몇 숟가락이 전부였다. 이대로라면 남자가 깨어나는 걸 보기도 전에 송장부터 치르게 생겼다.

"천도라도 따 와야 하나? 하! 이 한겨울에 그게 어디 있는지 알아야 따 오지."

홍녀는 풀이 죽은 채로 떠 놓은 물그릇에 집게손가락을 넣었다. 그러고서 손끝에 물을 묻혀 바닥에 천도를 그렸다. 또다시 물을 묻혀 그 옆에 강을 그리고, 또 묻혀 계곡을 그렸다. 물로만 그려지는 그림은 금세 메말라 자취를 감췄다. 그럼에도 불구하고 물을 먹물로, 손가락을 붓으로 삼은 홍녀의 그림은 계속 이어졌다. 그러다가 실수로 하람의 얼굴을 툭 건드리고 말았다.

"앗! 죄송합……."

하람은 깨어나지 않았다. 하지만 홍녀는 놀란 눈으로 하람의 얼굴을 가까이에서 살폈다. 어제까지만 해도 이상 없던 남자의 얼굴이 땀으로 범벅이 되어 있었다. 이마를 짚어 보았다. 손이 후끈거릴 정도로 열이 높았다.

"어, 어떡하지?"

급하게 제 소매를 가져다 대려다가 멈칫했다. 이걸로 닦았다간 없던 병도 생길 것이다. 이불을 당겼다. 하지만 이것도 썩

깨끗하다고 할 수는 없는 상태였다. 방을 두리번거렸다. 마땅히 수건으로 삼을 만한 것이 없었다. 홍녀의 시선이 결국 남자의 옷에 머물렀다. 여기서 가장 깨끗한 것이다. 홍녀가 하람의 옷소매를 끌어다가 얼굴에 맺힌 땀을 닦아 냈다. 하지만 금세 다시 올라왔다.

"하늘에서 내려오자마자 죽거나 하지는 않겠지?"

홍녀의 눈에 남자의 소맷자락이 들어왔다. 보기 드물 정도로 좋은 옷감에, 인간의 솜씨로 보이지 않는 바느질로 지은 옷이었다. 이뿐만이 아니라 손도 정상 범위를 벗어날 만큼 고왔다. 슬그머니 쓰다듬어 보았다. 정말 부드러웠다. 부역이나 잡일을 겸하긴 해도, 주로 붓으로 밥 벌어먹고 사는 화공들 중에서도 이렇게까지 고운 손은 없었다. 여러모로 상황을 맞춰 보아도 선남, 도깨비, 인간 중에 인간일 확률이 가장 적었다. 그렇다면 죽지는 않겠다 싶어서 조급함이 잦아들었다. 한편으로는 실망감도 들었다.

"역시 사람은 아닌가? 앗! 오해 마세요. 평범한 사람이면 좋겠다는 거지, 선남이 싫다는 건 아니에요. 물론 도깨비는 조금 곤란하지만요."

남자의 대답은 없었다. 오직 거친 숨소리만 들려왔다. 이번에도 홀로 묻고 홀로 대답한 것이다.

"맞다, 의원! 의원을 데리고 와야지."

홍녀가 벌떡 일어섰다가 안절부절못하고 다시 앉았다. 그러기를 여러 차례 반복했다. 사람이 아프면 당연히 의원을 데리고 오는 게 정상인데, 누워 있는 남자가 사람이라는 뾰족한 증거가 없었다. 더군다나 제대로 된 의원을 찾기란 하늘의 별 따기였다. 찾았다손 치더라도 지불할 돈이 없는 건 더 큰 문제였다. 그렇기에 홍녀의 앉았다 일어서기는 끊임없이 이어졌다.

의원을 대체할 만한 걸 궁리했다. 그러다가 아무것도 먹지 못한 걸 떠올렸다. 사람이든 사람이 아니든 간에 무엇이든 먹여야 하지 않겠는가? 의식이 없어도 먹일 수 있는 게 뭐가 있을까 궁리한 끝에 꿀이 떠올랐다. 화단주가 몸이 아플 때마다 먹는 게 꿀이니, 화단에 가면 구할 가능성이 높은 물건이었다. 홍녀가 얼른 문고리를 잡았다.

"잠깐! 그사이에 깨어나면?"

잡았던 문고리를 놓았다. 머리맡에 편지라도 남겨 놓아야 할 것 같았다. 그런데 백유화단에는 흔하게 있는 종이가 여기에는 없었다. 어차피 종이가 있다손 치더라도 그 면을 메울 글자를 많이 알고 있지 못했다. 드문드문 알고 있는 글자를 엮어 원하는 문장을 만들어 내는 건 머리를 쥐어짜 내도 무리였다.

"쉬운 글자를 만들어 내는 사람이 있으면, 내가 평생 업고 다닐 테다!"

홍녀가 문을 박차고 나가 건넛방으로 넘어갔다. 집주인의 직업 덕에 종이는 없어도 안료 찌꺼기 정도는 있었다. 홍녀의 눈에 작은 절구통이 보였다. 그 안에 붉은색 진사 가루가 있었다. 최근까지 주력해서 만든 안료였기에 다른 색은 보이지가 않았다. 홍녀가 절구통을 들고 남자가 있는 방으로 들어갔다.

그러곤 거의 없다시피 한 가루를 탈탈 털어, 얼마 남지 않은 물이 든 그릇에 넣었다. 그것을 집게손가락으로 잘 개었다. 양이 턱없이 모자라서 글자 몇 개 정도면 끝날 것 같았다.

"뭐라고 쓰지?"

'홍반디'라는 자신의 이름을 남기고 싶었지만, 그건 불가능했다. 반디는 반딧불이에서 가져온 말이기에 글자가 없었기 때문이다. 그러니 홍녀가 어렵지 않게 쓸 수 있는 글자는 아버지가 지어 주신 본명밖에 없었다. 이름 뒤에 이어서 적을 말도 생각해 봤지만 마땅히 떠오르는 글자가 없었다. 결국 홍녀는 남자의 넓은 소맷자락에 자신의 본래 이름 세 글자만 적고 말았다.

"제 이름이에요. 홍부처럼 박씨를 받고 싶어서 이러는 건 아니에요. 그래도 선남님 목숨을 구한……, 목숨까지는 아닌가? 암튼 그동안 선남님을 돌봐 준 사람 이름 정도는 알아주십사 하는 거예요."

홍녀가 문을 열었다. 그러고는 나가기 전에 마지막으로 하람을 쳐다보았다.

"잠시만 기다리세요. 꿀단지만 얻어 올게요."

한참을 망설인 뒤, 홍녀는 겨우 방을 나섰다. 세상의 모든 이치가 그랬다. 꽃이 피어나는 것도, 달님이 구름을 헤집고 나오는 것도, 심지어 참새가 바구니 속으로 들어가는 것도 그랬다. 지켜보는 동안에는 잠자코 있다가, 잠시 눈을 돌린 틈에 모든 일이 일어나 버린다. 언제나 그랬던 것처럼 이번에도 다르지 않았다. 그토록 오래 기다렸건만 홍녀가 자리를 뜬 지 얼마 지나지 않아 하람이 눈을 뜬 것이다.

커다란 나무에 붙어 서서 대문을 살폈다. 마당을 가로질러 저 대문만 통과하면 목표를 달성할 수 있다. 홍녀는 보자기로 꽁꽁 싸맨 작은 꿀단지를 품에 안고 바깥을 향해 모든 신경을 쏟아부었다. 화단주의 벽장에 있던 꿀단지였다. 이것을 말도 하지 않고 가지고 나오긴 했지만, 훔치는 것은 아니었다. 적어도 홍녀에게는 그랬다. 전후 사정을 설명하고 허락을 받아서 가지고 나올 수도 있었다. 그동안 얌전하게 화단에 붙어 있었다면 가능한 이야기였다. 하지만 그간의 행실이 그렇지가 못했다. 지금 잡혔다가는 잔소리 듣느라 시간이 늦어질 것이 뻔했다. 어쩌면 며칠 동안 대문 밖 구경도 힘들 위험이 있었다.

마당에 사람의 기척이 사라지고 개미 한 마리도 보이지 않았다. 기회는 이때다! 그런데 등 뒤에서 들려오는 소리가 한 발 내딛던 홍녀의 발을 멈춰 세웠다.

"어머나! 이 거지는 누구실까요?"

완벽한 한양 말씨에 몸속의 오장육부까지 간질이는 이 목소리는? 큰일 났다. 견주댁이다!

"홍 화공이 거지꼴을 하고 다닌다더니, 이렇게 제 눈으로 확인하게 될 줄이야. 동짓날 제가 집에 간 사이에 다녀가셨다면서요?"

홍녀는 대답도 못 하고 꿀단지만 끌어안았다. 시선은 대문에 고정되어 있었다.

"돌아서서 저 좀 보시지요. 그 꼴로 다시 대문 밖을 나가시려는 건 아니겠지요? 제가 있는데?"

견주댁의 간드러지는 목소리에 떠밀려 대문이 멀어지고 있었다. '제가 있는데?'라는 말은 절대 보내지 않겠다는 뜻이다. 그럴 능력이 충분히 있는 여자였다. 견주댁 앞에서는 뛰어 봤자 벼룩이지만, 포기할 수는 없었다. 열로 힘겨워하는 그 남자에게 이 꿀을 가져가지 않으면 안 된다. 뛰어야겠다고 마음먹은 찰나, 견주댁의 목소리가 훨씬 가까워진 귓가에서 들려왔다.

"이 자리에 가만히 서 있어야 합니다. 깔려 죽고 싶지 않으면요."

노랫가락과도 같은 간드러짐이었다. 말의 내용과는 상반되게도. 이를 무시하고 뜀박질을 시도했지만, 그보다 앞서 홍녀의 뒷덜미는 견주댁의 손아귀에 들어가 있었다. 역시나 벼룩에 지나지 않았다.

"어머, 이게 뭔가요? 꿀단지 아닌가요?"

그제야 홍녀가 견주댁을 돌아보았다. 하지만 뒷덜미를 잡힌 상태였기 때문에 반쯤 돌아가다가 말았다. 웬만한 남자보다 더 근육질인 견주댁의 팔뚝이 보였다. 근육만이 아니라 덩치와 힘도 남자 못지않았다. 백유화단의 안팎살림을 모두 책임지고 있는 행수머슴, 견주댁의 손아귀를 벗어나는 건 불가능한 일이다. 이렇게 된 이상 애걸복걸하는 방법밖에 없다.

"견주댁, 못 본 걸로 해 주면 안 될까요? 금방 다녀올게요.

이거 안 먹이면 그분이 죽을지도 몰라요. 제발요."

"이거 가지고 가면 홍 화공께서 죽을걸요?"

"견주댁, 한 번만 봐줘요. 응?"

"평소에 하지도 않던 콧소리는 그만하세요."

"넵! 죄송."

"누가 아픈 건가요?"

"저, 남자 생겼어요."

"오호호, 이런 몰골로 할 수 있는 거짓말이 아닌데요? 좀 더 그럴싸한 거짓말 없어요?"

견주댁이 연신 간드러지게 웃으며 홍녀의 뒷덜미를 잡아끌었다. 홍녀는 질질 끌려가면서 애원했다.

"거짓말 아니에요! 자세하게 설명할 시간이 없어요. 다녀와서 다 말해 줄게요."

"호랑이 보러 간댔으니, 호랑이가 둔갑한 남자인가 보지요?"

견주댁은 농담이었지만, 그 말을 받아 든 홍녀는 더없이 진지했다.

"아! 그럴 수도 있겠다! 내가 왜 그 생각을 못 했지?"

"오호! 또 호랑이 보러 가시겠다는 뜻으로 알겠습니다."

홍녀의 말을 전혀 믿지 않는 견주댁이었다.

"제 말을 그렇게 이해하면 안 되지요. 정말 남자한테 가는 거라니까요! 물론 사람은 아닐지도 모르지만……."

"네 네, 잘 알겠으니까 먼저 목욕부터 하십시다."

"목욕이요? 지금? 그럴 시간이 없어요!"

홍녀의 눈앞에 누워 있던 남자가 어른거렸다. 그가 일어나가 버리는 모습이 보이는 것만 같았다.

"홍 화공께서야 천지 분간 못 하고 미친년처럼 돌아다녀도 상관없겠지만, 그에 따른 창피함은 모조리 저의 몫이라……. 응?"

뒷덜미만으로는 부족하여 홍녀의 손목도 잡아 쥐려던 견주댁이 놀란 눈으로 걸음을 멈췄다. 오른쪽 손목에 이상이 느껴졌다. 그것을 증명하듯 홍녀의 인상이 찌푸려졌다.

"오른손, 다치셨나요?"

"아, 아니, 안 다쳤어요. 괜찮아요."

"괜찮긴요! 부었는데."

"약간. 부기는 금방 빠지니까 스승님께 말씀드리지 마세요."

"말씀 안 드려도 이미 아셨는데 어쩌지요?"

견주댁의 시선이 홍녀의 등 뒤로 가 있었다. 홍녀는 사색이 되어 견주댁의 시선을 뒤밟았다. 멀지 않은 곳에 최원호와 강춘복이 서 있었다. 최원호가 이쪽을 보고 있었다. 스승의 분노 어린 눈이 홍녀의 오른손에 가 있었다. 최원호가 성큼성큼 다가와 홍녀 앞에 섰다.

"스승님, 이건 훔친 게 아니고 잠시만 빌려 갔다가……."

최원호는 꿀단지가 아닌 홍녀의 오른손을 잡아챘다. 그러곤 더러운 것도 잊고 손목에 칭칭 감겨 있던 헝겊 쪼가리를 밀어냈다. 땟자국에 덮여 붉은 기는 어렴풋했지만, 부기는 확실하게 보였다. 스승의 분노 어린 눈이 이번에는 홍녀의 얼굴에 내리꽂혔다. 스승이 무서울 때는 목소리를 높여 화를 낼 때가 아니다. 지금처럼 아무 말 없이 노려볼 때다. 그리고 이럴 때는 절대 목소리가 높아지지 않는다.

"내가 뭐라 하였느냐? 다리가 부러져도 좋고, 목이 부러져도 좋으니까 너의 오른손만큼은 무슨 수를 써서라도 다치지 말라 하지 않았느냐."

"죄송합니다. 약간 접질린 것뿐입니다."

"약간 접질린 것? 오른손은 아주 작은 가시 하나조차 박히면 안 된다고 했던 말, 들은 적 없느냐?"

"듣고, 명심하고 있습니다."

"우리가 그리는 그림은 미세한 붓의 떨림이 만들어 내는 우연의 산물이다. 자신의 손임에도 불구하고 감지해 내지 못하는 그 떨림에 작은 가시일망정 영향을 준다. 그것이 우리 눈으로는 확인할 수 없는 차이라 할지라도, 그 차이조차 용납해서는 안 되는 거다. 교양이니, 수양이니 하는 뭣 같은 이유로 붓을 잡는 족속들과는 달리, 적어도 우리같이 그림으로 밥 벌어먹고 사는 종자라면 말이다."

최원호의 뒤에 있던 강춘복이 자신의 오른손을 쓰다듬었다. 슬픈 표정이었지만, 홍녀와 눈이 마주치자 상냥한 미소로 바꾸었다. 강춘복도 예전에는 백유화단의 화공이었다. 그림 외에는 아무 재능도 없었다. 그런데 부역을 나갔다가 오른팔이 부러지는 사고를 당했다. 부러졌던 뼈가 붙기는 했지만, 조금 뒤틀린 상태로 아물었다. 일상생활에는 큰 영향이 없었다. 어설프긴 해도 젓가락질도 가능했고, 삐뚤어도 알아볼 수 있을 정도의 글자는 쓸 수 있었다. 하지만 그 이후로 그림은 더 이상 그릴 수가 없었다. 홍녀가 진심을 담아 고개를 숙였다.

"용서해 주십시오. 정말 죄송합니다."

"겨울에는 몸이 딱딱해져서 작은 사고도 큰 부상이 되기 쉬우니 특히 조심하라 했던 말도 들은 적 있느냐?"

"네. 제가 부주의했습니다. 앞으로는 각별히 조심하겠습니다."

"네 입으로 조심하겠다 하였겠다? 그럼 지금 이 순간부터 손목이 완전히 아물 때까지 외출 금지다. 알겠느냐?"

"네? 그, 그건 안 되……."

홍녀의 두 발이 땅으로부터 멀어졌다. 견주댁이 허리를 감아 올린 탓이다.

"견주댁, 데리고 가서 어서 목욕부터 시키게."

"저도 그러려던 참이었습니다, 화단주님. 이런 더러운 물건이 제가 공들여 닦아 놓은 공간에 굴러다니는 꼴은 못 보지요."

"안 돼요! 견주댁! 스승님!"

"스승이라 하지 말랬다!"

"화단주님! 저 가야 합니다. 외출 금지는 내일부터 해 주십시오. 오늘은 정말 안 됩니다!"

하지만 아무리 발을 동동 굴러도 허공에서 허우적대기만 할 뿐, 스승으로부터 그리고 대문으로부터 점점 더 멀어져 갔다.

"춘복이 자네는 가서 침의를 모시고 오게. 반디 빚 장부에 달아 놓고."

"세상에, 그동안 굶었어요? 뱃가죽이 등에 붙었나 봐요. 어떻게 허리가 제 허벅지와 비슷할 수 있죠?"

고래고래 외치는 홍녀의 목소리는 들리지 않았지만, 멀어져 가는 견주댁의 목소리는 최원호의 가슴을 후벼 팠다. 홍녀가 잡아다 준 꿩은 이미 배 속에 있음에도 불구하고 목구멍에 걸리는 느낌이었다.

"춘복이! 오는 길에 고기도 사 오게. 그것도 빚 장부에 달아 놓는 거 잊지 말고."

"하하하! 알겠습니다. 얼른 다녀오겠습니다."

홍녀와 견주댁의 모습이 사라지고, 끊임없던 강춘복의 웃음소리도 사라진 곳에 덩그러니 혼자 남은 최원호가 뒤늦게야 고개를 갸웃거렸다.

"방금 반디 녀석 손에 있던 거, 내 꿀단지와 똑같이 생겼는데……."

속눈썹 아래로 붉은 눈동자가 모습을 드러내다 말고 자취를 감췄다. 낯선 냄새들과 분위기가 눈을 뜨는 걸 조심하게 만들었다. 하람은 잠자코 눈을 감은 채로 주변을 탐색했다. 자신이 알고 있는 공간이 아니었다. 이불과 베개가 느껴지는 걸로 봐서는 어느 집 방 안에 누워 있는 게 분명했다. 하지만 어디인지는 도통 알 수가 없었다. 밤인지 낮인지도 분간할 수 없었다. 사람의 기척도 전무했다. 하람은 비로소 눈을 뜨고 붉은 눈동자를 드러냈다. 그러고는 몸을 일으켜 앉았다.

"만수야. 근처에 만수 있느냐?"

아무런 대답도 들려오지 않았다. 그러자 아는 이 하나 없는 낯선 공간이 주는 공포에 사로잡혔다. 눈이 보이지 않기에 그 공포는 더 강렬했다. 하람이 눈을 감고 소리쳤다.

"아무도 없습니까? 누구든, 제 목소리가 들리면 누구라도 대답해 주십시오!"

사람 소리는 없었다. 오직 바람 소리만 주위를 훑고 지나갔다. 자리를 박차고 일어났다. 하지만 차오른 열에 의해 어지럼을 느끼고 주저앉았다. 하람이 손등으로 이마의 땀을 훔쳤다.

"내가 아픈 건가?"

그랬던 것 같다. 낯선 여인과 부딪혀 넘어지고 난 뒤로 자꾸만 휘청거리고 주저앉았던 게 생각났다. 아마도 잠시 쓰러진 걸 만수가 가까운 곳에 옮겨다 눕혔으리라.

"동지 밤이다. 어서 경복궁으로 들어가야 한다."

바닥을 더듬었다. 조금 전에 덮었던 이불이 만져졌다. 가까이 당기지 않아도 쾨쾨한 냄새가 코를 찔렀다. 다음으로 자신의 가슴 쪽 옷깃을 잡아당겨 코를 댔다. 어느 정도는 옅어졌지만 여전히 냄새는 남아 있었다. 먼저, 이불과 같은 냄새가 있었다. 그리고 다른 냄새도 섞여 있는 듯했다. 그런데 결코 낯선 냄새는 아니었다. 어디선가 맡아 보았던 기억이 있었다. 하람은 최선을 다해 기억을 훑었지만 거름이나 뒷간 냄새 외에는 달리 떠올리지 못했다.

"대체 여기가 어디기에 이런 괴팍한 냄새들이? 이불이 아닌가? 뭐지?"

혹시 시체를 싼 헝겊인가? 생각이 엉뚱한 곳에 미치자 하람은 기겁을 하고 발을 뗐다. 그러자 등으로 벽이 부딪혀 왔다. 여기는 천장이 낮고 상당히 좁은 방이다. 그렇다면 가난한 집일 가능성이 높았다. 하람은 두려움을 다스리며 차근차근 벽을 더듬어 나갔다. 이윽고 구멍이 숭숭 뚫린 창호지와 그 아래로 창살이 만져졌다. 아주 좁은 방문이었다. 그것은 쉽게 길을 내주었다.

방 밖으로 발을 내렸다. 이렇게 좁은 방과 방문이라면 마루도 거의 없거나, 있어도 두어 발이면 끝이 날 것이다. 하람의 짐작대로였다. 조심스럽게 두어 번 옮긴 발이 아래로 훅 내려갔다. 그러다 이내 발바닥으로 차가운 땅의 감촉이 닿았다.

"아무도 없습니까? 여기가 어딥니까? 만수야!"

이번에도 사람의 대답은 돌아오지 않았다. 집을 등지고 앞으로 발을 디뎠다. 지금쯤 인정이 갓 지난 정도에 불과할 것이다. 이대로 조금만 걸어 나가면 순라군이 발견해 줄 것이다. 그래야만 한다. 하람은 가늠조차 되지 않는 시간과 공간 속을 더듬더듬 걸어 나갔다. 그것은 공포 속으로 끊임없이 들어가는 것과 다르지 않았다.

"그러니까 정말로 지금 그 집에 남자가 있다는 거지요?"

홍녀가 고집스러운 표정으로 고개를 끄덕였다. 목욕하는 내내 똑같은 말을 끊임없이 되풀이했음에도 불구하고, 끝마치고 나온 이후에도 지겹도록 이어지고 있었다. 견주댁이 커다란 천으로 홍녀의 긴 머리카락을 연신 닦아 대며 고개를 저었다.

"하늘에서 남자가 떨어지다니, 도통 믿을 수가 있어야지요. 게다가 하늘에서 온 남자가 왜 잠만 자고, 또 아프기까지 한대요? 날아다녀도 시원찮을 마당에."

홍녀가 꿀단지를 품에 안은 채로 한숨을 쉬어 가며 대답했다.

"내 말이. 저도 왜 그런지 모르겠다니까요."

이 말도 몇 번째 되풀이하는 거였다.

"그런데 홍 화공께서는 하늘에 기도해서 소원 이루고 그러는 거 잘 안 믿잖아요."

"안 믿어요. 하지만 그 남자는……, 안 믿을 수가 없어요."

눈동자 색깔은 말하지 않았다. 막연하게 그러면 안 될 것 같은 생각이 들었다.

"호랑이 보러 가는 것마저 까맣게 잊어버렸다고 하니까 안 믿을 수도 없고……."

"견주댁이 말씀드려 주세요. 오늘만 나갔다가 올 수 있도록. 스승님이 견주댁 말이라면 잘 들어주시잖아요."

"그거야 제가 허튼 부탁을 한 적이 없으니까요!"

반박할 여지가 없는 말이다. 기운을 잃은 홍녀의 고개가 아래로 툭 떨어졌다. 그렇다고 꿀단지를 안은 팔심까지 기운을 잃은 건 아니었다.

"그 남자, 많이 아파요. 뭐든 조금이라도 먹이고, 열 내려가는 거 확인만 하고 올게요. 말 못 하는 짐승도 그렇게 내버려 두면 안 되는데……."

"화단주님 자존심 때문에라도 조금 전에 하신 명령을 바로 취소해 주지는 않으실 텐데……."

"아! 그럼 견주댁만이라도 한번 들러 주시면 안 될까요? 제가 집안 청소든 뭐든 다 할게요."

"홍 화공이 청소를? 어유, 그런 말은 농담이라도 하지 마세요. 화단주님께 뭔 소리 들으라고요. 그보다 나가려면 머리부터 말려야 하는데, 숱이 많아서 쉽지 않겠어요. 이 상태로 바깥에 나갔다가는 바로 고뿔 귀신이 들러붙을 텐데."

홍녀가 견주댁의 표정을 조심스럽게 살폈다. 자신이 파악한 말뜻과 눈에 보이는 표정이 같은 것인지를 확인하는 절차였다.

"도와주시는 거예요?"

"지금부터 고민해 봅시다, 어떤 방법이 있을지. 그 선남님이 궁금해서 협조를 안 할 수가 없네요."

홍녀는 희망에 들떠 머리카락 사이에 손가락을 끼우고 탈탈 털었다. 조금이라도 빨리 말리려는 노력이었다.

"어험! 들어가도 되느냐?"

최원호의 목소리였다. 홍녀는 얼른 견주댁을 돌아보며 애원어린 눈빛을 한 뒤, 대답했다.

"네, 들어오십시오, 스승님."

문이 열렸다. 하지만 최원호보다 앞서 백유화단에 부상당한 사람이 생길 때마다 오는 침의가 들어왔다.

"어? 아저씨, 안녕하세요?"

"홍 화공, 또 다쳤다며?"

"아저씨까지 오실 정도는 아닌데……."

최원호가 쌓아 둔 이불을 홍녀 앞으로 옮기고 그 위에 베개를 올렸다. 홍녀는 남자에게 덮어 준 얇은 이불이 마음에 걸렸다. 그래서 두툼하고 깨끗한 이불만 만지작거렸다.

"베개 위에 다친 쪽 손목 올려."

침의가 웃으며 허리춤에 찬 침통을 끌렀다. 그러곤 그 안에서 하얀 무명에 싼 침들을 꺼내 바닥에 펼쳤다.

"홍 화공, 화단주님 생각해서라도 말썽 좀 그만……."

침의의 말이 갑자기 멈췄다. 그의 시선도 홍녀의 얼굴에서 멈췄다. 침의가 눈을 질끈 감고 고개를 세차게 저은 후 다시 홍녀의 얼굴을 보았다.

"누구? 홍 화공?"

"뜬금없으세요. 그럼 제가 누구겠어요?"

"진짜 홍 화공이야? 세상에……."

침의의 놀란 눈이 홍녀를 떠나 최원호에게로 향했다. 최원호가 눈빛으로 이유를 물었다.

"아니, 저번에 어떤 사람이 백유화단의 개망나니 홍 화공이 절세가인이라 하지 않겠소? 내가 뭔 귀신 씻나락 까먹는 소리냐고 그랬소. 이 두 눈으로 직접 본 사람이라고, 그건 정말 말도 안 되는 헛소문이라고, 그랬는데……."

침의가 다시 홍녀를 쳐다보았다.

"야! 대체 왜 여태 잿더미를 덮어쓰고 다녔느냐? 이렇게 예쁜 얼굴을."

"놀리지 마세요. 제가 예쁘지 않은 건 잘 아니까요. 제 얼굴을 제가 직접 볼 수 없다고 해서 어떻게 생겼는지조차 모르지는 않습니다."

"놀리는 게 아니라 진짜야. 대체 얼마나 질 안 좋은 거울을 본 것이냐?"

"거울은 본 적 없고요, 예전에 우리 화단에 있던 최 화공이 사람 얼굴을 정말로 똑같이 그렸거든요."

"최 화공이라면……, 아! 염부의 아들. 맞아. 기가 막힌 솜씨였지."

"그 최 화공이 저도 여러 번 그려 줬는데, 엄청 못생겼었어요."

"에이, 장난친 거겠지."

"다른 화공이라면 그럴 수도 있겠지만, 최 화공은 그럴 인간이 아니에요. 평소와는 달리 그림 앞에서는 장난 같은 거 없어지거든요. 정말 꼬장꼬장했다고요."

최원호도 기억이 난 듯 턱을 괴고 고개를 끄덕였다. 그 끄덕임은 얼마 가지 않아 갸우뚱거림으로 변했다. 침의의 말대로 제대로 씻고 단정하게 차려입은 홍녀는 절세가인이란 말이 무색하지 않을 정도의 생김이다. 어릴 때도 마찬가지였다. 그런데 '최 화공'이 그린 홍녀는 천하에 둘도 없는 박색이었다. 따로 불러다가 이유를 물은 적도 있었다. 하지만 돌아온 대답은 자신의 눈에는 그렇게 보인다는 것뿐이었다.

침의가 침을 한 대 놓았다. 그러고서 연이어 두 번째 침이 들어가는 순간, 홍녀가 침의를 향해 외쳤다.

"아!"

"아이고, 깜짝이야. 왜? 아팠느냐?"

"침의도 의원이잖아요!"

"그야 그렇지."

"막 열이 나고, 땀을 흘리는 남자가 있는데요, 계속 잠만 자고……."

"그건 약의를 찾아가야지, 나 같은 침쟁이 분야가 아니야."

"저번에 두통은 잡아 주셨잖아요."

"그건 통증이니까 침으로 가능하고. 열나고 땀 흘리면서 잠이 많은 건 고뿔일 확률이 높아. 그건 침으로는 안 돼."

"그래도 아예 모르시지는 않잖아요. 한 번만 병자를 봐 주세요."

"차라리 꿀을 먹여. 침보다는 그게 나을걸?"

홍녀의 시선이 제 품에 있는 꿀단지를 향해 움직였다. 이에 따라 최원호의 시선도 함께 움직였다.

"잠깐, 반디야. 그거 내 꿀단지 아니냐?"

최원호의 목소리가 서서히 끓어오르려고 할 때였다. 이를 가볍게 누르는 목소리가 있었다.

"화단주님, 그러잖아도 상의드릴 일이 있는데, 이 꿀단지도 포함해서……."

최원호는 긴장하지 않을 수 없었다. 견주댁이 세상에서 제일가는 미성으로 말을 건넨다는 건 설득을 시작하겠다는 뜻이고, 이 경우 끝까지 버텨 낸 적이 단 한 번도 없었기 때문이다.

5

청지기는 생각했다. 인간이 입을 벌릴 수 있는 한계치는 아마도 지금의 안평대군 하품이 아닐까라고. 그리고 또 생각했다. 어젯밤, 세자의 몸에서 열이 오르지 않았다면, 안평대군은 안견의 그림이 손에 들어오기 전까지 그림들이 있는 방에서 나오지 않았을 거라고.

"하암!"

이용의 하품이 연거푸 이어졌다. 청지기가 눈을 떼지 못하고 말했다.

"그러다가 정말 턱 빠지시옵니다."

이용은 청지기의 걱정 어린 눈빛을 뒤로하고, 만수를 노려보았다. 만수는 잘못한 것이 없음에도 불구하고 죄인이라도 된 심정으로 작은 어깨를 잔뜩 움츠렸다.

"확답도 없이 이 꼬맹이만 덜렁 보내시다니, 젠장! 내가 무리한 걸 요구한 게 아니잖아!"

무리한 걸 요구했다. 언제나 일손이 부족한 도화원이지만, 특히 동지에서 섣달그믐, 설을 지나는 기간은 철야가 끊이지 않을 만큼 힘들었다. 그럼에도 불구하고 처리하지 못하는 일이 많아 따로 외주를 내주지 않으면 안 되는 실정이었다. 그런 도화원에게 지극히 사적인 대군의 응석을 임금이 보태 줄 리 만무하였다. 더군다나 안견의 그림이다. 임금의 허락이 내려졌더라도 묵살해 버리고도 남았을 인간이 안견이다. 이용이 하품 뒤에 찾아온 눈물방울을 손끝으로 털어 내면서 건성으로 중얼거렸다.

"무형의 일을 해 줄 때는 무조건 선불을 받아야 하는데, 쳇! 그러니까 하람 시일을 마지막으로 본 곳이 여기라는 거지?"

혼잣말일 뿐인데도 만수는 착실하게 대답했다.

"네. 그러하옵니다, 나리."

"으음, 저쪽으로 사라졌다는 거지?"

이번에도 혼잣말인데도 만수는 대답했다.

"네. 그러하옵니다, 나리."

이용이 차가운 눈으로 입가에만 미소를 보이며 만수에게 물었다.

"밤이었다고 해도, 저쪽으로 사라지는 걸 보았으면서도 왜 놓쳤느냐? 눈이 보이지 않아 천천히 걸었을 하 시일을, 두 눈도 멀쩡하고, 두 다리도 멀쩡한 네가?"

이번에는 혼잣말이 아니라, 정확한 질문이었는데도 만수는 입을 다물고 말았다. 차가운 눈보다 미소를 머금은 입술이 더 무서웠기 때문이다. 이용이 가까이 다가와 허리를 숙여 만수 얼굴 앞에 자신의 얼굴을 디밀었다. 대군다운 고급스러운 향취가 만수를 덮쳤다.

"만수라 하였느냐?"

"그, 그러하옵니다, 나리."

이용의 목소리가 낮아졌다.

"왜 놓쳤느냐?"

만수의 손과 발이 바들바들 떨렸다. 눈가에는 눈물이 동그랗게 맺혔다. 이용의 목소리가 한층 낮아졌다.

"왜 놓쳤느냐고 물었다, 만수야."

"노, 놓친 게 아니오라……."

"아, 맞다! 놓친 게 아니지. 질문을 바꾸겠다. 만수야, 너는 하 시일이 저쪽으로 가도록 왜 내버려 두었느냐?"

만수의 눈에서 눈물이 또르르 흘러내렸다. 자신이 본 것을 말할 수는 없었다. 하람이 보통의 인간보다 훨씬 빠르게 달리는 걸 두 눈으로 분명히 보았으면서도 그 눈을 믿을 수 없었기 때문이다. 그렇기에 애꿎은 입술만 깨물었다.

"추운데 대충 하고 들어가자, 만수야. 응?"

"내, 내버려 두지 않았사옵니다. 보자기가 풀어져서 정리하고 곧장 따라갔사옵니다. 하온데, 워낙 어두워서……."

"보름이 갓 지났는데 어두웠다고? 그날 내가 본 달은 그럼 뭐였지? 설마 달이 내 집 마당만 환히 밝혔나?"

겨우 열렸던 만수의 입이 다시 꽉 다물어졌다. 대신 청지기의 입이 소리 없이 벌어졌다. 입이 대여섯 발 나온 채로 여기까지 끌려나오다시피 한 것치고는 상당히 성의 있는 모습이 아닐 수 없었다. 어쩌면 내관이 처음 찾아왔을 때 정답은 이미 나와 있다던 허세가 허언은 아니었던 모양이다.

"뭐, 그렇다고 해 두고. 어두워도 소리는 들리지 않느냐? 부르지도 않았느냐? 아니면, 불렀는데도 대답이 없었느냐?"

너무 무서워 불러 볼 엄두도 나지 않았던 그날의 감정이 되살아났다. 그래서 가까스로 거짓말을 하였다.

"불렀는데도 대답이 없었사옵니다."

이용의 입가에 더욱 선명한 미소가 나타났다. 눈의 차가움은 그대로였다. 이용이 허리를 곧추세우고 하람이 사라졌다는 방향을 향해 섰다. 그러고는 그 방향을 향해 물었다.

"만수야, 누이는 지금 어디에 있느냐?"

청지기의 다리가 잠시 꺾였다가 제자리를 찾았다. 확신에 찬 이용의 표정은 청지기의 입에서 한숨을 만들어 냈다.

"네? 어떤 누이? 소인에게는 형제만 한 명 있사온데……."

"그렇지!"

함박웃음과 함께 터져 나온 이 소리는 청지기의 것이었다. 그는 이용이 노려보자 괜히 고개를 돌려 옆에 선 검은색 말의 갈기를 쓰다듬었다.

"누이가 없다고? 참말이냐?"

이용의 물음에 만수가 어리둥절한 표정으로 대답했다.

"네, 없사옵니다."

이용이 인상을 찌푸리며 이마를 긁적거렸다.

"이해할 수가 없군. 누이도 없으면서 왜 너는 하 시일의 납치에 공조를 하였느냐?"

"고, 고, 고, 공조라니요? 소인이 그런 짓을 할 이유가 없지 않사옵니까?"

"그래, 누이도 없는데 할 이유가 없지. 그러니 이상하지. 아! 너라면 하 시일의 재산을 알겠구나."

청지기는 '재산'이라는 단어에 눈이 번쩍 뜨였지만, '경복궁에 갇혀 지내다시피 하는 자의 재산이 많으면 얼마나 많겠어?'라는 생각이 눈을 원래대로 되돌려 놓았다. 자고로 궐 밖의 뜨내기 반풍수는 큰돈을 벌어도, 궐 안의 진짜 서운관 상지관相地官은 가난하다는 말이 있지 않은가. 하람도 다르지 않으리라. 만수가 앞의 인간이 대군인 것도 잊고 울음 섞인 목소리를 높였다.

"재, 재, 재산이라니요? 물론 부자인 건 모르지 않지만……."

"단순한 부자면 내가 이런 말을 꺼내겠느냐?"

"소인이 재산을 노리고 하 시일을 어찌 했다는 것이옵니까? 말도 안 됩니다! 소인도 애타게 찾고 있는데……. 훌쩍!"

이용은 흘러내리는 눈물을 소매로 문질러 닦아 내는 만수를 쳐다보았다. 눈의 차가움은 어느새 사라지고 없었다.

"어린놈이 말귀도 잘 알아듣고, 영리하군. 아주 영리해."

거짓을 연기하는 게 아니었다. 만수의 걱정은 진심이었다. 게다가 하람을 상당히 따르는 듯했다. 그렇다면 앞뒤가 맞지 않는 진술을 하는 이유가 하람에게 불리한 어떤 상황을 숨기기 위해서이리라. 이용에게는 하람의 행방보다 더 궁금한 부분이 아닐 수 없었다. 여기에 대해선 차차 물어보기로 하고, 우선 하람이 갔다는 방향을 향해 발길을 옮겼다. 청지기는 가마꾼으로 위장하고 멀찌감치 서 있던 무사들에게 따라오라는 눈짓을 한 후, 말의 고삐를 잡아끌면서 뒤따랐다.

"만수야. 가까이 오너라."

이용의 부름에 뒤처져 걷던 만수가 쪼르르 다가갔다. 거리는 가까워졌지만, 그만큼 경계는 심해졌다. 이용이 뒷짐을 진 채로 걸으면서 물었다.

"만수야, 보통은 말이다, 가던 길이 잘못된 걸 알게 되면 곧장 되돌아오거든. 그런데 하 시일은 왜 되돌아오지 않았을까?"

"길을 잃어버린 게 아닐까 생각하옵니다."

"그랬다고 해도 하룻밤이 지나면 나타났어야지."

"그러니까, 처음에만 길을 잃은 것이고, 그다음에 납치……."

만수는 제 말에 소름이 끼쳐 입술을 깨물었다. 다시금 눈물이 가득 고였다. 이용과 청지기가 동시에 무릎을 탁! 쳤다. 청지기는 특히 더 그랬다. 그동안 이용에게서 들어 왔던 엉뚱한 말들과 비교하면 훨씬 그럴듯했다.

"호오! 일리가 있구나. 그래, 처음에는 무슨 이유인지 모르겠지만, 네가 불러도 저쪽 방향을 향해 걸어갔고, 그다음에 길을 잃었는데 마침 지나가는 여인에게 신세를 지게 되었고…….”

“나리! 잘 나가시다가 거기서 왜 또 여인이 나옵니까?”

청지기의 타박에도 불구하고 이용의 말은 계속 이어졌다.

“처음에는 장님을 동정하여 호의를 베풀었던 여인이 하 시일의 외모에 홀딱 반하여 결국 감금을 하게 된 거지.”

“아이고, 나리. 제발 좀 진지해지시옵소서. 세자 저하를 위해서라도! 한 나라의 일관이 납치를 당했을지도 모르는 이 상황에 그런 시답잖은 농담이 나오시옵니까?”

“농담 아닌데. 쩝. 만수야, 너도 내 말이 농담 같으냐?”

“아니옵니다! 그럴듯하옵니다.”

청지기가 만수의 뒤통수를 쥐어박았다.

“어린노무 시키가 벌써 아부만 늘어서는! 궐에서 살더니 그런 못된 것부터 배웠느냐?”

“아부 아닙니다! 다른 사람이라면 그럴 리 없겠지만, 시일마님이라면 충분히 일리가 있는 말씀이라고요!”

“오! 똑똑하군. 아주 마음에 드는 녀석이야. 하하하!”

청지기는 고개를 절레절레 젓고 말았다.

“사내의 외모가 뛰어나 봤자고, 일관의 재산이 많아 봤자지, 에휴!”

이용이 걸음을 멈추고 홀로 중얼거리는 청지기를 돌아보았다. 따라서 만수도 걸음을 멈추었다. 이용이 청지기의 어깨에 팔을 두르고 속삭이듯 말했다.

“내가 말했잖아, 일관이 아니라고. 그리고 비밀 아닌 비밀인데, 그자의 재산은 아마도 우리 아버지보다 많을걸?"

그러고는 다시 앞만 보고 걷기 시작했다. 청지기는 순간 안평대군의 아버지가 누구인지 헷갈렸다. 하지만 이내 곧 임금임을 깨달았다. 나라의 주인인 임금보다 많은 재산이란 있을 수도 없으며, 있다고 한다면 그것은 거짓이라 할 수 있었다. 청지기가 어깨를 아래로 축 늘어뜨리고 걸었다. 안평대군이 자신을 놀리고 있다고 확신했다.

"네, 그렇겠지요. 그렇고말고요. 주상 전하보다 부자가 이 세상에 존재할 수도 있겠지요. 암요. 소인이 무식해서 세상 이치를 알 턱이 있겠사옵니까?"

"만수야, 내 말이 거짓이냐?"

"음……, 이번 말씀은 확실히 거짓이라 생각하옵니다. 조선 팔도의 주인이 주상 전하이신데, 비교조차 가당치 않사옵니다."

"주상 전하께오선 조선 팔도의 나라님이긴 하지만 재산으로서의 땅 주인은 아니지. 내가 말한 아바마마의 재산이라 함은 내탕금을 일컫는 것이야."

청지기의 웃음이 터졌다. 비웃음이 강하게 녹아 있는 웃음이었다. 임금의 내탕금보다 많은 재산이라니, 차라리 조선 팔도의 나라님과 비교하는 편이 위화감이 덜했다. 임금의 내탕금은 조선이 건국되기 이전부터 누적되어 온 이씨 가문의 사유 재산으로 함경도와 평안도 일대의 땅 중에 절반 이상을 가진 거와 다름이 없다고 할 정도였다. 그러니 재산으로서의 땅 주인으로 따져도 조선에서 따를 자가 없었다. 적어도 청지기는 그렇게 알고 있었다.

"나리께서는 소인을 놀리는 재미라도 없으셨으면 어쩔 뻔하셨사옵니까?"

"그러게 말이다. 하루하루가 무료하기 짝이 없었겠지. 하하하."

갑자기 만수의 걸음이 멈췄다. 이에 이용의 걸음도 엉겁결에 따라서 멈추고, 청지기의 걸음과 가마꾼으로 위장한 무사들의 걸음도 줄줄이 따라서 멈췄다. 만수의 시선이 고정된 곳을 향해 이용도 시선을 옮겼다. 그곳에는 아주 키가 큰 사내 한 명이 커다란 나무를 한쪽 팔로 짚고 서서, 다른 팔은 공중을 더듬고 있었다.

"하람?"

키가 큰 사내는 공중을 더듬으며 조심스럽게 버선발로 걸음을 뗐다. 가야 할 방향도 알지 못한 채, 그저 안전한 길을 더듬어 나아가는 게 고작인 모양새였다. 만수는 잠자코 서서 하람의 모습을 열심히 살폈다. 그날 밤, 빠르게 달리던 하람이 자신의 착각이었음을 확인하고자 하였다. 그리고 이전에 알고 있던, 눈이 보이지 않아 걷는 것조차 조심스러웠던 하람에 지나지 않음을 깨닫고서는 제자리에 선 채로 큰 소리로 울기 시작했다.

"우와아앙!"

소리가 어찌나 컸던지 바람 소리를 헤집고 멀리 떨어져 있던 하람의 귀에까지 들어갔다.

"거기 누가 있습니까?"

이용이 한달음에 달려갔다.

"하 시일! 대체 여기서 뭘 하는가?"

가까이 다가온 이용의 팔을 다급하게 잡아당긴 건 하람이었다. 그를 에워싸고 있던 공포가 이용에게도 고스란히 전해졌다.

"누구? 혹여 안평대군?"

어쩌다 한 번씩 지나쳤던 사이에 불과한데도 정확하게 사람을 가려냈다. 눈을 감고도 앞의 상대를 본다. 이 소문을 모르지는 않았다. 듣기만 했을 때는 흥미롭기도 하였다. 그런데 막상 실제로 당하니 소름이 끼쳤다. 람覽, '두루두루 본다는 뜻의 이름'을 가졌으나, 앞을 보지 못하는 남자. 기괴한 눈동자 색깔만큼이나 기괴한 남자. 그래서 모두가 기피하는 남자.

"그래, 나일세."

아마도 껄끄러운 마음을 읽은 듯했다. 하람이 잡았던 이용의 팔을 놓고 허리를 숙였다. 이번에도 숙인 고개가 앞의 상대를 벗어나지 않았다.

"소인 하람, 오랜만에 나리를 뵈옵……."

"시일마님! 어엉!"

뒤늦게 달려와서 힘을 다해 품으로 뛰어든 만수로 인해 하람의 몸이 휘청거렸다.

"만수구나."

"네, 저 만수예요. 엉엉!"

만수는 하람의 허리를 끌어안고 목청껏 울었다. 그 소리가 너무 시끄러워 이용은 한쪽 귀를 막지 않을 수 없었다. 만수의 울음소리 아래로 하람의 낮은 목소리가 파묻혔다.

"아, 드디어 만났구나. 다행이다. 다행이야."

여러 번 되뇌는 다행이라는 말은 이용으로 하여금 껄끄러운 마음을 옅어지게 하였다. 이용이 하람의 이마를 손바닥으로 짚었다.

"이런, 열이 심하군. 입술도 다 갈라지고."

청지기도 하람에게로 다가갔다. 그런데 가까워질수록 걸음은 느려졌고, 급기야 지척에 두고 뒷걸음질로 두어 발 물러났다. 가만히 하람을 구경하고 선 청지기의 턱이 어느새 아래로 빠져 내렸다.

"나리께서 나를 놀리신 게 아니었어. 납치범은 분명 여인이야! 입술이 갈라지고 초췌한 몰골이 저 정도라니……."

"나리께옵서 여러 명을 대동하고 나오셨군요."

하람의 보이지 않는 시선이 청지기와 가마꾼들의 위치를 향해 오차 없이 움직였다.

"그야 자네가 이틀째 행방불명이니 내가 이리 나올 수밖에."

감아서 보이지 않는 하람의 두 눈이 이용을 향했다.

"이틀?"

"그러니까 동짓날 밤에 사라져서 두 밤이 지났……. 어? 이 글자는 뭐지?"

"동지가 지났단 말씀이옵니까? 게다가 두 밤이나?"

"자네 소맷자락에 적힌 글자는 뭔가?"

"그러니까 오늘이 18일이란 말씀이옵……. 잠깐, 방금 글자라 하셨사옵니까? 소인의 옷에?"

동시에 제각각 내뱉던 말들이 일시에 사라지고 정적이 흘렀다. 만수의 울음소리도 뚝 그쳤다. 만수는 영특한 아이였다. 어려서부터 글자를 잘 알아 하람 옆으로 배정받았고, 그의 눈이 되어 어려운 책들을 끊임없이 읽어 오면서 사문이 된 어려운 글자에 이르기까지 못 읽는 글자가 없었다. 그렇기에 소맷자락에 적힌 붉은색 글자도 읽을 수 있었고, 그 뜻도 알 수 있었다. 만수가 떨리는 손으로 글자가 적힌 부위를 훌쳐 쥐었다. 다른 사람이 볼 수 없도록 주먹 속에 가둔 것이다.

"만수야, 뭐라고 적혀 있느냐?"

언제나 냉큼냉큼 답하던 만수였지만, 이번에는 닭똥 같은 눈물만 흘리며 입술을 깨물었다.

"만수야!"

이용이 다급하게 하람의 옷을 벗겼다. 그러고는 귓가에 입술을 바짝 대고 속삭였다.

"붉은색으로 천인공노할 글자를 써 놓았네. 누가 보기 전에 어서 벗게."

이용의 목소리에는 장난과 여유가 사라지고 없었다. 이용은 붉은색에 제 혀를 갖다 대고 맛을 본 뒤, 침을 땅에 뱉었다.

"퉤! 진사다."

그러더니 벗긴 옷을 둘둘 말아 옷고름으로 꽁꽁 싸맨 뒤 만수의 품에 안겨 주었다. 그러곤 제 옷을 벗어 하람의 팔에 강제로 끼우면서 말했다.

"내 옷이라도 걸치게나. 몸도 성치 않으니."

하람이 이용의 손목을 잡았다.

"무슨 글자인지부터 말씀해 주시옵소서!"

"그게……, 성씨 홍洪에, 하늘 천天, 일어날 기起. 이렇게 적혀 있네."

"홍, 천, 기?"

"'홍씨의 하늘이 일어난다.' 즉, 홍씨의 새 나라가 세워진다는 의미가 아니겠는가?"

하람은 입을 다물었다. 아니라고 말할 근거를 찾지 못해서였다. 이용의 해석에는 틀린 부분이 없었다. 글자만 놓고 보면 그랬다. 하람이 서운관의 시일이 아니었다면, 행방불명이 되었다가 나타난 직후가 아니었다면, 이 세 글자에 그리 큰 의미를 부여하지 않았을지도 모를 일이다.

"자네, 그동안 어디에서 누구와 있었던 것인가?"

"모르겠사옵니다. 아마도 이틀 동안 의식이 없었던 것 같사옵니다. 동지 밤, 길에서의 기억이 마지막이옵니다. 그러고 나서 오늘, 깨어나니 주변에 아무도 없었고, 이곳까지 오는 동안 어느 누구와도 마주친 적이 없었사옵니다."

"깨어난 곳이 어딘지는 가늠이 되는가?"

"송구스러운 말씀이오나, 그 또한 잘 모르겠사옵니다. 가옥이었던 것 같은데, 폐가에 가까운 느낌이라 사람이 사는 곳인지 명확하지 않고, 소규모의 마을을 형성하고 있는 것도 같은데 사람의 기척은 느껴지지 않았사온지라."

"얼마 정도 걸어왔는지는 가늠이 되는가?"

그저 길을 더듬어 걷는 것만으로도 힘에 부쳐서 미처 세어 볼 생각도 못 했다.

"한 시진을 걸었는지, 한나절을 걸었는지 잘 모르겠사옵니다. 어쩌면 깨어난 건 어제였는데, 하루를 꼬박 걸었는지도……."

하루를 꼬박 걸었는지도 모른다는 건 마음의 거리일 것이다. 어딘지도 모르는 곳에서 눈을 떠, 보이지도 않는 낯선 길을 걸어왔을 하람이었다. 이용은 보자마자 팔을 잡아당기던 하람의 손길이 떠올랐다. 그것은 동아줄을 잡는 심정이었으리라. 그가 걸어왔을 길이 안쓰러워 이용은 옷을 입히는 척하면서 하람의 어깨를 끌어안았다. 하지만 품에 들어온 건 후끈한 열 덩어리였다. 그 열 덩어리가 뜨거운 숨을 헐떡이며 말했다.

"만수야, 앞장서거라. 왔던 길을 되짚어 가 봐야겠다."

"몸이 이 지경인데 어딜 가겠다는 건가? 어이! 가마!"

이용의 손짓 하나에 졸지에 진짜 가마꾼이 되어 버린 무사들이 가마를 짊어진 채로 가까이 다가왔다. 하지만 하람은 이용의 팔을 뿌리치고 만수의 어깨를 잡았다.

"어떤 자들의 소행인지 알아봐야겠습니다. 가겠사옵니다."

"내가 주상 전하로부터 하교받은 일은 하 시일을 무사히 궐로 데리고 들어가는 것! 명령이다! 하람 시일은 즉시 궐로 들어가라!"

1년에 많아 봐야 두어 번가량 보여 준다는 대군다운 위엄 있는 표정과 강압적인 말투였다.

"안평대군 나리!"

"이건 고집부릴 일이 아닐세. 이 정도 열이면 죽을 수도 있어. 이틀 꼬박 의식이 없었다고 한 건 자네일세. 이틀? 말이 좋아 이틀이지, 그동안 궐 안팎의 분위기가 어땠을 것 같은가? 엎친 데 덮친 격으로 하필이면 동지 밤에 근정전 지붕에서 부엉이까지 울었어. 자네가 사라진 그 밤에!"

하람이 고집을 놓았다. 이용의 의견을 받아들여서가 아니었다. 열이 치솟아 올라 몸이 휘청거렸기 때문이다. 이용과 만수가 힘을 합쳐 하람을 부축하여 가마 안으로 꾸역꾸역 밀어 넣었다.

"하 시일 자네는 한시라도 빨리 궐로 들어가 무사한 얼굴을 보여 주는 게 급선무일세만, 그 몸으로 궐로 들어가는 것 또한 불충이니, 지금은 우선 자네 집으로 가게. 뒷일은 내게 맡기고."

가마 안을 향해 말을 마친 이용이 고개를 돌려 만수에게 속삭였다.

"너는 가다가 불이 보이거든 품에 든 그 옷부터 태워 버려라. 흔적이 남지 않은 것까지 확인을 마치고 나서야 자리를 떠야 한다."

만수가 소리 없는 눈물을 흘리며 고개만 겨우 끄덕였다. 얼굴은 퉁퉁 부어 있었다.

"지금부터 내가 하는 말을 더 새겨들어야 한다. 집에 가자마자 넌 하 시일의 몸을 샅샅이 살펴야 한다. 옷에만 글을 남겼으면 그나마 다행이지만, 행여 몸에까지 장난질을 해 놨다면……."

이용의 말이 끝나기도 전에 사색이 된 만수가 한동안 힘겹게 참고 있던 울음을 터트렸다. 이용이 눈을 찡그리며 한쪽 귀를 막았다.

"아이고, 귀청이야!"

"소, 소인이 놓쳐서……, 엉! 그때 끝까지 따라갔어야 했는데……, 엉엉! 모두가 소인의 잘못으로 벌어진 일이옵니다. 우리 시일마님은 아무 잘못이 없사옵니다. 소인을 죽여 주십시오."

"그따위 재미없는 부탁은 넣어 둬라. 난 사람 죽이는 일에는 협조하지 않아. 혹여 앞으로 부탁할 일이 또 생기거든 죽여 달라 말고, 살려 달라 청해라. 그럼 내가 생각해 보마."

"안평대군 나리, 아뢸 게 있……."

하람이 가마 문을 열면서 말을 꺼내려고 하자, 이용이 한발 앞서 재빨리 문을 막았다.

"어허! 하 시일 자네는 가만히 있게."

"다른 게 아니라 여기……."

"어허! 가만히 있으래도!"

하람은 가마 속에 가득 차 있는 장검들 가운데에서 불편한 몸을 잔뜩 웅크렸다. 이 가마는 사람이 타기 위한 게 아니라 검을 숨기기 위한 용도임이 분명한데도 이용의 입막음으로 인해 물어볼 기회를 놓치고 말았다. 이용이 청지기에게 손을 내밀었다.

"옷을 다오."

"네? 아! 소인이 미처 여분의 옷을 챙기지 못하였사옵니다."

"아니, 자네 옷을 벗어 달라고."

"그럼 소인은요?"

"뛰면 따뜻해질 거야."

청지기가 눈을 가늘게 하여 옆으로 뜨고는 옷을 벗어 건넸다. 이용이 옷을 걸치면서 말했다.

"너는 궐로 가서 안견의 그림을 찾았다고 아뢰어라. 그리고 자세한 말은 삼가고 의원을 청해라."

"나리는 궐로 안 가시옵니까?"

"난 하 시일이 왔다는 길을 되짚어 가 봐야겠다."

"혼자서요? 위험하옵니다. 소인도 같이 가겠사옵니다."

"옷도 얇게 입고 어딜 따라나서겠다는 것이냐? 별일은 없을 터이니 걱정 마라."

"그렇게 확언하실 일이 아니옵니다. 이건 장난으로 덤빌 일이 아니라고요."

이용은 청지기의 만류에도 불구하고 기어이 말고삐를 빼앗아 잡았다.

"어차피 지금은 가 봤자 아무도 없다. 하 시일이 깨어나기 전에 이미 종적을 감췄어. 여태 있다면, 그건 정말 멍청한 거지. 오히려 너의 용무가 더 긴요하다."

이용은 일부러 하람을 풀어 준 거라고 생각했다. 눈이 보이지 않으니 옷에 쓰인 붉은색 글자를 알지 못할 터이고, 그 차림 그대로 도성 안을 헤매다가 육조 거리를 지나 경복궁으로 들어갈 터이고, 그 과정에서 수많은 사람들이 그 글자를 읽게 될 터이다. 이것이 하람을 납치했던 자들의 계획이었으리라. 이용이 찾아 나서지 않았다면, 자칫해서 길이 어긋나 버렸다면, 그래서 그자들의 계획대로 되었다면, 일관의 옷에 쓰인 선명한 붉은색 글자는 한동안 조정을 시끄럽게 만들었을 게 분명했다.

"교활한 자들이다. 이 일을 너무 쉽게 생각했어."

한숨과도 같은 말이었다. 이용은 말에 올라탄 후 고삐를 다잡았다.

"혼자서 정말로 괜찮겠사옵니까?"

"다들 출발해라. 나도 다녀와서 곧 합류하마."

이용이 말을 몰고 가자, 가마꾼이 되어 버린 무사들도 가마를 들어 올렸다.

"잠깐, 말씀 좀 묻겠습니다."

가마 안에서 나온 소리였다. 그전에도 한두 차례 들렸지만, 의도적으로 반응하지 않았던 이용에 의해 뒷말로 이어지지 못했던 질문이었다. 청지기가 얼른 가마 창을 열고 좁은 틈으로 안을 빼끔히 들여다보았다. 굳이 열지 않아도 되는 창이었지만, 얼굴을 한 번 더 구경하고 싶어서 연 것이다. 다시 봐도 참으로 탐나는 외모가 아닐 수 없었다. 더도 말고 덜도 말고, 딱 하루만이라도 이 몸으로 살아 보고 싶다는 생각이 들 정도였다.

"안견의 그림이 무슨 뜻입니까?"

"네? 무슨 그림? 아! 아닙니다. 나리의 농담이십니다. 못 들은 걸로 해 주십시오."

그러고서 손을 넣어 장검 위치를 옮겨 틈을 만들어 준 후, 하람의 얼굴을 한차례 더 훔쳐본 다음 창을 닫았다. 닫힌 창 안에서 하람의 입술이 싱긋거렸다.

"나의 대가가 안견 그림이로구나. 쉽지 않으실 텐데……."

가마가 움직였다. 청지기는 일행을 따라가면서 혼자 중얼거렸다.

"여자야. 아무래도 여자와 관련 있어. 안평대군 나리께서 지금 트신 방향이 오히려 잘못된 것 같은데……."

얼마 가지 않아 가옥들이 드문드문 나타나기 시작하다가, 서서히 빼곡한 마을로 접어들었다. 몇 걸음 사이에 도성 외곽에서 벗어난 것이다. 만수가 하늘로 올라가는 연기를 발견했다. 연기가 있다는 건 그 아래에 불이 있다는 의미였다. 만수의 걸음이 조급한 마음에 동조해 빨라졌다. 그러니 가마도 빨라질 수밖에 없었다. 만수가 소리쳤다.

"불이다!"

성긴 울타리 안의 한 아궁이에 불이 있었다. 마침 주변에 사람은 없었다.

"먼저 가고 계십시오. 금방 따라가겠습니다."

"아니다. 우리도 여기서 쉴 터이니 용무 보고 오너라."

하람의 말이었다. 이에 청지기가 퍼뜩 가마를 땅에 내리라는 손짓을 하였다. 그런 뒤 만수를 향해서는 얼른 다녀오라고 하였다. 만수가 불을 향해 달려가고 나자, 청지기가 가마 옆에 쪼그리고 앉아서 말했다.

"몸은 어떠십니까?"

"괜찮습니다."

"멀미가 심하시지요? 전문 가마꾼들이 아니어서 심하게 흔들릴 겁니다."

하람이 쉬겠다고 했던 이유를 정확하게 알아차린 청지기였다. 그리 긴 거리를 온 것도 아닌데, 안에서 두어 번의 구토를 삼켰다. 그나마 속이 텅 비어 있어서 볼썽사나운 꼴은 면했다.

"눈치가 빠르십니다."

"워낙 대책 없는 분을 모시고 있다 보니 저라도 정신을 바짝 차리고 있어야지요. 하하하."

청지기의 시선이 먼 곳에서 오고 있는 세 사람의 일행에 고정되었다. 장옷을 덮어쓴 젊은 여인과 나이가 다소 있는 건장한 여인, 비쩍 마른 나이 든 남자였다. 가족으로는 보이지 않는 이상한 조합이었다. 그중 가장 조급하게 뛰다시피 하는 건 장옷을 덮어쓴 젊은 여인이었는데, 옷자락 사이로 천으로 감싸서 고정해 둔 오른손이 보였다. 오른손을 다쳐서인지, 애초에 장옷을 덮어쓰고 다니는 게 익숙하지 않아서인지, 왼손으로 겨우 잡고 있는 여인의 동작은 서툴기 짝이 없었다. 그래서 자꾸만 장옷이 흘러내렸다. 청지기가 장옷의 여인과 가마를 번갈아 보면서 중얼거렸다.

"허 참, 어째 오늘따라 인물이 출중한 사람들만 보이지? 저 정도 미모는 썩 드문데.”

장옷의 여인이 가마와 가까워졌다. 가마 안에서 거친 숨소리가 느껴졌다. 청지기가 허리춤에 찬 주머니를 뒤져 손수건을 꺼냈다. 그러고는 작은 창을 열어 안으로 쑥 밀어 넣었다.

“더럽지는 않습니다. 식은땀이라도 닦으십시오.”

“견주댁! 아무래도 안 되겠어요. 저 먼저 갈 테니까 침의 아저씨 모시고 천천히 오세요.”

좁은 틈을 비집고 들어온 젊은 여인의 소리는 손수건을 받아 드는 하람의 손을 멈추게 만들었다. ‘견주’라는 단어 때문이기도 했지만, 낯설지 않은 목소리가 더 큰 이유를 차지했다. 통통 튀듯 가벼운 발소리, 빠른 뜀박질. 최근에 만난 적이 있는 여인이다, 분명히!

“우와! 예쁘다.”

만수의 목소리였다. 방금 지나간 여인을 보고 뱉은 말이리라. 뒷말이 이어졌다.

“재만 남은 걸 똑똑히 확인하고 왔습니다. 이제 가요.”

“만수야, 방금 지나간 여인을 보았느냐?”

“네. 왜 그러십니까?”

“혹여 안면이 있는 분이더냐?”

“아뇨. 처음 보는 분이었습니다.”

“그래?”

“그럼요. 저렇게 예쁘게 생긴 여인을 기억 못 하면 사내대장부라고 할 수 없지요.”

청지기가 만수의 머리를 쥐어박았다.

"어린노무 시키가 못 하는 소리가 없어."

"아야! 제 또래들 중에 아내가 있는 이가 절반이 넘는데 못 할 소리는 아니죠. 그리고 아까부터 자꾸 꿀밤을 먹이시는데, 이래 봬도 저 양반입니다."

깜짝 놀란 청지기가 자신보다 한참이나 어린 아이 앞에 고개를 숙였다.

"어이쿠! 죄송합니다. 몰라뵈었습니다."

"괜찮소. 난 마음이 하해와 같으니까."

조금 전까지 목청 돋워 울어 대던 꼬마 녀석이 목구멍을 잔뜩 늘여 굵은 소리를 만들어 내는 게 같잖았지만, 양인에 불과한 청지기의 신분으로는 허리를 펼 수가 없었다. 가마가 다시 움직였다. 장옷을 덮어쓴 젊은 여인은 이미 사라지고 없었고, 건장한 여인과 지친 기색이 역력한 나이 든 남자는 뒷모습을 보이며 멀어지고 있었다. 하람이 다급하게 말했다.

"만수야! 동지 밤에 우리와 부딪혔던 여인을 기억하느냐?"

"기억하고말고요. 그 거지만 아니었어도 이번 일은 안 일어났을 텐데. 에잇! 생각할수록 괘씸하네!"

"거지였다고?"

"네. 거지 중에도 상거지였습니다."

"그래? 조금 전의 여인은 아니었단 말이지?"

"에에? 설마 두 사람을 같은 사람이라고 생각하신 겁니까? 절대 그럴 일은 없습니다. 확실합니다!"

두 눈이 확실하다면 그런 것이다. 귀에 의지한 기억은 눈의 기억 앞에서는 힘을 발휘할 수가 없는 법이니까.

"내가 착각했나 보구나. 더 이상 지체 말고 집으로 가자."

가마꾼들이 단련된 다리로 보조를 맞춰 뛰기 시작했다. 그래도 흔들림은 어쩌지 못했다. 하람은 감은 눈을 더욱 깊게 감았다. 동지 밤에 부딪혔던 여인의 목소리가 그 이후에도 줄곧 옆에 머물러 있었던 기분이 들었다. 그 목소리가 조금 전에 지나간 여인의 목소리와 뒤죽박죽이 되어 뒤엉켰다.

"마, 만수야. 천천히……."

안에서 구역질을 참는 게 느껴졌다.

"많이 불편하십니까?"

"응, 안 좋구나."

"조금만 참으십시오. 모두들 조심해서 걸어 주십시오."

청지기는 고개를 갸웃했다. 자신이 아는 상식으로는 서운관의 시일이나, 일관 등을 가리켜 양반이라고 하지 않았다. 그런데 시일이 양반에게 반말을 하고 양반이 시일에게 높임말을 한다? 이게 뭔 괴상한 상황이란 말인가! 세상이 생긴 이래로 신분보다 나이가 앞선 적이 한 번이라도 있었던가?

"에구, 나도 모르겠다. 저들끼리의 문제지, 뭐. 나는 내가 몸담고 있는 세상이나 살아갈란다."

6

거대한 나무에서 얼마 떨어지지 않은 곳에 마을이 나타났다. 하람의 말과는 달리 한나절은 고사하고, 한 시진도 채 걸리지 않은 장소였다. 그렇지만 거리만 제하고 보면 하람의 말과 크게 다르지 않았다. 듬성듬성 있는 가옥들. 몇 가구 되지 않는 동네. 느껴지지 않는 사람의 기척. 농사를 짓는 동네는 아니었다. 이런 곳에서도 사람이 살 수 있을까 싶을 만큼 폐허에 가까운 가옥들이었지만, 아무리 둘러보아도 수상한 낌새는 발견되지 않았다. 텅 비어서 그럴 수도 있었다.

이용은 말 머리를 돌렸다. 여기서 지체해 보았자 더 나올 게 없다는 판단에서였다. 그래서 왔던 길을 되돌아가기 시작했다. 동네 어귀를 벗어나기도 전이었다. 텅 빈 마을을 향해 뛰어오는 사람이 있었다. 빠르기는 사내 같으나 장옷을 덮어쓴 점을 보면 여인이었다. 이용은 마을에 대해 물어볼 생각으로 말에서 뛰어내렸다. 여인이 앞으로 다가왔다.

"말 좀 묻겠……."

하지만 여인은 사람 말을 무시하고 이용 앞을 휙 지나쳐 갔다.

"이보아라! 말 좀 묻겠다고 하지 않느냐!"

무엇이 바쁜지 여인의 질주는 멈추지 않았다. 이 동네 들어서 겨우 만난 사람이기에 이용도 놓치고 싶지 않았다. 그래서 뒤쫓아 장옷 자락을 잡았다. 잡았다고는 하나, 손끝으로 가볍게 건드린 것에 지나지 않은 세기였다. 그런데 바람에 나부끼듯 장옷이 훌렁 벗겨지고 말았다. 다친 오른손은 두고 왼손으로만 쥐었던 탓이다. 이에 당황한 건 이용이었다.

"으악! 일부러 이런 건 아니었……."

여인의 질주가 멈추고 이용의 말도 멎었다. 씻겨 나간 장옷 뒤로 드러난 여인의 얼굴 때문이었다. 단정하게 땋아 내린 숱 많은 댕기머리, 굴곡 없이 미끈한 얼굴 선, 선명한 이목구비, 고급은 아니어도 깔끔한 옷차림까지, 근래 보기 드문 참한 규수였다. 그중 옥에 티가 있다면 천을 감아 고정해 둔 오른손 정도였다. 다쳤나?

"이게 무슨 짓입니까!"

놀라거나 당황한 기색 없는 호통이었다. 그 당당함에 오히려 놀라서 주눅이 든 쪽은 이용이었다. 이용은 장옷을 주섬주섬 챙겨 여인에게 건네며 말했다.

"잠시 물어볼 것이 있어서 예의를 버렸다."

장옷을 받아 든 여인은 '홍녀' 또는 '반디'로 주로 불리는 홍천기였다. 그녀는 멀찍이 있는 집을 바라보았다. 원래도 비어 있던 집이건만 유난히 더 텅 빈 것처럼 느껴졌다.

"물어볼 게 무엇입니까? 빨리 말씀하십시오."

이용이 마을에 대해 물어보려다가 잠시 생각에 잠겼다. 텅 빈 초라한 마을과 이 여인은 몹시도 괴리감이 있었다. 헐떡이는 숨소리. 참한 규수가 추운 겨울임에도 땀이 날 정도로 뜀박질을 한다? 그러고 보니 지금까지 둘러본 중에 가장 수상한 부분이 아닐 수 없었다.

"혹시 하람이라는 자를 아느냐?"

기습적인 질문이었다.

"하람?"

조심스럽게 입 안에서 발음을 굴리던 홍천기가 되물었다.

"외자 이름입니까?"

"그러하다."

"어디 사는 어떤 하람을 말씀하시는지는 모르겠지만, 제가 아는 이들 중에 그런 이름은 없습니다."

거짓말이 아니었다. 진짜 모르는 눈빛이었다. 그렇다면 이번 사건과 전혀 관련이 없는 여인이란 말인가?

"이 마을에 사람이 보이지 않던데 혹여 이유를 아느냐?"

"한양 사람이 아니십니까?"

"한양에서 살고 있긴 한데, 왜 묻느냐?"

"한양에 산다면 이맘때 마을이 비는 건 아실 법도 해서요."

"이맘때 마을이 빈다고? 그럼 평소에 살던 사람들은 다들 어디 갔느냐?"

"원래 이 마을은 인왕산에서 산삼을 캐거나, 땔감을 만들거나, 암석을 캐서 가공하거나 해서 연명합니다. 겨울에는 땅 파는 일을 비롯해서 모든 게 수월하지 않으니까 길쌈같이 겨우내 할 수 있는 일거리를 찾아 친인척 집으로 뿔뿔이 흩어지지요. 그래도 땔감 만드는 일을 하는 사람들은 남아 있었는데, 올해는 이 부근 벌목이 금지되어서 다른 구역으로 임시 움막을 짓고 옮겨 가 있습니다."

"이렇게까지 사람이 없는 건 올해 들어서란 말이지?"

"음……, 그런 셈이네요."

이맘때 마을이 빈다는 걸 알 만한 사람은 다 안다? 하람의 옷에 글자를 써서 이곳에 방치를 해 둔 자들은 이 마을과는 직접적인 관련이 없을 가능성도 있다. 특이한 장소의 성격, 이런 지형지물까지 이용하는 것을 보면 치밀한 자들이 아닐 수 없었다. 목격자를 찾는 것부터 시작해서 납치범들을 색출해 내는 작업까지, 어떤 것도 쉽지 않을 거라는 예감이 이용을 덮쳤다. 홍씨 성을 가진 야심가, 그것 외에는 어떠한 증거도 없는 셈이다. 야심은 없지만 홍씨 성을 가진 여인이 마을 쪽으로 몸을 돌렸다. 이용이 급히 그 앞을 막아섰다.

"그런데……."

"질문이 아직도 남았습니까?"

"낭자는 아무도 없는 마을에 무슨 용무로 왔느냐? 보아하니

이 마을 사람은 아닌 것 같은데.”

홍천기가 왼손을 허리에 올리고 삐딱한 자세로 서서 앞을 방해하는 남자를 노려보았다. 참한 규수에서 한참 멀어진 모습이었다.

“왜 제가 처음 보는 분께 그런 개인적인 사정까지 답해야 합니까? 그리고 어째서 이 마을 사람이 아니라고 단정을 하십니까?”

이용의 고개가 갸웃이 내려갔다. 묘하게 구도가 어긋나 있는 그림을 볼 때와 같은 찜찜함이 스멀스멀 올라왔다. 이 괴리감은 마을과 여인이 안 어울려서가 아니었다. 오로지 이 여인 자체에서 비롯된 것이다. 처음 보는 사내 앞에서 낯가림이 없는 규수. 평소에 사내들에 둘러싸여 살지 않고서야 이런 눈빛을 갖기란 어려울 것이다. 혹시 기생인가? 이용이 고개를 저었다. 교태라고는 찾아볼 수도 없는 것으로 보아, 기생의 눈빛과는 완전히 다르다. 이제껏 접한 적 없는 독특한 분위기였다. 뭐지? 도대체 뭐 하는 여인이지?

“낭자는 어디 사는 누구냐?”

순수한 호기심에서 나온 순수한 질문이었다. 머릿속에서 정제되지 못한 채 나온 말이라 듣기에 따라서는 무례하기 짝이 없는 게 실수라면 실수였다. 귀에는 들리지 않았지만 여인의 눈빛에서 오만 가지 욕설이 튀어나오는 게 보였다.

“아! 미안하게 되었다. 순간 너무 궁금하여 무례를 저질렀구나.”

"무례는 장옷을 벗길 때부터였습니다. 그리고 처음 보는 아녀자에게 다짜고짜 반말하는 것 또한 무례지요."

"아! 네 말이 옳다."

이용은 잠시 망설이다가 큰 결심을 하고 말했다.

"이렇게 된 이상, 내 소개를 안 할 수가 없구나."

"필요 없습니다."

홍천기가 무시하고 길을 가려고 하자, 이용이 급하게 앞을 막아섰다.

"어허, 내가 누군지는 알고 가야 나의 반말이 무례가 아님을 알 것 아니냐."

"됐습니다. 무례가 아닌 걸로 쳐드리겠습니다."

"어허! 들어 보래도! 나로 말할 것 같으면, 하, 이 말을 하면 네가 기절하겠지만……."

깜짝 놀라 안절부절못하며 땅에 납작 엎드려 벌벌 떨 여인의 모습이 눈앞에 그려졌다. 그래서 자신도 모르게 실실거리는 웃음이 입가로 삐져나왔다. 이용은 말을 비운 잠시의 시간을 즐긴 후 자신의 정체를 밝혔다.

"나는 이 나라의 대군, 안평이다."

"하아!"

감탄도, 놀람도 아니었다. 여인의 입에서 나온 건 코웃음이 섞인 한숨이었다. 청지기를 비롯하여 많은 사람들이 이용의 앞에서 한숨을 삼키는 경우가 왕왕 있기에 낯설지는 않았다. 하지만 지금 상황에서 이런 반응은 예상하지 못했다.

"못 들었나 본데, 다시 말하겠다. 나는 안평……."

"그만 들어도 되겠습니다. 제대로 기절시키고자 하였다면 임금 정도는 갖다 대셨어야지요. 고작 대군 가지고 되겠습니까?"

"응? 잠깐만, 이게 아닌데……. 임금은 우리 아버지고, 난 안평대군……."

"죄질이 아주 불량합니다! 백주 대낮에 아녀자의 장옷을 벗기고 길을 막아 희롱하는 것으로도 모자라 대군을 사칭하다니요!"

"사, 사칭? 내가 안평대군이라서 안평대군이라 하는데 그게 어떻게 사칭이냐? 그럼 내가 안평대군인데, 안평대군이 아니라고 하랴?"

"지금 우리나라에 대군의 수가 비정상으로 넘쳐 난다고는 들었지만, 그렇다고 해도 이렇게까지 여기저기 널려 있을 만큼은 아니지요. 만약에 돌멩이 십여 개를 한양 곳곳에 던져 놓았다고 칩시다. 그 돌멩이와 만나게 될 확률이 어느 정도겠소?"

"대군의 수가 비정상? 돌멩이? 황금도 아니고 하필 비유가 돌멩이? 푸하하하!"

반박할 말을 잃은 이용의 입에서는 웃음만 크게 터져 나왔다. 한번 나온 웃음은 들어가지가 않았다. 임금과 중전 사이에서 태어난 아들 수가 정상의 범위를 훨씬 벗어난 건 사실이니까.

"네 말이 그르지는 않지만, 내가 안평대군인 것 또한 그르지 않다."

"감옥에서 사는 게 소원이 아니고서야 어찌 그리도 무서운 거짓말을 하시오?”

생략된 ‘이 한심한 인간아.’라는 뒷말이 들리는 듯했다. 어느새 여인의 존대가 반 토막이 났지만 이용은 상관치 않았다.

“내 말을 믿지 않으니 이 일을 어찌하나.”

홍천기의 한숨이 깊어졌다. 그럴 때마다 자세의 불량기는 더해졌다.

“안녕대군…….”

“안평대군이라니까!”

“네, 그 안평대군! 내가 그 나리를 아침저녁으로 뵙는데, 그러다 보니 아주 친하오. 속일 사람을 잘못 골랐소.”

“안평대군을, 아, 아니, 나를 어떻게 아침저녁으로 뵙는다는, 아니, 본다는 것이냐?”

“그거야 내가 안평대군의 아내니까.”

처음에는 눈만 깜박거리던 이용이 제 귀를 후벼 파면서 가까스로 되물었다.

“뭐, 뭐라고?”

“댁 같은 인간도 대군을 사칭하는데, 나라고 부부인을 사칭하지 말란 법 있소?”

이용의 큰 웃음이 다시 터졌다. 이번에는 보다 오래 지속되었다. 홍천기가 이 틈에 재빨리 빠져나가려고 움직였다. 그것을 가로막느라 이용의 웃음이 겨우 멎었다.

“이대로 보내는 건 아니 될 일이야. 그러면 나는 무뢰한에 사기꾼으로만 기억될 게 아니냐.”

홍천기가 달아날 틈을 찾으며 대꾸했다.

"어떠한 기억도 하지 않을 터이니 걱정 마시오. 돌아서는 즉시 싹 잊어버리겠소."

"서운한 말을 어찌 그리도 가차 없이 하느냐. 갑갑하구나. 내가 대군이라는 증거를 당장 보여 줄 수는 없는 노릇이니. 아! 지금 나를 따라오면……."

홍천기의 얼굴에서 '어디서 뻔한 수작이야?'라는 표정이 나타났다.

"그, 그래. 나를 따라오면 안 되는 거구나."

"댁 눈에는 지금 나만 보이겠지만, 조만간 우리 부모님도 함께 보일 거요. 지금 오고 계시니까."

거짓말이다, 이용은 그렇게 느꼈다. 홍천기가 집 쪽을 바라보며 조급해진 목소리로 말했다.

"이제 그만 지나가게 해 주오."

하지만 이용은 상대의 조급함보다 자신의 조급함이 더 중요했다.

"내가 대군인 증거가……."

이런 일이 생길 줄 알았다면, 대군용 호패도 만들자고 우길 걸 그랬다. 다른 신분들은 모두 호패가 발급되는데 왕을 비롯하여 대군과 군은 없었기 때문이다. 이제껏 호패가 없는 게 특권인 줄로만 알았다. 그것이 증명이라고. 그런데 이제야 실재가 없는 걸로는 어떤 것도 증명할 수 없음을 깨달았다. 눈에 보이는 실물 중에 근사한 게 뭐가 있더라?

"아! 이 검은색 말로 말할 것 같으면……."

겨우 찾아낸 증거가 값비싼 말이었다. 하지만 홍천기의 표정은 더욱 나빠졌다.

"타고 다니는 말은 재산의 척도는 될 수 있으나, 신분의 척도는 되지 못하오. 굳이 신분으로 해석해 준다면, 말에다가 대군의 예를 올려야겠지요."

이용이 금세 꼬리를 내렸다.

"나도 말은 증거로 좀 아니라고 생각했다. 막 취소하려고 그랬다고."

"댁이 대군이 아니라는 증거라면 있소."

"그게 무엇이냐? 아! 옷차림 때문이라면 여기에는 사정이 있어서 그렇게 되었다."

"차림 따위로 사람을 판단하지는 않소."

"그럼?"

"벽제 비슷한 소리를 못 들었소. 더군다나 대군의 신분으로 호위는 고사하고 구종 한 명 없이 이런 외진 곳에 오는 건 있을 수 없는 일이오."

"거기에도 사정이 있어서 그렇다. 그런데 말이다, 너는 내가 진짜 이 나라의 대군이면 어쩌려고 이러느냐?"

"그렇다면 뭐……, 그때 가서 사죄를 올리면 될 거 아니오?"

"어떤 사죄?"

"그건 그때 가서 논의해도 늦지 않을 성싶은데……."

이용에게 장옷 아래에 숨기고 있는 홍천기의 손이 보였다.

그 손은 바들바들 떨고 있었다. 오가는 이 하나 없는 허허벌판에 길을 막고 선 사내가 두렵지 않을 리가 없건만, 태연한 표정에 눈멀어 간과하고 말았다. 이용이 즐겁게 대화하고 있는 이 순간에도 여인은 남몰래 공포를 숨기고 있었던 것이다. 그래서 부모가 오고 있다는 거짓말을 하였구나. 이용은 즐거운 자신의 감정이 미안해졌다.

"본의 아니게 또 무례를 범했군."

그러고서 곧장 뒷걸음으로 물러나 거리를 만들어 주었다.

"너무 가까이 다가갔구나. 나의 불찰이다. 진심으로 사과하겠다."

비록 조금이긴 하였지만 이용의 고개가 아래로 내려갔다가 올라왔다. 그러고 보니 계속해서 사과만 하고 있었다.

"그 사과가 진심이라면 길을 비켜 주시오."

대군의 증거를 보여 줄 수 없는 현재의 상황에서는 선택의 여지가 없었다. 이용이 길을 비켜섰다.

"그만 가도 좋다."

홍천기가 물둑이 터진 것처럼 재빨리 이용을 지나쳐 갔다. 이용은 아쉬움에 뒷모습만 바라보았다. 그런데 저만치 가던 홍천기가 갑자기 뒤를 돌아보았다.

"안평대군 나리!"

"어, 어, 그래, 나 안평대군이다. 이제 내 말을 믿어 주는 것이냐?"

"믿을 리가 있겠어? 하지만 어쩌면 네가 대군일 수도 있겠다

싶은 한 가지 증거는 있어.”

반말 따위는 귀에 들어오지도 않았다. 여인의 뒷말만 궁금할 뿐이었다.

“그게 무엇이냐?”

“사과! 자신의 잘못을 너같이 바로 인정하고 사과할 수 있다는 건 그만큼 많이 가진 사람이라는 증거니까. 그것이 권력이든, 재산이든, 마음이든 간에.”

“아…….”

문득 조금 전, 여인이 했던 말이 생각났다. 한양 곳곳에 던져 놓은 돌멩이 십여 개와 만나게 될 확률. 그 답도 생각났다. 그것은 인연이라는 단어에 내포된 의미와 같은 거였다.

“내가 지금은 바빠서 그냥 가는데, 만약 다음에 또 만나게 되면 네가 대군이라는 다른 증거도 찾아 줄게! 같은 연배 같아서 나도 말 놓는다. 잘 가라!”

“하하하! 안평대군댁 부부인! 조만간 다시 찾아뵙겠사옵니다. 그때 가서 반드시 사죄를 받아 내도록 하옵지요.”

“얼마든지.”

홍천기가 두 집을 지나쳐 큰 나무 쪽으로 사라졌다. 그쪽에는 집이 한 채만 있었다. 이용은 홍천기가 들어갔을 법한 집을 짐작하고 말에 올라탔다. 따라가서 두 눈으로 확인까지 마치고 싶었지만, 그러기에는 너무 큰 결례라 물러나기로 하였다.

천천히 걷는 말이 남녀 한 쌍을 지나갔다. 여자라고는 믿기지 않는 건장한 여인과, 보조 맞추느라 힘에 겨운 듯한 남자였다. 둘 다 나이는 지긋해 보이는 걸로 봐서 장옷의 여인이 말한 부모일 가능성이 높았다. 전혀 닮지 않은 세 사람이지만, 억지로 짜 맞추어 보면 가족으로 안 볼 이유도 없었다.

"거짓말이 아니었나?"

홍천기는 마당에서 걸음을 멈췄다. 방문이 활짝 열려 있었다. 떠나기 전, 행여나 찬바람이라도 들어갈세라 문을 꼭 닫았었다.

"서, 설마?"

홍천기가 마루로 뛰어올라 무릎을 꿇고 상체를 쭉 빼서 방 안을 들여다보았다. 한쪽으로 밀려나 뭉쳐져 있는 이불은 그 아래에 커다란 남자가 있을 법한 부피에서 턱없이 부족했다.

"없다! 없어졌어."

마루 위로 장옷을 내팽개치다시피 집어 던진 홍천기가 치마를 걷어붙이고 부엌으로 달려갔다. 거기에도 아무도 없었다. 집 주위를 뱅뱅 돌아보았다. 그래도 사람의 형체를 한 존재는 없었다. 발끝을 한껏 돋워 마을 전체를 살펴보았다. 연기 하나 없는 빈 마을이었다. 혹시나 하여 제자리에서 높이 뛰어올라 더 먼 마을을 보려고 애를 썼다. 하지만 아무리 되풀이해서 뛰어올라도 변하는 광경은 없었다. 여기까지 오면서 본 사람이라고는 자칭 대군이라 하는 사기꾼밖에 없었기에 더 기가 막힐 노릇이었다. 홍천기의 고개가 아래로 툭 떨어졌다. 어깨도 축 처졌다. 목소리에서도 힘이 빠져나갔다.

"그 몸으로 어디를 간 거지? 갈 곳은 있나?"

사람이라면 갈 곳이 있을 것이다. 정말로 사람이라면…….

"옷에 내 이름도 적어 놨는데, 설마 못 본 건 아니겠지? 아니야. 눈에 확 띄는 붉은색이라 못 봤을 리가 없어. 흔한 이름도 아니니까 찾으려고 하면 못 찾을 리도 없어."

홍천기는 방 안으로 들어가 부질없이 이불을 들춰 보았다. 남자는 없었다. 이 정도 부피에 있으면 이상한 거다. 남자가 누워 있던 곳에 앉아 깊은 한숨을 내쉬었다. 모처럼 깨끗하게 씻었다. 꿀단지와 죽도 견주댁이 가져오고 있었다. 의원 대신 침의도 어렵게 모셔 오고 있었다. 그런데 정작 남자가 없다. 노력한 보람도 없이.

"조금만 기다리지. 잠깐! 혹시 내가 꿈을 꿨나? 맞다! 꿈이다, 꿈! 그럼 그렇지, 하늘에서 남자가 내려왔다는 게 말이 돼? 내가 실성을 하……."

홍천기의 눈에 물건 하나가 들어왔다. 여러 차례 껌뻑거려도 사라지지 않는 물건이었다. 가로채 갈 사람이 없음에도 불구하고 온몸을 던져 물건을 낚아챘다. 남자의 신발이었다. 손에 분명하게 잡히는 실물이었다. 홍천기가 방 안을 두리번거렸다. 어렵지 않게 문지방 아래에서 나뒹구는 나머지 한 짝도 발견할 수 있었다. 한 켤레의 신발을 손 위에 나란히 올리고 유심히 들여다보았다. 꿈도, 실성한 것도 아니라는 명백한 증거품이었다.

"신발을 안 신고 갔어? 왜? 이렇게 보이는 곳에 있는데?"

추운데 굳이 버선발로 차가운 땅을 걸어서 갈 이유가 있나? 그렇다면, 다시 하늘로? 정말로 하늘과 관련된 남자란 말인가? 홍천기가 하늘을 향해 냅다 고함을 질렀다.

"줬다가 뺏는 건 경우가 아니지요! 하늘이면 하늘답게 이치에 맞게 행동해야지, 이러는 게 어디 있습니까!"

홍천기의 이 분노를 하늘이 들었는지는 알 수 없지만, 막 마당을 들어서고 있던 견주댁과 침의가 들은 건 확실했다. 모르긴 해도, 지금이 겨울이 아니었다면 마을 사람 모두가 들었으리라.

스승과의 약속만 아니었으면 화단으로 돌아오는 일 따위는 없었을 것이다. 허락받은 외출 시간은 단 반나절에 불과했다. 이것은 견주댁의 신용과도 관련이 있었기에 멋대로 파기할 수가 없었다. 그나마 위로가 되는 건 마당 한가운데를 막대기로 긁어 전할 내용을 남기고 온 부분이었다. 마침 강제로 모시고 갔던 침의가 글자를 알아서 도움을 받을 수 있었다.

"병든 들개 주워 놨었다며? 그 배은망덕한 놈이 그새 도망쳤나 보지?"

동료 화공들의 놀림이 이어졌다.

"비루먹은 견도犬圖는 돈이 안 돼. 저 건너편에 탄구 그놈 실하더라. 그거나 보고 그려."

"들개도 아니고, 비루먹지도 않았어요! 남자였다고요."

사람이라고 딱 잘라 말할 수는 없었지만, 남자라는 건 단호하게 말했다.

"어차피 사내놈이나 개새끼나 거기서 거기지, 뭘."

"우리 홍녀 시집 좀 보내자. 갈수록 망상만 늘어. 하하하."

"우 씨! 보여 줄게요, 지금 당장! 그림으로!"

"망상으로 그린 남자를 어떻게 믿어. 낄낄."

"손목도 성치 않은데 무리하지 마라. 그렇다고 핑계도 대지 말고. 우리한테 안 통한다."

홍천기가 씩씩거리며 둘둘 말아 둔 종이 뭉치가 있는 곳으로 달려갔다. 거기서 미리 잘라 놓은 작은 종이 한 장을 꺼내 바닥에 펼쳤다. 벼루는 갈아 둔 먹이 고여 있는 것으로 당겨서 옆에 두었다. 붓에 먹을 적셔 농도를 살핀 뒤, 종이 위로 이동시켰다. 언제나처럼 거침없는 동작이었다. 하얀 종이 위에 붓이 위치를 잡았다. 그런데 허공에 떠서 위치를 확인한 붓이 아래로 내려가지를 않았다. 내려가는 방법을 잊어버린 모양새였다.

"홍녀야, 뭐 하냐? 붓에 묻은 먹이 다 마르겠다. 크크큭!"

"머릿속에서 상상한 게 정리가 덜된 거냐?"

"정 뭣하면 우리라도 그려."

"야야! 조용히 해 봐. 저 녀석 좀 이상해."

화공들이 서로의 허리를 팔꿈치로 툭툭 쳤다. 놀리던 말과 웃음소리가 서서히 사라졌다. 하얀 종이 앞의 홍천기가 그보다 더 하얗게 질려 가고 있었기 때문이다. 원래 홍천기는 종이를 앞에 두고 망설임이 없었다. 순식간에 백지를 메워 버리던 화공이었다. 종이 위로 붓을 내리지 못한 채 넋이 빠진 홍천기는 지금껏 단 한 번도 본 적이 없었다. 화공들끼리 이 이상한 상황을 두고 소리 없는 눈의 대화를 주고받았다.

"호, 홍녀, 뭐가 잘못됐어?"

어렵사리 건넨 말이 홍천기의 귀로 들어가지 못하고 고스란히 튕겨 나왔다.

"저녁상 차려 놨어요. 다들 사랑채로 건너오세요."

여종의 목소리였다. 이것에도 홍천기는 아무 반응이 없었다.

"홍녀야, 그만하고 밥 먹으러 가자."

가까이에서 외친 이 말조차 듣지를 못했다. 화공들은 어쩔 수 없이 홍천기만 남겨 두고 공방을 나섰다. 사랑채에 차려진 상 앞에 앉은 화공들에게 견주댁이 물었다.

"홍 화공은요? 배 많이 고플 텐데."

견주댁의 손에는 다른 밥그릇보다 더 소복하게 쌓인 고봉밥이 있었다. 오랜만에 화단 밥을 먹는 홍천기의 몫이었다.

"그게……."

화공이 먼저 앉아 있던 최원호의 눈치를 슬쩍 살피면서 작은 소리로 말했다.

"갑자기 빈 종이 앞에서 돌처럼 굳어 버렸어."

"무슨 말씀이세요? 굳어요?"

최원호의 매서운 눈이 말하는 무리를 향해 고정되었다.

"모르겠어. 자기가 주웠던 남자를 그림으로 보여 주겠다더니, 붓을 아예 움직이지를 못해. 우리가 하는 말도 못 듣더라고."

"솔직히 좀……, 소름이 끼쳤어. 무서워서."

"밥상머리 앞에서 무슨 잡담들이야!"

최원호의 호통에 모두가 자라목이 되어 부랴부랴 숟가락을 들었다. 최원호가 먼저 들었던 숟가락을 움직여 먹기 시작했다. 견주댁이 조심스럽게 말을 꺼냈다.

"저기, 화단주님. 홍 화공을 데리고 와야 합니다."

"배가 고프면 어련히 알아서 기어 나올까. 다들 신경 끊고 밥이나 먹어."

보았다. 스치듯 본 것도 아니고 이틀을 꼬박 눈을 떼지 않고 보았다. 기억하고 있었다. 감은 눈과 코, 입, 머리 잔털 하나까지 어느 것 하나 기억하지 않는 게 없었다. 그런데 그릴 수가 없다. 눈을 먼저 그리려고 하면 코와 입이 덩어리져서 뒤엉켰고, 코를 먼저 그리려고 하면 눈과 입이 덩어리져서 뒤엉켰고, 입을 먼저 그리려고 하면 이 역시도 눈과 코가 덩어리져서 뒤엉켰다. 그동안 인물도를 안 그려 봤던 것도 아니다. 무엇을 먼저 시작하고, 어디에 중점을 두고 그려야 하는지도 잘 알고 있었다. 그런데 머릿속의 이론과 그동안 쌓아 온 경험들이 모조리 삭제가 되어 버린 듯했다.

아무것도 그려져 있지 않은 종이, 이 허연 공간이 이리도 공포로 다가온 적이 있었던가? 크지 않았던 종이가 점점 자라기 시작했다. 한번 자라기 시작한 종이는 그 위세를 누그러뜨리지 않고 바닥 전체를 삼키고, 벽을 타고 올라가 천장까지 삼켰다. 홍천기는 그 허연 공간 안에 갇힌 채 옴짝달싹못하였다.

"백지에 혼을 빼앗겼구나."

공방 문틈 사이로 홍천기를 지켜보던 최원호의 중얼거림이었다. 화공들이 모두 집으로 돌아가고 아무도 없는 빈 공방이었다. 짙은 어둠 속에서 홍천기는 여전히 처음 상태로 앉아 점 하나도 못 찍고 있었다.

"한꺼번에 무엇을 그리도 많이 보았길래……. 머릿속에 있는 걸 하나씩 차례로 걷어 내라. 다 버리고 여백을 만들 수 있어야 비로소 붓을 움직일 수가 있다."

돌아서던 최원호가 화들짝 놀라 엉덩방아를 찧을 뻔하였다. 등 뒤로 다가오던 인기척 때문이었다. 상대도 놀라기는 매한가지였다.

"아이고, 깜짝이야. 화단주님 여기서 뭐 하세요?"

목소리만큼은 절세미인인 견주댁이었다. 그녀의 목소리는 이런 어두운 곳에서는 더욱 빛을 발했다.

"뭐, 산책 겸……. 자네는?"

답을 듣지 않아도 견주댁의 손에 있는 작은 상이 이유를 알려 주었다.

"죽이라도 먹여야 할 것 같아서요."

"못 먹을 거야, 저 상태로는. 방해하지 말게."

"지금 제정신으로 하신 말씀입니까? 저러다가 죽어요. 뭐든 먹여야 합니다."

"2, 3일 굶는다고 죽지는 않네."

"그동안도 제대로 먹었을 리가 없지 않습니까? 오늘 낮에 조금 떠 넣은 죽이 고작일 거라고요. 비키십시오. 들어갈 겁니다.”

최원호가 공방으로 들어가려는 견주댁의 앞을 가로막고 고개를 저었다.

“조금만 더 기다려 주게. 이건 부탁일세. 내일도 저 상태면 그때 가서 다른 조치를 내려 줄 터이니.”

“그림 따위가 뭐라고, 염병할!”

“그리 예쁜 목소리로 욕을 하면 목소리한테 미안하지 않은가?”

“예쁜 얼굴을 저따위로 허비하고 있는 홍 화공도 있는데 뭘 그러십니까? 내가 저 얼굴이었으면 매일매일 치장하고, 이 구질구질한 화단에는 얼씬도 안 했습니다. 정말이지, 목숨 귀한 줄 몰라. 세상 무엇보다 목숨이 제일 귀한 건데. 목숨이…….”

그러곤 듣도 보도 못한 욕설을 끊임없이 내뱉었다. 최원호를 향한 욕이 아니었다. 어린 딸의 목숨을 가져가 버린 하늘을 향한 욕이었다. 최원호도 알기에 의미 없는 욕은 상처가 되지 않았다. 다만 심장을 찌른 욕이 있다면 ‘구질구질한 화단’, 이 부분이었다.

눈송이 하나가 두 사람 가운데로 떨어졌다. 최원호가 손바닥으로 내리는 눈을 받았다.

“정 걱정되면 화로를 옆에 놔주게. 그 편이 더 도움이 될 테니까.”

한두 개 날리던 눈송이가 점점 불어났다. 이 눈은 신세 졌던 주인 없는 집 마당에도 내렸다.

'백유화단의 홍천기를 찾아오시오.'

하얀 눈이 애써 써 놓은 마당 위의 글자를 조금씩 덮어 가고 있었다.

第二章

—

눈을 도둑맞은 남자

1

| 세종 19년(정사년, 1437년) 음력 11월 19일 |

"어떠냐? 누가 봐도 대군으로 보이겠느냐?"

청지기가 말고삐를 오른손으로 바꿔 잡고, 왼손을 입에 갖다 대고 입김을 불었다.

"대체 자꾸 그걸 왜 묻사옵니까? 누가 봐서 대군이 아니면, 나리께서 대군이 아닌 게 되옵니까?"

"내가 대군인 게 중요한 건 아니더라. 대군으로 보이는 게 중요하더라고."

또 괴상한 말이다. 청지기가 새빨개진 코를 실룩거리면서 말고삐를 양손으로 잡았다. 소유하고 있는 말 중에 제일 좋은 종마를 골라 타고, 굳이 눈이 녹기도 전에 어제의 도성 외곽으로 가야 한다며 고집부린 이용을 따라, 청지기도 아무 말이나 한 마리 골라 타고 따라나설 수밖에 없었다. 밤새 내린 눈이 땅에 들러붙은 채로 얼어서 위험하다고 해도 고집불통 대군을 잡아 두는 것은 역부족이었다. 청지기가 앞서가는 이용을 탐탁잖은 눈으로 쳐다보았다. 이 찬바람에 잔뜩 멋을 부린 꼴이 심상치 않았다.

"눈이 녹고 난 뒤에 가시자니까……."

"그사이에 납치범들이 단서가 될 만한 것까지 인멸을 해 버리면 큰일이 아니겠느냐?"

"어제도 별거 없었다 하지 않으셨사옵니까?"

"그, 그랬나? 아! 별거 없었기에 한 번 더 가 보는 것이다. 혹시 아느냐, 납치범들이 범행 현장에 다시 나타났을지?"

"그럼 우리만 가면 더 안 되지요."

"가, 가만……, 그게 그렇게 되나? 아! 가능성이 희박하니까 우리끼리 가는 거야. 마지막으로 점검하는 셈치고 가는 건데, 굳이 여러 사람 힘들게 할 필요는 없지 않느냐? 난 뒤처리까지 완벽한 사람이니까. 하하하!"

대체 무슨 꿍꿍이인 건지, 원. 저 과한 멋 부림이 사건 현장에 가는 차림으로 가당키나 하단 말인가? 이용이 고개를 저으며 혼자서 구시렁거렸다.

"아니야, 우리 둘은 적지. 앞뒤로 하인 여럿을 줄 세우고 가는 편이 본새는 더 좋았으려나?"

청지기도 이용과 똑같이 고개를 저었다. 하지만 혀를 끌끌 차는 동작이 생략되었기에 내포한 뜻은 달랐다.

"궁금한 게 있는데, 어제 그 일관 말이옵니다."

"하람 시일?"

"몸에는 이상한 글자가 없었사옵니까?"

"그렇다더군. 글자는 옷에만 있었어. 다행히 그리 악랄한 자들은 아닌 듯싶구나. 그런데 도통 모르겠단 말이야, 홍씨 성 중에 왕의 야망을 가진 자가 누구인지. 전 왕조의 잔당인가? 홍씨라……. 본인 성을 직접 거론한 건 이상하단 말이지. 홍씨의 누군가에게 억하심정을 가진 이의 음모인가?"

"나리, 예전에 말씀하셨지 않사옵니까? 세상은 거대한 음모 같은 사건보다 하찮은 개인 사건들이 더 많다고. 나라를 건국하는 대업도 알고 보면 그런 하찮은 개인의 일에서 시작했을 거라고. 치정과 금전 욕심 같은 하찮기 그지없는 일. 이번도 처음에 나리께서 짐작하신 대로 여인의 상사병에서 비롯된 게 아니올지요. 소인도 적지 않은 세월을 살아왔사온데, 여태 그렇게까지 잘생긴 사람은 처음 보았사옵니다. 묘하게 신비스러운 분위기도 그렇고……. 처음에는 여인에 의한 짓이 아니었을지라도, 도중에 여인과 관련된 일로 바뀌었을지도 모르옵니다. 그 외모는 그렇게 생각해도 억지스럽지 않사옵니다."

이용이 갑자기 말고삐를 당겨 걸음을 멈췄다. 그러곤 천천히 청지기를 돌아보았다. 한동안 말없이 물끄러미 쳐다만 보던 이용이 심각한 목소리로 입을 뗐다.

"여태 그렇게까지 잘생긴 사람은 처음 보았다고 하였느냐?"

"네? 네, 그랬사옵니다만……."

"그건 나를 앞에 두고 할 말은 아니지. 내가 인물로는 어디 나가서 아쉬운 소리는 들어 본 적이 없어서 말이다."

청지기의 정신이 아득해졌다. 어쩌면 정신 나간 분을 주인으로 모시고 있는 불쌍한 신세일지도 모른다는 생각에서였다.

"나, 나리, 용서해 주시옵소서. 소인이 반드시 좋은 거울을 장만해서 대령하겠사옵니다. 좋은 거울이란 걸 찾기가 여간 어려운 게 아니라서 잘될지는 모르겠지만."

청지기의 넉살 좋은 대꾸에 이용은 피식 웃으며 다시 말을 걷게 하였다. 청지기가 웃으며 뒤를 따랐다.

"나리, 믿어 주시옵소서. 그 일관을 보기 전까지는 소인이 본 사내들 중에 나리가 최고 미남이었사옵니다. 정말이옵니다."

"알았다, 알았어. 그렇다고 해 두마. 나도 그렇다고 생각했다."

"나리도 그 일관을 보기 전까지는 본인이 최고 미남이라고……."

"아니, 여인과 관련이 있을 거라고 말이다."

청지기가 이용의 뒤통수를 향해 격하게 고개를 끄덕였다.

"아무래도 그쪽이 맞을 것 같사옵니다."

이용이 단호하게 고개를 저었다. 좌우로 까딱거리는 손가락에는 확신이 차 있었다.

"그 글자를 보기 전까지 그랬을 뿐이다. 그들이 계획했을 그 치밀함을 보기 전까지!"

그 계획이라는 것도 이용의 머리에서 나온 것이고, 몸에 글자를 써 놓았을 거라는 상상도 이용의 머리에서 나온 것이다. 어쩌면 이용이기에 짐작해 낼 수 있는 내용일 수도 있었다. 간혹, 아주 간혹, 흔들리듯 그런 위험함이 나타나곤 하는 남자이기에. 어차피 세상은 자기가 아는 한도 내에서만 보고 유추해 낼 수 있는 법이기에. 청지기도 자신이 아는 한도 내에서만 보고, 유추해 낼 수밖에 없는 사람이었다.

"그 글자, 사람 이름 아닐까요? 사람 중에서도 여자."

"푸하하하!"

이용이 큰 소리로 웃음을 터트렸다. 어찌나 심하게 웃던지 청지기의 얼굴이 빨개졌다.

"어떻게 그 글자를 여자 이름으로 생각할 수 있지? 뭐, 그렇다고 치자. 그럼 왜 남의 옷에다가 이름을 써 놓았느냐?"

"달리 쓸 수 있는 글자를 모르니까요. 우리 같은 무지렁이들은 자기 이름 글자만 겨우 아옵니다. 그나마 그것조차 모르는 이들도 부지기수고요. 이름이 자신을 알릴 수 있는 유일한 방법이었을 수도 있사옵니다."

"너무 엉뚱해서 할 말이 없구나. 글자를 몰라서 이름을 썼을 거라는 게 대체 무슨 소린지, 원."

"어려서부터 글자를 배워서 습관이 되어 있는 분들은 이해가 안 갈 법도 하지요. 나리도 천자문을 익히기 전을 기억해 보시옵소서. 글자가 필요한 곳이라면 그냥 자신의 이름만 무턱대고 적었던 거."

"으으응, 기억 안 나. 나는 어마마마 배 속에서 이미 천자문을 떼고 나왔으니까."

어쩌면 방금 한 농담이 정말일 수도 있겠다 싶었다. 아무리 대군이라고 해도 고작 스무 살에 불과한 나이인데 시문, 서체, 그림, 어느 것 하나 뛰어나지 않은 게 없기 때문이다. 그렇잖아도 거짓말 같은 능력이라고 생각해 오고 있던 참이었다. 더군다나 씨를 준 이가 누구인가? 세상의 모든 책은 다 읽었을 거라는 소문까지 있는 임금이 아닌가. 그 임금이시라면 지식이 넘치다 못해 씨를 통해 자식에게 흘러 들어갔을 가능성도 없다고는 못 하리라. 그러니 납득해 주는 척하는 것도 완전한 아첨은 아닐 것이다.

"아, 네. 그럼 절대로 이해 못 하실 법도 하옵니다."

"게다가 여자 이름이 천기라고? 보통 여자 이름은 순심이라든가, 옥분이라든가, 장금이라든가, 인선이라든가, 초희라든가, 이런 식이지 않나? 당호라고 하기에는 더 이상하고."

"아차! 그 부분을 빠뜨렸사옵니다. 천기라는 이름은 말이 안 되긴 하옵니다. 계집 이름에 하늘 천을 쓰는 경우는 드물지요. 주로 일천 천千이나 내 천川을 쓰니까."

"흔한 먹이 아닌, 굳이 귀한 붉은색 진사로 쓴 이유는?"

청지기가 잠시 생각에 잠겼다. 그러곤 도출한 답을 말했다.

"그 부분도 그렇군요. 소인의 생각이 짧았사옵니다. 그 일관의 외모에 홀려서는 말도 안 되는 생각을 하였사옵니다."

"그래도 자네 생각이 나쁘지는 않았어. 원래부터 그런 얼굴은 여인과 얽혀 줘야 말이 되거든."

이용이 말을 세웠다. 별 소득 없는 대화였지만 집중하다 보니 어느덧 목적지에 도착했기 때문이다. 그런데 예감이 좋지 않았다. 묘령의 여인이 들어간 것으로 추정되는 집에는 사람의 온기가 느껴지지 않았다. 이용은 불안한 듯 고개를 빼고 주변을 두리번거리면서도 옷매무새와 말의 치장을 매만지는 데 여념이 없었다.

"찾으시는 거라도 있사옵니까?"

이용이 대답은 하지 않고 혼잣말처럼 중얼거렸다.

"벽제를 하면서 왔어야 했나?"

청지기는 잘못 들은 줄로만 알았다. 평소에는 벽제를 하려고만 하면 짜증을 내던 분이다. 그런데 오던 길에 사람도 없었는데 뜬금없는 벽제 타령이라니.

"소, 송구하옵니다. 그럼 다음부터는 벽제를 하도록……."

"아, 아니다. 주인을 청해 보아라."

청지기가 고개를 까우뚱거리며 집을 살피다가 되물었다.

"이 집 말씀이옵니까?"

이용이 고개를 끄덕였다.

"딱 봐도 빈집이구먼, 뭔 주인을 청하라는 것이옵니까?"

"아니야, 그럴 리가 없어. 아! 저 방문! 어제 저 방문이 활짝 열려 있었던 것 같은데, 아니, 열려 있었는데, 지금 닫혀 있지 않느냐? 사람이 있을 것이다. 있어야 한다."

"나리 기억이 확실하다면, 이 집은 수상하옵니다. 말에서 내려 몰래 살펴보심이……."

"뭐? 아니 된다. 난 말에서 내리지 않을 것이다."

대군으로 보이기 위해 말안장부터 시작해서, 갈기를 장식한 수술까지 얼마나 공을 들였는데 내려간단 말인가. 심지어 말발굽까지 윤이 나는 새걸로 바꿨다. 청지기가 먼저 말에서 뛰어내렸다.

"고집부리실 상황이 아니옵니다. 내려오시옵소서."

"싫다. 말에서 내려서는 순간, 내 신분도 내려간다."

"말이 되는 말씀을 하십시오! 그럼 소인이 말에 올랐던 순간에 왜 소인의 신분은 안 올라갔사옵니까?"

"어험! 잔말 말고 주인을 청해라."

옷 주름까지 세심하게 모양을 잡은 이용이 위엄 있게 어깨를 펴고, 딴에는 있는 힘껏 '대군인 척'을 하였다. 그러고서 눈빛으로 청지기를 독촉했다. 청지기가 얼굴 근육을 잔뜩 동원하여 제발 명령을 거둬 달라고 애원했다. 하지만 이용은 요지부동이었다. 이번에는 하늘을 보고 모든 얼굴 근육을 동원하여 자신의 신세 한탄을 하였다. 하늘도 번개 하나 없이 요지부동인 건 똑같았다.

"이리 오너라! 안에 주인 있느냐?"

기어 들어가는 소리로 외쳐 놓고 고개를 푹 숙였다. 모르긴 몰라도, 머지않은 미래에 임금께 불려 가 불호령 한번 오지게 맞지 싶었다. 다행히 안에서 사람의 기척은 없었다. 이에 청지기는 화색이 된 반면, 이용은 사색이 되었다. 안심한 청지기가 보란 듯이 큰 소리로 다시 외쳤다.

"이리 오너라! 안에 아무도 없느냐!"

역시나 바람 소리 외에는 아무 기척도 없었다. 마음이 급해진 이용이 말을 탄 채로 마당으로 들어갔다.

"정말 안에 아무도 없는 것이냐? 낭자! 안에 낭자 없느냐!"

낭자? 이건 또 뭔 뜬금없는 소리란 말인가! 아니, 그것보다 청지기에게는 더 급한 외침이 있었다.

"나리! 남의 집 마당에 말을 타고 들어가면 아니 되옵니다! 아무리 천한 집이고, 또 빈집이라고는 하나, 이것은 대군으로서의 예법이 아니옵니다."

"여기가 마당이라고? 울타리와 문이 어디 있느냐?"

청지기가 자신 없는 손짓으로 흔적만 남은 싸릿대들을 가리켰다.

"저게 울타리라고?"

"아마도……."

이용이 말에 탄 채로 고민에 빠졌다. 묘령의 여인 앞에 또다시 무례한 대군이 되느냐, 모양새가 조금 빠지는 대군이 되느냐의 기로에 놓인 것이다. 결국 모양새가 조금 빠지는 대군이 되기로 하였다.

"그래, 두 번 무례할 수는 없으니까."

말에서 내려서며 김샌 듯이 말하는 이용에게 청지기가 덜 급했던 걸 물었다.

"그런데 무슨 낭자를 찾으시옵니까? 혹여 납치범으로 추정되는 여인이라도 보았던 것이옵니까? 역시 여인과 관련이……."

"이번 사건과는 상관없는 낭자야."

"상관도 없는 낭자를 왜 찾으시옵니까?"

말문이 막힌 이용이 원래 그러려고 말에서 내린 것처럼 태연하게 방문을 열어 안을 살폈다. 견주댁의 수고로 안은 깔끔하게 정리되어 있었다. 하지만 워낙 빈티가 강한 집이라, 이런 곳이 익숙지 않은 이용의 눈에는 사람의 손길이 닿지 않은 폐가로만 보였다.

"분명히 이 집으로 들어가는 것처럼 보였는데……."

청지기가 얼렁뚱땅 넘어가려는 것을 다잡아 물었다.

"어제 나리께오서 이 마을로 오셨을 때, 이 집으로 웬 낭자가 들어가는 걸 보셨다는 것이옵니까?"

이용이 방문을 다시 닫으면서 들릴 듯 말 듯 대답했다.

"어? 뭐……, 비슷해."

"오호! 수상하기 짝이 없는 여인이옵니다. 나리께오서 무리하면서까지 오늘 다시 오신 게 이해가 되옵니다. 소인은 그것도 모르고……."

"상관없는 여인이라 하지 않았느냐."

"네? 하지만 앞뒤 정황상……. 직접 보신 나리께오서 상관없다면 그럴 만한 이유가 있겠지요. 그것이 무엇인지……."

"예뻤으니까."

"네, 예뻤……, 네에? 예뻐서라고요? 설마 그것뿐?"

"그것 말고 뭐? 예뻤다니까? 예쁜 여자는 나쁜 짓을 하지 않아."

이 말도 안 되는 논리는 무엇이란 말인가. 조선의 여인들 열 명 중에 아홉 명이 던진 돌에 맞아 죽을 소리가 아닐 수 없었다. 사람이라고는 없었지만 그래도 행여나 누가 들었을세라 주변의 눈치를 살피면서 대꾸했다.

"나라를 말아먹은 요부들은 죄다 미인이었사옵니다."

"으으응, 그건 미인이 나빴던 게 아니라, 사내들이 멍청했던 거고."

"예쁜 여자는 착하다는 환상을 가진 사내야말로 멍청한 건데, 에휴."

"어이쿠, 가만히 있어!"

이용이 다급하게 말고삐를 움켜잡았다. 새로 박힌 말발굽이 불편했던 말이 땅에다가 계속 발길질을 하는 바람에 눈과 흙이 튀었기 때문이다. 그제야 이용의 눈에 땅이 보였다. 하얀 눈. 밤사이에 쌓인 눈이었다. 그 위에는 자신들의 발자국과 푹푹 파인 말발굽밖에 없었다. 시선을 멀리로 바꾸었다. 그 어디에도 사람의 발자국은 없었다. 어제 눈이 내리기 이전부터 이 집에는 사람이 없었고, 어제 그 묘령의 여인도 없었다는 걸 땅에 쌓인 눈을 통해 읽을 수 있었다.

"그만 가자."

풀이 죽은 목소리였다. 이용이 말에 올라탔다. 청지기도 말에 오르면서 물었다.

"다른 곳은 안 돌아봐도 되겠사옵니까?"

"필요 없어."

이용이 앞서 말을 몰았다. 푹 숙인 고개와 축 처진 어깨가 안쓰러울 지경이었다. 조금이나마 달래 보고자 청지기가 상냥하게 말을 건넸다.

"하 시일이 있었던 집은 어디였……."

"말 걸지 마라."

"넵."

청지기는 합죽이처럼 잇새로 말아 넣은 입술을 꽉 깨물고 뒤를 따랐다.

| 세종 19년(정사년, 1437년) 음력 11월 20일 |

"저 녀석, 아직도 저러고 있는 거야?"

공방에 막 들어서던 화공이 먼저 와 있던 다른 화공에게 물었다. 빈 종이 앞에서 이틀째 똑같은 모습으로 앉아 있는 홍천기를 보고 한 말이다. 그나마 붓을 잡은 팔은 어제부터 힘없이 옆에 내려져 있었다. 또 다른 화공이 공방으로 들어섰다. 그도 홍천기의 상태를 알아차리고 눈으로만 조금 전 화공과 똑같은 질문을 하였다.

"이번에야말로 진짜 애 잡겠다. 스승님께 말씀드려서 말려야지 안 되겠어."

"오늘 새벽에도 말씀드렸는데, 여전히 방해하지 말라고 하셨어요."

마침 들어오면서 대화를 들은 견주댁의 대답이었다. 어젯밤에 가져다 둔 화로를 바꾸기 위해 들어온 거였다. 그 뒤로 여종 한 명도 따라 들어와 사발 한 그릇을 공방 안에 들여 놓고 조용히 물러갔다.

"스승님이? 진짜? 하루도 아니고 이틀을 저러고 있는데 계속 방치해 두라고? 대체 무슨 생각으로?"

"전들 알겠습니까? 그러라고 하시니까, 어쩔 수 없지요."

견주댁은 어제 가져다 놓았던 화로를 치우고 그 자리에 새로 가져온 화로를 놓았다. 그러곤 불꽃이 커지도록 숯을 뒤적여 놓고, 여종이 놓고 간 사발을 끌어당겨 홍천기의 입에 갖다 대었다.

"홍 화공, 이것만이라도 마십시다."

물보다 꿀이 더 많은 꿀물이었다. 최원호가 취할 수 있는 조치라고는 이것밖에 없었다. 그나마도 홍천기는 강제로 갖다 댄 사발에 입을 열지 않았다. 잔머리가 식은땀에 젖은 채로 이마에 붙어 있었다.

"뭔 식은땀을 이렇게……. 홍 화공?"

견주댁이 다급하게 사발을 바닥에 놓고 홍천기의 어깨를 잡았다. 입술에는 핏기가, 눈에는 초점이 사라지고 없었다.

"견주댁……."

간신히 견주댁을 알아본 홍천기가 힘없이 옆으로 넘어갔다. 이를 견주댁이 가슴으로 받아서 안았다.

"홍 화공? 세상에, 몸이 불덩이야. 홍 화공! 정신 차려 봐요, 홍 화공! 아가씨!"

견주댁이 손에 쥐고 있던 메마른 붓을 빼내려고 했지만, 홍천기는 의식을 잃은 중에도 그것을 더욱 강하게 움켜잡았다.

"아, 안 뺏을게요. 손목에 힘 빼세요."

그러자 손에서 힘이 빠져나갔다.

"으이그, 내 이럴 줄 알았어. 그제 기껏 해 준 죽도 먹는 둥 마는 둥 하고, 머리도 덜 말린 채로 뛰쳐나가더니만. 고뿔 귀신이 안 옮겨 붙는 게 이상하지."

견주댁이 붓을 쥔 홍천기를 거칠게 둘러업고 일어섰다. 그러곤 화공들을 번갈아 보면서 말했다.

"하여간 환쟁이들이란……."

괜히 주눅이 든 화공들이 우물쭈물거렸다.

"왜 가만있는 우리까지 싸잡아서 그러는가? 환쟁이라고 다 같은 환쟁이는 아닌데."

"같은 화단 아래에 있으면서 뭐가 그리 다른데요?"

"쉽게 설명하자면, 홍녀는 백지가 공포인 환쟁이고, 우리는 백지가 없는 게 공포인 환쟁이라고 할 수 있네."

"에? 그게 쉬운 설명입니까?"

"안 쉬워? 음……, 더 쉽게 설명해 줌세. 우리는 재능이 없어서 재앙인 환쟁이고, 홍녀는 재능이 있어서 재앙인 환쟁이일세. 이 정도면 알아듣겠는가?"

"뭐라고들 하는 거야? 환쟁이 티 내는 말만 할 거면 썩 비켜요!"

견주댁이 욕설을 퍼부으며 공방 문을 발로 열어젖혔다. 문

바로 밖에는 최원호가 서 있었다.

"화단주님도 비켜 주십시오."

견주댁의 목소리 위력에 눌린 최원호가 얼떨결에 비켜섰다. 그러고는 옆을 지나쳐 가는 견주댁과 그 등에 업힌 홍천기를 곁눈질로 힐끔거렸다. 화공들이 저들끼리 속닥거렸다.

"환쟁이 티 내는 말이 뭐였지? 내 설명 이상하던가?"

"아니, 잘하였네. 그 이상 적절한 설명이 어디 있어?"

화공이 문밖에 우두커니 선 최원호에게 물었다.

"그나저나 스승님, 견주댁이 화 많이 난 것 같은데 어쩌지요?"

"그러게 왜 설명을 이상하게 해서는."

최원호의 발뺌에 화공들이 발끈했다.

"아니, 왜 우리 설명 탓으로 떠넘기십니까? 발단은 홍녀를 방치한 스승님이신데요?"

마치 서로 간에 짜기라도 한 듯 모두가 일시에 한숨을 내쉬었다. 견주댁의 요리 솜씨는 목소리에 비견할 만큼 기가 막혔다. 그런 견주댁이 화단 일로 화가 나면 그 화의 정도에 따라 반찬 개수가 줄어들었다. 어제도 이미 평소의 절반 개수였다. 지금 화의 강도를 보건대, 어쩌면 한동안 상 위에서 간장 외에는 구경도 못 할 가능성이 있었다. 재앙, 재앙거리다가 진짜 재앙이 눈앞에 펼쳐질 판이다. 그것은 곧 현실이 되었다.

"돌이 어멈! 돌이 어멈!"

돌이 어멈은 활짝 웃으며 부엌으로 달려온 만수를 보고 손과 고개를 동시에 끄덕였다. 그러고는 손바닥으로 바닥을 누르는 시늉을 하였다. 잠시만 기다리라는 뜻이었다. 비록 귀가 잘 들리지 않고 말도 제대로 못 했지만, 만수의 표정에서 하람이 식사를 무사히 끝냈음을 알아차렸다. 돌이 어멈의 동작은 재빨랐다. 식지 않게끔 아궁이 옆에 놓아 둔 약사발을 나무 쟁반에 받쳐 만수에게 건넸다. 그러고는 손등을 위로 하여 천천히 움직였다.

"뛰지 말고 천천히 가져가라고? 알았어, 어멈."

만수가 약사발을 들고 하람의 방으로 쪼르르 달려갔다. 입에서 흥얼거림이 끊임없이 흘러나왔다. 방문을 드르르 밀었다. 커다란 방 너머, 병풍 앞에 밥상은 그대로 있는데 하람은 사라지고 없었다. 자라 보고 놀란 가슴 솥뚜껑 보고 놀란다고 만수의 가슴이 또 쪼그라들었다. 하지만 이번에는 금세 찾았다. 사라진 것이 아니라, 자리만 조금 옮겼을 뿐이다. 하람은 창문을 열고 턱에 걸터앉아 있었다. 붉은 눈이 먼 하늘을 바라보고, 긴 팔은 창밖의 바람을 만지고 있었다.

"시일마님, 바람이 차갑습니다. 아직 완전히 회복된 몸도 아니신데."

"옷은 걸치고 있다."

어깨에 털로 된 겉옷이 걸쳐져 있긴 하였다. 평소와 달리 흐트러진 옷고름과, 상투를 풀고 길게 내려뜨린 머리카락, 그리고 안심하고 드러낸 붉은색 눈동자. 그런 만큼 하람의 긴장도 풀려 있었다. 만수는 하람의 손에 사발을 쥐어 주며 밝게 말했다.

"그럼 잠깐만입니다."

만수가 하람이 단숨에 들이켠 빈 그릇을 받아 바닥에 내려놓았다. 그러고는 방바닥에 드러누워 온몸을 쭉 폈다가, 개구리처럼 팔과 다리를 옆으로 파닥거렸다. 이번에는 좌로 데굴데굴 굴러갔다가, 우로 데굴데굴 굴러가기를 되풀이하였다.

"우왕! 좋다! 정말 정말 좋다! 궐로 들어가기 정말 싫다."

큰 소리를 혼잣말처럼 하면서, 만수는 하람의 눈치를 슬쩍 보았다.

"여기 있으면 시일마님도 편하실 터인데. 궐 안은 너무 살벌해서 계속 긴장한 채로 계시잖아요."

"궐 밖으로 가지고 나오면 안 되는 자료들이 대부분이지 않느냐."

만수가 발딱 일어나 앉았다. 볼에는 심술이 잔뜩 붙었다.

"그래도! 시일마님은 궐보다 집에 계실 때가 훨씬 잘생겼다고요. 표정도 부드럽고요."

"그런 식으로 말해 봤자 소용없어. 어차피 난 내 얼굴도 모르니까."

"그래도……."

"만수야, 그보다 그날 밤……."

만수의 얼굴이 긴장으로 굳었다.

"그러니까 내가 갑자기 거지 여인을 따라갔다는 거지?"

"따라갔다는 건 말씀을 잘못 드린 거고요, 그 상거지가 갔던 방향으로 가신 겁니다."

"스스로 걸어서? 지팡이도 없이?"

"아, 맞다! 지팡이는 궐에 있습니다. 보자기도요. 제가 그 때……."

"왜 내가 질문만 하면 말을 자꾸 돌리느냐? 조금 전에도 약사발 가지러 간다며 도망쳤잖느냐!"

"언제 도망쳤다고 그러십니까? 그게 어떻게 된 거냐면……, 어두워서 잘 못 봤……."

"만수야."

만수가 하람을 쳐다보았다. 창턱에 앉은 하람이 고개를 돌려 정확하게 만수를 보고 있었다. 붉은색 눈동자로. 오히려 무섭지 않았다. 그날 밤에 보았던 그 뒷모습보다는.

"스스로, 음……, 가셨습니다. 지팡이도 없이."

하람의 얼굴이 바람이 불어오는 방향을 향했다. 동지 밤, 끊어지기 직전의 기억을 찬찬히 떠올렸다. 거지 여인과 부딪혀 넘어졌다. 그때까지는 아무런 이상이 없었다. 그런데 바로 그 직후부터 극심한 두통이 들이닥쳤다. 손바닥에 닿았던 차가운 땅의 촉감도 기억났다. 머리를 쥐었던 것도 기억났다. 거기까지였다. 그다음부터는 누가 싹둑 잘라 내 버리기라도 한 것처럼 이틀간의 기억이 완전히 사라지고 없었다. 만수에 따르면 사라진 기억 속에서 하람은 스스로 걸어서 어디론가 갔다는 것이다.

"아!"

갑자기 하람이 일어섰다. 도중에 기억이 하나 더 떠올랐다.

어딘지 모를 곳에 걸터앉아 있었던 기억이었다. 발에 디뎌지는 것이 없었던 걸 보면 공중이었다. 그것이 뭐였을까? 그네? 아니다. 그네치고는 엉덩이를 걸치고 있던 부분이 흔들림 하나 없는 안정된 느낌이었다. 하람은 그 뒤의 기억도 떠올렸다. 기억이 돌아오자마자 바로 휘청거렸다. 그러곤 떨어졌다! 떨어져? 어디로? 땅? 아니다. 떨어져 내린 곳이 딱딱하지 않았다. 다친 곳이 하나도 없는 것만 봐도 땅일 가능은 낮다. 짚 더미? 퇴비 더미? 아니면……. 하람이 머리를 짚었다. 기억은 거기서 멈췄다. 다음으로 이어진 기억은 낯선 곳에서 눈을 뜬 부분이었다. 대체 기억과 기억 사이에 무슨 일들이 있었던 것일까?

하람이 손으로 뒤통수의 머리카락을 쓸어 올리며 성큼성큼 걸었다. 그러더니 오차 없이 밥상 옆을 지나 병풍 앞에 서서 만수를 보았다. 마치 눈이 보이는 사람과도 같은 움직임이었다. 하람이 쓸어 올린 머리카락을 틀어쥐고 상투를 만들었다.

“만수야, 나갈 채비를 해라.”

만수가 깜짝 놀라 엉거주춤 일어섰다.

“네? 벌써 입궐하시려고요? 완쾌될 때까지는 쉬기로 하시지 않았습니까?”

“부딪혀 넘어졌던 그곳부터 시작해서, 그 마을까지 더듬어 가 봐야겠다.”

“안 돼요! 몸도 아직…….”

“몸은 괜찮다.”

“그것도 그렇지만 아직은 위험하다고요. 납치인지 아닌지도 명확하게 밝혀지지 않았잖아요. 그 이상한 대군 나리도 한동안 조심하라고 하셨습니다. 아! 조만간 돌이가 돌아옵니다. 그때 가요, 네?"

"만수야, 그만 종알대고 새 신발 꺼내라."

하람의 근엄한 목소리 앞에서 만수의 기운이 쭉 빠졌다. 어쩔 수 없이 신발을 넣어 둔 장으로 터덜터덜 걸어갔다.

"네. 굳이 가시겠다면……. 근데 잃어버린 신발, 그거 너무 아까워요. 근사했는데."

하람이 어깨에서 흘러 떨어져 내리는 겉옷을 땅에 닿기 전에 잡아챘다. 그것을 쥔 채로 열린 창 너머의 하늘을 보았다. 며칠간 사라진 기억, 이 같은 일이 처음은 아니었다. 예전에도 이런 일이 한 번 있었다. 지금보다는 훨씬 어렸을 때의 일이다.

그날도 동지였다. 의식이 사라지기 직전, 아버지와 함께 있었다. 그리고 의식이 돌아온 직후, 아버지의 상여가 나가고 있었다. 오래전 그날, 무슨 일이 벌어지고 있는지도 모른 채, 아버지를 찾아 더듬어 가며 밖으로 나갔을 때였다. 어머니의 울부짖음이 들렸다.

'여기 오지 마! 누구라도 좋으니 저 아이를 제 가까이 못 오게 해 줘요. 제발 우리 앞에서, 내 앞에서 사라져 줘.'

'부인 고정하십시오.'

'아! 맹 영감! 오셨군요. 그때 데리고 갔던 우리 아들, 우리 아들 어디 있습니까? 왜 바꿔치기하셨나요? 저기, 저 아이는 우리 아들이 아닙니다. 도깨비라고요! 그러니 절대 상주로 세울 수 없습니다. 절대로! 맹 영감, 우리 아들을 돌려주세요, 제발…….'

만약에 눈이 보였다면, 어머니의 말이 덜 매정하게 들렸을까? 어머니의 표정을 볼 수 있었다면, 그랬다면 덜 잔인하게 들렸을까?

'람아! 람아! 람아!'

어머니는 눈이 멀기 전, 붉은색 눈동자로 바뀌기 전의 하람을 애타게 불렀다. '엄마, 저 여기 있어요. 제가 람이에요. 도깨비가 아니라, 람이라고요.'라고 말하고 싶었지만 할 수 없었다. 미친 듯이 울부짖는 어머니 앞에서 차마 입이 떨어지지 않았다. 언제나 자애롭고 행복한 표정의 어머니였기에, 저토록 울부짖는 어머니의 표정은 머릿속에 그려지지가 않았다.

'람아, 이 늙은이 목소리 기억하느냐?'

동정 섞인 목소리였다. 죄책감으로 짓이겨진 목소리이기도 하였다. 하지만 다정한 목소리였다. 그 목소리가 어머니 목소리에 의해 세상 밖으로 밀려났던 하람의 손을 잡았다. 붉은색 눈동자로 바뀐 뒤로 아버지 외에는 누구도 잡아 주지 않던 손이었다. 목소리보다 따듯한 손의 감촉을 통해 상대를 기억해냈다.

'네, 기억합니다. 맹사성 영감.'

'나랑 함께 가지 않으련?'

'어디로요?'

'너의 눈을 도둑맞았던 그곳, 한양으로. 거기 가서 살자꾸나.'

하람이 어머니의 울부짖음을 떨쳐 내듯 도리질을 하였다. 아름다웠던 초목. 흔하디흔했던 파란 하늘에 흰 구름. 그 기억들도 자애롭던 어머니의 표정과 함께 떨쳐 냈다. 하람이 다시 창 너머의 하늘을 보았다. 왜 이 눈은 볼 수 없을까? 왜 인간의 세상은 볼 수 없을까? 보이는 거라고는 아무것도 없이 붉기만 한 세상. 구름 한 점 없이 붉기만 한 하늘. 눈을 감았다. 차라리 눈을 떠도 이렇게 감았을 때와 다름없이 캄캄하기만 하면 좋을 텐데……. 파란 하늘이 얼마나 아름다운지 애초부터 몰랐다면, 그 하늘이 덜 그리웠을까? 이 붉은 하늘도 덜 저주스러웠을까?

2

청지기가 접은 세 개의 손가락에서 하나를 더 굽혀 네 개의 접은 손가락을 만들었다. 얼마 지나지 않아 다섯 손가락 모두 접었다.

"에이, 또."

홀로 중얼거리며 손가락 하나를 다시 폈다. 청지기 옆으로 이불 위에 누운 이용이 벌떡 일어나 앉았다. 이에 청지기의 두 번째 손가락이 펴졌다. 씩씩거리던 이용이 이불 위로 힘없이 쓰러지듯 누웠다. 그러고는 다시 벌떡 일어났고, 이와 동시에 청지기의 세 번째 손가락도 펴졌다. 원래가 위에서 내려갈 때는 빠르고, 아래에서 올라갈 때는 느린 법인데, 이용의 행동은 이와 반대였다.

"생각할수록 괘씸하다. 자기는 거짓말만 해 놓고는 나더러는 사기꾼이라니."

청지기가 횟수 세던 손가락을 걷었다. 108번까지는 할 줄 알았더니 정확히 48번에서 멈췄다. 청지기가 화로 옆에 둔 물그릇을 이용에게 건네며 흥미 없이 대꾸했다.

"처음 보는 낯선 남자가 치근덕, 아니, 꼬치꼬치 캐묻는데, 거짓말을 안 하는 계집이 실성한 게지요."

이용이 물을 꿀꺽꿀꺽 삼키고 나서 선언하듯이 말했다.

"당장 도화원으로 가야겠다!"

왜 이 말이 안 나오나 했다. 계속 묘령의 여인만 신경 쓰더니, 드디어 정신을 차린 듯싶었다.

"가셔서 안 선화를 만날 구실이라도 만드셨사옵니까?"

"안견이 아니다."

"네? 그럼 왜 도화원에……."

"이번 일의 적임자는 회사繪史 최경崔涇이다! 그자를 만나야겠다."

회사라면 종9품으로 그 수만 해도 십여 명이 훌쩍 넘었다. 언제 종9품의 화원까지 파악을 했는지 그저 신기할 따름이다. 정말 그림에 있어서는 이보다 부지런할 수가 없다.

"안 선화에 목을 매시더니 왜 갑자기 종9품 화원으로 넘어가셨사옵니까? 안 선화가 고작이면, 최 회사는 훨씬 더 고작이 아니옵니까?"

"품계는 보잘것없어도 초상화는 최경의 솜씨가 탁월하거든. 안견도 초상화에 한해서는 그자에 미치지 못할걸? 아마 백유화단 출신일 게다."

초상화? 설마? 청지기는 자신이 짐작한 내용이 안평대군의 입에서 안 나오기를 빌었다.

"내가 봤던 그 여인의 인상복색을 그림으로 그려 달라고 해야겠다. 최경이라면 그 여인을 내 눈앞에 똑같이 구현해 줄 것이다. 그러잖아도 최경의 그림을 소장하고 싶었는데 이번이 아주 좋은 기회야."

역시나 짐작한 내용에서 한 치도 벗어나지 않았다. 정신을 차리려면 시간이 조금 더 걸릴 듯했다.

"간 김에 안견을 볼 수 있으면 더 좋고. 그나저나 아바마마께오선 어찌 지금껏 답변이 없으실까?"

조만간 정신을 차릴 가능성이 엿보였다. 조정에서는 우연으로 찾은 줄은 모르지만, 어쨌든 하람을 무사히 찾아냈으니 여기에 대한 대가는 기대해도 좋은 상황이었다. 안견의 그림이라면 더할 나위 없겠지만, 그것이 여의치 않더라도 도화원에 가서 안견을 만나기만 해도 묘령의 여인은 싹 잊게 될 것이다.

"당장 도화원으로 갈 채비를 하겠사옵니다."

청지기가 일어서려는데 바깥에서 하인의 목소리가 들렸다.

"나리, 궐에서 사자가 나왔사옵니다."

이용의 얼굴에 화색이 확 돌았다. 청지기는 일어선 김에 그대로 방문을 열고 나갔다. 이용을 만나러 오는 걸 그다지 내켜하지 않던 그때의 내관이 마당에 쭈뼛거리며 서 있었다. 손에는 얇은 무언가가 든 보자기가 있었다. 다행이 아닐 수 없었다. 청지기가 버선발로 부리나케 내려갔다.

"어서 들어오십시오."

그러면서 보자기를 힐끔거렸다. 보통 그림은 원통으로 말아서 가지고 오는데, 모양으로만 보면 서책의 기운이 강하게 느껴졌다. 이건 썩 좋은 기운이 아니었다. 안평대군에게 미치는 영향으로만 보면 그렇다. 아니나 다를까, 이용이 방 안으로 들어서는 내관에게서, 좀 더 정확하게는 내관의 손에 든 보자기에서 노골적으로 눈을 떼지 않았다.

"안평대군 나리, 또 뵈옵니다."

"앉으시게."

그러고는 내관이 바닥에 앉기도 전에 손바닥이 앞으로 향했다. 여기에 따른 민망함은 청지기의 몫일 뿐이다. 알고도 모른 척하는 것인지, 내관은 앉고 나서도 보자기는 내놓지 않고 말부터 시작하였다.

"안평대군 나리께오서 주상 전하께 올리신 봉서에 대한 윤언을 전하옵니다."

"우선 그것부터 주고……."

"먼저, 대군의 신분을 증명할 호패 발급에 관한 것으로……."

내관은 결론을 말하기에 앞서 한숨을 삼켰다. 이용이 임금께 바친 글은 아주 길었다. 그런데 이번 봉서의 목적인 하람의 행방불명 건에 관한 부분은 달랑 서너 줄에서 그쳤다. 그 나머지는 뜬금없는 호패 관련한 건의가 대부분이었다.

"주상 전하께옵서, 아무리 심심하더라도 이리 긴 농담은 삼가는 것이 좋다라고만 하시었사옵니다."

"응? 그게 다인가? 다시 한 번 찬찬히 생각해 보게. 그게 전부는 아닐 걸세. 절대 그래서는 아니 되네."

"송구하옵니다만, 그 외에는 없사옵니다."

"내가 얼마나 지극정성으로 작성한 글인데, 그 윤언이 전부라니……."

이용이 실망한 얼굴로 고개를 숙였다. 하지만 앞으로 뻗은 손은 그대로였다.

"다음으로, 주상 전하께옵서는 이번 일에 성심을 다해 협조해 주신 나리께 많은 감동을 하셨사옵니다. 범인을 잡지 못해 상심이 크다는 소문까지 접하시고는 더욱 감동하시었사옵니다."

상심이 큰 건 비단 범인을 잡지 못했기 때문만은 아니었지만, 청지기는 이 일에 대해서는 무덤에 들어갈 때까지 입을 다물기로 하였다. 자신이 모시는 주인을 위한 게 아니었다. 오로지 스스로를 위한 결정이었다.

"그래, 그렇게까지 감동하셨다면 그건 분명……."

"그리고 이번 일을 도모한 자들은 나리로 인해 실패를 하였으니, 다음 행동이 반드시 나오리라 짐작하고 계시옵니다. 그러니 나리께오서는 그자들의 다음 행동까지 조용히 기다리시라고 하시었사옵니다."

이용의 손이 내려갔다. 얼굴에는 불쾌함이 가득했다. 보자기를 빨리 내놓지 않아서 그런가? 청지기의 가슴이 졸아들었다.

"다음 행동이 나올 것으로 짐작하시는 거야 아바마마의 자유이시지만, 나더러 조용히 기다리라는 건 하실 말씀이 아니시지. 그것인즉슨, 다음에도 나를 부려먹으시겠다는 거 아닌가?”

“아차, 이거! 주상 전하께옵서 이번 일에 대한 선물로 내리셨사옵니다.”

내관의 동작은 번개와도 같았다. 눈 깜박할 사이에 보자기가 이용의 손으로 건너가 있었다.

“내가 이 보자기를 푸는 건 다음에 또 이 일을 맡아 주겠다는 뜻은 아닐세. 이건 단지 지나간 일에 대한 수고비일 뿐일세. 알겠는가? 성군이시라면 셈법은 정확하셔야지.”

보자기를 풀던 이용의 손이 멈췄다. 귀퉁이에 삐죽이 보이는 형체는 그림으로는 보이지 않았다. 하지만 이용은 청지기보다 희망을 잡고 늘어지는 데는 끈질겼다.

“아! 화첩? 한 장이면 되는데, 뭘 이렇게까지. 하하하! 그렇다고 조금 전 내 말이 바뀌는 건 아닐세. 이건 하람 시일을 무사히 찾아낸 것, 딱 거기까지의 대가일 뿐일세.”

선물을 펼치자마자, 이용의 모든 동작이 얼어붙은 듯 멈췄다. 빼곡하게 그려져 있는 건 그림이 아니라 아주 교육적으로 나열된 글자들이었다. 청지기는 동작이 멈춰 버린 이용에게서 모든 색깔이 빠져나가고, 새하얀 색만 남은 것을 보았다. 한참을 그러고 있던 이용이 힘없이 팔을 들어 서책을 탈탈 털었다. 갈피에서 떨어지는 그림 쪼가리 하나 없었다.

“내 눈에 보이는 이 글자는 설마 《춘추》?”

“네, 오늘 경연부터 《춘추》를 시작하시옵니다.”

“경연은 아바마마만 즐기시면 되지 왜 나까지? 이런 건 우리 집에도 잔뜩 쌓여 있는데."

"비록 궐 안과 밖으로 떨어져 있어도 아비와 자식으로 이어져 있듯, 서책으로 함께하는 마음이야말로 나리께 전할 수 있는 최고의 대가가 아닌가, 하시었사옵니다."

"최, 최고의 대가라고? 이까짓, 아, 아니, 이것이? 세상에는 마음을 전할 수 있는 선물 중에 산수화라는 것도 있고, 화조도라는 것도 있고, 미인도라는 것도 있고. 미인도……."

이용에게서 빠져나간 색깔이 되돌아왔다. 도화원에 가서 최경을 만날 계획을 떠올린 것이다. 까짓 그림이야 그곳에서 조르면 될 터이다. 최경과 안견의 그림을 모두 받아 내면 분하고 억울한 이 심정도 달래지리라.

"마지막으로, 주상 전하께오서 반드시 전하라고 하신 하교이옵니다. 요사이 도화원의 일손이 부족하여 화원들의 노고가 이만저만이 아니니, 임금의 핏줄일수록 도화원의 화원을 사사로이 부리는 일이 없도록 각별히 조심하라, 하시었사옵니다."

다시 색깔들이 빠져나가고 새하얀 색만 남았다. 이번에는 형태까지 무너지고 있었다. 이용이 마지막 안간힘을 자아내어 서책을 공중에 들어 올려 탈탈 털었다. 노력한들 갈피에서 날리는 거라고는 먼지 정도였다. 이용은 그렇게 영혼까지 탈탈 털리고 말았다. 청지기는 그를 보면서 교훈을 되새겼다. 무형의 일을 해 줄 때는 반드시 선불을 받고 난 뒤에 착수해라.

만수가 거침없이 방문을 열었다.

"역시 아무도 없습니다. 방 안은 정돈이 되어 있는데요?"

"바닥에 이불 같은 헝겊 뭉치는 없느냐?"

"네. 깔끔합니다."

그렇다면 이 집이 아닌가? 그나마 감각을 더듬어 겨우 찾아온 데가 이곳이라, 여기가 아니면 달리 더 찾아볼 곳도 없었다. 하람은 눈을 뜨고 주변을 둘러보았다. 붉은색 외에는 아무것도 보이지 않았다. 어쩌지 못하고 선 하람 대신에 만수가 실례를 무릅쓰고 방 안으로 들어갔다.

"여기 이불은 있습니다. 곱게 접혀 있고요, 두껍지 않아요. 윽! 냄새."

정돈이 되었다면 그사이에 집주인이 다녀갔거나, 냄새가 나는 이불이 흔해서 다른 집과 구분할 특별한 증거품이 되지 못하거나, 둘 중 하나일 것이다. 방에서 나오던 만수가 소리쳤다.

"어? 마당에 뭐가 있습니다."

"무엇이 있다는 것이냐?"

마당을 찬찬히 살피던 만수가 고개를 갸웃거리며 말했다.

"음……, 말발굽이요. 마당에……, 여기가 마당 맞나? 아무튼 말발굽이 있는데, 엄청 발길질을 한 듯 보입니다. 마당을 죄다 긁어 놨어요."

"이런 마을에 말발굽이라……."

"그러네요? 그러고 보니 말발굽이 이 집으로만 나 있습니다. 혹시 그자들일까요?"

"안평대군 나리일 수도 있지."

"아, 맞다! 그때 그 이상한 대군 나리께서 말 타고 오셨지요? 하지만 그건 눈 내리기 전인데……."

"그분 성격에 한 번 더 다녀가셨을 가능성도 배제 못 하거든. 하지만 나도 모르는 이 집을 정확하게 아셨을 리가……. 만수야, 쉿!"

하람의 지시로 만수가 숨을 죽이고 동작을 멈췄다. 분명 사람의 기척이다. 그것도 한 명이 아니라 여러 명의 기척이 이곳을 포위해 오고 있었다. 잔뜩 긴장한 만수가 눈을 감은 하람의 옆에 붙어 섰다.

"누구십니까?"

상대 쪽에서 날아온 질문이었다.

"이 집 주인께 볼일이 있어서 왔습니다. 여러분들은 누구십니까?"

"저희야 보시다시피, 응? 안 보이는 거요? 저런, 어쩌다가. 쯧쯧. 저희는 이 마을 사람들입니다."

하람 옆에 붙어 있던 만수가 긴장을 풀며 떨어져 섰다. 비록 지저분한 차림새였지만, 순박한 웃음으로 인사하는 모습이 의심할 여지없는 마을 사람들이었다. 그들은 호기심이 가득 찬 시선으로 하람을 쳐다보며 저들끼리 계속 귓속말을 주고받았다.

"얼마 전에 여기 왔을 때는 아무도 없었는데, 다들 어디에 가 계셨습니까?"

"원래 마을이 잘 빕니다. 다들 뜨내기처럼 먹고사니까. 저희는 그동안 이 근방 벌목이 금지되는 바람에 좀 더 먼 곳에 움막

짓고 들어가 땔감을 만들었습지요."

"그럼 완전히 내려오신 겁니까?"

"아니오. 오늘만 잠시요. 장에 내다 팔아야 해서. 근데 영 시원찮아서 파장하고 들어오던 길입니다."

"실례지만, 여러분 중에 이 집 주인도 계십니까?"

"여기 집주인? 없습니다. 이 집은 겨울 내내 안 올걸요? 근데 왜 찾수?"

"알아볼 게 있었는데, 어쩔 수 없군요."

"우수절 지나서 다시 오십시오. 그럼 만날 수 있으니까."

"네, 말씀 감사합니다."

마을 사람들이 저들끼리 두런거리면서 낯선 손님에게서 멀어져 갔다. 눈이 안 보이면 다른 감각이 발달하기 마련이다. 하람도 그랬다. 만수의 귀에는 들리지 않는 그들만의 대화를 들을 수 있었다.

"난 또, 땔감 보러 온 손님인가 했네. 좋다 말았어."

"정말 큰일이야. 왜 땔감을 찾는 손님이 드물지?"

"동지 전에 내려왔어야 했는데. 멀다 보니 일이 꼬였어."

"아직 날이 덜 추워서 그런가?"

"작년보다 추위가 늦어져서 다들 월동 준비도 늦어지나 보다."

"먹을 걸 조금이라도 사 가지고 산으로 들어가야 하는데. 휴."

"내일부터라도 지게를 지고 집집마다 돌아다녀야 하나?"

"애들이 배고파서 우는 걸 보고 내려왔는데 어쩌겠어? 헐값으로라도 사 줄 집을 찾아봐야지."

그 뒤로도 계속 저들끼리 대화를 주고받았지만, 하람의 귀에조차 들리지 않는 거리까지 멀어졌다. 하람은 새삼 마을이 비어 있는 점에 주목했다. 그건 아낙들도 젖먹이를 둘러업은 채로 일을 거들고, 큰 아이를 비롯하여 스스로 걸음을 떼기 시작하는 아이들까지도 손이 부르트도록 막일을 하고 있음을 의미했다. 게을러서도 아니고, 하늘의 일기가 도와주지 않아서 배고픈 건 안타까운 일이 아닐 수 없었다.

"시일마님, 이제 돌아갈까요? 시일마님?"

"어? 으응. 그래, 가자. 헛걸음했어."

"그때 그 이상한 대군 나리께서는 뭔가 알아내신 게 있을까요?"

"그랬으면…… 좋겠구나."

마음과는 다른 말이었다. 알아낸 뭔가가 있다면 그것은 자신이 먼저여야 했기 때문이다. 하람이 왼손을 앞으로 뻗었다. 만수가 얼른 그 손을 잡아 자신의 어깨에 올리고, 앞서 걷기 시작했다. 하람은 기억이 끊어진 동안에 무슨 일이 있었는지 알고 싶었다. 누가 곁에 있었다면, 그 사람은 알고 있을지도 모른다. 어떤 목적을 가진 사람이든 상관없었다. 그것이 역모일지라도 상관없었다. '홍천기'라는 글자를 남긴 그 사람을 만나고 싶었다. 그 사람에게서 듣고 싶었다. '당신은 아주 얌전하게 잠만 잤습니다. 어떤 짓도 하지 않았습니다.' 이 말을 듣고 싶었다. 오직 이 말만 듣고 싶었다. 누구라도 좋으니, 사람이 아니어도 좋으니, 제발 이 말을 해 주기를 바랐다. 아버지가 '사고'로 돌아가신 그날까지도 얌전하게 잠만 잔 것일 수 있도록…….

"조심하십시오. 왼쪽에 땔감 지게가 있습니다."

만수는 닿지 않게 조심하라고 일러 준 말이었지만 하람은 일부러 손을 뻗어 땔감을 찾았다. 손바닥에 땔감이 와 닿았다. 단단하고 수분이 덜 느껴지는 나무였다. 걸음을 멈추고 상하, 좌우를 더듬어 부피를 가늠해 보았다.

"왜 그러십니까?"

대답이 없었다. 만수는 하람이 생각에 잠긴 동안, 옆에서 얌전하게 서서 기다렸다. 이윽고 하람이 말했다.

"조금 전 사람들한테 가서 지게 하나에 쌀 한 되면 되는지 물어보고 오너라."

"네? 왜요? 설마 사시려고요?"

"물어나 보고 오너라."

"이거 한 지게에 한 되면 비싼 거 아닙니까?"

"나도 안다."

"아! 혹시 잊으셨나 본데요, 돌이가 떠나기 전에 혹시 늦어질지도 모른다고 창고에 땔감을 잔뜩 사다가 쌓아 놓았습니다."

"알고 있다."

"그것도 우린 남아돌아요."

"안다."

"그런데 또 사신다고요?"

"그만 쫑알대고 어서 다녀오너라."

만수가 입이 뾰로통해져서는 땅을 툭툭 차 대면서 그들에게로 갔다. 또 그놈의 측은지심인가, 뭔가가 올라온 게 분명했다. 어떨 때는 너무하다 싶을 만큼 독하다가, 또 어떨 때는 이래도 되나 싶을 만큼 물러 터진 게 하람이었다. 오랫동안 곁에 있었던 만수지만, 이런 부분에서는 여전히 종잡을 수가 없었다.

잠시 후, 만수를 앞세운 마을 사람들이 우르르 몰려왔다. 그들의 허리는 조금 전과 달리 아래로 많이 굽어 있었다.

"이 지게에 실린 땔감을 쌀 한 되에 사 주신다고요?"

"비싸게 쳤습니다. 넘기겠습니까?"

"암요, 넘기다마다요."

"이 정도 양의 지게가 지금 몇 개 있습니까?"

"다섯 지게 있습니다."

"그것 전부 해서 쌀 다섯 되, 어떻습니까? 집집마다 지고 다니며 주인을 찾는 것보다 비싸게 쳤습니다. 쌀 질은 보장합니다."

"무, 물론 되다마다요."

"쌀 다섯 되면 당장 산에 있는 아이들의 주린 배는 달랠 수 있겠지요?"

"네? 그걸 어떻게 아시고……. 네, 네. 급한 불은 끌 수 있습니다."

이쯤 되자, 마을 사람들은 아까와는 또 다른 호기심 어린 눈으로 하람을 살피면서 저들끼리 수군거리기 시작했다. 허리는 조금 전보다 훨씬 더 내려와 있었다.

"그런데 쌀은 언제쯤 주실 수가 있습니까? 저희가 급해서……."

"오늘 안으로 사람을 통해 보내겠습니다. 산에 만들어 놓은 땔감은 정확히 어느 정도 됩니까?"

"네? 산에 만들어 놓은 것도요? 잠시만 기다려 주십시오."

마을 사람들끼리 머리를 맞대고 의논하기 시작했다. 그들이 의논을 끝마칠 때까지 하람은 잠자코 기다렸고, 만수는 안절부절못하며 발만 동동 굴렀다.

"대략 마흔 지게는 될 것 같습니다."

"산에 있는 사람들 수는 어떻게 됩니까?"

"그건 왜 물으십니까?"

"이유 없습니다. 궁금해서 그럽니다."

마을 사람들이 고개를 갸웃거리며 머릿수를 손가락으로 세었다.

"젖먹이가 세 명가량이고, 애들이 대여섯, 어른은 우리까지 합하면 열셋, 노인이 세 명, 이렇게 있는 것 같습니다만."

"음, 그럼 부족하겠는걸."

만수가 고개를 젖히고 하람을 뚫어지게 보았다. 무슨 생각인지까지 알 수는 없지만, 뭔가를 계획 중인 건 알 것 같았다. 눈을 감은 하람이 결심을 끝내고 말했다.

"여기 있는 다섯 지게는 흥정 없이 넉넉하게 쳐드렸습니다. 하지만 산에 남은 마흔 지게는 흥정을 하겠습니다. 가격을 얼마 정도 부르시겠습니까?"

"어, 얼마 정도 주실 수가 있는지……."

먼저 값을 제시하던 사람이 별안간 되레 물어 오자 다들 당황한 표정이었다. 이를 느낌으로 알아차린 하람이 싱긋이 웃으며 부드럽게 말했다.

"보통 얼마를 받는지를 묻는 겁니다."

웃지 말았어야 했다. 적어도 만수는 그렇게 생각했다. 딴에는 부드럽게 말한다고 노력한 모양이지만, 생김새로 인한 이질감은 미소까지도 상대로 하여금 두려움을 갖게 만들었다.

"다시 묻겠습니다. 보통 얼마를 받습니까?"

어쩌면 맹인이 아닐지도 모른다, 이것이 마을 사람들이 동시에 가진 생각이었다. 그래서 솔직하게 털어놓지 않을 수 없었다.

"때마다 달라서……. 솔직히 한 지게당 얼마 못 받습니다. 쌀 한 되 받은 적이 거의 없지요."

"다시 한 번 말씀드리지만, 쌀 질은 최상입니다."

"쌀 네 말!"

마을 사람들 중, 뒤쪽에서 호기롭게 외친 소리였다. 이에 만수가 발끈하여 소리쳤다.

"그건 바가지입니다! 한꺼번에 주문하는데, 깎아 주지는 못할망정……."

"만수야."

"하지만 저번에 구입한 땔감 값을 제가 모르는 것도 아니고, 가만히 보고 있기가……."

"만수야."

하람의 계속된 타이름으로 만수는 샐쭉하게 입을 닫았다. 다른 사람들도 말한 사람 옆에서 소리 죽여 속닥거렸다.

"야! 안 산다고 그러면 어쩌려고 막 불러."

"흥정하자니까 우선 높게 불러 본 거죠. 그래야 저쪽에서도 후려칠 수 있고요."

"네, 쌀 네 말! 그 값으로 쳐드리겠습니다."

하람의 말이 끝나자마자 마을 사람들의 시선이 일시에 하람의 얼굴로 향했다. 갑자기 일어난 일에 당황한 기색이 역력했다. 뭐가 어떻게 돌아가는지 몰라서 저들끼리 수군거리지도 못했다. 제각각 생각들도 달랐다. 어떤 이는 허우대만 멀쩡한 바보일 거라 생각했고, 어떤 이는 불쌍한 장님 등쳐 먹는 것 같아 찜찜한 기분이었고, 어떤 이는 생긴 것부터 남달라 일반적인 장님은 아닐 거라고 생각했다. 그래도 한 가지로 통일된 생각은 있었다. 어찌 되었든 내일이면 애들 밥은 먹일 수 있겠구나.

"대신 모레까지 이 마을로 모두 날라 주셔야 합니다."

"모레까지라면……, 너무 촉박한데요. 댁까지 운반도 해 드려야 하고……."

"운반은 걱정 안 하셔도 됩니다. 쌀 넉 되는 오늘, 쌀 네 말은 그때 지급하겠습니다."

흥정 같지도 않은 흥정이 끝났다. 하람을 제외한 그 누구도 납득하지 못하는 결론이었다. 만수는 하람의 손을 제 어깨에 올리면서 혼잣말로 쫑알거렸다.

"돌이가 돌아오면 놀라 나자빠질 거야. 하아!"

3

| 세종 19년(정사년, 1437년) 음력 11월 22일 |

"홍 화공님."

마치 스스로를 부르는 듯했다. 아버지를 부르는 홍천기의 목소리는 언제나 그랬다. 아직 고뿔 귀신을 완전히 떼어 내지 못한 터라 아버지 앞에 쪼그려 앉은 모습은 힘이 없었다. 아버지는 초점 없는 눈으로 딸을 한번 힐끔 쳐다보았을 뿐, 별다른 대꾸를 하지 않았다.

"홍 화공님, 그림 한 장만 그려 주십시오."

홍천기가 앞에 술병을 내려놓았다. 아버지는 딸의 목소리보다 술 냄새에 신경을 모았다.

"그림?"

"네. 지금 바로 그려 주세요."

모처럼의 그림 의뢰여서인지 종이를 펼치는 아버지의 손이 들떠 보였다.

"어떤 걸로 그려 드릴까요?"

술에 놀아나 잔뜩 휘청거리는 발음이었다.

"홍 화공님의 따님 얼굴을 그려 주세요."

종이를 펼치던 아버지의 손이 멈췄다.

"딸? 딸이건 뭐건 간에 저한테 자식이라고는 없습니다."

홍천기의 눈이 감겼다. 그렇게 긴 숨을 삼킨 뒤, 천천히 눈을 떠 미소와 함께 말했다.

"찬찬히 생각해 보세요. 홍천기라고 직접 이름 붙여 준 딸이 있을 거예요."

아버지의 대답은 알고 있었다. 듣고 싶지 않았지만 묻지 않을 수 없었다.

"홍천기라……. 있었지요. 있긴 했는데 태어나자마자 죽었습니다. 그래서 지금은 없지요."

"백유화단은 아시지요?"

아버지가 힘없이 고개를 끄덕였다.

"그곳에 팔아먹은 딸 기억하십니까? 그 아이가 홍천기입니다."

아버지가 고개를 가로저었다. 홍천기를 백유화단에 넘기고 받은 건 술 한 독이었다. 하지만 이조차도 기억하지 못했다. 팔아먹을 당시도 딸임을 인지하지 못한 상태였다.

"죽었다니까……."

지독한 술 냄새. 술에 중독되어 딸조차 기억하지 못할 만큼 미쳐 버린 아버지.

"그럼 제 얼굴이라도 그려 주세요."

그제야 아버지는 딸의 얼굴을 보았다. 술에 풀려 있었지만, 낯선 이를 바라보는 눈동자였다. 1년에 서너 번은 만남에도 불구하고 달라지지 않는 눈동자였다. 만나는 장소가 이런 저잣거리가 아니라 집일 때도 마찬가지였다. 석 달이 지나서 만나도, 3일이 지나서 만나도, 단 하루를 지나서 만나도, 아버지는 언제나 처음 만나는 사람을 보듯 딸을 보았다. 홍천기도 낯선 사람 대하듯 말을 걸었다.

"그리고 싶은 것이 있음에도, 종이 위에 붓을 내리는 게 두려웠던 적이 있습니까?"

"붓을 잡고 노는 종자들 중에 그렇지 않은 것들도 있습니까?"

"그럴 땐 어떻게 하시나요, 홍 화공님은?"

"그냥 백지가 저를 잡아먹도록 내버려 둡니다."

"잡아먹히고 난 그다음은요?"

대답이 없었다. 아버지는 어느새 완전히 그림 속으로 들어가 있었다. 간간이 홍천기의 얼굴을 보았지만, 대상을 보는 것일 뿐 사람을 보는 건 아니었다. 술기운에 이리 치이고 저리 치이는 아버지의 붓은 거침없이 종이 위에서 움직였다. 선도, 여백도, 무엇 하나 제대로인 게 없었다. 질 나쁜 종이를 메우는 건 일그러진 여백뿐이다.

붓을 내려놓은 아버지가 자신이 그린 딸의 얼굴을 보았다.

이번에도 흡족한 표정이었다. 언제나 그림을 그리고 난 후의 표정은 행복한 사람이었다. 종이가 홍천기의 손으로 건너갔다. 아버지가 그린 얼굴은 사람의 형체라고는 찾아볼 수 없었다. 그래서 웃을 수가 없었다. 그린 사람의 표식이 없는 그림. 아버지도 다른 화공들과 마찬가지로 관서款署나 낙관을 남기지 않았다. 술기운에 실수로라도 남길 만하지만 관서가 버릇이 아니어서인지 그런 일은 일어난 적이 없었다.

홍천기가 술병을 앞으로 밀면서 자리에서 일어섰다. 아버지는 그 병을 붙잡자마자 입속에 들이붓듯이 마셨다. 홍천기가 몸을 돌려 발을 떼려고 할 때였다. 아버지의 웅얼거림이 들렸다.

"우리는 여백을 그리기 위해 붓을 내립니다. 검은 먹선이 여백을 자유롭게 하지요."

"무슨…… 뜻인가요?"

아버지는 더 이상의 말은 하지 않고 술만 마셨다. 그러더니 잔뜩 웅크린 채 가마니를 뒤집어썼다. 아마도 방금 자신이 말을 흘린 것조차 모르는 것 같았다. 여태껏 뒤에서 잠자코 지켜보던 견주댁이 홍천기의 머리에 장옷을 씌우며 끌어안았다. 작은 어깨는 미세한 울음 흔적조차 없었다. 이따금씩 홍천기는 자신을 알아보지 못하는 아버지 앞에 스스로를 세우고는 하였다. 주로 스스로를 학대하고 싶을 때가 그러했다.

"의식이 돌아오자마자 온 곳이 여기라니……. 그만 갑시다."

홍천기가 가고 없는 자리에 한동안 찬바람만 돌았다. 그렇게 오랫동안 사람 손님 없던 자리에 누군가가 다가와 섰다. 가마니 아래의 아버지 시선이 가까이 다가선 남자의 큰 발에 맞춰졌다. 시선이 다리를 타고 위로 올라갔다. 하지만 미처 다 올라가기 전에 남자의 몸이 내려와 앞에 마주 보고 앉았다. 두 시선이 만났다. 쉰 살에 가까워 보이는 남자. 딸을 앞에 마주했을 때와 달리 아버지의 눈동자는 상대를 알아본 듯했다.

중년의 남자는 아무 말 없이 가지고 온 보자기를 앞에 펼쳤다. 술병과 두 개의 술잔, 그리고 서너 가지의 안주였다. 중년의 남자가 이미 비워져 뒹굴고 있는 술병을 힐끔 보았다. 잠시 망설이는 사이에 아버지는 새로 가지고 온 술병을 낚아채 잔 한 곳에 술을 따랐다. 그런 후, 나머지는 술병째로 입에 쏟아부었다. 중년의 남자는 만류를 포기한 듯 술이 담긴 잔을 들어 자신의 입에 넣었다. 그런 뒤에 젓가락을 들어 육전을 한 점 집었다. 그 육전은 중년의 남자가 아닌 아버지의 입으로 들어갔다.

두 사람 사이에 오가는 대화는 없었다. 그저 아버지의 입으로, 중년 남자는 가지고 온 음식을 넣기만 하였다. 천천히, 천천히. 아버지의 씹기도 더뎠고, 그에 따라 젓가락질도 더뎠다. 하지만 서두르는 기색 하나 없이, 중년 남자는 가지고 온 모든 음식을 아버지에게 먹게 하였다. 빈 술병과 빈 잔, 그리고 빈 찬합을 보자기에 싸맨 중년 남자가 자리를 떨치고 일어났다. 아버지는 말없이 가마니를 고쳐 쓴 후, 중년의 남자가 걸음을 옮기기도 전에 눈을 감았다.

보자기를 든 중년의 남자는 긴 한숨을 내쉰 뒤에 아버지에게서 멀어졌다. 그러곤 깊은 생각에 잠긴 채로 긴 길을 걸었다. 한적했던 저잣거리를 벗어나, 인적이 드문 길을 지나쳐, 북적거리는 거리로 접어들었다. 조금만 더 가면 육조 거리였지만 그 전에 길을 꺾어 육조 거리 뒤편에 옹기종기 모인 크고 작은 관청들 구역으로 접어들었다. 중년의 남자는 그중, '도화원'이라고 적힌 현판이 걸린 곳으로 들어갔다. 마당에 있던 관노가 쪼르르 달려와 허리를 푹 숙였다.

"등청하셨습니까?"

중년의 남자가 고개를 끄덕이며 되물었다.

"늦었느냐?"

"아닙니다. 다들 이제 막 모였습니다, 선화마님."

중년의 남자, 안견이 보자기를 넘기면서 말했다.

"내 방에 가져다 놓아라."

그러고는 빠른 걸음으로 좁은 마당을 가로질렀다. 동헌 옆을 지나 사무헌이라고 적힌 건물의 문을 열었다. 커다란 탁자를 가운데 두고 마주 앉아 있던 이십여 명의 화원들이 일시에 의자에서 일어섰다. 그중 딱 두 사람만 일어서지 않았다. 한 사람은 안견보다 더 상관이었기 때문이고, 또 한 사람은 팔짱을 끼고 고개를 숙인 채로 앉아 조느라고 그랬다. 탁자 너머로는 십여 명의 생도生徒들이 두 손을 모으고 서 있다가 허리를 숙였다. 안견이 졸고 있는 화원을 쳐다보았다. 얼굴은 보이지 않아도 누구인지는 알아차렸다. 이틀을 꼬박 쉬고 나와서까지 졸고 있을 인간은 최경밖에 없었다. 안견의 시선을 의식한 옆의 화원이 탁자 아래의 발로 상대의 다리를 툭툭 찼다.

"최 회사! 일어나게."

최대한 소리를 죽였지만, 안견의 귀에 안 들리지는 않았다. 최경이 한쪽 눈을 슬쩍 떠 상황을 파악하고는 자리에서 일어섰다. 그러고는 일어서자마자 즉시 졸기 시작했다. 안견이 생도들을 훑어보다가 한숨을 쉬면서 말했다.

"너희들은 나가도 좋다."

생도들이 멈칫거리다가 슬그머니 방을 빠져나갔다. 십여 명의 생도들은 아직 그림을 배우는 단계였다. 이들 중 당장 작업에 투입 가능한 실력은 없었다. 안견이 자리에 앉자 다른 화원들도 따라 앉았다. 이번에도 서서 조는 최경만 우뚝 남았다. 옆의 화원이 그의 옷자락을 잡아당겨 앉혔다. 자리에 앉은 최경은 눈 한 번 안 뜨고 아예 작정하고 자기 시작했다. 안견이 상관인 김 제거提擧*에게로 시선을 돌렸다.

"이번에 동지 처용화는 간신히 기한을 맞췄습니다."

"청문화단에서 도와주지 않았다면 정말 큰일 날 뻔하였소."

안견은 잠시 입을 다물었다. 원래도 일손이 턱없이 부족했지만, 이번에는 공조工曹 측에서 무리하게 일손을 끌고 간 탓도 있었다. 작업을 거들 수 없는 생도를 제외하고 탁자에 앉은 이십여 명의 화원으로만 처리하려다 보니 철야가 거듭될 수밖에 없었다. 더군다나 이 이십여 명의 화원 중에는 과전科田을

---

* 도화원 등의 정 · 종3품 관직.

받는 사람이 없었다. 그렇다고 식솔을 굶길 수는 없으니 짬짬이 개인 일감을 받아 돈벌이를 해야만 하였다. 그래서 쉬라며 내준 이틀의 기간 동안 제대로 쉬고 나온 사람은 아무도 없었다. 지금 최경이 졸고 있는 것도 그러한 이유였다. 그나마 개인 품팔이를 해서라도 도화원에 잔류해 주는 걸 고마워해야 할 판이었다.

매년 이 기간을 버티지 못하고 나가는 화원이 발생했다. 그들은 대체로 사화단私畵團으로 자리를 옮기는데, 최근에는 도화원에서 나가는 화원들을 청문화단에서 싹쓸이해 가다시피 하고 있었다. 이번에 외주도 그랬다. 예전에 도화원의 일감을 외주로 풀 때는 도성의 여러 화공들에게 골고루 돌렸는데, 근래 들어서는 청문화단으로 몰아주었다. 청문화단과 대척점에 있는 백유화단은 완전히 따돌려진 셈이다. 여기에 대한 안견의 의견은 전혀 반영되지 않았다. 도화원의 김 제거와 청문화단의 뒷거래로 인한 결과였다.

안견이 탁자에 놓인 종이를 들어서 적힌 글자를 읽었다. 섣달그믐까지 완성해야 하는 문배의 양이었다. 고개를 들어 피곤에 찌든 화원들을 골고루 쳐다보았다. 내년 초까지 과연 이 탁자에 몇 명이 남아 있을까? 우선 여기에서 별 쓸모가 없는 절반의 존재들은 안견의 관심 밖이었다. 실력이 아닌 돈으로 관직을 산 부류들이 이에 속했다. 안견의 걱정은 쓸모 있는 절반의 존재들이었다. 최경은 청문화단에서 빼 가기 위해 공을 들이고 있긴 하지만, 관직에 욕심이 있는 인물이라 버텨 줄 것이다. 아내가 돈벌이가 가능하거나 집안이 먹고살 만한 화원도 괜찮다. 하지만 다른 화원들은 장담할 수 없었다.

이 상황을 타결할 방법은 생도들을 더 확충하고 훈련을 시키는 것이지만 이것도 여의치가 않았다. 우선 가장 큰 문제점은 나라의 지원이 전혀 없는 것이다. 또 하나의 문제점을 꼽으라면 백유화단을 들 수 있겠다. 그곳 화단주인 최원호는 붓 한 번 잡아 보지 못한 어린아이라도 재능을 알아보는 안목이 탁월했다. 그래서 될 성싶은 인재는 도화원 생도로 들어올 나이가 되기도 전에 낚아채 갔다. 그래 봤자 돈벌이가 될 만하게 키워 놓으면 청문화단과 도화원에서 모조리 빼 가지만 말이다.

'최원호, 이 물러 터진 놈!'

안견은 속으로 혀를 끌끌 차면서 종이를 내려놓았다.

"여기서 절반만 도화원에서 맡습니다. 이 이상은 무리입니다."

안견의 결정에 화원들의 불만이 쏟아져 나왔다.

"절반도 무리입니다."

"우리 식솔들 다 굶어 죽습니다. 입에 풀칠할 거리를 그릴 시간은 주셔야지요. 아니면 쌀이라도 지급해 주시든가요."

김 제거가 달래듯이 말했다.

"다들 고정하고, 끼니는 제공해 준다고 했으니까……."

"우리 끼니 말고 우리 자식들 끼니는요!"

끼니가 제공된다고 해도 한 끼나 두 끼가 고작이다. 그러니 무일푼 노동과 다를 바가 없었다. 만약에 도화원이 아닌 사화단에 있었다면 죽음의 기간이라 불리는 이 시기는 돈을 만질 수 있는 대목이 되었을 터이다. 다들 소란스럽게 한마디씩 던지는 가운데에서도 최경은 자세 하나 바꾸지 않고 숙면을 취했다.

"그럼 나머지 절반은 청문화단으로 돌리……."

김 제거의 말을 안견이 자르고 들어갔다.

"백유화단은요?"

김 제거가 탐탁잖은 듯 대꾸했다.

"거기 쓸 만한 화공 있나? 예전이야 백유화단 하면 알아줬어도 요즘은 영……."

"있습니다."

안견의 목소리가 아니었다. 소리가 들려온 방향으로 모두의 시선이 모였다. 이제껏 자느라 고개 한 번 들지 않던 최경의 목소리였다. 최경이 눈도 채 뜨지 않은 채로 말을 이었다.

"거기에 붓 괜찮게 잡는 녀석 있습니다. 다른 화공들도 여기 있는 화원들에 비해서 나쁘지 않고……."

"그래도 요즘은 청문화단이……."

최경은 김 제거가 말을 끝맺는 걸 기다리지 않고 자리에서 일어서면서 말했다.

"썩어도 준치라고, 백유화단 실력은 어디 안 갑니다. 겉으로 드러나 있는 화공들이 전부일 거라고 생각하지 마십시오."

최경이 의자를 밀치고 문으로 걸어갔다. 화원들이 깜짝 놀라 속삭이듯 외쳤다.

"이, 이보게, 어딜 가는가? 잠이 덜 깼어?"

"계속 앉아 있어 봐야 우리 의견 받아 주지도 않을 거, 이러고 있을 시간에 쪽잠이라도 자 둬야겠습니다. 나중에 저한테 할당된 양만 전달해 주십시오.”

아무도 잡지 못했다. 다른 곳에서는 품계가 권력이지만, 일손이 부족한 이곳 도화원에서는 실력이 곧 권력이었다. 최경은 비록 현재의 품계는 보잘것없어도 실력이라는 권력을 가지고 있었다. 초상화에 있어서는 그를 대체할 사람이 없기 때문이다. 최경이 문을 열다 말고 멈췄다.

“아! 양다리가 김 제거 영감께 운신의 폭을 넓혀 줄 겁니다. 청문화단, 꼬리 아홉 개 달린 여우입니다. 독점은 뒤통수 맞기 딱 좋습니다.”

최경이 잠에 취한 채로 비실거리면서 밖으로 나갔다. 문이 닫히자마자 김 제거와 안견의 시선이 만났다. 김 제거가 어깨를 한 번 으쓱하고는 보일 듯 말 듯 고개를 끄덕였다.

몸을 뒤척였다. 옆으로 누워도 보고, 돌아누워도 보고, 심지어 엎드려 보기도 하였다. 그런데 어떤 자세를 해도 편해지지가 않았다. 이전에는 몰랐던 잠자리의 불편함이었다. 하람이 뒤척임을 멈추고 자리에서 일어나 앉았다. 손바닥을 앞으로 하여 팔을 둥글게 펼쳤지만, 자신의 손과 팔임에도 불구하고 눈에 보이는 건 아무것도 없었다. 오직 붉은색뿐이다. 보이지도 않는 자신의 품 안에 무언가가 있었던 느낌이 들었다. 알 수 없는 그 안락한 느낌이 지금의 잠자리를 불편하게 만든 듯했다. 우연히 지나쳤던 거지와 여인의 목소리가 귓가에 맴돌았다.

"필요한 거라도 있으십니까?"

만수의 목소리가 가까이에서 들려왔다. 들뜬 목소리였다. 완쾌되지도 않은 몸으로 기어이 외출을 감행했던 하람에게 결국 고뿔이 재발하고 말았다. 그로 인해 입궐이 늦춰졌다. 궁궐 안으로 병을 달고 들어가는 걸 막기 위한 조치였다.

"바깥에……, 돌이가 왔나 보다."

귀를 바깥에 열어 두고 한참을 숨죽이던 만수가 활짝 웃으며 방 밖으로 뛰어나갔다.

"돌이야!"

바깥에서 왁자지껄한 소리가 이어졌다. 대문 열리는 소리, 소달구지의 덜컹거리는 소리, 인부들의 부산한 움직임 소리, 마당에 쏟아지는 둔탁한 소리들. 이중에서 돌이와 만수의 웃음소리가 가까워졌다.

"돌이야, 많이 힘들지? 먼 길 다녀오자마자 봇짐도 못 풀고, 바로 시일마님 일 저질러 놓으신 거 뒷수습하러 갔다 오고."

하람이 민망한 듯 웃었다. 만수는 땔감을 대량으로 구입한 일이 영 탐탁잖았던 모양이다. 그 속상함을 돌이에게 고자질하는 걸로 푸는 중이었다.

"저는 괜찮습니다. 아쉬운 거라면 우리 만수 도련님과 인사할 틈도 없었다는 거지요. 하하하."

두 사람의 발소리가 한 사람의 발소리로 변했다. 돌이가 만수를 덜렁 안고 들어오는 중이리라. 하람 옆에서는 언제나 긴장한 상태로 싹싹하게 굴던 만수지만, 돌이 앞에서는 철없는 어린아이의 모습이 되었다.

"땔감 비싸게 친 거 맞지, 응? 내 말이 맞지, 응?"

"하하하."

유쾌한 웃음소리. 평소에도 말보다 웃음이 더 많은 돌이였다. 가까이 다가와 만수를 방바닥에 내려놓고 돌이도 방에 앉는 기척이 느껴졌다. 만수가 돌이의 등 뒤로 돌아가 업히듯이 목을 끌어안는 모습도 느껴졌다.

"만수와 인사할 틈도 주지 않고 심부름 시켜서 미안하구나."

하람의 농담 어린 말에 돌이는 커다란 웃음으로 대답을 대신하였다.

"밖의 땔감, 다 가져온 건 아닌가 보구나?"

마당에 쏟아져 내리는 소리로 가늠한 질문이었다.

"네, 아직 산에서 그 마을로 다 내려오지 못했다고 합니다. 지금 가져온 거 내려놓고 바로 가면 시간을 맞출 수 있을 것 같습니다. 꼭 오늘 중으로 여기까지 다 가져다 놓아야 합니까?"

"음……, 이왕이면 그렇게 했으면 좋겠다."

"저야 시키시는 대로 하면 되지만, 저 많은 땔감은 왜……."

"뜻하지 않았다고 해도, 그 마을에 신세를 진 부분이 분명 있으니까. 그 신세는 얼른 갚아야지. 지고 온 빚이 화로 변해서 따라붙기 전에."

하람이 보이지 않는 시선을 돌이에게로 맞추면서 자세도 고쳐 앉았다.

"그들의 딱한 사정을 헤아리는 건 여기까지다. 이 일로 내가 손해를 볼 수는 없지."

하람의 자세에 맞춰 돌이도 목에 매달려 있는 만수를 밀어 내고 자세를 가다듬었다.

"현재 숭례문 근방에 있는 창고는 비어 있지?"

"네. 한 달 안으로 들어올 물건이 있어서 비워 뒀습니다."

"내일, 도성에 들어와 있는 땔감과 조만간 들어올 예정인 땔감도 모두 다 사들여라. 추위가 덜 와서 저렴하게 매입이 가능할 거야."

하람이 손가락을 꼽아 보며 수를 세다가 말했다.

"딱 20일 후에 다시 내다 판다. 두 배 가격으로."

돌이가 손가락으로 이마를 긁적거렸다. 말도 안 되는 계획이었다. 비록 최근에 도성 안과 도성 외곽 일부의 벌목이 금지되기는 했지만, 도성 안의 땔감이 턱없이 부족한 건 아니었다. 이번에 사들인 땔감처럼 도성 밖에서 들여오는 양이 있었기 때문이다. 그렇기에 사재기를 한다고 해도, 땔감은 다른 물건과 달리 어렵지 않게 다시 채워지는 종류였다. 그리고 도성의 땔감이 부족해지면 벌목 금지로 묶인 지역을 한시적으로 허용할 가능성도 컸다. 돌이는 고개를 갸웃거리면서도 웃으면서 말했다.

"네, 알겠습니다."

"내일까지만 더 수고하고 쉬도록 해라. 명심해라. 딱 20일 후에 팔아야 한다. 몇 푼 안 되더라도 다리 품삯 정도는 건질 거다."

다리 품삯은 고사하고 손해나 보지 않으면 다행일 것이다. 좀 더 설명해 주기를 바랐지만, 하람의 말은 끝을 맺은 듯했다. 돌이가 군소리 없이 하라는 대로 하는 건 다른 이유가 아니었다. 이렇게 무모한 듯 보이는 시도가 예전에도 여러 차례 있었다. 하지만 단 한 번도 실패한 적이 없었던 하람이었다. 그것에 대한 믿음이었다.

"이천현利川縣 일은 어떻게 되었느냐?"

하람이 화제를 돌리자, 돌이가 부리나케 던져두었던 봇짐을 끌어와 풀어 헤쳤다.

"분부하신 땅들로 매입했습니다. 이천현이 생각보다도 시골이라 어렵지 않았습니다. 이전 주인들도 처치 곤란이었는지 다들 헐값이라도 넘기더라고요. 절반 정도는 농지로 개척하는 데 크게 어렵지 않을 것으로 보였고, 나머지 절반 정도인 외곽 쪽은 완전 불모지입니다. 그래도 매입은 했습니다만……."

봇짐에서 나온 땅문서가 하람의 손으로 건너갔다.

"매입했으면 됐다."

"농지는 개척에 필요한 인부들을 고용했고요, 불모지는 어떻게 할까요?"

"한동안은 그냥 놔둬라. 10년가량 묵힐 땅이다. 온양에는 다녀왔느냐?"

"네. 맹사성 대감을 뵈었습니다."

"건강은 어떠하시더냐?"

"썩 나빠 보이시지는 않았지만……, 예전에 비하면 많이 기우셨습니다."

하람이 길게 숨을 뱉으며 혼잣말처럼 중얼거렸다.

"설마, 태사성 빛이 옅어진 건 아니겠지……."

동지 밤하늘에 그려졌던 별의 무늬를 하람은 아직까지 모르고 있었다. 귀수와 류수가 나왔을 것이다. 맹사성의 안부를 접하니 태사성의 상태도 궁금해졌다. 게다가 지금쯤이면 이전에 임금이 함길도 도절제사인 김종서에게 전지했던 일에 대한 회계가 도착했을 가능성이 컸다. 이것은 하람에게 상당히 중요한 일이 아닐 수 없었다. 이 모든 것은 궐에 들어가기 전에는 알 도리가 없는 것들이다. 아직 몸도 완전히 회복되지 않았고, 의식을 잃었던 당시에 대해 알아볼 것도 남았는데, 궐 안에 들어가야 할 이유도 쌓여만 갔다. 만수가 하람의 갈등을 알아차리고 애원하듯이 말했다.

"조금만 더 있다가 입궐해도 괜찮지 않습니까? 이번에 들어가면 어차피 감옥 같은 데 갇혀서, 족히 한 달은 옴짝달싹도 못할 텐데……."

"아! 마을 사람들에게 물어봤습니다."

돌이의 목소리였다. 하람의 붉은색 눈동자가 그에게로 향했다.

"그곳은 안료 만드는 일을 하는 집이라고 합니다. 겨울만 빼고 늘 그 일을 한다고요."

"안료? 진사!"

안평대군이 옷에 있던 붉은색이 진사라고 하였다. 그림에 일가견이 있는 사람이라 착각했을 리가 없다. 그렇다면 글씨를 붉은색으로 쓴 이유는 그 집에서 손쉽게 구할 수 있었던 것뿐, 별다른 의미가 없는 것인가?

"안료를 만드는 일을 하는 집이다 보니, 평소에도 그런 일과 관련된 사람들이 드나든다고 합니다. 안료 중에서도 귀한 종류는 주문했다가 직접 받아 가는 사람도 있다고요. 그 외에 수상한 사람들이 마을을 기웃거리는 건 본 적이 없다고 합니다. 훔쳐 갈 것도 없는 마을에 누가 관심 가지겠느냐면서요."

"안료를 필요로 하는 건 불사, 무당, 도화원, 사화단, 서화사 등이 있을 것이다. 우선 그곳들을 뒤져 최근에 그 마을에 드나든 적이 있는 사람을 찾아봐라."

"너무 광범위하지만……, 해 보는 데까지 애써 보겠습니다."

"그리고 잃어버린 내 신발! 그거 내다 팔러 나올 수도 있으니까 그 부분도 수소문해 보고."

잃어버린 신발은 단순히 발에 신는 신발이 아니었다. 혜장인鞋匠人이 심혈을 기울여 만든 작품이었다. 누군가가 그것을 주웠거나 훔쳤다면, 시중에 나올 것이다. 그럼 얼마든지 구분해 낼 수 있었다.

"새 신발도 주문해 놓겠습니다. 잃어버린 방한용 혜로 하면 되지요? 본은 예전에 떠 둔 것으로 할까요? 아니면, 이렇게 집에 계실 때 새로 뜨라고 할까요?"

"예전에 떠 둔 걸로 해라."

"알겠습니다. 이렇게 되면 내일 이후로도 쉴 수 없겠는데요?

하하하."

"아……, 그, 그럼 모레는 쉬고 그다음부터 알아봐도 된다."

돌이는 하람의 난감한 표정에 웃음부터 터트렸다. 마구 부려먹어도 뭐라고 할 리가 없건만, 이토록이나 미안한 표정이라니. 붉은색 눈동자 따위가 이상하게 느껴지지 않을 만큼 진짜 사람다운 표정이었다.

하람은 굶주림과 질병으로 죽어 가던 돌이 어멈에게 먹을 걸 주고 약을 내준 사람이었다. 그냥 지나칠 수도 있었다. 수없이 많은 사람들이 버젓이 보이는 눈으로도 못 본 척 지나쳐 갔기에. 하지만 하람은 보이지 않는 눈으로 죽어 가는 상대를 보면서 발을 멈추었다. 벙어리라서 살려 달라는 말도 하지 못하는 상태였음에도 그랬다. 그러니 돌이에게는 하람의 붉은색 눈동자는 기괴한 것이 아니었다. 오히려 볼 수 있으면서 보지 않으려 하는 흑갈색의 눈동자들이 기괴한 거였다.

"아닙니다. 즉시 알아보겠습니다. 우리 모자를 거둬 주시고, 보살펴 주시는 은혜에 이렇게라도 보답해야지요."

"돌이 어멈은 복이 많은 사람이다. 너 같은 아들을 두었으니까. 너 또한 마찬가지고. 복이 많은 사람들을 가까이에 두면 그 복은 나에게까지 영향을 미치지. 은혜라는 건 서로 주고받는 것이다. 한쪽으로만 일방적으로 흐르는 법은 없어. 그러니 그런 말은 삼가도록 해라. 힘들면 힘들다고 말하고, 쉬고 싶으면 쉬도록 해라. 너를 혹사시켜야 할 만큼 나는 가난하지 않다."

"네. 짬짬이 쉬어 가면서 하겠습니다. 하하하."

하람이 고개를 돌려 닫힌 창문을 바라보았다. 붉은색 눈동자는 그보다 더 먼 곳을 바라보는 듯했다.

"홍천기……."

발음하고 보니 그리 무거운 의미가 아닌 것 같았다. 그 상황과 분위기에 휩쓸려 여러 개의 가리개로 눈을 층층이 덮은 듯한 기분이 들었다.

"그냥……, 사람 이름이었으면 좋겠다. 역모의 의미가 담긴 글귀가 아니라, 평범한 사람 이름."

그러면 이번 실종 사건이 쉽게 마무리가 될 것이다. 돌이가 반갑게 하람의 말을 받았다.

"아! 만약에 사람 이름일 수 있다면, 이왕이면 여인의 이름이면 좋겠습니다."

만수도 신이 나서 잽싸게 거들었다.

"응, 응! 그 이상한 대군 나리도 처음에는 여인이 납치했을 거라고 박박 우기셨어. 홍천기란 글자를 보고 싹 바꾸셨지만."

"우리 시일마님께 찾아온 인연이면 좋겠는데……."

하람이 두어 번 고개를 저으며 씁쓸하게 웃었다. 여전히 붉은색 눈동자는 바깥을 향했다.

"이런 저주받은 눈으로 인연을 원하는 것은 사악한 욕심이다."

| 세종 19년(정사년, 1437년) 음력 11월 23일 |

"이 작품으로 말씀드리자면, 예전에 정3품 참의를 지내신 분의 산수화이옵니다."

자신이 소장하고 있는 그림 족자를 이용 앞에 펼쳐 놓은 손님의 목소리는 긍지에 차 있었다.

"정3품까지 오르신 분이라 그림의 격조가 남다르지요?"

옆으로 비스듬히 앉은 이용에게서 별다른 반응이 없자, 옆의 또 다른 손님이 자신이 가져온 족자를 벽에 걸고 아래로 펼쳐 내렸다.

"이건 어떠시옵니까? 정2품을 지내신 분의 산수화이옵니다."

"뭐, 나쁘진 않군."

시큰둥한 목소리. 꿀꿀한 기분을 치료하고자, 그림을 소장하고 있는 사람들을 잔뜩 불러다가 화평회를 연 이용이었다. 그런데 예전의 모임과는 달리 도무지 흥이 나지 않았다. 머릿속을 가득 메우고 있는 게 우연히 만났던 묘령의 여인이면 덜 꿀꿀했을 것이다. 이유는 알 수 없지만, 하람이 머릿속에서 지워지지가 않았다. 이용이 머리를 감싸 쥐며 방바닥에 엎드렸다.

'악! 어찌하여 사내 녀석이 내 머리를 점령한 것이냐! 재수없게!'

소리 없는 외침이었다. 객사에 모인 수많은 손님들이 깜짝 놀라서 이용을 쳐다보았다. 이들 중에 놀라지 않은 이는 청지기뿐이었다. 지금의 이 기이한 행동이 처음이 아니었다. 내관이 임금의 어명을 전하고 간 이후에 한동안 멍하니 있다가, 갑자기 이런 행태를 되풀이해 오고 있기 때문이다. 이용이 자세를 가다듬고 다시 비스듬히 앉았다. 하지만 이내 다시 엎드려 주먹으로 방바닥을 때렸다.

'비록 생긴 건 더없이 아름답고 곱상하나, 나보다 키도 큰 사내라고! 사내!'

손님들의 놀란 눈에도 아랑곳하지 않고 다시 원래의 자세로 돌아간 이용이 한숨을 푹 내쉬었다. 홍천기라는 글자를 남긴 작자들이 궁금하지 않은 건 아니었다. 묘령의 여인이 어디 사는 누구이며, 그곳에는 무엇 때문에 다녀갔는지도 궁금하지 않은 건 아니었다. 그 여인과 하람의 관계도 궁금하기 짝이 없었다. 하람이 길에서의 기억이 마지막이고 그 후 이틀 꼬박 의식이 없었다고 하였으니, 그 여인이 하람의 이름을 모르는 것도 이상하지 않았다. 그래서 하람의 이름을 모른다고 하여 전혀 관련이 없다고 생각한 건 철회를 하였다. 이것은 하람이 머물렀던 집과 그 여인이 들어갔던 집이 동일한 곳인지만 확인하면 정리되는 문제였다.

이러한 수많은 의문들이 손에 잡힐 듯한 위치에 가까워졌음에도 불구하고 이용의 머릿속을 가득 메우고 있는 건 '만수라는 아이가 왜 하람을 놓쳤는가?'였다. 별로 중요하지도 않은 이 부분이 궁금해서, 더 중요한 손에 닿기 직전인 의문들까지 정리를 못 하고 있었다.

'하 시일이 땅에 쓰러졌는데, 만수가 못 보고 지나쳐서 길이 어긋났나? 그 뒤에 묘령의 여인이 하 시일을 발견해서 그 마을로 옮겼고?'

여러 도식들 중에 그나마 가장 이치에 맞는 답이었다. 하지만 만수의 그 표정. 무언가를 감추는 게 분명한 그 표정! 이용이 또다시 방바닥에 엎드려 발버둥을 쳤다.

'뭔가 있어. 뭔가가 있다고!'

논리도 없는 그 막연한 뭔가가 이용의 이마를 방바닥에 찧게 하였다. 이용의 발작 같은 발버둥이 계속되자, 손님들은 미치광이를 피하듯 슬금슬금 거리를 만들었다.

'만약에 그 여인이 하 시일을 옮긴 거라면, 홍천기라는 글자는……. 그런데 차가운 바닥에 쓰러져 있는 사람을 만수가 못 보고 지나쳤다고? 쓰러지는 걸 못 봤나? 그게 가능한가?'

이용이 자리에서 벌떡 일어나 앉아 제 머리를 쥐어박았다.

"으이구! 난 왜 이렇게 멍청하지? 왜 자꾸 쓸데없는 생각에 사로잡혀 다른 생각을 못 하는 거냐고!"

실수로 터져 나온 이용의 말에 모여 앉은 손님들이 군무라도 추듯 일제히 손사래를 쳤다.

"아니, 무슨 그런 천부당만부당한 말씀을 하시옵니까?"

"나리께옵서 멍청하면 조선 땅에 바보가 아닌 자들이 어디 있겠사옵니까?"

이대로 놔두면 임금의 셋째 아들이 미치광이라는 소문이 장안에 파다하게 퍼져 나갈 것이다. 이를 염려한 청지기가 허락도 없이 족자 한 점을 벽에 걸어서 펼쳐 내렸다. 그것은 이용의 시선을 잡는 데 성공했다. 평소에 아끼던 안견의 산수화였기 때문이다.

"오호! 이것은 어느 분의 작품이옵니까?"

이용이 행복한 표정으로 대답했다.

"도화원의 화원인 안견이 종8품인 화사畵史로 있을 때 그린 산수화일세."

이용과는 달리 방에 모여 앉은 사람들의 표정이 싸늘하게 변했다. 처음 그림이 걸렸을 때의 감탄하는 눈빛에서 완전히 달라진 것이다.

"나리! 한낱 화원에 불과한 자의 잡스러움을 이런 자리에 끼우시다니요. 여기 모인 소인들을 업신여기시는 게 아니고서야……."

"산수화라 함은 우리 사대부들이 수양을 위해 틈틈이 취미로 쌓아 올리는 것이옵니다. 신분도 형편없는 화공이 천박한 기술로 흉내 낸 것을 두고 산수화라 이르지 않사옵니다."

산수화라는 것은 단순히 자연을 그린 그림을 뜻하는 게 아니었다. 선비가 실상에는 존재하는 않는, 정신적으로 구현한 산물을 그림으로 표현한 것을 말했다. 그렇기에 화원이 그린 풍경을 산수화라 하는 것은 사대부의 수양을 비하하는 것과 다를 바가 없었다.

"어차피 정3품이나 종8품이나 나한테는 오십보백보인데……. 내가 화평회에 자네들을 초대한 것은 그림을 보고 담소를 나누자는 거였네. 한데 자네들은 그림은 아니 가져오고 품계만 가져왔어."

오늘의 화평회는 끝이 났다. 모여 앉은 모두의 기분이 각양각색의 이유로 나빠졌기 때문이다. 이용이 나빠진 분위기에 쐐

기를 박았다.

"조선의 화탐가들은 그림을 감상하지 않고, 그림을 그린 사람의 신분을 감상한다더니, 틀린 말이 아니었구나. 이제껏 나의 그림과 서체가 받았던 찬사는 작품이 아니라 내 품계를 향한 것이었어."

진심이었다. 다른 사람은 그저 빈정거림으로 들었을 수도 있지만, 청지기는 안평대군이 진심으로 좌절하고 있음을 알아차렸다. 기분 풀자고 만든 자리가 오히려 독이 되고 말았다. 그때 청지기의 눈에 둘둘 말려 있는 그림이 들어왔다. 원래 이용이 소장하고 있는 그림이 제일 마지막 순서였는데, 미치광이 소문을 피하겠다는 마음이 앞서 그림 하나를 건너뛴 것이다. 지금 이 상황이 크게 바뀌지 않으리라는 건 알지만, 청지기는 지푸라기라도 잡는 심정으로 어렵사리 말을 꺼냈다.

"그림 한 점이 더 남았사옵니다."

그림을 가지고 온 손님이 잔뜩 구겨진 목소리로 말했다.

"소인이 가져온 이것도 예전에 정3품을 지내신 분의 그림이라 안평대군 나리의 성에 차실지 모르겠사옵니다."

"중요한 건 품계가 아니라니까 그러네."

이미 흥미를 잃었기에 무성의한 대답이었다. 손님이 표정을 가다듬고 자랑스럽게 말했다.

"명성은 익히 들어 알고 계시리라 사료되옵니다. 예전에 정3품을 지내신 청봉 김문웅……."

이용이 벌떡 일어나 앉았다. 얼굴에는 기대감과 흥분이 가득했다.

"청봉이라 하였는가? 청봉 김문웅? 태종 임금의 어용御容 제작 시, 감조관監造官* 까지 맡았던 그 사람?"

"그러하옵니다."

"어, 어서 펼쳐 봐라."

청지기를 향해 말하는 이용의 목소리가 떨리고 있었다. 문인 산수화의 정점에 있었던 김문웅의 그림은 귀했다. 이유는 여러 가지가 있었다. 첫 번째는 수없이 많은 그림을 그려도 마음에 들지 않으면 대부분을 태워 버렸기 때문이고, 두 번째는 말년에 이르러 손이 기운을 잃었다는 핑계를 대며 붓을 꺾었기 때문이고, 마지막은 명나라에서 온 사신들이 몇 점 되지도 않는 그의 그림을 강탈해 가다시피 했기 때문이다. 그가 죽은 지 15년가량이 지난 지금까지도 사신 중에 김문웅의 그림을 찾는 이가 있을 정도였다. 그러니 국내에 남아 있는 건 극소수일 수밖에 없었다.

그림이 벽에 걸렸다. 그와 동시에 이용이 무릎을 꿇은 채로 그 앞으로 걸어갔다. 마치 그림에 홀려 그 안으로 빨려 들어가는 듯했다. 그 어디서도 보지 못한 풍경이었다. 상상으로도 떠올려 보지 못한 기암괴석들이 절벽을 이루고, 희미한 먼 산에서는 당장이라도 신선이 걸어 나올 듯 신비로웠다. 젊은이 못

* 국가의 토목 공사나 서적 간행 등 특별한 사업을 감독, 관리하기 위해 임시로 임명된 관원. 어용(= 어진) 제작 시에는 그림에 조예가 깊은 사대부 중에서 선별하여 임명.

지않은 힘찬 붓놀림과 검은 먹선으로만 그린 것이 믿기지 않을 만큼 다채로운 농담은, 색색의 안료가 왜 문인 산수화에는 필요가 없는지를 알려 주고 있었다.

“이, 이건 진짜다. 청봉의 명성은 진짜였어.”

“산수화라는 건 이런 것이옵니다. 홀로 자신만의 풍경과 마주하고, 부수고, 다시 마주하고, 또다시 부수어 가면서, 자신만의 괘卦를 담고, 충심을 담고, 안빈낙도를 담아, 자신만의 산수를 완성해 가는 거지요. 천한 환쟁이는 결코 다다를 수 없는 곳이옵니다.”

“이거 나한테 넘기게.”

“소인도 어렵게 구한 거라……. 하지만 다른 분도 아니고 안평대군 나리께서 원하신다면, 선물로 바치겠사옵니다.”

“선물은 거절일세. 내가 값을 쳐주겠네.”

이용은 말을 끝내자마자 모든 의식을 그림 속으로 쏟아부었다. 청지기가 한숨을 쉰 뒤, 모여 앉은 사람들에게 엎드려 머리를 조아렸다.

“말씀드리기 송구하지만, 모두 돌아가 주시기 바랍니다. 안평대군 나리께서는 지금 현재 아무 소리도 듣지 못하십니다.”

안평대군 성격을 익히 알고 있던 사람들부터 하나둘씩 방을 빠져나갔다. 인사 없이 물러나는 모양새에 어리둥절한 사람도 있었지만, 그들도 적당히 눈치를 보며 자리를 피해 주었다. 청지기만 분주했다. 이용이 그림 속 세상으로 들어가 버린 상황이라, 손님에게 일일이 작은 선물을 쥐어 주며 대문 밖까지 깍

듯하게 배웅하는 건 그의 몫이 되었기 때문이다.

객사로 돌아온 청지기가 방문 틈으로 이용을 살펴보았다. 그림 앞에 혼자 남은 이용은 소리만 못 듣는 것이 아니었다. 이 상태라면 이용의 머릿속에 가득했던 묘령의 여인과 하람도 한동안은 얼씬하지 못할 것이다.

"휴! 다행이다."

청지기가 천천히 문을 닫고 살금살금 멀어졌다.

4

| 세종 19년(정사년, 1437년) 음력 11월 24일 |

홍천기는 웅크리고 앉아 아버지가 그린 자신의 얼굴을 물끄러미 쳐다보았다. 그림을 받아 오고 나서부터 줄곧 그랬다. 공방 밖의 마루에서 걸레질을 하던 견주댁이 갑갑함을 견디지 못하고 말했다.

"종이에 구멍 뚫리겠어요. 완쾌되지 못한 몸으로 뭔 짓인지, 원."

"다 나았어요."

견주댁이 걸레를 패대기치면서 소리쳤다.

"다 나았다는 사람이 아침 죽을 두 숟가락 뜨다 말아요? 며칠 동안 먹은 게 없어, 먹은 게!"

홍천기는 꿈쩍도 하지 않았다. 대신 그 옆에서 쥐 죽은 듯이 그림을 그리던 화공들만 경기하듯 소스라쳤다. 견주댁이 '홍화공 좀 어떻게 해 봐요!'라는 눈빛으로 노려보았다. 잘못도 없는 화공들은 눈에서 나오는 독을 피해 옹기종기 머리를 맞대고 앉았다.

"우리라고 별 뾰족한 수가 있나."

홍천기보다 더 기운이 없는 목소리였다.

"같은 화공이고 더 오래 그리셨으면 쌓여 있는 경험들이 있을 거 아니에요!"

"그러니까 저번에 말했듯이 우리는 백지가 없는 게 재앙……."

말이 시작되기도 전에 견주댁의 눈 화살에 저격당한 화공이 입을 잽싸게 다물었다. 다른 화공들도 다문 입을 손바닥으로 겹겹이 가렸다.

"입 조심해. 오늘 저녁상에 간장은 고사하고 밥에서 돌을 씹게 될지도 모르니까."

"정말이지, 우리 화단 여자들은 왜 다들 기가 센 거야? 집에 있는 마누라만으로도 버거운 판에."

한 화공이 종이와 붓을 들고 홍천기의 옆으로 천천히 가서 앉았다.

"홍녀, 내 얼굴 한번 그려 봐."

그러곤 홍천기 앞에 빈 종이를 펼치고 강제로 붓을 잡게 하였다. 다른 화공이 잽싸게 벼루를 옆에 가져다 놓았다. 처음에는 망설이던 홍천기가 벼루에 담긴 먹물을 찍더니 빈 종이에서 붓을 움직이기 시작했다. 복잡하고 정밀한 선은 생략했다. 앞의 화공 얼굴을 간략한 선 몇 개로 담아냈다. 그것으로도 충분히 누구의 얼굴인지 구분이 되었다.

"거봐, 되잖아."

"홍녀, 다음에는 나! 나도 그려 줘."

다시 찾아온 빈 종이도 간략한 선 몇 개로 얼굴의 특징을 담아냈다. 이번에는 홍천기가 스스로 다른 빈 종이를 잡아당겨 앞에 펼쳤다. 눈앞에 없는 사람도 그려 보고 싶었다. 선 몇 개가 지나가자, 방에 있던 사람들이 일제히 외쳤다.

"스승님이다!"

"견주댁……."

홍천기의 힘없는 부름에 견주댁이 긴장하여 쳐다보았다.

"나 아무래도 저주에 걸렸나 봐요."

"무, 무슨 저주요?"

"못생긴 얼굴만 그릴 수 있는 저주요."

"어머나, 그건 정말 끔찍한 저주인데요? 호호호."

견주댁과 화공들이 일제히 웃었다. 홍천기가 농담을 시작했다는 건 늪에서 어느 정도 빠져나왔다는 뜻이다. 기운을 차린 홍천기가 또 빈 종이를 펼쳤다. 잠시 스쳐 지나간 얼굴도 그려 볼 생각이었다. 선남을 만났던 시기와 비슷하게 만난 누군가……. 옳지! 자칭 안평대군이라던 그 사기꾼! 홍천기가 선 몇 개를 움직였다.

"누구야? 네가 그리다가 안 된?"

"아니요. 스쳐 지나간 사기꾼이요."

자신감이 생긴 홍천기가 오래전부터 밀쳐 두었던 빈 종이를 끌어당겼다. 그러고는 붓을 세웠다. 거기까지였다. 이번에도 붓은 내려가지를 못했다.

"왜! 왜! 왜!"

"그림을 그리고 싶어서."

한 화공의 말이었다. 홍천기의 시선이 그에게로 향했다. 화공이 웃으면서 되짚어 주었다.

"진짜 그림을 그리고 싶으니까 붓이 내려가지를 않는 거야. 환쟁이의 욕심 같은 거지. 욕심이 가득할수록 버려야 하는 걸 버리지를 못하게 돼. 욕심을 버려, 홍 화공."

홍천기가 빈 종이를 쳐다보았다. 그러곤 옆에 있던 아버지의 그림을 보고 다시 빈 종이를 보았다.

"뭘 버려야 할지 모르겠어요. 그 얼굴을 딱 한 번만 더 보면 알 수 있을 것 같은데……."

견주댁이 말했다.

"기다려 봐요. 인연이 있으면 또 만나겠지요."

"하늘이 떠먹여 주는 인연을 기다리느니, 차라리 내 발로 그 인연을 찾아낼……. 아! 신발! 신발을 어디다 뒀더라?"

잠시 안절부절못하던 홍천기가 공방을 뛰쳐나갔다. 곧장 달려간 곳은 견주댁과 함께 머무는 자신의 방이었다. 선남의 신발은 한쪽 귀퉁이에 고이 놓여 있었다. 그것을 움켜잡고 나와서 씩씩거리며 마당에 섰다.

"그 집 마당에 글자도 적어 뒀는데 안 찾아왔단 말이지?"

홍천기가 하늘을 향해 외쳤다.

"내가 찾아내고야 만다! 반드시 찾아내서 그 얼굴을 저 백지에 그려 넣고야 말 거다!"

그러고는 공방으로 뛰어가면서 소리쳤다.

"견주댁! 스승님이 돌아오시기 전에 저 잠깐만 나갔다가 올……. 어라? 버, 벌써 돌아오셨네?"

출타했다가 돌아온 최원호가 홍천기가 갈겨 놓은 그림을 주워 하나하나 살펴보고 있었다. 오자마자 옷도 갈아입지 않고 곧장 공방으로 들어온 모양이었다. 최원호는 미친개처럼 뛰어드는 홍천기를 노려본 뒤, 다시 그림으로 시선을 돌렸다.

"나갔다가 온다고?"

"아, 아뇨. 제가 언제 그런 말을 했다고요. 안 나갑니다."

"그래야겠지? 다시는 그제와 같은 일이 발생해서는 안 되겠지? 하여간, 종이 귀한 줄 몰라. 돈 잡아먹는 벌레 같으니라고. 이건 이 화공, 이건 저 화공이고……. 이건 누구?"

최원호가 들어서 보여 준 그림은 최원호의 것이었다.

"스승님이요. 아, 아니, 화단주님이요."

"내가 이렇게 생겼다고?"

"네."

"아니지. 난 이것보다는 좀 더 괜찮게 생겼다. 이 그림은 너무 나이 들어 보여."

"그림에 '그' 자도 모르는 제가 봐도 딱 화단주님이셔요."

견주댁의 대꾸가 최원호의 입을 막았다. 이번에는 다른 화공이 말했다.

"제가 봐도 딱 스승님이십니다. 하지만 내 건 좀 아니다. 나야말로 이것보다는 잘생겼는데."

"아니지. 두 사람은 똑같은데 내 것을 못생기게 그렸어."

"춘복 아저씨!"

뒤에서 사 가지고 온 종이와 붓 등을 정리하고 있던 강춘복이 손을 멈추고 자신을 부르는 홍천기 쪽을 쳐다보았다.

"우리 화단은 종이보다 거울이 시급합니다. 울퉁불퉁하게 굴절되어 보이는 싸구려 말고 제대로 된 거울이요. 앞 못 보는 장님이나, 앞 잘 보는 사람이나 자신의 얼굴을 모르는 건 똑같다니까요."

"거울은 울퉁불퉁 굴절되어 보이는 것조차도 구하기가 하늘에 별 따기다."

강춘복이 소리 내어 웃으며 하던 정리를 계속 이어 나갔다. 최원호가 납득할 수 없다는 듯 고개를 갸웃거리며 말했다.

"아닌데, 난 이거보단 잘생겼을 텐데……. 마지막의 이건 누굴 그린 것이냐?"

"스승님은 모르는 얼굴입니다. 얼마 전에 한번 스쳐 지나갔던 사람인데, 잠깐 본 얼굴도 그릴 수 있나 시험해 본 겁니다."

그림 속 얼굴을 본 최원호는 조금 전 고개보다 더 갸웃거렸다. 어디서 본 듯한 얼굴이었기 때문이다. 최원호가 네 장의 종이를 한꺼번에 말아서 손에 쥐었다.

"견주댁! 우선 당장 반디 좀 꽉 잡게나."

"왜, 왜, 왜요? 저 안 나간다니까요?"

견주댁도 영문을 알 수 없는 건 마찬가지였지만, 시키는 대로 홍천기의 어깨를 끌어안았다.

"염병이 돌고 있다고 한다."

"네? 어디요?"

"북쪽으로부터 내려오고 있는 것 같다. 아직 한양 중심까지 들어온 건 아닌데, 그전에 외곽은 미리 통행을 금지시켰어."

"한양 외곽이요? 그래도 인왕산 들어가는 길목에 있는 마을은 갈 수 있겠죠?"

"순화방順化坊 너머로는 다 금줄이 쳐졌단다. 아무래도 그곳은 순화방 너머에 있으니까 못 간다고 봐야지. 추위가 늦게 오니까 염병이 설치는 거야. 따뜻하다고 좋은 게 아니라니까."

"자, 잠깐만요! 그럼 그 마을 사람들은요? 산속에 들어가 있는 사람들도 제법 있는데……. 설마 고립된 건 아니겠죠?"

"아무래도 그런 것 같다."

"애들도 들어가 있어요! 먹을 게 없을 겁니다!"

다들 놀라서 소란스러운 가운데 강춘복이 끼어들었다.

"아! 그 마을 사람들한테 먹을 거 있을 거야. 어제 아침인가? 장터에 엄청 질 좋은 쌀을 가지고 와서 다른 먹거리로 바꿔 갔다고 하더라. 서화사에 가니까 다들 그 이야기를 하던데? 누가 산에 있는 땔감까지 몽땅 사 줬다고."

화공들이 손뼉을 치면서 말했다.

"이야! 땔감 사 준 사람이 누군지는 몰라도 그 마을 사람들 목숨 살린 거다. 하루만 늦었어도 큰일 날 뻔했겠어."

"하늘이 도운 거야. 운 좋네, 운 좋아."

홍천기도 가슴을 쓸어내렸다. 그러다 자신의 어깨를 더욱 힘주어 끌어안는 견주댁의 손길을 느꼈다. 최원호가 홍천기를 쳐다보면서 견주댁에게 말했다.

"견주댁, 다른 것도 아니고 염병일세. 고뿔과는 차원이 달라. 이 미친 녀석, 외출 금지인 거 잊지 말게. 만약에 그제처럼 화단을 벗어날 시에는, 자네의 세경을 삭감토록 할 터이니 명심하게."

홍천기의 어깨에서 힘이 빠졌다. 그렇게 빠진 힘은 신발을 쥔 손으로 고스란히 옮겨 갔다. 최원호가 공방을 나서면서 모두 들으라는 듯 중얼거렸다.

"내가 이렇게 늙은 건 순전히 반디 녀석 탓이야. 내가 내 명대로 못 살지. 쯧쯧쯧."

그러곤 자신의 방으로 들어가자마자 갓만 벗어서 던져두고 부리나케 그림을 펼쳤다. 공방에서는 입에서 미소가 번지는 걸 참느라 힘들었지만, 여기서는 원하는 만큼 표정을 지었다. 간략한 선 몇 개로 이렇게 인물의 특징을 잡아내는 건, 복잡한 선과 색으로 묘사하는 것에 비해 결코 쉽다고 할 수 없다. 가르친다고 해서 배울 수 있는 것도 아니다. 이건 선천적으로 타고나지 않으면 가질 수 없는 재능이고, 이 재능을 가진 사람은 많지 않다.

“정말이지 미워할 수가 없다니까. 내가 이 녀석 그림 보는 재미로 산다. 하하하.”

최원호의 손이 마지막 그림에서 멈췄다. 이목구비가 시원시원하게 잘생긴 것이, 다시 봐도 낯익은 얼굴이었다. 어디서 봤더라? 최원호가 그림을 내려놓고 옷을 갈아입기 위해 옷고름을 풀었다. 그러다가 손이 딱 멈췄다. 다시 마지막 그림을 들어 올렸다.

“안……평대군 나리? 에이, 설마. 하하하.”

최원호가 그림을 내려놓고 옷고름을 마저 풀었다. 그러다가 다시 멈추고 그림을 들어 올렸다.

“에이, 닮은 사람이겠지. 닮은 사람일 거야.”

그림을 내려놓고 소매에서 한쪽 팔을 뺐다. 그러다가 또 그림을 들어 올렸다.

“닮은 사람이야! 암! 닮은 사람이고말고!”

모처럼 만이었다. 화공들이 상 앞에 앉기도 전에 침부터 삼킨 것은. 홍천기가 기운이 돌아와서 죽을 한 그릇 비운 덕분에 이렇게 여러 가지의 반찬을 구경하게 된 것이다. 최원호는 찜찜한 기분을 누르며 상 앞에 앉았다. 각자 1인 상을 하나씩 끼고 앉았는데, 홍천기도 제일 끝에 한 자리를 차지했다. 그러니 최원호와 홍천기 사이에 화공들이 주르르 앉은 모양새였다. 홍천기가 화공들을 뛰어넘어 멀리 있는 곳으로 목소리를 던졌다.

"스승님, 아니, 화단주님! 저 돈 벌어야 합니다. 일감 넉넉하게 주세요."

최원호가 숟가락을 뜨면서 물었다.

"빚 장부 줄일 결심이라도 한 것이냐?"

"아! 뭐, 그것도 그거지만, 어쩌면 앞으로 필요할지 몰라서요. 제가 밥 벌어먹여야 하는 인간, 아니, 식솔 하나 생길지도 모르거든요. 하늘에서 던져 준 건 책임져야죠. 반드시 찾아낼 겁니다."

"또 나가려고!"

"당장 나가겠다는 게 아니라, 나중에 외출 금지 풀리면요. 저 정말 그전에는 안 나갑니다! 그러니까 화단에 갇혀 있는 동안 돈이라도 벌게 해 주세요."

최원호가 음식을 씹어 꿀꺽 삼키면서 찜찜했던 걸 슬쩍 물었다.

"반디야. 아까 마지막 그림에 있던 얼굴 말이다."

"네? 아, 그 사람이요?"

"어디서 언제 만났느냐?"

"인왕산 근방 마을에서요. 저번에 견주댁과 같이 갔을 때요. 왜요?"

아니다! 진짜 안평대군이라면 그런 마을에 갈 일이 없을 테니까. 최원호가 홀가분해진 마음으로 숟가락질을 계속했다. 화공이 물었다.

"그림과 똑같이 생겼다면 잘생긴 건데?"

“잘생기면 뭐합니까? 무뢰한에 사기꾼인데.”

“스쳐 지나간 거라면서 무뢰한에 사기꾼이란 건 어떻게 알아?”

“마을에 대해 뭐 물어볼 게 있다면서, 장옷을 확 벗기지 않겠어요?”

“귀찮아서 네가 벗어 던진 건 아니고?”

“아니요! 그러고는 다짜고짜 반말부터 하더라고요. 괘씸하게.”

“그래서 팼냐?”

“아니요! 제가 맨날 사람 패고 다니는 사람입니까?”

“하긴, 패긴 해도 맨날은 아니지. 예전에 여기 있었던 최 화공만 해도 그래. 그 녀석이 도화원으로 들어갈 때, 오죽하면 너한테 맞기 싫어서 도망가는 거라고 했을까?”

“그것도 오해라고요!”

“오해? 안 팼다고? 네가?”

“음……, 저 진짜 딱 세 번 팼어요. 그것도 걔 오른팔은 피해서 팼는데. 그렇게 배려해 주면서 패기가 쉬운 줄 아세요?”

“이야! 최 화공이 들으면 눈물 나겠다, 고마워서.”

“야 야, 이젠 최 화공이라고 하지 마. 그 녀석도 어엿한 회사야. 끄트머리긴 해도 품계를 받은 지가 언젠데 아직도 최 화공이래.”

“그래서, 다짜고짜 반말부터 하던 놈은 머리통 안 깨지고 잘 걸어서 갔냐?”

“근데, 반말이라도 말투는 상당히 품위가 있었어요. 반말이라고 다 같은 반말은 아니더라고요. 그리고 뭐라더라? 안녕? 안평?"

국을 떠 올리던 최원호의 숟가락이 경련을 일으켰다.

"아! 안평대군이래요, 자기가. 어처구니가 없어서."

벌벌 떠는 숟가락이 담겨 있던 국을 다 털어 냈다. 화공들이 웃으며 한마디씩 거들었다.

"간 큰 놈일세. 9품직 사칭도 쉽지 않을 판에 감히 대군을 사칭해?"

"간 큰 정도가 아니지. 그런 건 농담으로도 하면 큰일 나는 건데."

"나도 하나 물어보……."

최원호와 홍천기의 거리는 멀었다. 그래서 최원호의 말은 끝에 앉은 자리까지 도달하지 못했다.

"그래서 넌 뭐랬어?"

"따끔하게 야단쳤죠. 그러곤, 내가 부부인이다! 그랬죠."

"저기, 내 말도 좀……."

"뭐라고! 너 정신이 있는 거냐, 없는 거냐? 감히 부부인을 사칭해? 아무리 저쪽에서 그렇게 말해도……."

"나도 말 좀 하자! 나도 물어볼 게 있다고!"

뜬금없는 최원호의 고함 소리에 방 안이 조용해졌다. 다들 어안이 벙벙한 눈으로 최원호를 쳐다보았다.

"어험! 그, 그러니까, 그 사람이 자기 입으로 자기가 안평대군이라고 그랬다는 것이냐?"

"네. 제가 바보도 아니고 속아 넘어갈 리가 없지요. 어떤 대군이 호위하는 수종 한 명 없이 혼자서 그 마을로 갑니까?"

혼자? 다행이다. 절대 안평대군일 리가 없다.

"그래서, 네가 안 믿으니까 그쪽에서는 뭐라더냐?"

"미친놈처럼 계속 웃던데요?"

미친놈처럼? 미친놈처럼……. '미친놈'이라면 안평대군에 가까워지는 말이다.

"의복은? 입고 있던 옷 말이다."

"좋은 옷은 아니었어요."

아니다! 미적으로 뛰어난 안목을 지닌 안평대군은 장신구 하나도 허투루 달지 않는 상당한 멋쟁이다. 진짜라면 아무 옷이나 입지 않았을 것이다. 최원호가 다시 가슴을 쓸어내리며 숟가락을 들었다.

"겉옷은요. 그런데 속에 입은 옷은 비싼 비단옷으로 보이긴 했습니다. 타고 있던 말도 엄청 좋았고."

또다시 최원호의 숟가락이 담겨 있는 밥알을 털어 내기 시작했다.

"제가 사람 보는 눈이 있기에 망정이지, 다른 사람이었으면 그 반반한 얼굴에 속아 넘어갔을 겁니다. 생김새가 굉장히 화려한 느낌이었거든요. 마지막에 저도 보란 듯이 말을 딱 놓았지요. 저와 비슷한 연배 같아서."

비슷한 연배? 안평대군 나이가 어땠더라? 정확하게는 몰라도 비슷한 연배인 건 맞다. 화려한 생김새도 안평대군과 가깝다.

"뭐? 다음에 만나면 나한테 사죄를 받아 내겠다나, 뭐라나? 하여간 세상에 미친놈들 많아요. 그래도 나쁜 사람 같지는 않았습니다."

화공들이 웃으며 말했다.

"그게 말이야, 방귀야? 무뢰한에 사기꾼이면 나쁜 사람이지."

"그러네? 원래 사기꾼들이 성격은 엄청 좋아 보이잖아요. 하하하."

성격이 좋아 보이는 것도 안평대군과 가깝다. 그럴 일은 없겠지만 만약에 진짜 안평대군이라면, 반디가 평소에 하던 행실을 그 앞에서 그대로 했다면, 백유화단 현판 박살 나는 건 시간문제이리라. 아! 이미 저질렀다. 부부인을 사칭한 데다가 말까지 놓았다고 하지 않았는가. 절대 안평대군이어서는 안 된다. 그리고 절대 안평대군일 리도 없다. 그럼에도 불구하고 찜찜한 기분을 떨쳐 낼 수가 없었다. 홍천기는 이러한 최원호의 기분을 알 리가 없었다.

"그나저나, 개놈, 아니, 최 화공이요, 벌써 회사가 되었어요?"

"언제 적 얘기를 하고 있어? 오래됐는데, 몰랐어?"

"몰랐어요. 그 자식 본 지 오래되었잖아요."

"뭐라는 것이냐? 최 화공 여기 한 번씩 들르는데."

"정말요? 왜 난 마주친 적이 없지?"

홍천기의 상 위에 반찬을 더 얹어 주던 견주댁도 한마디 거들었다.

"자주 오세요. 밥 드시러. 숟가락 놓자마자 바로 가시지만요."

"최 화공이 도화원 들어간 이후로 여기에 온 건 못 봤어요. 4년이나 지나도록. 길에서 몇 번 만나기는 했는데, 그때마다 그 자식이 쌩 까고 가 버렸어요. 최경, 못돼 처먹은 자식!"

"쌩 깔 만하지. 그렇게 맞았는데."

"안 팼다고요! 세 번밖에. 그것도 전부 어릴 때 얘기고요."

"얼굴은 보기 싫어도 그림은 보고 싶었던 건가? 하하하. 최 화공도 정말 엉뚱한 사람이라니까."

화공들이 일제히 웃기 시작했다. 그중에 최원호만 다른 암흑 속을 헤매고 있었고, 홍천기는 화공들의 웃음을 이해하지 못해 어리둥절했다. 화공들은 최경이 왔을 때를 기억했다. 언제나 수면 부족으로 다 죽어 가는 얼굴을 하고서 공방에 들어서곤 하였다. 도화원에서 지나치게 혹사를 시키고 있는 걸 알기에 화공들의 걱정은 이만저만이 아니었다. 그러다가 혹시 팔이라도 망가지면 어쩌나 하는 걱정도 하였다. 최경이 들어오자마자 하는 말이 있었다.

'잠깐 눈 좀 붙였다가 가겠습니다.'

그러곤 눈을 붙이기 전에 어지럽게 널려 있는 그림들부터 살폈다. 그중에 홍천기의 그림을 가려냈다. 귀퉁이만 보고도 기가 막히게 찾아내는 재주가 있었다.

'이거 '개충' 녀석이 그린 거지요?'

최경은 홍천기를 가리켜 '개충'이라고 불렀다. '개 같은 벌레'에서 '같은'을 생략하고 부르는 말이었다. 화공들이 고개를 끄덕이면 최경은 한참을 그림만 들여다보았다. 어떨 때는 눈을 붙이는 것조차 잊고 그림만 보다가 갈 때도 있었다. 방문의 목적이 애초에 잠이 아니었던 것처럼. 마치 갈증 난 사람이 물을 찾듯 홍천기의 그림을 찾았던 것이다. 이렇게 최경은 4년 동안 홍천기의 얼굴은 보지 못했지만, 그림은 거의 다 보아 온 셈이다.

"사형들 말씀이 사실이라면, 최 화공, 그 '개놈'은 진짜 개자식이에요. 전 그동안 그 자식 그림 한번 못 봤는데, 보고 싶어도 어쩔 수 없어서 포기하고 있었는데, 그 개놈은 몰래 와서 제 그림을 훔쳐봤다는 거잖아요."

홍천기는 최경을 가리켜 '개놈'이라고 불렀다. '개 같은 놈'에서 '같은'을 생략하고 부르는 말이었다.

"몰래 오지도 않았고 훔쳐보지 않았어. 아주 당당하게 와서 대놓고 봤지. 하하하."

"자기 그림을 보여 주고 나서 제 그림을 봐야죠! 이건 반칙이야, 반칙! 내 손에 걸리면 죽었어!"

홍천기의 씩씩거리는 말도 최원호의 귀에는 들리지가 않았다. 돌을 씹는 기분으로 밥을 씹던 최원호가 옆에서 화공들의 이야기에 귀를 기울이며 웃고 있던 강춘복의 팔을 잡아당겼다. 강춘복이 눈으로 이유를 물었다.

"혹시 반디 찾는 사람 있었는가?"

"네? 잘 안 들립니다."

최원호가 강춘복의 귀 가까이에 입을 갖다 대고 소리는 더 낮췄다.

"반디 찾는 사람 있었냐고."

"아뇨."

"혹시라도 있으면, 무조건 그런 사람 모른다고 하게. 없다고 하든지."

"왜요? 설마 진짜 안평……."

"아니! 절대 그럴 일은 없네! 절대로!"

"두 분! 무슨 말을 그렇게 귓속말로 하십니까?"

이번에는 홍천기의 말이 이쪽까지 도달하지 못했다. 그래서 두 사람의 귓속말은 계속되었다.

"그러면 왜……."

"좀 찜찜해서. 조심해서 나쁠 건 없으니까. 난 백유화단 현판을 지켜야 할 의무가 있네. 박살 나게 둘 수가 없어."

"문제라도 있나? 왜 저렇게 심각하지? 스승님!"

바로 옆의 화공이 큰 소리로 부르자 그제야 두 사람의 고개가 화공들을 향했다. 시끄러웠던 대화를 멈춘 모든 시선이 최원호와 강춘복에게 모여 있었다.

"왜, 왜 쳐다보는 것이냐?"

"무슨 말씀을 그렇게 심각하게 하십니까? 불안하게."

"혹시 우리 화단 문 닫습니까?"

"응? 아니! 그러니까, 아! 도화원에서 외주가 나왔는데, 그거 의논하느라."

"에? 도화원이요? 그거 정말 싫은데."

화공들의 불만이 터져 나왔다. 백유화단의 화공들 중에는 도화원 화원으로 있다가 나온 사람들도 있었다. 그래서 도화원의 일은 듣기만 해도 지겨워했다. 게다가 검토는 엄청 까다로운 반면에 품삯이 짜기로는 악명이 높았다. 권력에 가까워지고 싶은 사람들이야 좋은 일거리지만, 박차고 나온 사람들에게는 짜증 나는 일이 아닐 수 없었다.

"청문화단은 그쪽 일을 못 해서 안달이구만! 우리가 지금 찬밥 더운밥 가릴 처지가 아니니다."

화공들은 어쩔 수 없이 고개를 끄덕였다. 일감이 있고, 짜더라도 품삯을 받을 수 있는 게 어딘가. 도화원에서는 그조차 받지 못하고 코피 터져 가면서 일했다. 집에 쌀 한 되 가져가 본 기억도 몇 번 없었다. 고작 9품이나 8품 관직 던져 주고 평생 동안 굶주림에 허덕거리기를 강요한 것이다. 양반이라 불리는 자들은 화공들이 신분이 천해서 관직을 줘도 안빈낙도와 청빈의 삶을 이해하지 못한다고 하였다. 자신이 소유한 토지와 나라에서 받은 과전, 기름진 뇌물로 채워진 배를 두드리면서 하는 말이었다. 자식을 굶주림으로 보내 본 사람이라면 절대 할 수 없는 말이기도 하였다.

"스승님, 아니, 화단주님! 저도 이번에는 끼워 주시는 건가요?"

"너도 하게?"

"저 돈 벌어야 한다고 말씀드렸잖아요."

"돈이 안 되는데……."

잠시 고민하던 최원호가 고개를 끄덕였다.

"어차피 문배니까 상관없겠지. 그럼, 한 벌만이다."

"세 벌 정도는 거뜬히 할 수……."

"한 벌만이라고 했다!"

"한 벌은 너무……."

"싫어? 싫음 말고."

"싫다고 한 적 없습니다! 열심히 하겠습니다! 아 참, 춘복 아저씨! 《천자문》 책 있지요?"

"그건 왜?"

"글자 익혀야겠습니다. 여간 불편한 게 아니더라고요. 갑자기 또 필요한 일이 생길지도 모르고……."

"알았다. 한 권 줄게."

최원호가 더욱 심해진 찜찜함을 감당하지 못하고 숟가락을 놓았다. 하지만 상 위에 있는 모든 그릇은 이미 깨끗하게 비워진 뒤였다.

"으악!"

황희가 비명을 지르며 바닥에 자빠지듯 엎드렸다.

"저, 저, 전하, 뒤에, 뒤에……."

"뒤? 아! 일어나시오."

"뒤에……, 선대왕 전하의 혼령이……."

임금의 등 뒤에 있는 건 태종의 귀신이었다. 분명히 보았다. 곤룡포를 입은 살아생전의 모습 그대로였다. 온몸에 소름이 돋고 손발이 바들바들 떨렸다. 하지만 임금의 반응은 그저 낮은 웃음뿐이었다.

"영의정, 고개를 들어서 잘 보시오. 혼령이 아니라, 어용이니까."

어용? 태종 임금의 초상화? 그게 왜 이곳에? 천천히 고개를 들었다. 그러고 나서 선명한 귀신의 형체를 보았다. 용상에서 당장이라도 일어설 것 같은 태종 임금의 이 모습이 그림이라고? 족자의 비단 장식이 보였다. 이조차도 그림에 잠식당한 눈이 겨우 구분해 낸 것이다. 황희가 노쇠한 몸을 일으켜 세웠다. 다리와 손은 여전히 떨림을 멈추지 못했다.

"이, 이건……."

"오늘 퇴궐을 못 하게 되어 유감이오. 아직 서무에 서툰 세자 때문에 밤늦도록 고생이 많소."

"아니옵니다, 전하. 소신이 제대로 보필을 못 하여 늦어진 것뿐이옵니다. 하온데, 이 어용은 대체 어디에 모셨던 것이옵니까? 심장이 멎는 줄 알았사옵니다."

임금이 그림을 바라보면서 말했다.

"내가 본의 아니게 영의정을 놀라게 했나 보오."

임금이 그림을 바라보았다. 황희가 이곳 강녕전에 들어오기 전에도 줄곧 이 그림만 보고 있었다. 바람에 촛불이 흔들렸다. 그러자 마치 태종의 표정이 움직이는 듯했다.

"헉!"

황희가 숨을 삼켰다. 그림인 걸 알고 보는데도 순간순간 놀라지 않을 수 없었다. 실제보다 더 실제 같은 그림. 이 경이로운 솜씨는 설마?

"전하, 혹여 이 어용이 소문의 그……."

임금이 그림에서 눈을 떼지 않은 채로 말했다.

"소문……. 소문이란 건 부풀려지고, 뒤틀려지고, 각자의 입맛에 맞게 가공되는 것인데, 영의정께서 들으신 소문은 무엇이오?"

"청봉 김문웅이 감조관을 맡고, 도화원의 간윤국이 직접 그렸다던 그 어용……."

김문웅과 간윤국! 두 사람은 태종 시대 그림 부분에 있어서는 양대 산맥으로 불렸다. 김문웅이 문인 산수화의 정점에 있었다면, '신의 손을 가진 자'라고 일컬어졌던 간윤국은 도화원 화원화의 정점에 있었다. 그런 만큼 두 사람의 사이는 철천의 원수와도 같았다. 원래 호랑이 두 마리는 한 우리에 가두는 것이 아니라고 하였다. 애초에 한 어용 아래에 두 사람을 붙여 놓은 것이 실수였는지도 모른다. 이 그림을 마지막으로 김문웅은 붓을 꺾었고, 간윤국의 손가락은 절단이 되었다. 임금이 눈에 보일 듯 말 듯 고개를 끄덕였다.

"이, 이것이 어떻게 남아 있사옵니까?"

"빼돌렸소, 내가. 불태워지기 직전에. 어명을……, 거역했소."

"전하, 이 어용은 가지고 계시면 아니 되옵니다. 소문대로라면 이것은……."

임금이 시선은 바꾸지 않고 싱긋이 웃었다.

"영의정이 보기에는 어떻소? 이 어용이 아바마마와 닮았소?"

"닮다 뿐이겠사옵니까? 용안뿐만이 아니옵니다. 모든 것이 선대왕 전하의 생전 모습 그대로이옵니다. 그래서 더 무섭사옵니다."

"내 눈에도 그렇소. 그런데 그때는 다들 그 말을 하지 않았소. 할 수 없었지. 닮지 않은 초상화를 가져왔다며 노발대발하는 아바마마 안전에, 감히 누가 똑같이 생긴 그림이라고 바른 말을 할 수 있었겠소. 나조차도 그러하였는데……."

지나치리만큼 정직하게 묘사한 것이 화근이었나? 그 당시, 황희는 유배 중이었다. 그래서 사실을 알지 못했다. 시간이 흐른 뒤 입에서 입으로 지나다니는 여러 가지의 소문만 접했을 뿐이다.

임금이 눈을 감고 그 당시를 떠올렸다. 몇 번을 되풀이하여 복기하였기에 그 당시의 일은 세세하게 기억하고 있었다. 이 어용이 완성된 건 지금의 임금이 즉위한 다음 해, 다시 말해 기해년이었다. 조선 땅에 있던 모두에게 지옥과도 같았던 기해년. 날짜도 기억하고 있었다. 음력 6월 7일. 어쩌면 어용이 완성된 건 그 이전이었을지도 모른다. 하지만 당시 상왕으로 있던 태종이 그림을 확인한 것도, 간윤국의 오른쪽 엄지와 검지, 두 개의 손가락이 절단된 것도 이날이었다.

더 이상 그림을 그릴 수 없게 된 간윤국은 도화원의 모든 관직을 스스로 내어놓고 나갔다. 그때 그를 따라 도화원을 나간 화원의 수가 상당했다. 오히려 잔류한 수가 훨씬 적었다. 그 때문에 도화원의 업무가 마비가 될 지경에 이르렀다. 어찌 보면 처음으로 있었던 화원들의 집단 반발이었던 셈이다.

“하온데 갑자기 왜 이 어용을 꺼내 보시고 계시옵니까?”

“갑자기는 아니오. 한 번씩 보아 왔소. 근래 들어 조금 잦아졌을 뿐. 영의정!”

“네! 하문하시옵소서, 전하.”

“내가 어용을 이렇게 걸어 두고 영의정을 기다린 것은 궁금한 것이 있어서였소.”

줄곧 그림만 보고 있던 임금이 황희 쪽으로 몸을 돌려 섰다. 임금의 얼굴과 그림 속 임금의 얼굴이 하나의 시야에 전부 들어왔다. 그림 밖의 임금 얼굴에 눈 초점을 맞추자 그림 속의 임금 얼굴이 흐릿해졌다.

“내가 나이가 들어가고 있소. 하루하루 이 어용 속의 아바마마와 가까워져 가고 있지. 닮았소? 아바마마와 내가?”

강녕전 안에 작은 바람이 일었다. 이에 가장 격렬하게 반응한 것은 촛불이었다. 그림 속의 임금 얼굴이 움직였다. 눈동자가 흔들렸고, 표정이 꿈틀거렸고, 수염이 나부꼈다. 소스라치게 놀란 황희가 눈 초점을 그림 속의 임금 얼굴에 맞췄다. 착각이었다. 심장을 움켜쥐었다. 아직도 놀란 가슴이 쉴 새 없이 뛰고 있었다. 두 걸음가량 뒷걸음질을 하였다. 그림에서 멀어지고 싶은 마음에서 나온 무의식적인 행동이었다.

“전혀 닮지 않았사옵니다.”

“그렇소? 내가 차츰 아바마마와 닮아 간다고들 해서 물었소.”

그렇게 생각해 오고 있었다. 다른 사람들뿐만이 아니라, 태종의 얼굴을 잘 알고 있던 황희도 차츰 닮아 가고 있다고 생각했었다. 이 어용을 보기 바로 직전까지는 그랬다. 그림 속의 임금 얼굴을 뚫어지게 보았다. 그리고 그림 밖의 임금 얼굴도 뚫어지게 보았다. 황희는 머릿속에서 또 다른 한 얼굴을 떠올렸다. 현재 정식으로 봉안되어 있는 태종의 어용이었다. 그 그림은 태종이 가장 마음에 들어 했던 것이다. 비록 그 뒤에 여러 차례 화를 당하여, 보수하고 모사를 거듭하긴 했지만, 처음의 모양에서 크게 달라지지는 않았다.

다시금 그림 밖의 임금 얼굴을 뚫어지게 보았다. 눈앞의 임금이 나이가 들어가면서 닮아 가는 건 선원전에 정식으로 봉안되어 있는 태종의 얼굴이었다. 황희가 촛불에 일렁거리는 그림 속의 태종 얼굴을 보았다. 기억이 틀리지 않다면 지금의 임금과 닮지 않은 이 어용이야말로 태종의 얼굴이다. 세월이 지나면서 선원전에 봉안된 어용 얼굴이 실재 태종의 얼굴로 인식되어 왔을 뿐이다. 그렇게 조금씩 기억이 바뀌어져 왔다. 느끼지 못할 만큼 서서히…….

부우우우웅!

부엉이? 임금과 황희가 동시에 문 쪽을 보았다. 부엉이 소리가 가까워졌다. 이번에도 한 마리가 아니었다. 강녕전 밖으로 사람들이 다급하게 움직이는 게 느껴졌다. 임금의 시선이 어용으로 돌아갔다. 이에 따라 황희도 임금과 같은 곳을 보았다.

"이건 아버지를 그리워하는 아들이 그저 한 번씩 꺼내어 보는 초상화일 뿐이오. 굳이 덧붙여 생각할 필요는 없소. 소문들도 모두 사실이 아니니까."

"소문들이 모두 사실이 아닌 것처럼 모두 거짓도 아니었사옵니다. 이 어용이 살아 있다는 소문도 없지는 않았으니……."

"그 소문, 혹여 우리 셋째도 알고 있으려나?"

황희가 숨을 삼켰다. 어용을 보고 놀란 것보다 더 큰 놀람이었다.

"안평에게는 이 어용이 존재하는 건 비밀로 하여 주시오. 그 녀석에게는 이건 어용이 아니라, 그저 전설적인 인물이 그린 작품일 터이니. 생각만으로도 성가시오."

임금이 고개를 절레절레 흔들었다. 황희는 격하게 고개를 끄덕였다. 안평대군이 알게 되면 그건 성가신 정도에서 끝나지 않을 것이다.

"가히 짐작하고도 남음이 있사옵니다. 소신이야말로 오늘 본 것조차 들키고 싶지 않사옵니다."

"주상 전하! 아뢰옵기 송구하오나……."

강녕전 밖에서 외치는 목소리만으로도 뒷말은 듣지 않아도 알 수 있었다. 이번에도 부엉이의 울음소리가 들린 곳은 근정전이다!

"대기하고 있거라. 곧 나가마."

내관들이 어용을 걷어 올리고 줄을 묶었다. 그사이에 임금은 두꺼운 옷을 걸쳤다.

"영의정도 같이 보시겠소?"

황희는 부엉이를 직접 보는 것이 내키지 않았지만 어쩔 수 없이 따라나섰다. 임금과 많은 일행들이 근정전 마당으로 들어섰다. 울음소리만 들었을 때 짐작한 바와 같이 한 마리도, 두 마리도 아닌, 여러 마리가 근정전 지붕 위에 웅크리고 앉아 있었다. 황희가 아연실색하여 말했다.

"설마 지난번에도 이러하였사옵니까?"

"그렇소. 대체 어디서 날아들 오는지, 원."

부우우우웅!

커다란 날개를 펼친 부엉이가 위협하듯 사람들 머리 위를 지나 근정전 지붕 위에 올라앉았다. 어디서부터 오는지 알 수 없는 또 다른 부엉이도 두려움으로 움츠리는 사람들 머리 위를 근사치로 지나 지붕 위에 올라앉았다. 황희가 임금을 바라보았다. 그 눈빛에 밀린 임금이 고개를 끄덕이며 옆의 내관에게 말했다.

"내일 동이 트기 전에 해괴제를 올리도록 하라."

황희는 눈빛을 거두지 않았다. 임금이 눈빛을 외면하려다가 한숨으로 체념하면서 말을 덧붙였다.

"가엾은 하람. 아파도 마음 편히 쉬지를 못하는군. 듣거라! 내일 날이 밝는 대로 하람 시일을 입궐시키도록 하라."

황희가 눈빛을 거두고 부엉이 쪽을 보았다. 임금은 부엉이 쪽을 보지 않고, 고개를 들어 하늘의 수많은 별을 바라보았다. 법궁의 터주신이라는 별명을 가진 하람. 하지만 정작 하람이 원인 모를 사고로 눈을 잃은 곳은 이곳, 경복궁이었다.

5

| 세종 19년(정사년, 1437년) 음력 11월 25일 |

붉은색 지팡이를 들었다. 그저 사람들이 붉은색이라고 하여 그렇게 알고 있지만, 실상 하람은 본 적이 없었다. 이번처럼 특별한 경우가 아니고서는 손에서 놓아 본 적이 없음에도 그랬다. 하지만 손은 익숙한 감촉을 기억했다. 몸에 걸치는 것도 마찬가지였다. 어머니가 지어 주신 옷이 아무리 화려하고 아름다워도 색감이나 미감을 알지 못했다. 하람에게는 보다 편한 것과 덜 편한 것으로 구분되고, 보다 따뜻한 것과 덜 따뜻한 것으로 구분될 뿐이다. 그리고 관복은 불편한 쪽에 속했다.

박 사력이 그동안 천문을 기록한 일지를 하람 앞의 탁자 위에 놓았다. 그것을 만수가 펼쳐서 소리 내어 읽기 시작했다. 잠시 후에 사정전으로 들어가야 하기에, 읽는 만수나 듣는 하람이나 옆에서 지켜보는 박 사력이나 급한 건 같은 마음이었다. 사정전에 들어가기 전까지 기록을 전부 외우고, 거기다 해석까지 마쳐야 했다. 그런데 미처 다 읽기도 전이었다. 사정전으로 들어오라는 전갈이 도착했다. 하람이 의자에서 일어서자, 만수가 당황하여 소리쳤다.

"아, 아직 남았습니다."

"걸어가면서 듣겠다. 계속 읽어라."

만수가 허둥지둥 자리에서 일어났다. 하지만 걸어가면서 글자를 읽으려니 허둥거림은 더 심해졌다. 보다 못한 박 사력이 일지를 빼앗아 대신 읽기 시작했다. 자신이 쓴 글자들이기에 보다 쉽게 읽을 수 있었다.

"좀 더 빨리 읽으시오."

하람이 재촉했다. 박 사력이 최선을 다해 빨리 읽었다. 그런데 읽고 듣는 게 중요한 게 아니었다. 이렇게 한번 훑어보고 임금께 들어가는 건 의미가 없다. 사정전 앞에 도착했다. 읽기도 끝이 났다. 거의 동시에 멈춘 것이다. 하람이 원래도 감은 눈을 더욱 깊숙이 감고, 세 번의 들숨과 날숨을 번갈아 하였다. 이윽고 붉은색 지팡이를 만수에게 건넨 후, 신을 벗어 두고 사정전 안으로 들어갔다.

문 앞에 남은 박 사력이 걱정스럽게 만수를 쳐다보았다. 다 읽는 것도 버거웠다. 그런데 외우기는커녕 제대로 듣기는 했을까? 해석은? 박 사력의 걱정을 알아차린 만수가 고개를 끄덕였다. 이에 박 사력도 따라서 고개를 끄덕였다. 어쩌면 다 외웠을지도 모른다. 하람이라면……. 아마도 분명히 그럴 것이다. 그는 평범한 사람이 아니니까. 만수가 하람의 신발을 가슴에 끌어안고 따뜻한 햇살이 드는 곳에 웅크리고 앉았다. 갑자기 궐로 끌려오게 된 불만 때문에 앞으로 쭉 나온 입술이 들어가지를 않았다.

"간윤국……."

처음으로 이용의 입에서 흘러나온 소리가 무슨 말인지, 어떤 뜻인지 청지기는 알지 못했다. 겨우 정신을 차린 안평대군이 반가워 소리 없는 박수만 쳤다. 그림 속으로 들어간 지 꼬박 이틀이 지나서야 그림 밖으로 나온 것이다. 안평대군에게서 이해하지 못할 것이 제법 많지만, 마음에 드는 그림이 나타나면 물 한 모금도 입에 대지 않고, 잠도 한숨 자지 않고, 옆에서 부르는 소리도 듣지 못한 채 하루나 이틀을 꼬박 앉아만 있는 건, 죽었다 깨어나도 이해할 수 없는 버릇이었다. 청지기가 방문을 열고 밖을 향해 외쳤다.

"끓여 놓은 쌀뜨물을 가지고 오너라. 어서!"

하인들이 번개와 같은 속도로 사발을 쟁반에 받쳐서 가지고 왔다.

"바로 이어서 죽 쒀 둔 거 가지고 오고, 다른 음식들도 차례로 준비해서 들여보내라."

청지기가 이용의 어깨를 잡고 반강제로 한 사발을 비우게 하였다. 꾸역꾸역 다 마시고 난 이용이 퉁명스럽게 말했다.

"나도 손 있다고."

"이 버릇 좀 버리시옵소서. 지금이야 젊어서 몸에 무리가 덜 가시겠지만, 나이 들어서까지 이러시면 큰일 나옵니다."

"네가 무슨 걱정이냐. 내가 나이 들면 넌 이미 저세상 사람이 되어 있을 터인데."

입이 살아난 걸 보니 정신도 완전히 돌아온 모양이다. 청지기가 일부러 그림을 가로막고 앉았다.

"비켜라."

"곧 죽이 들어옵니다. 그것 드시고 나면 비켜 드리겠사옵니다."

"으, 내 허리. 내 등. 악! 내 다리!"

이제야 통증이 느껴진 모양이었다. 이용이 바닥에 등을 대고 누워 온몸을 쭉 폈다. 청지기가 '으이구, 으이구!'를 연발하며 이용의 팔다리를 주물렀다.

"간윤국……."

"간? 뒤에 뭐라고 하셨사옵니까?"

이용이 천장을 쳐다보면서 중얼거렸다.

"보고 싶다. 그자의 그림을."

김문웅의 그림이 이 정도라면, 간윤국의 그림도 만만치 않을 것이다. 화원의 그림은 웬만해선 인정받기 힘든 사회 분위기다. 그럼에도 불구하고 사대부와 나란히 세워진 어깨라면 상상 이상일 가능성도 높다. 이용이 천장으로 오른팔을 들어 올려 자신의 손을 바라보았다. 신의 손을 가진 간윤국. 그가 마지막으로 그린 태종 임금의 어용. 그리고 그 손을 절단시킨 태종!

초상화는 천한 기술이라 하여 감조관으로 발탁된 김문웅은 붓을 잡지 않고 감독만 했을 것이다. 도화원에서 실력 있는 화원 여러 명이 한 접이 되어 분업이 이뤄졌을 테지만, 그중 태종 임금의 용안만큼은 간윤국이 직접 붓을 잡았음이 틀림없다. 그 어용은 불태워졌다. 태종의 어명이었다. 오래도록 사람들 입에 오르내리는 그림. 소문이 부풀려진 거라고 생각했다. 하지만 김문웅의 그림을 확인한 지금, 그건 진짜 걸작일 가능성이 높았다.

"만약에 그때 정말로 불태워졌다면, 나는 저승에 가서라도 반드시 그 그림을 볼 것이다."

하지만 태종 눈을 속이고 살아남았다는 소문도 들은 기억이 있었다. 이용이 자리에서 벌떡 일어났다.

"잘하면 이승에서 볼 수 있을지도 모르겠다."

"대체 무슨 말씀을 하시는지 소인은 도통……."

작은 상이 하나 들어왔다. 그 위에는 죽 한 그릇이 놓여 있었다. 청지기는 홀로 흥분한 이용의 손을 당겨 강제로 숟가락을 끼웠다. 그러고는 손과 숟가락을 같이 잡고 입에 떠 넣었다. 이용은 무의식중에 죽을 먹었다. 머릿속에는 어용에 대해 어디서부터 수소문을 해야 할지를 생각하느라 분주했다.

나이로 짐작해 보면 안견이 그의 제자 정도가 될 것 같았다. 아니어도 간윤국에 대해 알고 있을 것이다. 그러니 안견부터 시작하면 되려나? 도화원을 귀찮게 하지 말라는 어명이 있었는데 어쩌나? 도화원? 가만, 뭔가 잊어버린 게 있는 것 같은데? 저 그림을 보기 전까지 뭔가를 생각하고 있었던 것 같은데…….

"아! 하람! 그 여인! 우선 하람부터 만나서……."

"나리, 그전에 이 죽부터 비우시고, 들어오는 다른 음식도 드신 후에, 잠부터 주무시옵소서. 뭐든 시키시면 그사이에 소인이 다 해 놓겠……."

청지기가 숨을 죽이고 이용의 손에서 조심스럽게 숟가락을 빼냈다. 잠깐 사이에 숟가락을 든 채로 잠이 들었기 때문이다. 그나마 죽이라도 조금 삼켰으니 이대로 자게 내버려 두는 게 나을 것이다. 상을 밀어낸 후, 이용의 등에 팔을 둘러 받치고 최대한 천천히 뒤로 눕혔다. 아마도 아기 돌보기가 이런 것이리라. 베개를 머리 밑에 넣고, 이불을 끌어다 덮어 주었다. 그러고 나서 찬찬히 생각했다. 안평대군이 자고 일어나서 제일 먼저 찾을 건? 하람. 만나서 물어볼 것이 있는 듯했으니, 일어나자마자 연락 가능하도록 그의 위치를 알아 두어야 한다. 청지기가 입 벌린 채로 자는 대군 얼굴을 물끄러미 보면서 이불을 한 번 더 다독였다.

"근정전에서 부엉이가 울었다."

먼 거리를 두고 앉은 하람에게 건넨 말이었다. 눈에 보이지는 않았지만, 임금의 말 속에서 웃음이 느껴졌다.

"다들 성화여서 모처럼 쉬고 있는 너를 불렀다. 얼굴이 상했구나."

"여러 일로 송구하기 그지없사옵니다."

"부엉이가 왜 울었을꼬?"

주변에는 아직 물러나지 않은 많은 사람들이 있었다. 이런 상황에서 임금이 왜 이런 질문을 하는지 하람은 알고 있었다.

"부엉이는 원래가 밤에 먹이를 쫓는 날짐승이옵니다. 첫 울음이 들린 날은 동지 하례가 있던 날, 그러니 동지 하례 때 땅에 떨어졌거나 남은 음식들이 곳곳에 널려 있었을 것이옵니다. 그에 이끌린 쥐 떼들이 왔을 터이고, 쥐 떼를 따라 부엉이도 모였을 것이옵니다. 세상의 모든 짐승은 먹을 것을 따라 움직이옵니다."

"어젯밤은 어떻게 설명할 것이냐?"

"어젯밤은 기온 변화에 따른 것으로 보이옵니다. 쥐 떼가 차가운 기온을 피해 이동하는 과정에서 주변에 비해 상대적으로 먹을 것이 많은 경복궁을 지났고, 따라서 부엉이도 출몰하게 된 것으로 보이옵니다. 이를 통해 예측해 보건대, 이제껏 계속되던 온난한 일기가 쫓겨 가고, 조만간 매서운 한파가 닥치지 않을까 사료되옵니다."

"쥐 떼를 이동시킬 정도의 매서운 한파라면……."

임금이 손짓으로 주변 사람들에게 물러나라고 하였다. 그러자 내관 두 명만 남고 모두 사정전을 나갔다.

"쓸데없는 걸 물어서 미안하구나. 방위를 피해 이궁을 해야 한다는 의견이 많아서 말이다. 이제껏 이 경복궁은 허울뿐인

법궁이었다. 난 어떻게 해서든 법궁에서 버텨 내고 싶다. 계속 다른 궁궐로 떠돌 수는 없으니까."

"아뢰옵기 송구하오나 소신은 일관이 아니옵니다. 이런 식으로 덮는 것도 한계가 있사옵니다."

"하지만 다들 설득이 되지 않느냐? 나조차도 네 말이 옳다고 여긴다. 그리고…… 위로가 된다. 그럼 된 거다. 그나저나 다들 태사성 이야기를 하던데, 서운관지를 들춰 볼 시간은 있었느냐?"

"누누이 아뢰옵니다만, 소신은 일관이 아니옵니다. 그러므로 태사성 빛의 변화는 소신과는 아무런 상관이 없사옵니다."

"그거야 나와 너, 둘만의 생각이고."

임금이 소리 없이 웃었다. 하람이 던지는 불만의 소리를 들었기 때문이다. 원래 하람은 정식으로 대과에 급제한 문신이다. 집현전에서 책만 읽던 그를 당분간이라고 속여 잡학겸수관으로 시일 자리를 떠안겼다. 서운관은 문신들이 꺼리는 한직에 속했다. 이곳에 배속되면 잘해도 죽고, 못해도 죽는다는 말이 떠돌았다. 임금이 문신에게까지 산학, 천문, 역산에 이르기까지 각종 지식 습득을 요구했는데, 이를 잘 해내면 다른 관직이 멀어졌고, 못 해내면 다른 관직까지 멀어졌기 때문이다. 하람은 전자에 속했다. 게다가 하람이 가진 배경과 분위기가 시일 자리와 합해져서 좋은 효과가 나왔다. 이것까지 임금이 의도한 것은 아니었지만, 굉장히 귀한 결과물인 건 부인할 수 없었다.

"무사한 얼굴 확인하고자 빨리 부른 것이다. 서운관지를 읽어 보고 다시 들어오너라."

"기록을 검토하고 들어왔사옵니다. 우선 하문하신 태사성부터 아뢰겠사옵니다."

"아……."

이래서 안 되는 거다, 이 녀석은. 하늘이 내린 재능을 썩히는 건 임금으로서 할 짓이 아니지 않겠는가.

"일관을 일컫는 것이 아니옵니다. 자미원의 사보 중 태사성의 빛만 옅어진 것이 아니라, 태미원의 행신성과 자미원의 상성도 변화가 있는바, 이를 모두 더하여 보면 주상 전하께오서 아끼시는 좌측의 신하가 머지않은 미래에 세상을 버릴 가능성이 있사옵니다."

"좌측의 신하, 머지않은 미래라 하면……, 맹사성, 내년?"

내년에 맹사성이 세상을 뜬다? 내년이라고 해도 새해가 얼마 남지 않았다. 임금은 아버지와 다름없는 사람의 죽음을 담담하게 말하는 하람에게서 눈을 뗄 수가 없었다.

"다르게 해석할 여지는 없느냐?"

"소신은 서책에 기록된 것만 아뢰옵니다. 사족은 소신에게 맡기신 업무가 아니옵니다. 굳이 사족을 듣고 싶으시오면, 진짜 일관을 찾으시옵소서."

이번에는 입을 뗄 수가 없었다. 냉정한 녀석 같으니. 그래서 더 마음에 드는 녀석.

"남방 주작의 귀수에서 좋지 않은 기운이 관측되었사옵니다. 앞으로 각종 질병과, 귀鬼의 곡소리를 조심해야 하옵니다.

또한 귀수 분야에 해당하는 황해도의 백령도, 금천 등지의 방호를 철저히 하여야 할 것이옵니다."

"귀鬼의 곡소리가 무슨 의미냐?"

"모르옵니다."

"너의 사견을 묻는 것이다."

"사견을 듣고 싶으시오면 진짜 일관을……."

"아, 알았다. 내가 또 괜한 걸 물었구나."

이미 염병은 돌고 있다. 그런데 귀鬼의 곡소리라……. 부엉이의 울음소리가 그 징조인가? 임금의 착잡함과는 상관없이 하람의 계사는 이어졌다.

"남방 주작의 류수도 좋지 않사옵니다. 한 해 동안 주상 전하께오서 음주를 멀리하시고, 어의御醫를 가까이하심이 좋을 줄로 아옵니다. 또한 류수 분야에 해당하는 한양과 개성, 그리고 양주 등지는 가뭄으로 인한 흉작에 대비하셔야 하옵니다."

"허! 가을의 서방 백호는 서글서글하게 잘 넘어간다 하였더니, 갑자기 남방 주작이 심술을 부릴 줄이야. 그전에 나왔던 남방 주작의 정수는 나쁘지 않다고 하여 안심하고 있었다."

"새로 나온 귀수와 류수를 정수에 소급하면, 정수의 기운도 나쁜 것으로 바뀌옵니다. 하천의 넘침과 땅의 메마름을 동시에 경계하셔야 하옵니다."

"그렇다는 건, 내년에 극심한 가뭄과 극심한 홍수가 함께 온다는 뜻인가?"

"예측이 그렇사옵니다. 따라서 정수 분야에 해당하는 황해도의 해주 등지의 지운도 약해지리라 사료되옵니다. 다른 별자리들은 큰 변화가 관측되지 않은바, 더 이상 아뢸 것이 없사옵니다."

이번 한 해는 큰 기우제 없이 무탈하게 잘 넘어갔다. 그러나 비는 부족하지 않았지만 재작년에 있었던 큰 가뭄의 영향으로 올해도 풍년이 들지는 않았다. 내년 무오년까지 흉년이 들면, 내후년까지 영향을 미쳐 환상곡還上穀을 갚지 못한 백성의 극심한 굶주림이 수년간 이어질 것이다. 그렇게 되면 머지않은 미래에 의창義倉 곡식이 바닥이 날 가능성도 배제할 수 없었다.

"하늘은 참으로……, 나에게 가혹하구나."

즉위한 지 20년이 되었건만, 하늘은 그동안 단 한 해도 풍년을 준 적이 없었다.

"섣부른 실망은 거두시고, 정월 대보름의 천문을 기다리시옵소서."

안심을 시키기 위해 없는 말을 지어내지는 않았다. 대신에 하람이 건넬 수 있는 최선의 위로였다. 임금이 내관에게 맡긴 종이를 하람에게 가지고 가라는 손짓을 하면서 말했다.

"3일 전에 함길도 도절제사 김종서의 회계가 들어왔다. 지난번에 조사를 명했던 만인혈석萬人血石과 용각龍角에 대한 건이다."

내관이 하람 옆으로 다가가 작은 소리로 글을 읽었다. 하람은 끝까지 다 듣고 난 후 고개만 한 번 끄덕였다.

"역시 존재하지 않는 것들인가 보옵니다."

"한 번 더 조사해 보기로 하였다. 실망은 그때 가서 해도 늦지 않다."

천만 명의 사람을 잡아먹은 뱀, 그 뱀의 창자 속에서 사람의 피가 단단히 엉켜서 돌이 되는데, '관鸛'이라고 부르는 큰 새가 그 뱀을 잡아먹고 속에 있던 돌을 보금자리에다 남겨 둔다. 그 돌을 만인혈석이라고 하였다. 그리고 용각은 용의 뿔을 뜻했다.

북방에서 이것들을 본 사람이 있다고 하여 조사하던 중이었는데, 최근 김종서의 회계에서는 없는 쪽으로 기울어진 것이다. 하람과 임금이 만인혈석이나 용각의 실재를 수소문한 이유는 이것들이 하람의 눈 치료에 도움이 될 거라고 여겼기 때문이다. 하람이 실망한 기색 없이 말했다.

"지금부터 무오년 칠정력 편찬에 들어가옵니다. 끝내고 나와서 진접晉接 드리겠사옵니다."

일과력은 많은 사람들에게 배포가 되는 거였지만, 칠정력은 임금과 세자, 비상을 대비한 서운관 보관용, 이렇게 도합 세 권만 만드는 책력이었다. 하람은 만수와 일월식술자日月食述者 한 명만 거느리고, 지금부터 경복궁 내의 사람과는 단절된 어딘가로 들어가야 했다. 비밀 유지를 위해서였다.

"아뢰옵기 송구하오나, 소신은 이번 칠정력을 끝으로 관직에서 물러나 잠시 쉬고 싶사옵니다. 소신이 사적으로 알아볼 일도 있고 하여……."

아버지와도 같은 맹사성의 죽음에 관한 천문이나, 눈 치료에 도움이 될지도 모르는 만인혈석에 관한 일이나, 하람에게는 적잖이 실망스러운 소식이었다. 건강도 좋지 않은 판에 여러 일이 겹치다 보니, 한 달간의 감옥살이와도 같은 생활이 시작되기도 전에 미리 지칠 수밖에 없었다. 하지만 하람에게는 마음을 추스를 시간조차 허락되지 않았다.

"정인지와 이순지가 삼년상을 마치고 돌아올 때까지만 참아라. 정초鄭招라도 살아 있었다면 그나마 나았을 터인데, 당장 대체할 인물이 없다. 약속하마."

"소신이 칠정력을 편찬할 곳은 정해졌사옵니까?"

"마련해 두었다. 나가면 밖에 안내할 사람이 있을 것이다."

하람이 허리를 숙인 뒤 일어나서 뒷걸음으로 물러났다. 하람이 모습을 감추고 나서야 임금이 머리를 짚었다. 만인혈석은 존재했어야 했다. 그래서 하람의 눈이 치료가 되었다면, 이 무거운 죄의식을 조금이나마 덜었을 것이다. 하람이 실망한 그 이상으로 임금의 실망도 깊었다.

"그 사고의 원인만이라도 알아내면 좋으련만……."

| 세종 19년(정사년, 1437년) 음력 12월 7일 |

강춘복은 온몸을 잔뜩 웅크린 채 서화사로 들어갔다. 바람이 차단된 가게에 들어가서도 언 발을 어쩌지 못하고 동동거리듯 발을 굴렸다. 며칠 전부터 갑자기 찾아온 한파. 급하게 땔감을 수소문해 봤지만, 이미 도성 안에는 씨가 마른 상태였다. 그 때문에 강춘복은 매일을 칼바람과 맞서 가며 도성을 샅샅이 뒤지고 다니는 중이었다. 이런 강한 한파에 땔감이 없으면 큰일인 건 다들 마찬가지겠지만, 화단 같은 곳에서는 특히 더 큰일이 아닐 수 없었다. 화공들의 손과 어깨가 얼면 정교한 작업을 제대로, 빠르게 할 수 없기 때문이다. 그래서 나름 넉넉하게 비축해 뒀었다. 그러나 그것도 조만간 바닥을 드러낼 것이다. 그 전에 땔감을 확보하지 않으면 안 된다.

염병 확산을 방지하기 위한 도성 외곽의 통행금지가 조만간 풀린다는 말들은 있었다. 하지만 소문만 무성할 뿐 아직 별다른 소식은 없다. 한강 이남의 관악산에서 도성 내의 부족분을 메우기 위해 급하게 벌목에 들어갔다고도 하는데, 이동 시간과 건조 시간을 감안하면 짧게 잡아도 보름은 지나야 사용이 가능할 것이다. 한양 근방의 군현에서 끌어오려는 시도는 있으나, 그쪽의 땔감도 부족하거니와 곳곳이 염병 확산 방지로 통행이 묶여 있어 이조차도 여의치가 않았다.

지금 현재 가장 쓸모 있는 가능성은 소문으로 돌고 있는 큰손이었다. 한파가 닥치기 직전에 도성 내의 모든 땔감을 싹쓸이했다는 큰손. 각 집들의 비축분이 동이 나기 전에 그 소문의 큰손이 물건을 풀어 주길 모두가 기다리고 있었다. 나오기만 한다면 평소 시세의 서너 배를 불러도 어쩔 수 없이 사야 하는 상황이 아닐 수 없었다.

강춘복은 가게 주인이 먼저 방문한 손님과 대화가 끝나기를 잠자코 기다렸다. 온몸에 이불을 둘둘 만 채로 낯선 손님을 대하고 있는 모양새를 보건대, 이곳은 벌써 땔감이 떨어진 것 같았다. 가게 주인이 갑자기 강춘복을 향해 말했다.

"어이, 강가야! 자네 화단에 개망나니 하나 있잖은가?"

자세한 설명이 곁들여지지 않아도 개망나니가 누구를 지칭하는지는 짐작이 갔다. 하지만 늦도록 혼인 못 한 그 개망나니의 소문을 희석시키고자 짐짓 딴소리를 하였다.

"우리 화단에 그런 건 없네."

"에이, 홍 화공 말일세, 홍 화공."

순간, 강춘복은 '홍 화공', 더 엄밀하게는 '홍'이라는 말에 반응하는 손님의 눈빛을 알아차렸다. 이내 손님의 시선은 강춘복에게서 떨어지지 않았다. 함박웃음을 머금고 있는 젊은 청년. 신분은 낮으나 겹겹이 입은 옷은 상당히 좋은 걸로 봐서는 부잣집이나 신분 높은 집안의 심부름꾼인 듯했다.

"얌전하기 그지없는 우리 홍 화공은 왜 묻는가?"

가게 주인이 고개를 갸웃거리며 인상을 썼다. 그러더니 더없이 진지한 목소리로 말했다.

"얌전? 그 말에 내가 지금 웃어야 하는가? 자네답지 않게 뭔 그런 이상한 농담을……."

소문을 가리는 건 이미 늦었나? 강춘복은 그만 피식 웃고 넘겼다.

"순화방 너머, 인왕산 근방에 있는 마을 말일세. 거기 안료 만드는 집에 자네 화단에서도 한 번씩은 들락거리지 않는가?"

"아닐세. 우리 화단은 주로 여기서 구입하지, 거기서 직접 구입한 적은 거의 없네."

"아니, 안료 구입 말고 자네 화단의 개망나니, 거기 한 번씩 가지? 거기 안주인 말로는 안료 만들어지기 전의 재료를 보면서 논다고 하더만?"

"아……, 뭐……. 드물게 그런 적이 있긴 있었지."

"최근에 홍 화공이 그 마을이나 집에 간 적 있는가?"

강춘복이 손님을 힐끗 쳐다보았다. 화단주가 말한 찜찜함이 강춘복에게로 전염이 되었다.

"그전에는 갔을지 모르지만, 두세 달 전부터는 화단에 꼼짝 못 하고 갇혀 있네. 최근에는 정말 얌전해졌다니까."

"얌전해지기는 개뿔. 갇혀 있다는 거 보니까 또 뭔 말썽 부려서 외출 금지령 떨어진 게지. 쯧쯧."

갇혀 있다는 건 사실이지만 말실수였다. 어쩔 수 없다. 이미 엎질러진 물이다. 하지만 두세 달 전부터라는 거짓말은 능숙하게 한 것 같았다. 강춘복은 다시금 손님을 살폈다. 그의 입술이 '두세 달 전부터라…….'라는 모양을 하다가 실망한 듯 작은 한숨을 뱉어 냈다.

"아! 이 사람이 백유화단의 집사입니다. 또 궁금한 것이 있으면 직접 물어보십시오."

가게 주인의 뒤늦은 소개에 강춘복과 손님은 얼떨결에 고개를 숙였다. 강춘복의 질문이 빨랐다.

"손님은 처음 뵙는데, 누구신지……."

손님의 허리가 더 깊이 한 번 더 내려갔다.

"앗! 인사가 늦었습니다. 저쪽 북촌, 양덕방에 사는 돌이라고 합니다. 신분이 미천하여 성은 없습니다."

"양덕방이면, 어휴! 모시고 있는 분이 어마어마한가 봅니다. 신분은 미천하다면서 옷은 우리보다 훨씬 두껍고 좋은 것이고. 하하하."

돌이가 벌겋게 달아오른 얼굴로 순박하게 말했다.

"그, 그렇지는 않습니다. 아! 대단히 큰 결례인 줄은 알지만, 백유화단께 하나만 여쭙겠습니다."

정말 받고 싶지 않은 질문이었지만, 강춘복은 마지못해 고개를 끄덕였다.

"그 홍 화공이라는 분의 성함이 어떻게 되시는지……."

"처자의 이름을 묻는 건 큰 결례가 맞습니다."

경계심에서 나온 퉁명스러운 대꾸였다.

"처, 처자? 죄송합니다, 죄송합니다. 여인인 줄 몰랐습니다. 정말 실례했습니다."

연거푸 허리를 숙여 대는 그에게 놀라서 강춘복도 덩달아 허리를 숙였다. 돌이라는 사람의 속은 어떤지 모르겠지만, 겉만큼은 세상에서 제일 착한 사람 같았다. 그 착한 기운은 주변 사람의 경계를 흩트리는 데 탁월한 힘을 발휘했다. 가게 주인이 멋쩍게 웃으며 끼어들었다.

"자네는 고작 이름 하나 가지고 뭘 그리 빳빳하게 구는가?"

그러고는 표정으로 '말해도 되지?'라고 묻고, 강춘복의 끄덕거림을 본 뒤에 대신 대답했다.

"그러니까 개망나니 이름이……, 반디! 홍반디, 맞지?"

강춘복은 돌이의 표정부터 살폈다. 원하는 대답이 아닌 게 분명했다. 이에 안심하고 대답했다.

"그래, 홍반디일세. 그러니 앞으로 개망나니라고 좀 하지 말게."

"개망나니 소리 안 듣게 하려면 거지꼴로 못 돌아다니게 하든가. 하하하."

거지꼴이란 말에 강춘복의 머릿속은 바빴다. 그날 저녁 식사 중에 들었던 홍천기의 말을 되새김질하느라 그랬다. 견주댁과 함께 간 날에 만났다고 했고, 장옷을 벗겼다고 했다. 진짜 안평대군이어서는 안 되는 사람을 만났을 당시, 홍천기는 막 목욕을 마친 상태로 거지꼴과는 거리가 멀었을 것이다.

"보아하니 심부름꾼 같은데, 어느 분의 심부름으로 묻는 것입니까?"

"앗! 그건 말씀드릴 수가 없……. 죄송합니다, 죄송합니다."

다시금 허리를 연거푸 숙여 대는 돌이 때문에 강춘복의 허리도 바빠졌다. 역시 진짜 안평대군인가? 아니면, 홍천기와는 아무런 상관이 없는 것인가? 마지막까지 상냥하게 인사하던 돌이가 이곳의 가게를 나갔다. 그러고는 다른 가게들은 쳐다보지도 않고 지나친 후, 또 다른 서화사로 들어갔다.

"저 사람이 뭘 묻던가?"

"자네한테 한 질문 그대로. 그 마을을 잘 아느냐며, 통행금지가 되기 직전에 그 마을을 방문한 사람 없느냐고. 근데 이상해. 최근에 그 마을에 관한 이야기들이 부쩍 귀에 들려."

"그런데 왜 서화사를 뒤지지?"

"그건 나도 모르지."

"자네는 언제부터 알고 지냈는가? 나는 처음 보는 얼굴인데."

"나도 오늘 처음 본 사람일세."

"뭐? 그런데 뭘 그렇게 적극적으로 협조하였는가? 물건 사러 온 손님한테도 친절과는 담쌓은 장사치가."

"아……, 그러고 보니 내가 왜 그랬지? 뭐에 홀린 것처럼 질문하는 족족 읊어 대고 있었으니. 뭐가 뭔지 모르겠지만, 아무튼 좋은 사람 같았네."

뭐가 뭔지 모르겠는 건 오히려 강춘복이었다. 조금 전과는 다른 느낌의 찜찜함이 뒤통수를 건드렸기 때문이다.

"그나저나 강가야. 개망나니, 그림 좀 풀게나."

"풀기는 뭘 풀어? 실력이 없어서 못 내돌리네."

"어디서 먹히지도 않을 거짓말을! 내가 이래 봬도 태어날 때부터 이 바닥에서 굴러먹은 팔자일세. 내 눈은 못 속이지. 듣자 하니 세화 종류는 한 번씩 밖으로 뺀다며? 다른 화공들 문배나 세화에 두어 장 끼워 주게나. 우리 서화사 쪽에서도 팔아 줌세."

강춘복이 고개를 절레절레 저었다.

"왜?"

"내돌릴 물건이 없네. 세화를 한 번씩 빼는 건 맞는데, 딱 주문 받은 것만 그리게 하시니까."

가게 주인이 싱긋이 웃으며 속삭였다.

"화단주님이 싸고도는 거 보면, 역시 그 개망나니가 진짜배기지? 과연 그 아비에 그 딸이야. 피는 못 속여."

강춘복이 잔뜩 찌푸린 미간으로 가게 주인을 쳐다보았다. 가게 주인이 고개를 자잘하게 끄덕이며 입을 꾹 다물었다. 그러고는 엄지와 검지로 제 입술을 집는 시늉을 해 보였다.

| 세종 19년(정사년, 1437년) 음력 12월 16일 |

"추운데 대체 이게 뭔……."

청지기가 몸을 잔뜩 웅크리고 이용이 시키는 대로 멀리 떨어졌다.

"여기 이쯤이면 되겠사옵니까?"

"아니, 좀 더 멀어져도 되겠다! 더 뒤로!"

이용이 눈을 감고 제자리에서 빙글빙글 돌았다. 그러곤 멈춰서 눈을 떴다. 주변을 두리번거렸다. 까마득하게 멀어진 청지기의 모습을 단박에 찾아냈다. 만수가 하람을 놓쳤던 그날과 같은 크기의 달, 비슷한 양의 구름, 비슷한 시간, 같은 장소에서 가시거리를 확인하고 있었다. 만수의 키에 맞게 쪼그려 앉아 보기도 하였다. 그럼에도 불구하고 청지기를 찾는 데 어려움이 없었다. 이윽고 청지기의 모습도 어둠에 파묻혔다.

"내 말 잘 들리느냐?"

"네! 잘 들리옵니다!"

"거기 아무 데나 엎어져라."

"네? 여기 이 꽝꽝 언 땅에요?"

"그래!"

구시렁거리는 소리는 들리지 않는 거리였다. 하지만 마치 들리는 것 같았다.

"엎어졌사옵니다."

이용이 청지기가 있는 방향으로 걸음을 옮겼다. 얼마 가지 않아 바로 발견했다. 하람의 실종 사건은 대부분 풀렸다. '홍천기'가 뜻하는 의미도 그날 만났던 여인의 이름 쪽으로 무게를 옮겼다. 이용의 머리에서 풀리지 않는 것이 있다면 만수가 하람을 놓치게 된 부분뿐이었다. 오늘의 외출로 인하여 의문은 더 깊어졌다.

"그만 가자!"

"네? 아, 네."

청지기가 벌떡 일어나 이용의 목소리가 들리는 방향으로 걸었다. 바로 모습을 찾아냈다. 뒷모습을 보이며 저 혼자 집으로 돌아가고 있었다. 청지기는 그 뒤를 따라가면서 중얼거렸다.

"갑자기 왜 사람을 끌고 나와서는 이리 가라, 저리 가라, 더 가 봐라, 외쳐 봐라, 엎어져라, 괴롭히신 거지? 어휴! 아무래도 너무 심심하셨던 게야. 쯧쯧."

第三章

—

매죽헌 화회畵會

1

| 세종 19년(정사년, 1437년) 음력 12월 27일 |

대문을 열고 막 발을 내디디던 김 씨가 마치 귀신이라도 본 듯 화들짝 놀라며, 다시 발을 대문 안으로 되돌려 놓았다. 그러고서 마당에서 비질을 하던 하인에게 소리쳤다.

"나 죽었다고 전해라!"

"네? 방금 뭐라고……."

채 묻지도 못했다. 더군다나 대답도 들을 새가 없었다. 김 씨가 마치 저승사자에게 쫓기듯 사랑채로 들어가 버렸기 때문이다.

"아저씨!"

대문 밖에서 들려오는 우렁찬 여인의 목소리는 백유화단의 개망나니였다. 이내 하인은 주인의 말뜻을 알아차렸다. 집으로 쏙 들어온 홍천기가 장옷을 벗으며 말했다.

"아저씨는?"

하인은 장옷의 용도에 대해 다시 생각하게 되었다. 외간 사람들에게 얼굴을 안 보여 주기 위해서 불편함을 감수하는 것이 아니라, 더러운 얼굴과 헝클어진 머리카락을 숨기는 편리함을 누리기 위한 것이 아닌가라고.

"죽었다고 전해 달라고 하셨습니다."

"뭐라고? 젠장! 한발 늦었나 보군."

홍천기가 뛰어서 사랑채로 들어갔다. 조급하게 숨을 곳을 찾던 김 씨 뒤로 홍천기가 들이닥쳤다.

"아저씨, 그림 보여 주세요!"

김 씨는 사역원에서 역관으로 일하는 사람이다. 중국을 오가며 덤으로 무역도 하였는데, 그중에 중국 그림도 취급하고 있었다. 이번에도 중국 사신단에 끼어 다녀오면서 그림 몇 점을 가져오기로 하였다. 떠나기 전에 그에게 중국의 곽희郭熙 산수화를 의뢰한 사람이 있었기 때문이다. 그리고 구할 수 있는 통로도 확보되었다. 그걸 홍천기에게 미리 떠벌린 것이 문제였다. 김 씨가 홍천기에게서 도망치는 이유도 여기에 있었다. 못 구한 것이 아니었다. 어렵사리 구입했고, 무사히 조선으로 가지고 들어왔다. 그런데 원래의 의뢰인이 김 씨가 한양에 도착하기가 무섭게 곽희 산수화를 비롯하여 다른 그림까지 모조리 쓸어가 버렸다. 홍천기에게 연락할 틈도 없었다. 그러니 지금

들이닥친 홍천기에게는 보여 줄 그림이 하나도 남아 있지 않았던 것이다.

"나, 날도 추운데 여기까지 웬일이냐?"

"날 풀린 지가 언젠데요. 그림은요?"

"우리 반디가 더 예뻐졌구나."

"예뻐져서 큰일이에요. 써먹을 곳도 없는데. 그림은요?"

"어머니는……."

"아주 잘 계세요. 자꾸 말 돌리지 마시고, 그림 내놓으세요! 곽희 산수화!"

"모, 못 구했다."

홍천기의 눈이 가느다랗게 떠졌다. 얼떨결에 둘러댄 거짓말이 씨알도 먹히지 않았다.

"원래 주인이 찾아갔어. 네가 늦은 거야."

"저한테 보여 주고 넘기기로 하셨잖아요. 아무리 외출 금지로 갇혀 있었어도 그림 보러 오는 거라면 스승님도 허락하셨을 거라고요. 아마도."

"하! 계속 가둬 두지 왜 풀어 버리신 거야."

"원래 주인이 누구예요?"

두려웠던 질문이다. 김 씨는 입술을 꾹 다물고 고개를 저었다. 절대 말할 수 없었다. 말하면 안 되는 거였다. 말하고 난 뒤의 사태를 감당할 자신이 없기 때문이다. 홍천기가 장옷을 마루로 던지고 소매를 야무지게 걷어 올렸다. 그러곤 마루에 앉아 기둥에 기댔다.

"반디야, 이번은 포기해라. 다음에는 꼭 보여 줄게."

홍천기는 더 들을 필요도 없다는 듯 눈을 감았다.

"아직은 춥다. 이러고 있으면 얼어 죽을 수도 있어."

"얼어 죽을 때까지 있을 겁니다."

"누군지 말해 줘도 네가 만날 수 있는 분이 아니셔."

"임금이라도 된답니까? 뭐, 상관없습니다. 누구든 찾아가서 곽희 산수화만이라도 보여 달라며 사정할 테니까."

"그래서 내가 말 못 해 주는 거야! 계집애가 뭔 고집이 그렇게 세!"

"약속을 어긴 건 아저씨입니다. 그림이 간 곳만 말씀하시면 됩니다. 다른 말은 안 들을 거예요."

"마음대로 해! 얼어 죽든 말든 난 상관 안 할 테니까!"

김 씨가 홍천기를 내버려 두고 원래 하려던 외출을 하였다. 홀로 남은 홍천기는 팔짱을 끼고 잔뜩 웅크렸다. 그 상태로 버티기에 돌입했다.

비슷비슷하게 생긴 그림들을 번갈아 들었다 내렸다 하던 안견이 결국 전부 내려놓고 한숨을 쉬었다. 궁궐에서 사용할 문배들은 안견과 최경의 것으로 전부 맞췄다. 종친들과 당상관들의 몫도 큰 걱정이 없었다. 안견을 괴롭히는 건 안평대군의 몫이었다. 그의 높은 그림 안목은 하룻밤 붙였다가 태워 버리는 문배조차 아무거나 보낼 수 없게 만들었다. 도화원에서 가장 껄끄럽게 생각하는 인물이 아닐 수 없었다. 어쩔 수 없다. 최경을 구슬려 지금이라도 한 벌씩만 더 그리게 하는 수밖에.

"최 회사는 지금 어디 있느냐?"

"어디서든 주무시고 계시겠지요."

"찾아내서 데리고 와."

"며칠을 계속 밤새다가 이제 막 잠드셨을 텐데……."

생도가 자신에게 떨어진 어려운 심부름에 놀라 울상이 되었다. 하지만 최경보다 안견이 더 무서운 존재였으므로 마지못해 방을 나갔다. 안견이 다른 그림 뭉치들을 펼쳤다. 백유화단에서 들어온 그림들이었다. 빠른 속도로 한 장씩 넘기던 안견이 갑자기 멈칫했다. 그러고는 조금 전에 넘어갔던 그림으로 되돌아갔다. 엇비슷한 그림들 틈에서 유독 눈에 띄는 대장군 그림이 있었다. 안견의 손놀림이 바빠졌다. 문배는 그림 두 장이 한 쌍이다. 그렇다면 다른 한 쪽도 있을 것이다. 아니나 다를까 다음 장에 같은 화공의 것으로 짐작되는 대장군 그림을 찾아냈다. 마주 보는 대장군 그림. 이것을 탁자 위에 펼친 후, 한 장씩 번갈아 가며 들어서 살피기 시작했다.

짜증으로 뭉쳐진 최경이 문을 열어젖혔다. 막 고함을 지르려던 순간이었다. 탁자 위에 놓인 그림이 눈에 잡혔다. 최경이 고함지르려던 입을 다물고 곧장 탁자를 돌아 안견 옆에 서서 그림을 보았다. 그림에 집중하고 있던 안견은 최경이 들어와 제 옆에 서는 것조차 느끼지 못했다. 그렇게 한참 동안 그림을 보다가 뒤늦게야 최경의 인기척을 알아챈 안견이 화들짝 놀랐다.

"헉! 어, 언제부터 여기 있었느냐?"

최경이 그림에서 눈을 떼지 않은 채로 대꾸했다.

"조금 전에. 왜 제 잠을 방해하신 겁니까?"

"아……, 가서 자도록 해라. 해결된 것 같으니까."

하지만 최경은 잠에 찌든 눈을 하고서도 그림에서 눈을 떼지 않았다. 가려는 시도조차 없었다.

"최 회사. 가서 눈 좀 붙이라니까?"

"이거 조금 더 보겠습니다. 그 녀석 그림이거든요."

"누구? 아! 붓 제대로 잡는다고 했던 그 화공?"

안견도 최경과 함께 잠자코 그림만 보았다. 그러다가 가까스로 물었다.

"대체 어떤 인간이냐?"

"엄청 못생긴 개자식이요."

예상치 못한 대답에 놀란 안견의 눈이 여러 차례 끔벅거렸다. 하지만 그림에 매몰된 최경에게서 방해하지 말라는 강력한 전언이 뿜어져 나왔기 때문에 더 이상의 질문은 하지 못했다.

"안……평대군?"

홍천기의 되물음에 김 씨가 고개를 끄덕였다. 결국 곽희 산수화를 가져간 사람을 털어놓고야 말았다. 김 씨가 외출을 마치고 집으로 돌아왔을 때까지 홍천기가 오돌오돌 떨면서 버티고 있었기 때문이다.

"이 나라의 대군이시다. 그 댁에 가는 건 언감생심 꿈도 꾸지 마라."

"그 댁은 어디에 있습니까?"

"글쎄다. 그 댁 심부름꾼이 다녀가는 거라서 나는 가 본 적이 없거든. 대략 북촌 어디쯤이라고는 알고 있는데……."

거짓말은 아니었다. 홍천기도 그것을 알아차렸다. 북촌, 그중에서도 세족들의 대저택이 즐비한 양덕방 같은 구역에서 얼쩡대다가는 관아에 끌려가서 고문당하기 딱 좋다. 인왕산 범골보다 더 무서운 곳이 아닐 수 없었다. 자리를 털고 일어났다. 그런데 차가운 기운에 맞서느라 온몸에 힘이 들어간 탓에 몸이 펴지지가 않았다. 억지로 어깨를 뒤틀었다. 그러자 어깨 비스듬히 묶어 둔 보자기에서 신발이 빠져나와 땅으로 툭 떨어져 내렸다. 몸이 언 홍천기보다 김 씨의 움직임이 빨랐다. 그가 신발을 주워 들며 물었다.

"사내 신발 아니냐?"

"주세요. 저잣거리의 갖바치들한테 물어보려고 가져 나온 거예요. 아저씨 때문에 늦었어요."

"갖바치들한테 뭐 물어보려고?"

"이런 물건 본 적 있는지, 찾는 사람은 있었는지, 뭐 그 외에도 여러 가지요."

"그 사람들한테 물어봤자 들을 말 없을 것 같은데? 이건 예사 물건이 아니거든. 어디서 난 것이냐?"

"그렇지요? 인간 세상에서 쉽게 볼 수 있는 물건은 아니지요?"

"암. 쉽게 볼 수 없지. 이야! 정말 귀신같은 솜씨로구나."

"귀신?"

김 씨가 고개를 끄덕이며 신발을 꼼꼼하게 살폈다. 신발 가죽을 다듬어 놓은 무두질이 보통 실력이 아니었다. 짐승 털로 보이는 내부도 마찬가지였다. 아마도 족제비 털인 듯한데, 부드럽기가 이루 말할 수 없을 정도였다. 게다가 겉 바닥에는 단단한 가죽 몇 겹을 겹쳐서 붙였는데도 전체적인 무게는 무척이나 가벼웠다.

"어떤 존재가 만들었을까요? 신선? 도깨비?"

홍천기의 물음은 진지했다. 표정도 더없이 심각했다. 이를 본 김 씨는 큰 소리로 웃음을 터트리며 신발을 돌려주었다.

"푸하하! 녀석, 싱겁긴. 못 본 사이에 능청만 더 늘었구나. 신선이나 도깨비까지는 아닐지라도 이 정도 물건이라면 우리 조선에서 첫손가락이나, 못해도 두 손가락은 꼽는 장인의 솜씨임에는 분명하다."

너무도 당연한 말이었다. 이치에도 딱 맞는 말이 아닐 수 없었다. 하지만 그동안 선입견에 파묻혀 있던 홍천기로서는 어안이 벙벙한 말이었다.

"혹시 장물이냐? 이 정도 물건이면 뒤로 몰래 팔아 줄 수도 있는데, 생각 있느냐? 돈 좀 될 거다."

"안 팔아요. 그것보다 장인은 찾을 수 있을까요?"

"찾는 건 어렵지 않을 거다. 하지만 손님 정보는 발설하지 않을걸? 너희 화단이 그러는 것처럼."

신발을 쥐고 한동안 멍하니 있던 홍천기가 갑자기 김 씨의 팔을 잡아당겼다.

"사람……, 사람이 만든 게 확실하지요?"

"응? 그, 그럼 당연히 사람이 만들었지, 뭐가 만들었겠느냐?"

홍천기가 고개가 떨어져 나갈 정도로 힘차게 끄덕거렸다.

"암요! 사람이지요! 사람이 만들었고말고요! 사람입니다! 사람이 맞다고요!"

홍천기가 신발을 바라보았다. 이렇게 다시 보니 사람이 아니고서는 만들 수 없는 물건이었다. 눈이라는 것은 어쩌다 한 번씩, 아니, 어쩌면 그보다 더 자주 조화를 부리곤 한다. 이번에도 눈이 부린 조화에 미혹된 듯했다. 손에 잡히고 눈에 보이는 이 사물. 외출 금지로 인해 백유화단에 처박혔던 기간 내내 끊임없이 되풀이해서 보았건만, 제대로 본 적은 단 한 번도 없었던 신발. 그리고 그 '사람'.

"내 눈은 도대체 무엇을 본 거지?"

| 세종 19년(정사년, 1437년) 음력 12월 29일 |

청지기가 종이에 싸인 두툼하고 커다란 서찰 같은 것을 들고 이용의 방문 앞에 섰다. 조금 전에 궁궐에서 나온 사자가 문 배라며 주고 간 물건이었다.

"들어와도 좋다."

청지기가 방문을 열고 안으로 들어갔다. 이용이 부산스럽게 옷을 껴입고 있었다.

"이거……."

"문배라면 안 봐도 된다. 어차피 또 수준 떨어지는 걸 보냈겠지."

청지기는 작년의 일을 떠올렸다. 배당받은 문배가 마음에 들지 않았던 이용이 도화원 수준까지 들먹이며 공개적으로 맹비난을 했던 일이었다. 하룻밤 붙였다가 태워 버리는 그림을 두고 수준을 들먹이는 건 어불성설이 아닐 수 없었다. 그럼에도 불구하고 궁궐에 붙여졌던 그림들과 비교해 가며 온갖 트집을 잡았던 것이다.

"그 그림들은 아무에게나 넘겨서 대충 붙이라고 해. 그보다 빨리 준비해라. 서둘러 가면 하람 시일을 만날 수 있을지도 모른다."

"짐은 다 꾸려 놓았사옵니다."

설을 하루 앞둔 섣달그믐. 대궐로 들어가는 날이다. 이전에는 해가 중간을 넘어갈 때쯤에나 미적미적 움직였지만, 오늘은 아침부터 서둘렀다. 그 이유가 하람에게 있었다. 하람은 비록 정식 일관은 아니지만 겉으로는 비슷한 모양새를 하고 있었다. 그렇기에 이용이 대군의 신분으로 있는 한, 더군다나 진양대군을 손위 형으로 두고 있는 한, 하람을 밖에서 따로 만나는 건 부담스러운 감이 없지 않아 있었다. 그나마 많은 사람이 있는 자리에서 하람을 우연처럼 만나면, 가벼운 질문쯤은 눈치 보지 않아도 되리라고 여겼다.

청지기가 방문을 열고 나갔다. 이용이 그 뒤를 향해 소리쳤다.

"가마는 필요 없다. 말을 대기시켜라."

"네, 알겠사옵니다."

청지기가 마당에 내려서서 손짓으로 하인을 불렀다.

"문배다. 이따가 대문에 붙였다가, 내일 새벽 동이 트기 전에 떼서 태워 버리도록 해라."

종이 뭉치를 받아 드는 하인의 시선이 청지기 어깨 너머에서 좌우로 움직였다. 이용의 움직임에 따른 거였다. 이를 알아챈 청지기가 얼른 뒤돌아보았다. 이용이 갓끈을 묶어 가며 옆의 방으로 옮겨 가고 있었다. 그림을 모아 둔 방이었다.

"나, 나리! 오늘은 아니 되옵니다!"

곽희인지 뭔지 하는 중국 화공의 그림을 가져온 뒤로, 근 며칠 동안 틀어박혀 있다가 겨우 정신을 차리고 밖으로 기어 나온 이용이었다. 또 들어갔다가는 입궐은 물 건너가고 말 것이다. 이용을 뒤따라 들어간 청지기가 방 안의 광경에 긴장을 내려놓았다. 이용이 얌전하게 벽에 걸린 족자를 걷어 내어 돌돌 말고 있었기 때문이다. 쓰다 만 갓은 옆으로 삐딱하게 기울었다. 곽희에 이어 김문웅의 족자까지 둘둘 말아 묶은 이용은 행여나 다칠세라 소중하게 끌어안고 벽장 안에 넣었다. 그러고도 한참을 애틋한 눈으로 쳐다보았다.

"내 곧 돌아오마. 잠시만 이 어두운 곳에서 기다려 다오."

혼인을 약조한 연인과 이별하는 사내도 저토록 애절하지는 못하리라. 청지기가 다가가서 갓을 고쳐 주었다. 그러고서 옷매무새도 정돈해 주고 벽장문을 닫았다. 그러자 이용의 정신이 번쩍 돌아왔다.

"아차! 하람!"

다시금 이용의 동작이 민첩하게 바뀌었다. 그 뒤를 따라 청지기도 부리나케 짐을 들고 따랐다. 마당을 가로질렀다. 대문 한쪽이 열려 있었다. 열린 대문 쪽으로 나갔다. 밖에는 말 두 마리가 나란히 서 있었다. 이용이 말고삐를 잡고 등자에 발을 막 올리려던 순간이었다. 갑자기 동작을 멈췄다. 청지기도 따라서 동작을 멈췄다.

"나리, 잊으신 거라도……."

이용이 뒤돌아보며 소리쳤다.

"문배! 멈춰라!"

청지기가 이용의 시선을 따라 뒤를 돌아보았다. 닫힌 대문 한쪽에 문배를 붙이려던 하인이 동그란 눈으로 이용을 쳐다보고 있었다. 손에는 문배 한 짝이 들려 있었다. 이용이 말고삐를 던지듯 놓고 문배를 받아 들었다.

"다른 한 짝은?"

"여, 여기……."

하인이 땅에 놓아두었던 한 짝을 주섬주섬 주워 올렸다.

"펼쳐 봐라. 조심스럽게."

하인이 다른 한 짝도 마저 펼쳤다. 한 쌍의 대장군 문배 그림을 번갈아 보던 이용의 미간에 깊은 주름이 잡혔다. 마주 보는 그림은 양손잡이가 아닌 이상, 어느 한쪽은 어설프기 마련이다. 그런데 이 그림은 어느 한쪽도 흠잡을 데가 없었다.

"나, 나리. 또 뭔가 언짢으신 거라도……."

이용의 미간 주름이 더 깊어졌다. 최경의 그림과 비슷한 것 같지만 그의 그림은 아니다. 안견은 더더욱 아니다. 화려한 듯 하면서도 단정한 솜씨. 도화원의 화원들 중에 이런 실력을 가진 자가 숨어 있었단 말인가?

"내가 도화원에 무심했나?"

"에? 그럴 리가요! 이미 과하고 또 과하시옵니다. 오죽하면 상감마마께오서 주의를……."

"접어라."

이용은 자신의 손에 있던 문배를 접었다. 그러곤 하인이 접은 문배까지 받아 들어 옷 안쪽의 품속에 넣고는 말에 훌쩍 올라탔다. 청지기가 다른 말에 올라타기도 전에 이용의 말이 달리기 시작했다. 청지기가 허둥지둥하며 짐을 끌어안은 채로 말에 올랐다. 그의 얼굴이 사색이 되었다. 이용의 말이 달리는 방향이 경복궁 쪽이 아니었기 때문이다. 청지기도 급하게 말을 몰아 이용이 가는 방향을 향해 달렸다.

"나리! 대체 어디로 가시옵니까? 으악! 내가 미쳐!"

두 사람이 가고 없는 자리에 우두커니 남은 하인이 그들이 사라진 곳과 대문을 번갈아 보면서 중얼거렸다.

"올해 문배……, 어쩌지? 다시 돌아오시겠……지?"

대문 옆에 세로로 길게 걸린 백유화단 현판을 최원호가 슬프게 쓰다듬었다.

"내가 이 현판을 지키지 못하였구나."

"화단주님, 아직 낙담하기는 이릅니다. 설마 별일이야 있겠습니까?"

최원호가 도리질을 하였다. 힘없는 움직임이었다. 눈가가 시커멓고 볼도 푹 꺼졌다. 이틀 사이에 피골이 상접한 몰골로 변했다. 최원호를 이 꼴로 만든 이는 이번에도 어김없이 홍천기였다. 그제부터 뜬금없이 안평대군의 집 위치를 가르쳐 달라고 조르기 시작한 것이다. 자신이 그린 문배나 세화를 그 집에 팔러 가겠다는 이유를 대면서 말이다. 그 댁은 그림 보는 눈이 하늘에 매달려 있는 데다가, 문배 같은 건 임금으로부터 하사를 받기에 쓸모가 없다고 해도 막무가내였다. 어차피 그림 판매는 그 집 안으로 들어가기 위한 미끼일 뿐, 주목적은 그 집 안에 있는 곽희 산수화일 터이다.

절대 가르쳐 줘서는 안 되는 일이었지만, 최원호가 직접 그린 안평대군 댁 약도는 이미 홍천기의 손으로 건너갔다. 양덕방을 돌아다니면서 안평대군 댁이 어디냐며 고래고래 고함을 지르겠다는 협박에 두 손, 두 발 안 들 수가 없었던 것이다. 그나마 최원호가 취할 수 있었던 안전장치는 다소 난해하게 그려 준 약도가 고작이었다. 내일이 설이니까 오늘만 무사히 길에서 헤매 준다면, 한동안은 안평대군과 만나기 어려울 것이다. 그러면 이 현판은 적어도 며칠 동안 이곳에 더 걸려 있을 수 있다.

"왜 하필 양덕방에서 안평대군을 부르겠다고 난리냐고. 차라리 인왕산 범골에서 호랑이를 부르는 게 낫지. 아이고, 내 팔자야."

"그러잖아도 인왕산 범골에 다시 들어갈 거라고 했다던데요? 찾을 거 찾아 놓고."

"뭐? 아이고, 내 팔자야. 첩첩산중이로구나. 아! 그때 반디가 만났다던 사기꾼은 진짜 사기꾼일 거야, 그렇지?"

최원호가 뒤를 돌아보았다. 자신의 말에 동조하는 강춘복을 찾기 위해서였다. 하지만 그가 맞닥뜨린 건 알쏭달쏭한 표정으로 시선을 외면하는 강춘복이었다.

"그 표정은 뭔가? 설마……."

"아, 아닐 수도 있습니다. 맞을 수도 있겠지만……."

강춘복의 말끝이 흐려졌다. 이에 비극을 직감한 최원호가 현판을 바라보면서 말했다.

"이거……, 박살 나기 전에 미리 내려놓는 게 좋겠지?"

"그림을…… 받으러 왔소."

소름이 끼치는 목소리였다. 최원호와 강춘복이 동시에 돌아보았다. 흑객이 대문에서 서너 걸음의 거리를 두고 서 있었다.

"잠시만 기다려 주십시오. 바로 가지고 나오겠습니다."

강춘복이 헐레벌떡 뛰어 들어갔다. 대문 앞에는 최원호와 흑객만 남았다. 흑객은 최원호 쪽은 쳐다보지도 않고 아무 말 없이 눈을 감고 서 있었다. 검은 천을 뚫고 뿜어져 나오는 하얀 입김, 그림자……. 정말 사람이 맞단 말인가?

"손님, 외람되지만 기해년생 화공을 찾으신 이유를 여쭤 봐도 되겠습니까?"

최원호의 질문에 대한 답은 돌아오지 않았다. 좋지 않은 예감이다. 아무리 많은 돈을 준다고 해도 이런 꺼림칙한 거래는 옳지 않다.

"송구스럽지만, 이번을 마지막으로 손님이 지목하신 그 화공의 그림은 더 이상 판매를 할 수가 없게 되었습니다. 다른 화공으로……."

"계약 파기는 없소."

무거운 대답이었다. 눈꺼풀을 밀어 올린 흑객의 눈동자가 최원호를 향했다. 발끝부터 정수리까지 소름이 훑고 지나갔다. 선 채로 얼어붙은 최원호 옆으로 강춘복이 나와서 섰다.

"주문하신 문배와 세화입니다."

강춘복에게서 종이 뭉치를 받아 든 흑객이 포장을 풀고 그림 한 장을 펼쳤다. 그의 눈동자가 강춘복과 최원호를 번갈아 돌다가 그림으로 다시 돌아갔다. 그의 손이 다음 그림을 펼쳤다. 그렇게 마지막 그림까지 펼쳐 확인하고는 처음 그림으로 돌아갔다. 여러 차례 그림을 돌려 보던 흑객의 입에서 이상한 소리가 흘러나왔다.

"크크크큭. 드디어……."

웃음소리다. 기괴하긴 해도 분명 웃음소리였다. 흑객이 가슴속에서 삼베 주머니를 꺼내고 그 자리에 가지런히 접은 그림을 넣었다. 던져진 삼베 주머니는 묵직한 출렁거림을 일으키며 강춘복의 손으로 건너갔다.

"조만간 다시 오겠소."

흑객이 몸을 돌리다 말고 멈췄다. 그의 눈이 최원호를 향했다.

"계약 파기는 곧, 이 화공의 죽음이오."

걸어가는 흑객의 등만 바라보고 있던 최원호가 땅에 털썩 주저앉았다. 강춘복이 깜짝 놀라서 최원호를 일으키려고 했지만, 다리에서 힘이 모조리 빠져나간 그를 일으키기에는 역부족이었다. 얼도 완전히 빠져나간 상태였다.

"화단주님! 정신 차리십시오, 화단주님!"

"화, 화, 화마畵魔다. 저건 화마야."

환쟁이의 기氣를 빨아먹고 사는 화마! 저것이 진짜로 존재한단 말인가? 그럴 리가 없다. 예전에 누가 화마를 보았다고 했을 때도 비웃었던 적이 있었다. 그런 건 없는 거라고. 아! 누구였지? 화마를 보았다고 했던 사람? 분명히 들었는데…….

"안견……. 그래, 안견이었어."

섣달그믐에도 예외는 없었다. 아버지는 그림을 한 장도 주문받지 못했다. 그래서 하릴없이 빈 종이만 만지작거리고 있었다. 어디서 얻어 마셨는지, 술기운도 여전했다. 마치 구걸하듯 지나다니는 행인들을 쳐다보았지만 아버지에게 눈길을 주는 사람은 아무도 없었다.

홍천기는 장옷 아래에서 떡을 만지작거리다가 뒤돌아섰다. 얼마 가지 않아서였다. 낯익은 사람이 보였다. 저번에 아버지의 그림을 받아 갔던 노파였다. 홍천기는 양지바른 곳에 쪼그리고 앉아 졸고 있는 노파에게로 다가가서 허리를 숙였다. 그러고는 종이에 싼 떡을 노파 앞에 내려놓았다.

"할머니, 또 뵙네요."

노파가 한쪽 눈을 떠서 떡과 홍천기를 번갈아 가며 쳐다보았다.

"동냥 주는 거야? 난 이따위 것은 먹지 않아."

"아……, 떡은 드시기 불편하신가요?"

노파가 떡을 주워 종이를 벗겼다.

"뭐, 있으면 굳이 안 먹지는 않지만."

그러고서 한입 베어 물고는 홍천기가 들고 있는 얇은 종이 뭉치를 쳐다보았다. 노파가 갑자기 눈을 번쩍이며 입가의 침을 닦았다. 그러곤 연신 입맛을 다셨다. 이번에는 종이 뭉치와 홍천기를 번갈아 보면서 말했다.

"아! 그러고 보니 저번에 본 인간이로군. 너는 그림을 준 인간인가, 뒤쫓기던 인간인가?"

그림을 준 인간은 아버지를 묻는 것일 텐데, 뒤쫓기던 인간은 누구를 묻는 거지? 아!

"그때는 뒤쫓기던 게 아니라 급한 일이 있어서 달렸던 것뿐입니다. 아, 뒤쫓기긴 했군요. 시간으로부터. 하하하."

"용케 살아 있었네?"

"네? 아, 네."

노파의 시선이 종이 뭉치에서 떨어지지를 않았다. 먹던 떡을 내밀면서 말했다.

"그거 줘. 대가로 이 떡 줄게."

"떡도 방금 제가 드린 건데요?"

노파가 제 손에 쥔 떡을 종이에 싸서 다시 땅에 내려놓고, 이번에는 뒤통수에 꽂힌 낡은 나무 비녀를 빼서 내밀었다. 머리는 희한하게도 풀어지지 않았다.

"이 비녀 줄게."

"전 아직 그게 필요 없습니다."

다시 비녀를 원 위치에 꽂고, 노파는 두 손을 내밀었다.

"그거 그림이잖아. 그냥 줘."

"안 돼요. 이건 주인이 있는 거예요. 그런데 그림인 건 어떻게 아셨습니까?"

"기氣를 질질 흘리고 다니는데 안 보일 리가 없잖아."

"기氣? 무슨 말씀이세요?"

"줘."

"죄송한데, 정말 드릴 수가 없습니다."

노파가 풀이 죽은 목소리로 말했다.

"그럼 보여 줘. 달라고 안 할 테니까. 보기만 할게. 공짜는 아니야. 돈 말고 다른 걸로 지불할게. 반드시."

잠시 고민하던 홍천기가 결국 종이를 풀어 내밀었다. 노파가 낚아채듯 그림들을 받아 살피기 시작했다. 한 장 한 장 넘기는 손길에서 애정이 느껴졌다.

"저번에도 그렇고, 그림을 좋아하시나 봐요."

"인간의 기氣를 좋아하지. 그림에 녹아 있는."

홍천기가 인상을 쓰고 고개를 갸웃거렸다. 도무지 알아들을 수가 없어서였다.

"이 정도면……, 이미 큰 마魔가 붙었겠군. 쯧쯧쯧."

노파가 그림을 접어서 돌려주었다.

"잘 봤다."

홍천기가 그림을 받아 들면서 농담처럼 말했다.

"돈 말고 다른 걸로 지불해 주신다면서요? 그림 보셨으니까 주세요."

"음……, 내가 너를 기억해 주지. 앞으로는 다른 인간과 헷갈리지 않으마."

홍천기가 웃으며 고개를 끄덕였다. 노파의 말을 농담으로 생각했고, 기분 좋게 받았다.

"네. 그럼 그림 보신 값은 받은 걸로 하겠습니다."

노파가 손가락으로 홍천기의 소맷자락을 가리켰다.

"거기 있는 거 내놔 봐."

"여기? 뭐가 있었지? 아! 약도! 이건 그림이 아니……."

홍천기가 소맷자락에서 꺼낸 종이 쪼가리를 노파가 손끝으로 걷어 갔다.

"이거 중요한 거예요."

노파가 왼손으로는 떡을 쥐고 입에 넣으면서, 동시에 오른손으로는 종이를 펼쳤다. 순간, 복잡하게 그려 놓은 최원호의 먹선이 어지럽게 흩어졌다가 새로운 모양으로 정비되었다. 이러한 변화가 홍천기가 선 위치에서는 보이지가 않았다.

"자! 가져가. 이건 떡값이다. 후하게 쳐줬어."

이번에도 농담이려니 생각하고 웃으며 종이를 돈처럼 받았다.

"고맙습니다, 할머니."

"네가 가고자 하는 곳을 쉽게 찾을 수 있을 거다."

건네받은 약도를 보았다. 이상하다. 아까까지만 해도 이런 약도가 아니었던 것 같은데……. 착각일 거라고 생각하고 종이를 접어 소맷자락에 넣었다.

"들어가거든 그 그림을 주고 나와라. 필요 없다고 해도 반드시 두고 나오는 게 좋을 거야."

또다시 알아들을 수 없는 말. 뭐, 상관없다. 어차피 이 그림은 안평대군의 집으로 들어가기 위한 구실일 뿐이니까. 그쪽에서 사 주면 더 고맙겠지만 말이다. 노파의 말대로 들어가기만 하면 공짜로 주고 나와도 아깝지 않으리라. 들어가기만 하면! 홍천기가 인사를 하고 돌아섰다. 몇 걸음 걷지 않아서였다.

"반디? 혹시 반디니?"

어머니 목소리? 홍천기가 장옷을 뒤집어쓴 채로 뒤돌아보았다.

"엄마. 우와! 어떻게 알아봤어?"

"내 딸인데 딱 보면 알지. 엄마는 느낌만으로도 알아보는 거야."

활짝 웃던 홍천기의 얼굴에서 웃음기가 빠져나가고 우울감이 들어왔다. 뒤집어쓴 장옷의 뒷모습만으로도 딸을 알아보는 게 엄마라면, 아버지는 왜 얼굴을 봐도 못 알아보시는 걸까? 딸인데. 아버지라면서.

"아버지 뵈러 나온 거니?"

"그럴 리가 없잖아."

김덕심이 딸의 얼굴을 쓰다듬었다. 보이지 않아서 더 메마른 눈물을 닦아 주고 싶어서였다. 홍천기는 자신의 볼을 스치는 거친 손바닥에서 어머니의 고된 노동을 느꼈다.

"그동안 땔감도 부족했을 텐데, 춥진 않았어?"

"응. 집 담장으로 있던 싸릿대까지 다 써 버렸지 뭐니. 호호호. 너는 그림 그리는 데 지장 없었고?"

"우리 화단은 비싸도 사다 주셨어. 때마침 풀린 땔감들이 있었거든."

"아차! 최 화공 있지?"

"개놈? 그 자식이 왜?"

"계집이 말하는 본새하고는. 쯧쯧. 소금 가져다주고 갔어. 본가에서 소금 보내왔다면서. 다음에 보거든 인사해."

"봐야 인사를 하든가 말든가 하지. 엄마는 여기 무슨 일로 나왔어?"

"섣달그믐이잖니. 아버지 모시고 들어가려고. 너도 오늘은 집에 올 거지?"

"응. 아버지……, 오늘도 그림 한 장 주문받지 못하셨나 봐. 그래서 그림을 못 그리셨어. 그리고 싶어 하시는데……."

김덕심이 고개를 끄덕이며 딸의 어깨를 토닥였다. 위로하듯이. 머쓱해진 홍천기가 얼른 몸을 돌렸다.

"나 갈게. 이따가 봐."

"앗! 반디야, 잠깐만!"

김덕심이 가려는 반디의 팔을 잡아당겼다. 그러곤 먼 곳을 보면서 말했다.

"혹시 가진 거 있니? 작은 거라도 좋아."

"어떤 거? 뭘 말하는 거야?"

홍천기도 어머니가 보는 곳을 쳐다보았다. 조금 전의 노파였다. 준 것은 아주 작은 떡이었는데, 노파는 아직도 처음 크기 그대로의 떡을 베어 물고 씹고 있었다. 분명 여러 번 베어 무는 걸 봤는데……. 김덕심이 안타까운 듯이 말했다.

"저 할머니, 오랜만에 나오셨어. 뭐라도 드려야 할 텐데 마침 아무것도 없네. 어쩌지?"

"저 떡 내가 드린 거야."

"그래? 그럼 다행이다."

"아는 분이야?"

"안다고 하기는 그렇고……. 옛날부터 어쩌다 한 번씩 동냥하러 나오시는데, 저분께 적선하고 나면 꼭 좋은 일이 생기더라고. 크든 작든 간에."

"하하하. 그건 그냥 기분 탓이야."

"아니야. 한두 번도 아니고 내가 어릴 때부터 줄곧 그랬어."

"그럼 저 할머니는 젊어서부터 동냥하신 거야?"

"아니, 그때도 저만큼이나 노인이셨지. 그래서 불쌍해서……."

홍천기가 한숨을 푹 내쉬고는 어머니의 옷깃을 여며 주었다.

"엄마, 정신 차려. 엄마가 어려서부터 노인이었으면, 지금 저 할머니는 이미 돌아가신 귀신이겠다."

"어머! 그러네?"

"다른 사람과 착각한 거야. 거지는 다 엇비슷하니까. 차라리 칠성님께 줬다가 빼앗아 간 거나 다시 돌려 달라고 빌어 줘."

"뭐? 뭘 빌라고?"

"돌려 달라고. 그럼 나 간다."

홍천기가 가고 나서도 김덕심은 계속해서 노파를 쳐다보았다.

"가만있자, 그럼 몇십 년을 똑같은 모습으로 계신다는 건데……. 어머나, 정말 이상하기도 해라."

2

이용이 탄 말이 멈춰 섰다. 급히 달린 탓에 말의 숨이 거칠게 입김을 뿜어냈다. 말에서 뛰어내리는 이용의 숨도 거칠기는 마찬가지였다. 말이 멈춰 선 곳은 도화원 앞이었다. 이용이 허연 입김을 흩뿌리며 도화원 안으로 들어갔다.

"안 선화! 안 선화 퇴청하였소?"

마침 일을 끝내고 나서던 안견이 이용을 먼저 발견했다. 그 순간 안견의 머릿속에서 탄식이 터졌다.

"아뿔싸! 그림을 잘못 보냈구나."

차라리 도화원 수준이 떨어진다는 욕을 먹는 편이 나았던 것이다. 미처 피할 틈도 없이 이용이 안견을 발견하고 달려왔다. 동시에 품에서 그림을 펼쳤다. 그림이 안견의 눈앞에 디밀어졌다.

"이거! 이거 누가 그렸소?"

"그, 글쎄……. 소인은 잘 모르겠사옵니다."

"다시 잘 살펴보시오. 누구요?"

안견이 유심히 보는 척하면서 대답했다.

"이렇게 보아서는 알 수 없사옵니다. 워낙 많은 문배들을 접했던지라……."

"도화원 화원이 아니로군. 그럼 그렇지!"

역시 보통이 아니신 분이다. 안견은 긍정도 부정도 하지 않은 채로 다소곳하게 섰다. 멀리서 청지기가 사색이 되어 다가오고 있었다.

"외주 나갔던 것이오? 어디로? 백유화단? 청문화단? 빨리 대답하시오!"

"그게……."

안견이 대답하기도 전에 청지기가 덮치듯이 이용의 팔을 끌어안았다.

"나리, 여기 이러고 계시면 아니 되옵니다. 상감마마께오서 여기 얼씬도 하지 말라고 하셨는데……."

어쩐지 요즘 보이지 않더라니. 안견이 웃으며 대답을 하려고 하였다. 하지만 기다림이 부족한 이용의 말이 먼저 시작되었다.

"최 회사의 화풍과 비슷하오. 같은 스승 밑에서 수학했을 가능성이 높다는 거지. 최 회사가 백유화단 출신이라고 하였소? 그럼 이 그림도 백유화단에서 들어왔겠군. 내 말이 틀렸소?"

굳이 숨길 이유는 없었다. 도화원의 체면이 다소 빠지겠지만 이런 안목 앞에서 거짓말을 할 수는 없었다.

"그렇사옵니다. 백유화단에서 들어온 문배들 사이에 있었사옵니다."

원하던 대답이었지만 만족스럽지는 않았다. 이용이 다시 그림을 쳐다보았다. 백유화단의 화단주! 청문화단과 마찬가지로 안면이 있는 사람이었다. 각자의 화단 그림을 판매하기 위해 찾아오곤 하였기 때문이다. 그런데 이런 솜씨를 가진 화공이 있음에도 불구하고 백유화단의 화단주는 단 한 번도 이 화공의 것을 가지고 온 적이 없었다. 가지고 왔었다면 모르지 않았을 것이다. 이 그림이 정말 백유화단에서 나온 거라면 괘씸한 일이 아닐 수 없었다. 당장 백유화단으로 달려가고 싶었다. 하지만 오늘은 섣달그믐. 화단에 남아 있는 화공은 드물 것이다. 차라리 화단주를 집으로 불러들여 차분히 따져 묻는 편이 나을지도 모른다.

안견이 긴장했던 어깨를 내려놓았다. 놀라기는 했지만, 큰 문제 없이 끝났다고 생각했다. 이다음은 최원호가 시달릴 차례니까. 그렇다고 생각했다, 다시 시작된 이용의 말을 듣기 전까지는.

"아차! 그러잖아도 안 선화한테 물어볼 것이 있었는데. 20여 년 전에도 자네는 이곳 도화원에 있지 않았소?"

"그렇사옵니다만……."

"그때 이곳에 간윤국도 있었던 걸로 아는데?"

안견의 손끝이 떨리기 시작했다. 어째서 느닷없이 안평대군의 입에서 이 이름이 나오는 거지? 대체 이 종잡을 수 없는 대군은 뭘 묻고자 하는 거지?

"그랬사옵니다. 무슨 일이신지……."

"그자의 그림을 한번 보고 싶어서. 혹시 남아 있는 건 없소?"

"아마도 없을 것이옵니다."

"그러면 혹시 선대왕 전하의 어용에 대해……."

이용이 말을 멈추고 안견의 안색을 유심히 살폈다. 그러다가 낮은 목소리로 속삭였다.

"불편하오? 간윤국에 대한 질문이?"

"아니옵니다."

이용이 안견의 손을 다정하게 잡아 올렸다.

"그러면 왜 떨고 있소?"

안견이 태연하게 웃으며 대답했다.

"하하하. 이리 추운 바깥에 계속 서서 질문을 받으니까 떨 수밖에요. 소인은 나리와는 달리 얇고 빈한한 옷을 걸치고 있사옵니다."

이 때문이 아닌 걸 알아차렸지만, 이용은 덧붙이는 말 없이 고개를 끄덕이며 웃었다. 그러곤 귀찮게 해서 미안하다는 인사말을 남기고 순순히 도화원을 떠났다. 오직 타고 있는 말에게만 길을 맡겼다. 머릿속에서 안견의 말과 두려움으로 가득했던 눈빛만 되풀이해서 돌고 있었기에 스스로 길을 결정할 머리가 남아 있지 않았다. 뒤따르던 청지기는 조마조마한 마음에서 서서히 해방되었다. 말의 방향이 다행스럽게도 집으로 향하고 있었기 때문이다.

약도는 찾기 쉬웠다. 표시된 제생원을 기준으로 이동하니 담장이 끝나지 않을 정도로 거대한 집이 나왔고, 이 정도의 대저택이면 매죽헌梅竹軒*이 확실하리라 믿어 의심치 않았다. 목을 빼고 담장 안을 살펴보았다. 담장이 높아서 잘 보이지는 않았지만, 집의 규모에 비하면 소란스러움은 적은 느낌이었다. 어쩌면 오늘이 섣달그믐이라 하인들 모두 집으로 가고 이곳에 남은 이는 적어서 그런지도 몰랐다.

대문에는 아직 문배가 붙지 않았다. 다행이 아닐 수 없었다. 홍천기는 대문 앞에 서서 크게 심호흡을 하였다. 막상 이렇게 오기는 했지만 대문을 두드리기에는 큰 용기가 필요했다.

"부디 안평대군이 하해와 같이 넓은 마음을 지닌 분이시기를. 그때의 그 사기꾼처럼 웃음이 헤픈 분이시기를. 아, 아니, 그 정도까진 바라지도 않는다. 화내시지만 않기를. 제발!"

대문을 두드렸다. 한참을 기다려도 나오는 사람이 없었다. 다시 두드렸다.

"실례합니다! 누구 없습니까?"

가까워지고 있는 사람의 기척이 느껴졌다. 안에서는 묻는 말도 없이 조용히 대문 한쪽이 열렸다. 앞치마를 두른 나이 든

* 안평대군의 호號 겸 저택 이름.

하녀가 무슨 용무로 왔느냐는 표정으로 홍천기를 쳐다보았다. 상냥한 얼굴이었다. 여기에 용기를 얻은 홍천기가 말했다.

"여기가 매죽헌이지요? 저는 백유화단에서 나왔습니다."

하녀가 고개를 갸우뚱하더니 손가락으로 안을 가리키다가, 머리를 가리켰다. 안에 주인이 있으니 시끄럽게 하지 말고 장옷부터 벗으라는 건가? 하녀가 이토록 입도 벙긋하지 않는 걸 보면 안평대군은 엄청 무서운 분일지도 모른다는 생각이 들었다. 홍천기가 긴장하여 장옷을 걷어 냈다. 모처럼 깔끔하게 정돈된 모습이었다.

"이 댁 주인께 부탁드릴 것이 있어서 찾아왔습니다."

홍천기의 얼굴을 확인한 여인이 반갑게 웃었다. 그러고는 집 안쪽을 계속 힐끔거리면서 손바닥을 아래로 향하게 들고는 땅을 누르는 시늉을 하였다. 목소리를 더 낮추라는 건가?

"제 목소리가 컸나요?"

낮게 속삭이는 홍천기의 입에서 입김이 쉴 새 없이 나왔다. 추위 때문에 자신도 모르게 어깨를 쓸었다. 이를 보던 하녀가 갑자기 손을 잡아당겼다. 홍천기는 문배를 꺼내기도 전에 손에 이끌린 채로 얼떨결에 대문을 넘어서고 말았다. 아! 이 하녀는 벙어리로구나.

어긋남 없는 간격, 크기, 모양. 칠정력을 가득 메운 글자였다. 누구도 이 책만 보고서는 눈먼 장님이 쓴 글씨임을 알아차리지 못하리라. 하람에게서 들어오는 문서와 책 들을 자주 접하는 임금이었지만 매번 놀라는 건 달라지지 않았다.

"육십갑자에서 쉰다섯 번째 해인 무오년은 '노란 말의 해'이옵니다. 납음納音은 천상화天上火. 즉, 하늘 위의 불길. 화火의 기운이 주관하는 한 해. 이를 보면, 무오년은 가뭄에 대비하는 것이 옳을 줄로 아옵니다만, 천문에서는 홍수도 같이 대비를 하라 하였으니, 흉작이 될 가능성이 높사옵니다."

"또 흉작이라고? 또?"

"천재와 재이는 사람의 힘으로 막을 수는 없사옵니다. 다만 구휼하는 조치에 사람을 잘 쓰는 것이 더 중한 줄로 아옵니다."

깊게 내쉬는 임금의 숨소리가 떨렸다. 절망이 묻어 있었다.

"다음."

"일월식술자의 계산에 따르면 무오년에는 월식이 2월 17일, 8월 15일에 들겠고, 일식이 9월 1일 밤에 들겠사옵니다."

하람의 목소리에는 지친 기색이 만연했다. 이전에도 칠정력 편찬을 마치고 나오면 힘들어했지만, 이번은 유독 심했다. 특이한 눈 색깔이 가장 큰 영향을 미쳤겠지만, 맡은 자리도 그를 점점 더 고립시키고 외롭게 만들고 있었다. 임금도 마음이 쓰이지 않는 것은 아니었기에 조금이나마 도움을 주고 싶었다. 하지만 아직까지 그 방법을 찾지 못했다.

"올해 식년시가 있다. 나라의 한 해 운명이 아닌, 다음 세대의 운명까지 달렸다. 천문은 무엇을 보여 주었느냐?"

"최악의 수와 최선의 수가 공존하는 한 해. 가뭄과 홍수가 동시에 들듯이, 큰 인재가 가고 큰 인재가 들어온다고 할 수 있사옵니다."

"그래? 더도 말고 덜도 말고 딱 너 같은 녀석 세 명만 들어왔으면 좋겠구나. 하하하. 아! 세 명은 과한 욕심인가?"

기분이 좋아진 임금이 다른 궁금한 것을 누르고 내관을 시켜 작은 주머니를 건네주었다.

"벽온단辟瘟團이다."

"성은이 망극하옵니다. 하온데, 그동안 별다른 일은 없었사옵니까? 가령, 소신의 행방불명에 대한 거라든가……."

그동안 안평대군이 그림으로 인해 제정신이 아니었다는 말은 굳이 할 필요가 없었다.

"없었다. 가벼운 소동쯤으로 여겨도 좋은 듯하니, 앞으로 거기에 대해서 마음 편하게 생각해라. 새해 복 많이 받아라."

하람이 뒷걸음으로 물러나왔다. 사정전 밖에 앉아 있던 만수가 쪼르르 달려가 땅으로 내딛는 하람의 발을 신발에 넣어주었다. 그러고는 손에 지팡이를 쥐여 주면서 작은 소리로 웅얼거렸다.

"저기, 시일마님."

하람이 보이지 않는 눈으로 주변을 살폈다. 사정전을 시위하는 무리와는 다른 느낌의 사내 두 명이 다가왔다. 강한 무관의 기가 하람의 피부로 와 닿았다.

"한동안 보호해 드리라는 어명이시옵니다."

가벼운 소동쯤으로 여기라고 하시더니. 하람의 입가에 씁쓸한 미소가 슬쩍 비쳤다.

"보호가 과하면 또 다른 감금이 되기도 하지. 만수야, 집으로 가자."

홍천기의 손에 따뜻한 숭늉 그릇이 쥐여졌다. 나이 든 하녀가 눈을 반짝이며 마시는 동작을 해 보였다.

"이걸 마시라고요?"

하녀가 고개를 끄덕였다.

"갑자기 이걸 왜 저한테……. 아! 혹시 제 추위를 달래 주시려고요?"

이번에도 고개를 끄덕였다. 얼굴만 상냥한 게 아니라 마음씨도 상냥한 사람이다. 이런 사람이 하녀라면 주인도 좋은 사람일 것이다. 어쩌면 가지고 온 그림을 주지 않아도 곽희 산수화를 보여 줄지도 모른다는 기대감이 생겼다. 홍천기가 따뜻함을 마시고 빈 그릇을 주었다.

"고맙습니다. 덕분에 몸이 녹았어요."

또 해석하기 힘든 손짓이 시작되었다.

"뭐라고 하시는지 전혀 모르겠어요."

"어머니! 어? 누구십니까?"

어머니 못지않게 상냥한 얼굴의 남자였다. 겨우 말이 통하는 사람을 만났다. 홍천기가 말을 하려는데, 하녀의 손짓이 남자의 시선을 붙들었다. 한참 동안 그들만의 대화를 마친 후, 남자가 홍천기를 향해 고개를 푹 숙이면서 말했다.

"죄송합니다. 어머니 말씀부터 들었습니다. 저는 이 댁에서 일하는 돌이라고 합니다. 누구신지요?"

"안녕하세요? 저는 백유화단에서 나왔습니다."

"백유화단이라면……. 아! 일전에 그 화단의 집사분을 뵈었는데. 무슨 일로 여기까지?"

집사라면 춘복 아저씨? 역시 여기가 매죽헌이구나.

"용건은 안평대군 나리를 뵙고 말씀드리고 싶습니다."

"안평대군? 왜 여기서 그분을 찾으시는지……."

홍천기가 눈을 깜박거렸다. 이에 돌이도 웃음 머금은 눈을 깜박거렸다.

"여기가…… 매죽헌 아닌가요?"

"아닙니다."

"안평대군 댁이 아니라고요?"

"네, 아닙니다. 하하하. 잘못 찾아오신 것 같습니다."

"이렇게나 집이 크고 좋은데 안평대군 댁이 아니라고요?"

"아닌데, 어쩌지요? 하하하."

"아니면 다른 대군 댁인가요?"

"큰일 날 말씀을 하십니다. 우리 주인마님은 작은 벼슬을 하시는 분입니다."

작은 벼슬을 하면서 이런 동네, 이런 집에 살 수가 있나? 한숨을 푹 내쉰 홍천기가 약도를 꺼내 다시 보았다. 아무리 봐도 약도는 여기를 가리키고 있었다. 돌이도 거들었다.

"어? 약도대로라면 여기가 맞는데요?"

홍천기가 약도를 구겨 주먹에 꽉 쥐었다. 손이 부들부들 떨렸다. 이건 스승님의 장난질이라고밖에 생각할 수가 없었다.

"실례가 많았습니다. 혹시 매죽헌의 위치를 아십니까? 양덕방 어디라고 했는데."

기운 없는 목소리였다. 그래서 돌이의 목소리는 한층 상냥해졌다.

"알고는 있지만 안평대군께서는 지금쯤 입궐하셔서 댁에는 안 계실 겁니다. 제가 그곳까지 안내해 드리고 싶은데, 조만간 주인마님이 오실 것 같아서 집을 비울 수가 없네요. 도움 못 드려서 죄송합니다."

홍천기가 품에 있던 종이 뭉치를 바라보았다. 정성껏 그린 문배였는데 쓸모가 없어져 버렸다.

"혹시 문배 마련하셨습니까? 보니까 대문에 없던데요."

"주인마님께서는 문배 붙이기는 잘 안 하십니다. 대신 벽온단 태우기는 하시지요."

"그럼 별거 아니지만 이거 드릴게요. 마음에 안 드시면 그냥 태워 버리세요. 어차피 오늘이 지나면 대문에 붙이지 않아도 태워 버려야 하는 건 마찬가지거든요."

돌이는 손을 저으며 어쩔 줄 몰라 하는데, 돌이 어멈은 얼른 그림을 받아 들고 상냥하게 웃었다. 홍천기의 미소도 더할 나위 없이 상냥해졌다.

"따뜻한 숭늉 값입니다."

뭔가가 생각난 듯 돌이가 다급하게 물었다.

"아! 이거 직접 그리신 겁니까?"

“부끄럽지만 그렇습니다.”

“백유화단에 여화공이 여러 명인가요?”

“아닙니다. 저 혼자입니다.”

돌이가 손가락으로 이마를 긁적거리다가 어렵사리 물었다.

“저기……, 혹시 홍 화공이란 분이?”

“네, 접니다만…….”

“홍반디?”

“네.”

“에? 어디가 개망……. 읍!”

돌이가 실수로 나올 뻔한 말을 막고자 제 입을 손바닥으로 덮었다.

“제 이름을 어떻게 아십니까?”

“죄송합니다! 저번에 집사분 뵈었을 때 들었습니다. 아가씨 성함을 함부로 입에 올려서 죄송합니다. 죄송합니다.”

연거푸 허리를 숙이면서 그날 서화사에서 들었던 단어들을 머릿속에서 나열해 보았다. 개망나니, 거지꼴, 외출 금지령 등의 단어였다. 눈앞의 여인과는 어울리지 않는 단어들이 아닐 수 없었다.

“저 가 봐야…….”

“자, 잠깐만요! 조금 있으면 우리 주인마님이 돌아오실 텐데, 뵙고 가십시오.”

“아니, 그럴 이유가 없…….”

“이 문배! 이거 우리 주인마님께 직접 주시는 게 어떨지요?

무리한 부탁인 줄은 알지만."

"이 문배는 따뜻한 숭늉을 주신 분께 드린 겁니다. 주인분을 만날 이유는 없습니다."

홍천기가 깍듯하게 인사하고 돌아섰다. 돌이는 이상한 예감에 사로잡혔다. 잡아 두고 싶었다. 이유는 알 수 없었다. 뒷모습이 멀어져 가는 것이 여간 안타까운 게 아니었다. 대문 밖을 나간 홍천기가 왼쪽으로 길을 꺾었다. 이내 모습이 사라졌다. 돌이는 머릿속에 있는 쓸데없는 단어들을 전부 정리하고 딱 한 단어만 남겼다.

"홍천기……."

물어봐야 한다. 혹시 홍천기라는 말을 들어 본 적이 있는지를. 모른다고 해도 어차피 본전이 아닌가! 글자 해석 때문에 입 밖에 내는 건 꺼려지지만 어쩔 수 없다.

"손님! 잠깐만요! 홍 화공님!"

돌이가 대문 밖으로 뛰어나갔다. 왼쪽을 보았다. 아무도 없었다. 오른쪽을 보았다. 멀리서 사람들이 오고 있었다. 하람과 만수, 그리고 낯선 남자 두 명이었다. 왼쪽부터 가야 할지, 오른쪽부터 가야 할지 우왕좌왕하는 사이에 하람 일행이 대문 앞에 도착했다. 돌이 어멈도 문배를 하람의 방에 넣어 두고 막 밖으로 나오던 참이었다.

"왜 다들 나와 있느냐?"

"그, 그게……."

돌이가 함께 온 남자들의 정체를 파악하느라 말을 삼갔다.

망설이는 동안, 하람은 몸을 돌려 대문으로 들어갔다. 아니, 들어가려고 하였다. 하지만 문지방을 넘어가지 못하고 발이 묶였다. 보이지 않는 그 무언가로부터 묶인 거였다. 있는 힘을 다해 발을 떼려고 해 보았다. 하지만 조금도 꿈쩍하지 않았다. 이건 하람의 의지와 동작이 아니었다. 하람이 아닌, 또 다른 무언가의 의지였다. 하람의 이마에서 식은땀이 흘러나왔다.

"시일마님! 왜 갑자기……."

만수의 소리가 아득하게 들렸다. 하람의 손에서 지팡이가 떨어져 나갔다. 그러더니 몸이 휘청거렸다. 깜짝 놀란 돌이가 왼쪽을 포기하고 얼른 하람을 부축했다. 그러고서 팔과 허리를 잡아 온 힘을 다해 문지방 안으로 끌고 들어갔다. 문지방을 넘어가 몇 발자국 걷지 않아서였다. 하람이 머리를 감싸 쥐었다. 동지 밤에 있었던 그 두통이었다. 하람의 방바닥에 있던 홍천기의 문배에서 연기가 일었다.

그 순간, 어떤 장면이 단편적으로 보였다가 사라졌다. 눈이 본 것이 아니었다. 머릿속에서 본 것이다. 새로운 것이 아닌, 먼 옛날 한순간의 기억으로부터 꺼내어진 장면. 방금, 뭐지? 또다시 극심한 두통이 지나갔다. 거대한 연못. 인공적인. 하람의 방바닥에 있던 문배에서는 불꽃이 타오르기 시작했다.

또다시 두통이 지나갔다. 이번의 두통은 누각의 모습을 보여 주었다. 일반적인 누각의 모습이 아니었다. 높직한 돌기둥 수십 개가 떠받치고 있는 크고 넓은 누각이었다. 아득하게 현판이 보였다. 글자가 보였다. 보일 것 같았다. 뭐지? 뭐라고 쓰여 있는 거지? 경慶? 타올랐던 불꽃이 꺼지고 문배가 있던 자리에는 하얀 재만 남았다. 그리고 마지막으로 하람은 현판의 글자를 읽어 냈다. 경회루慶會樓! 눈이 멀기 전에 마지막으로 보았던 장면이었다.

마치 봄바람과도 같은 기운이 산들거리며 하람과 옆의 일행들을 훑고 지나갔다. 그 바람이 하람의 옷자락을 흔들면서 두통도 완전히 걷어 갔다. 통증이 사라지자, 하람이 긴 한숨을 내쉬었다. 숨을 따라 하얀 입김이 나왔다가 공중으로 흩어졌다.

"혼자 걸을 수 있다."

"괜찮으십니까?"

"괜찮다. 갑자기 두통이 있었던 것뿐이야."

하람이 만수가 건네는 지팡이를 쥐고 몸을 세웠다. 그의 붉은색 눈동자가 집 안을 보았다. 여전히 붉기만 한 세상. 하지만 그 붉은 틈에 균열이 생겼다. 하람도 느끼지 못할 만큼의 아주 미세한 균열이었다.

| 세종 20년(무오년, 1438년) 음력 1월 2일 |

"지금 바로 저와 함께 가시지요."

최원호는 눈앞의 저승사자를 믿을 수가 없었다. 그래서 꼼짝하지 않고 숨도 내쉬지 않았다.

"어서요."

몸을 숨길 수도, 달아날 수도 없는 상대였다. 최원호는 모든 것을 포기하고 저승사자 뒤를 따라나섰다. 대문을 넘었다. 잠시 멈춰, 대문 옆에 길게 걸린 백유화단 현판을 쓰다듬었다.

"스승님. 제가 이것을 끝까지 지키지 못하고, 그만……."

저승사자의 재촉이 들어왔다.

"지체할 시간이 없습니다."

세상은 환한 낮이었지만, 최원호는 캄캄한 어둠 속을 헤매는 듯한 길을 하염없이 걸어갔다. 그의 심정과도 같은 길이었다. 영원히 끝이 나지 않을 것만 같았던 길이 거대한 건물 앞에서 끝이 났다. 매죽헌. 글자는 그러하였지만 최원호의 눈에는 염라청으로만 읽힐 뿐이다. 저승사자와도 같은 심부름꾼은 최원호를 기어이 염라대왕과도 같은 안평대군 앞으로 데려다 놓고 말았다.

아무도 없는 방에 단둘만 남았다. 최원호는 머리로 방바닥을 파고 들어가기라도 하려는 듯 자꾸만 아래로 낮췄다. 엉망진창으로 그려 준 약도였다. 홍천기가 섣달그믐에 결국 그걸 가지고 이 집을 찾아왔었단 말인가? 그날 이후로 홍천기는 화단에 오지 않았다. 설이었기에 당연히 집에 있을 거라고 생각했다. 아니었나? 설마 이곳에 잡혀 있나? 반디, 이 배신자! 죽더라도 우리 백유화단은 입에 올리지 말았어야지! 최원호가 보이지 않는 고개를 저었다. 아닐 것이다. 앞의 안평대군은 괴짜 같은 기질이 있긴 하지만, 그것이 나쁜 기질은 아니었다. 몇 대의 매질로 풀어 줄 가능성이 높다. 제발 그랬으면 좋겠다.

"백유화단! 자네는 나를 우습게 봤어."

불쾌함이 가득한 목소리였다. 여러 차례 안평대군 앞에서 머리를 조아려 봤지만 이토록 낮은 목소리는 들어 본 적이 없었다. 반디 이 녀석, 대체 무슨 짓을 저지른 거야! 설마 진짜 안평대군 머리통이라도 갈긴 거야? 이용이 바깥을 향해 외쳤다.

"가지고 들어오너라!"

가지고 들어오라고 했을 뿐이다. 하지만 최원호의 귀에는 '데리고 들어오너라.'로 들렸다. 이에 매질로 피투성이가 된 홍천기가 끌려 들어올 것이라고 예상했다. 안 돼! 다리는 부러지더라도 그 녀석의 오른팔만큼은 절대 안……. 어라?

최원호가 눈을 부릅떴다. 눈앞에서 비단 족자 두 점이 펼쳐졌다. 언뜻 납득할 수 없는 조화였다. 마주 보고 있는 대장군 그림 두 벌은 비단 족자보다는 나무 대문이 어울릴 것 같은 느낌이었다. 그렇게 생각하고 다시 보니, 이건 문배였다. 문배를 태워 버리지 않고 비단 족자를 하다니. 미치지 않고서야……. 아! 이 짓을 한 사람이 눈앞에 앉은 사람이라면 납득이 안 되는 것도 아니다.

"문배라는 건 대문에 붙이라고 있는 건데 어째서……."

"자네 눈에는 이것이 문배로 보이는가? 이상하군. 내 눈에는 그림으로밖에 보이지 않는데."

최원호가 보다 더 크게 눈을 부릅떴다. 이건 분명 홍천기의 그림이었다. 그래, 섣달그믐에 문배를 들고 화단을 나갔다. 안평대군 집으로 들어오기 위한 미끼로 챙겼었다. 그것이구나. 자, 잠깐! 그날 가지고 나간 건 대장군 문배가 아닌, 쌍용 문배였다. 똑똑히 기억했다. 다른 문배와는 달리, 밤을 새워 가며 이틀 꼬박 그렸던 두 마리의 용 그림은 완성도가 상당히 높았다. 오직 곽희 산수화를 보겠다는 일념 하나로 자신의 기氣를 갈아 넣었던 그림이었다. 태워 버려질 게 아까워서 최원호가 끙끙 앓았던 그림이기도 하였다. 그럼 이 문배는 뭐지? 분명히 반디 녀석 그림인데……. 으악! 도화원으로 보냈던 문배다!

"이, 이게 왜 여기에……."

"그건 내가 묻고 싶은 말일세. 왜 이런 그림이 자네 백유화단에서 나왔을까?"

"그러게 말이옵니다. 왜 이게 우리 화단에서 나왔는지……."

혼이 빠진 상태에서 무턱대고 나온 헛소리였다. 이용이 어처구니없는 표정으로 최원호를 쳐다보았다.

"자, 잠시만 기다려 주시옵소서. 소인이 지금 너무도 황망하여 정신을 차릴 수가 없사옵니다. 잠시만……."

홍천기는 아직 이곳에 오지 않았다. 만약에 왔다면 이 비단 족자에는 대장군 문배가 아닌, 쌍용 문배가 있었을 것이다. 그렇다면 이건 분명 또 다른 난관일 터이다. 산 너머 산이라고, 홍천기 너머 홍천기가 아닐 수 없었다.

"네! 이 문배는 저희 백유화단에서 도화원으로 보낸 것이 맞사옵니다. 하온데 이것이 무슨 문제이옵니까?"

"허허! 무슨 문제냐고? 나를 기만하고도 그따위로 말하다니!"

"그 무슨 얼토당토않은 말씀이시옵니까? 소인이 언제 나리를 기만하였단 것이옵니까?"

"그간 자네가 나에게 가져왔던 그림들 말일세! 그중에 이 화공의 것은 없었네. 아니 그런가?"

아……. 안평대군이 무슨 말을 하려는지 알아차렸다. 진짜 큰일 났다!

"이런 화공을 보유하고 있으면서, 그보다 실력 떨어지는 그림으로만 가져온 것이 나를 우습게 본 게 아니고 무엇인가?"

정신 바짝 차려야 한다. 조금이라도 삐끗했다가는 정말로 백유화단 현판을 내리게 될 것이다.

"누구보다 나리께서 더 잘 알고 계시겠지만, 그림이란 것은 여러 종류가 있고 그에 따라 잘하고 못하는 화공이 있사옵니다. 예를 들면, 도화원의 안견이란 자는 산수화는 화품畫品이 높으나 초상화는 이보다 못하며, 최경이란 자는 초상화는 화품이 높으나 산수화는 이보다 못하옵니다. 이 문배를 그린 화공도 마찬가지이옵니다. 보시다시피 문배나 세화는 실력이 출중하나, 이외에는 형편없기 그지없사옵니다. 하여 감히 나리께 바칠 수가 없었사옵니다."

이용의 눈에서 분노가 누그러졌다. 충분히 납득한 표정이었다. 하지만 납득만 했을 뿐이다. 최원호의 피 말림은 계속되었다. 이용이 손짓으로 족자를 자기 쪽으로 돌리게 하였다. 청지기가 그에 따랐다. 유심히 살피던 이용의 입꼬리가 슬쩍 올라갔다. 미소인지, 냉소인지, 고소인지, 조소인지 분간이 되지 않았다. 하지만 최원호의 등골을 오싹하게 만드는 웃음임에는 틀림없었다.

"그렇다면, 앞으로 우리 집의 문배와 세화 종류는 이 화공의 것으로 해야겠군. 좋은 값으로 사 줄 터이니 때마다 가지고 오게."

"아, 네, 네. 그렇게 하겠사옵니다."

"아! 그리고 하나 더. 며칠 뒤, 우수절에 이곳 매죽헌에서 잔치가 하나 열리네. 오는 봄을 마중하기 위해 여는 작은 화회일세. 청문화단의 화공들을 비롯하여 여러 화공들도 부르기로 하였는데, 백유화단이 빠지면 서운하지 않겠는가? 아울러 이 화공도!"

이용의 말이 떨어짐과 동시에 방 안에 사색이 된 사람이 둘 있었다. 최원호와 청지기였다. 하얗게 변한 정도로만 따지면 어느 한쪽도 뒤처지지 않았다.

3

| 세종 20년(무오년, 1438년) 음력 1월 4일 |

"휴! 양녕 백부 문제로 정신없으실 분이 왜 나에게까지 신경을 쓰실까. 쯧."

이용이 슬그머니 일어나서 두꺼운 옷을 챙겨 입기 시작했다. 청지기가 눈이 휘둥그레져서 물었다.

"갑자기 어디 가려고 하시옵니까?"

"아무 데도 가지 않는다. 옷매무새는 가다듬고 손님을 맞아야 하지 않겠느냐?"

"그럼 안으로 들라고 해도 되겠사옵니까?"

"나가서 정중히 모시고 들어오도록 해라."

방 안에서 손님을 맞이하기 위한 차림으로는 버거울 듯한 겉옷이었다. 게다가 갓까지 머리에 썼다. 청지기는 의아한 표정으로 밖으로 나갔다. 사랑채 마당에는 임금이 보낸 사자가 여러 명의 수하를 거느리고 서 있었다. 혼자가 아닌 걸로 봐서는 안평대군을 궁궐로 모셔 가기 위한 방문이다. 아마도 요사이 벌이고 있는 화회가 원인인 듯했다. 최근 계속된 흉년과 겹쳐, 올 한 해도 흉년일 것으로 예측한 서운관으로 인해 왕실에서 씀씀이를 줄이던 차였다. 이 때문에 화회를 중단시키고자 하는 부름으로 느낀 것이다.

청지기가 앞서서 방문을 열고 들어갔다. 그러고는 잠시 멈췄다가 태연하게 뒷걸음으로 걸어 나와 다시 방문을 닫았다. 청지기는 방문에 이마를 기대고 실성한 듯 웃었다. 허탈함이 스며 있는 아주 작은 소리였다. 이에 심부름 나온 사자가 급히 몸을 돌려 함께 온 수하들을 데리고 밖으로 뛰어나갔다. 홀로 남게 된 청지기가 다시 방문을 열었다. 텅 빈 방 안. 마주 보는 벽 쪽의 창문이 활짝 열려 있는 걸 재차 확인한 청지기가 또다시 실성한 듯 웃으며 방문을 닫았다.

매죽헌. 읽을 수 있는 글자였다. 물어물어 겨우 찾아온 보람이 있었다. 하지만 오늘은 들어갈 수 없었다. 화단이 아직 새해 문을 열지 않은 탓에 안으로 들어갈 미끼를 가지고 오지 않아서였다. 우선 위치만 확인하고 집으로 돌아가서 어떤 그림을 그릴지를 고심하기로 하였다. 이 정도만이라도 만족스러웠다.

안평대군의 집 담벼락을 따라 걸었다. 집으로 돌아가는 길이었기 때문이다. 담벼락은 대군의 집답게 길고 길었다. 걸음을 멈추고 주변을 돌아보았다. 마침 지나가는 사람이 아무도 없었다. 발끝을 들고 목을 빼서 안을 보았다. 집 안 분위기만이라도 느끼고 싶었지만 잘 보이지 않았다.

"이 정도 담장 높이면 넘어갈 수도 있겠는데. 아니야, 안 돼! 정신 차려! 저 안에 곽희 산수화가 아니라, 더한 것이 있어도 안 되는 거야! 훔쳐만 보고 나오는 것도 안 된다고!"

일반 집이 아니다. 아무리 간이 커도 임금 아들의 집 담장을 넘을 크기의 간은 아니었다. 저 남자같이 넘었다가는 목숨을 부지하기 어렵……, 응? 홍천기의 눈이 동그랗게 변했다. 정체를 알 수 없는 남자가 안평대군 댁 담장을 넘어서 나오고 있었다. 도둑? 이 벌건 대낮에? 감히 안평대군 댁을?

"도, 도, 도둑이……."

홍천기가 미처 비명을 다 지르기도 전이었다. 담장을 넘어온 남자가 인기척을 먼저 알아차리고 손바닥으로 입을 덮쳐 가렸다.

"우읍!"

그러고는 옴짝달싹하지 못하게 등으로 팔을 둘러 어깨를 끌어안았다.

"쉿! 조용!"

"우부읍프루릅뚜읍! 롭니릅퓹푸!"

남자의 팔에 쓸린 장옷이 뒤통수까지 넘어갔다. 그러자 가려진 입을 제외한 이마와 눈이 선명하게 보였다. 남자의 얼굴에 놀라움과 반가움이 동시에 나타났다. 홍천기도 상대를 알아보았다.

"이게 누구신가. 안평대군 댁 부부인 아니신가."

이용이 홍천기의 입에서 가렸던 손을 떼어 냈다.

"도, 읍!"

그러나 이내 크게 내지르려던 홍천기의 소리를 다시 덮었다.

"쉿! 큰 소리는 내지 말라니까. 본의 아니게 내가 잠시 피신을 나가던 중이라. 자, 잠깐. 너 설마 이번에는 나를 도둑으로 오인한 것이냐?"

홍천기의 고개는 끄덕여지지 않았지만 눈빛에서는 충분한 답이 흘러나왔다.

"오해다. 여기는 나의 집……."

이용이 방금 자기가 넘어왔던 담장을 쳐다보다가 다시 홍천기를 보았다.

"그렇구나. 자기 집이면 멀쩡한 대문을 놔두고 담장을 넘어 다니지는 않겠지. 네가 의심하는 것은 탓하지 않겠지만, 그럼에도 불구하고 나는 안평대군이다."

홍천기의 눈을 들여다보았다.

"안 믿는군. 너 내가 손을 떼면 또 고함을 지를 것이냐?"

홍천기가 고개를 저었다. 이번에는 이용이 고갯짓을 믿지 않았다. 가까워지고 있는 인기척들이 느껴졌다. 더 이상 지체하다가는 잡히고 말 것이다. 설에도 귀에 딱지가 앉을 만큼 임금의 잔소리를 듣고 나왔다. 더 이상의 잔소리는 최대한 피하고 싶었다. 게다가 화회를 관둘 생각이 없기 때문에 그 잔소리는 끝이 나지 않을 가능성이 높았다.

"가야 한다. 손을 놓겠다."

이용이 손을 떼는 순간, 홍천기가 이용의 왼쪽 팔뚝을 물었다.

"아악!"

이용이 떨어져 나갔다. 홍천기는 주위를 두리번거리다가 커다란 돌을 두 손으로 잡아, 있는 힘을 다해 위로 치켜들었다.

"자, 잠깐, 그거 던지면 안……."

돌은 던져졌다. 그리고 이용은 가까스로 그 돌을 피할 수 있었다. 홍천기가 뒤돌아 도망치기 시작했다. 이용이 뒤통수를 향해 다급하게 외쳤다.

"홍천기!"

홍천기의 발걸음이 멈췄다.

"혹시 홍천기란 것이 네 이름이냐?"

홍천기가 놀란 눈을 하고 돌아보았다. 이용이 다정하게 소리쳤다.

"정말로 홍천기가 이름이로구나. 짐작이 맞았어. 내가 이 돌에 맞지 않은 걸 다행으로 생각해라. 너 정말 큰일 날 뻔했단 말이다."

던진 돌에 맞았으면 던진 쪽보다 맞은 쪽이 더 큰일 아니냐고 말하고 싶었지만, 무뢰한에, 사기꾼에, 도둑이기까지 한 이 남자가 어떻게 자신의 이름을 알고 있는지가 더 궁금해서 아무 말도 하지 못했다. 이번에는 이용이 놀란 눈을 하고 뒤돌아 달아나기 시작했다. 홍천기의 옆으로 여러 명의 남자들이 우르르 지나쳐 갔다.

"앗! 전 공범이 아니에요! 모르는 사람……이에……요."

어느 누구도 홍천기를 거들떠보지 않았다. 그러곤 그대로 뛰어가 버렸다. 홍천기는 어안이 벙벙했지만, 그들이 다시 돌아올 걸 대비해서 부리나케 자리를 떴다.

이용은 신나게 달렸다. 입에서 자꾸만 웃음이 나왔다. 홍천기. 이름을 확인했다. 그토록 찾고 싶었는데, 결국 만났다. 그것도 자신의 집 담장 밑에서. 그런데 거기에 왜 있었지? 가만, 뭔가 빼먹은 거 같은데……. 이용이 자리에 멈춰 섰다. 그러고는 허공을 향해 소리쳤다.

"악! 어디 사는지를 안 물어봤다!"

자신이 왜 달리고 있는지를 망각한 이용이 다시 돌아가기 위해 몸을 돌렸다. 그러자마자 뒤로 끌려가기 시작했다. 어느새 따라잡은 두 명의 남자가 이용의 양팔을 각각 붙잡고 끌었기 때문이다. 임금이 보낸 사자와 다른 수하들은 앞뒤로 서서 걸었다. 이용은 그렇게 자신의 집으로부터, 그리고 홍천기로부터 점점 멀어져 갔다.

이용이 왼쪽 소매를 걷어 올려 물린 자국을 살폈다. 두꺼운 옷을 입고 있었음에도 불구하고 시뻘겋게 부었다.

"야무지게도 물었군. 성질이 보통이 아니겠어. 홍천기라……."

홍씨 성을 가진 자가 하늘을 일으킨다고 오역을 하는 바람에 일이 꼬인 게 생각났다. 헛다리를 야무지게도 짚은 것이다.

"아이고, 창피해라."

이용의 얼굴이 발갛게 달아올랐다. 강녕전으로 임금이 들어오자 이용이 얼른 소매를 내리고 일어섰다. 하지만 앉을 때는 등을 비스듬히 보이고 앉았다. 등에서 불만의 소리가 툭툭 터졌다.

"여기에 왜 왔는지는 아는 모양이구나."

이용이 임금을 쳐다보지도 않고 대꾸했다.

"그동안 도화원 얼씬하지 말라고 하셔서 그렇게 하였사옵니다. 안견이나 최경을 불러들여 괴롭히지도 않았사옵니다. 하람을 찾아 달라고 하셔서 그것도 하였사옵니다. 대가를, 으, 《춘추》 같은 걸로 받고서도 아무런 말씀 드리지 않았사옵니다."

"안다. 기특하게 생각하고 있다."

"이번에는 포기할 수 없사옵니다. 절대 아니 된다 하시지 마옵소서."

"해라. 누가 하지 말라고 하였느냐?"

이용의 몸이 마치 엉덩이에 도자기 물레라도 놓고 돌린 것처럼 획 돌아갔다. 임금은 웃고 있었다.

"하려거든 판을 제대로 벌이라는 말을 하고자 불러들인 것이다."

이용이 눈을 게슴츠레하게 뜨고 아랫입술을 앞으로 쭉 내밀었다. 말소리를 내지 않았을 뿐이지 임금을 향해 '무슨 꿍꿍이냐'는 의미는 확실히 전달되었다.

"요즘 골치 아픈 일이 조금 있어서 말이다."

이용의 머리가 돌아가는 소리가 들렸다. 임금이 들리지 않는 소리에 답했다.

"지금 네 머릿속에 있는 거, 그게 정답이다."

이용이 눈길을 잠시 옆으로 돌렸다가 다시 임금에게로 옮겼다. 인상은 잔뜩 썼지만 기분은 풀렸다.

"네가 차린 밥상에 숟가락 하나만 살짝 올리도록 하마."

"식상한 비유는 재미없사옵니다. 아무튼, 숟가락 올리는 비용은 주셔야 하옵니다."

"원조는 없다."

"에? 소자 등골만 뽑아 드시겠다는 것이옵니까?"

"그럼, 화회는 없던 일로……."

"네! 하겠사옵니다. 모든 비용은 소자가 부담하는 걸로. 쳇!"

"너의 안목에 거는 기대가 크다. 부탁한다."

"대신! 진짜 제대로 된 큰판을 벌일 것이옵니다. 후회하시지 마옵소서."

임금의 대답에는 뜸이 있었다. 걱정으로 인한 뜸이었다. 안평대군이 하려고 들면 또 과하게 진행하는 경향이 없지 않았다. 걱정은 적중했다. 이미 이용의 의지는 불타고 있었기 때문이다.

"그 판을 위해서는 필요한 인물이 몇 있사옵니다. 아바마마께오선 한양에서 제일가는 갑부를 보내 주시옵소서. 그 정도는 해 주실 수 있지 않사옵니까?"

안평대군이 말하는 갑부가 누구를 지칭하는지 모르지 않았다. 화회. 그림을 그리고, 보고, 즐기는 잔치다. 거기에 눈도 보이지 않는 그 녀석을 보내는 건, 임금으로서 할 짓이 못 된다. 임금은 즉답을 피했다.

"그리고 아바마마, 하 시일 실종 건, 그거 해결되었사옵니다."

"어떻게?"

"소자가 글자 해석을 잘못해서 벌어진 일이었사옵니다. 하하하. 납치가 아니라, 길에 쓰러진 하 시일을 돌봐 준 사람의 이름이었사옵니다."

"천만다행이로구나. 여러 가지 의미로."

창피했던 이용은 얼른 다른 화제로 넘어갔다.

| 세종 20년(무오년, 1438년) 음력 1월 7일 |

설로 인해 닫혔던 백유화단의 공방 문이 열렸다. 하지만 사랑채의 문은 굳건히 닫힌 상태였다. 홍천기는 최원호를 여러 차례 부르다가 포기하고 공방으로 들어갔다. 화공들은 모여서 두런두런 대화하고 있었고, 강춘복은 종이와 붓 등의 개수를 세어 가며 장부와 비교 중이었다.

"스승님이 방에 계신 것 같은데 제 인사를 안 받으세요."

"우리 인사도 안 받으셨어."

"그래요? 춘복 아저씨! 스승님 많이 편찮으신 겁니까?"

강춘복이 일을 멈추고 다가왔다. 걱정이 가득했다. 사람이 아닐 수가 없다고 말했지만, 최원호는 흑객을 두려워했다. 그가 방에 앓아누운 게 그날 이후부터니까 흑객이 원흉일 것이다.

"아침에 방에 들어가 뵈었는데, 편찮으신 건 아닌 거 같고……. 뭔가 큰 고민이 있으신 거 같더라. 화도 좀 나신 것 같고."

말하고 보니 분명 분노의 감정도 있었다. 원흉이 흑객에게만 있는 건 아닐지도 모른다.

"혹시 또 저 때문이신가요? 아직 안평대군 댁은 못 들어갔는데……. 나도 모르는 사이에 또 다른 말썽을 부렸나? 뭐지?"

화공들이 웃으며 말했다.

"에이, 너 때문이면 네 목소리 듣자마자 몽둥이 들고 뛰쳐나오셨겠지."

"그렇겠죠? 이야! 이번에는 제 잘못 아니네요. 다행이다. 하하하."

한동안 생각에 잠겼던 강춘복은 홍천기를 힐끔 쳐다본 후에, 장부를 든 채로 공방을 빠져나갔다. 최원호 상태를 한 번 더 살펴보기 위해서였다.

"다들 소문 들었지? 안평대군 댁에서 열리는 화회 말이야."

홍천기는 금시초문이었다. 그리고 그런 잔치는 관심이 없었다. 하지만 안평대군이란 단어는 화공들의 수다에 귀를 기울이게 만들었다.

"물론! 장안에 있는 환쟁이들이 죄다 들썩이고 있는데 모를 리가 없지."

"그림깨나 그린다고 하는 사대부들도 참석한다는 소문이 있어."

"뭐? 그럼 우리들은 거기에 밑밥 깔아 주는 것밖에 더 되나? 또 같잖은 비교해 가면서 우리 환쟁이들 깔아뭉갤 텐데, 칫!"

"나도 그런 자리라면 싫지만, 조선에 있는 웬만한 갑부들도 다 참석한다니까 안 가자니 그렇고……."

"진짜 올까?"

"조선 전체는 모르겠고, 개경의 최고 갑부는 오늘 한양으로 들어온다던데? 한양에서 내로라하는 갑부들도 참석한대고. 모르지, 소문만 그럴듯할지."

궁금함을 참지 못한 홍천기가 끼어들었다.

"화회는 그림놀이잖아요. 그런데 거기에 갑부들이 왜 들어옵니까?"

"환쟁이들 그림을 갑부들이나 벼슬아치들이 사 주는 자리를 안평대군께서 마련을 하신다나?"

"그림을 그릴 수 있으면 아무나 참석할 수 있는 겁니까?"

"우리도 아직 정확하게 몰라. 초대를 받아야 하는지, 아무나 들어갈 수 있는지. 스승님이 아실 것 같은데, 저러고 계시니 여쭤 볼 수도 없고."

"언제요?"

"우수절이랬지, 아마? 응? 그럼, 내일인데? 별 얘기 없는 것 보면 헛소문인가?"

"청문화단 쪽 화공들은 참석한다던데?"

"그럼 우리 화단은 초대 못 받은 거야? 아! 그래서 스승님이 저러고 계시는구나."

홍천기에게는 화회보다 안평대군 집으로 들어갈 수 있는지 여부가 더 중요했다.

"장소는요?"

"매죽헌."

"저는 참석하면 안 되겠죠?"

화공들이 당연한 말을 한다는 표정으로 홍천기를 보았다.

"너 행여라도 참석할 생각 하지 마라. 스승님 정말 기함하고 넘어가신다."

"알아요. 어차피 제 그림 사 줄 사람도 없을 텐데요, 뭐. 액막이 세화라면 모를까 계집 그림을 돈 주고 살 사람은 없죠."

"있을 수도 있지. 제사보다 젯밥에 더 관심 많은 놈들이라면. 그래서 더 안 되는 거야. 네 재능이 사내들한테 짓밟히는 건 우리 자존심이 허락 못 한다. 알겠느냐?"

강춘복이 돌아왔다. 나갈 때와 달리 얼굴이 흙빛이 되어 있었다. 화공들이 물었다.

"매죽헌 화회, 우리 화단만 따돌림당한 겁니까?"

"아니, 우리도 참여한다. 내일 매죽헌으로 각자 그림 도구들 챙겨서 가도록 하게. 종이는 거기서 지급해 준다는군."

"자격 같은 거 있는가?"

"그림을 그릴 수만 있으면 어떤 자격도 묻지 않는다고 하였네."

강춘복이 홍천기를 쳐다보았다. 흙빛이 더욱 짙어졌다. 이에 화공들도 긴장하여 홍천기를 보았다.

"반디야."

"네, 알아요. 저는 안 된……."

"너도 참석한다."

"에? 스승님이 화내실……."

"화단주님의 명령이야."

공방 안에 잠시 정적이 흘렀다. 무거운 분위기를 깬 것은 홍천기였다. 매죽헌에 들어간다. 안평대군을 만난다. 곽희 산수화를 보여 달라고 청해 볼 수 있다. 이 세 가지 생각만으로 기뻐서 팔짝팔짝 뛰어 공방을 나갔다. 한 화공이 강춘복의 멱살을 잡았다.

"절대 안 돼! 홍 화공이 비록 우리 눈에는 칠락팔락 개망나니지만 다른 사내 눈에까지 그렇지는 않다고! 스승님이 제정신이 아니고서야 그런 자리에 내보낼 생각 못 하시지."

강춘복이 멱살을 밀어내고 의자에 걸터앉았다.

"어휴! 정초부터 뭔 날벼락인지. 나도 뭐가 뭔지 모르겠네."

나이 지긋한 화공이 편안한 목소리로 말했다.

"난 괜찮다고 생각해. 언젠가는 거쳐야 할 관문이었다. 언제까지 꽁꽁 싸매고 숨겨 둘 수는 없으니까. 그건 홍 화공에게 더 못할 짓이야. 세상이 양반가 여인도 아닌, 일개 여류 화공에게는 결코 호락호락하지 않겠지만……."

여전히 탐탁잖은 표정의 화공들이 대부분이었지만, 동의하는 화공도 있었다.

“별 탈 없을 걸세. 홍녀가 달리 개망나니겠는가. 악질 중의 악질 개망나니 아닌가. 멋모르고 희롱하려고 드는 사내가 있으면……, 홍녀가……. 악!”

화공들이 일제히 머리를 쥐어뜯으며 비명을 지르기 시작했다. 가만있지 않을 것이다. 홍천기라면 반드시 상대를 죽이려 들 것이다. 강춘복이 한숨을 푹 내쉬면서 말했다.

“화단주님도 그걸 가장 걱정하고 계신다네. 반디가 매죽헌에서 제 성질을 못 참고 난리를 부릴까 봐서.”

안평대군 옆으로 모인 사람들이라면 대부분 조선 팔도를 쥐락펴락하는 실세들일 것이다. 그런 사람들의 심기를 건드린다면 미래는 불 보듯 뻔했다.

“그런 일이 생기면…….”

한 화공이 먼저 시작한 말에 모두가 동시에 말을 이었다.

“우리 백유화단 문 닫는 거지.”

“그럼에도 불구하고 참석하라는 것은 참석시키지 않으면 안 되는 뭔가가 있단 뜻이군. 그게 뭔지는 모르겠지만 스승님 폭삭 늙으시겠어. 쯧쯧.”

“저번처럼 거지꼴로 만들어서 데리고 들어가면?”

“그 꼴로 매죽헌 문턱을 넘었다가는 더 큰일이지.”

“남장을 시키면…….”

“티 나지. 그 순간은 넘긴다손 치더라도 금방 들통 날 거야. 어려서부터 집 안에 가둬 키운 계집도 아니고, 동네방네 그 녀석 모르는 사람이 별로 없으니까. 게다가 청문화단 눈도 있어.”

“하긴, 청문화단도 올 터인데, 그 눈들을 어떻게 속여. 그쪽 화단주가 사달을 내도 낼 거야. 변장은 안 돼.”

모두가 머리를 맞대고 궁리를 했지만 마땅히 떠오르는 방법은 찾지를 못했다.

공방을 뛰어나간 홍천기는 방으로 들어가, 선남의 신발을 보자기에 싸서 어깨에 비스듬히 메고 나왔다. 그러다가 견주댁과 딱 마주쳤다.

“견주댁! 잘 쉬었어요?”

“네. 어디 가세요?”

“뭐 알아볼 게 있어서요.”

홍천기가 마루에 걸터앉아, 신발을 신었다. 그러고는 가는 새끼줄로 신발을 신은 발을 묶으면서 계속 말했다.

“이번 설에 친정에 다녀온다고 하지 않았어요?”

견주댁이 고개를 끄덕이며 옆에 같이 앉았다.

“거의 몇 년 만에 다녀왔어요. 아직까지도 저를 용서하지 않으시네요. 휴!”

홍천기가 소리 내어 웃었다. 견주댁이 고향으로부터 도망친 사연을 잘 알고 있어서였다. 자그마치 야반도주였다. 빚 같은 문제가 아닌, 사랑 때문에 결행한 도피의 사연은 이러했다. 25, 6년 전, 지나가던 남자가 고향 집에서 하룻밤 신세를 졌는데, 그 손님이 계속 아프기 시작했다. 그 모습이 불쌍하고 안되어 마음이 쓰였는데, 어느 정도 회복하자마자 마을 사람들이 그 손님에게 나가라고 종용을 했고, 견주댁 눈에는 그 손님이 한양에 도착하기도 전에 쓰러져 죽을 것 같았다. 그래서 마을 사람들의 반대를 무릅쓰고 손님을 따라나섰고, 백년가약까지 맺었다. 그 당시 견주 사람들은 한양 입경 금지령入京禁止令에 묶여 있었다. 우여곡절 끝에 한양으로 들어오긴 했지만, 다시 고향을 방문하는 건 불가능했다. 입경 금지령이 풀려 고향을 자유롭게 왕래할 수 있게 된 건 그 후로 몇 년이 지난 뒤였다.

"견주라고 했죠? 견주가 어디였더라……."

"양주요. 양주를 옛날에는 견주라고 그랬대요."

"맞다. 양주랬지, 참. 근데 아직도 어르신들은 견주라고 하잖아요. 그래서 자꾸 헷갈려."

"한양도 한성으로 바뀐 지 오래됐는데 아직도 한양이라고 하잖아요. 마찬가지죠, 뭐."

"맞다. 하하하. 그런데 견주댁은 견주라면서 말씨는 완벽한 한양 말씨예요. 한양으로 와서 말씨가 바뀐 거예요?"

"원래 견주 사람들이 이곳 한양에서 살던 사람들이라서 그래요. 아직까지 거기는 그 말씨 그대로거든요. 고향 마을뿐만이 아니라 견주 일대에 있는 마을 절반 이상이 그래요. 오히려 요즘 한양 말씨가 개경 쪽과 마구 섞여서 달라진걸요."

"그런가? 그럼 제 말씨도 개경과 섞였겠네요?"

"요즘 한양 젊은이들 중에 안 그런 사람이 없어요. 우리 홍 화공만 그런 거 아니고."

홍천기가 견주댁의 굵은 허리를 꼭 끌어안고 어깨에 얼굴을 비볐다.

"웅! 난 우리 견주댁 말씨 너무 좋아. 목소리는 더 좋고."

견주댁도 힘주어 끌어안았다. 며칠 못 본 것에 대한 반가움의 표시였다. 하지만 견주댁의 힘은 자신이 생각하는 것보다 훨씬 강했고 홍천기의 몸은 그보다 더 여렸다.

"겨, 견주댁, 숨 막혀요."

"아이고. 우리 홍 화공님 어깨 부러뜨릴 뻔했네. 호호호."

홍천기가 벌떡 일어나서 장옷을 들었다. 그러곤 바깥으로 나가기 위해 사랑채를 지나는데, 최원호가 10년은 늙어 버린 듯한 몰골로 나오고 있었다. 홍천기가 걱정스럽게 다가가서 인사했다.

"스승님, 아니 화단주님. 괜찮으십니까?"

"그래, 우리 반디."

반디를 부르는 힘없는 목소리에서 애절함과 절망감이 느껴졌다.

"진짜로 많이 편찮으신 거지요? 그렇지요?"

"그보다 반디야, 물어볼 게 있는데……."

홍천기가 뒷말을 기다리며 잠자코 섰다. 최원호가 두려운 눈빛으로 물었다.

"그때 인왕산 근처 마을에서 봤다던 그 남자 말이다."

"어떤 남자를 말씀하시는 건지……."

"안평대군이라고 했다던 사기꾼. 혹시 다시 마주치면 알아볼 수 있겠느냐? 너 말고, 그쪽에서 너를……."

"알아보던데요?"

"응?"

"그러잖아도 며칠 전에 안평대군 댁에서 봤습니다."

"뭐라고! 기어이 매죽헌에 들어갔었단 말이냐!"

"아닙니다. 들어가지는 못했고, 집 밖 담장 밑에서 봤습니다. 그놈이 도둑놈이더라고요, 글쎄. 안평대군 댁 담장을 넘어오다가 저와 딱 마주쳤지 뭡니까? 팔뚝은 물어뜯어 줬는데, 아깝게도 제가 던진 돌에는 맞지 않았어요. 맞힐 수 있었는데!"

최원호의 얼굴이 순식간에 3년은 더 늙어 버렸다.

"파, 팔뚝을? 도, 돌은 왜?"

"스승님, 아니, 화단주님이 사내 녀석들이 덮치면 그렇게 하라면서요? 은장도는 자신을 찌르는 게 아니다. 사내 녀석 목덜미를 팍 찌르고 도망쳐야 한다. 마침 은장도가 없어서 그랬는데……. 앞으로는 꼭 은장도를 가지고 다니겠습니다! 그리고 또 그놈을 만나면 목덜미에다가 팍……."

"그, 그만! 그랬지, 내가 널 그렇게 가르쳤지. 그래서 우리 백유화단이 위험……."

"아! 염려 푸욱 놓으십시오. 혹시나 공범으로 몰릴까 걱정했는데 별 탈 없었습니다."

홍천기는 스스로가 기특해 마지않다는 듯 활짝 웃었다. 최원호에게서는 헛웃음밖에 나오지 않았다. 그리고 홍천기가 한 말을 곰곰이 되짚어 보았다.

"그래, 그 댁에서 만났단 말이지? 허허. 알아보더란 말이지? 허허. 물어뜯었단 말이지? 허허. 돌을 던졌……. 허허허. 그렇지. 우리 백유화단도 운이 다하긴 하였지. 허허허."

"스승님, 아니, 화단주님. 저 잠시 밖에 나갔다가……."

"그래, 그래. 알았다. 허허허."

완전히 넋이 나간 상태라 최원호는 홍천기의 말이 들리지 않았고, 자신이 무슨 말을 하는지도 몰랐다. 홍천기가 가고 난 뒤에도 마당에 우두커니 서서 멍하니 있었다. 간간이 그의 입에서 헛웃음만 나올 뿐이었다. 그리고 만약에 천지신명이 정말로 백유화단 문을 닫게 할 생각이었으면, 홍천기의 손에서 은장도를 떼어 놓는 일은 없었을 거라고 스스로를 위로했다.

조금만 더 가면 인왕산 근처의 마을에 도착할 수 있었다. 하지만 차오른 숨이 달리기를 멈추게 하였다. 장옷만 아니었어도 이렇게 힘들지 않았을 거라는 생각에 장옷을 고쳐 쓰는 홍천기의 손길이 괜히 거칠어졌다. 숨을 가다듬는 동안 주위를 둘러보았다. 그러고 보니 선남이 하늘에서 떨어진 곳이 여기였다. 옆구리가 저렸다. 통증을 가라앉히기 위해 옆 나무에 기댔다. 응? 나무? 홍천기가 뒷걸음질을 쳤다. 멀어질수록 나무의 크기와 모양은 더 확실하게 보였다.

동지 밤의 기억을 더듬어 위치를 옮겼다. 그때 섰던 즈음에 자리를 잡고 서서 하늘을 보았다. 홍천기의 눈에 보인 것은 하늘이 아니었다. 나무 위! 선남은 이 나무에서 떨어진 것인가? 분명히 그럴 것이다. 그래야만 그 남자가 사람일 확률이 더 높아지니까. 그 남자를 선남으로 확신했던 건 하늘에서 떨어졌다는 착각 때문이었다. 그 선입견은 걷어졌다. 그래도 설명되지 않는 한 가지가 남았다. 붉은색 눈동자였다.

다시 달리기 시작했다. 그 마을에 가면 다른 단서를 발견할 수 있을지 모른다. 지금쯤 마을 사람들이 들어와 있을 것이다. 그 남자가 적어도 사람이라면 한 번쯤 마을로 가 보았을 것이고, 마을 사람 중 한 명이라도 만났을 것이다. 꼭 자신을 구해준 사람을 찾기 위해서가 아니더라도, 이 신발이 그렇게 비싼 거라면 신발을 찾기 위해서라도 가 보았을 것이다.

마을에 사람이 드문드문 보였다. 안료 만드는 집으로 들어섰다. 주인 내외가 오랜만에 돌아와 청소를 하느라고 분주했다.

"언니!"

"어머, 홍 화공!"

"언니, 혹시 여기에 누가……."

"우와! 홍 화공도 벌써 그 소문 들었어요?"

"무슨 소문요?"

"우리 마을에 산신령이 나타났었대요."

좋지 않은 예감이 들었다. 홍천기가 고개를 가로저었다.

"산신령이 젊은 데다가 엄청 잘생겼대요. 하긴 산신령이 노인의 모습만 있는 건 아닐 거예요, 그렇지요?"

"그 산신령을 누가 봤다고 하던가요?"

"저기 나무꾼들이요. 산신령이 땔감을 전부 사 주었다고…….
앗! 홍 화공!"

홍천기의 뜀박질이 말보다 앞섰다.

"언니! 나 저기 좀 다녀올게요."

하지만 말이 끝나기도 전에 이미 나무꾼들이 모여 있는 곳과 가까워졌다.

"저기요, 말 좀 물을게요."

"에구, 아가씨도 산신령 소문 듣고 왔습니까?"

"땔감 사 줬다는 남자, 산신령 확실한가요? 직접 봤습니까?"

"암요. 여기 있는 우리 모두 다 봤습니다. 혼자 봤으면 거짓말이거나 꿈이겠지만, 우리가 다 보고 이야기도 나눴습지요."

"자기가 산신령이라고 말하던가요?"

"말해야 아나요? 딱 봐도 산신령이었구먼. 그리고 산신령이 아니면 어떻게 우리 사정도 딱 알고 땔감을 그렇게 사 줬겠습니까?"

다른 나무꾼들도 거들었다.

"그렇지. 꼭 그 날짜까지 산에 있는 땔감을 가지고 내려와야 한다고 그랬지. 아가씨! 만약에 산신령이 아니었으면, 통행이 금지되고 우리가 산에 발이 묶일 거라는 걸 어떻게 알겠습니까? 하루만 늦었어도 어찌 되었을지 모르는데. 심부름꾼이 우리더러 쌀 챙겨서 지체 말고 바로 산으로 올라가라고 시키더라니까. 쌀도 어찌나 좋던지. 태어나서 그런 쌀은 또 처음 봤네. 산신령이 아닐 수가 없습니다."

아닌데. 이런 상황은 좋지 않은데. 겨우 사람으로 치우쳐졌는데 다시 신선 쪽으로 기울어지면 안 되는데. 그 남자가 아닌가?

"새, 생긴 건요? 어떻게 생겼던가요? 젊고 잘생겼다던데……."

"생긴 거! 그게 바로 산신령의 증거였습니다. 사람이면 그렇게 생길 수가 없어. 암! 목소리도 기가 막히고."

이 순간은 홍천기의 기가 더 막혔다.

"맞아. 키가 엄청 컸는데, 키가 그렇게 크면 얼굴도 우락부락한 게 보통이거든요. 그런데 그 산신령은 뭐랄까, 캬! 말로 설명할 수 없는 신비로움이 있달까? 얼굴도 새하얀 게, 그리도 선이 고운 사내는 처음 보았지요."

"아! 혹시 눈은 보셨나요?"

"그게……, 눈을 뜨지 않더라고요."

그 남자다! 그 남자가 확실하다! 그런데 산신령이라니…….

"처음에는 맹인인 줄 알았는데, 그냥 눈을 뜨지 않았을 뿐이더라고요. 우리끼리 내린 결론이긴 하지만서도. 맹인이라고 하기에는 옷매무새나 자세가 너무 반듯했거든요."

"혹시 이름은 말 안 하던가요?"

"산신령이 이름도 있습니까?"

홍천기는 힘없이 고개를 떨어뜨렸다. 한동안 사람이라는 생각에 들떴던 것만큼 실망도 컸다. 기진맥진한 채로 허리를 숙여 인사한 뒤, 몸을 돌렸다. 그 순간 머리에 떠오른 것이 있었다. 홍천기가 얼른 뒤돌아 물었다.

"혹시 그 땔감, 어디로 배달하셨습니까?"

“심부름꾼이 와서 가지고 갔습니다. 소달구지도 여러 개 가지고 왔었거든요.”

“어디로 갔는지도 모르십니까?”

“네. 그런 말은 없었습니다. 그 심부름꾼도 젊은 남자였는데 진짜 인상도 좋고, 계속 웃어 가면서 어찌나 싹싹하게 굴던지, 산신령의 심부름꾼은 다르긴 다르구나 했습니다.”

한 나무꾼이 옆의 나무꾼을 툭 치면서 말했다.

“그 심부름꾼은 자기 이름 말했잖아. 뭐랬더라?”

“그게 뭔 이름이야, 아무렇게나 막 갖다 댄 것 같던데.”

홍천기는 마음이 급했다.

“그 이름이 뭡니까?”

“돌이라고 했습니다. ‘돌’인지 ‘돌이’인지는 정확하게 모르겠지만. 소달구지는 분명 한양 중심 쪽으로 들어가는 것 같았고.”

홍천기가 돌아서서 나무꾼들로부터 멀어졌다. 한 걸음씩 떼는 발걸음에는 기운이 하나도 남아 있지 않았다. ‘돌’이나 ‘돌이’라면 너무 광범위했다. 성이 없는 사람 중에 그 이름이거나 그와 유사한 이름이 많기 때문이다. 갑자기 홍천기의 걸음이 멈췄다. 최근에 그 이름을 들은 적이 있었다. 다시 한 걸음씩 떼는 발걸음에 기운이 찾아들었다. 젊은 남자, 인상 좋고, 계속 웃고, 싹싹한……. 최근에 자신을 ‘돌이’라고 소개했던 남자의 얼굴이 떠올랐다.

홍천기의 발걸음에 점점 속도가 붙기 시작했다. 돌이라는 남자는 ‘홍반디’를 알고 있었다. 만약에 산신령이 사람이라면,

만약에 심부름꾼인 돌이를 시켜서 자신을 찾았다면, 만약에 알아낸 것이 '홍반디'뿐이었다면, 만약에 '홍천기'라는 글자의 의미를 찾아내지 못했다면, 만약에 그랬다면, 만약에……. 홍천기의 다리는 이제껏 내어 보지 못한 속도로 달리고 있었다.

4

안견이 궐내에 있는 서운관으로 들어섰다. 차를 마시고 있던 하람이 먼저 기척을 알아차리고 자리에서 일어나 안견을 향해 허리 숙여 인사했다.

“입궐하셨습니까, 안 선화마님.”

“다들 흠경각 완성을 축하하느라 강녕전 근처에 몰려 있을 터인데, 서운관 관원이 여기서 유유자적하게 차나 마시고 있다니.”

“정작 건설의 책임자이신 장영실 대호군께서도 여기 이렇게 차나 마시고 계십니다.”

하람이 손짓하는 곳을 보니 진짜 장영실이 앉아 차를 홀짝거리고 있었다. 들어서면서 구석에 쪼그리고 앉아 졸고 있는 사내아이도 보았다. 그런데 바로 앞에 있던 장영실의 기척은 알아차리지 못했다. 정말이지 무섭도록 기척이 없는 사람이다.

"계신지 몰랐습니다. 흠경각 행사는 어쩌시고 여기 계십니까?"

"거기는 지체 높으신 분들이나 하는 잔치고."

"대호군이나 되시는 분이 하실 말씀은 아닌 듯싶습니다."

"말이 좋아서 대호군이지, 나야 3품이라 해도 과전 하나 없는 허울뿐인 관직 아닌가. 우리끼리 여기 앉아서 조용히 차나 마심세."

하람이 찻주전자 쪽으로 손을 뻗었다.

"아, 내가 하겠……."

안견이 나서기도 전에 하람은 능숙하게 찻잔에 차를 따랐다. 그러곤 딱 적당하게 부어졌을 때 주전자 입을 들었다. 안견은 자신의 앞에 찻잔이 놓일 때까지 시선을 떼지 않았다. 정갈한 손짓과 정확한 움직임이었다. 역시 눈을 감고도 세상을 보는 사람다웠다. 하람은 자신을 신기하게 쳐다보는 시선까지도 알아차리고 웃었다. 안견이 장영실 쪽으로 시선을 돌렸다. 장영실은 찻잔 옆에 있는 윤도輪圖*를 곁눈질로 보고 있었다.

"흠경각도 끝났고, 큰 공사들도 거의 다 마무리되어 가지요?"

"음. 석축간의대도 다 끝나 가니까, 그런 셈이지. 그동안 서운관 쪽에서 벌인 공사가 좀 많았어야지."

---

* 나침반. 가운데에 지남침을 장치하고 가장자리에 원을 그려 24방위로 나누어 놓아, 방위를 헤아리는 데 쓰는 기구.

하람이 단호하게 말했다.

"서운관이 아니라 상감마마이시옵니다."

장영실이 무표정하게 안견을 보면서 말했다.

"도화원의 안 선화가 여기 온 걸 보면 나와 비슷한 용무인가 보구먼."

"상의원의 대호군께서 소인과 비슷한 용무가 있을 리가……."

장영실의 시선이 윤도를 가리켰다. 말뜻을 알아차리고 안견이 웃었다.

"아, 비슷한 용무가 맞습니다. 하하하."

하람과 안견이 차분하게 찻잔을 입술로 기울였다. 장영실도 같이 차를 마시다가 다시 윤도 쪽을 힐끔 보았다. 윤도 한가운데 있는 지남침이 갑자기 핑그르르 돌다가 멈췄다.

"음……. 또."

"걱정스러운 일이라도 있습니까?"

하람의 물음이었다. 안견이 무표정한 장영실의 얼굴을 보았다. 버젓이 눈을 떠서 보고 있는데도 보이지 않는 표정 변화였다. 그런데 하람은 장영실의 걱정을 무엇으로 보았단 말인가? 보통의 인간이 가진 보는 능력, 이것에 대해 의구심이 들었다. 안견은 장영실의 눈이 하람을 보고 있는 것 정도는 알 수 있었다.

"배부르고 등 따신데 걱정은 무슨. 차 잘 마셨네."

장영실이 자리에서 일어서면서 윤도를 쥐었다. 하람과 안견도 찻잔을 내려놓고 따라서 일어섰다.

"석축간의대가 완성되면 바로 채방별감으로 한양을 떠나게 될 거야. 그전에 주문받은 윤도는 만들어 놓고 가지. 세 개라고 했지?"

"네. 부탁드립니다."

"안 선화는 일 잘 보고 가세."

장영실이 서운관을 나섰다. 또다시 윤도의 지남침이 핑그르르 돌다가 멈췄다. 장영실은 서운관에서 차츰 멀어졌다. 그러자 지남침이 이상스러운 움직임을 멈추고 북극을 향해 섰다.

"음……, 확실히 윤도의 고장이 잦아졌어. 하 시일 근처에서는."

대문을 짚었다. 숨이 목구멍까지 차오르다 못해 넘쳐 올랐다. 그래서 대문을 두드리는 손이 바들바들 떨렸다.

"돌이, 헉헉, 돌……."

목소리가 나오지 않았다. 하지만 대문은 기다린 듯이 열렸다. 낯선 하인이었다.

"어떻게 찾아오셨습니까?"

"돌, 헉헉. 돌, 헉헉."

"네? 돌? 없는데……."

나오지 않는 목소리로 대화할 시간이 없었다. 홍천기가 하인을 밀치고 안으로 들어갔다. 마당에는 한적했던 저번과는 달리, 여러 명의 하인이 분주하게 오가고 있었다.

"이봐요, 아가씨. 함부로 들어오시면 안 됩니다."

돌이라는 사람이 보이지 않았다. 여기가 맞는데, 분명 그때는 이 집으로 들어왔었는데. 세상이 노래지면서 빙글빙글 돌았다. 속에서는 숨을 밀치고 구토가 올라올 것 같았다.

"나가십시오. 여기는……."

"자, 잠시만, 헉헉. 돌이라는 분……."

"아, 집사님? 나갔는데……, 엇! 마침 들어오시네요."

대문으로 들어오던 돌이가 홍천기를 발견했다.

"여기 오셨습니까? 전 그것도 모르고 백유화단 갔다가 허탕치고 오는 길인데……."

홍천기의 다리가 힘을 잃고 바닥에 무너져 내렸다. 깜짝 놀란 돌이가 달려왔다. 바닥에 주저앉은 홍천기가 숨을 헐떡거리면서도 보자기를 주섬주섬 끌렀다. 그러고는 그 안에서 신발을 꺼내 돌이 앞에 내밀었다. 여전히 목소리는 나오지 않았다. 행방불명된 동안 하람과 함께 있었음을 증명하는 물건은 다른 질문을 필요로 하지 않았다. 돌이가 앞에 무릎 꿇고 앉아 환하게 웃으며 말했다.

"이 신발, 우리 주인마님의 것입니다."

홍천기가 눈을 가리켰다. 벙어리인 어머니에 익숙한 돌이였다. 그래서 내뱉지 못하고 막혀 있는 말소리를 들을 수 있었다.

"주인마님의 눈동자가 붉은색인지 물으시는 거지요? 네, 맞습니다."

"사람, 헉헉, 사람, 헉헉……."

"네! 우리 주인마님, 사람입니다. 홍 화공님과 똑같은! 하하

하. 붉은색 눈동자도 어려서 사고를 당한 뒤, 심한 열병을 앓고 나서 생긴 후유증일 뿐입니다. 색깔이 그렇다고 사람이 아닌 건 아니랍니다."

홍천기가 손가락으로 얼굴을 둥글게 그렸다. 이번에는 돌이도 잠깐 고개를 갸웃했다가 대답했다.

"아! 하하하. 어떻게 그런 얼굴이 사람일 수 있냐고요?"

홍천기가 고개를 크게 끄덕였다.

"그건 저도 수수께끼이긴 합니다. 하하하. 모르긴 해도 집안 내력인 걸로 알고 있습니다."

가까스로 숨을 가다듬은 홍천기가 비로소 제대로 된 첫 목소리를 냈다.

"아……, 그럴 수 있다. 이젠 그럴 수 있을 거야. 그럴 수 있어……."

말 없는 행동보다 지금의 말을 더 알아들을 수 없었지만, 돌이는 웃으며 말했다.

"주인마님도 홍 화공님을 찾고 있었습니다. 먼저 찾아 주셔서 감사합니다."

"지금 어디 계세요? 당장 보고 싶은데……."

"어……, 집에 안 계십니다. 지금 궁궐 안에 계신데, 그게……, 언제 나오실지 알 수 없습니다. 한 달 뒤에 나오실지, 세 달 뒤에 나오실지, 아니면 더 오래……."

"한동안은 어렵습니다. 궁궐 밖으로 나가는 건 한두 달이 지나야 가능해서요. 그림값은 그때 드리겠습니다."

눈이 보이지 않는 하람의 그림 주문을 받고 안견은 잠시 어리둥절했다.

"돈은 언제 줘도 상관없는데, 그림을 왜……."

"안평대군께 신세를 진 일이 있습니다."

"안평대군이시라면. 하하하. 산수화로 하는 게 좋겠군. 어떤가?"

"물론 저는 좋습니다."

하람이 찻잔을 내려놓고 자리에서 일어서서 옆으로 손을 내밀었다. 구석에 앉아 있던 만수가 쪼르르 달려와 손에 지팡이를 쥐여 주었다. 문밖을 보니 수문장과 금군 두 명이 열쇠 꾸러미를 들고 가까이 오고 있었다.

"안 선화께서 안평대군 나리를 무척이나 애태우게 만드시더군요."

안견도 따라서 일어섰다.

"감사해서 그러지."

두 사람과 만수가 서운관을 나섰다. 수문장이 앞서 걷고 금군 두 명이 뒤따라 걸었다.

"감사한 마음을 그렇게 표현하십니까?"

"그분이 아니었으면, 나 같은 화원 나부랭이 산수화에 누가 관심을 가져 주겠는가? 그분께오서 나를 귀히 여겨 주시니, 나도 스스로가 귀하게 여겨지더군. 하여 그림도 뜸하게 드리는 것뿐이네. 손에 넣기 힘들수록 더 귀하게 여기는 법이니까. 하하하.”

“악취미이십니다. 갑자기 안평대군 나리께 동정이…….”

두런두런 이야기를 나누다 보니 뒤편에 있는 건물 앞에 서게 되었다. 궐내 서운관에 딸린 창고였다. 수문장이 열쇠 꾸러미에서 열쇠 하나를 찾아내 자물통을 열었다. 오랜만에 열리는 문이어서 그런지 삐거덕거리는 소리가 요란했다. 바깥으로 뿜어져 나오는 먼지는 더 요란했다. 하람이 팔로 코와 입을 막았다.

“윽! 봄이 되면 청소해야겠습니다.”

안견이 양팔로 먼지를 쫓아 가며 안으로 들어갔다. 그 뒤를 따라 하람과 만수도 들어갔다. 바깥에는 수문장과 금군 두 명이 문에서 뒤돌아 버티고 서서 주변을 경계했다.

안견이 책꽂이에 드문드문 꽂힌 서책을 하나씩 꺼내서 먼지 덮인 탁자 위에 놓았다. 보통의 작고 얇은 서책들과는 달랐다. 크고 두꺼워 혼자서는 한 권을 들기에도 힘에 부쳤다. 표지를 시작으로 책장을 넘기기 시작했다. 색색으로 묘사된 지도였다. 한 장씩 넘겨 가며 상태를 살폈다. 다 본 지도책을 옆으로 밀치고 다른 지도책을 펼쳤다. 책장을 넘기면서 안견이 말했다.

“수선할 곳이 너무 많군. 아예 몇 장은 소실된 부분도 있고. 곳곳에 쥐가 파먹은 흔적이……. 쯧쯧. 여기는 빗물인지 모르겠지만 두세 장이 딱 붙어서 떨어지지를 않네. 떼다가는 찢어질 것 같은데? 다 번져서 알아볼 수도 없고.”

“한두 권만 그렇습니까?”

“아니, 가장 최근에 완성된 《팔도지리지》를 제외하면 죄다 엉망일세. 여기 있는 것들의 상태를 상중하로 나눈다면 비율은 엇비슷하겠군."

"한두 권이 아니면 일이 너무 커집니다. 새로 착수해야 하는 지도 작업도 있습니다."

"제일 상태 나쁜 것부터 수선 들어간다고 해도 분량이 어마어마한데……."

안견이 고개를 절레절레 저었다.

"일손이 너무 부족해. 쉽게 일 벌였다간 이도 저도 안 되네. 여기에 완성하지 못한 지도도 여러 장 있군. 한성도漢城圖 종류 같은데, 그리다가 중단하……."

책장을 빠르게 넘기던 안견의 손이 말과 함께 멈췄다. 그러곤 처음으로 돌아가 천천히 넘기기 시작했다. 한 번씩 멈춰서 쓰다듬어 보기도 하였다. 지도를 쓰다듬는 안견의 손길은 애틋하기 그지없었다. 미완성된 지도에서는 한참을 멈춰 있었다. 주름진 안견의 눈가가 젖어들었다. 하람은 잠자코 서 있었다. 말을 건네지도 않았고, 안견의 침묵을 건드리지도 않았다. 그가 감정을 다스릴 때까지 없는 사람인 듯 있었다.

"아! 무슨 이야기 중이었더라?"

"완성되지 못한 지도도 있다고 하셨습니다."

하람은 아무것도 묻지 않았다. 하지만 안견은 자신의 머릿속을 읽힌 것 같아 꺼림칙했다. 사람이 사람의 생각을 읽지 못하는 건 알고 있었다. 알고 있지만 불편한 것은 어쩔 수 없었다. 방금처럼 머릿속을 들키고 싶지 않은 상황에서는 특히 그랬다.

아마도 하람이 아니라 다른 누구였어도 불편했을 것이다.

하람은 잠자코 있었을 뿐이다. 공기 중에 스며 있는 분위기를 느끼면서. 물론 사람의 머릿속은 읽지 못한다. 하지만 안견이 함께 침묵을 지켜 준 자신을 불편하게 생각하고 있음은 알아차렸다.

“무슨 문제라도 있습니까?”

“아닐세. 일감이 너무 많아서 숨이 턱 막혔을 뿐이야.”

“기한을 여러 해로 잡고 꾸준히 복구해 나가는 건 어떻습니까?”

“몇 년 뒤에 또 복구해야 하는 지도가 생길걸? 도화원 화원 모두 서운관 업무에만 매달릴 수는 없지 않겠는가. 그러잖아도 상감마마께 인원 보충 문제를 계속 아뢰고는 있다네. 훈련이 필요한 생도 말고 바로 작업에 투입 가능한 화원이 필요하다고 말일세. 그런데 아무런 하교가 없으시다네.”

조만간 잡학 취재가 있긴 하였다. 하지만 김 제거를 중심으로 하는 관원들이 말단 품계라도 받으려는 인간들로부터 뒷돈을 받고 입격시켜 줄 계획을 가지고 있었다. 안견도 모르지 않았다. 청문화단이 가운데서 거간꾼 노릇을 하고 있는 것도 알고 있었다. 이것은 실력 있는 화원들에게는 치명적이었다. 가뜩이나 턱없이 부족한 관직을 빼앗기게 되고, 실력 없는 그들의 일감까지 떠안게 되고, 그렇게 떠안은 일감은 생계를 위한 개인 돈벌이 시간을 앗아 가게 되고, 결국 참지 못하고 도화원을 나가게 된다. 이 악순환은 이미 끊기 힘들었다.

"우리 서운관 쪽도 매번 묵살당하고 있습니다."

"그럼 우리도 안 되는 건가? 휴우!"

"그런데 말씀하신 그런 인력을 찾을 수는 있는 겁니까?"

"물론 그것도 불가능하긴 하지. 실력 좋은 화공들은 돈벌이 때문이라도 굳이 잡학 취재에 응하지를 않거든. 대책이 없다네. 이따가 상감마마를 알현하러 들어갈 테지만, 과연 묘책이 있을지……."

안견이 책상 위에 쌓여 있는 지도책들을 쳐다보았다. 그의 긴 한숨이 먼지를 일으켰다.

"정말 난감하군. 더 이상 미룰 수도 없는데……."

| 세종 20년(무오년, 1438년) 음력 1월 8일 |

매죽헌 앞. 꼭두새벽부터 사내들이 득실거리는 사이에 두 개의 장옷이 섞였다. 하나는 뒷모습만으로도 여리디여린데, 하나는 괴리감이 느껴질 만큼 거대했다. 수군거리는 소리가 들렸다.

"왜 사내가 여장을 했대?"

이에 거대한 쪽이 휙 돌아보며 장옷을 걷어 냈다.

"뭣이라!"

견주댁이었다. 그 건장함에 질린 사내들이 장옷 두 개에서 순식간에 멀어졌다.

"견주댁이야, 견주댁. 백유화단 행수머슴."

화공들 사이에서 견주댁은 유명했다. 백유화단의 명성 때문이기도 했지만, 보통 사내들이 맡는 행수머슴 자리를 여인의 몸으로 거뜬히 수행하고 있기 때문이다. 그리고 백유화단과 인연을 맺은 적이 없는 화공이어도 배고파서 찾아가는 이들에게 따뜻한 밥상을 내주는 사람이었다. 상냥한 말씨는 덤이었다. 오늘 견주댁의 임무는 홍천기의 보호보다는 감시에 가까웠다. 최원호가 겁에 질려 있었기에 부득이 따라나설 수밖에 없었다.

젊은 화공이 두 사람, 보다 정확하게는 여린 쪽 장옷인 홍천기를 발견하고, 멀리 있는 나무로 부리나케 달려가 몸을 숨겼다. 나무가 굵지 않아 몸뚱어리 절반만 가렸다.

"개둥아!"

바로 뒤에서 부르는 홍천기의 목소리였다.

"으악!"

"너 왜 나를 보고 숨어?"

홍천기와 눈이 마주쳤다. 그러자 늦둥이로 태어나서 '개둥이'로 불리는 차영욱이 고개를 푹 숙이면서 말했다.

"면목이 없어서. 백유화단분들 못 보겠어. 특히 너."

"그래서 내가 화단 비웠던 틈을 타서 도망쳤니?"

차영욱의 고개가 더 숙여졌다. 어깨도 잔뜩 움츠러들었다. 홍천기가 아플 정도로 어깨를 때리면서 말했다.

"으이그, 소심한 우리 개둥이! 이래 가지고 애는 어떻게 키워?"

"미안……."

"패는 건 이따가 할게. 가자! 다들 들어가나 봐."

화공들이 매죽헌 대문으로 들어가고 있었다. 두 사람도 그들을 향해 걸으면서 대화를 주고받았다.

"너 평생 나 안 보고 살려고 했어?"

차영욱의 목소리가 생생해졌다.

"어차피 너 안 보고 사는 건 크게 아쉽지 않아."

"뭐라고!"

"하지만 네 그림 안 보고 사는 건 생각할 수도 없어."

"쳇! 개놈이나 너나."

백유화단의 기해년 동갑내기 개떼라고 불리는 개충, 개놈, 개둥. 이 셋은 지금은 비록 흩어져 있지만, 어려서부터 함께 수학한 벗이다. 물론 서로 못 잡아먹어서 안달인 사이이기는 하였다.

매죽헌의 문턱은 높지 않았다. 제지당하는 일 없이 안으로 들어갈 수 있었다. 하지만 견주댁은 그림 도구가 없어서 그 문턱을 넘지 못했다. 통과한 화공들은 모조리 객사로 안내되었다. 거기에는 소문으로 들었던 갑부니, 벼슬아치니 하는 부류는 눈 씻고 찾아봐도 없었다. 심지어 안평대군도 코빼기 하나 내비치지 않았다. 오직 그림을 그리기 위해 온 사람들로만 가득 채워졌다.

앉는 곳은 차이가 있었다. 양반들은 제일 위 칸에, 그 외는 아래 칸에 차례로 배정되었다. 마당을 사이에 두고 건너편에 마주 보고 있는 객사에서도 마찬가지였다. 아직은 쌀쌀한 날씨

탓에 모든 문은 거의 다 닫았다. 그림을 그릴 화공들의 어깨와 손을 배려한 조치였다. 그래서 바깥의 마당과 옆 칸이 보이지가 않았다. 누가 왔는지, 몇 명이 왔는지, 가늠만 할 뿐 정확한 파악은 힘들었다. 홍천기는 백유화단의 화공들 가운데에 자리를 잡고 앉았다. 화공들이 홍천기를 에워싼 형태였다. 매죽헌의 하인으로 보이는 남자가 마당에서 큰 소리로 외쳤다.

"각자 종이 두 장씩 갖습니다. 두 장만입니다."

각 방마다 문이 열리고 종이가 들어오기 시작했다. 홍천기에게도 종이가 도착했다. 그런데 하인이 종이를 주다 말고 어리둥절한 얼굴로 쳐다보았다. 그러다가 주던 종이를 거둬서 마당으로 나갔다. 그가 달려간 곳은 사랑채 쪽에 있던 청지기였다.

"행수님, 화공들 중에 계집도 있습니다. 어떻게 할까요?"

"뭐라고? 당장 쫓아내라. 여기가 어디라고 감히!"

"네!"

하인이 돌아섰다. 청지기가 다급하게 다시 말했다.

"잠깐, 멈춰라! 그냥 그림 그리게 해라. 쫓아내지 말고."

한발 늦게 안평대군의 말이 떠올랐던 것이다.

'이번 화회는 인간의 군상이 다양하면 할수록 재미가 있을 것이다. 심지어 어린아이가 있으면 더 재미있겠지.'

물론 말들 중에 '계집'을 지칭한 것은 없었다. 하지만 안 된다는 말도 없었다. 안평대군의 꿍꿍이를 완전히 이해할 수 없었기에 쉽게 판단하기는 어려웠지만, 그 괴짜의 계획에는 그림 그리는 계집이 딱 맞는 구색일 것이다. 분명히 재미있어할 것이다.

청지기가 사랑채 쪽으로 들어갔다. 화공들이 궁금해했던 갑부들과 벼슬아치들은 이곳으로 안내되고 있었다. 이미 많은 사람들이 각자 배정받은 자리에 착석했다. 어제 도착한 개경의 최고 갑부 외에도 여러 갑부들이 있었고, 난다 긴다 하는 벼슬아치들도 있었고, 나름 문사라고 자부하는 선비들도 있었다.

하루 사이에 더 폭삭 늙어 버린 최원호가 백유화단에 정신을 떼어 놓은 채로 들어섰다. 그 뒤를 따라 화려한 차림새의 중년 여인이 들어오다가 최원호를 발견했다.

"어머나! 백유화단주님 아니세요?"

최원호가 돌아보면서 대답했다.

"그간 별고 없으셨습니까, 청문화단주님?"

"어머! 낯빛이 이게 뭡니까? 대체 무슨 일이 있었기에……."

진심으로 놀란 얼굴이었다. 자태와 말투에 가득 밴 세련미가 여우를 닮은 얼굴과도 무척이나 잘 어울리는 여인이었다.

"아무 일도. 만약에 저에게 무슨 일이 있다면 그 원인 제공은 청문화단이 하였겠지요."

청문화단주가 손끝으로 치맛단을 우아하게 잡아끌어 겨드랑이에 끼우면서 대꾸했다.

"어유, 그럴 리가요. 백유화단의 아성이 워낙 견고하여 제가 날고뛰어도 흠집 하나 못 내는걸요. 호호호."

하필 안내된 자리가 나란했다. 두 사람이 자리에 앉으면서 계속 대화했다.

"거, 화공은 좀 빼 가지 맙시다, 인간적으로. 빼 갔어도 청문화단에서 키웠네, 어쨌네, 더 좋은 기회를 줬네, 어쨌네, 백유화단에 계속 있었으면 고리타분한 그림만 그리고 있었을 거네, 어쨌네, 사기를 치지 말든가."

"가치를 만드는 것뿐입니다. 제 덕에 우리 화단으로 건너온 화공들 그림값이 얼마나 올랐게요. 그걸 원망하시면 서운합니다."

"그림 외에 다른 걸로 만드는 가치가 그게 진짜 가치일까요?"

"눈 뜬 장님 돈 긁어내는 데는 그림 이외의 것이 더 중요할 때가 있지요. 그래도 백유화단에는 몸값 제대로 쳐주고 데리고 왔습니다."

"제대로 된 몸값? 화공 하나를 키우는 데 어떤 정성이 들어가는지는 압니까? 아실 턱이 있나, 키워 본 적이 없는데."

"그러다가 두 분, 멱살잡이하시겠습니다. 하하하."

두 사람의 대화 중에 끼어든 사람은 화평가畵評家로 유명한 선비였다. 청문화단주가 고개 돌려 소리 없는 욕지거리를 한 뒤에 앞을 향해서는 교양 있게 활짝 웃었다.

"어머나, 선비님도 오셨군요. 선비님 덕에 오늘 이곳 화회의 격이 확 높아졌습니다. 호호호."

그러더니 최원호에게만 들리도록 귀띔했다.

"좀 웃으세요! 저런 인간을 적으로 둬서 좋을 거 하나도 없으니까."

최원호는 대답하지 않았다. 간단한 목례만 건넸을 뿐이다. 화평가가 언짢은 표정으로 최원호를 힐끔 쳐다본 후 멀리 떨어진 자신의 자리로 가서 앉았다. 눈에서 '오늘 각오해라, 백유화단 화공들 그림은 죄다 짓밟아 줄 테니까.'라는 경고가 발산되었다. 청문화단주가 고개를 절레절레 저었다.

"찍혔네요. 아유, 못 말려."

"저는 돈 뜯어내려고 별 수작을 다 떠는 인간과는 상종하지 않습니다."

"그러니까 백유화단이 요즘 어려운 겁니다. 적당히 타협하세요."

"상관없습니다. 어차피 가짜 화평가는 곧 바닥을 드러낼 겁니다. 진짜 화평가가 장안을 장악하기 시작했으니까."

"호호호. 그렇지요. 정말로 무서운 건 진짜 눈을 가진 그분이지요. 사기가 먹히지 않으니까. 마침 그 화평가가 등장하셨네요."

자리에 앉아 있던 사람들이 일제히 일어섰다. 안평대군이 들어오고 있었다. 그 뒤로 한 젊은이가 뛰어와서 인사를 올렸다.

"안평대군 나리! 어째 잡과 취재 때보다 더 성황이옵니다."

"난 너를 초대한 기억은 없는데?"

"에이, 서운하게 왜 이러시옵니까? 이런 데 소인이 빠지면 아니 될 일이지요."

해시시 웃는 눈웃음으로 말하는 그는 권근權近의 외손자 서거정徐居正이었다. 이용이 타박하듯이 말했다.

"식년시가 한 달도 안 남았을 터인데, 여기서 노닥거릴 시간 있느냐?"

"소인의 나이 이제 고작 열아홉 살 들었사옵니다. 아직은 한창 놀 때지요. 벌써 입격하면 억울해서 어찌 살겠사옵니까? 어차피 이번 식년시는 신숙주申叔舟란 자의 자리가 될 터이니, 소인은 이곳에 자리를 잡아야겠사옵니다."

이용이 손가락으로 청지기를 불렀다. 손님들 시중드느라 분주했던 청지기였지만, 즉시 알아듣고 곁으로 달려왔다.

"이 녀석한테 자리 하나 내줘라. 저쪽 구석이면 적당하겠군."

이용이 가리킨 곳은 끄트머리에 있는 화평가 옆이었다.

"뭐, 저기라도 어디이옵니까? 자리 안 주시면 서서라도 구경하려던 참인데. 하하하."

"살살 놀다가 돌아가라. 괜한 문장질로 늙은이들 기죽이지 말고."

서거정이 쪼르르 달려가 진짜 구석에 자리를 잡고 섰다. 졸지에 화평가만 불편해졌다. 서거정이라니. 하필 천재 문장가 서거정이라니! 화회가 시작되기도 전에 화평가의 기가 죽어 버렸다. 가장 가운데 이용이 앉았다. 그러자 그 양옆으로 순서대로 줄줄이 앉았다. 매죽헌의 사랑채는 본 건물과 양쪽 마주 보는 부속 건물이 마당을 가운데 두고 에워싸고 있는 모양새였다. 대부분의 손님들이 본 건물에 앉았다. 양쪽의 부속 건물에도 손님들이 있는 듯했지만, 방문을 닫고 있었으므로 자세한 것은 보이지 않았다.

자리는 거의 메워졌다. 그런데 최원호의 옆자리가 비어 있었다. 이 빈자리가 여간 불길한 게 아니었다. 최원호의 예감은 적중했다. 뒤늦게 안견이 헐레벌떡 뛰어 들어왔기 때문이다. 그는 안평대군에게 허리 숙여 인사했다.

"업무 조정이 어려워 늦었사옵니다. 부디 용서해 주시기를……."

"아닐세. 와 준 것만으로도 영광일세. 저기 백유화단주 옆자리에 앉게."

안견과 최원호의 눈이 마주쳤다. 껄끄러운 기운을 주고받은 두 사람은 동시에 옆으로 고개를 돌렸다. 안견이 자리에 앉았다. 그러자 최원호가 등을 돌려 앉았다. 하지만 다른 옆은 청문화단주였다. 어느 쪽으로도 돌려 앉지 못하고 갈팡질팡하던 최원호가 정면을 보았다. 이번에는 저 멀리 화평가와 눈이 마주쳤다. 최원호가 포기하고 고개를 푹 숙였다.

"어째 자리가 뒤숭숭하구나, 휴우!"

"백유화단주!"

안평대군의 부름이었다. 깜짝 놀란 최원호가 고개를 들었다.

"네! 부르셨사옵니까?"

"자리는 마음에 드는가?"

"네? 아, 네."

청문화단주가 고개를 돌려 웃었고, 안견이 무표정하게 눈을 감았다. 이용이 다시 물었다.

"내가 그때 거론한 화공은 왔는가?"

"그러하옵니다. 이곳 매죽헌에서 쫓아내지만 않았다면……."

이용이 손짓으로 청지기를 불렀다.

"혹여 내보낸 화공이 한 명이라도 있는 건 아니겠지?"

청지기가 주변을 둘러보았다. 그러곤 말을 가려서 대답했다.

"없었사옵니다. 그림을 그리겠다고 온 누구도 돌려보내지 않았사옵니다. 개미 한 마리조차도."

이용이 최원호를 보면서 말했다.

"들었는가?"

"네."

"자! 이제 올 사람은 다 왔군. 시작하자. 음식 들여와라! 여러분은 여기 앉아 계시게들."

수많은 하인들이 1인상을 들고 와 손님들 앞에 하나씩 놓기 시작했다. 마치 개미 떼와도 같은 행렬이었다. 마당 가운데에는 멍석이 깔리고 유명한 소리꾼과 고수가 자리를 잡았다. 나이 든 청지기는 이들과는 반대 방향으로 움직였다. 열심히 뛰어가는 그를 따라 이용도 자리에서 일어나 사랑채를 나섰다. 사랑채에 앉은 사람 모두 어리둥절한 상태로 안평대군의 뒷모습을 보다가 서로를 쳐다보았다. 다음으로 어리둥절 상태를 당한 건 객사에 모인 화공들이었다. 하인들이 일제히 방문이 닫힌 걸 확인하기 시작한 것이다. 보이지 않는 마당에서 큰 소리가 들렸다.

"모두 앉은 자리에서 듣거라! 나는 이 집의 주인인 안평대군이다."

대체 왜 방문을 닫아 놓은 건지 알 수 없었다. 방 안에 앉아 먹을 갈던 화공들 모두 서로를 쳐다보았다. 아마도 임금 아들의 존엄한 얼굴을 함부로 보여 줄 수 없어서일 거라고만 짐작했다.

"나의 집에 왔으니 이 매죽헌에 대한 찬사는 들어야 하지 않겠느냐. 첫 번째 종이에는 우수절답게 가는 겨울을 위한 죽, 오는 봄을 위한 매화, 이 두 가지 중에 선택해서 그려라. 첫 번째 종이가 완성되고 나면, 방문 밖으로 제출하고 두 번째 종이로 넘어가라."

이용이 차가운 공기에 막힌 목을 헛기침으로 풀고 다시 말을 이었다.

"두 번째 종이에는 각자 그리고 싶은 산수화 한 점을 그려라. 어떤 산수화여도 상관없다. 신선이 있어도 좋다. 자신만의 화풍을 담을 수 있다면 더 좋다. 두 그림 모두 먹만 사용해도 되고, 안료를 써도 된다. 하고 싶은 대로 해라. 아무쪼록 좋은 그림을 구경할 수 있기를 바란다. 시작!"

이용이 소맷자락을 휘날리며 사랑채를 향해 몸을 돌렸다. 화공들이 일제히 종이를 펼쳤다. 홍천기도 키득거리며 종이를 펼쳤다. 장안의 사대부와 환쟁이들을 한자리에 모아 놓고 사대부의 정신적 산물이라 일컬어지는 사군자와 산수화를 그리게 하다니. 모처럼 그림 그리기 전부터 신이 났다. 이런 재미있는 상황은 즐겨 줘야 되지 않겠는가. 사형들 말처럼 어차피 환쟁이들은 위 칸에서 종이를 펼치는 사대부들을 띄워 주기 위한 소모품에 지나지 않겠지만 말이다. 홍천기가 있는 객사와 마주 보는 쪽 객사에서는 홍천기의 아비인 홍은오도 술에 취해 휘청거리는 손으로 종이를 펼치고 있었다.

5

"그게 무슨 말씀이시옵니까? 화공을 볼 수는 없다니요!"

갑자기 이용이 자리에서 일어났다. 이에 모두가 자리에서 일어서기 위해 엉덩이를 들었다.

"다들 앉아서 내 말을 듣게."

그러고는 마당으로 내려가 손님들을 보고 섰다. 여전히 앉지도 못하고 서지도 못한 채 우물쭈물하는 사람들에게 팔을 들어 손바닥으로 땅을 누르는 손짓을 하였다. 앉으라는 말이었다. 이에 모두가 자신의 자리에 착석했다. 이용이 뒷짐을 진 채로 말하기 시작했다.

"나도 객사에 모인 화공들을 보지 않았소. 방문을 열지 못하게 했으니까. 그러니 나도 여러분도 똑같은 상황이란 거요. 화공의 얼굴뿐만이 아니라 그 어떤 정보도 없소. 품계, 학식, 출신을 비롯하여 나이까지.”

“그럼 무엇을 가지고 가격을 지불하라는 말씀이시옵니까?”

“그림! 여러분은 그림을 보고, 그림을 사러 온 거 아니오?”

“하지만 그림을 그림 하나로 볼 수는 없사옵니다. 그림을 그린 사람의 인격과 업적도 봐야…….”

“과거의 유물들은 그렇게 가격을 매기는 게 옳을지도 모르지. 허나 우리는 현재를 살고 있소. 현재가 현재에 가격을 매기는 방법은 이와는 달라야 하지 않겠소?”

이용의 등 뒤로 그림을 나눠 든 하인 다섯 명이 들어왔다. 죽과 매화가 그려진 첫 번째 종이였다. 이용이 뒤돌아보지도 않고 말했다.

“섞어라.”

다섯 명의 하인들이 사이사이 끼어들기를 하면서 자리를 바꿨다. 그러고는 한군데로 모았다가 다시 대충 나눠 잡고 자리를 바꿨다. 이러기를 여러 차례 한 뒤에, 한 사람에게 모두 쥐여 주고 각자의 자리에 빈손으로 섰다.

“여기서는 품계 떼고, 각 화단의 현판 떼고, 그림에 대한 화평가들의 첨언도 떼고, 오로지 그림만으로 판단하고 가격을 매긴다! 강요는 하지 않겠소. 판돈은 걸 사람만 거시오. 자신의 안목에 모든 것을 맡길 수 있는 사람만 참여하면 되오.”

사랑채에 정적이 흘렀다. 이건 말이 되지 않는 거였다. 누구의 것인지도 모르는 그림에 돈을 거는 건 생소하다 못해 황당했다. 이제껏 그림을 그림으로만 판단해 본 적이 단 한 번도 없었기 때문이다. 언제나 그림 뒤의 배경에 더 관심을 가지고 가치를 두어 왔었다. 이건 아무리 대군이라고 해도 용납하기 힘든 장난이다. 그런데 이때, 갑자기 큰 웃음소리가 들려왔다. 제일 끝자리에 앉은 서거정이 쩌렁쩌렁하게 웃으며 손뼉을 쳤다.

"푸하하! 재미있사옵니다. 이건 정말 재미있는 놀이이옵니다. 잘 왔어. 내가 이곳에서 재미있는 판이 펼쳐질 줄 알았다니까. 하하하."

'권근의 외손자만 아니면, 콱!'이라고 모인 이들 모두가 생각했다. 서거정이 옆의 화평가 허리를 치면서 말했다.

"이보십시오. 정말 하늘이 준 기회 아닙니까? 자신의 뛰어난 안목을 이럴 때 아니면 언제 발휘해 보겠습니까? 여기 모인 이들 대부분 그림깨나 즐기는 분들로 아는데, 해 보십시오. 그렇게들 자신이 없으십니까?"

입만 가지고 단순히 그림이 좋다, 아니다를 판단하는 게 아니다. 그 어떤 정보도 없는 그림에 돈을 지불해야 하는 거, 이것의 무게는 무시할 수 없었다. 실제로 돈이 오가면 신중해지는 법이다. 화평가의 안색은 돈과는 다른 문제로 새하얗게 변했다. 만약에 그동안 혹평해 온 그림을 좋은 그림으로 뽑고, 그동안 돈 받고 칭송해 준 그림을 나쁜 그림으로 뽑게 되면 큰 망신일 것이다. 개경의 갑부가 화통하게 웃으며 배포를 보였다.

"소인은 참여하겠사옵니다. 소인은 그림 볼 줄은 몰라도 돈되는 그림은 구분해 낼 자신이 있사옵니다."

다른 갑부도 손을 들었다.

"소인도 하겠사옵니다. 좋은 그림을 살 자신이 있사옵니다."

"소인도 꼭 마음에 드는 그림을 사 가도록 하겠사옵니다."

이에 다른 사람들도 참여 의사를 밝혔다. 이들 중에는 서거정과 마찬가지로 즐거운 오락으로 받아들이는 사람들도 있었다. 이용이 최원호가 있는 방향을 보면서 말했다.

"두 화단주는 그림을 살 수 없을 뿐만 아니라, 입도 다물어야 하네. 그 어떤 암시도 주어서는 아니 돼."

두 사람이 동시에 고개를 숙여 답을 대신했다. 이용이 개운한 표정으로 자신의 자리로 돌아와 앉았다. 최원호가 옆의 안견을 힐끔 보았다. 그러고 보니 이 인간은 여기 왜 온 거지? 그림을 구경하기 위한 것도, 사기 위한 것도 아닐 텐데, 대체 왜……. 단순히 안평대군과의 친분 때문인가? 최원호가 혼자 고개를 끄덕였다. 곰곰이 생각해 보면 굳이 참석하지 않을 이유도 없기 때문이다. 그리고 안견의 참석에 긴 생각을 할애할 겨를이 없었다. 안평대군의 파격에 혀를 내두르느라 바쁜 데다가, 숨은 진의를 파악하기 위해 온 신경을 집중해야만 하였다. 청문화단주가 소곤거렸다.

"이렇게 전개되리라는 거 알고 오셨습니까?"

"전혀. 청문화단주님은?"

"저도 몰랐습니다, 맹세코. 이게 날벼락이 될지, 꽃마차가 될지 감을 잡을 수가 없네요."

최원호가 안견을 툭 치면서 앞을 보고 말했다.

"넌 뭐 알고 왔나?"

"뭘?"

"지금의 안평대군 제안."

"전혀. 놀랍고, 재미있군."

"놀란 거 같지 않은데?"

"놀랐다, 정말로. 그림을 감상하는 방법 중에 이런 식도 있을 줄이야."

"여기 온 이유는?"

"그림 사러."

"허! 네 눈에 차는 그림이 있겠나?"

안견이 최원호를 물끄러미 쳐다보았다. 할 말은 많았지만 장소상의 이유로 꺼내지 못하고 앞으로 시선을 돌렸다.

"진짜 젊은 화공들 그림을 사러 온 거다. 그런데 일이 이렇게 되어서……. 골치 아프게 되었군. 여차하다간 재수 없게 사대부 그림을 사게 될지도."

최원호가 낄낄대며 웃었다.

"가려낼 자신이 없나?"

"뚜껑은 열어 봐야 알겠지. 사대부 그림 중에 좋은 것이 있다면 마땅히 사게 해 줘야지. 그러기 위해 왔으니까."

"응?"

"난 오늘 여기에 조언자를 겸해서 왔다."

"누구의?"

"한양 최고의 갑부."

최원호가 모인 사람들을 둘러보았다. 분명 여러 갑부들이 보이긴 하였지만, 정확하게 누구를 지칭하는지는 찾아낼 수가 없었다.

하인들이 비단 족자 여러 개에 임시로 그림들을 고정하고, 이용이 있는 본 건물을 시작으로 양쪽의 부속 건물까지 들고 다녔다. 그림의 왼쪽 귀퉁이에 화공들 이름을 적게 하였는데 그곳은 보이지 않게 두꺼운 종이로 가렸다. 다 보인 그림은 떼어 놓고 다른 그림을 붙여 다시 돌았다. 사람들의 표정이 점점 굳어 가기 시작했다. 예상했던 것보다 훨씬 어려웠다. 사대부와 화공의 그림을 구분하기조차 어려웠다. 사대부라면 분명 수묵으로만 그렸을 거라고 막연히 생각했다. 그것이 사실이니까. 하지만 수묵으로만 그린 그림이 반드시 사대부만 그렸다고 볼 수는 없는 상황이었다. 화공들도 사군자는 색채를 쓰지 않는 경우가 많기 때문이다. 그 증거로 여기서도 색이 들어간 그림은 거의 찾아볼 수가 없었다.

이상한 그림이 돌았다. 죽인지 매화인지 형체를 알아보기 힘든 붓놀림이었다. 이것에도 사람들의 머리는 쪼개졌다. 행여 대단한 의미라도 있을까 하여 머리에서 연기가 피어오를 지경이었다. 하지만 모인 이들 중에 안색이 변한 사람이 둘 있었다. 최원호와 안견이었다. 두 사람이 동시에 서로를 마주 보았다. 그러고는 눈빛으로 걱정을 주고 받았다. 이 행동은 눈치 보느라 분주했던 다른 이들의 판단에 영향을 주었다.

갑자기 머리에서 피어오르던 연기들이 사라졌다. 매화 그림 한 장이 만든 효과였다. 사람들의 시선이 그 그림만 좇았다. 앞서 도는 그림과 뒤따라 도는 그림을 보는 사람은 거의 없었다. 최원호의 표정은 변함이 없었다. 옆의 안견은 뜬 눈을 더 크게 떴다. 이용 앞에도 그림이 지나갔다. 이용의 눈도 안견 못지않게 커졌다. 그렇게 모든 그림들이 훑듯이 지나갔다.

하수인으로 보이는 젊은 청년이 안견에게로 접근했다. 안견이 뒤돌아 한참 동안 귓속말을 주고받았다. 최원호가 하수인을 살펴보았다. 이곳 본 건물에 앉은 사람의 하수인은 아니었다. 왼쪽의 부속 건물에서 왔다가 다시 그곳으로 돌아갔기 때문이다. 한양의 최고 갑부라면 어째서 안평대군 곁이 아닌, 저렇게 외진 곳에 있는 건지 알 수 없었다. 방문까지 전부 닫혀 있었다. 아마도 방문 틈으로만 힐끗 보는 듯했다. 그렇다는 건 그림도 제대로 보지 않고 안견의 말만 듣고 사겠다는 뜻이다. 누군지는 알 수 없었지만, 머리 한번 기가 막히다는 생각이 들었다. 안견의 눈을 빌려 그림을 산다, 이보다 더 안전한 도박이 어디 있단 말인가.

"다들 찍어 둔 그림이 있을 거요. 지금부터 본격적으로 가격을 부르시오!"

하인들이 비단 족자에 임시로 고정한 첫 그림을 들고 한쪽 부속 건물부터 본 건물, 또 다른 부속 건물을 천천히 돌았다. 손을 들어 값을 부르는 사람이 아무도 없었다.

"통과! 다음!"

두 번째도, 세 번째도 쉽사리 손을 드는 사람이 없었다. 여러 그림이 지나가고 나서야 면포 한 필 내지는 두 필을 거는 이들이 나타났다. 하지만 가격이 확 높아지지는 않았다. 많은 그림들이 순식간에 지나갔다. 팔린 그림보다 팔리지 않은 그림이 훨씬 많아졌다.

죽인지 매화인지 구분하기 힘든 그림이 앞에 섰다. 모두의 눈치가 치열하게 오갔다. 면포 한 필을 부르는 사람이 나타났다. 안견과 최원호가 주고받는 눈빛을 오인한 사람이었다. 또 다른 사람이 면포 두 필을 불렀다. 하지만 아무리 기다려도 다른 사람이 들어오지 않았다. 눈치를 보니 안평대군은 아예 관심조차 없었다. 결국 자신의 안목보다 다른 이들의 안목에 더 기댔던 사람의 차지가 되었다.

또다시 여러 그림이 지나간 끝에 모두의 시선을 한 몸에 받았던 매화 그림이 등장했다. 매화나무 군데군데를 과감하게 여백 처리를 하여 눈을 표현하고, 그 사이를 뚫고 비죽이 올린 가지에는 딱 한 송이의 매화꽃을 그렸다. 텅텅 빈 붓 자국이건만 차가운 눈이 종이를 가득 메우고 있는 듯한 그림이었다. 어려움을 딛고 피워 올리는 고고한 선비 정신이 이처럼 탁월하게 표현된 그림은 없으리라, 화회에 모인 사람들 대부분의 생각이었다.

이번은 하인이 정지 위치에 서기도 전에 면포 한 필을 외치는 사람이 나타났다. 순식간에 두 필이 되고, 세 필이 되었다. 그러고는 잠시 소강상태가 되는 듯했지만, 다시 면포 세 필에 쌀 한 가마가 추가되었다. 이때 지금껏 그 어떤 그림에도 관심을 보이지 않던 이용이 갑자기 가격을 불렀다.

"면포 다섯 필에 쌀 한 가마!"

안평대군이 뛰어들었다! 사람들의 부르는 가격이 계속 높아졌다. 다시 이용이 외쳤다.

"면포 열 필에 쌀 세 가마!"

이번에는 숨죽인 듯 조용해졌다. 너무 오른 가격이었다. 더 이상 부를 사람은 없는 듯 보였다. 그러자 이용의 표정이 달라졌다. 이제껏 참고 있던 그림을 향한 노골적인 욕심을 내비친 것이다. 너무 갖고 싶었던 그림이었다. 그걸 들키지 않으려고 얼마나 노력했던가.

"면포 열 필에 쌀 세 가마, 거기에 비단 세 필!"

누군가의 외침이었다. 본 건물에서 들린 소리가 아니었다. 왼쪽 부속 건물의 닫힌 방에서 들려온 소리였다. 그러자 사람들이 그 방에 신경을 쓰기 시작했다.

"저기는 누가 있사옵니까?"

"저기도 내가 초대한 사람인데, 이렇게 북적이는 데를 싫어하는 인간이라, 따로 저쪽에 자리를 마련해 주었소. ……그랬는데, 감히 내 그림을 가로채?"

아직 '내 그림'이 되기 전이었건만, 이용은 그림을 처음 본 순간부터 당연히 자신의 것이라 믿어 의심치 않았다. 그러니 가로채인 적이 없음에도 불구하고 가로채였다는 헛소리를 하게 된 것이다. 이용의 계산이 시작되었다. 아직 산수화는 나오지도 않았다. 여기서 예산을 탕진했다가는 산수화를 놓칠지도 모른다. 누구의 그림인지는 모르지만, 매화도가 이 정도라면 산수화도 기대해봄 직하다. 아쉽지만 거기에 모든 것을 걸자!

"난 포기."

이용이 손을 내렸다. 결국 설매화도는 닫힌 방 손님의 차지가 되었다.

마지막 산수화까지 다 나갔다. 그림을 끝낸 화공들은 삼삼오오 모여 앉아 이야기를 나눴다. 일찌감치 작업복과 그림 도구들을 다 싸 놓고 웅크리고 자는 사람도 있었다. 홍천기도 작업복을 벗어 놓고 사형들 틈에 앉아 수다를 떨었다. 다른 방에 있던 차영욱도 함께였다. 갑자기 방문이 열렸다. 그러더니 음식을 얹은 커다란 상들이 들어오기 시작했다.

"우와! 먹을 것도 주나 봐요."

"이야! 매죽헌이 화공들한테는 인심이 후하다더니 헛소문이 아니었나 보다."

백유화단 화공들도 다른 사람들과 똑같이 큰 상 하나를 차지하고 둘러앉았다. 상 위에 있는 음식을 본 홍천기의 입이 헤벌쭉 벌어졌다. 전, 떡, 과자 등과 같은 종류 위주였는데, 양은 적었지만 예쁘고 정갈하기 이를 데 없었다. 한 화공이 퉁명스럽게 말했다.

"차라리 국밥 한 그릇씩 말아 주시지."

"이럴 때 아니면 우리가 언제 이런 예쁜 음식을 먹겠어요?"

"너도 계집이라고 예쁜 걸 좋아하는구나? 먹자!"

"우와! 과자 장식한 것 좀 봐요. 아까워서 입에 넣지도 못하겠어요. 먹는 음식조차 이 정도라면 이 집 주인의 미적 안목은 대체…….”

홍천기가 주변을 두리번거리다가 얼른 과자 하나를 장옷에 숨겨 넣었다. 화공들이 눈빛으로 이유를 물었다.

“밖에서 기다리고 있는 견주댁 주려고요. 봐요, 다들 하나씩 챙기잖아요.”

이윽고 순식간에 상 위가 텅텅 비었다.

“그런데 우리 이렇게 있으면 되는 거야? 어떻게 하라는 말이라도 있어야지.”

사랑채에서 무슨 일이 벌어지고 있는지 모르는 상황이었기에 갑갑하기 짝이 없었다. 이미 판매가 이뤄지고 있었지만 이조차 알지 못했다. 홍천기의 머리에는 온통 곽희 산수화뿐이었다. 이 집 어딘가에 그것이 있다니, 생각만으로도 가슴이 설레서 견딜 수가 없었다.

“내 그림은 사 줄 사람도 없을 텐데, 빨리 끝났으면 좋겠어요. 안평대군 나리께서 내 부탁을 들어주셔야 하는데…….”

이용은 피가 머리끝까지 솟았다. 눈앞의 산수화를 걸고 진행되고 있는 싸움 때문이었다. 제일 앞에 소나무 한 그루를 배치하고, 깎아지르는 듯한 산을 아득하게 묘사한 이 그림은 절대 양보할 수 없는 거였다. 쉽게 접할 수 없는 구도인 데다가, 먹으로만 근근과 원근을 자유자재로 표현했다. 이는 필시 고수의 그림이라 믿어 의심치 않았다. 그렇기에 처음부터 다른 산수화보다 치열한 싸움이었다. 안평대군이 끼어들 틈도 없이 순식간에 값이 뛰었고, 안평대군이 끼어들면서부터는 더욱 치열해졌다.

높이 오른 가격에 부담을 느낀 사람들이 한 명씩 포기를 선언하고 떨어져 나갔다. 이용의 시선이 안견을 향했다. 분명 이 그림에 자신과 똑같은 반응을 했었다. 이용의 시선이 닫힌 방으로 옮겨 갔다. 단 한 번도 저 방으로부터 가격이 나온 적이 없었다. 먼저 차지한 설매화도 하나로 끝낸 것인가? 모든 사람들이 포기를 외치며 떨어졌다. 이용만 남았다. 이제 조금만 버티면 된다. 이용은 닫힌 방의 침묵이 두려워 계속 그쪽만 쳐다보았다.

"면포 열 필에, 쌀 열 가마, 비단 열 필!"

결국 나왔다! 나오고야 말았다. 닫힌 방에서 나온 목소리는 이용이 마지막으로 제시한 것에서 딱 두 배를 부른 것이다. 이제 이용과 닫힌 방 손님, 둘만의 싸움이었다.

"면포 열한 필, 쌀 열한 가마, 비단 열한……."

이용의 말이 미처 끝나기도 전에 저쪽에서 가격을 불렀다.

"면포 열다섯 필, 쌀 열다섯 가마, 비단 열다섯 필!"

가격을 순식간에 끌어올렸다. 이건 이용조차 다퉈 볼 수 없는 가격이었다. 이용이 손을 부들부들 떨면서 외쳤다.

"포기!"

목소리에서도 분노가 그대로 표출되었다. 모든 그림의 판매가 끝이 났다. 그사이에 이용의 분노도 조금 가라앉았다. 안견을 쳐다보기 위해 고개를 돌렸다. 그런데 때마침 그 옆에 있던 최원호를 발견하고 까맣게 잊고 있던 화공을 떠올렸다. 그러고 보니 문배 화공의 그림처럼 보이는 건 없었던 것 같았다.

"백유화단주!"

"네, 말씀하시옵소서."

"그때 내가 말했던 화공, 왔다고 하지 않았나?"

"네, 처음에 말씀드린 대로 와 있사옵니다. 이중에 그 화공의 그림도 있었사옵니다."

"그래?"

어떤 그림이었지? 이용은 잠시 고민하다가 최원호의 말대로 세화 종류만 뛰어난 화공이었던 걸로 결론을 내렸다. 이번에 괜찮았던 그림들 중에는 그와 닮은 그림은 보이지 않았기 때문이다. 안견도 같은 생각에 잠겼다. 안평대군이 최원호에게 참석 여부를 확인한 화공은 '엄청 못생긴 개자식'이리란 짐작이 가능했다. 굉장히 화려하고 꼼꼼한 화풍이었던 화공. 여기 걸렸던 그림들 중에 그 느낌은 없었다. 안견의 결론도 이용과 같았다.

팔린 그림이 앞에 나왔다. 이어 그림을 그린 화공이 사랑채 마당으로 들어와 구입한 사람과 만났다. 다른 그림이 앞에 나왔다. 이어 그림 그린 이와 구입한 이가 만났다. 이러한 행렬은 계속되었다. 판매가가 낮아 실망한 사람도 있었고, 화공을 확인하고 구입가에 실망한 사람도 있었다. 반대의 경우도 있었다.

대체로 크게 실망하는 구입자는 젊은 화공이 등장할 때였다. 이러한 경우는 그림에 따라 안견의 지시가 닫힌 방 쪽으로 전달되었다. 그러면 그 방의 손님이 구입한 가격 그대로를 제시했고 모두가 군말 없이 그 가격으로 넘겼다.

휘청거리는 나이 든 화공이 등장했다. 죽인지 매화인지 구분하기 힘든 그림의 주인이었다. 최원호와 안견의 짐작대로 홍천기의 아비인 홍은오였다. 화공을 확인한 구입자의 심기가 나빠졌다. 이제껏 나온 분노 중에 제일 격한 반응이었다. 안견의 지시가 다시 닫힌 방 쪽으로 전달되었다. 이번에도 흔쾌히 구입한 가격 그대로 닫힌 방 손님에게로 넘겨졌다.

두 개의 그림이 나란히 앞에 나왔다. 최고 가격에 팔린 두 그림이었다. 이용과 안견이 예상한 대로 두 그림은 같은 화공의 작품이었다.

"두 그림이 같은 화공의 것이라고?"

다급히 외치는 소리는 화평가의 것이었다. 군데군데 놀란 수군거림이 터져 나왔다. 화평가가 목소리를 가다듬고 말했다.

"흠! 그럴 거라 예상은 했는데, 진짜 같은 사람의 것일 줄은……."

나란히 세워 놓고 보니 더 탐이 나고 조급해졌다. 화공이 들어올 때까지 기다릴 수가 없었던 이용이 큰 소리로 외쳤다.

"그 그림들 이리로 가져오너라. 어서!"

깜짝 놀란 하인들이 얼른 이용 앞으로 그림을 갖다 놓았다. 사랑채로 화공이 들어서고 있었다. 이용이 이름을 가리고 있던 두꺼운 종이를 뜯어냈다. 화공이 본 건물과 가까워지고 있었다. 이용이 화공의 이름을 확인했다. 홍천기! 홍천기가 앞에 다가와 섰다. 이용이 천천히 고개를 들었다. 눈앞에는 자신이 알고 있는 홍천기라는 이름의 여인이 있었다. 그리고 최원호가 아무 말 없이 무릎을 꿇고, 망나니 앞에 목을 내놓는 심정으로 목을 쭉 뺐다. 사랑채 전체가 정적에 휩싸였다. 이 정적은 오랫동안 지속되었다.

이미 판매가 된 상태에서 불려 나온 걸 몰랐다. 그렇기에 홍천기는 이상하게 이어지고 있는 정적이 사려고 나서는 사람이 아무도 없음에서 비롯된 것으로 이해했다. 그럼 그렇지라고 생각했다. 아주 잠시는 그랬다. 그런데 이 무거운 정적이 끝이 나지 않았다. 지금쯤이면 '여기가 어디라고 감히 계집이 들어와!'라든가, '당장 저년을 끌어내!'라든가, '어쩐지, 화격이 형편없다 하였더니 역시 계집의 그림이었군.'라든가 하는 말들이 쏟아져 나왔어야 했다.

정적을 견딜 수 없었던 홍천기가 슬그머니 고개를 들어 앞을 힐끔거렸다. 사람의 표정이 이렇게까지 똑같을 수 있을까 싶었다. 이중에 유일하게 다른 표정이 눈에 띄었다. 무릎 꿇은 최원호였다. 상황이 짐작보다 훨씬 심각함을 느낀 홍천기가 최원호를 따라 땅에 꿇어앉기 위해 살포시 무릎을 굽혔다. 갑자기 그녀의 동작이 멈추고 고개가 위로 번쩍 올라갔다. 이중에 낯익은 얼굴이 있었다. 제일 가운데 상석에, 안평대군이 앉아 있으리라 생각한 그 자리에, 무뢰한에, 사기꾼에, 도둑이기까지 한 남자가 떡하니 앉아 있었다. 분노와 놀람이 뒤섞인 표정으로. 가운데의 저 남자가 진짜 안평대군이었단 말인가? 처음 만났을 때를 떠올렸다. 인왕산에 있던 그 마을. 안평대군이 왜 거기에 있었던 거지? 제일 먼저 했던 질문이 기억났다.

'혹시 하람이라는 자를 아느냐?'

하람……. 돌이의 말도 기억났다.

'우리 주인마님은 집에 안 계십니다. 지금 궁궐 안에 계신데, 언제 나오실지 알 수 없습니다.'

궁궐……. 설마, 그 남자를 찾아서 그 마을에? 그렇다면 돌이의 주인마님 이름이 바로 하람? 홍천기가 다시금 무릎 꿇은 최원호를 쳐다보았다. 꿇어야 한다! 저렇게, 똑같은 자세로. 손이 발이 되도록 빌어야 한다. 생각은 하였다. 하지만 너무 놀란 나머지 무릎이 굽혀지지가 않았다.

"소인의 것이옵니다."

어디선가 들려온 목소리가 사랑채를 짓누르고 있던 정적을 깼다. 일제히 소리가 난 곳을 향해 고개를 움직였다. 홍천기의 고개도 뒤돌아갔다. 부속 건물의 닫힌 방이 보였다.

"이리로 보내 주시옵소서."

이어진 말과 함께, 방문 두 짝이 밖으로 활짝 열렸다. 하인들이 안평대군의 손에 닿아 있던 그림 두 개를 빼내어 들고 가서, 그 방 안에 넣어 준 뒤에 물러났다. 홍천기가 있는 곳에서는 방 안이 보이지가 않았다. 뒷걸음으로 두어 발짝 걸었다. 그래도 방 안은 보이지가 않았다. 또 두어 발짝 뒤로 갔다. 낯익은 사람이 보였다. 돌이였다. 갓 가장자리밖에 보이지 않는 누군가에게 끊임없이 귓속말을 하는 중이었다. 홍천기의 다리가 잠시 움직임을 잃었다가, 한층 느려진 뒷걸음질을 하였다.

방 문틀이 옆으로 밀려났다. 차츰차츰 밀려날 때마다, 남자의 모습도 온전해져 갔다. 갓을 쓰고 고개 숙인 돌이의 주인마님. 그의 갓이 올라가기 시작했다. 단정한 입술이 보였다. 날렵한 콧날이 보였다. 감은 두 눈이 보였다. 이윽고 눈꺼풀을 밀어내고 모습을 드러낸 붉은색 눈동자가 보였다.

몸을 돌린 홍천기의 다리가 앞으로 움직였다. 백지를 앞에 두고 끊임없이 떠올려 보았던 얼굴에 가까워져 갔다. 계단을 올랐다. 바로 눈앞까지 가까워졌다. 붉은색 눈동자는 아무런 흔들림이 없었다. 복도 형태의 마루에 무릎을 꿇고 방문 너머로 손을 뻗었다. 따뜻한 볼이 만져졌다. 사람이었다.

"홍천기……요?"

남자의 목소리였다. 이토록 듣기 좋은 목소리는 처음이었다. 자신의 이름이 이렇게나 아름답게 불릴 수 있다는 것도 처음으로 알았다. 홍천기가 고개를 끄덕였다.

"네. 하람……입니까?"

"그렇소."

홍천기가 다시 고개를 끄덕였다.

"그렇구나. 하람……, 하람이었구나. 사람이어서 다행이다."

"다행이군. 사람 이름이어서."

건조한 어감이었다. 복잡한 감정들이 뒤죽박죽되어 있는 홍천기의 어감과는 완전히 반대되는 온도였다. 하람이 제 볼에 손을 갖다 댄 홍천기의 손목을 잡았다.

"신세는 곧 갚겠소."

그러고는 제 볼에서 손을 떼어 냈다.

"내 얼굴에 손대지 마시오."

홍천기의 손목을 뿌리치듯 놓았다.

"문 닫아라."

안절부절못하던 돌이가 양손으로 물러나라는 신호를 하였다. 이에 홍천기가 얼떨결에 일어나 계단 아래로 내려가 섰다. 이윽고 닫히는 방문이 하람의 모습을 앗아 갔다. 나무 창살에 비단으로 마감한 방문이건만, 다른 방문들과 다른 거 하나 없는 방문이건만, 견고하기가 이를 데 없는 철옹성 같은 느낌이었다.

본 건물에 앉은 사람들은 큰 소리를 내어 대화를 나누지는 않았지만, 옆 사람과 귓속말 정도는 서서히 시작했다. 이용이 최원호를 노려보았다.

"자네에게서 들을 이야기가 많을 듯싶은데? 이따가 따로 보지."

"소, 송구하옵니다."

안견이 턱으로 홍천기를 가리키면서 물었다.

"저 계집이 혹시 '엄청 못생긴 개자식'?"

"뭐? 대체 누가 그런 소리를!"

"최 회사."

"아……. 최 회사가 말한 거라면 저 녀석을 지칭하는 거 맞다."

"왜 그런 말을 했지?"

"원래 저들끼리 주고받는 말투가 거칠어."

"하긴 최 회사가 말투가 좀 거칠지."

"좀? 많이 거칠지."

최원호가 이야기하던 중에 이용과 눈이 마주쳤다. 다시금 꿇은 무릎을 돋워 앉았다.

"안 선화와 방금 무슨 이야기를 했는가? 설마, 문배 화공이 저……."

"그, 그러하옵……. 허나 소인이 바른대로 말씀드릴 수 없었던 데에는 그럴 만한 여러 가지 사정이……."

"그만! 말하지 말게. 내가 지금 머리가 복잡하니까……. 이따가 보자고."

안견이 슬쩍 빠져서 부속 건물 쪽으로 건너갔다.

"나일세."

"들어오십시오."

안견이 하람의 방으로 문을 열고 들어갔다. 하람은 마당 쪽 방문을 향해 앉아 있었다. 돌이가 그동안 사 둔 그림을 안견에게 건넸다.

"고맙네, 도와줘서. 내가 이 그림들을 갖는 대신, 약속대로 내 그림을 자네에게 넘기겠네. 조만간 자네 집으로 보내도록 함세. 두 개의 그림은 어디 있나? 당장 보고 싶은데……."

안견이 다급하게 찾는 두 개의 그림이 무엇인지 알 수 있었다. 하람이 몸을 돌려 안견을 보면서 말했다.

"선화마님, 죄송하지만 이 그림 두 장은 드릴 수가 없습니다."
잠시의 고민도 없이 안견이 고개를 끄덕였다.
"원래 자네가 산 그림 아닌가. 그건 자네의 자유일세. 난 자네에게 잠시 눈을 빌려준 것뿐이니까. 그런데, 이유는 물어봐도 되겠나?"
"애착이 생겼습니다. 제가 가지고 싶습니다."
"자네가 가지겠다는 그 그림들은 소장할 가치가 있는 그림일세. 그래서 강력히 추천하였던 것이고. 여인의 그림이라 값어치는 떨어지겠지만, 그렇다고 이 그림의 가치까지 떨어지는 건 아닐세."
"제가 소장하고자 마음먹은 이상, 값어치는 중요하지 않습니다."
"알겠네. 참! 넘겨받은 그림 중에 한 장은 가격을 돌려주겠네. 이건 내가 값을 치르고 싶어서 사 달라고 한 거라서."
하람은 어떤 그림인지 묻지 않고 고개를 끄덕였다. 안견이 값을 치르고 싶은 그림은 홍은오의 그림이었다.
"면포 두 필은 내 그림과 함께 보내도록 하지. 자네의 소장품은 여기서 보고 가겠네. 주게나. 찬찬히 살펴보고 싶군."
돌이가 그림 두 장을 건넸다. 안견이 바닥에 나란히 펼쳐 놓고 공들여 살피기 시작했다. 그에게서 간간이 신음과도 같은 소리가 흘러나왔다. 모서리에 적힌 이름이 눈에 들어왔다.
"홍천기? 홍……."
"안 선화마님."

그림에 몰두한 안견이 건성으로 대답했다.

"말하게."

"그림……, 묘사 좀 해 주십시오."

"응?"

안견이 고개를 들었다.

"제 눈은 이 그림들을 볼 수가 없습니다."

안견이 하람의 눈을 한번 쳐다보고, 옆에 앉은 돌이와 구석에서 자고 있는 만수를 보았다. 이 둘 중에 이 그림에 대해 말해 줄 수 있는 사람은 없었던 것이다. 안견의 자세한 그림 묘사가 시작되었다. 친절하게 나뭇가지의 뻗힌 길이까지 하람의 손바닥에 그려 가며 설명해 주었다. 그러고서 자신의 생각을 첨가했다.

"이 그림들이 왜 훌륭한가 하면 말일세, 바로 여백 때문일세. 그림의 구도가 먹선이 아닌, 여백을 중심으로 형성되어 있어. 보통의 화공들은 백지를 앞에 두면 머릿속에 먹선의 위치부터 잡는다네. 그런데 이 화공은 머릿속에서 여백을 먼저 잡고 붓을 움직이는 버릇을 가지고 있다네. 쉬울 거 같은가? 아닐세. 노력과 훈련으로도 쉽게 가질 수 없는 능력일세. 이 화공은 아마도 날 때부터 이러한 능력을 가지고 태어났을 테지. 아직도 자신이 다른 붓잡이들과는 다른 형태를 머릿속에 그린다는 것도 모를 테고. 나이도 얼마 안 된 젊은 여인인데 어떻게 이렇게나 자유로운 여백을 가득 채울 수 있는 건지……. 가까이에 있는 짙은 소나무보다 멀리 있는 흐린 산이 더 강렬할 수 있다니."

안견이 잠시 말을 멈추었다가 말했다.

"그런데 더 놀라운 건, 이 화공이 그린 문배일세. 저번에 내가 본 이 화공의 문배에는 여백이 하나도 없었다네. 이 두 개의 그림과 완전히 상극인 그림을 그렸더란 말일세. 그건 정말이지……. 아! 내가 그림 설명하다가 조금 흥분했군."

"이 화공은 보는 눈이 남다르다는 뜻입니까?"

"아닐세. 뇌가 다른 걸세, 뇌! 자네처럼."

"저도 남들과 그리 다르지 않은데……."

"그건 자네 생각일 뿐이고. 이 화공도 스스로를 자네와 똑같이 말할 걸세."

"좋은 화공이라는 말씀이시지요?"

"그 이상일세. 이런 화공을 가리켜 우리끼리는 천재라고도 하고, 때로는 화마의 먹잇감이라고도 한다네."

"화마?"

"마魔가 눈독 들일 정도로 뛰어난 재능이란 말일세. 이런 화공은 세대에 걸쳐 한 번 나올까 말까 하지만, 대부분 일찍 죽거나, 미쳐 버리고 말지. 남들과 다른 뇌가 결국 문제를 일으키거든. 그걸 화마에 먹혔다고들 한다네."

안견이 그림을 뒤적여 홍은오의 것을 찾아냈다. 그러곤 슬픈 목소리로 말했다.

"화마에 먹히고 난 껍데기는 이렇게 되고 말지. 이렇게……. 홍천기, 이 화공이 그려 낼 수 있는 그림은 앞으로도 많지 않을 걸세. 희소성 있는 그림이 될 가능성이 높다네. 화공에게는 불행이겠지만, 이런 그림을 볼 수 있는 우리는 행운인 거지. 어차피 우리 같은 범인들은 이런 천재의 고통에 값을 매겨 가며 즐기거나, 천재의 머리를 이해하지 못하고 조롱해 대는 또 다른 화마에 지나지 않으니까."

최원호는 이 화공을 밖에 내놓고 싶지 않았던 거다. 최대한 적게 그리게 하고, 그려도 상극에 있는 세화 위주로만 그리게 해서, 최대한 천천히 미쳐 가게 하고 싶었던 거다. 그런 식으로라도 홍천기라는 화공을 지키고 싶었던 거다. 더 많은 그림을 보고 싶어 하는 자신의 욕망과 싸워 가면서.

"뒤풀이를 시작하겠습니다! 안평대군 나리께서 소장하고 있는 그림 한 점을 전시합니다. 보고 싶은 사람은 와서 구경하십시오."

바깥에서 들려오는 소리였다. 이에 안견의 눈이 반짝였다.

"이런! 그대로 갔으면 좋은 기회를 놓칠 뻔했어. 나는 전시 보러 가야겠네."

안견이 인사하고 나간 방에는 세 사람만 남았다. 돌이가 하람의 곁에 바짝 다가와 앉았다.

"저번에 말씀 못 드린 게 있는데……."

하람이 손으로 바닥을 더듬어 홍천기의 그림을 잡았다. 자신의 눈에는 여백도, 먹선도 보이지 않았다. 그저 붉은색만 보였다. 이제는 자신이 보고 있는 색이 붉은 것인지도 헷갈렸다.

"무엇이냐?"

"문배라고 해서 생각났는데, 저번 선달그믐에 홍 화공이 집에 다녀간 적 있다고 하지 않았습니까? 그때 문배를 주고 가셨는데, 그게 감쪽같이 사라졌습니다. 아무리 찾아봐도 없습니다."

"그림은 보았느냐?"

"종이 포장이 된 채로 뒀습니다. 뜯어본 적은 없고요."

"어딘가는 있을 것이다. 발이 달리지 않은 이상에는. 반드시 찾도록 해라."

하람이 그림 위에 손바닥을 올렸다. 자신의 손조차 보이지가 않았다.

"맹인 따위가 그림을 탐내다니. 큭큭."

홍천기의 손이 닿았던 볼을 만져 보았다. 가까이로 쓱 다가올 때 묵향이 났었다. 그 외에도 다채로운 향기가 났었다. 이전에는 맡아 본 적이 없는 향기였다. 설레는 향기였다.

"이 그림들……."

소리 내어 말할 수 없었다. 말로 할 수 없는 감정이었다. 그래서 홀로 머릿속에서 말을 이었다. 이 그림들……, 보고 싶다.

6

그림을 본 순간, 안견은 다가가던 발을 멈추고 말았다. 급히 고개를 돌려 최원호를 찾았다. 이미 최원호도 정신이 혼미한 상태였다. 이용이 안견의 옆으로 다가와 말했다.

“어떻소, 청봉 김문웅의 산수화인데?”

이용의 시선은 그림 너머, 마당에서 다른 화공들 틈에 서 있는 홍천기에게 고정되어 있었다.

“이, 이 귀한 그림을 어떻게…….”

“어쩌다 보니 내 손에 들어왔소. 이전 주인 말로는 중국에 들어갔던 걸 되사 왔다고.”

최근에 뜬금없이 간윤국에 대해 물은 이유가 이 그림 때문이었구나. 누구든 그랬을 것이다. 김문웅의 그림을 보았다면 당연히 간윤국의 그림도 보고 싶어졌을 것이다. 이왕이면 불타서 없어진 태종의 어용이 보고 싶었을 것이다. 정말로 소문처럼 불에 타기 전에 누가 빼돌렸는지 확인하고 싶었을 것이다.

안견은 마당에 모여 있는 화공들을 두루두루 보았다. 그림을 그렸던 사대부들은 이미 다 가고 없었다. 어떤 식으로 그림 판매가 이뤄졌는지 알게 된 후, 불쾌함을 숨기지 않다가 일제히 가 버린 것이다. 그럼에도 불구하고 이용의 눈썹은 조금도 꿈적하지 않았다. 본인은 무척이나 만족스러운 화회였기 때문이다. 홍천기의 그림을 놓친 것만 제외하면.

홍천기가 이리저리 고개를 돌려 가며 화공들 틈에서 사람을 찾았다. 조금 전까지 분명 아버지가 보였다. 그런데 눈 깜박할 사이에 사라진 것이다. 착각했을 거라고 생각하고 닫힌 방문 쪽에 신경을 돌렸다. 거기는 여전히 굳건히 닫혀 있었다. 어쩌면 이미 가고 없을지도 모른다고 생각하면서도 눈을 뗄 수 없었다.

손을 밀쳐 내고 닫아 버리던 방문이 다시금 떠올랐다. 마음이 아렸다. 이해하려고 노력했다. 누워 있는 모습일망정 줄곧 보았던 건 홍천기였다. 하람은 자신을 처음 보는 거였다. 그러니 홍천기의 반가움과는 다를 수 있었다. 낯설 수도 있을 것이다. 머리는 이해를 끝냈다. 하지만 마음은 이에 따라 주지 않았다.

"곧 해 떨어지는데, 우리 차례는 언제야?"

옆 화공의 불만이 홍천기의 시선을 앞으로 돌리게 하였다. 홍천기는 조금 실망한 상태였다. 안평대군의 소장품이라고 해서 곽희를 떠올렸는데, 처음 듣는 작가였기 때문이다. 조바심을 내는 화공에게 물었다.

"사형, 청봉 어쩌고 하는 분, 유명해요?"

"음……, 산수화로는 최고라고 할 수 있지. 요즘은 안견이지만. 묻지 말고 직접 봐라. 사실 우리도 실물을 보는 건 처음이야. 정말 기대된다."

드디어 화공들의 차례가 되었다. 한꺼번에 우르르 쏟아져 들어가자 하인들이 막아섰다.

"천천히! 다섯 명씩 나와서 보십시오! 이쪽부터!"

홍천기도 차례를 기다리느라 줄을 섰다. 화공들의 웅성거림을 들으니 꼭 보고 싶었다. 그러다가 그림 너머의 안평대군과 눈이 마주쳤다. 이용이 손을 들어 인사를 하였다. 얼굴에는 웃음이 한가득이었다. 홍천기가 입을 죽 빼서 혼잣말로 중얼거렸다.

"정말 이상한 분이셔. 멀쩡한 대문 놔두고 자기 집 담장을 왜 넘는대? 그나저나 왜 아무 말씀이 없으시지? 주리는 나중에 틀려나? 매도 빨리 맞는 게 낫다고, 그냥 빨리 벌주셨으면 좋겠는데……."

홍천기의 차례가 되었다. 그림 앞으로 다가가는 홍천기의 눈이 점점 커졌다. 세월을 머금어 약간의 빛바램은 있었지만, 이제껏 이렇게나 안정적인 여백은 본 적이 없었다. 먼 옛날의 기억이 갑자기 머릿속으로 들어왔다.

아주 높은 탁자였다. 발을 힘껏 돋워 봐도 탁자 위가 보일랑

말랑 하였다. 무거운 의자를 낑낑거리며 끌고 왔다. 의자도 크고 높았다. 엉덩이를 받치는 부분이 홍천기의 가슴팍 정도의 높이였다. 다리를 바동거려 가며 용을 쓰고 올라갔다. 의자 위에 겨우 올라서서 탁자를 내려다보았다. 산수화였다. 아마도 그랬던 것 같다. 탁자 건너편에 앉은 사람이 홍천기 쪽으로 산수화 방향을 돌려 주었다. 그러더니 마치 쓰다듬듯이 펑펑하게 폈다. 오른손이었다. 그 손은 엄지와 검지 없이 세 개의 손가락만 있었다.

'천기야, 여백을 보아라. 여백이란 비우는 게 아니다. 채우는 거다. 이렇게…….'

누구였지? 왜 얼굴도 기억나지 않는 사람의 말이 떠오른 거지? 왜 기억에 남아 있지도 않은 그때의 산수화가 떠오른 거지? 홍천기의 눈이 앞의 산수화에 사로잡혔다. 하지만 손은 자유로웠다. 홍천기가 없는 붓을 잡고 그림 속의 붓 자국을 따라 강약을 흉내 냈다. 무의식중에 팔과 손이 움직이고 있었다. 그런 홍천기의 모습을 그림 너머의 이용이 바라보고 있었다. 그림에 홀린 여인의 모습. 완전히 달라진 눈빛. 낯설고도 신기했다.

"다음!"

홍천기가 다음 차례의 화공들에게 강제로 떠밀렸다. 순식간에 좋은 위치에서 밀려났다. 이에 굴하지 않고 화공들의 어깨를 파고들며 조금이라도 더 보려고 기를 썼다. 이용의 입가에 미소가 돌았다. 하지만 이 미소는 오래가지 않았다. 아무도 보지 못하는 사이, 어떤 미친 화공이 김문웅의 산수화로 달려와 화공들을 밀쳐 내고 침을 뱉었던 것이다. 그러고 나서 먹과 안료를 머금은 여러 개의 붓을 한꺼번에 잡고 그림 위에 뭉개 버렸다. 순식간에 벌어진 일이었다.

또다시 사랑채 전체에 정적이 찾아왔다. 이번에는 상당히 심각하고도 살벌한 정적이었다. 화공들과 함께 밀쳐져 땅에 엉덩방아를 찧었던 홍천기가 미친 화공을 알아보았다.

"아, 아버지……."

착각이 아니었다. 아까도 아버지였다. 그렇다면 갑자기 사라진 이유가 이 붓들을 가지러 간 거였나? 왜? 하인들이 홍은오를 붙잡아 땅에 짓눌렀다. 넋을 잃은 이용이 버선발로 마루를 내려왔다. 그러고는 두 손을 바들바들 떨며 그림을 잡았다. 본 건물에 있던 사람 대부분도 버선발로 마루 밑에 내려섰다. 이용이 값비싼 소맷자락으로 뭉개 놓은 부분을 닦아 내려고 해보았지만 더 번질 뿐이었다. 홍천기가 아버지를 감싸면서 안평대군을 향해 말했다.

"안평대군 나리, 이 화공은 소녀의 아비이옵니다. 정신이 온전치 못한 사람이옵니다. 하오니 부디 하해와 같은 마음으로 용서를……."

"나에게 자식 따위는 없습니다."

"아버지……."

이용의 귀에는 아무것도 들리지 않았다. 그의 신경을 차지

한 건 오직 망가진 그림뿐이었다. 하인들의 폭언과 협박이 마당에 가득했지만, 이용의 신경은 건드리지 못했다. 안견이 달려가 홍은오를 가로막고 안평대군을 향해 앉았다. 하지만 안견의 놀란 눈은 홍천기를 향해 있었다. 이 화공이 홍은오의 핏줄이었단 말인가? 안견이 정신을 차리고 앞을 향해 외쳤다.

"안평대군 나리, 부디 용서해 주시옵소서. 이 사람에게 내릴 벌은 소인이 대신하겠사옵니다."

안견의 뒤를 이어 최원호가 달려가 이용의 발밑에 엎드렸다.

"우리 백유화단에서 청봉 김문웅의 산수화 한 점을 소장하고 있사옵니다! 그걸 바치겠사옵니다!"

최원호의 외침은 이용의 신경을 정확하게 건드렸다.

"방금 뭐라고 하였는가?"

최원호가 다시 대답했다.

"청봉 김문웅의 산수화, 우리 백유화단에도 한 점 있사옵니다. 지금 여기에 있는 것보다 더 전성기의 작품이옵니다. 교환한다고 생각해 주시옵소서. 절대 후회하시지 않을 것이옵니다."

"정말인가?"

"보시면 아실 것이옵니다. 나리의 안목이시라면 분명 만족하실 것이옵니다."

화평가가 최원호 앞에 쪼그리고 앉았다. 그러고는 의아한 표정으로 말했다.

"백유화단이라 하면, 청봉 김문웅과 앙숙이었던 간윤국이 만든 화단 아닙니까? 어째서 그곳에서 청봉의 그림을 소장하고 있습니까?"

화평가는 비록 그림 보는 눈은 형편없어도 잡다하게 알고 있는 정보가 많았다. 그 정보 덕에 화평가 노릇도 유지할 수 있었다. 이번에도 그의 정보는 적중했다. 이것은 이용에게 유용한 정보이기도 하였다. 화평가가 계속 말했다.

"그러고 보니, 백유화단주님, 안 선화, 두 분 모두 도화원에서 간윤국의 제자였지요? 가만……, 제가 아는 정보로는 간윤국이 아끼던 제자는 세 명이었다고……."

모두의 시선이 안견이 가로막고 있는 홍은오에게로 쏠렸다. 이용이 고개를 끄덕이며 말했다.

"그래서였나? 정신이 온전치 못함에도 불구하고 스승의 앙숙이 남긴 그림은 싫었던 것인가?"

닫힌 방의 문이 열렸다. 그 안에서 하람이 허리를 숙이고 밖으로 나왔다. 만수가 쪼르르 나와서 마루 밑에 신발을 내렸다. 홍천기가 돌려준 신발이었다. 하람이 신발을 신었다. 그러고는 지팡이를 잡고 끝으로 땅을 더듬기 시작했다. 지팡이에 의지해 계단을 내려섰다. 하람의 지팡이는 계속해서 홍천기 가까이로 길을 알려 주었다. 사람들이 모여 있는 곳에 다가선 하람이 발을 멈췄다. 홍천기의 눈이 하람을 더듬었다.

눈이…… 보이지 않는 건가? 볼 수 없는 건가? 그렇구나. 저 붉은색 눈동자는 맹안이었구나.

서거정이 마루에 걸터앉아 하람을 보면서 중얼거렸다.

"우리들의 원수. 사람 많은 곳에 모습 드러내는 걸 싫어하는 사람이 웬일로 방을 박차고 나왔지? 참, 오늘 신기한 광경 많이도 구경하는구나."

하람이 입을 열었다.

"홍 화공?"

홍천기가 얼떨결에 대답했다.

"네? 네, 네."

하람의 눈이 홍천기를 향했다. 눈이 마주쳤다. 분명 마주친 느낌이었다. 홍천기에게는 그랬다.

"제가 홍 화공께 신세 진 일이 있었소. 안평대군 나리께서도 아시는 일이지요?"

"아, 그건 신세라고 할 만한 건……."

홍천기의 말을 하람이 가로막았다.

"신세였소! 지금 그 신세를 갚도록 하겠소. 백유화단주님! 청봉 김문응의 산수화를 안평대군 나리께 바치십시오. 그 그림값은 제가 지불하겠습니다. 제가 지불할 산수화값은 홍 화공께 갚아야 할 저의 빚입니다. 이렇게 하면 여기서 크게 손해 보는 사람은 없습니다. 그렇지 않습니까?"

홍천기를 제외한 모든 사람이 수긍했다. 홍천기도 수긍하는 척했다. 우선 여기서는 그렇게 하고 나중에 다시 계산을 따져 볼 문제였다. 아버지를 위해서도 어서 이곳을 나가야 했기 때문이다. 이용이 홍천기를 보면서 말했다.

"그럼 두 사람 사이는 정리가 되겠지? 하 시일, 자네의 제안을 받아들이겠네."

그러고 나서 최원호를 보면서 말했다.

"내일 아침 일찍 그림을 가지고 오게. 그리고 우리끼리 긴 이야기를 나눠 보자고."

이용이 홍천기 앞에 다리를 낮춰 앉았다. 그러고는 하람을 향해 있는 홍천기의 얼굴을 손끝으로 살포시 잡아 자신에게로 돌려 시선을 맞췄다. 이용의 입가에 미소가 돌아왔다.

"나는 너의 아비에게 죄를 묻겠다고 한 적이 없다. 또 네가 오해한 것이다. 그러나 나의 침묵으로 인해 잠시라도 두려움에 떨게 하였다면 그 부분은 사과하마."

이용이 일어서서 말을 이었다.

"홍천기! 죄를 묻지 않는 건 오늘 일에 한해서다. 이전에 나를 오인하여 저지른 일들에 대해서는 죄를 물을 것이다. 기대해라."

이용이 여전히 버선발 차림으로 유쾌하게 웃으며 마루에 올랐다.

"오늘 화회는 여기까지! 다들 살펴서 가시오!"

그렇게 이용은 사랑채를 떠났다. 그러자마자 홍천기는 목을 빼고 하람을 찾았고, 안견은 최원호의 멱살을 잡았다. 하람은 어느새 사라지고 없었다. 안견이 부들부들 떠는 손으로 잡은 멱살을 놓았다. 아무 말이 없었다. 손이 멱살을 놓고도 빈 공기를 구겨 잡고 한참을 떨었다. 사랑채에서 사람들이 썰물처럼 빠져나가고 있었다.

"홍가 녀석에게 딸이 있는 줄은 알았지만, 그림을 그리고 있었을 줄이야. 알아챘어야 했어. 그 그림을 보고 눈치챘어야 했는데!"

홍은오는 땅에 웅크린 채로 손가락을 붓 삼아, 땅을 종이 삼아 그림을 그리고 있었다. 조금 전까지 어떤 소동이 있었는지 전혀 알지 못했다. 홍천기가 아버지를 일으켜 세우려고 하였다. 그러자 안견이 홍천기를 밀치고 대신 부축해서 일으켰다.

"최원호, 이야기 좀 하자."

"안평대군의 분부가 더 급……."

안견이 노려보았다. 최원호가 어깨를 움찔하면서 입 안으로 웅얼거렸다.

"우리 의절하지 않았나? 왜 갑자기 이야기를……."

안견이 홍천기를 힐끔 쳐다보았다. 안견의 시선을 따라갔던 최원호가 홍은오의 팔을 잡으면서 홍천기를 향해 말했다.

"반디야, 너는 견주댁과 함께 화단으로 돌아가라. 네 아버지는 이 사람과 내가 책임지고 집으로 데려다줄 테니까. 걱정 말고."

안견이 어처구니없다는 듯 피식 웃었다. 자신이 알고 있던 홍은오의 딸 이름이 반디였다. 최원호와 함께 홍은오를 데리고 가던 안견이 걸음을 멈추고 돌아보았다. 그러곤 홍천기를 향해 말했다.

"홍천기 화공! 나는 도화원의 안견이다. 오늘 그림 두 점, 잘 봤다."

도화원의 안견, 산수화로 유명한 사람이다! 홍천기가 허리를 푹 숙여 인사했다.

"만나 뵙게 되어 영광입니다!"

"다음에 또 보자."

안견이 인사를 남기고 돌아섰다. 홍천기의 고개가 갑자기 바빠졌다. 하람의 흔적을 찾기 위해서였다. 그가 있던 방으로 달려갔다. 문을 열었지만, 안에는 아무도 없었다. 사랑채를 빙빙 돌아 뛰어다녔다. 그래도 하람 비슷하게 생긴 사람은 없었다. 사랑채 뒤쪽으로 문이 있었다. 그곳으로 가려는데 하인들이 막아섰다.

"여기는 들어가시면 안 됩니다. 안평대군께서 쉬고 계십니다. 화회는 끝났습니다. 정리해야 하니까 나가 주십시오."

사랑채를 다시 돌았다. 홍천기의 걸음이 점점 느려졌다. 기운이 빠져나가는 거였다. 없었다. 어디에도 하람은 없었다. 진짜 가 버린 것이다. 터덜터덜 걸어서 대문 밖으로 나갔다. 견주댁이 먼저 알아보고 다가왔다.

"왜 이제 나왔어요? 다들 갔는데."

"기다리느라 하루 종일 힘들었죠? 괜찮다고 그냥 가라니까 고집은……."

홍천기가 맞나 싶을 만큼 목소리에 힘이 하나도 없었다. 조금 전에 최원호와 함께 지나간 홍은오를 떠올렸다. 견주댁은 아무것도 묻지 않고 손바닥으로 홍천기의 머리카락을 쓰다듬었다. 지저분하게 날리는 잔머리가 정돈되었다.

"장옷은요? 그럼 도구도요."

"아……, 객사에 두고 왔나 봐요."

멍한 대답이었다.

"가만 계세요. 제가 금방 찾아 가지고 올게요."

견주댁이 매죽헌으로 들어갔다. 잠시 서성거리던 홍천기의 다리가 금세 견주댁의 말을 까먹고 제멋대로 움직였다. 허전한 머릿속을 진정시킬 수가 없었다. 홍천기가 땅을 보고 걸으면서 투덜거렸다.

"겨우 만났는데……. 그럴 수도 있겠지. 나는 잠든 얼굴을 계속 보았기에 반가웠지만, 그 사람은 나를 처음 만난 셈이니까. 그러니 반가울 리가 없겠지. 뭐, 눈도 안 보이니까. 손을 뿌리친 거? 그럴 수도 있겠지. 처음 보는……, 아니, 모르는 여자가 갑자기 제 볼에 손을 갖다 대니까 놀랐을 수도 있겠지. 놀란 표정은 아니었지만, 그래도 뭐, 그랬겠지. 그래서 손을 뿌리쳐……. 그래도 그렇게까지 매정하게 뿌리칠 필요는 없잖아! 그렇게 차가운 표정으로……, 나를 볼 필요는 없잖아. 그래, 보지는 않았겠지. 못 봤겠지. 그래도 조금은 웃어 줄 수도 있었잖아. 칫! 신세 같은 소리 하고 있……."

다리 쪽으로 붉은 막대기 같은 게 비스듬하게 다가왔다. 지팡이였다. 그 붉은색 지팡이가 홍천기의 길을 가로막았다.

"내 표정이 차가웠소?"

붉은색 지팡이가 있던 자리에 남자의 발이 와서 섰다. 홍천기의 시선이 발을 따라 위로 올라갔다. 하람의 날렵한 옆얼굴이 보였다. 그 옆얼굴은 서서히 앞 얼굴로 변했다. 자신의 의지를 가지고 움직이고, 표정 짓고, 말하는 이 사람을 상상했었다. 줄곧 상상해 왔었다. 그것이 실재가 되어 나타났다. 상상보다 더 나은 모습으로.

홍천기의 양팔이 자신도 모르게 올라갔다. 하람의 어깨에 닿기 직전, 정신을 차린 팔이 동작을 멈췄다. 다행이 아닐 수 없었다. 여차했으면 길거리에서 여자가 남자를 끌어안는 장면이 펼쳐질 뻔했다. 홍천기가 제 양손을 번갈아 보다가 슬그머니 아래로 내렸다. 보았을 리는 없겠지만, 괜히 민망하여 팔을 들었다 내렸다를 반복했다.

"가, 갑자기 앞에 나타나셔서, 제가 놀랐, 하하."

"몰랐소. 차갑게 보였을 줄은. 내 표정을 볼 수가 없으니……."

그렇다면 이 여인의 표정은 어땠을까? 내가 그런 표정으로 보고 있었을 때, 이 여인은 어떤 표정으로 나를 보고 있었을까?

"아, 아닙니다. 그냥 그건 제가 조금, 아주 조금 그렇게 느꼈다는 거고, 뭐, 신경 쓰실 정도는 아니었……. 하하. 아니었는데. 저, 저도 제 표정은 못 보니까. 나는 어떤 표정이었더라? 하하. 하."

어쩔 줄 몰라 당황하는 홍천기와는 달리 눈앞의 남자는 너무도 담담했다. 그래서 또다시 기분이 가라앉았다. 하지만 이내 홍천기의 눈이 똥그래졌다. 하람이 앞으로 성큼 다가왔기 때문이다. 그러더니 하람은 지팡이 손잡이에 양손을 포개 얹어 상체를 숙이고, 자신의 얼굴을 홍천기의 얼굴 가까이로 가져다 대었다. 하람의 입술이 홍천기의 이마를 스칠 듯 말 듯 지나 귓가에서 멈췄다. 하람이 뭐라고 속삭였다. 하지만 홍천기의 귀에는 아무것도 들리지 않았다. 얼굴은 달아올랐고, 숨은 제대로 쉬지를 못했다.

"……하였소? ……화공? 네? 홍 화공? 홍 낭자!"

정신이 번쩍 돌아왔다.

"나, 낭자? 저, 저요?"

하람의 귓속말이 이어졌다.

"질문에 대한 답을 주시오."

속삭이는 목소리는 차갑지 않았다. 정확한 표현을 떠올리지는 못했지만, 감미로운 쪽에 속하는 목소리였다.

"아, 잠시 놀라서……. 뭐라고 하셨는지……."

"내가 낭자와 동지 밤에 만났소?"

하람의 목소리가 한층 낮아졌다. 그런 만큼 더 감미로워졌다. 귓불에 와 닿는 하람의 따뜻한 숨결은 이보다 더 감미로웠다. 홍천기도 덩달아 속삭이듯 말했다.

"아, 네. 그랬습니다. 만났다기보다는 처음 만났을 때부터 의식이 없으셨던 상태라 제가 귀공을 둘러업고, 아, 정말 힘들었는데, 아무튼, 그 마을까지 모셨습니다."

"그러고 이틀을 줄곧 함께 있었소?"

"네."

"함께 있는 동안 무엇을 하였소?"

"무, 무, 무엇을 하였소라니요? 그게 무슨……."

홍천기가 당황하여 말을 더듬자, 쓸데없는 짐작들이 하람의 긴장을 높였다. 그래서 더 바짝 입술을 귀에 갖다 댔다. 두 사람의 볼이 닿을 듯 닿지 않았다.

"말 그대로 무엇을 하였……."

하람은 이틀 동안의 자신의 행적을 묻는 질문이었다. 하지만 홍천기에게는 그런 질문으로 들리지 않았다. 그래서 하람의 말이 끝나기도 전에 대답이 터져 나왔다.

"제, 제가 무슨 짓이라도 했을까 봐서요? 오늘 보자마자 귀공 얼굴에 손댔다고 오해하셨나 본데, 허, 참, 저를 어떻게 보시고! 제가 아무리 개망나니라도 그렇지, 의식도 없는 남자를 설마 어찌했겠습니까? 어이가 없어서, 정말."

질문과는 전혀 다른 대답이 나오자, 하람도 놀라서 상체를 일으켰다. 그래서 얼굴이 멀어졌다. 하람의 표정이 미묘하게 달라져 있었다. 마침 시작된 노을로 인한 착각일 수도 있었다. 당황한 홍천기의 말은 계속되었다.

"아, 뭐, 솔직히 귀공의 얼굴은 조금 훔쳐봤습니다. 아, 네, 좀 더 솔직하게 말하자면, 좀 많이, 아, 아니, 아주 많이 훔쳐보긴 했습니다. 그렇다고 막 만지거나 그러지는 않았습니다. 음……, 조금, 아주 조금 마, 만지기는 했습니다. 하지만 일부러 그런 건 아니고, 그건 실수였고, 이마에 땀도 있고 해서, 열이 있나 짚은 건데, 만지는 거와 짚는 거는 엄연히 다른 겁니다. 저는 분명 이마를 짚은 겁니다. 절대 만진 거 아닙니다!"

홍천기가 하람의 눈치를 살폈다. 하람은 꾹 다문 입술로 물끄러미 쳐다보고 있었다. 더욱 당황한 홍천기가 자신의 실수를 만회하고자 더 많은 실언들을 주절주절 쏟아 냈다.

"네, 네! 말 나온 김에 더 솔직하게 말씀드리겠습니다. 손! 손도 좀 만졌습니다. 네, 만진 거 맞고요. 그게 사람 손 같지도 않고 그래서, 제가 좀 살펴보려고 했던 것이, 어쩌다 보니 그렇게 된 거였고, 아닌가? 그전에 만졌나? 아, 입술! 이건 정말 트집 잡으시면 안 됩니다. 아무것도 안 드시고 누워만 계셔서, 물이라도 드시게 하려다가 입가로 물이 흘러서, 그러니까, 제가 급해서 손으로 입술을……. 하하, 만진 게 아니고 닦아, 그래요! 닦아 드린 겁니다! 눈? 눈은 진짜 손끝으로 조금 만졌네요, 아주 조금. 와! 이건 뭐라고 하면 안 된다, 정말. 다른 데 만지고 그런, 진짜 다른 데, 그러니까, 다른, 헉! 아닙니다. 맹세코 절대 이외에는 만진 적 없습니다!"

하람은 단지 무슨 말을 해야 할지 몰라서 입을 다문 것뿐이었다. 하지만 그의 침묵은 홍천기에게는 더 많은 답을 요구하는 걸로 느껴지게 하였다.

"이왕 이렇게 된 거, 솔직하게 다 말씀드리겠습니다. 그래요, 동침했습니다. 까짓것, 숨길 이유는 없지요."

"도, 동침?"

드디어 하람의 입이 떨어졌다. 하지만 이건 깜짝 놀라서 자신도 모르게 튀어나온 것으로, 되묻는 수준의 말에 불과했다.

"진짜 이건 억울합니다. 제가 일부러 그런 것도 아니고, 정말 그건 불가항력이었습니다. 제가 계속 잠을 제대로 못 잤거든요. 개망나니처럼, 아니, 전 개망나니란 말과 완전히 거리가 먼 사람인데……. 하하, 개망나니는 처음 들어 보는 말이고요, 아무튼 제가 어쩌다 보니 오랫동안 잠을 못 자서, 자고 일어나 보니 귀공께 안겨 있었고, 제가 추워서 잠결에 그렇게 한 거 같은데, 물론 귀공께서도 의식이 없으셨지만. 앗! 옷은 둘 다 입고 있었습니다! 귀공 옷고름도 안 건드린 착한 사람입니다, 제가! 아무튼 여기에 대해서는 저에게만 잘못이 있는 게 아니라 귀공께도 똑같은 잘못이 있다, 이거지요. 그렇다고 제가 막 책임져라 이럴 수 있는 입장은 물론 안 됩니다. 저도 양심은 있으니까. 안 되긴 해도 제가 그리 큰 잘못을 저지른 건 또 아니다, 이런 뜻 입니다."

아무리 하람이라고 해도 만들 수 있는 표정이 있고, 만들 수 없는 표정이 있었다. 하람은 태어나서 난생처음으로 어떤 표정을 지어야 할지 갈팡질팡하는 중이었다. 하람이 진심을 담아서 말했다.

"대체 무슨 말인지 도통 모르겠소."

"그게……, 저도 제가 무슨 말을 하고 있는지 모르겠네요. 하하하."

해가 떨어지고 있었기에 기온도 급격히 떨어지고 있었다. 두 사람은 같은 기온을 공유하고 있었다. 그래서 홍천기의 입에서 하얀 입김이 흘러나오는 것처럼, 하람의 입에서도 하얀 입김이 흘러나왔다. 두 사람만 같은 기운을 공유했을 뿐이다. 비록 하얀 입김이 나오고는 있지만 두 사람은 추위를 전혀 느끼지 못하는 상태였다. 저 멀리, 만수와 돌이, 그리고 돌이에게 잡혀 자초지종을 들은 견주댁 쪽으로만 몹시도 찬 기운이 흘러 발을 동동거리게 하였다. 정신을 가다듬은 홍천기가 목소리까지 가다듬고 말했다.

"각설하고, 저는 이틀 동안 줄곧 귀공이 깨어나시기를 기다렸습니다. 그것 외에는 아무 일도 하지 않았습니다. 정말로 아무 일도……, 하지 못했습니다."

질문에 대한 정답은 아니지만, 원하는 답을 들었다. 홍천기의 험난한 횡설수설을 요약하자면 이틀 동안 하람은 의식 없이 잠만 잤다. 얌전하게. 홍천기의 말은 결국 그런 의미였다. 이제 모든 용무는 끝났다. 답도 들었고, 신세도 갚았다. 앞으로 이 여인과는 만날 일이 없을 것이다. 마지막 인사만 하고 이곳을 떠나면 된다. 떠나기만 하면 되는 일이었다.

"왜…… 기다렸소, 나를?"

왜 이런 질문을 하는지 스스로도 이해할 수가 없었다. 어떤 답을 듣고 싶은지도 알 수 없었다.

"인사를 하고 싶었거든요. 서로의 눈을 보고, 서로의 이름을 나누고 싶었거든요."

홍천기의 답을 듣고서야 자신이 듣고 싶었던 답이 이것이었음을 알아차렸다.

"애석하게도 서로의 눈은 볼 수가 없소."

감미로움이 사라진 차가운 목소리였다. 홍천기의 말이 자신의 처지를 일깨웠기 때문이다. 하람의 뒤로 붉은 노을이 짙어지고 있었다. 눈동자의 색깔과 비슷해져 가고 있었다. 하람도 홍천기가 보고 있는 노을과 닮은 색을 보고 있었다. 아무것도 없는 붉은색. 이것이 자신의 처지를 더욱 각인시켰다. 앞의 여인이 보이지 않으면 않을수록 그러한 생각은 더욱 깊어졌다.

"그런 의미가 아닌데……."

"알고 있소, 그런 의미가 아닌 줄은. 들을 말은 다 들었고 신세도 다 갚았으니, 이제 앞으로는 볼 일이 없을 거요."

"네?"

"그림값들은 백유화단으로 보내겠소."

하람의 지팡이가 홍천기의 옆길을 더듬었다. 그렇게 어리둥절한 홍천기의 옆을 스쳐 지나갔다. 홍천기의 등 뒤로 하람이 점점 멀어지고 있었다.

"잠깐만요!"

홍천기의 불량함이 깨어났다. 이것은 목소리에서부터 드러났기에 붉은색 지팡이의 움직임을 멈춰 세웠다.

"아, 나, 진짜. 모처럼 얌전한 내 성질 건드리는 사람이 나타났네."

얌전? 애초에 얌전과는 담을 쌓은 듯한 느낌이지만 하람은 아무 말 하지 않았다. 어차피 무시하고 갈 길만 가면 되는 거였다. 지팡이를 더듬었다. 앞에 홍천기가 있었다. 좌측으로 방향을 틀었다. 거기에도 홍천기가 더듬어졌다. 우측으로 방향을 틀었다. 거기에도 마찬가지로 홍천기가 더듬어졌다. 뒤로 돌았다. 그런데도 홍천기가 더듬어졌다. 난감해진 하람의 등에서 식은땀이 흐르기 시작했다. 뭐 이런 여인이 다 있지?

"비키시오."

"아뇨! 저도 할 말은 해야겠습니다. 뭐, 신세를 갚아서 볼 일이 없다고요? 완전 어처구니없네. 귀공이 갚아 주겠다던 그 신세, 그거 너무 과한 건 아십니까? 신세 계산은 귀공만 하는 게 아니라 제 계산도 반영되어야 한다고요, 알겠습니까? 전 과하다는 계산이 되었고, 그러므로 반드시 거스름돈을 돌려드려야겠습니다. 게다가 들을 말 다 들었다고요? 귀공만 들을 말 다 들었으면 볼 일이 끝난 겁니까? 저도 귀공께 들을 말 엄청 많습니다. 누구 맘대로 앞으로 볼 일이 없답니까? 아직도 볼 일이 까마득하게 남았구먼!"

숨도 쉬지 않고 쏘아붙이는 홍천기의 기세에 밀려 하람이 두어 걸음 뒤로 밀려났다. 하지만 두어 걸음만큼 홍천기가 따라잡았다.

"전 제가 봐서 괜찮다 싶은 사람과는 한 번의 인연으로 끝내지 않습니다. 신세를 갚을 줄 아는 사람은 제 기준으로는 엄청 괜찮은 사람입니다. 그러니 귀공은 두고두고 저를 봐야 합니다. 아시겠습니까?"

이토록 어려운 질문이 세상에 있었단 말인가. 예, 아니오,

둘 중 하나만 선택해서 말하면 되는 거였다. 하지만 그 어느 쪽으로도 대답할 수 없었다. 하람이 침묵 속에서 붉은색 너머의 홍천기를 바라보는 동안, 난데없이 한 남자가 덮치듯 다가왔다.

"우리들의 원수, 하람!"

그 남자는 미처 하람을 끌어안기도 전에 붉은색 지팡이에 의해 제지당했다. 하람의 지팡이 끝이 정확하게 상대의 가슴팍 중앙을 짚고 천천히 밀어냈다. 홍천기가 놀란 눈으로 지팡이 끝을 보았다.

"가까이 오지 마라, 서거정. 그러잖아도 지금 정신 사나우니까."

하지만 서거정은 장난스럽게 웃으며 지팡이를 쳐 내고 하람의 허리를 끌어안았다.

"형님, 오랜만에 만났는데 까칠하게 구실 겁니까?"

"너 조만간 과거가 있……."

"그만! 그놈의 과거 타령은 지겨울 정도로 듣고 있으니까 그만하시고. 그보다 제가 오늘 여러 가지 진귀한 광경들을 구경했는데요, 천하의 하람이 길에서 여인을 희롱하는 장면까지 보았지 뭡니까. 이거야말로 최고의 구경거리가 아닐 수 없습니다."

홍천기가 허리에 손을 얹고 야무지게 대꾸했다.

"눈이 있으면 똑바로 보십시오! 이 남자가 저를 희롱하고 있는 게 아니라, 제가 이 남자를 희롱하고 있습니다."

서거정이 눈을 크게 떴다가 서너 차례 깜박거렸다. 그러곤 개가 털을 털듯 도리질로 머리를 털었다. 잘못 들은 걸로 생각한 것이다. 서거정의 웃음이 뒤늦게야 터졌다. 하지만 하람은 웃지도 못했다. 끊어지지 않고 계속되는 그의 웃음소리를 들으면서 자신도 웃었어야 했나 고민하기 시작했을 뿐이다. 지금부터 웃기에는 너무 늦었나도 고민에 포함되었다.

"웃지 마십시오! 웃자고 한 말 아닙니다!"

서거정의 웃음이 딱 멎었다. 하람은 안 웃길 잘했구나, 생각했다. 그리고 알 것 같았다. 방금 있었던 홍천기의 발언은 길거리에서 여인을 희롱하는 사내라는 오명을 차단해 주기 위한 배려였음을. 자신을 스스로 망가뜨리면서까지 하람의 체면을 세워 주려 한 것임을. 하람이 갑자기 자신의 허리를 잡고 있는 서거정의 팔을 잡았다. 그러고는 잡아끌면서 말했다.

"기온이 확 떨어진 것으로 보아 해가 저문 모양이오. 홍 낭자 목소리에 한기가 스며 있소. 떨지 말고 그만 가시오. 서거정, 너도 가자."

하람이 멀어져 갔다. 홍천기는 이번에는 방해꾼 때문에 잡지 못하고 뒷모습만 우두커니 바라보았다. 견주댁이 홍천기를 향해 달려갔다. 하람의 옆을 지날 때 힐끔 쳐다보며, '오!'라는 감탄사를 내뱉긴 했지만, 이내 홍천기에게로 시선을 돌렸다. 그러고는 부리나케 장옷을 덮어씌웠다.

하람의 지팡이는 무척이나 빠르게 땅을 두드렸다. 그렇게 한참을 걸어 홍천기에게서 완전히 멀어졌다고 판단한 순간, 방해꾼의 팔을 놓았다. 두 사람 뒤로 돌아와 만수도 합류했다. 서거정이 욱신거리는 제 팔을 주무르면서 말했다.

"휴! 눈도 안 보이시는 분이 뭔 걸음이 이리도 빠르십니까? 자빠질 뻔했네."

"너도 그만 가라."

"형님, 솔직히 말씀해 보십시오. 방금 저 화공 얼굴은 보이시는 거지요?"

"그럴 리가 있나!"

"저 정도 미모면 형님 눈도 확 뜨이겠던데."

"뭐?"

"몰랐습니까? 저 화공, 천하절색입니다. 오늘 매죽헌에서 저 화공이 등장했을 때 오랫동안 정적이 흘렀지요? 물론 쉰 살 안팎의 사대부가 나올 거라 예상했는데, 여인이, 그것도 젊은 계집이 등장해서 그랬기도 했습니다. 하지만 다들 미모에 입이 떡 벌어졌던 이유도 있었습니다."

하람이 귓등으로 듣는 척하면서 걷기에 집중하려고 애를 썼다. 서거정이 계속 따라오면서 말했다.

"미모가 보이지 않고서야 형님 표정이 그렇게 될 리가 없습니다. 진짜 미녀를 바라보는 사내의 표정이었다고요."

"그림과 미모, 나에게는 전부 의미 없는 것들이다. 실없는 소리 그만하고 가서 공부나 해라."

"저 오늘 형님 집에서 자면 안……."

"안 된다."

몇 번을 더 조르던 서거정이 결국 포기하고 제 집 가는 길로 갔다. 하람은 계속해서 걸었다. 걷고 또 걸었다.

"저기, 주인마님."

돌이의 말을 듣지 못했다.

"주인마님!"

하람이 정신을 차리고 걸음을 멈췄다.

"왜 불렀느냐?"

"어디로 가십니까? 궁궐로도, 집으로도 가지 못하는 길인데……."

하람이 지팡이로 여기저기를 더듬다가 말했다.

"여기가 어디냐?"

이미 해는 져서 어두울 것이다. 그럼에도 불구하고 세상은 꽉 막힌 붉은색뿐이다.

"대체 나는 어떤 세상에 있는 거지?"

하람은 그림이 들어 있는 가슴팍에 살며시 손을 올렸다.

캄캄한 길을 걸었다. 조금 전까지 하람에게 따져 말하던 기세 그대로, 늠름하고 당당하게 걷던 홍천기가 갑자기 길가에 있던 큰 나무를 끌어안고 섰다. 그러다 나무에 머리를 박았다.

"견주댁, 어떤 방법이 좋을까? 목매다는 거? 절벽에서 떨어지는 거? 강물에 뛰어드는 거? 아니면, 독초?"

"글쎄요."

"난 죽어야 돼. 살아서 뭐해. 거기서 왜 성질이 튀어나온 거냐고. 그 남자 앞에서 그런 추태를 부렸는데 창피해서 어떻게 살아. 으악! 내가 미쳤지, 미쳤어. 그래, 그 남자도 나를 미친 여자라고 생각할 거야. 그럴 거야."

갑자기 말이 멈췄다. 그러곤 나무를 끌어안은 채로 웃기 시작했다.

"으흐흐흐. 낭자래. 나더러 낭자라고 했어, 그 남자가."

"아마도 지금의 홍 화공을 봤다면 진짜 미친 여자라고 생각했을 거예요. 내가 기다리길 잘했지. 이렇게 정신 줄을 놓을 줄이야. 쯧쯧."

홍천기가 다시 조용해졌다. 한참을 그러고 있더니 장옷을 머리끝까지 뒤집어쓰고 몸을 잔뜩 웅크렸다. 자신이 하람 앞에서 떠들었던 말 한마디 한마디가 새록새록 떠올랐던 것이다. 태어나서 이렇게 장옷에 애착을 가져 본 건 처음이었다.

"으악! 쥐구멍! 쥐구멍 어딨어! 내가, 내가 그따위 말을……. 으악! 그런 말도 했어. 아악! 미친 소리도 했어. 어헝! 앞으로 그 사람 얼굴 어떻게 봐, 창피해서! 다음에 보면……, 앗! 그러고 보니 끝까지 다음에 또 보자는 대답을 안 했어. 나쁜 놈!"

홍천기의 외침이 어둠 속에서 퍼져 나갔다. 오가는 사람이 없으면 모를까 버젓이 사람 다니는 길가였다. 아직 번화가는 벗어나지도 않았다. 그렇기에 지금 이 순간, 가장 창피한 사람은 정신 줄 놓은 홍천기가 아니라 정신 멀쩡한 견주댁이었다. 결국 보다 못한 견주댁이 팔을 걷어붙였다. 그런 뒤 한 팔에는 그림 도구, 다른 한 팔에는 홍천기의 허리를 안아 올려 질질 끌고 가기 시작했다. 홍천기는 끌려가면서도 '창피해! 나쁜 놈! 낭자래.'를 번갈아 가면서 중얼거렸다.

7

어두운 등불은 그림을 살피는 데 방해가 되었다. 그럼에도 불구하고 안견은 계속해서 그림을 뒤적였다. 눈의 초점은 앞의 그림에 맞춰 있지 않았다. 이곳에는 없는 그림에 맞춰 있었다. 제대로 보지 못한 그림을 무의식중인 손이 옆으로 넘겼다. 안견이 그림을 밀쳐 냈다. 그러고는 의자에서 일어나 방 안을 서성거렸다. 오늘 일을 떠올렸다. 최원호와는 거의 대화가 없었다. 둘 다 길만 걸었을 뿐이다.

'홍가 딸, 언제부터 그림 그렸나?'

'태어날 때부터. 아니, 어쩌면 태어나기 전부터도 그렸을 거 같다.'

'제 아비와 똑같군. 화풍만 비슷한 줄 알았더니. 백유화단에는 언제부터?'

'그게, 대여섯 살쯤일 거야. 그때도 이미 그림은 그릴 줄 아는 상태였거든.'

'대여섯이면, 설마…….'

'맞아. 스승님이 화단주로 계실 때였어. 홍가한테 술 한 독 던져 주고 강제로 데리고 오셨지.'

'미친…….'

'안 선화, 자네는 화마를 본 적 있다고 했었지? 우리 반디도 제 아비처럼 될까?'

이것이 최원호와의 유일한 대화였다. 대답은 하지 않았다. 하지 못했다. 안견은 어느새 다시 탁자 앞에 앉아 머리를 감싸 쥐고 있었다. 안견이 본 화마는 홍은오에게서 그림을 받아 가던 존재였다. 그리고 20여 년 전, 기해년 여름을 마지막으로 더 이상 화마를 본 적이 없었다. 그즈음부터 홍은오에게서 광증이 발현되었기 때문이다.

"선화마님!"

안견이 정신을 퍼뜩 차리고 고개를 들었다. 몸에 이불을 둘둘 만 최경이 문을 열고 쳐다보고 있었다.

"대체 무슨 생각 중이시기에 몇 번을 불러도 듣지를 못하십니까?"

"용건은?"

"안 계실 거라 생각하고 침상에서 눈 좀 붙일까 해서요. 집으로 안 가시고, 왜 돌아오셨습니까?"

"뭐, 생각할 것도 있고 해서……."

"시간이 늦었으니 침상은 선화마님이 쓰셔야 되고……. 전 여기서 눈 붙이겠습니다."

최경이 침상과 탁자 사이에 몸을 뉘었다.

"춥다. 침상에 올라가서 자라."

"괜찮습니다. 이제 익숙해졌는데요, 뭐."

최경은 눈을 감았다. 이런 생활에 이골이 나서 아무리 열악한 잠자리라도 쉽게 잠에 빠져들었다.

"매죽헌에서 엄청 못생긴 개자식 그림 봤다."

최경이 감았던 눈을 다시 떴다. 금세 잠에서 깬 것이다.

"가지고 계십니까?"

"아니."

최경은 아무 말 없이 일어나 방을 나갔다. 그러곤 조금 후에 돌아와 탁자 위에 술병과 술잔 두 개를 올리고 안견의 건너편에 앉았다.

"다른 화원들이 먹다 남긴 겁니다. 훔쳐 온 거니까 선화마님이 갚으십시오."

안견이 제 앞의 잔에 술을 부었다. 최경이 술병을 건네받아 제 앞의 잔에 술을 부었다. 그러고는 거의 동시에 마셨다.

"최 회사, 너는 그 화공 그림을 어떤 심정으로 봐 온 것이냐?"

"죽이고 싶은 심정으로요. 재능이란 것이 물건이었다면, 그래서 그 자식을 죽이고 그 재능을 제가 가질 수만 있다면, 저는 그 자식을 죽였을 겁니다."

망설임 없는 대답이었다.

"나도 그랬지, 예전에……."

안견이 술 한 잔을 더 마셨다. 그러고는 웃으면서 말했다.

"녀석, 자식, 놈, 이런 말을 쓰기에 계집이라고는 생각도 못했다. 홍 화공이 사내도 아닌데, 좀 좋아해 보지 그랬냐?"

"네? 제가 미쳤습니까, 그 못생긴 녀석을?"

안견이 최경의 표정을 살폈다. 농담이라고 생각했는데, 최경은 진심이었다.

"미친 건 아무래도 네 눈깔인 것 같다."

"그럴 리가요. 다른 사람들 눈이 죄다 썩은 거지. 제가 초상화 쪽은 선화마님보다 천재인 건 아시죠? 제 눈이 더 정확합니다."

"확신하지 마라. 인간의 눈만큼 불완전한 건 없다."

"그건 모르지요. 눈이 머리를 속이는 건지, 머리가 눈을 속이는 건지는……. 그럼에도 불구하고 제 눈은 정확합니다. 이런 확신 없으면 초상화 앞에서 붓 놔야 합니다. 눈을 믿어라, 붓을 든 자가 자신의 눈에 의문을 품기 시작하면 그것은 맹인과 다를 바 없다. 백유화단에서 그렇게 배웠습니다. 모든 사람이 예쁘다고 해도 제 눈에 못생기면 못생긴 겁니다. 다른 사람 눈에 제 눈을 맞추지 않습니다."

안견이 최경을 쳐다보았다. 남 눈치 따위는 보지 않는 고집스러운 천재 화공. 초상화에 있어서는 가장 중요한 덕목이었다. 최원호가 제대로 키운 거다.

"경아. 넌 도화원 나가지 마라."

"쳇! 두 잔에 취하셨네."

"끊어진 초상화의 맥을 살려 보고자, 원호와 원수가 되면서까지 널 데리고 왔다."

"그전부터도 원수였으면서, 뭘."

"하하. 네가 도화원에 들어오지 않았다면, 백유화단은 지금쯤 돈을 쓸어 담고 있겠지?"

"그렇겠지요. 그러니까 거기 화공은 더 이상 빼 오지 마십시오."

"빚은 다 갚아 가나?"

"거의."

"홍 화공은 백유화단에 빚이 얼마 정도 있지?"

"어마어마하게. 그 녀석, 계집입니다. 잊으셨습니까?"

안견은 대답은 하지 않은 채 조용히 탁자 위에 머리를 얹었다.

홍천기가 장옷을 뒤집어쓴 채로 공방에 앉았다. 복 달아난다고 집 안에서는 쓰지 말라고 타박들을 해 댔지만, 꿈적도 하지 않았다. 그녀에게는 쥐구멍 대신이었기 때문이다. 홍천기는 백지 위에서 붓을 움직여 보려고 애를 써 봤지만 이번에도 실패했다. 행여나 하람의 얼굴을 잊어버릴까 하여 화단에 들어오자마자 붓을 잡았는데도, 조금도 움직일 수가 없었던 것이다. 그래서 더욱더 장옷 아래에 꼭꼭 숨어들었다.

"하람, 왜 우연으로라도 붓이 움직여지지 않는 거지? 이번에는 움직이고, 말하는 것도 다 봤는데, 어째서……."

다시 붓을 잡아 백지 위에 올렸다. 하지만 여전히 움직여지지지 않았다. 힘없이 붓을 놓았다. 홍천기의 손을 떠난 붓은 백지 위에 툭 떨어져 크고 작은 검은 자국들을 남기고 옆으로 쓰러졌다.

| 세종 20년(무오년, 1438년) 음력 1월 9일 |

"가져온 건 조금 이따가 보기로 하고……."

이용이 김문웅의 그림을 풀지도 않고 옆으로 밀쳤다. 그림을 먼저 보았다가는 다른 것들을 망각할 가능성이 높았기 때문이다.

"그러니까 자네 말은, 홍 화공이 계집이라 나에게 그림을 가져올 수가 없었다, 이건가?"

"그, 그러하옵니다."

"일전에 나에게 불려 왔을 때 털어놓지 않은 이유는?"

"홍 화공보다 홍 화공의 그림을 먼저 보시면, 보다 너그러이 용서해 주실 듯하여……."

이용이 최원호를 물끄러미 보다가 고개를 끄덕였다.

"자네 판단이 옳았네. 그 그림들은 그 어떤 짓을 하였어도 용서할 수밖에 없는 그림이었으니까. 나에게 부부인을 사칭하고, 반말하고, 팔을 물어뜯고, 돌을 집어 던졌을지언정."

"주, 죽을죄를 지었사옵니다. 그 녀석이 원래 개망나니라, 소인도 감당키 힘들 때가 많사온데……."

"개망나니? 푸하하하."

"아니, 그게 말 그대로 개망나니라는 뜻이 아니옵고……."

"별명치고는 귀엽구나."

한두 번 겪어 봤으니까 귀여운 거지, 매일 겪어 봐라, 그 소리 쏙 들어가지라고 대꾸하고 싶은 걸 꾹 참았다. 오늘 아침만 해도 그랬다. 귀신 같은 몰골로 스윽 나타나서 기어이 김문웅의 그림을 붙잡고 늘어졌다. 조금만 더 보겠다는 걸 견주댁까지 동원해서야 겨우 떼 놓고 올 수 있었다.

"하여간 독한 놈."

"뭐라고!"

"아, 아니옵니다. 나리께 드린 말씀이 아니오라, 홍 화공이 그렇다는 말씀이옵니다."

"음……, 독한 놈이라……."

이용의 머리를 향해 돌을 집어 들던 홍천기의 모습이 떠올랐다. 독하긴 했다. 하지만……, 그 모습조차 기억에는 귀여운 모습으로 남았다. 눈이 머리를 속였든지, 머리가 눈을 속였든지, 둘 중 하나일 것이다.

"홍 화공의 나이는?"

"기해년생으로 올해 스물 들었사옵니다."

"그렇다면 나보다 딱 한 살 어리구나. 고작 스물에 그 정도 실력이라……. 홍 화공은 어째서 여태 혼자인 것인가?"

"아뢰옵기 송구하오나, 어제 화회에서 보셔서 아시겠지만, 홍 화공의 아비가 그 지경이라 혼처가 없었사옵니다. 스스로도 자신의 처지를 잘 알기에 엄두도 내지 않은 것으로 아옵니다.

하여 동백꽃 신세가 되었사옵니다."

동백꽃, 아무도 오가지 않는 추운 길에 피처럼 아름답게 홀로 피었다가 쓸쓸히 지고 마는 꽃.

"진짜 광증이 있는가?"

"그렇사옵니다."

"저런! 홍 화공이 고생이 많겠구나. 그런 아비 밑에서 그리도 아리땁게 자라다니 참으로 기특하다."

아비 못지않게 미쳐 날뛰는 놈인데라고 대꾸하고 싶은 걸 이번에도 꾹 참았다. 혼인을 못 한 이유가 비단 미친 아비 때문만은 아니라는 걸 여기서 다시금 짚어 줄 필요는 없을 것 같았다.

"홍 화공의 아비는 언제부터 그러하였는가?"

"홍 화공이 태어날 즈음부터였던 것으로 아옵니다. 하여 여식을 전혀 알아보지 못하옵니다."

이번에는 아무 말도 하지 못했다. 입으로 내뱉을 수 없을 만큼 홍천기가 가여웠기 때문이다.

"홍 화공이 기해년생이라 하였으니, 홍 화공의 아비도 기해년 즈음부터 광증이 있었다는 거군. 그럼 광증이 발현되기 전까지는 자네와 안 선화와 함께 도화원의 화원으로 있었는가?"

"그러하옵니다."

"간윤국의 제자로?"

"그러하옵니다."

이용의 얼굴에서 설렘으로 인한 싱글벙글거리는 미소가 사라졌다.

"간윤국이 도화원을 나가서 백유화단을 만들었다고?"

"그러하옵니다."

"그게 언제쯤인가?"

"음……, 기해년이었사옵니다. 소인도 그때 함께 나왔기에 정확하게 기억하옵니다."

"그렇다면 선대왕 전하의 어용 사건도 기해년이었는가?"

최원호가 안평대군 표정을 슬쩍 살핀 뒤, 시선을 아래로 내렸다. 이번에는 최원호의 표정이 변했다. 보다 편한 미소였다. 지나치리만큼 편한 미소였다. 이용도 그의 표정을 놓치지 않았다. 유한 사람일 줄 알았는데, 안견보다 쉽지 않으리란 판단이 들었다.

"청봉 김문웅의 그림을 접한 사람은 으레 간윤국의 그림을 찾사옵니다. 나리께옵서도 간윤국이 그렸다던 그 어용을 궁금히 여기시리라 짐작하고 있었사옵니다. 소인에게 무엇을 묻고자 하시는지도 알고 있사옵니다. 선대왕 전하의 어용, 불태워졌사옵니다. 소인이 아는 바로는 그렇사옵니다. 소인이 잘못 알고 있을 수는 있겠지만, 거짓을 아뢰고 있지는 않사옵니다. 그리고 또 으레 질문하는 것이 선대왕 전하께오서 정말로 간윤국의 손가락을 잘랐는가이옵지요. 여기에 대한 소인의 대답은 아니오이옵니다."

"아니라고? 손가락이 잘리지 않았단 것인가?"

"잘리지 않고, 잘랐사옵니다. 스스로."

"뭐, 뭐라고? 가, 가만……, 간윤국에게도 광증이 있었는가? 홍 화공 아비와 같은?"

"아니옵니다. 아주 멀쩡한 정신에서 저지른 일로 알고 있사옵니다."

"멀쩡한 정신? 자신의 손가락을 어떻게 멀쩡한 정신에서 자를 수가 있단 말인가? 그럴 수는 없네."

"소인도 아직까지 그 부분이 궁금하옵니다. 딱 그때만 미쳤었는지, 아닌지. 평소 입에 술도 대지 않는 이성적인 사람이라 주사도 아니었을 터이고……."

태종은 손가락 절단은 하지 않았다. 그저 질책만 했을 뿐이다. 하지만 당대 최고라는 칭송을 받던 화원에게는 청천벽력과도 같은 일이었을 것이다. 그 높은 자존심이 자신의 손가락까지 자르게 했단 말인가?

"한데 왜 소문은 그렇게 난 것인가?"

"아니라고 하였사옵니다. 스스로 자른 거라 하였지만, 아무도 우리 입을 보지 않았사옵니다. 오직 흥미를 끌기 위해 떠드는 호사가들의 입만 보았사옵니다. 대중들도 선대왕 전하께오서 손가락을 자른 편이 훨씬 재미가 있었던 거지요. 모두가 재미있는 것만 기억하였을 뿐이옵니다. 그 사건 이후에 간윤국은 스스로 도화원을 나왔으며, 백유화단을 만들어 후학에 힘쓰다가, 14, 5년 전에 행방불명이 되었사옵니다. 나이도 나이인지라 아마도 그때쯤 고국으로 돌아갔거나 사망하였으리라 사료되옵니다. 이것이 소인이 알고 있는 모든 것이옵니다. 여기에 거짓은 추호도 없사옵니다."

묻지 않은 것까지 대답했다. 굳이 말하지 않아도 되는 것까지 정정해서 말해 주었다. 이 정도면 들을 말은 다 들었다고 볼 수 있다. 그런데 이 알 수 없는 찜찜함은 도대체 무엇이란 말인가.

"그럼 오늘 가지고 온 김문웅의 그림은 자네가 소장하고 있던 것인가?"

"아니옵니다. 백유화단이 소장하고 있던 것이옵니다."

"다시 말하면 간윤국의 것이다, 이건가?"

"그런 해석도 가능하옵니다."

"간윤국이 어째서 그리도 사이가 나빴다던 청봉의 그림을 소장하고 있었지?"

"소인들은 환쟁이옵니다. 자신이 가질 수 없는 재능을 가진 상대는 시기하고 증오할 수밖에 없사옵니다. 어쩔 수 없이. 그러할지언정 서로를 증오하는 감정의 크기만큼 상대의 그림을 존경할 수밖에 없사옵니다. 이 또한 어쩔 수 없지요. 청봉의 산수화는 환쟁이라면 존경하지 않을 수 없사옵니다. 간윤국조차도 그러하였을 것이옵니다."

구구절절 맞는 말이다. 구구절절 너무 딱 맞는 말이라서 찜찜했다. 최원호, 이 사람 뭐지? 그동안 알고 있던 백유화단주가 아니다. 청문화단에 밟히고, 도화원에 밟히느라 휘청거린다는 백유화단. 그런 화단의 화단주가 이런 사람인 건 앞뒤가 맞지 않는다. 그래, 지나친 생각 탓이다. 너무 과한 의심은 너무 과한 믿음만큼 위험하다. 지금이 그에 딱 맞는 상황일 것이다.

지금 최원호는 대군 앞이라 이실직고하기만으로도 정신없는 상황이리라. 말 그대로 추호의 거짓도 없이 말하고 있으리라. 이 찜찜함은 오히려 너무 과한 의심이 만들어 낸 착각이리라. 지금은 앞뒤가 딱 맞는 이 말들을 믿고 즐기자. 지금은……. 아! 그렇다는 건 그 어용은 정말 불태워지고 없다는 건가?

"휴! 간윤국 그림 정말 보고 싶었는데……. 혹시 그 어용이 아니더라도 남아 있는 그림은 없는가?"

"음……."

진짜 고민에 빠진 모습이다. 진심으로 찾아보려고 애쓰는 중이다. 이전에 알고 있던 백유화단주 그대로다. 역시 이 사람 말은 전부 사실인가?

"우선, 저희 백유화단에는 없사옵니다. 소인이 도화원에 있을 적에도 간윤국은 워낙 자신의 붓을 아끼던 터라, 어용 같은 큰일이 아니고서는 여간해서는 붓을 들지 않았사옵니다. 사대부들의 초상화 의뢰도 전부 거절을 하였지요. 그 콧대 탓에 사대부들의 지탄을 받기도 하였사옵니다."

"도화원에 남아 있는 건 없겠는가?"

"호가 고인顧仁인 간윤국은 본디 중국 사람이옵니다. 인물도로 명성이 자자하여 도화원에서 불러들인 것으로 아옵니다. 도화원에 차임差任되고서는 작은 일들은 거의 감수만 하였사옵고. 만약에 도화원에 남아 있다손 치더라도 간윤국의 그림을 구분해 내기는 힘들 것이옵니다. 도화원의 화원들은 똑같이 그리는 훈련을 거치는데, 도화원에 남아 있는 건 대다수 그런 그림들이옵니다. 개개인의 화풍을 철저하게 제어한 그림, 그리하여 여러 명이 그려도 마치 한 사람이 그린 듯한 그림…….”

같이 그린 화원들이 아니고서야 구분하기 어려울 것이다. 이것은 이용도 인정할 수밖에 없었다. 도화원은 예전부터 천재를 죽이는 공간이었다. 그곳에서 그림을 그리는 일은 화업이 아닌, 작업에 불과했다. 오랜 세월을 작업만 되풀이하다 보면 천재 화공조차 그저 그런 화공으로 전락하곤 하였다. 안견조차도 한 번씩 조감도의 습기習氣가 산수화로 흘러들곤 할 정도니까. 만약에 지도나 의궤 등과 같은 공동 작업에 자신의 화풍을 섞었다면 당연히 폐기되었을 것이다. 그리고 도화원에서 현재 소장하고 있는 그림은 이러한 공동 작업의 산물들뿐이다.

갑자기 최원호가 안절부절못했다. 얼굴도 이리저리 일그러졌다. 대체 과거에 무슨 일이 있었기에 저리도 고통스러운 표정을 한단 말인가? 이용의 걱정스러운 눈과 마주치자 최원호가 참지 못하고 입을 열었다.

“안평대군 나리, 아뢰옵기 대단히 송구하오나…….”

“말해 보게, 뭐든지.”

“자, 잠시만 다리 좀 펼 수 있도록 허락해 주시옵소서. 오랫동안 꿇어앉았더니 다리가 저려서…….”

“아……, 그렇게 하게.”

최원호가 뒤돌아 다리를 폈다. 그러곤 코에 침을 발라 가며 다리 저림을 해소하기 위해 애를 썼다. 대부분 사실을 말했다. 대부분이라는 건 전부라는 뜻은 아니다. 말하지 않은 것도 있었다. 사실들 중에 잘못 알고 있는 것도 없지는 않을 것이다. 질문을 당하지 않으려면 말할 수 있는 것만 먼저 말해 버리는 게 나았다. 많은 질문에 일일이 대답하다 보면 사실조차 꼬이는 법이니까.

"흠! 그건 그렇고, 흠흠! 그 뭐냐, 흠! 그 ……이 좋아하는 거라던가, 뭐, 있는가?"

그러고 보니 밥때가 되었다. 뭐 먹고 싶은지를 묻는 것일 터이다. 최원호가 다시 다리를 접으면서 돌아앉았다. 아직 덜 풀린 저림으로 인해 인상이 일그러졌지만 뒷말은 무리 없이 이었다.

"소인은 아무거나 다 잘 먹사옵니다. 나리께옵서 주시는 거라면……."

"아니, 자네 말고!"

"그럼 무슨 뜻이온지……."

갑갑하다. 이쯤 되면 적당히 눈치채고 대답해 줄 만도 한데, 최원호는 눈만 깜박거릴 뿐이었다. 이용이 끈을 풀고 족자를 펼쳤다. 한 귀퉁이만 드러났을 뿐인데도 김문웅의 기가 확 느껴졌다.

"안평대군 나리, 드릴 청이 하나 있는데……."

족자를 펼치던 이용이 손을 멈추고 최원호를 보았다. 조금 전 다리 저림을 견디지 못하던 표정이 다시 보였다.

"다리 펴고 싶으면 그렇게 하게."

"아니, 그게 아니오라, 홍 화공……."

"말하게!"

이용이 즉시 족자를 놓았다. 그러고서 최원호에게 눈빛으로 얼른 말해 보라는 독촉을 쏘아 댔다.

“만약에, 아주 만약에, 소인이 최대한 막아 보겠지만, 그게 불가능하겠지만, 홍 화공이 여기 와서 이 청봉 그림을 보여 달라고 청하면, 호통을 심하게는 치지 마시고 잘 타일러서 돌려보내 주시옵소서. 홍 화공이 그림이라 하면 워낙 물불 안 가리는 성미라…….”

“호통을 내가 왜? 근데 정말로 올 거라는 건가?”

“아마도……. 거의 그렇게 될 가능성이 높사옵니다. 소인이 또 외출 금지령을 내려서라도 막겠…….”

이용이 한 손도 아니고, 무려 두 손을 모두 들고 휘휘 저었다. 손이 두 개밖에 안 되는 것이 아쉬운 상황이었다.

“아니! 그럴 필요는 없네. 그림 그리는 화공이 좋은 그림을 보겠다는데 그걸 말리는 건 스승으로서 할 짓은 아니지, 암. 정말 온다는 거지? 진짜지?”

“그러하옵니다만……. 저기, 청봉 그림 외에도 곽희 그림도 최근에 입수하셨다고 들었사옵니다. 홍 화공이 그것도 노리고 있사온데…….”

“걱정 말게! 그것 말고도 내가 소장하고 있는 그림 제법 되네. 홍 화공이 원하면, 얼마든지 보여 줄 수 있네. 언제든 오라고 하게. 하하하. 내가 재능이 뛰어난 화공에게는 지원을 아끼지 않는다네. 하하하. 빨리 오면 좋겠는데. 하하하.”

“저희 화단 화공들도 함께 오면…….”

"안 돼! 아, 아니, 난 재능이 뛰어난 화공에게만 지원을 하네. 너무 많으면 성가셔서."

최원호가 이용의 표정을 훔쳐보다가 가지런히 손을 앞에 짚고 허리를 숙였다.

"안평대군 나리, 홍 화공은 화공이옵니다."

목소리가 심상치 않았다. 지극히 공손하고 신중했다. 그래서 이용도 들떴던 목소리를 가라앉혔다.

"그래, 화공이네."

"계집이기 이전에 재주가 있는 진짜 화공이옵니다. 재주를 아껴 주시옵소서. 간청드리고 또 간청드리옵니다."

이용이 당황하여 잠시 이마를 긁적거리다가, 한쪽 입꼬리를 일그러뜨리면서 말했다.

"혹여 내가 홍 화공을 술 따르는 계집쯤으로 여긴다고 생각한 건가?"

"소인의 무례를 용서해 주시옵소서. 소인이 원래 하지 않아도 되는 걱정을 억지로 만들어서라도 하는 성격이온지라."

이용이 최원호의 숙인 등을 보면서 미소를 되찾았다. 제자를 위해, 함께 수학한 벗의 여식을 위해, 이마가 바닥에 닿을 정도로 허리를 숙이는 사람에게는 입꼬리를 일그러뜨릴 수가 없었다.

"걱정 말게. 나는 홍 화공의 재주를 앞으로도 계속 보고 싶은 사람이니까."

최원호가 고개를 번쩍 들었다.

"아, 그럼 홍 화공에게서 사죄를 받아 내겠다고 하신 건 철회를……."

"그건 다른 문제고! 받을 건 받아야지."

"아, 네."

풀이 죽어 고개를 숙이는 최원호를 보면서 이용은 족자를 마저 펼쳤다. 교환을 허락하지 않았다면 두고두고 후회했을 작품이 눈앞에 나타났다.

"홍 화공! 그림값 들어왔다!"

공방에 기진맥진으로 앉아 있던 홍천기가 천장을 뚫을 듯이 솟구쳐 올랐다. 그러고 나서 후다닥 방문을 열었다. 하지만 곧 문을 닫았다. 옷고름과 치마, 저고리를 두루두루 살핀 후, 다시 문을 열었다. 다시 닫았다. 손바닥으로 잔머리를 쓸어 정리했다. 그러고서 문을 열고 나갔다. 목적지는 마당이 아니었다. 도리어 눈에 띌세라 살금살금 도둑 걸음으로 공방을 벗어났다.

홍천기가 달려간 곳은 우물이었다. 두레박을 던져 급하게 물을 길어 올렸다. 얼음장처럼 차가운 물이지만 온도를 가늠해 볼 틈도 없이 손을 넣어 얼굴에 끼얹었다. 연거푸 세수를 거듭하고 나서 물기를 털어 냈다. 손가락 끝과 얼굴이 얼어서 새빨개졌지만, 본인은 알지 못했다.

공방 마당으로 달려갔다. 그곳에 쌀가마니와 면포, 비단 등이 들어오고 있었다. 사람들이 몰려 나와 구경하는 틈으로 강춘복은 물건 개수를 세었다. 그리고 홍천기는 새빨개진 얼굴에서 허연 김을 피워 올리며 두리번거리고 섰다. 입꼬리는 잔뜩 올렸다. 대문 쪽에서 누가 들어오고 있었다. 홍천기의 얼굴 근육이 긴장으로 실룩거렸다. 돌이였다. 그 옆에는 일꾼이 쌀가마니를 지고 들어왔다.

"이게 전부입니다. 세어 보십시오."

돌이의 말에 강춘복이 고개를 끄덕이며 장부에 기록했다. 홍천기가 돌이를 보았다. 돌이가 환하게 웃으며 허리를 숙여 인사했다. 홍천기의 시선은 돌이와 대문을 오가느라 분주했다. 그러다가 대문 쪽으로 쪼르르 달려가 바깥을 빼꼼히 훔쳐보았다. 홍천기의 머리가 대문 밖으로 점점 빠져나갔다. 이윽고 몸까지 대문 밖으로 나갔다가 잠시 후에 들어와서 돌이 앞에 섰다. 돌이가 눈으로 용건을 물었다. 홍천기는 말도 못 하고 고개만 저었다. 그러고는 다시 대문 쪽으로 가서 바깥을 내다보다가 돌아왔다. 어깨에서 힘이 빠졌다. 화공들이 수군거렸다.

"야, 야. 쟤 왜 저러냐?"

"몰라. 근데 왜 내가 창피한 느낌인지 모르겠다."

"홍녀, 그러고 있지 말고 물건이나 확인해 봐라."

"춘복이 아저씨가 하시는 게 더 정확해요."

홍천기가 돌이 옆으로 가서 제 손가락을 만지작거리다가 기어 들어가는 소리로 말했다.

"저기, 그, 뭐더라? 아! 어제 보니까 사내아이도 있던데……."

"아! 만수 도련님이요?"

"만수?"

"네, 키 요만하고 주인마님과 언제나 함께 다니는……."

"맞아요! 네, 그 만수. 오늘은 안 왔나요?"

무엇을 묻는지 눈치챈 돌이가 웃던 얼굴에 더 큰 웃음을 보태면서 대답했다.

"주인마님과 궁궐에 들어갔습니다."

"언제요?"

"어젯밤에 화회 끝나고 바로요."

"그럼 언제 또 나오시나요? 아! 그 만수라는 아이요."

"그게 언제 나오실지는……. 한 달 후가 될지, 두 달……."

"저번에도 그렇게 말했는데 어제 나오셨잖아요. 어제 같은 일이 또 있지 않을까요?"

"어제 같은 경우가 드뭅니다."

홍천기의 온몸에서 깊은 한숨이 나왔다. 공방을 향해 사내처럼 터덜터덜 걸었다. 다리에 맥이 다 빠져 버렸다. 어떻게 된 사람이 임금보다 더 궐 밖으로 안 나올 수 있단 말인가. 거기가 자기 집이라도 된대? 거긴 임금 집이라고! 양덕방에 그 좋은 집을 두고 경복궁에서 살지 않으면 안 되는 이유라도 있나? 쳇! 공방 마루에 오르던 홍천기가 다시 마당으로 뛰어갔다. 그러곤 쌀가마니 한 개와 비단 세 필, 면포 세 필을 챙겨 온몸으로 끌어안았다.

"이건 거슬러 줄 겁니다. 그러기로 저쪽과 이야기 끝냈습니다. 춘복 아저씨, 이 분량만큼 제 장부로 옮겨 주세요."

"홍 화공, 그 많은 걸 무슨 수로 갚으려고?"

홍천기가 빼낸 물건을 이리저리 살피다가 비단과 면포만 끌어안고 무거운 쌀가마니는 발로 툭툭 찼다.

"이 쌀가마니는 됐어요. 대신 안고 있는 건 진짜 돌려줄 거예요. 건드리지 마세요."

그러고는 돌이를 보면서 말했다.

"어쩌죠? 그 댁 주인마님을 볼 일이 생겨 버렸는데? 앞으로 볼 일이 없다고 그랬지만, 그건 그쪽 기준이고, 전 이렇게 볼 일이 딱 생겨 버렸네? 하하하."

돌이가 머리를 긁적거리면서 서 있자, 홍천기가 웃음을 그치고 정색하며 말했다.

"전 사람을 잘 안 믿어요. 그래서 이것도 제가 그 댁 주인마님을 꼭 직접 만나서 돌려드릴 거예요!"

돌이의 고개가 끄덕여졌다. 이 끄덕임은 점차 큰 폭으로 변해 갔다. 돌이의 웃음도 끄덕임의 폭만큼 점차 크게 바뀌었다.

"그럼요! 직접 전달하셔야지요. 하하하. 주인마님이 집에 오시면 바로 연락을 드리겠습니다. 언제가 될지는 모르겠지만. 아! 그리고 이거……."

돌이가 소맷자락에서 포장된 작은 물건을 꺼냈다. 그리고서 홍천기 앞에 두 손으로 내밀었다.

"문배값으로 전해 달라고 하셨습니다. 주인마님께서! 다른 거 드리고 싶으셨나 본데, 갑자기 장만할 수가 없었습니다. 집에 둔 물건 중에 젊은 여인이 쓸 만한 게 없어서 이거라도……."

홍천기가 품에 안고 있던 걸 쌀가마니 위에 올려놓고 선물을 받았다. 포장을 벗겼다. 그 안에는 종이 갑이 있었고, 또 그 안에는 먹이 있었다. 최상품의 먹이었다.

"저기, 이건 제가 받을 이유가 없습니다. 그 문배는 숭늉값이었고……."

"사실은 그 문배를 잃어버렸습니다. 집 안 어딘가에는 있을 거라 생각하고 지금 찾는 중입니다. 주인마님께서 그것을 갖길 원하시고, 그렇기에 이 선물을 드리고 싶다고 하셨습니다."

"볼 일이 없다 그래 놓고서 이건 왜 보낸대요? 이상한 사람이야, 정말."

홍천기의 말뜻은 투덜거림이었지만 목소리는 웃음기가 가득했다.

"그러게요. 우리 주인마님이 조금 이상하시긴 하네요. 하하하. 정말로……."

정말 이상했다. 원래부터 하람은 신세는 즉각 갚는 성미였지만, 이렇게 과하게 한 적은 처음이었다. 콕 집어서 어디가 어떻게 이상하다고 말할 수는 없었다. 하지만 여태의 하람과 다른 건 확실했다. 그 다름이 기분 좋은 느낌이었다.

"감사히 받겠습니다. 대신, 인사를 꼭 드리고 싶습니다. 직접 만나서요."

돌이가 웃으며 고개를 끄덕였다. 홍천기의 말을 통해, 아마도 하람도 같은 마음이 아니었을까 짐작했다. 선물을 핑계로 억지로라도 볼 일을 만들고 싶은 마음. 정말 이런 마음이었다면 조만간 하람은 다시 궁궐에서 나올 것이다. 경복궁에 머무는 건 임금이 아닌, 하람의 의지에 의한 부분도 있으니까.

"어쩌면 생각보다는 빨리 나오실지도 모르겠습니다. 기다려 주십시오. 부탁드립니다. 반드시 모시러 오겠습니다."

여전히 붉은 하늘이었다. 하람이 창 너머의 허공에서 볼 수 있는 건 그것뿐이었다. 예전과 다르지 않았다. 그럼에도 불구하고 경복궁 밖의 하늘이 궁금하여 자꾸만 쳐다보게 되었다. 무엇이 궁금한지는 알 수 없었다. 진짜 궁금한 게 있기나 한 건지도 알 수 없었다.

만수는 하람에게서 이상을 감지했다. 이전에는 책을 읽으면 글자를 놓치는 법이 없었다. 그런데 오늘은 여러 차례 되묻기를 하였다. 깜박하고 못 들었다는 것이다. 그래 놓고서는 싱긋이 웃기까지 하였다. 한 번씩 '쿡!' 하고 웃음이 삐져나올 때도 있었다. 조금 전에는 탁자에 부딪히는 사고도 있었다. 익숙한 공간에서는 움직일 때 실수하는 일이 없는 하람이었다. 마치 눈이 보이는 사람처럼 다니곤 해서 사람들의 구경거리가 되기도 하는 사람이다. 그런데 그리도 능숙하게 잘 피해 다니던 탁자에 가서 허벅지를 굳이 박는 이유가 무엇이란 말인가. 그러니 만수의 걱정이 이만저만이 아닐 수밖에. 도저히 참을 수 없었다. 안 될 걸 뻔히 알지만, 한번 말해 봐야겠다.

"저기, 시일마님. 정신, 아니, 몸도 이상하신데 오늘 집으로 가시는 게……."

"음……, 그럴까?"

"네에?"

역시 정상이 아니다. 어쩌면 몸만 하람이고, 속엔 다른 존재가 들어 있을지도 모른다. 그렇지 않고서야 이렇게 쉽게 '그럴까?'라는 말이 나올 수가 없다.

"하람 시일, 맞으시지요? 우리 시일마님 맞지요?"

하람이 손을 뻗어 만수의 머리를 쓰다듬었다. 따뜻한 손, 하람이 맞다.

"녀석도."

헉! 웃는다. 역시 이상하다. 초승달 모양으로 변하는 하람의 눈웃음은 1년에 한두 번 나올까 말까 하는 아주 귀한 표정이다. 이런 눈웃음이 별일 아닌 이 상황에서 나온 것이다.

"아! 안 되는구나. 오늘 진수軫宿 관측이 있어서 못 나간다. 깜박했다. 진수 안에 하필 청구靑邱*가 있는데 내일로 미루면 안 되지."

깜박할 게 따로 있지, 어떻게 중요 별 관측을 깜박할 수 있지? 이건 많이 이상하다.

"구름의 양은?"

만수가 창밖으로 고개를 빼고 하늘을 보면서 말했다.

"아주 맑습니다."

"그래? 아쉽군."

구름이 없어서 아쉽다는 건 하람이 하는 말일 리가 없다. 큰

---

* 일곱 개의 짙은 까마귀색 별로, 조선을 주관하는 별.

일 났다. 엄청나게 이상해졌다.

"내일도 안 되고……, 모레는 가능하려나?"

하람이 아닌 것 같아도 괜찮았다. 이상해도 상관없었다. 이렇게 기분 좋은 하람은 거의 본 적이 없는 것 같았다. 뭐가 뭔지는 몰라도 하람이 계속 이런 기분이기를 바랐다. 물론 다치는 건 조금 조심해 줬으면 좋겠지만 말이다.

강녕전의 문이 열리고 이용이 허둥지둥 들어와 고개를 숙였다.

"앉아라."

임금과 안견이 앉아 있었다. 이용은 자신의 몫으로 나와 있는 방석에 앉자마자 빠른 속도로 말하기 시작했다.

"얼마 전에 뵈었지만, 이리 또 뵈오니 소자의 마음도 기쁘옵니다. 하오나 요사이 양녕 백부 일로 용안이 이루 말할 수 없을 만큼 수척하시어 소자의 마음도 무겁기 그지없사옵니다. 하여 아뢸 것만 아뢰고 소자는 얼른 일어나겠사옵니다."

이용이 전장에서 뒤쫓기는 사람처럼 안견의 앞에 있던 그림을 끌어가 뒤적였다. 그중에 서너 장을 뽑아 내밀었다.

"이 그림들이 쓸 만하옵니다. 이중에서는 차영욱이란 자가 제일 좋은 화공이라 사료되옵니다. 그리고 아바마마, 하 시일은 왜 보내셨사옵니까?"

"네가 보내라고 하지 않았느냐! 내키지 않아 하는 하 시일을 기껏 보내 줬더니……."

"아, 참, 그랬지. 아무튼 하 시일이 최고의 그림을 가져갔사옵니다. 그자만 안 왔으면 내 것이 될 수 있었는데. 으, 아까워!"

"하 시일이 가져간 그림이 어느 정도기에?"

"도화원 화원들이 죄다 그 앞에서 머리 숙여야 할 정도라 감히 아뢰옵니다. 아! 물론 앞에 계신 안견 선화와, 최경 회사는 제외이옵니다. 이제 소인의 역할은 다 끝난 듯하니 그만 물러나겠사옵니다."

말만 물러나겠다는 게 아니라, 정말로 벌떡 일어났다. 방 안에 있던 사람들이 당황하여 자리에서 엉거주춤 일어났다. 오직 임금만 앉아 있었다. 물론 놀란 눈은 다른 사람과 다를 바 없었다.

"앉자마자 일어서는 건 무슨 경우냐?"

이용이 뒷걸음질로 문 쪽으로 가면서 말했다.

"소자가 지금 집을 비울 수 없는 상황이옵니다. 서찰로 대신하겠다는데 굳이 여기까지 오라고 하오시니."

불만이 가득한 말투 속에 조급함이 한가득 묻어 나왔다. 이미 문을 열고 다리 한쪽은 바깥으로 나갔다.

"아바마마, 어심을 편안히 하시옵소서. 일간 다시 찾아뵙겠사옵니다."

"저, 저놈이!"

문은 닫혔다. 문밖에서 이용의 목소리가 다시 들렸다.

"어마마마! 소자 갑니다."

건넛방 중전을 향해 방문도 열지 않고 외치는 소리였다.

"어? 셋째 왔느냐?"

이용의 기척은 이미 달아나고 없었다. 한발 늦게 건넛방 문이 열리고 중전의 기척이 나타났다.

"방금 우리 셋째 목소리 아니었느냐?"

임금이 머리를 짚으며 옆의 상궁에게 손가락으로 나가 보라고 지시했다. 중전에게 가서 상황 설명을 해 주라는 의미였다.

"아이고, 머리야. 매죽헌에 꿀이라도 발라 놨나, 왜 안 하던 짓을……. 쯧쯧."

임금의 시선이 안견에게로 돌아왔다.

"하 시일이 내 말은 내키지 않아 하더니, 자네 요청에는 응했더군. 마음을 바꿔 화회에 참석한 이유라도 있었는가?"

"하하하. 마침 주고받을 거래가 있었던 덕분이었사옵니다. 하 시일이 워낙에 빚지는 걸 싫어하는 성미가 아니옵니까? 이유는 모르오나 하 시일은 안평대군께 갚을 빚으로 소신의 산수화가 필요하였고, 소신은 산수화를 주는 대신에 화회에 나오는 좋은 그림을 사 달라고 하였사옵니다. 그 거래가 이루어진 것이옵니다."

안견은 모르는 하람의 빚을 임금은 알고 있었다. 행방불명되었던 자신을 찾아 준 안평대군에게 사례하기 위해 보이지 않는 눈으로 화회에 참석한 것이리라.

"사례하러 가서 우리 안평이 탐내는 그림을 기어이 사 가다니, 하 시일도 꽤나 엉뚱한 구석이 있구나. 어째서 보지도 못하는 그림을……."

"워낙 가치가 있는 그림이었사옵니다. 꼭 눈으로만 그림을 감상해야 하는 법은 없사온지라."

"그래서 만족스러운 인재는 찾았는가?"

"네, 그러하옵니다. 안평대군께오서 판을 크게 키우신 덕분에 장안에서 난다 긴다 하는 화공들이 죄다 모였고, 이로 인해 잡학 취재보다 더 성황이었사옵니다. 당연히 취재에서는 구경조차 힘든 인재들이 많았사옵니다. 그곳에서 높은 값으로 거래된 그림들은 공신력까지 갖추었으니, 차임差任하는 화공에 대해서는 왈가왈부하기 어려울 것이라 사료되옵니다."

"하 시일이 가져간 그림의 화공 이름은?"

"홍천기라고 하옵니다."

"홍천기와 차영욱, 이렇게 좁혀지는 건가?"

"그러하옵니다. 두 인재의 실력은 누구도 토를 달지 못하옵니다."

"그럼 이야기 끝났군. 비록 번갯불 지나가듯 갔지만, 안평대군의 의견도 안 선화와 같은 모양일세. 계획대로 진행하도록. 홍천기, 차영욱, 이 둘은 어떻게 해서라도 데리고 오게. 강제로라도. 한시가 급하니까. 그럼 도화원의 인재 유출 문제는 대충 봉합이 된 건가?"

"언 발에 오줌 누기 정도는 되옵니다. 하온데 상감마마, 아뢰옵기 송구하오나, 계획대로 진행하기에는 다소 문제가 있사옵니다."

"사역원과 서운관 등에서도 실무에 능한 자들을 불러들여

차임한 예가 더러 있네. 도화원에서도 일찍이 그런 예가 있었고. 문제될 건 아무것도 없네."

"그런 문제가 아니오라……, 차영욱은 상관없사오나, 홍천기가……."

"홍천기는 방금 우리 셋째도 극찬을 하였네. 오히려 차영욱보다 문제될 게 없는데?"

"상감마마, 홍천기는 애석하게도…… 사내가 아니옵니다."

말문이 막힌 임금이 입을 반쯤 벌리고 안견에게 눈으로 되물었다. 방금 들은 말이 사실인지를 재확인하는 거였다. 안견은 고개를 숙이는 것으로 대답을 대신했다. 한참 동안 고민하던 임금이 머리를 짚으며 말했다.

"영의정과 의논해 보세. 아이고, 골치야. 무엇 하나도 쉽게 되는 일이 없구나. 그런데 홍천기……, 어디선가 들었던 이름인데……. 아! 하 시일 실종 때! 동명이인인가?"

第四章

경복궁의 터주신

1

| 세종 20년(무오년, 1438년) 음력 1월 11일 |

이용은 서서히 지쳐 갔다.

"온다며……."

분노도 치밀었다.

"온다며!"

짜증도 올라왔다.

"그림에 대한 열정이 부족한 거야, 열정이! 이래 가지고서야 언제 큰 화백이 되겠어. 좋은 그림이 있다고 하면 지체 말고 달려와야지. 벌써 며칠째야, 에잇! 아, 이틀밖에 안 지났구나. 아니지, 이틀씩이나 지난 거지. 열정이 부족해, 열정이."

이용은 오만 가지 감정 사이를 오가면서 사랑채와 대문 사이도 닳도록 오갔다. 이틀 동안 갈아입은 옷만 해도 수십 벌이었다. 그것은 지금도 여전히 진행 중에 있었다.

최경이 백유화단 현판을 보다가 대문 쪽으로 손을 뻗었다. 그런데 두드리기 직전에 문이 열렸다. 열린 문으로 못생긴 여인이 고개를 쑥 내밀었다.

"지금 화단 안에 개충, 아니, 홍반디 화공 없지요?"

"있으면요?"

"있으면 다음에 다시 오겠……."

최경의 시선이 아래로 내려갔다. 자신의 멱살이 잡혀 있었다. 멱살을 잡은 손을 따라 앞의 사람을 보았다. 못생긴 여인, 그건 바로 홍천기였다.

"이 개놈! 너 잘 만났다. 감히 나를 못 알아봐? 있으면 다음에 와? 그동안 왜 너를 못 만났나 했더니 지금까지 이런 식으로 잘도 나를 피해 다녔구나. 들어와!"

홍천기가 우악스럽게 멱살을 끌어당겼다.

"야! 이거 놔! 개충이 너 아직까지 성질 못 고쳤냐? 놓으라고!"

최경은 결국 홍천기의 멱살잡이에 이기지 못하고 문턱을 넘어 들어갔다.

"야! 손목! 손목! 너 손목 나가! 내 발로 걸어갈게. 야, 이 개충아!"

"내가 널 어떻게 믿어. 따라와!"

홍천기는 최경의 멱살을 잡고 기어이 공방으로 끌고 들어갔다. 갑작스러운 소란에 화단 사람들이 전부 다 튀어나왔다. 오랜만의 구경거리였다. 화단 전체가 시끌벅적해졌다.

"아이고, 드디어 잡혔구나. 하하하."

"최 화공, 오늘이 제삿날 되는 거야? 내가 언젠가는 이날이 올 줄 알았다."

최경이 공방으로 들어가면서 소리쳤다.

"누가 이 개충이 좀 말려 주십시오!"

"우리가 무슨 수로? 그냥 싹싹 빌어."

"제가 뭘 잘못했다고 빕니까? 으악!"

최경이 공방 안에 패대기쳐졌다. 홍천기가 허리에 손을 얹고 씩씩거렸다.

"잘못한 게 없어? 진짜?"

최경은 대답하지 않고 제 옷섶을 가다듬었다. 아무리 매만져도 엉망이 된 건 돌아오지 않았다.

"에이, 씨. 안 펴지잖아!"

"잘못한 게 없냐고 물었잖아!"

"응. 없다."

홍천기가 손에 잡히는 대로 아무거나 머리 위로 집어 들었다. 최경이 두 팔로 얼굴을 가리면서 소리쳤다.

"야! 그건 벼루야! 정신 차려."

홍천기가 제 손에 잡힌 벼루를 보다가 바닥에 내려놓았다. 그것을 최경에게로 휙! 밀었다. 최경이 밀려온 벼루를 잡았다. 홍천기가 다른 벼루를 잡고 최경과 마주 보는 자리에 앉았다.

“그동안 내 그림 눈 도둑질 했다며?”

“칫! 그 얘기였군.”

“나는 피해 다니면서. 길에서 마주쳐도 쌩 까고.”

“내가 언제?”

“저 개놈을 확!”

홍천기가 다시 벼루를 머리 위로 치켜들었다. 최경이 깜짝 놀라 두 팔로 제 얼굴을 가렸다.

“에이, 또 그런다. 솔직히 피해 다닌 건 일부 사실이지만, 길에서 마주쳤는데 쌩 깐 적은 없다.”

홍천기가 벼루를 내려놓으면서 이를 갈아 가며 말했다.

“쌩 깠다.”

“절대 그럴 리 없다. 도망을 쳤으면 모를까.”

“개놈 너 설마……, 바보였냐? 어떻게 사람 얼굴을 못 알아봐? 방금도 그랬잖아.”

“방금은 실수고.”

“실수건 뭐건, 넌 앞으로 바보다. 영원히.”

“마음대로 생각해라. 난 쌩 깐 적 없으니까.”

“너 왜 날 피해 다녔어?”

“혹시 실수로라도 너를 죽여 버릴까 봐서.”

“이 자식이 진짜 보자 보자 하니까!”

홍천기가 벌떡 일어나서 최경의 엉덩이를 걷어찼다. 그러고는 화공들을 향해 말했다.

"사형들 보세요. 이 자식이 자꾸 맞을 소리를 하잖아요. 저 진짜 얌전하고 착한 성품인데, 얘가 건드리는 거라고요."

"그러게. 최 화공, 왜 얌전하고 착한 홍녀를 건드려. 우리 홍녀가 언제 거지꼴로 돌아다니기를 해 봤어, 사내 멱살을 잡고 흔들기를 해 봤어? 얼마나 얌전한데. 하하하."

"암! 담장 너머로 목소리 한번 넘어가 본 적이 없지, 너무 얌전해서. 하하하."

홍천기가 실눈을 뜨고 말했다.

"다들 누구 편이십니까?"

최경이 일어섰다.

"나 간다."

"누구 맘대로! 앉아!"

최경이 군말 없이 털썩 주저앉았다. 안 맞으려면 시키는 대로 하는 수밖에 없다. 홍천기가 먹 두 개와 종이 두 장을 챙겨 각각 나눠 가졌다.

"도둑질을 했으면 죗값은 갚아야지. 안 그래?"

홍천기의 말뜻을 이해한 화공들 사이에 소란이 일어났다.

"야! 홍 화공과 최 화공 둘이 대련한대!"

이 소란은 마치 들불이 번져 가듯 삽시간에 화단 전체를 휩쓸었다. 화공들이 모조리 제 붓을 집어 던지고 두 사람 곁으로 모여들었고, 다른 방에 있던 어린 문하생들도 뛰어나왔다. 이 소란은 사랑채까지 번졌다. 최원호가 버선발로 뛰어나와 공방으로 들어갔다. 그러고는 사람들을 헤집고 안으로 들어가 자리를 잡았다.

그림 그릴 준비를 마치고 바닥에 앉은 홍천기와 최경이 서로를 잡아먹을 듯이 노려보면서 천천히 먹을 갈고 있었다. 최경이 말했다.

"무엇으로 할까?"

"당연히 초상화로 해야지. 네 그림 보자고 시작한 일인데."

"색은?"

"없이. 색까지 넣으면 네가 너무 유리하잖아?"

"내 그림 보자고 시작한 일이라며?"

"응. 그래서 색 없이 먹으로만."

"똥개도 지 구역에선 먹고 들어간다는데, 너한테 유리한 거 아니야?"

화공들이 키득거렸다.

"재들도 자기들이 똥개인지는 안다. 큭큭."

홍천기가 최경에게서 눈을 떼지 않고 말했다.

"너도 이 구역에 있었잖아."

"한때는. 지금 내 구역은 도화원."

"개 같은 놈!"

"사돈 남 말 한다."

홍천기가 벼루에 갈리고 있는 먹물의 농도를 힐끔 쳐다보았다. 그러곤 최경을 향해 생긋이 웃으며 말했다.

"예쁘게 그려 줘."

최경이 먹을 놓고 붓을 잡았다. 그러고서 깐깐하게 말했다.

"난 그림으로는 거짓말하지 않는다."

최경의 눈빛이 변했다. 이윽고 붓을 잡는 홍천기의 눈빛도 변했다. 두 사람 사이에 오가는 대화가 사라졌다. 그리고 모여든 사람들에게서도 말소리가 사라졌다. 두 사람의 붓이 동시에 하얀 종이 위로 내려갔다.

한쪽 벽에 걸린 곽희 산수화, 또 다른 벽에 걸린 김문웅의 산수화. 이 두 그림 사이로 이용의 시선이 오갔다. 빨리도 움직여 보고 느리게도 움직여 보았다. 두 그림 사이의 모퉁이에 자신의 서화를 떡하니 걸어 두고, 시선이 오갈 때 눈에 들어오는지를 가늠해 보는 중이었다. 이용이 만족스럽게 고개를 끄덕이며 제 서화를 쓰다듬었다.

"이거면 되겠지?"

그러다가 고개를 갸웃하면서 벽에 걸린 걸 떼어 내고 다른 걸 걸었다. 그림과 글씨가 함께 있던 조금 전 작품과는 달리, 새로 건 것은 글씨만 있는 족자였다.

"이게 나으려나?"

또다시 고개를 갸웃하면서 이전 것으로 바꿔 달았다. 이내 마음이 변해 글씨만 있는 것으로 또 바꿨다.

"그나저나 왜 안 오는 거지? 백유화단주가 잘못 알려 준 건 아니겠지? 음……, 이게 더 낫나?"

곽희 산수화와 김문웅 산수화 사이의 모퉁이에는 이 뒤로도 끊임없이 다른 족자가 바뀌 가며 걸렸다.

"응……, 이게 나라는 거지?"

최경이 그려 준 자신의 얼굴을 보면서 홍천기는 풀이 죽었다. 아무리 봐도 못생긴 얼굴이었다. 턱은 뾰족하고, 이마는 좁고, 광대는 옆으로 벌어졌다. 둥그스름하고 고운 느낌은 전혀 없었다. 홍천기가 그려 준 자신의 얼굴을 보고 있는 최경에게 화공들이 물었다.

"최 화공, 정말로 네 눈에는 홍녀가 이렇게 보이냐?"

최경이 의아한 표정으로 되물었다.

"네. 그럼 다른 분들 눈에는 어떻게 보이는 겁니까?"

"이 그림과 전혀 안 닮았다고 하기는 그렇지만, 우리 눈에는 조금 다르게 보이거든."

"전 초상화에 있어서 도화원에서 최고라는 소리를 듣습니다. 제 눈이 잘못되었을 리가 없습니다."

"그래, 네가 최고지. 다른 사람들 초상화는 말이다. 그런데 왜 홍녀의 것만 우리 눈에는 못생기게 보일까?"

최경은 자신이 그린 홍천기의 얼굴을 물끄러미 보았다.

"못생겨서 못생기게 그렸는데, 이걸 못생겼다고 하면……."

"이 개 같은 놈이!"

홍천기가 주먹을 치켜들다가 내려놓았다. 최경이 그린 그림을 다시 보았다. 입가에 미소가 돌았다.

"너 정말 많이 늘었구나. 최고다. 에이 씨, 열 받아. 내가 못 본 사이에 너만 앞으로 달려 나간 거 같아."

닮았건 안 닮았건 간에 인물 묘사는 정말 정교했다. 종이에 있는 먹선에서 더할 것도 뺄 것도 없었다. 최경도 홍천기가 그린 그림을 보면서 말했다.

"너도. 내 얼굴은 모르겠다마는, 네 그림이 거울보다 더 정확하다. 나에게는."

"우리도 자세히 좀 보자."

화공들이 두 사람의 그림을 강탈해 가다시피 하여 돌려 보기 시작했다. 뒤로 밀려난 두 사람이 서로를 쳐다보았다. 홍천기가 말했다.

"나도 내 얼굴은 모르지만, 네가 그린 그림은 믿어. 언제나."

"넌 복 받은 거다. 내가 그리는 초상화가 얼마나 비싼지는 아냐?"

"넌 입만 열면 매를 번다."

최원호가 최경에게로 다가왔다. 최경이 벌떡 일어나 고개를 숙였다.

"죄송합니다. 먼저 인사를 드렸어야 했는데, 개충이한테 멱살을 잡히는 바람에……."

"그 덕분에 그림 잘 봤다."

최원호가 기특한 표정으로 최경의 오른팔을 쓰다듬었다.

"아껴 가면서 일해라. 품계를 받기 위해 사용하기에는 네 재능이 너무 아깝다."

최경이 고개를 떨어뜨렸다. 그러곤 작은 목소리로 말했다.

"어차피 품계가 없는 그림은 가치도 없지 않습니까?"

"품계가 있는 그림도, 품계가 없는 그림도, 어차피 그림은 다 천하다."

최원호가 최경의 손을 잡고 뒷말을 이었다.

"귀함과 천함을 구분 지어 놓은 것은 인간일 뿐이다. 신이 아닌."

그러고는 홍천기의 손도 잡았다.

"반디야, 경아. 둘이 혼인을 하면……."

말이 끝나기도 전에 홍천기와 최경이 동시에 손을 확! 뿌리치면서, 고개를 반대로 휙! 돌렸다.

"두 사람이 혼인을 해서 애를 낳으면, 정말 천재 중의 천재가 태어날 거다. 난 보고 싶다. 천재 중의 천재의 그림을……."

홍천기가 최경의 다리를 발로 툭 쳤다.

"야! 제정신 아니신 스승님은 그냥 두고, 넌 나하고 어디 좀 가자."

"난 못생긴 놈과는 함께 다니지 않아."

"장옷 덮어써 줄게! 그럼 됐지? 나와!"

"싫다."

"멱살 잡혀서 갈래, 그냥 갈래?"

"가자. 어디로?"

"따라오면 알아."

두 사람이 공방을 나가고 나서도 최원호는 혼자만의 망상을 멈추지 않았다.

"천재라는 것도 기질의 하나다. 그 기질은 대물림으로 나타나고. 부모의 핏줄이 중요한 영향을 미치지. 둘이서 혼인을 하기만 하면, 둘의 핏줄은 조선을 평정할 거다. 조선뿐 아니라 중국도 평정하고……. 내가 뒷바라지를 마다하지 않으마. 그래, 아예 내 자식으로 키우는 게 낫겠다. 그렇게 되면……."

홍천기가 왔다. 기뻐서 날뛰어야 되는 게 맞다. 최경이 왔다. 이것도 기뻐서 날뛰어야 되는 게 맞다. 그런데 둘이 함께 왔다. 하나 더하기 하나는 두 배의 기쁨이 되어야겠지만, 실상은 전혀 반대였다. 지금의 이용에게는 그랬다. 그림을 감상하는 두 사람 사이를 가르고 그 가운데에 앉은 이용의 입이 족히 대여섯 발은 삐죽이 나왔다.

"개충, 아니, 홍 화공. 왜 나한테 같이 오자고 했는지 알겠다."

응? 홍 화공 쪽에서 먼저 같이 오자고 했다고? 이용이 곁눈으로 최경을 째려보았다. 생긴 건 뭐, 나쁘지 않네. 그런데 이 자의 그림 실력은 범접하기가……, 끙! 이용이 모퉁이에 걸어 둔 자신의 족자를 힐끗 쳐다보았다. 다행이다. 막판에 글씨만 있는 걸로 바꾸길 잘했다. 이용이 잠시 엉뚱한 생각들을 하는 동안에 최경과 홍천기는 김문웅 산수화 가까이로 다가가 나란히 무릎을 높이고 앉았다. 이용은 혼자 뒤로 처져서 두 사람의 뒤통수만 보는 처지가 되었다. 아, 외롭다.

"개놈아, 네 생각은 어때?"

"확실히 네 그림과 느낌이 비슷하다."

"아무래도 어릴 때 내가 봤다던 그림이 이것 같다. 어렸을 때 봤어도 워낙 강렬하게 기억에 남았으니까. 그래서 내 그림도 비슷한 느낌으로 성장한 게 아닐까?"

최경이 고개를 저었다.

"그럴 수도 있겠지만……. 봐 봐. 여기, 여기, 여기."

최경이 가로로 긴 그림에서 세 군데를 손바닥으로 짚는 시늉을 하였다.

"산을 그린 먹선이 아니라, 산을 가리고 있는 구름을 보라고. 여백을 크게 세 군데나 썼어. 그리고 이 세 군데의 여백을 세모로 이으면 가운데에 큰 여백 하나가 또 나와. 이 산수화의 전체 구도는 긴 가로인 것 같지만, 산 모양의 세모가 주요 구도인 거지. 먹선이 아니라, 여백을 중심으로 구도가 형성되어 있다는 뜻이야. 너와 똑같아. 이 그림 그린 사람, 너와 비슷한 머리를 가지고 있다."

"어렸을 때 각인되어서 내가 은연중에 흉내를 냈나?"

최경이 홍천기의 머리를 사정도 없이 쥐어박았다.

"야, 인마! 흉내 낼 수 있었으면, 내가 진즉에 했다. 머리가 다르다고, 머리가! 애초에 날 때부터 다른 뇌라고!"

순간 여기가 어딘지, 누가 함께 있는지 망각한 행동이었다. 깜짝 놀란 최경이 얼른 뒤돌아 허리를 숙였다.

"용서해 주시옵소서, 나리. 개충, 아니, 홍 화공과는 이러는 게 버릇이라……."

"아니다. 나도 몰입해서 네 말을 듣고 있었다. 계속 말해 봐라."

정말이었다. 그동안 그림을 감상하는 자리는 많았다. 하지만 이런 대화를 나누는 건 처음이었다. 상당히 신선하고 흥미로운 이야기가 아닐 수 없었다. 홍천기가 맞은 곳을 손으로 지그시 누르고, 그림에 눈을 가까이 해서 말했다.

"붓 강약도 그렇고. 극세필은 없고, 중필과 세필 두 가지로 그렸구나. 중필 쓰는 게 완전 고수다. 세필은 고사하고 극세필도 필요 없을 정도야. 붓 꺾어 내리는 것도 보통 기술이 아니고. 확실히 이상해. 그렇지?"

최경이 고개를 끄덕였다. 이용은 두 사람이 무슨 대화를 하는지 도통 감을 잡을 수가 없었다. 이쯤에서 질문을 해 볼까 생각하는 순간, 홍천기가 곽희 산수화 쪽으로 시선을 옮겼다. 조금 전까지 곽희 산수화를 감상했었는데, 다시 넘어간 것이다.

"개놈아. 곽희 산수화와 나란히 놓인 덕분에, 확실히 이상한 게 더 잘 보이지?"

더 이상 참을 수 없었다. 두 사람이 하는 말이 궁금해서 견딜 수가 없었다. 이용이 막 입을 열려고 하는데, 최경이 먼저 말을 시작했다.

"안평대군 나리! 이 청봉이라는 사람, 말년이 어땠사옵니까?"

"말년? 붓 꺾고 평탄하게 살다가 간 걸로 아는데?"

"그림을 관뒀다? 그러면 괜찮았을 수도……."

"왜 묻느냐?"

"아! 혹시 말년에 정신이 조금 이상해지지 않았나 하여 여쭈었사옵니다."

"그런 소문은 들은 바 없다. 만약에 그랬다손 치더라도 집안 바깥으로 그런 말이 새어 나오지 못하도록 철저하게 단속하지 않았을까?"

최경이 김문웅의 그림을 보면서 중얼거렸다.

"이렇게 광기가 보이는데, 멀쩡했을 리는 없고……. 그래서 붓을 꺾었나?"

이번에는 홍천기가 돌아보면서 질문했다. 아, 이젠 외롭지 않다. 이용의 기분이 좋아졌다.

"진짜 평탄하게 살다 간 것 맞사옵니까? 붓을 꺾고?"

홍천기의 표정에서 희망을 갈구하는 것이 보였지만, 이용은 그것이 어떤 의미인지 알 수가 없었다. 그래서 그저 자신이 알고 있는 사실대로 고개만 끄덕였다. 질문이 이어졌다.

"청봉이란 분, 도화원 화원들과 친분이 두터웠사옵니까? 교류가 많았다거나?"

"사이가 엄청 나빴던 걸로 안다. 백유화단 만든 간윤국! 그자와 특히 사이가 나빴다고 들었다."

홍천기와 최경이 서로를 쳐다보았다. 그러고는 동시에 곽희 산수화와 김문웅 산수화를 번갈아 보았다. 그러다가 다시 서로를 쳐다보았다. 이용도 두 사람을 따라서 두 그림을 번갈아 보았다.

"아!"

이용도 이상함을 알아차렸다. 김문웅의 화풍이 곽희 화풍과 유사했던 것이다. 김문웅이 후대 사람이니 곽희와 유사한 화풍이라 하여 이상할 건 없었다. 하지만 김문웅이 살던 때부터 지금에 이르기까지의 화풍을 보면 이상하지 않을 수 없었다. 우선, 당시 이 땅에 유행한 화풍은 크게 두 가지로 나뉘었다. 하나는 남송 계열 화풍, 나머지 하나는 북송 계열 화풍이었다.

남송 계열 화풍은 주로 사대부들을 중심으로 유행을 하였다. 반면, 북송 계열 화풍은 도화원의 화원들을 중심으로 유행을 했는데, 그중에서도 이곽파인 곽희 계열이 보다 유행을 하였다. 아마도 중국에서 들어온 간윤국의 영향이 컸으리라 짐작되는 부분이다. 지금도 안견을 비롯한 도화원 화원들과 사화단의 화공들은 곽희 산수화를 추종하고 있었다. 홍천기의 그림풍도 마찬가지였다. 그래서 사대부였던 김문웅이 남송이 아닌, 북송 계열의 산수화를 그린 걸 이상하게 본 것이다.

붓을 사용하는 기술도 마찬가지였다. 글씨를 쓰기 위해 연마한 붓의 느낌과 그림을 그리기 위해 연마한 붓의 느낌은 같을 수가 없었다. 사대부들은 모두가 글씨를 보다 잘 쓰기 위해 그림의 기술을 습득하는 쪽이다. 그런데 김문웅의 산수화는 그림에 방점이 찍힌 붓 기술을 구사하고 있었다. 이용이 혼잣말처럼 내뱉었다.

"왜 청봉이 도화원의 기술을 훔쳐 제 그림에 넣었을까?"

홍천기가 상냥하게 대답했다.

"요사이 사대부들도 곽희풍의 산수화를 즐겨 그리게 되었지 않사옵니까? 어쩌면 청봉의 덕일지도 모르겠사옵니다."

"어차피 중국에서 들어온 화풍인데, 이 계열 저 계열 나누는 것도 웃기지요."

곽희 산수화와 김문웅 산수화를 오가던 홍천기의 시선이 중간에서 멈췄다. 이용의 글씨였다. 이용의 얼굴이 달아올랐다. 에이, 걸어 놓지 말걸. 뒤늦게 후회가 밀려왔다. 홍천기가 글씨 앞에 무릎을 높여 앉아 뚫어지게 쳐다보았다. 최경도 홍천기의 뒤로 가서 쳐다보았다. 홍천기가 고개를 뒤로 젖히고 최경을 보았다. 최경도 글씨에서 눈을 떼고 홍천기를 보았다. 두 사람이 눈빛으로 대화하듯 서로에게 싱긋이 웃어 보였다. 어떤 의미의 미소인지 알 수 없으니 갑갑한 노릇이었다. 아, 다시 외롭다.

홍천기의 시선이 다시 글씨에서 떨어지지 않았다. 이용이 앉은 위치에서는 홍천기의 옆얼굴이 보였다. 절반의 눈동자가 보였다. 그 눈동자가 글씨를 따라 움직였다. 한 획, 한 획 정성을 다해 움직였다. 이용의 얼굴이 화끈 달아올랐다. 홍천기의 눈동자가 마치 자신의 헐벗은 알몸을 샅샅이 훑는 것처럼 느껴졌다. 오랫동안 살피던 홍천기가 자그마하게 소리를 냈다.

"아……, 좋다."

갖가지의 미사여구도 없었다. 장황한 설명도 없었다. 그저 짧은 한마디였다. 그런데 이용의 마음이 울컥해지고 말았다. 최근 의기소침해져 있었다. 사람들의 칭송이 그저 품계를 향한 가식으로만 느껴졌기 때문이다. 지금 이 순간은 그들의 칭송 따위는 쓸모가 없었다. 홍천기의 표정과 한마디의 말이 더 위로가 되었다.

"안평대군 나리, 이게 송설체인가, 뭔가 하는 것이지요?"

이용은 고개만 끄덕였다. 말을 하면 왠지 울먹이는 소리가 나올 것 같아서였다.

"개놈아. 글씨에 방점이 찍힌 붓 기술이란 건 이걸 두고 한 말이겠지? 붓에 주저함이 없어. 붓이 스친 곳곳에 자신감이 가득 차 있고. 이 정도 자신감은 아무나 갖기 힘든데."

"활달하고 자유롭다. 반면에 절제가 전체적으로 에워싸고 있어. 균형을 잘 맞췄다. 타고난 감각에 훈련도 잘 되었고. 붓 쓰는 게, 기가 막힌다."

"이거 보고 있으니까 소나무 그리고 싶다."

"그러네. 이상하게 오랜만에 수묵화 그리고 싶게 만드는 글씨다."

"이 정도의 글씨를 쓰는 붓잡이라면 그림도 상당하겠지? 이 사람 그림도 보고 싶다."

두 사람은 글씨의 주인도 모르고 나누는 대화였다. 그것이 이용을 더 감동시켰다. 최경이 물었다.

"누구 작품이야?"

그제야 두 사람이 눈을 부릅뜨고 낙관을 찾았다. 홍천기가 귀퉁이에서 낙관 위에 적힌 수결을 찾아 읽었다.

"아! 첫 글자는 아는 거다. 비匪. 끝 글자도 아는 거다. 당堂. 가운데가……."

"해懈."

"비해당?"

"야, 인마! 고개 숙여!"

최경이 홍천기의 머리를 바닥으로 짓누르면서 자신도 고개를 숙였다.

"몰라 뵙고 입을 함부로 놀렸사옵니다. 용서해 주시옵소서."

비해당이 이용의 또 다른 호였던 것이다. 홍천기도 눈치를 채고 말했다.

"소인들은 글씨를 잘 알지 못할뿐더러, 낙관보다 그림이나 글씨를 먼저 보고 나중에야 찾아보는 버릇이 있사옵니다. 하여 그만 실수를 하였사옵니다. 혹여 불쾌한 언행이 있었다면 부디 용서해 주시기를 바라옵니다."

"아니다. 근래 들은 말 중에 가장 기분 좋은 말이었다. 편히 앉아라."

홍천기가 고개를 들고 앉았다. 편히 앉으라고 했다고 퍼져 앉을 수는 없지만, 이용 쪽으로 슬쩍 다가와 앉았다. 그러고는 방글거리면서 말했다.

"안평대군 나리! 대단히 큰 결례인 줄은 아오나, 소녀의 청을 하나 들어주실 수는 없는지……."

"무, 무엇이냐? 말해 보아라."

젠장! 볼썽사납게 말을 더듬었다. 초롱초롱한 눈빛 때문에 어쩔 수가 없었다.

"나리의 그림을 보여 주실 수는 없사옵니까? 이 글씨를 보니 보고 싶사옵니다."

온몸에서 열이 올라오고 손바닥에 땀이 흥건했다. 그 열을

식히고자 소리 없는 한숨을 내쉬었다.

"정말 무례하구나."

말과는 달리 이용의 표정은 더없이 밝았다.

"나도 창피함이 뭔지는 아는 사람이다. 곽희와 김문웅 그림을 연달아 보아 놓고서 내 그림을 내놓으라면, 내가 내키겠느냐? 다음으로 미루자."

"아……, 신경을 쓰시옵니까?"

"아무렴."

"하하하. 사람 같은 말씀을 하시옵니다."

"그럼 내가 사람이지 짐승이겠느냐?"

"대군은 사람이 아닌 줄 알았사옵니다. 그래서 소녀가 처음 뵈었을 때 그런 실수를 한 것이옵니다. 결단코 소녀의 잘못만은 아니란 뜻이지요. 그러니 그때의 죗값은 탕감을……."

"아니 될 말이다."

어물쩍 넘어가려는 홍천기의 작전을 차단한 말이었다. 홍천기가 실망스러운 얼굴로 한숨을 푹 내쉬었다.

"너도 네 죄에 대해 신경을 쓰고 있긴 하였느냐?"

"아무렴, 어찌 신경을 안 쓰겠사옵니까? 이곳에 오기까지 며칠을 고민하였사옵니다. 매도 먼저 맞는 게 낫다고, 벌을 주실 것 같으면 빨리 내려 주시옵소서."

"빨리 맞는 게 낫다? 그러면 계속 미루는 게 더 벌이 될 듯하구나."

최경이 홍천기를 보면서 말했다.

"소인이 보기에도 그 편이 훨씬 벌이 될 듯하옵니다. 이 녀석은 크게 한번 당해 봐야 얌전해질 것이옵니다. 두고두고 괴롭혀 주시옵소서."

"넌 도와주지는 못할망정……."

"널 도와줄 이유가 없다. 백유화단을 위해서라도 넌 좀 얌전해질 필요가 있어."

주고받는 말은 티격태격하는데 나란히 앉아 그림을 보는 모습은 그렇지가 않았다. 이용은 두 사람 관계를 묻지도 못하고 그림보다 두 사람을 더 자주 번갈아 보았다.

2

"너 길치냐? 그쪽으로 가면 돌아가는 거다."

"알아. 근데 이쪽으로 가면 개나리가……."

"개나리 같은 소리 집어치워!"

최경이 고함을 질러도 소용이 없었다. 홍천기는 이미 다른 길로 가고 있었기 때문이다.

"알아서 해라. 나는 내 갈 길 간다."

"응. 잘 가."

최경이 원래의 길로 가기 위해 돌아섰다. 하늘의 해가 보였다. 조금 있으면 넘어갈 위치였다. 홍천기를 돌아보았다. 고집스럽게 엉뚱한 길로 가고 있었다. 최경은 자신이 가야 할 길을 향해 시선을 고정했다.

"난 안 봤다. 저 녀석이 어디를 가든 난 상관없다고."

하지만 이미 몸은 홍천기를 향해 돌아서고 있었다.

“미치겠다. 하여간 이 녀석하고 엮이면 안 돼. 모처럼 쉬는 날인데, 젠장! 야, 인마! 장옷 푹 덮어써!”

쓰고 있던 장옷이었지만 홍천기는 그의 말을 들어주느라 다시금 꽁꽁 싸맸다. 최경이 홍천기 옆에 나란히 서서 걸었다.

“내가 왜 올해 첫 개나리를 너하고 봐야 하느냐고!”

“걱정 마. 같이 볼 일 없을 테니까.”

“뭐?”

“개나리는 괜히 해 본 말이야. 그냥 이쪽 길이 좋아 보였을 뿐이야.”

최경의 입이 떡 벌어졌다. 화가 치밀어 오르는데 길거리라서 소리를 지를 수가 없었다.

“너 전생에 나하고 원수 사이였지? 그렇지 않고서야 이렇게까지 안 맞을 수는 없다.”

“끔찍한 말 하지 마. 전생에 원수 사이가 부부로 만난대.”

“뭐? 에잇! 말 버렸다. 취소!”

한동안 말없이 걸었다. 그러다가 홍천기가 무거운 목소리로 입을 열었다.

“개놈아.”

“왜?”

“너 목 안 마르니?”

“조금 전까지 매죽헌에서 먹고 마시다가 나왔는데 그럴 리가 있겠냐? 뒷간이라면 모를까?”

"뭐? 뒷간 가고 싶다고?"

"그런 얘기가 아니라……."

늦었다. 홍천기가 이미 낯선 집 대문을 두드리고 있었다.

"야, 인마! 너 미쳤어? 이런 집 대문을 왜 두드려!"

안에서 사람 소리가 들렸다. 최경이 더 이상 화를 참지 못하고 고함을 지르려는데, 홍천기가 말했다.

"매죽헌 화회 때, 내 그림 사 준 집이야."

최경이 벌렸던 입을 다물었다. 이윽고 대문이 열리자마자 최경이 먼저 말했다.

"실례지만, 뒷간 좀 쓸 수 있습니까? 지나가다가 너무 급해서."

"네?"

어리둥절한 표정의 돌이였다. 홍천기가 최경 뒤에서 장옷을 슬쩍 풀었다.

"어? 홍 화공님! 하하하."

"돌이야! 마침 지나가는 길이었는데, 내 동료가 뒷간이 급하대서."

"어서 들어오십시오."

돌이가 앞서 들어가고 뒤이어 졸래졸래 들어가는 홍천기에게 최경이 귓속말을 하였다.

"마침 지나가던 길? 내가 뒷간이 급해? 너 이따가 보자. 뼈도 못 추릴 줄 알아라."

홍천기가 장옷 밖으로 얼굴을 쏙 내밀고 배시시 웃었다. 최경이 고개를 절레절레 저으며 뒷간 위치를 물은 뒤, 지시하는 방향으로 가 버렸다. 홍천기는 고개를 쭉 빼고 건물 안쪽을 힐끔거리면서 웅얼거렸다.

"만수는 없나?"

"하하하. 없습니다. 예전보다는 일찍 나오실지도 모른다는 거였는데, 헛걸음하셔서 어쩌지요? 하하하."

돌이의 웃음이 길었다.

"일부러 온 거 아니야. 진짜 지나가던 중이었다니까."

"네, 들어서 알고 있습니다. 동료분이 뒷간도 급하셨고요. 하하하."

"진짠데……. 언제 나오신다는 연락 같은 건 없었어? 만수 말이야."

"넉넉하게 기다리십시오. 한 달은 잡으시는 편이 나을 것 같습니다."

"아, 난 감사 인사는 못 미루는 성격이라 한 달은 너무 긴데. 휴!"

목소리에서 실망감을 숨기지 못했다. 그런 요령은 배운 적이 없었다.

"한 달 이상이 걸릴지도……. 아! 안으로 들어오십시오. 오신 김에 저녁 숟가락은 조금이라도 들고 가셔야지요."

"아니야. 말은 고마운데, 그냥 갈……."

"돌이야! 왜 대문이 열려 있어?"

만수의 목소리였다. 홍천기의 고개가 순식간에 뒤로 돌아갔다. 대문 안으로 만수, 그리고 하람이 들어오고 있었다. 예상치 못한 등장에 마음이 놀란 홍천기가 우왕좌왕했다. 그러다가 손바닥으로 얼굴에 올라온 열기와 잔머리를 쓸어내리면서 돌이에게 야무지게 말했다.

"저녁 한 숟가락만 뜨고 갈게. 네가 그렇게 권하는데 거절할 수가 없네? 하하하."

하람의 걸음이 멈췄다. 작은 소리였음에도 불구하고 홍천기의 목소리를 감지한 것이다.

"홍 화공? 설마……."

잘못 들은 걸로 생각했다. 단순한 착각이라고. 분명히 집으로 들어왔는데, 그녀가 있을 턱이 없지 않은가. 홍천기가 돌이보다 먼저 쪼르르 달려가 앞에 섰다.

"안녕하세요? 백유화단의 홍반디, 아니, 홍천기입니다. 우연히 지나가던 중에 들렀습니다. 혹시 폐가 되었나요?"

진짜 홍천기였다. 미소를 머금은 목소리였지만, 긴장도 섞여 있었다. 하람이 웃었다. 소리 없는 미소였다. 이것으로 폐가 아니라는 대답을 들려주었다. 돌이가 거들었다.

"동료분과 함께 지나시던 중이었답니다. 제가 저녁 식사를 권하던 참이었습니다."

하람이 혹시 반대라도 할까 하여 입을 열기도 전에 홍천기가 냉큼 말했다.

"저는 그러마라고 대답하던 참이었습니다."

"우연히 지나가던 손님이라고 해도 빈 입으로 보내는 건 예의가 아니오. 돌이야, 정성껏 준비해라. 음, 동료분이 오셨군."

하람의 감지대로, 억지로 뒷간 다녀온 최경이 가까이 다가왔다.

"안녕하십니까? 도화원에서 회사로 있는 최경이라 합니다. 본의 아니게 민폐를 끼쳤습니다."

"도화원의 최경이라면, 안견 선화께 말씀 많이 들었습니다. 서운관에 시일로 있는 하람입니다. 만나서 반갑습니다."

"서운관 시일? 아! 명성은 익히 들었습니다. 유명하신 분을 이렇게 직접 뵙다니."

최경은 하람의 보이지 않는 눈에 주목했다. 맹인이 그림을 샀다고? 차마 이 말을 밖으로 내뱉지는 못했다.

"홍 화공의 그림을 구입하셨다고 하여 제가 들어오자고 졸랐습니다. 혹여 구경할 수 있을까 해서요. 뒷간도 급했지만."

"물론 됩니다. 안견 선화께서 골라 주신 걸로 소장했습니다. 설명도 듣고. 그러니 장님이 그림을 구입한 것에 대해 요상하단 생각은 마십시오."

섬뜩했다. 보이지 않는 눈으로 사람의 머릿속이라도 본단 말인가? 만수와 하람이 앞서가는 뒤로 홍천기가 최경의 팔을 잡아당겼다. 그러고는 귓속말을 하였다.

"어떤 명성인데? 네가 들었다는 저 사람?"

최경이 말 걸지 말라며 험악하게 아랫입술을 깨물었다가, 손가락으로 제 얼굴을 한 바퀴 돌렸다. 외모에 대한 명성이란 의미가 확실하게 전달되었다. 이어서 제 머리를 손가락으로 짚었다. 이건 뜻을 파악하기 힘들었다. 홍천기가 얼굴 표정을 가운데로 모았다. 최경이 그녀의 귀에 딱 한마디만 던져 놓고 멀어졌다.

"천재."

비단 족자에 표구가 되어 있는 자신의 그림을 보는 건 처음이었다. 부끄러우면서도 온몸의 털이 쭈뼛 서는 기분이었다. 홍천기가 하람을 힐끗 쳐다보았다. 붉은색 눈동자로 그림을 보고 있었다. 그런 느낌이었다. 그림을 보지도 못하면서 비싼 값으로 사고, 표구를 하고, 벽에 걸어 두었다. 물론 벽에 걸어 둔 건 돌이가 한 일이지만, 집을 비우기 전에 지시한 건 이 방의 주인인 하람이었을 것이다. 방에 들어섰을 때 그림이 있는 곳을 이미 알고 있었기 때문이다.

최경은 그림에 푹 빠진 상태였다. 홍천기가 슬그머니 최경에게서 멀어져서, 뒤처져 앉아 있던 하람 쪽으로 가까이 가서 앉았다. 낌새를 느낀 하람의 눈썹이 꿈틀했지만, 홍천기가 눈치챌 정도로 동요하지는 않았다. 잘 억누른 덕분이었다. 실제는 그렇지 않았기에. 홍천기가 손바닥으로 입을 가리고 속삭였다.

"선물 고맙습니다. 이 말을 전하고 싶었는데, 다행히 이렇게 만나서……."

하람이 멋쩍게 웃었다.

"그림한테 미안하오. 보면서 아껴 줄 수 있는 그분께 갔어야 했는데."

"그림에게도 저마다의 의지가 있다고 합니다. 자기가 가고 싶은 사람을 찾아서 간다는. 여기 그림들도 귀공께 오고 싶어서 왔을 겁니다. 분명히."

하람이 홍천기를 쳐다보았다. 붉은색 눈동자와 시선이 마주쳤다. 분명 그런 느낌이었다. 정말로 못 보는 것일까? 이렇게 시선을 마주치는데. 아, 웃는다. 눈웃음이다. 이 남자 눈웃음에 묘한 색이 있다. 여성을 홀리는 색일지도 모르겠다. 잠들어 있을 때는 전혀 몰랐던 표정이었다. 상상으로도 그려 보지 못한 표정이었다.

"사랑해 주세요. 아! 아니, 그런 뜻이 아니라, 그림을 사랑해 달라는 뜻입니다. 미안해하지 마시고 아껴 달라는……."

"개충아!"

갑작스러운 최경의 부름에 화들짝 놀란 홍천기가 최경 쪽으로 훅 다가가 앉았다. 그러고는 허리에 주먹질을 하면서 속닥거렸다.

"야! 그렇게 부르지 마. 여기서는."

"너 붓 놔라."

"뭐?"

"너 붓 놓으라고, 인마!"

최경이 홍천기 쪽으로 몸을 돌려 앉았다. 그러고는 심각하게 노려보면서 말했다.

"한두 달 사이에 너 무슨 일이 있었던 거냐? 어떻게 이렇게……."

"왜?"

"확 좋아질 수가 있지?"

최경이 배시시 웃으려는 홍천기의 머리통을 양손으로 움켜잡았다. 그러곤 이리저리 돌려 가면서 살폈다.

"야! 뭐 하는 거야? 이거 놔."

"대체 이 못생긴 머리통 안은 얼마나 더 못생긴 거야?"

홍천기가 하람 쪽을 힐끔 보면서 기어 들어가는 소리로 말했다.

"창피하게 왜 이래? 놔."

최경이 홍천기의 머리를 제 앞에 고정시켰다. 그러고는 눈을 보면서 말했다.

"여기서 조금만 더 좋아지면……. 아니다."

최경이 그녀의 머리를 놓고 그림으로 몸을 돌려 앉았다. 홍천기가 하람을 힐끗 쳐다보면서 최경의 옆구리에 주먹을 넣었다. 그러고서 노려보는 최경에게 얼굴 근육을 움직여 협박의 뜻을 보였다. 최경이 말했다.

"시일마님, 궁금한 게 있는데……."

그런 뒤 홍천기를 보며 싱긋이 웃었다. 비웃음이 강한 미소였다.

"제가 들은 소문으로는 대과 급제를 한 것으로 아는데, 왜 서운관 시일로 계십니까? 거기는 우리 잡과 놈들이나 맡는 자리인데. 잡학겸수관인가, 그런 거지요?"

"아, 네. 그렇습니다."

대과? 대과라면……, 양반이다. 몰랐다. 그런 건 생각도 안

해 봤다. 사람인 것만으로도 좋아서 신경 쓸 틈도 없었다. 눈이 보이지 않는 사람이라, 글을 읽고 쓰는 게 가능하리라고 생각하지 못한 탓이기도 하였다. 그저 은연중에 신분이 엇비슷한 정도로 인식했다. 최경이 홍천기를 보면서 소리 없이 입 모양으로만 말했다.

'정신 차려.'

최경의 시선이 그림으로 돌아갔다. 그리고 홍천기는 마주 쥔 자신의 손만 쳐다보았다. 하람이 보지 못하는 걸 알면서도 그쪽으로 고개를 돌릴 수가 없었다. 차라리 사람이 아니라고 생각하던 때가 나았다. 선남이라고 생각할 때가 나았다. 먹여 살릴 거라고 생각하던 때가 나았다. 방을 둘러보았다. 넓고 좋았다. 방 안에 있는 가구들도 하나같이 아름다웠다. 그리고 마지막으로 하람을 보았다. 그를 통해 자신의 초라함을 보았다. 그의 눈이 보이지 않는다는 사실이 오히려 다행이라고 생각했다. 어디라도 숨고 싶은 마음이었기에 이렇게나마 그의 앞에서 모습을 감출 수 있어서 다행이라고 생각했다.

"홍 화공?"

갑작스러운 하람의 목소리에 화들짝 놀랐다.

"네?"

"아, 목소리가 안 들려서……."

잠시 목소리가 들리지 않았을 뿐인데, 듣고 싶어졌다. 그리고 불안해졌다. 이 말들은 하지 못했다.

"그, 그림 보고 있었습니다. 하하. 벽에 이렇게 걸려 있으니까, 이 방과 안 어울리기도 하고. 이렇게 좋은 집인데, 제 그림은 초라하니까. 초라하니까……. 그래서…….”

최경이 홍천기의 손목을 잡아 자기 쪽으로 끌었다. 그러고는 홍천기의 손으로 제 머리를 때린 후, 손목을 놓았다. 최경이 말했다.

“홍 화공이 겸손해서 이런 말을 하는 겁니다. 전혀 초라하지 않습니다. 오히려 이 집을 초라하게 만들었음 만들었지.”

“알고 있습니다. 제가 값을 지불한 것 중에 가치가 없는 건 없습니다.”

“상 들어갑니다.”

돌이 목소리였다. 홍천기가 민망한 분위기에서 탈출하기 위해 벌떡 일어섰다. 그런데 치마를 계산에 넣지 못했다. 방문이 열리고 돌이와 만수가 1인상 하나씩을 가지고 들어오다 말고 제자리에 멈춰 섰다. 두 사람의 눈이 똑같은 모양으로 방바닥으로 내려갔다. 홍천기가 넘어지는 경로를 따라간 거였다. 쿵! 제법 큰 소리가 났다. 홍천기가 방바닥에 넘어진 채로 최경과 돌이, 만수를 향해 제 입술에 손가락을 대고 조용히 해 달라는 신호를 보냈다. 최경은 고개를 절레절레하며 인상을 썼고, 돌이는 제 입술을 꼭 깨물며 고개를 끄덕였고, 만수는 놀란 눈 그대로 얼어붙었다.

“괜찮소? 다친 건 아니오?”

“에?”

“방금 홍 화공이 넘어진 것 같은데.”

"아닙니다! 너, 너, 넘어지다니요? 그 무슨 말도 안 되는. 저 막 덜렁대고 그러는 여자 아닙……."

자리에서 벌떡 일어나다 말고 다시 치맛단을 밟고 넘어갔다. 이번에는 쿵! 소리가 들리지 않았다. 마른하늘에 날벼락을 당한 하람 덕분이었다. 홍천기는 천장을 보고 누웠다. 그리고 밑에 딱딱하면서도 따뜻한 무언가가 깔려 있음을 느꼈다. 그것이 하람이라는 건 한발 늦게 인지했다. 하지만 일어날 수가 없었다. 너무 놀라고 창피해서 머릿속이 정지한 것이다. 하람의 팔이 홍천기의 허리를 감았다. 그러고는 안은 채로 함께 상체를 일으키면서 말했다.

"지금은 넘어진 것 맞소?"

웃음을 참느라 힘겨워하는 목소리였다. 홍천기를 일으켜 앉힌 건 하람이었다. 그녀의 자의로 움직인 건 하나도 없었다. 그만큼 넋이 나간 상태였던 것이다. 넋이 들어오자마자 찾아든 건 창피함이었다. 홍천기가 자리에 앉은 채로 제 얼굴을 감싸 쥐었다.

"막 덜렁대고 그러는 여자 아니라고 하지 않았소?"

웃음을 참으며 건넨 말이라 마치 놀리는 듯한 어투가 되었다. 홍천기가 하람을 향해 휙 돌아앉아 말했다.

"제가 덜렁대서 넘어진 게 아니고, 실수였……. 아! 저번에는 귀공이 지금처럼 저를 깔아뭉갰습니다. 물론 기억 못 하시겠지만. 그러니 비긴 걸로 하고 잊어 주세요. 네?"

"내가?"

"네. 저번에 처음 만났을 때……."

"저, 상 내려놔도 되겠습니까?"

돌이의 웃음 머금은 말을 이어 만수도 한마디 했다.

"팔 아파요."

홍천기가 일어서는데, 다들 또 넘어지나 싶어서 움찔했다. 다행히 이번에는 제대로 섰다. 상이 방에 놓이는 동안 홍천기는 벌을 서는 사람처럼 서 있었다. 최경이 옆에 나란히 서서 귓속말을 했다.

"으이그, 안에서 새는 바가지 밖에서도 샌다더니. 내 얼굴이 더 화끈거린다."

"놀리지 마."

"안 다쳤냐? 손은 괜찮아?"

"괜찮아."

"혹시 모르니까 손목 돌려 봐. 어깨도."

홍천기가 오른쪽 손목을 돌리고, 어깨를 돌렸다. 멀쩡했다. 멀쩡하지 않은 건 붉어진 얼굴뿐이었다. 하람을 쳐다보았다. 손바닥으로 입술 쪽의 얼굴 절반을 가리고 있었다. 홍천기가 몰래 제 옷섶을 당겨 올려 냄새를 맡았다. 그러고서 어깨 냄새도 맡아 보았다. 크게 불쾌한 냄새가 나는 거 같지 않았다. 홍천기가 어깨를 축 늘어뜨리고 말했다.

"웃고 싶으면 큰 소리로 웃으세요. 웃음 참아도 병 된대요."

그러고는 고개를 푹 숙였다. 재수 없으면 뒤로 넘어가도 코가 깨진다더니, 이건 차라리 코가 깨지는 편이 훨씬 나았다. 하필 깔고 누울 게 없어서 저 남자를 깔고 눕느냐고. 우 씨. 결국 꾹꾹 누르던 하람의 웃음이 터졌다. 다른 사람들과 같은 박장대소는 아니었다. 하지만 만수에게는 달랐다.

“우와! 우리 시일마님이 이렇게 웃는 거 처음 봐.”

홍천기 머리 위로 바위 하나가 떨어져 내렸다. 망했다. 망했다. 원래부터 망해 있었지만, 이번에는 쫄딱 망했다.

방 안에 촛불 여러 개가 들어왔다. 하람과 만수, 홍천기와 최경이 각자 1인상을 하나씩 놓고 마주 앉아 식사를 하였다. 상 앞에 앉아서도 홍천기는 풀이 죽은 채였다. 그래도 숟가락을 들 힘은 있었다. 상에 가지런히 놓인 반찬들이 입에 침을 고이게 하였고, 숟가락을 움직이게 하였다. 이 와중에 꿀맛까지 느꼈다. 창피함과 밥맛은 별개의 문제였다.

홍천기의 분주하던 젓가락질이 느려졌다. 하람의 식사 모습이 시선을 묶었기 때문이다. 상 위의 그릇들을 조금씩 더듬기는 했지만, 숟가락질도, 심지어 젓가락질도 능숙했다. 단지 숟가락과 젓가락이 오갈 때 아래에 왼손으로 받치기는 하였다. 그래도 거의 떨어지는 건 없었다. 저 정도면 글씨를 쓸 수 있을지도 모르겠다. 그런데 글은 어떻게 읽지? 어떻게 하면 눈이 멀고도 대과에 급제할 수 있는 거지? 왜 하필 양반인 거지?

“찬이 입에 안 맞소, 홍 화공?”

“아, 아닙니다. 맛있습니다.”

“그런데 왜 수저 소리가 들리지 않는 거요? 아니면, 내가 식사하는 모습이 신기해서 쳐다보느라?”

만수가 젓가락을 물고 슬쩍 하람의 눈치를 살폈다. 남들의 시선 따위는 그다지 신경 쓰지 않는 사람이었다. 그런데 지금은 달랐다.

"그래서 본 거 아닙니다! 제가 귀공을 쳐다본 건 맞는데, 그런 이유는 아니라고요."

"내 나이 여섯 살쯤에 눈이 멀었소. 선친께서 무릎에 나를 앉히시고 식사를 가르쳤소. 오랫동안 거듭된 훈련이오. 그리고 지금도. 내 삶은 언제나 훈련의 연속이오. 앞으로도."

여섯 살. 그럼 그때부터 지금까지? 홍천기가 젓가락을 상 위에 올리고 손을 놓았다.

"솔직히 말씀드려도 되겠습니까?"

"하시오."

"잘생겨서 쳐다보았습니다. 숟가락, 젓가락질도 저보다 더 정갈하게 하시는구나, 참 그림처럼 멋있게 하시는구나, 그게 신기해서 쳐다보았던 것뿐입니다. 그러니까 오해하지 마십시오."

이번에는 하람도 제대로 놀랐다. 조금 전 홍천기가 넘어지면서 자신을 덮쳤을 때보다 더 놀랐다. 만수도 놀라서 홍천기를 보았다. 최경은 별로 놀랍지도 않은지 혀를 끌끌 차면서 타박했다.

"넌 어째 계집이 되어서는 내숭이란 게 없냐? 상대를 앞에 놓고 그런 말 하는 여자는 천지에 너밖에 없을 거다."

"잘생긴 사람보고 잘생겼다고 하지, 그럼 뭐라고 그래?"

최경이 고개를 절레절레 저으면서 젓가락질을 계속했다. 홍천기가 하람을 향해 말을 이었다.

"제가 실례되는 말을 한 건 아니지요? 저 아니어도 이런 말 자주 들으실 테니까."

"젊은 여인에게서 듣는 건 처음이오."

만수가 혼자서 킥! 웃었다. 홍천기의 얼굴이 빨개졌다. 하지만 어두워서 보이지는 않았다.

"아……. 하하. 젊은 여자들이 다들 눈이 삐었나."

"젊은 여자들이 눈이 삔 게 아니고, 입 밖으로 말을 내뱉는 네가 이상한 거다, 인마. 부끄러움이란 것도 좀 챙겨 다녀라."

"나도 이런 말 하는 건 부끄러워. 하지만 오해하시게 두는 건 싫어. 아무튼 잘생겨서 쳐다본 거지, 신기해서 구경한 건 아니라는 거, 그건 알아 주셨으면 해요. 잘생긴 건 좋은 거예요. 자만하셔도 됩니다."

"어차피 난 내 얼굴을 모르오."

"그것도 이상한 건 아니네요. 저도 제 얼굴 모르는 건 귀공과 마찬가지거든요. 사람은 누구나 다 그렇습니다. 외양뿐만이 아니라 심지어 내면조차도 스스로는 보지 못하더라고요. 하하하."

잘생겼다는 말을 들었다. 상대에게도 비슷한 말을 들려주어야 한다. 그러고 싶었다. 하지만 그럴 수 없었다. 돌이도, 만수도, 서거정도, 모두 홍천기의 외모에 대해 한마디씩들 해 주었다. 아름답다고들 하였다. 하지만 그것은 그들이 느낀 감정의 산물일 뿐이다. 그 감정은 하람의 것은 아니었다.

홍천기에게 아름답다는 말을 해 주고 싶었다. 그래서 보고 싶었다. 어떤 표정으로 말하고, 어떤 눈빛으로 자신을 보는지, 두 눈으로 보고, 오로지 자신만의 감정으로 느끼고, 그 감정 그대로 진심을 다해 말로써 전해 주고 싶었다. 하람은 붉은색 외에는 보이지 않는 세상을 눈꺼풀로 깊게 덮었다.

"너 정말 미친 거지? 남의 집에서 밥 얻어먹은 것으로도 모자라, 잠까지 자겠다고? 그것도 남들 눈에는 젊은 여인으로 보이는 네가 젊은 사내 집에서?"

최경의 목소리는 더없이 작았다. 그렇다고 분노가 적은 건 아니었다. 홍천기가 캄캄한 마당에 서서 불빛이 있는 하람의 방을 힐끔거리면서 말했다.

"그럼 어떻게 해. 지금이라도 화단으로 출발할까? 가다가 순라군한테 잡혀서 끌려갈까? 그게 더 나으려나? 응?"

"아우! 이 뻔뻔한 놈."

"야! 나는 뭐, 지금 마음 편해서 이런 소리 하는 줄 알아? 나도 남의 집에서 외박하는 그런 여자로 보이는 거 정말 싫다고. 갈 수만 있다면 나야말로 더 기를 쓰고 가고 싶단 말이야. 네가 나의 속상함을 알 턱이 없지."

최경이 하늘의 별을 보면서 말했다.

"나는 지금 출발하면 도화원에 가까스로 도착할 수는 있는데……."

"그럼 나도 도화원에 가서 신세 질까?"

"야! 거긴 사내놈들이 떼로 득실거리는 데야. 어딜 계집애가!"

"그럼 나 혼자서 여기서 자라고?"

최경이 뒷목을 벅벅 긁다가 짜증스럽게 대답했다.

"아, 알았다, 알았어. 나도 여기서 자 줄게. 대신 앞으로 5년은 너 안 볼 테니까 그렇게 알아라. 그림만 볼 거다."

"언제는 네가 안 그랬니? 암튼 고맙다."

홍천기가 최경에게 고개를 꾸벅했다. 그러고는 하람이 있는 방으로 가면서 속삭였다.

"날 이상하게 보겠지?"

"이상하게 보는 게 아니라, 이상하게 생각하겠지. 멍청아."

"힝! 어떡해."

"저 남자가 아무리 눈이 안 보여도 네 속은 보이겠다. 애가 속을 숨길 줄을 몰라. 그런 건 좀 배워 둬라. 배워 두면 유용하다. 아까도 그림 보는데 옆에서 입은 헤벌레 해 가지고. 하 시일 눈이 안 보이는 걸 감사하게 생각해라. 엄청 추했어, 인마."

"말 참 곱게 한다, 못된 자식. 방금까지는 귀여웠는데, 금방지 복을 걷어찬다."

"네 눈에 귀엽게 보이는 게 복이냐? 액이지. 아! 혹시 은장도 같은 건 가지고 있냐?"

"으으응, 없어. 내 방 어딘가에 있을 텐데……."

"좀 갖고 다녀라. 이 집 부엌에서 식칼이라도 훔쳐다 줘?"

홍천기가 소리 죽여 웃었다.

"큭큭큭. 고맙다, 개놈아."

"스승님이 너 때문에 팍팍 늙는다던데, 그 말이 실감이 난다. 어휴!"

하람의 방으로 다시 들어간 두 사람 뒤로 돌이가 따라 들어왔다.

"도저히 지금 가시는 건 무리일 거 같아서 허락도 듣기 전에 빈방에 불을 넣고 있습니다. 이 집에 방이 워낙 많으니까 부담 가지실 필요가 없습니다. 묵고 가시는 거지요?"

최경이 자리에 앉으면서 대답했다.

"네. 하룻밤 여기서 신세 지기로 결정했습니다. 홍 화공은 어떻게든 가려고 하는데, 제가 무리일 것 같아서 말렸습니다. 그림 보겠다는 욕심이 너무 앞서서 홍 화공에게나 이 댁에게나 실례가 막급합니다. 애초에 제가 강제로 홍 화공을 이 댁에 끌고 들어오는 게 아닌데……. 정말 죄송하게 되었습니다."

예상치도 못한 최경의 감싸기에 홍천기의 눈이 커다래졌다. 그래서 눈빛으로 고맙다는 뜻을 전하려는데, 최경은 쳐다보지도 않았다. 하람이 고개를 숙이면서 말했다.

"저야말로 죄송하게 되었습니다. 이야기를 듣는 재미가 쏠쏠하여 제가 두 분의 발을 잡아 둔 것 같습니다. 저도 시간 가는 줄 몰랐습니다."

하람과 최경이 서로 고개를 숙여 준 덕분에 홍천기의 난감했던 입장이 조금 나아졌다. 진짜 시간 가는 줄 몰랐던 건 자신이었기 때문이다. 돌이는 졸였던 마음을 내려놓았다. 혹시라도 두 사람이 가 버리면 어쩌나 걱정했었다. 어두운 불빛 아래에서도 하람의 표정이 보였기 때문이다. 근래 이토록 행복한 표정은 본 적이 없었다. 근래가 아니다. 이전에도, 또 그 이전에도 하람은 행복한 얼굴로 웃은 적이 없었다. 돌이는 오늘에야 비로소 그 사실을 깨달았던 것이다.

모두가 깊은 잠에 빠져들었다. 설레서 뒤척이다가 늦게 잠든 사람도 있었지만, 그 시간마저 전부 지났다. 최경은 머리가 베개에 닿자마자 잠들었고, 홍천기는 홀로 뒤척이다가 잠들었다. 간간이 바람 소리가 들리기는 했지만, 아주 조용하고 평화로운 밤이 흘러가고 있었다.

하람의 들고 나는 숨이 편안했다. 따뜻한 방 안 공기와 쉬이는 간격도 일정했다. 그런데 갑자기 내쉬던 숨이 멎었다. 들이켜는 숨도 없었다. 그리고 그 순간, 하람이 눈을 떴다. 흑갈색의 눈동자가 달빛 속에 드러났다. 갑자기 하람이 고통스럽게 제 가슴을 쥐어뜯으며 몸을 웅크렸다. 한동안 신음 소리가 계속되었다. 그러다가 고개를 들어 벽에 걸린 홍천기의 그림을 보았다. 손을 뻗었지만 멀어서 잡히지가 않았다. 기다시피 하여 다가갔다. 손을 뻗었다. 그림의 기운이 하람의 손을 튕겨냈다.

"젠장! 홍천기, 그 인간의 문배가……."

가까스로 몸을 일으켜 세웠다. 한 발짝을 내디뎠다. 하지만 휘청거리는 다리가 하람을 바닥에 주저앉혔다. 또다시 힘겹게 일어섰다. 제 가슴을 움켜쥐고 이리저리 휘청거리다가 방문을 열면서 다시 주저앉았다. 또다시 일어섰다. 마루를 지나 마당에 내려서면서 아래로 뒹굴었다. 차가운 밤 기운을 만났지만 하람의 입에서 입김은 나오지 않았다. 땅을 짚고 일어서는 그의 얼굴이 고통스럽게 일그러졌다.

"하람이 경복궁 밖으로 자주 나와 줬기에 다행이었지. 큭큭. 아니었으면……."

하람의 방이 있던 사랑채를 벗어나 안채 마당으로 들어갔다. 끊임없이 주저앉으면서도 끊임없이 일어나, 끊임없이 나아갔다. 안채 마루로 올랐다. 이윽고 다다른 방, 문을 열었다. 방 안에 잠든 사람이 있었다. 홍천기였다. 방 안으로 들어갔다. 움직이기 어려운 다리를 이끌고 가슴을 움켜쥔 채로 겨우 도착한 곳은 홍천기 옆이었다. 목적지에 도착한 다리에서 힘이 사라졌다. 그 힘을 손으로 끌어모았다. 두 손으로 홍천기의 목을 감쌌다. 힘을 주었다.

목덜미에 와 닿은 차가움은 마치 얼음과도 같았다. 소름 돋는 느낌에 놀란 홍천기가 눈을 뜨다가 갑자기 숨이 막혀 발버둥을 쳤다. 어둠 속에 하람이 보였다. 발버둥을 치면서 생각했다. 이건 꿈인가? 어째서 이 남자가 이곳에? 왜 내 목을? 어? 눈동자가…….

목을 조르던 손에 힘이 빠졌다. 힘이 멈춘 것이다. 흑갈색 눈동자가 갈피를 잡지 못하고 이리저리 흔들렸다. 그러다가 대문 쪽을 향해 눈동자를 멈췄다.

"제 먹잇감이다 이건가? 젠장! 이 인간에게 당한 내상만 아니었다면, 저깟 놈은……."

뭐라고 하는 거지? 무슨 말이지? 하람의 목소리인데, 억양이 달랐다. 무엇보다 눈동자 색깔이 달랐다. 달빛 탓인가? 붉은색이 아니다. 홍천기의 정신이 번쩍 깨어났다. 제 목에 닿은 하람의 손이 사람의 손 같지가 않았다. 시체보다 더 차가운 손. 공포가 목구멍으로 올라오는 비명까지 틀어막았다. 눈과 눈이 마주쳤다. 흑갈색 눈동자가 싱긋이 웃었다. 하람의 느낌이 없었다. 색이 느껴지는 눈웃음이 아닌, 눈은 그대로인데 입꼬리만 올라가는 미소였다. 소름 끼치도록 무서운 느낌이었다.

하람의 눈꺼풀이 천천히 내려갔다. 흑갈색 눈동자가 눈꺼풀에 덮여 사라졌다. 이윽고 하람의 몸이 힘을 잃고 옆으로 꼬꾸라졌다. 목을 쥐고 있던 차가운 손도 떨어져 내렸다. 홍천기가 벌떡 일어나, 앉은 채로 순식간에 하람에게서 멀어졌다. 등 뒤로 벽이 닿았다. 더 이상 멀어질 거리가 없어지자 몸을 웅크려 스스로를 끌어안았다. 다리가 떨리고 손이 떨렸다. 온몸이 떨렸다. 숨소리조차 바들바들 떨렸다.

하람의 집 대문 밖에 검은색의 사람 형체가 서 있었다. 검은 천을 두르고 있는 입에서 허연 입김을 내뿜고 있는 남자의 정체는 흑객이었다. 그는 잠자코 섰다가, 뒤돌아 대문에서 멀어졌다.

꿈이었나? 홍천기는 조금 전까지 자신이 누워 있던 이불 위에 쓰러지듯 누운 하람을 쳐다보았다. 마치 아직도 꿈속에서 빠져나오지 못한 기분이었다. 그 눈동자, 손의 차가움. 그런데 지금 눈앞의 하람은 조금 전의 그 느낌은 전혀 찾아볼 수 없었다. 예전에 계속해서 잠만 자던 그 모습이었다. 고른 숨소리가 들렸다. 규칙적으로 오르내리는 가슴의 움직임도 보였다.

용기를 냈다. 엉덩이를 뒤로 빼고 팔만 앞으로 뻗었다. 조금 전의 그 차가움이 다시 떠올랐다. 앞으로 뻗던 손이 주춤했다. 다시 용기를 냈다. 공포와 싸워 가며 어렵게, 어렵게 하람의 손에 닿았다. 따뜻했다. 심지어 몹시도 부드럽기까지 하였다. 그건 꿈이었다. 사람의 손이 그렇게 차가울 리가 없다. 그러니 쳐다보던 그 눈동자도 꿈이었다. 붉은색보다 더 사람의 색에 가까운 눈동자였는데, 그토록 기괴한 느낌이라니, 휴!

홍천기가 가까이 다가가 앉아 하람의 손을 꼭 쥐었다. 그러곤 쌔근거리는 숨소리에 귀를 기울였다. 그래, 꿈이었다고 치자. 그렇다면 이 남자는 왜 여기서 자고 있는 거지? 주변을 두리번거렸다. 하람의 방이 아니었다. 자신이 잠들었던 방이다. 그런데 하람의 손에서 흙이 만져졌다. 어두워서 보이지는 않았지만, 흙은 확실했다. 자신의 목을 더듬었다. 까끌한 어떤 것이 손바닥에 쓸렸다. 하람의 손에서 만져지는 것과 같은 것이다. 깜짝 놀란 홍천기가 하람의 손을 놓았다. 그러고서 슬그머니 엉덩이를 뒤로 밀었다. 벽에 기대앉아서 다시금 하람을 살폈다. 목에서 손을 뗄 수가 없었다.

“그러고 보면, 이 사람은 보이지 않는 눈으로 그 나무에 어떻게 올라간 거지? 돌이도, 만수도 없이 오직 혼자였었는데……. 선남이 아니라 사람이니까, 하늘보다는 나무에서 떨어진 것이 맞는데…….”

3

| 세종 20년(무오년, 1438년) 음력 1월 12일 |

방 안으로 햇살이 들어왔다. 햇살은 점점 영역을 확장하여 하람의 감은 눈을 타고 올라갔다. 조금의 미동도 없었다. 볼 수 없으니 햇살도 느끼지 못하는 것이다. 어젯밤의 흑갈색 눈동자는 분명히 보는 눈이었다. 붉은색 눈동자도 시선을 맞추기는 하지만 소리 나는 곳을 향해 움직이는 것에 불과했다. 어젯밤 그 눈동자는 확실하게 달랐다. 홍천기가 세차게 고개를 저었다. 확실하게 달랐다는 것도 장담하기 어려웠다. 잠결이었고, 달빛 아래였다. 모든 것이 착각일지도 모른다. 몽유병. 밤새 고민하고 내린 결론이 고작 몽유병이었다. 아무리 머리를 쥐어짜봐도 현실적으로는 그게 가장 가능성이 있었다.

"으……."

하람이 깨어나고 있었다. 홍천기가 긴장하여 몸을 웅크렸다. 하람이 눈을 떴다가 다시 감았다. 붉은색 눈동자였다. 햇살을 받아 더욱 투명해진 붉은색이었다. 하람이 자리에서 일어났다. 그러고는 옷섶을 매만지며 헛기침을 하였다.

"하람 시일?"

조심스러운 홍천기의 목소리였다. 하람이 경기하듯 화들짝 놀랐다.

"누, 누구? 홍 화공?"

"네, 홍천기입니다."

"헉! 대, 대체 내 방에 왜……. 아, 아침, 아침 아닌가?"

"아침입니다. 기억…… 안 나십니까?"

"무, 무슨 기억? 아, 아니, 잠깐만! 그것보다, 내 방에 왜 오셨소?"

"여긴 제 방입니다. 물론 엄밀히 말하면 제 방이 아니라 귀공의 댁이긴 하지만, 하룻밤 동안은 허락받았으니까 현재는 제 방인 셈이지요."

당황한 하람이 손으로 바닥을 더듬었다. 이불이 만져졌다. 자신의 것과는 다른 것이다. 베개도 더듬었다. 이것도 자신의 것과는 다른 것이다. 허공을 더듬었다. 이쯤에서 더듬어져야 할 가구와 물건들이 만져지지 않았다.

"진짜 내 방이 아니다. 대, 대체 내가 왜 여기에……."

"정말로 기억 안 나십니까?"

"전혀. 내가 여기 어떻게 왔소? 혹시 홍 화공이 나를……."

"네에? 제가 아무리 막돼먹은 여자라도 잠든 사내를 둘러업고 여기까지 왔겠습니까?"

"그건 그렇지. 그럼 어떻게 왔소?"

"저야말로 묻고 싶습니다. 간밤에……."

말할 수 없다. 잠결에 본 착각을 말로 할 수는 없는 노릇이다. 이렇듯 확실한 하람인데, 꿈일 가능성이 높은 말을 굳이 할 필요는 없다.

"간밤에 제 방으로 들어오셔서 그냥 주무셨습니다. 저 진짜 깜짝 놀랐다고요. 저를 덮치시는 줄 알고."

하람이 허공을 향해 손사래를 쳤다.

"난 그런 사람 아니오. 덮치다니……."

"네, 그런 분 아니시더라고요. 안 덮치셨으니까."

"정말이오? 내가 홍 화공께 몹쓸 짓을 저지르고 기억을 못하는 건 아니오? 여기 온 기억도 없으니까, 혹시……."

홍천기가 어젯밤 자신의 목을 감싸 쥐던 차가운 손을 떠올리고 몸을 부르르 떨었다.

"몹쓸 짓은 이 방에 들어오신 거, 그것뿐입니다. 그 외에는 주무시기만 하셨고. 혹시…… 간밤에 꾸신 꿈이라도 있으신가요?"

하람이 고개를 저었다.

"난 꿈을 꾸지 않소. 눈이 멀기 전에는 더러 무서운 꿈을 꾸고는 하였는데, 눈이 멀면서 꿈도 사라졌소."

꿈을 안 꾼다고? 맹인들은 꿈을 안 꾸나? 그런가?

“꿈도 꾸지 않는데, 몽유병이?”
“몽유병?”
“그렇지 않고서야 어떻게 이곳에 이렇게 와 계시겠습니까? 몽유병이 아니고서야……. 그렇죠, 몽유병!”
“내가 몽유병이라니…….”
홍천기에게 웃음이 돌아왔다. 당황하여 어쩔 줄 모르는 하람은 또 다른 매력이 있었다. 자다 깬 모습조차 그랬다. 햇살 아래에 속 살결이 비치는 얇은 속저고리와 속바지만 입고 앉은 건 야시시하다 못해……. 엉? 홍천기의 눈꺼풀이 빠른 속도로 여닫기를 하였다.
“소, 소, 속옷 차림?”
홍천기가 혼잣말처럼 내뱉은 말을 하람이 들었다. 재빨리 자신의 몸을 더듬었다. 진짜 속옷 차림이다.
“자, 자, 잠깐! 이쪽은 보지 마시오. 내, 내 옷.”
하람이 주변을 더듬었지만 겉옷이 있을 리가 없었다. 그런데 손에 잡히는 게 있긴 있었다. 홍천기가 하람의 손에 잡힌 것을 보았다. 자신의 겉옷이었다. 홍천기의 눈이 자신이 입고 있는 옷으로 향했다. 저 역시도 속적삼에 속곳, 속치마 차림이었다.
“으악! 제, 제 쪽도 보지 마세요!”
“난 어차피 보이지 않…….”
“뒤돌아 앉으세요!”
“난 안 보인다니까…….”
하람이 중얼거리면서 뒤돌아 앉았다. 홍천기가 하람의 등을 향해 말했다.

"돌아보시면 안 됩니다. 그러고 계셔야 해요. 악! 움직이지 마시라니까요!"

홍천기가 하람의 옆에 있던 자신의 옷들을 걷어 갔다. 그것으로도 안심이 되지 않아 그의 머리 위로 이불을 뒤집어씌웠다.

"잠깐만 이러고 계세요."

하람이 이불 속에서 똑같은 말을 되풀이하였다.

"안 보인다니까."

"알고 있지만 불안하단 말입니다."

하람이 이불 속에서 소리 없이 웃었다. 빛 하나 보지 못하는 맹인인데, 두 눈 멀쩡한 사내 취급을 당하고 있는 상황이 웃겨서였다. 그것이 기분 나쁘지가 않았다. 하지만 이내 웃음이 멎었다. 이곳에 어떻게 온 거지? 평소 움직일 때는 기억에서 계산된 노선을 따랐다. 타인의 시선에서 볼 때는 그저 신기할지 모르겠지만 어느 한순간도 계산 없이 움직이지 않았다. 그래서 주변의 물건 위치가 바뀌는 걸 경계했다. 그건 실수를 낳게 하고 그 실수는 부상으로 이어지기 때문이다.

그동안 몽유병이 있다는 말을 들은 적이 없었다. 그건 타인이 알려 주지 않으면 본인으로서는 알 길이 없다. 그리고 잠든 방에서 벗어난 적도 이번이 처음이다. 몽유병이 있다고 치더라도 이상했다. 맹인은 자면서도 맹인이다. 계산 없이 무의식중에 움직이는 게 가능할 리가 없다. 게다가 몽유병으로 온 곳이 하필 홍천기가 자는 이 방이라니. 이 어처구니없는 상황을 어떻게 받아들여야 한단 말인가! 하람의 손에 발이 더듬어졌다. 발바닥에 흙이 묻어 있었다. 다리 쪽의 속바지 여기저기에서도 흙이 만져졌다. 스스로 걸어서 왔다는 증거였다. 맨발로. 대체 밤새 무슨 일이 있었던 거지?

"개충아!"

최경의 목소리다! 깜짝 놀란 하람이 이불을 걷어 냈다. 홍천기는 옷고름을 매다 말고 딱 멈췄다. 최경의 목소리가 안채 너머에서 들렸다.

"일어났냐? 나 도화원 사진仕進해야 돼! 얼른 나와!"

"돌이야!"

이번에는 만수 목소리다! 만수 목소리는 좀 더 먼 곳에서 들렸다.

"시일마님 어디 계셔? 방에 안 계시는데."

돌이 목소리까지 가세했다.

"안에 계실 겁니다. 저기 신발도 그대로 있지 않습니까?"

하람이 앉은 채로 움직이지도 못하고 얼어붙었다. 홍천기는 좌우로 왔다 갔다, 상하로 앉았다 일어섰다를 반복했다.

"어, 어, 어떡하지?"

"지금 우리가 오해받을 상황이 맞겠지?"

"아닐 것 같으십니까?"

"눈으로 보기에도 그렇소?"

"눈으로 보면 더 심각합니다."

"눈이 안 보여도 심각한데. 하! 생각을 좀 해 봐야……."

"지금 생각하고 있을 시간이 어디 있습니까?"

홍천기는 옷을 전부 차려입었다. 문제는 거의 헐벗다시피 하고 있는 하람이었다. 여기는 입힐 만한 그 어떤 것도 없었다. 하람은 겉옷이 없는 것보다 이 방에서 발각될 게 더 신경 쓰였다.

"이 방부터 탈출해야 할 터인데. 사람들 눈에 띄지 않게."

"돌이야! 시일마님 방에 안 계셔! 찾아봐도 없어!"

"그래요? 주인마님! 어디 계십니까?"

"야! 개충아! 안 나오면 내가 들어가서 짓밟아 버린다!"

그러잖아도 정신없는데 최경의 고함 소리가 하람의 어깨를 움찔하게 하였다. 홍천기가 아니라, 자신이 짓밟힐 것 같았다.

"혹시 최 회사, 성질 무섭소?"

"무섭지는 않고, 더러워요."

무서운 것과 더러운 것 중에 어느 것이 더 나쁜지는 모르겠지만, 더러운 쪽이 어감은 더 안 좋았다. 홍천기가 밖을 향해 말했다.

"일어났어. 나 옷 벗고 있거든. 들어오면 죽여 버린다!"

홍천기도 최경과 비슷한 성질 같았다. 어젯밤에 바로 죽여 버리지 않은 게 다행인가? 홍천기가 가까이 다가왔다. 이에 하람은 또다시 움찔했다. 홍천기가 속삭였다.

"제가 망보면서 앞서갈게요. 제가 신호를 하면……."

볼 수가 없겠구나.

"손 좀 잡겠습니다."

"왜? 아!"

홍천기가 하람의 손을 잡았다. 서로의 손바닥 피부가 맞닿았다. 하람은 그녀가 쥐여 준 손을 힘 있게 마주 잡아 주었다. 그의 손은 어젯밤의 차가운 손이 꿈인 걸 입증하는 온도를 전해 주었다. 하람이 홍천기의 손에 이끌려 자리에서 일어섰다.

"으갸!"

비명도 아니고, 탄성도 아닌 이 괴상한 소리는 홍천기의 것이었다.

"뭐요? 또 무엇이 잘못되었소?"

"저, 저 안 봅니다. 지금 눈 질끈 감았어요."

"아차! 속바지 차림이었지."

하람이 손을 잡은 채로 얼른 쪼그려 앉았다. 홍천기가 장옷을 펼치고 고개를 돌렸다.

"앞에 장옷 펼쳤습니다. 그대로 일어나 보세요. 저 고개 돌렸으니까 괜찮습니다."

하람이 일어나서 말했다.

"일어났소."

홍천기가 하람의 허리에 장옷을 감아 주었다.

"보기에는 장옷 두른 게 더 이상해 보이는데……."

"안 보이는 나에게는 두른 게 더 마음이 편하오."

"그럼 이대로 두르고 나가요."

방을 나가려는 홍천기의 손을 하람이 잡아당겼다.

"홍 화공."

아, 웃는다. 이번에도 눈웃음이다.

"네, 말씀하십시오."

또다시 하람의 손이 홍천기를 잡아당겼다. 힘에 잡힌 홍천기의 몸이 하람의 몸에 닿을 만큼 가까워졌다.

"미안하오."

따뜻한 속삭임. 길지 않은 단 한마디에 불과한데도, 여러 상황에 대한 모든 사과가 들어 있는 듯했다. 홍천기의 얼굴이 붉어졌다. 붉어진 얼굴을 감추기 위해 고개를 돌렸다. 이 남자는 못 본다. 알고 있다. 그래도 달아오른 얼굴을 감추고 싶었다.

"이제 나가겠습니다."

정성을 다해 조용하게 방문을 열었다. 고개를 빼서 바깥을 두리번거렸다. 사람의 기척은 없었다. 홍천기가 먼저 나가서 하람을 잡아당겼다. 쿵! 이마가 천장 쪽 문틀에 부딪힌 소리였다. 연이어 발이 문지방에 걸렸다. 하람의 몸이 앞으로 넘어가 홍천기의 몸을 덮치고 함께 넘어갔다. 간밤에도 하지 않던 짓이었다. 두 사람의 몸이 마루 위에서 뒤엉켰다. 하지만 두 사람 모두 악착같이 비명을 삼켰다. 허우적거림을 멈추고 뒤엉킨 몸을 가까스로 분리해서 앉았다.

"괜찮소?"

하람의 목소리가 들릴락 말락 하였다.

"네. 어머, 이마 어떡해."

"피 나오?"

"피는 안 나는데 멍이 들 것 같습니다. 제가 길 안내가 익숙지 않아서, 죄송해요."

"눈이 보이지 않는 내가 민폐요. 아무리 폐가 되지 않으려고 노력해도 이런 상황이 오면 어쩔 수가 없소."

또 웃는다. 이번에는 씁쓸한 미소였다. 홍천기가 하람의 다친 이마를 위로하듯 쓰다듬었다.

"저는 어제 버젓이 눈 뜨고도 귀공을 깔아뭉갰잖아요. 제가 더 민폐네요."

이러는 순간에도 두 사람의 손은 꼭 쥔 채였다.

"다시 가겠습니다."

"참! 난 뛰지 못하오. 이것도 모르실 듯하여."

"아, 그렇겠네요. 명심하겠습니다."

뛰지 못한다? 그런 맹인이 나무 위를? 홍천기가 머리를 털었다. 지금은 들키지 않고 하람의 방까지 가는 게 더 시급하다. 다른 건 나중에 생각하자. 마루를 지나서 내려섰다. 이번에는 홍천기가 귓속말로 하람의 안전을 먼저 확보했다. 그래서 하람도 실수 없이 마루 아래로 내려섰다. 벽에 붙어 안채 문으로 다가갔다. 느껴지는 인기척은 없었다. 안채 문에서 고개를 빼고 사랑채 쪽을 살폈다. 적어도 눈에 보이는 사람은 없었다. 마당만 무사히 가로질러 가면 어젯밤의 일은 무덤 속으로 영원히 들어가게 되리라. 문제는 하람이 뛰지를 못한다는 거였다. 그렇기에 홍천기의 눈에는 마당의 넓이가 바다와도 같았다. 사랑채 마당에 발을 디뎠다. 하람도 무사히 문지방을 넘었다. 마당 중간에 이르렀을 때였다.

"돌이야! 거기도 안 계셔?"

"네! 안 계십니다. 이거 큰일 났습니다."

돌이와 만수가 동시에 앞에 나타났다. 홍천기가 다급하게 몸을 돌렸다. 그런데 뒤에도 최경과 돌이 어멈이 떡하니 있었다. 뒤를 힐끔 살폈다. 돌이와 만수도 두 사람을 발견하고 발걸음을 멈춘 상태였다. 최경과 돌이 어멈도 동작이 멈췄다. 홍천기와 하람은 서로 등을 대고 섰다. 그렇게 정적이 찾아왔다. 하람이 속삭였다.

"어떻게 된 상황이오?"

"실패한 상황입니다. 사방으로 포위당했습니다."

포위하고 있는 네 사람의 시선이 한곳으로 몰렸다. 꼭 잡고 있던 두 사람의 손이었다. 홍천기가 이것을 인식하고 화들짝 놀라 손을 놓았다.

"저기, 이게 어떻게 된 거냐면……."

포위하고 있던 네 사람이 일제히 등을 돌리고 흩어졌다. 홍천기가 당황하여 소리쳤다.

"이건 오해다. 정말 오해야. 다들 아무 말 없이 가 버리면 안 되지. 입 다물지 마! 물어봐! 못 본 척하지 말라고!"

홍천기가 돌이 어멈에게로 뛰어가서 소매를 잡았다.

"제가 하는 말을 대충은 알아차리시지요? 아닙니다. 생각하시는 그런 일은 없었습니다."

돌이 어멈이 알아들을 수 없는 손짓을 하였다. 이걸 찬찬히 보면서 해석할 시간이 없었다. 다음으로는 최경에게로 뛰어가 가는 길을 가로막았다.

"개놈아, 아니다. 오해하지 마라."

"어휴! 이게 오해 안 할 장면이냐?"

"아니라니까! 내 얘기 좀 들어 봐 봐."

"남녀상열지사는 흥미 없다."

"아니라고! 우 씨, 나중에 다시 얘기해."

이번에는 만수를 향해 뛰었다.

"만수 도령! 이건……."

애를 상대로 할 수 있는 말이 아니다. 만수가 방긋 웃으며 시치미를 뗐다.

"저는 아직 어려서 어떤 오해도 하지 않아요. 오해가 뭘까?"

"아, 진짜."

뭐라 말도 못 하고 갈팡질팡하던 홍천기가 마지막으로 돌이에게로 뛰어갔다.

"돌이야! 이게 설명하기가 어려운데, 오해하지……."

"저는 주인마님 일에는 무조건 입을 닫습니다. 하하하. 걱정하지 마십시오."

"아니, 입을 닫고 안 닫고가 아니라, 네가 하는 오해는 잘못된 거라고."

"네. 오해 안 했습니다. 하하하. 아무 일도 없었다는 거지요? 하하하."

"응! 맞아. 역시 돌이는 말이 통하는구나."

"네, 알겠습니다. 하하하. 근데 비녀는 어떤 게 좋겠습니까?"

"아니라니까!"

"네, 네. 아닌 거 안다니까요. 근데 지금 나가면 비녀 구할 수 있으려나……."

"악! 정말 갑갑해!"

사방으로 뛰어다니는 홍천기와는 달리 하람은 제자리에 말뚝 박히듯 서 있었다. 그러다가 정신을 차리고 소리쳤다.

"다들 이리 오너라!"

돌이와 돌이 어멈, 만수가 하람 앞으로 달려와서 섰다.

"아무 일도 없었다. 손님 불편하게 하지 마라."

점잖은 목소리였다. 하지만 효과는 없었다. 옷차림이 목소리와는 달리 너무도 방탕해 보였기 때문이다. 대꾸 없이 잠자코 있었지만 아무도 믿지 않는 게 홍천기의 눈에 보였다. 하람의 감은 눈에도 보였다.

"에취!"

때마침 나와 준 하람의 고마운 재채기였다. 그 덕에 장소 이동은 할 수 있었다.

방 안에는 밥 먹는 소리만 있었다. 눈알 굴리는 소리도 들리는 것이었다면 가장 요란하였으리라. 싱글벙글 돌이는 식사는 하지 않으면서 방 안에 앉아 하람의 눈치만 살폈다. 무슨 말이라도 듣고 싶어서였다.

"오해라고."

간간이 홍천기의 한숨 섞인 말이 나왔지만, 여기에 토를 다는 사람은 없었다. 오해를 해명할 수 있는 사람이 없었다. 당사자인 홍천기와 하람도 영문을 모르는 건 마찬가지였기 때문이다. 그래서 오해라고만 할 뿐, 오해일 수밖에 없는 명확한 정황 설명은 하지 못했다.

"오해인데……."

홍천기가 만수를 쳐다보았다. 그녀를 보고 생글생글 웃는 모양이 여간 얄미운 게 아니었다. 왠지 낯익은 꼬마다. 사내아이. 지팡이. 그리고 남자의 등.

"앗! 동짓날 밤!"

만수의 눈이 동그래졌다.

"동짓날 밤에 저하고 안 부딪혔나요?"

"부딪히기는 했는데, 거지와……. 앗! 그 상거지?"

홍천기가 재빨리 하람을 힐끔한 후에 말했다.

"그때는 피치 못할 사정으로 그런 몰골이었던 거예요."

"홍 화공과 그날 거기서 부딪히는 바람에 제가 우리 시일마님을 잃어버렸단 말이에요."

"아하. 그럼 거기서 그 나무까지 시일마님 혼자서 헤매셨구나."

하람이 물었다.

"무슨 나무?"

"귀공이 떨어진 나무……."

홍천기의 말끝이 흐려졌다. 뭔가 어긋난 것이 있었다. 그것이 무엇인지 즉각 계산이 나오지 않았다. 하람이 다시 물었다.

"내가 길에 쓰러져 있었던 게 아니었소?"

"그게……, 하늘에서 떨어지셨는데……."

최경이 밥 먹다 말고 웃음이 터졌다.

"푸하하! 인마, 아직 잠에서 덜 깼냐? 하늘? 하하하."

"야! 우리 엄마가 칠성님께 나한테 남자 하나만 하늘에서 내려 달라고 비셨다잖아. 그런데 시일마님이 갑자기 내 품에 뚝 떨어져서 하늘에서 내려온 줄로만 알았지. 나중에 보니 나무에서 떨어진 것 같더라고."

하람을 제외하고 전부 큰 소리로 웃었다. 홍천기가 당황해서 말했다.

"나만 그렇게 생각한 게 아니야. 저쪽 마을 나무꾼들도 시일마님을 전부 산신령이라고 그랬다고."

웃음소리가 더 커졌다. 그 가운데를 뚫고 하람의 목소리가 들렸다.

"어디에 있는 나무요?"

"인왕산 근처 마을 접어들기 전, 순화방 끝나는 지점에 있는…… 아름드리 큰 나무……."

어긋난 것을 찾아냈다. 그건 세 사람이 부딪힌 지점과 하람이 떨어진 나무 사이의 거리였다. 그날, 부딪힌 후에 먼저 뛰어갔었다. 전속력으로 달렸었다. 달리기 속도는 남들보다 느리지 않았다. 중간에 노파에게 잡혀 모닥불을 쬐기는 했지만 긴 시간을 낭비한 건 아니었다. 그런데 하람은 먼저 가서 나무 위에 있었다. 눈이 보이지 않으니 달릴 수가 없다. 눈이 보이지 않으니 나무 위를 오를 수도 없다. 그런데 어떻게……. 어젯밤의 차가운 손이 다시금 목을 조르는 듯했다. 그 손이 닿았던 목에서 소름이 올라왔다. 홍천기는 자신도 모르게 손으로 목을 더듬었다.

최경의 젓가락이 공중에서 잠시 멈췄다. 그의 눈에 떨고 있는 홍천기의 손이 보였다. 하지만 아무런 내색 없이 젓가락질을 계속했다.

하람의 상에서 소란이 일었다. 그의 손에서 숟가락이 떨어졌고, 그것을 다시 잡으려다가 국그릇을 엎는 사고가 발생했기 때문이다. 깜짝 놀란 돌이가 상을 밀치고 옆의 수건으로 하람의 손과 옷을 닦았다.

"괜찮으십니까? 안 데었습니까?"

"괜찮다, 국이 식어서."

"평소 이런 실수 안 하시던 분이 왜……."

하람의 붉은색 눈동자가 불안한 듯 허공을 헤맸다. 홍천기 근방이었다.

"괜찮으십니까?"

홍천기의 목소리를 듣자 겨우 시선을 마주쳤다.

"내가 떨어져? 나무…… 위에서?"

"전부 제 착각일지도 몰라요. 부딪혔는데 위에서 떨어진 걸로 느꼈을 수도 있고……."

이때 홍천기는 만수의 불안함을 발견했다. 이 아이도 그날 믿을 수 없는 뭔가를 봤구나. 어젯밤 자신이 본 것과 똑같은…….

"간밤에 무슨 일이 있었던 거냐?"

통명스러운 말이었다. 홍천기와 최경이 하람의 집을 나서고 처음으로 뗀 입이었다.

"오해라니까."

"안다. 남녀상열지사 따위는 없었다는 거."

홍천기가 옆에서 걷는 최경을 쳐다보았다.

"내 말 믿어 주는 거야?"

"내가 널 모르냐? 진짜 어떠한, 그……, 일이 발생했다면, 그렇게 기를 쓰고 아무 일도 없었다며 발뺌할 녀석이 아니잖아, 너는. 그렇게 밥 먹고 있지도 않았을 거고. 넌 그 정도까지 뻔뻔한 녀석은 못 돼."

홍천기가 어깨를 한번 으쓱한 뒤에 민망한 듯 장옷을 고쳐 썼다.

"그래서 궁금한 거다, 간밤에 무슨 일이 있었는지. 차라리 남녀상열지사가 있었다면 안 이상한데."

"그 사람, 내 방에 와서 잠만 잤어. 정말로 아무것도 안 하고 잠만 잤어."

그러고 나서 홍천기의 입이 닫혔다. 얼굴도 장옷 속에 꽁꽁 숨었다. 더 이상 말하지 않으리라는 걸 최경은 알고 있었다. 자신에게 불리하게 적용되어도 상대에게 피해가 간다면 그 피해까지 떠안고 말 것이다. 그것이 여자에게 있어서 목숨과도 같은 정조 문제일지라도. 최경이 싱긋이 웃으며 홍천기의 정수리를 두어 번 톡톡 때렸다. 쓰다듬는다는 표현에 더 가까운 느낌이었다.

"말하지 마라, 그러고 싶다면. 그래도 나는 너를 오해하지 않으니까."

"고맙다, 개놈아."

"고마우면 앞으로 5년 동안 내 눈에 띄지 마라. 그림만 보고 가도 눈 도둑질이라고 성질내지 말고."

"넌 왜 그렇게 나를 싫어하는데?"

"자격지심."

"네가? 퍽이나."

"개충아."

최경이 걸음을 멈췄다. 홍천기도 따라서 멈췄다. 최경이 그녀 쪽으로 몸을 돌렸다.

"하 시일과 거리를 둬라. 그 사람, 조금 위험한 사람 같다. 남자로서 위험해 보이면 말리지 않겠다만, 사람 자체가 위험해 보여. 묘하게……."

"위험한……."

최경의 말을 반박할 수가 없었다. 그래서 고개를 끄덕이지도, 가로젓지도 못하고 치맛단 아래로 비죽이 나온 자신의 발끝만 보았다. 낡은 버선 위에, 낡은 짚신이 보였다. 발끝이 시렸다.

만수가 하람 앞에 무릎을 꿇고 앉았다. 옆에는 돌이가 초조하게 두 사람을 번갈아 보았다.

"궁궐에 들어가야 한다. 늦겠다."

하람의 압박에도 만수는 입을 꾹 다물었다. 하람이 한숨을 쉬면서 말했다.

"내가 혼자서 걸어가는 것을 보았느냐?"

그래도 만수의 입은 열리지 않았다.

"내가 뛰어서 갔느냐? 그래서 놓쳤느냐?"

만수의 눈에서 눈물이 뚝 떨어져 내렸다. 그러고는 고개를 끄덕였다. 하람이 보지 못하는 걸 알면서도 말은 할 수 없었다. 하람이 손을 더듬어 만수의 머리로 올렸다. 그러곤 마치 끄덕이는 고개를 본 것처럼 다정하게 쓰다듬었다.

"혼자 마음 졸였겠구나."

"어두워서 잘못 본 건데, 흑. 제가 착각한 건데, 흑."

"돌이야."

잔뜩 긴장했던 돌이가 얼른 대답했다.

"네."

"간밤에 나 혼자 스스로 걸어서 홍 화공의 방에 갔었다."

"아……."

돌이의 관심은 오직 그것뿐이었다. 만수가 봤다는 것이 뭔지, 홍천기가 봤다는 것이 뭔지, 직접 목격한 일이 없는 돌이로서는 감이 잡히지 않았다. 그래서 관심이 가지 않았다. 돌이의 관심은 어젯밤 하람과 홍천기가 첫날밤을 치렀는가였다. 그래서 홍천기가 하람의 곁에 계속 머물러 주는가였다.

"그런데 나는 그걸 기억하지 못한다."

"아……."

여전히 무슨 말인지 감이 잡히지 않았다.

"홍 화공은 나에게 피해가 올까 봐 입을 다물어 준 것이다. 그런 오해를 받으면서도. 우리 만수처럼."

그렇다면 첫날밤을 치르지 않았다는 건가? 이건 몹시도 실망스러운 소식이 아닐 수 없었다.

"주인마님, 제가 지금 뭐가 뭔지 몰라서……."

"내가 뛰어서 긴 거리를 이동했다. 그리고 나무 위에 올라가 있었다. 나는 기억을 못 한다. 그런데 어제도 그와 비슷한 일이 있었다."

그리고 그 옛날, 어렸을 때도 이와 비슷한 일이 있었다. 아버지가 돌아가시던 날이었다.

"내가 무서우냐?"

돌이도 만수도 대답하지 않았다. 만수는 더 많은 눈물을 흘렸고, 돌이는 웃음을 잃고 머리만 긁적거렸다. 하람은 떨림이 멈추지 않는 자신의 손을 마주 잡았다.

"나는 내가 지금 너무 무섭다. 견디기 힘들 만큼……."

안에 무언가가 있다. 그것이 제멋대로 몸을 움직이게 했을 것이다. 그리고 어쩌면 그것이 눈을 막고 있는지 모른다. 안에 있는 걸 없애면 눈도 제대로 된 세상을 볼 수 있을지도 모른다. 어쩌면…….

최경과 헤어지고 화단으로 가는 길이었다. 걸음을 옮길 때마다 홍천기는 묵직한 기운이 발을 잡아당기는 듯했다. 오랫동안 걸은 것 같은데 아직도 화단은 보이지가 않았다.

"넋을 놓았군, 넋을 놓았어. 쯧쯧."

홍천기의 귀가 번쩍 열렸다. 주변을 살펴보니 거지 노파가 양지바른 곳에 앉아 떡을 먹고 있었다.

"여기가 어디지?"

저잣거리였다. 무의식중에 아버지가 있는 곳으로 왔나 보다. 홍천기가 노파 앞에 쪼그리고 앉아 방긋이 웃었다.

"오늘은 손에 아무것도 없어요."

"괜찮아. 그때 준 거 아직 이렇게 남아 있잖아. 먹어도 먹어도 안 줄어."

노파의 손에 있는 떡을 보았다. 진짜 저번에 준 떡과 꼭 닮았다.

"하하하. 할머니 농담 재미있으세요. 이번에는 용케도 저를 알아보시네요?"

"헷갈리지 않겠다고 했잖아. 난 한다면 해. 같은 핏줄과도 구분해 줄게. 애쓰고 있어."

"같은 핏줄? 할머니는 그게 구분이 안 되시나요?"

노파가 홍천기를 물끄러미 보다가 손가락으로 땅을 가리켰다. 개미 떼가 줄지어 지나고 있었다. 아직도 기온이 찬데 개미 떼가? 날이 풀렸나? 양지바른 곳이어서 그런가?

"넌 여기 개미가 구분이 되나?"

"네? 당연히 안 되지요."

"우리 눈에도 인간은 그래. 인간의 눈에 보이는 개미나, 우리 눈에 보이는 인간이나 거기서 거기지.”

역시나 알아들을 수 없는 말이다. 그런데 신기하게도 재미가 있었다. 조금 전까지 홍천기를 에워싸고 있던 공포도 많이 누그러들었다.

“혹시 할머니 무당이세요?”

노파의 꿀밤이 날아왔다. 소리도 없이 슬쩍 스쳤는데, 통증이 어마어마했다. 머릿속이 징에라도 맞은 듯 웅웅거렸다.

“하, 할머니, 너무 아파요.”

“에구, 미안. 힘 조절 실패다. 감히 나를 무당 따위로 말하니 그렇지.”

“말씀을 무당처럼 두루뭉술하게 하셔서 여쭤본 겁니다.”

“나는 나다.”

나는 나지, 내가 남인가? 너무나도 당연한 말을 위화감 없이 하는 게 신기했다. 노파가 허공에 대고 냄새를 킁킁 맡았다. 그러다가 홍천기 쪽에서 코를 멈췄다.

“간밤에 마魔 두 마리가 서로 으르렁거리는 통에 시끄러웠는데, 여기서 그랬군. 그 덕분에 ‘그분’이 깨어나시긴 했지만.”

“마魔가 뭐예요? 귀신인가요?”

“마魔는 마魔고 귀鬼는 귀鬼지. 나는 나고. 어째서 인간은 이 쉬운 말을 알아듣질 못해? 쯧쯧.”

알아듣기 힘든 말. 역시 무당인가? 그렇다면 어젯밤에 본 걸 상담해도 되는 걸까? 아니다. 그럴 수는 없다. 혹시라도 소문이 와전돼서 퍼지기라도 하면 하람에게 좋을 리가 없다. 어두운 표정으로 쪼그려 앉은 홍천기를 보면서 노파가 싱긋이 웃었다.
“이봐, 인간. 네 이름은?”
“홍반디입니다.”
“아니, 진짜 이름. 인간에게는 여러 이름이 있지만 그중 진짜 이름이 있을 텐데?”
“진짜 이름……. 홍천기.”
“알았다. 기억하마. 대신 그림 한 장만 그려다 줘.”
“제 그림은 스승님 허락이 있어야 밖으로 빼 올 수 있어요.”
“안 된다는 거야? 그럼 네 이름 기억해 주지 않을 거다.”
“죄송해요. 스승님께 말씀은 드려 볼게요. 안 되면 다음에 올 때 먹을 거라도 가지고 나올게요.”
“쪼가리 그림이라도 상관없는데, 칫! 이름은 기억 못 해 줘.”
“네. 다음에 또 오겠습니다.”
홍천기가 일어나서 화단을 향해 제 갈 길로 갔다. 아버지를 볼 수 있는 곳을 지나는 길이었다. 노파가 홍천기가 사라진 곳을 보면서 중얼거렸다.
“홍천기……. 앗! 받은 것도 없는데, 이름을 외워 버렸다. 젠장!”

화단 앞에 사람이 서성거리고 있었다. 멀리서 봐도 견주댁은 쉽게 구분이 되었다.
“견주댁!”
홍천기가 달려가 견주댁 품에 안겼다. 그러자 갑자기 긴장이 풀렸다. 견주댁이 축 늘어지는 홍천기의 몸을 끌어안았다.

"대체 어디 계셨어요? 어디 다녀온다는 말도 없이."

"개놈이랑 나갔잖아요."

"그래서 지금 막 도화원에라도 갈 참이었어요. 전 어제 인왕산에 또 들어가신 줄 알고 얼마나 마음 졸였는지."

"인왕산?"

"어휴, 말도 마세요. 그 근처 마을 사람들 새벽부터 죄다 짐 싸서 지금 피난 들어와 있대요."

"또 염병이 도나요?"

"아뇨. 밤새도록 호랑이 포효하는 소리가 진동을 했다지 뭐예요. 다들 오금이 저려서 도망 나왔다고요."

"하하. 호랑이. 내가 가서 봐야 하는데……."

목소리가 늘어졌다. 홍천기의 몸은 더 심하게 늘어졌다. 잠에 빠져들고 있었다. 홍천기는 견주댁의 품에 이끌려 비몽사몽으로 걸었다. 그러면서 꿈속에서 생각했다.

아, 하람의 억양이 귀에 익숙하다 했더니, 견주댁 억양과 비슷하구나. 맞다, 그 거지 할머니도 비슷한 억양이다. 모두 비슷한 억양이다. 옛 지명 견주, 지금의 지명 양주. 옛날부터 한양에 살았던 사람들의 억양…….

4

| 세종 20년(무오년, 1438년) 음력 1월 13일 |

"정말 기도 안 차는구먼."

빈청에 모인 대신들은 하나같이 인상을 구겼다. 영의정을 비롯하여 우의정과 좌의정, 예조판서 등이었다. 이조판서가 뒤늦게 헐레벌떡 들어오면서 불만의 소리를 냈다.

"고작 도화원의 잡직 문제로 이 바쁜 나까지 오라 가라야."

그러고는 모인 이들을 향해 얼른 고개를 숙이고 빈 의자에 앉았다.

"다들 바쁘신 분들인데, 나오셨군요. 이게 뭔 난리랍니까? 도화원 제거가 버젓이 있는데, 우리까지 도화원 관직에 이러쿵저러쿵해야 합니까? 이조정랑도 무시할 관직을 왜 제가……."

예조판서가 손을 휘휘 저으며 귓속말을 전했다.

“에? 에에? 에에에에? 정말입니까?”

귓속말로 들었던 걸 믿을 수가 없었던 이조판서가 모인 이들과 돌아가며 한 번씩 눈을 맞추고 고개 끄덕임을 확인했다. 그러고도 믿을 수가 없어 몇 차례나 영의정의 얼굴을 살폈다. 지시를 내린 사람이 임금만 아니었다면 ‘미친놈!’ 소리가 터져 나왔을 것이다. 영의정이 입을 열었다.

“상감마마의 윤허는 아직 내려지지 않았소.”

“그러면…….”

“예로부터 여인에게 관직을 제수해서는 안 된다고 명시한 규정을 찾아오라고 하시었소.”

“미치겠네! 당연히 안 되니까 규정에도 없는 거 아닙니까.”

“예로부터 명시한 규정을 찾아오라, 이 윤언인즉슨, 무조건 되게 해라, 이건데……. 허허, 참.”

무조건 되게 하라, 그리고 이 일에 대해 반발하는 소리를 미연에 막아라. 직접적인 지시가 아니어도 이러한 의미임을 모르는 대신들은 없었다. 그렇기에 인상만 구기고 한숨만 내쉬는 중이었다. 영의정이 말했다.

“상감마마께오서 이 늙은이에게 모든 일을 일임하시었소.”

이건 영의정더러 대신들 설득을 책임지라는 의미였다.

“아이고.”

“심려가 크시겠습니다, 영의정 대감. 하하하.”

마치 강 건너 불구경하듯 말하는 이조판서에게 영의정이 허허허 웃으며 받아쳤다.

"내가 심려가 클 일이 있나. 허허허. 우리 의정부 쪽에서는 그렇게 자잘한 거까지 관여할 필요가 없다는 판단을 내렸소. 예조와 이조 선에서 알아서 처리하도록."

우의정과 좌의정이 고개를 끄덕였다. 이런 건 빨리 처리해 버리는 것이 골치를 덜 썩이는 비결이다. 예상대로 예조판서가 반발했다.

"영의정 대감! 이렇게 떠넘기는 경우가 어디 있습니까?"

이조판서가 불만스럽게 토를 달았다.

"실력으로 트집 잡으면 되지요. 그게 어렵나."

"그게 제일 어렵습니다."

예조판서를 비롯해서 다른 대신들 모두가 좌의정을 보았다. 좌의정이 한숨을 쉬면서 말했다.

"이 일의 시발점인 매죽헌에서 있었던 화회, 거기서 제가 안평대군 오른쪽에 앉았었습니다. 하필 그날 왜 시간이 한가했던 건지. 이런 일인 줄 알았다면 안 갔을 터인데……."

그리고 그날 있었던 안평대군의 만행을 이야기했다. 영의정을 제외하고, 모두의 턱이 한 자는 떨어져 내렸다. 이야기를 다 들은 이조판서가 고개를 저으며 말했다.

"돈을 걸었다면, 끝난 건데. 입으로야 뭔 말인들 못 할 게 없지만, 막상 제 돈을 걸면 달라지는 게 인간이라. 그것만큼 객관적인 건 없지. 좌의정께서도 그 화공 그림에 끼어들었습니까? 설마……."

“초반에 조금. 싸움판이 커져서 중간에 떨어져 나왔습니다. 어? 왜 그렇게들 쳐다보십니까? 저도 상감마마께오서 깔아 놓은 판에 놀아난 피해자입니다. 그런 눈으로 보지 마십시오.”

영의정이 웃으며 정정했다.

“판을 깔고 즐기신 건 안평대군이시고. 상감마마께오서는 그 화회에서 인재를 골라내 달라고 하셨을 뿐이오.”

“엎치나 메치나 그게 그거지요.”

“상감마마께오서 반대를 하셨어도 그 화회는 열렸소. 안평대군 고집 모르시오?”

거기 있던 사람들이 대부분 돈을 걸었다. 게다가 안평대군과 안견, 두 사람의 그림 보는 안목에 시비를 걸 사람은 많지 않았다. 그 둘까지 돈을 걸었다면 그 여화공의 실력에 대해 가타부타하기 어렵다.

“그런데 안 선화가 무슨 돈이 있어서?”

“서운관의 하람 시일. 안 선화가 고른 그림을 하 시일이 기어이 사 갔답니다.”

“아이고. 하 시일까지 엮였군. 하 시일 배포도 대단합니다. 그림에 대한 안평대군의 집착을 모르는 사람이 없는데, 그분에게서 그림을 빼앗아 가다니.”

“안평대군께서 어찌나 화를 내시던지. 옆에서 조마조마했습니다.”

“하하하. 진짜 재미있는 구경거리였……. 핫! 아, 아닙니다. 흠흠!”

이조판서가 다시 정색을 하고 말했다.

"그래도 하고 많은 남자 화공들을 놔두고 굳이 여자 화공을 끌어들일 필요가 없지 않습니까?"

영의정이 허허실실 웃으며 대답했다.

"최선을 버리고 차선을 쓰는 것보다 멍청한 일은 없다라고 하시었소. 상감마마께오서."

오가던 대화가 멈췄다. 하지만 어떻게 해서든 트집을 잡고 싶었다.

"안 선화의 눈이 너무 높은 겁니다. 아무 화공이나 쓰면 될 것을."

예조판서가 제 소속 하관이라고 편을 들었다.

"안 선화의 업무에 그런 식의 불만을 가지시면 다음부터 다른 관서 협조 요청 못 받습니다. 조금이라도 실력 떨어지는 화공 보내 놓으면 불평불만을 해 대는 통에 안 선화도 자존심 상해서 더 까다롭게 화원들을 고르게 된 겁니다. 안평대군 모르십니까? 한두 번 소동을 일으키셨어야지요."

또다시 오가던 대화가 멈췄다. 반대할 거리가 없단 말인가. 이대로 매듭을 지어야 한단 말인가. 누구라도 묘안을 내놓기를 바랐지만 입에서 나오는 거라고는 포기 섞인 말에 그쳤다.

"그럼 계집한테 관직을 내려야 되는 겁니까? 그건 진짜 말이 안 되는데……."

한동안 고심하던 예조판서가 어쩔 수 없다는 듯 고개를 끄덕이면서 말했다.

"도화원에 소속된 화원들이 전부 관직을 받는 것도 아닙니다. 그중 극소수지요. 품계 없이 업무만 맡겨도 됩니다. 별도리 없지요, 뭐. 여기서 상감마마를 탓하겠습니까, 안평대군을 탓하겠습니까?"

안견이라도 불러다가 탓하고 싶지만, 따지고 보면 그의 잘못도 아니다. 그를 탓한다고 한들, 도화원 업무만 마비되고, 그러면 다른 관청도 줄줄이 그 여파를 받을 것이다. 도화원에 배속시켜 관노비처럼 일은 시키되, 관직은 내리지 않는다. 이 방법밖에 없다. 말없이 오가는 눈빛 속에서 영의정을 제외하고 다들 동의를 하는 분위기였다. 영의정이 싱긋이 웃으며 다음 주제로 넘어갔다.

"예전부터 거론했던 문제인데, 서운관……."

서운관도 예조 속아문이다. 그러니 예조판서의 입에서 한숨부터 나왔다. 가지 많은 나무에 바람 잘 날 없다고, 예조에 딸린 속아문이 제일 많다 보니 사흘이 멀다 하고 사건 사고다.

"똑똑한 맹인을 선발하여 역易을 가르치기로 한 거, 올해부터 추진하라고 하시었소, 주상 전하께오서."

"아이고."

"그거 포기하신 거 아니었습니까?"

"좀 신중하셨던 것뿐이오. 올해부터 준비하면 2, 3년 후에는 정상적으로 운영되리라고 보고 계시오."

"맹인한테 그 어려운 역을……. 불가능한데."

"좋은 본보기가 있지 않소. 하람 시일."

"하 시일은 다른 경우지요. 시력을 잃기 전, 어려서부터 신동으로 이름이 높았는데."

"또 다른 하 시일이 있을 거라고 믿고 계시오. 하 시일처럼 글자를 쓰는 것까지 바라시는 건 아니고, 암기만 해도 충분하다고 하시었소. 완벽한 암기."

"역을 가르치고 나면요? 완벽하게 암기를 하게 되었다고 가정하고."

"서운관에 역관으로 두실 거요."

모두가 하나같이 고개를 절레절레 저었다. 예조판서가 말했다.

"뭐, 완벽하게 암기하면이라는 단서가 붙었으니까, 해 보지요. 안 되면 접으실 겁니다. 가르치는 건 지금 훈도들로 하고, 한 번씩 하 시일에게 경험을 가르쳐 달라고 해 보지요. 나머지는 서운관에서 알아서 하도록 맡기고."

"그럼 하 시일이 한 번씩 바람 쐬러 경복궁 밖을 나갈 수가 있겠군요. 그건 괜찮네. 자주 비우는 건 불안하지만 가끔은, 뭐."

좌의정이 몸을 앞으로 당기면서 말했다.

"말이 나와서 하는 말인데, 하 시일, 혹시 최근에 보신 분 있습니까? 영의정 대감은 자주 보셨을 테니 제외하고."

"멀리서 한두 번은 봤는데……. 왜요?"

"제가 화회 때 봤다고 하지 않았습니까? 근데 정말 깜짝 놀랐습니다. 어쩌면 그렇게 제 조부인 하 대감을 쏙 빼닮았는지. 피는 못 속이나 봅니다."

영의정이 웃으면서 말했다.

"눈이 그래서 그렇지, 눈만 정상이었으면 하 대감을 능가하는 외모지요."

"옛날에 애들이 지어서 부르던 노래도 있지 않았습니까?"

"하가네 집 담장 옆에 나무를 심지 마라. 목매다는 처녀 귀신 하나둘 늘어난다. 이거 비슷했는데."

"맞다! 기억납니다. 옛날에 하 대감을 보고 다들 그랬습니다. 단 하루라도 좋으니 하 대감 몸으로 한번 살아 보고 싶다고. 하하하. 영의정 대감은 그런 생각 안 해 보셨겠지요?"

"나도 별수 없소. 그런 생각을 안 해 본 사내가 드물 거요."

"호랑이 소리가 진동을 했답니다."

농담처럼 오가던 대화였다. 그런데 우의정의 묵직한 이 말이 정적을 불러왔다. 2, 3일 전 밤에 호랑이 소리로 인왕산이 들썩했다는 소문을 거론한 것이다. 소문이란 건 부풀려지기 마련이다. 하지만 그 정도의 진동이면 평범한 호랑이는 아니라는 소문은 무시할 수 없었다. 대신들이 서로를 쳐다보았다. 말로 만들어 내지 않아도 서로의 생각은 알 수 있었다.

요즘 젊은이들은 몰라도 늙은이들은 알고 있는 이야기. 그 소리는 한양의 지신地神이 하 대감을 찾는 소리다. 옛날부터 한양에 살던 하가네. 한양의 터줏대감이라고 불렸던 하 대감. 그리고 그의 손자 하람. 하람의 선조들을 쫓아낸 뒤, 그들이 살던 집터를 허물고 지은 지금의 경복궁. 법궁으로 삼은 경복궁 터의 지운地運을 여전히 잡지 못한 조선 왕실. 그렇기에 아직도 법궁의 터주신이라고 불리는 하람. 이 지운을 잡지 못하면 앞으로도 수많은 목숨이 죽어 나갈지도 모른다는 것이 많은 이들의 불안이었다.

"최양선崔揚善이라는 자가 또 경복궁 풍수로 상감마마의 어심을 들쑤셔 놓으려나?"

"경복궁 위치를 바꾸자는 최양선의 주장보다, 하 시일을 경복궁에 두자는 이양달李陽達의 주장이 더 낫지 않습니까? 저는 그 편이 더 마음이 놓이는데. 안 그렇습니까, 영의정 대감?"

영의정도 눈에 보일 듯 말 듯 고개를 끄덕였다.

"솔직히 나도 하가의 핏줄을 두는 게 더 안심이 되오. 이런 마음은 어쩔 수가 없소. 그간 왕실이 흘린 피가 적지 않았으니까."

| 세종 20년(무오년, 1438년) 음력 1월 21일 |

"내가 나이가 들긴 하였군. 이상한 글자도 막 보이고. 내 눈에 문제가 생겼나? 하하하."

최원호가 큰 소리로 웃어 가며 탁자 앞에 선 강춘복에게 종이를 건네주었다. 도화원에서 나온 차첩差帖 공문이었다.

"설마요. 그림 보시는 것도 아직 정정하신데……."

그런데 차첩 글자를 읽은 강춘복도 제 눈을 비볐다.

"제 눈도 이상합니다. 홍천기? 왜 여기에 우리 홍 화공의 이름이……."

"하하하. 계집더러 도화원의 화원으로 사진하라니, 무슨 착

오가 있지 않고서야. 하하, 하……, 하? 다시 줘 보게!"

전 도화원 화사 홍은오의 녀女 홍천기. 녀女…….

차첩에 적힌 글자는 분명 홍천기를 지칭하는 게 맞다. 종이를 밀었다 당겼다, 위로 올렸다 내렸다, 창으로 들어오는 햇빛에 비췄다 가렸다 해 봐도 글자는 변하지 않았다. 최원호의 손이 부들부들 떨렸다.

"안견……. 이, 이, 이 미친 새끼!"

최원호가 의자를 박차고 일어나 방을 뛰쳐나갔다. 강춘복이 다급하게 외쳤다.

"어디 가십니까?"

"도화원!"

강춘복이 우왕좌왕하며 갓과 두꺼운 겉옷을 챙겨 뒤따라 나갔다. 선돌에 있던 신발도 집어 들었다. 버선발로 뛰어가던 최원호가 대문 밖에 나가자마자 걸음을 멈췄다. 미친놈 안견이 뻔뻔하게 걸어오고 있었다.

"야! 너 이 자식!"

최원호가 안견의 멱살을 잡아채려는 순간, 안견이 차분하게 말했다.

"들어가지."

"어? 어."

멱살 잡을 적기를 놓친 최원호가 안견과 함께 어영부영 화단으로 되돌아갔다. 하지만 씩씩거림은 멈추지 않았다. 방에 단둘이 들어서서 문을 닫았다. 그제야 멱살을 잡으려고 두 손을 뺏었다. 하지만 이번에도 안견이 마치 알고 피하기라도 하는 듯 먼저 의자에 털썩 앉았다.

"앉지."

멱살을 못 잡았다. 어쩐지 탁자에 앉기도 전에 선수를 뺏긴 기분이 들었다.

"공문이 도착하기 전에 먼저 도착하려고 했는데 내가 조금 늦었나 보군."

"야! 우리 반디는……."

"여인이지. 안다."

이번에는 말을 가로채였다.

"그런데 도화원에……."

"허락이 떨어졌더군. 나도 안 될 줄 알았는데 깜짝 놀랐다."

"이걸 위에서 알게 되면……."

"다 알아. 도화원 위로 예조, 예조 위로 의정부, 의정부 그 위에까지 전부 다 허락했다."

"의정부 위? 의정부 위라면……. 야! 거짓……."

"거짓말 아니다. 내가 그런 거짓말을 할 만큼 간이 크지는 않다."

"아, 안평대군이……."

"안평대군도 지금 이 결론은 모르실 거다."

"다들 짜고 우리를 함정에 빠트린 거냐?"

안견이 깊은 한숨을 내쉬었다. 이에 최원호의 흥분도 가라앉았다.

"원호야. 이렇게 아귀를 맞추는 건 한두 인간의 노력으로 만들 수 있는 게 아니다. 운명이 아니고서는."

최원호가 의자에 앉아 두 손으로 이마를 괴었다.

"견아. 그림을 그린다는 행위는 도화원에 들어가는 그 순간부터 노동이 될 뿐이다. 특히 우리 반디 같은 화공에게 그 노동은 훨씬 지옥 같을 거다."

"화마를 보았나?"

최원호가 고개를 번쩍 들었다. 안견이 그의 눈을 보면서 말했다.

"일전에 화마에 대해 말했잖아."

"그래. 아무래도 화마 같다. 옛날에 네가 화마를 봤다고 했을 때는 내가 비웃었는데……."

"너도 옛날에 누가 홍가에게서 그림을 받아 가는 장면을 봤다고 했었지."

"난 그때 당연히 인간이라고 생각했다."

"나도 봤었지. 나는 당연히 화마라고 생각했다. 화마가 아니었다면 홍가가 지금 저 상태가 되지 않았을 테니까. 그 화마가 이제는 홍천기에게서 그림을 받아 가나?"

최원호는 아무 말도 하지 않았다. 그저 앞의 사람을 바라볼 뿐이었다.

"너도 알고 물은 거지? 홍천기가 제 아비처럼 되겠느냐고."

이번에도 최원호의 입은 움직이지 않았다. 안견이 앞으로 몸을 당겨 앉으면서 속삭였다.

"원호야. 한 가지만 묻자. 홍천기가 미치기 직전에 그린 마지막 그림을 보고 싶은 거냐, 아니면 마지막 그림을 보지 않아도 좋으니 미치지 않기를 바라는 거냐? 둘 중 네가 진심으로 바라는 건 뭐지?"

최원호의 손끝이 떨렸다. 그러더니 끝내 대답하지 못했다. 대답을 기다리다 지친 안견이 대신 말했다.

"너는 그 마지막 그림을 보고 싶었구나. 홍천기가 미치든 말든."

너무도 작은 목소리였다. 그래서 마치 자신의 입에서 나오는 소리 같았다. 최원호가 제 얼굴을 감싸 쥐었다. 고통을 참기 위해서였다.

"너도 간윤국과 똑같은 인간이었군. 화마는 그림을 탐하는 너의 그 욕망이 불러들이는 거다."

"우리 반디는……, 내가 가지지 못한 재능을 가지고 있어. 그건 아무리 발악해도, 내 영혼을 팔아도 가질 수 없는 거다. 그 아까운 재능이 도화원에 들어가면 말살될 거다."

"계집에게 천재는 없다. 천재여도 천재일 수가 없어. 이 세상이 그렇게 만들지. 하물며 사내였던 제 아비도 아무것도 남겨진 거 없이 그저 미치광이밖에 되지 못했다. 계집에다가 심지어 양반가 부인도 아닌 홍천기에게는 더 가혹할 거다. 미치기 직전에 남긴 마지막 그림? 그게 인간이 그려 낼 수 있는 궁극의 걸작이라고? 아니다. 세상은 미천한 신분의 계집이 그린 그림이라고 조롱하고 버릴 거다. 그건 천재의 말로가 아니라,

그냥 개죽음인 거야. 은오의 딸이다. 나는 은오처럼 미치게 두지 않을 거다."

"그럼 네가 반디를 도화원으로 불러들이는 이유가……."

안견의 목소리가 더욱 작아졌다.

"그래. 홍천기의 재능을 철저하게 죽이기 위해서다. 그게 화마를 제거하는 유일한 방법이니까. 다시 물으마. 천재여도 인정받지 못하고 미쳐 죽는 거, 그림 곧잘 그리는 여인으로 평범하게 살다 죽는 거, 너의 판단은?"

최원호가 고개를 숙였다. 오랫동안 침묵이 이어졌다. 최원호의 머릿속에는 홍은오의 모습이 가득했다. 저잣거리에서 사람들의 조롱과 발길질과 욕설을 받는 모습이었다. 그럼에도 종이를 펴고 붓을 드는 모습이었다. 알아보지도 못하는 그림을 그리는 모습이었다. 인간의 존엄성을 버린 모습이었다. 홍은오의 모습에 홍천기의 모습이 덧입혀졌다. 최원호가 긴 침묵 끝에 자신이 낼 수 있는 가장 작은 목소리로 말했다.

"데리고 가라. 고분고분하게 우리 말을 들을 녀석은 아니다만……."

돌이가 홍천기 앞에서 허리를 푹 숙였다.

"죄송합니다."

홍천기가 보자기에 꽁꽁 싼 한 필의 비단을 품에 안고 다시 확인했다.

"정말 언제 나오시는지 모르는 거야?"

"네."

"언질도 없으셨고?"

"네. 죄송합니다."

"이거 직접 돌려드려야 하는데……. 거슬러 드리기로 했는데……."

돌이가 푹 숙인 허리를 들지 못했다. 오늘까지 몇 번째 허탕을 쳤는지 모른다. 그런데도 홍천기는 포기하지 않고 하람을 찾아 이 집으로 왔다. 하지만 하람은 그 이후로 단 한 번도 경복궁 밖으로 나오지 않았다. 10일밖에 지나지 않았으니까. 아직 한 달도 되지 않았으니까. 아직 세 달도 되지 않았으니까. 원래 한 달에 한 번 나오는 일도 드물다고 했으니까. 홍천기는 제 마음을 추스르듯 보자기를 추슬러 안았다.

이번에도 하람의 얼굴을 그리지 못했다. 진짜 딱 한 번만 더 보면 그릴 수 있을 것 같은데. 차라리 웃는 얼굴을 보지 말걸. 이럴 거면 웃는 얼굴을 보여 주지나 말지. 그래서 더 그리기가 어려워졌는지도 모르는데. 무섭지 않은 건 아니었다. 여전히 차가운 손의 감촉이 떠올랐다. 자다가 벌떡 일어나기도 하였다. 이 집에 오기까지도 매번 공포와 싸우지 않으면 안 되었다. 그럼에도 불구하고 왔다. 올 수밖에 없었다. 이건 의지의 영역이 아니었다.

"내가……."

보고 싶지 않은 거다, 그 사람은. 보고 싶었다면 안 나올 수가 없을 테니까. 연락을 안 할 수가 없을 테니까. 이것도 의지의 영역이 아닐 테니까.

"내가……."

너무 보잘것없었나 보다. 애초에 그 사람 신분에 걸맞지 않아서 관심도 없었나 보다. 원하는 거 없는데. 그냥 얼굴 한 번만 더 보고 그림만 그리게 되면 더 이상 볼 일이 없는데. 보고 싶은 거 참을 수 있을지도 모르는데. 이곳으로 자꾸만 오는 이유가 진짜 그림 때문이면 좋겠는데. 그러면 그 사람이 덜 부담스러워할 텐데. 마음을 바꿀 수가 없었다. 자신의 마음인데, 마음대로 되지가 않았다.

"다음부터는……."

안 올게. 말을 끝맺지 못했다. 말해 봤자 다시 와 있을 테니까. 결국 거짓말이 될 테니까. 그래서 말을 끝맺지 못하고 돌아섰다.

대문을 나와서 걸었다. 그런데 볼을 타고 눈물 한 줄기가 흘러내렸다. 손바닥으로 거칠게 닦아 냈다. 그런데 다시 흘러내렸다.

"칫! 우는 거 아니다. 울 이유가 없으니까 이건 눈물이 아니야. 10일밖에 안 지났잖아. 열 달 지난 것도 아니고 고작 10일인데……. 고작 10일인데 왜……."

그러고는 장옷을 푹 덮어썼다. 그 속에서 계속해서 흐르는 눈물을 닦아 냈다. 걸을 수가 없었다. 어쩔 수 없이 멈춰 서서 눈물을 수습했다.

"혹시 홍 화공?"

남자 목소리? 깜짝 놀란 홍천기가 장옷 아래로 눈물을 숨기고, 소리가 들려온 곳을 향해 바삐 눈을 움직였다. 마음속에서 잠시 일었던 설렘이 꺼졌다. 홍천기가 허리를 푹 숙이며 옆으로 비켜섰다.

"네, 안평대군 나리."

"와! 정말 너였구나."

"어떻게 알아보셨사옵니까?"

"그냥 느낌으로. 혹시나 해서 불러 본 건데 진짜 홍 화공이었다니. 알아본 나 자신이 정말 놀랍……."

울고 있었나? 이용은 알아차리지 못한 것처럼 웃으면서 말했다.

"어디를 다녀가는 길이냐?"

"백유화단으로 돌아가는 길이옵니다."

물은 말에 대한 답은 아니었다. 하지만 더 묻지 않았다.

"아, 마침 잘되었다. 나도 백유화단에 볼일이 있어서 가던 중이거든. 같이 가면 되겠구나."

볼일은 가면서 차차 생각하면 될 것이다. 이용이 걷기 시작했다. 그런데 홍천기는 제자리에 선 채로 걸음을 떼지 않았다.

"같이 가자니까?"

"대군이시옵니다. 떨어져서 따라가겠사옵니다."

"허, 참, 재미없게. 거기까지 말동무하면서 가려면 가까이 서야지. 난 심심한 건 질색이란 말이다."

이용의 말이 시작되기도 전에 청지기는 말고삐를 잡아끌고 멀찌감치 달아나 몸을 숨겼다. 홍천기가 두리번거렸다. 이번에도 대군 혼자 움직이는 건가? 홍천기가 이용을 따라 걸으면서 물었다.

"또 혼자이시옵니까?"

"어?"

이용도 두리번거렸다. 몸을 숨긴 눈치 빠른 청지기가 고맙기 그지없었다.

"응. 혼자다. 나야 원래 자주 이러니까. 하하하."

"대체 수하들은 뭐 하느라 선량한 백성들에게 죄를 짓게 하옵니까? 이렇게 다니시면 당연히 대군이신 거 못 알아뵐 수밖에요. 정말로 소녀의 죄는 하나도 없사옵니다."

장옷에 푹 싸여 얼굴은 확인할 수 없었지만, 기운은 차렸다. 말소리가 씩씩해진 걸 보면. 이용이 훨씬 가벼워진 마음으로 말했다.

"그러니까 죗값을 탕감해 달라?"

"그렇게만 해 주신다면 앞으로도 선량한 백성으로서 열심히 살아가겠사옵니다."

"어쩌나, 내가 선량한 대군이 아닌 것을. 하하하."

"지금부터라도 수양을 하시옵소서. 베풀면 그것이 곧 수양이 되옵니다."

이용은 탕감에 대한 대답을 외면하면서 큰 소리로 웃었다.

"그나저나 정말로 어떻게 저를 알아보셨사옵니까? 장옷을 쓰고 있어서 보이지 않았을 터인데."

"그러게 말이다. 난 너를 어떻게 알아보았을까? 나도 궁금하구나. 장옷 속이 보이지도 않았는데, 참 이상도 하다. 장옷과 옷이 저번과 같은 거여서 그런가?"

"제 장옷이나 옷은 대다수의 여인들과 다를 게 없사옵니다."

이용이 옆을 지나가는 다섯 명의 여인들을 곁눈질로 보았다. 대부분 비슷한 장옷을 쓰고 있었다. 그러곤 다시 홍천기를 보았다. 눈으로는 다른 걸 모르겠는데, 느낌으로는 어딘가 다르긴 하였다. 그것은 마음이 느끼는 차이일지도 모른다고 생각했다.

"내 눈이 이토록이나 기특하다니. 하하하."

이용이 갑자기 걸음을 멈췄다. 그러자 한 발짝 뒤처져 걷던 홍천기도 따라서 멈췄다.

"갑자기 왜 그러……."

이용이 허리를 낮추고 홍천기가 잡은 장옷을 아래로 조금 내렸다. 그 안으로 홍천기의 얼굴을 확인했다.

"홍 화공이 맞긴 한 거지? 누가 홍 화공인 척하는 건 아니지? 오! 맞구나. 하하하."

홍천기인 걸 확인했다. 그리고 눈물이 그친 것도 같이 확인했다. 여전히 붉은 눈시울이지만 그친 것만으로도 마음이 놓였다. 흘러내리는 눈물은 보지 못했는데도, 직접 본 것 이상으로 마음이 서늘했다. 다행이다. 그나저나 백유화단에 도착하기 전까지 방문하는 핑계거리를 뭐라도 찾아야 할 텐데.

졸지에 대군을 제대로 보필하지 못하는 수하가 되어 버린 청지기는 멀찌감치 떨어져서 따랐다. 그의 입에서 끊임없이 한숨이 나왔다. 이 한숨에는 여러 원인들이 작용했다. 첫 번째는 들떠서 춤을 추듯 걷는 안평대군의 체통이 걱정되어서였고, 두 번째는 갑자기 어기게 된 약속의 뒷수습이 걱정되어서였고, 마지막은 그동안 지나가는 아무 여인이나 붙잡고 '홍 화공이냐?'를 물어 왔던 안평대군의 정신이 걱정되어서였다. 마침 이번에 맞아떨어졌기에 망정이지, 이번도 아니었으면 큰 문제가 되었을 터이다.

5

의지로 다스릴 수 있는 분야가 아니었다. 인간이 가진 여러 성향 중에 인내심만큼은 자신 있었다. 하지만 오늘 하람은 그 부분에 대한 자신감을 잃었다. 당분간 경복궁을 나오지 않으리라, 홍천기 가까이 가지 않으리라 맹세했건만, 이렇듯 백유화단까지 찾아오고야 만 것이다. 비록 먼발치에 몸을 숨겼다고 해도 맹세를 깬 사실이 달라지는 건 아니었다. 만수가 하람의 눈을 대신했다.

"지금 막 가마가 대문 앞에 섰습니다. 혹시……."

가마에서는 화려한 차림새의 중년 여인이 다급하게 내려서 대문을 두드렸다.

"조금 나이가 있는 여인입니다. 홍 화공은 아니네요."

대문이 열렸다.

"남자입니다. 화공이나 하인 같습니다."

멀리서 대화가 들려왔다.

"어? 청문화단주님? 여기까지 어쩐……."

"안에 백유화단주님 계시죠? 세상에 어찌 이런 날벼락이……."

청문화단주가 다짜고짜 대문을 밀치고 안으로 들어갔다. 닫힌 대문 앞은 다시 한산해졌다.

"시일마님, 제가 들어가서 홍 화공만 살짝 데리고 나올까요?"

"아니다. 만나기 위해 온 건 아니니까."

"네? 그럼 여기까지 왜 오셨는데요?"

그래, 왜 왔을까? 만나지도 못하고, 볼 수도 없는데. 이렇게 먼 거리에서 훔쳐보는 것조차 할 수 없는 눈을 가지고서. 여기서 뭐 하는 짓인지 스스로를 이해시킬 수가 없었다. 이렇게 멀리서 다른 눈을 빌려 귀로 듣는 게 무슨 의미가 있는지도 알 수 없었다. 스스로 다스릴 수 없는 자신의 마음이 당혹스러웠다. 제멋대로 구는 이 마음을 어떻게 해야 할지 알 수가 없었다. 이제껏 겪어 보지 못한 마음이어서 더 길들일 수가 없었다.

가까이 갈 수 없는 건, 그날 아침, 홍천기가 하람을 불렀을 때의 목소리 때문이었다. 잠결에 경황이 없어서 몰랐지만, 그 뒤에 돌이켜 보니 그건 공포가 가득한 목소리였다. 게다가 우연인지는 알 수 없지만, 동지 밤과 열흘 전 밤, 의식 없는 사이에 움직였을 때마다 홍천기를 향해 갔었다. 그리고 또 한 번, 섣달그믐. 집 대문을 넘어서지 못하고 몸이 마비된 적이 있었다. 그날도 홍천기가 집을 다녀간 날이었다. 이런 정황들로 미루어 볼 때, 짐작에 불과해도 홍천기와 연관이 없다고 할 수는 없었다. 그래서 가까이도 갈 수 없는 처지가 되고 만 것이다. 이러한 상황을 머리는 아는데, 마음은 알지를 못하는 듯했다. 멍청하게도.

함께 있는 안견과 최원호를 발견한 청문화단주의 인상이 싸늘해졌다.

"도화원에 따지러 같이 좀 가 달라고 왔더니, 함께 계시네? 두 분이서 한통속이 되어 우리 청문화단에 복수라도 한 건가요?"

머리를 감싸 쥐고 고개도 들지 않는 최원호를 대신해서 안견이 말했다.

"여기 화단주가 그런 주변머리라도 있었다면 청문화단이 지금처럼 크지도 않았을 테지요."

청문화단주가 최원호의 안색을 살피다가 흥분이 가라앉은 투로 말했다.

"여기도 우리 화단과 비슷한 공문을 받으셨나 보네. 어? 뭔가 이상한데? 여기서 빼 갈 화공이 더 남았었나?"

"남의 화단 사정을 참 잘도 알고 계시는군요."

"홍천기인가 하는 화공이 있지만 계집이라 아닐 터이고……."

청문화단주가 두 사람의 눈치를 살피다가 점점 눈이 커졌다.

"설마? 설마……. 에이, 계집인데? 계집을……. 오마나! 진짜 난리 났네."

청문화단주가 남아 있는 의자 하나를 당겨 앉았다. 그러고는 요염하게 웃으며 말했다.

"그러잖아도 얼마 전에 홍 화공을 이 앞에서 만났었는데……."

"또 빼 가려고 작정하고 기다렸었나 보군요."

"어머! 인재 영입에 적극적인 게 죄가 되나요?"

"상도덕은 지켜야지. 홍 화공한테까지 손을 뻗는 건 아니지요!"

"지금 장안에서 가장 돈이 되는 화공이 바로 홍천기 화공입니다. 가만히 있으면 제가 청문화단주가 아니지요. 호호호."

그러잖아도 여기저기서 홍천기를 불렀다. 의뢰로 들어오는 그림 종류도 가지가지였다. 하지만 최원호가 일절 보내지 않았다. 그들의 목적은 그림만이 아니었기 때문이다. 홍천기는 그림 그리는 기생이 아니라, 그림 그리는 진짜 화공이다. 최원호에게는 돈보다 더 중요한 가치가 있었다. 그것은 화공으로서의 자존심이었다. 그것은 스승으로서의 자존심이기도 하였다.

"그래서, 만났었는데, 그 뒤는 뭡니까?"

"아! 백유화단주님께 복수할 게 있어서 우리 화단으로는 못 오겠다지 뭡니까? 어찌나 귀엽던지."

"나한테? 뭐, 뭐? 우리 반디가 나에게 무슨 복수를……."

청문화단이 얼굴을 정색하고 입술을 야무지게 해서 홍천기의 표정을 만들었다. 그러고는 말투를 흉내 내어 말했다.

"제가 우리 스승님께 복수할 게 제법 많습니다. 허구한 날 저를 구박하고, 툭하면 외출 금지에, 이거 하지 마라, 저거 하지 마라, 손 조심해라, 오른팔은 다치면 안 된다, 끊임없는 잔소리, 잔소리. 제가 돈도 못 벌어들이고 쌀만 축내는 벌레거든요. 그런데 저를 이용해서 돈도 못 버시는 분이세요. 그림 의뢰가 들어와도 제가 나가서 사내들한테 희롱이라도 당할까 봐 전전긍긍하시느라. 제가 백유화단에 있어 봤자 계속 적자 장부일 겁니다. 우리 스승님이야 청문화단에서 목돈으로 빚 청산을 딱 해 주면 만세 부르실 일이지요. 그래서 저 청문화단에 못 갑니다. 스승님 만세 부르실 일은 못 만들어 드려요. ……이렇게 말하던걸요, 홍 화공이. 호호호."

"우리 반디가……."

울컥 하고 올라오는 걸 참기 위해 짐짓 다른 말을 하였다.

"엄청 열 받았었나 봅니다. 그런 식으로 입술에 힘주고 애써 웃으면서 따박따박 말했다면 열 받은 거 확실한 겁니다. 발길질 안 당한 걸 다행으로 여기십시오. 그 녀석이 상대가 늙은이라고 봐줬구먼."

"늙은이라뇨! 아직 눈가에 주름 하나 없구먼."

"돈 벌어서 다른 데 쓰지 말고 거울이나 하나 장만 하시지요."

"우리 화단 화공들이 그려 준 제 초상화에는 주름이 없단 말이에요."

"안 그린 거겠지. 아니면 못 그렸던가. 거울로도, 초상화로도, 어느 것 하나로도 진짜 자기 얼굴은 못 보는 겁니다. 아아! 쓸데없는 말 집어치우고, 그쪽 화단에는 누가 차출당한 겁니까?"

"차영욱 화공이요."

"차영욱이면 우리 영욱이?"

"네, 한때는 그쪽 영욱이었던. 하지만 지금은 우리 영욱이죠."

최원호가 자신이 뜰 수 있는 최대의 크기로 눈을 뜨고 안견을 보았다. 안견이 불안한 듯 물었다.

"왜?"

"거기 최경도 있는데……."

"우리 최 회사가 왜?"

"너 괜찮겠냐?"

"뭐가?"

"세 녀석, 개떼들인데……."

"무슨 말이야?"

최원호는 다음 말은 하지 않은 채 입꼬리만 실룩거렸다. 가슴을 짓누르고 있던 거대한 바위에 작은 구멍 하나가 뚫린 듯 시원했다.

"원래 개들의 서열 싸움도 갑장끼리가 더 치열한 법이란다. 크크크."

그러고는 마음속으로 불행 중 다행이라고 생각했다. 최경과 차영욱이 홍천기와 함께 있어 준다면, 비록 쌈박질은 요란하겠지만 쓰잘데기 없는 걱정은 그나마 조금 던 셈이다. 그리고 다행이라는 감정 중에는 앞으로 안견에게 닥칠 고생길도 포함이 되어 있었다.

하람이 고개를 왼쪽으로 돌렸다. 그쪽 방향에서 설레는 기운이 느껴졌다. 그리고 한발 늦게 만수가 말했다.

"왼쪽 편에 장옷을 쓴 여인이 옵니다."

하람의 가슴이 욱신거렸다. 두근거림이 과하면 통증도 느껴지는 모양이다.

"어? 어떤 남자와 같이 옵니다."

"최 회사?"

"아뇨. 아는 얼굴인데……, 아! 안평대군이십니다. 여인은 홍화공인가 봅니다. 왜 두 사람이 같이 오지? 가서 인사드릴까요?"

하람이 만수의 어깨를 잡아서 제자리에 서 있게 하였다.

"돌아가자."

"어디로요?"

"경복궁으로."

"지금까지 기다렸는데 인사는 하고 가시는 게……."

"아니다."

맹인이 아니었다면 머릿속에 그려진 장면과 다른 걸 보았을지도 모른다. 그러면 마음이 덜 고통스러웠을지도 모른다. 멀리서 홍천기의 목소리가 들렸다. 웃음소리도 섞여 있었다. 잘 지내고 있나 보다.

"그렇다면 그 뒤로 줄곧 소나무만 연습하셨사옵니까?"

"보여 주기로 마음먹은 뒤로 부담스러워 견딜 수가 있어야지. 하하하."

"그때 나리의 그 글씨 보고 저도 소나무 그렸었는데. 꼭 보러 가겠사옵니다. 쫓아내시면 아니 되옵니다."

"대신 너도 소나무 그림 한 점 그려 가지고 와야 한다. 그거 없으면 내 그림도 보여 주지 않을 테다."

"네. 하하하."

홍천기다운 웃음소리. 정말 잘 지내고 있나 보다, 안평대군과. 서로의 그림을 보면서. 갑자기 홍천기가 걸음을 멈췄다. 그러고는 장옷을 걷어 내고 하람이 있는 방향을 바라보았다. 만수가 몸을 숨기며 속삭이듯 외쳤다.

"앗! 홍 화공이 우리 쪽을 봅니다."

하람은 만수의 머리를 잡아 담벼락에 더 바짝 당겨 붙였다. 이용이 물었다.

"왜?"

"아니옵니다. 그냥 느낌이 이상해서……."

홍천기가 하람이 있는 방향을 한 번 더 힐끔한 뒤에 대문을 열고 안으로 들어갔다. 이용과 함께였다. 두 사람이 들어가고 한참이 지나서야 하람이 입을 열었다.

"가자. 잘 웃고 있는 거 확인했으면 되었다. 괜한 기우였구나."

하람은 웃었다. 소리 없는 미소였다. 어쩌면 안평대군과 함께여서 다행인지도 몰랐다. 만약에 홍천기 혼자였으면 하람은 또다시 자제력을 잃고 앞으로 다가가 섰을지도 모른다. 그 앞에서 또다시 헤실헤실 웃었을지도 모른다. 다행이라며 스스로를 다스리는 미소가 슬펐다.

"나온 김에 집에 들렀다가 갈까요?"

"일이 많다. 바로 들어가자."

"네."

백유화단으로부터 멀어졌다. 자신의 눈을 대신해서 땅을 두드리는 지팡이가 오늘따라 비참하게 여겨졌다.

“어? 이게 누구십니까? 시일마님 아니십니까?”

귀에 익은 목소리. 안평대군 청지기다. 안평대군을 위해 뒤처져서 따라왔음을 알 수 있었다.

“안녕하십니까?”

“시일 자리에 계신 분이 이런 동네에 무슨 일로…….”

“일이 있어서 지나던 길입니다. 그럼, 바빠서.”

“네, 조심히 살펴서 가십시오.”

청지기는 멀어지는 하람의 뒷모습을 보면서 고개를 갸웃했다. 그러곤 조금 전 하람이 몸을 숨겼던 담벼락에 청지기도 말을 끌고 가서 섰다.

“그럼 품계도 받을 수 있는 건가요?”

도화원에서 나온 공문 이야기를 차분하게 전부 들은 홍천기 입에서 처음으로 나온 말이었다. 유일하게 홍천기만 자리에 서 있었다. 홍천기가 안견을 보면서 다시 물었다.

“저에게도 품계와 관직을 주는 건가요?”

“우선 화학생도畫學生徒로 세 달 정도 보조 맞추는 훈련만 받고, 업무에 투입 가능한지에 대한 취재가 있을 거다. 거기를 통과하면 가능할 거다.”

“통과하면 정말로 품계를 받을 수 있습니까? 보장해 주실 수 있나요? 저에게만 특별히 품계를 달라는 말이 아닙니다. 다른 남자 화원들과 똑같은 기회를 보장해 주실 수 있는지를 여쭙는 겁니다."

안견이 잠시 당황하다가 싱긋이 웃었다. 생각보다 훨씬 호락호락하지 않은 계집이다. 최원호를 보았다. 그의 표정에서 '거봐, 만만치 않을 거라고 했지?'라는 말이 들렸다.

"그건 내가 보장해 줄 수 있는 게 아니라서……."

"그럼 내가 보장해 주지."

이용의 말이었다. 등장했을 때부터 방 안의 안견, 최원호, 청문화단주를 긴장시킨 장본인이다. 그의 등장으로 말미암아 한바탕 소란을 겪었다. 그리고 모두의 만류에도 불구하고 화단 안, 그것도 사랑채에 떡하니 자리를 잡고 이 상황을 지켜보고 있었다. 이용이 제일 상석에 앉아서 말을 이었다.

"이렇게 된 데에는 내 책임도 일정 부분 있다고 보니까. 나는 진정 여인인 홍 화공까지 도화원으로 불러들이실 거라고는 상상도 못 하였다. 이 말에는 추호의 거짓도 없다. 나도 지금 자네들과 똑같이 놀란 사람이야."

안견이 고개를 숙이면서 말했다.

"안평대군 나리께서는 도화원에 개입하지 않으시는 게 좋으실 듯하옵니다."

"조정에서 중요하게 생각하는 관청이 아니라서 큰 상관은 없네. 오해하지 말게. 내가 보장해 주겠다는 건 균등한 기회일세. 품계가 아니라. 그 정도는 해도 된다고 보네."

이용을 비롯하여 세 사람의 시선이 홍천기에게로 쏠렸다.

홍천기의 결정만 남았다. 이건 강제 부역이 아니기 때문에 당사자가 굳이 싫다면 억지로 데리고 가지는 못했다. 그래서 마지막 선택권은 당사자에게 주었다. 거절한다면 가능한 한 허락하도록 다그치긴 하겠지만 말이다.

홍천기는 신중했다. 남자들의 세상이다. 똑같이 그림을 그리는 공간이지만, 이곳 백유화단과는 확연히 다를 거란 짐작은 어렵지 않았다. 사내들 틈에 있으면 여자로서의 평판도 포기해야 한다. 결코 조신한 여인으로 보는 사람은 없을 것이다. 그래도 품계가 달렸다. 남편과 아들의 품계에 따라 정해지는 것이 여인의 품계다. 그런 세상을 살고 있다. 그런데 그것과 상관없이 스스로 받을 수 있는 기회가 왔다. 하람에게 보다 가까이 갈 수 있고, 조금은 덜 비참할 수 있다. 잡과를 문과에 비할 수는 없겠지만, 그거라도 어디냐. 보잘것없는 품계라 할지언정 없는 것보다는 낫지 않겠는가.

"도화원에 사진하겠습니다."

그러곤 최원호를 향해 고개를 푹 숙였다.

"빚은 차차 갚아 가도록 하겠습니다. 허락해 주십시오, 스승님."

"나는 이미 허락했다. 안 선화와 함께 너를 설득하고 있는 중이야. 빚은 얼마 전에 제법 만회가 되었고……. 이전과 달라지는 건 없다. 넌 여기에서 도화원을 오가면 될 거야."

"그래도 됩니까?"

"그러지 않으면 네가 언제 빚을 다 갚겠느냐? 네 집보다 여기가 더 가까우니 다니기 수월할 터이고. 밤새울 일 있으면 여기 와서 밤새워야지, 거기는 절대 안 돼! 너 해 지기 전까지 안 오면 내가 도화원까지 너 잡으러 갈 거다. 그리고……."

"어머나! 홍 화공, 이 잔소리를 어떻게 견뎠대요? 복수하고 싶은 마음이 이해되고도 남네요. 호호호."

청문화단주의 간드러지는 농담에 홍천기가 웃으며 대꾸했다.

"아직 시작도 안 하셨어요. 저 도화원 들어가기 전까지 이러실 겁니다. 아닌가? 들어가서도 이러시려나? 하하하."

"혹시라도 마음 바뀌면 우리 청문화단으로 와요. 큰돈 만지게 해 줄게요."

"저, 저! 이 상황에서도 마수를 뻗치다니. 쯧쯧."

홍천기가 이용을 쳐다보았다. 이용은 눈이 마주치자 방글방글 웃었다.

"안평대군 나리, 이제 여기까지 오신 용건을 말씀하셔도 됩니다."

모두의 시선이 이용의 얼굴로 모였다. 그러자 이들을 피해 이용의 시선이 천장을 향했다가, 탁자를 향했다가, 방문을 향했다가, 창문을 향했다가 갈팡질팡하였다. 그러곤 뒤통수를 긁적거리며 큰 소리로 웃었다.

"하하하! 용건을 까먹었다. 도화원 소식이 너무 충격적이라. 하하하. 아차! 안 선화. 하람 시일이 선물을 한 점 보냈더군. 자네 그림으로 말일세. 내가 그 그림을 보고 행복해서 잠을 설쳤다는 말을 전하고 싶네."

"과찬이시옵니다."

하람이 선물을? 연락 한 번 없던 사람이 다른 사람들과는 연락해 가면서, 선물까지 줘 가면서 잘 지내나 보다. 잘 지내긴 하나 보다. 이용이 한참을 쉬지 않고 웃었다. 그래서 홍천기도 어설프게 따라 웃었다.

이용이 대문 밖으로 모습을 드러냈다. 수많은 사람들이 우르르 몰려 나와 반으로 접은 허리를 들지 않았다. 이용이 저 멀리 가고 나서야 대문 밖이 조용해졌다. 청지기가 말고삐를 쥐고 부리나케 달려갔다.

"아이고! 나리! 소인이 여기 있사옵니다."

겨우 이용을 따라잡았다. 그런데 대문에서 나올 때는 미친 놈처럼 끊임없이 웃더니, 그새 시무룩해져 있었다. 그래서 눈치만 살피면서 뒤따라 걸었다.

"아! 나리께오서 화단에 들어가실 때쯤에 하 시일을 보았사옵니다. 지나던 길이었다고……."

"안다."

"네? 하 시일을 보셨사옵니까?"

"아니. 만수라는 아이를 보았다."

만수가 숨어서 백유화단을 살피고 있는 걸 얼핏 보았다. 이용은 평소 머리 회전이 빠른 만큼 눈도 빨랐다. 그리고 장옷을 덮어쓴 홍천기에 비하면 유리하기도 했었다. 만수가 있었다면 그 뒤 보이지 않는 곳에는 하람이 있었을 것이다. 그 사실이 이용을 우울하게 만들었다.

"내가 비겁할 줄은 몰랐다. 원래가 이럴 때 인성이 나오는 거지. 하하."

눈을 뜨면 안 되었다. 낯선 장소와 거리를 지날 때는 이것이 철칙이었다. 아는 사람은 그러려니 여기지만, 처음 하람의 눈동자 색을 접한 사람들은 하나같이 기겁을 하고 소란을 일으키기 때문이다. 사람이 북적거리는 거리를 지나 조금 한산해진 느낌이 들 때였다. 갑자기 사방이 막힌 듯한 고요함이 찾아왔다.

"만수야 여기가 어디냐?"

"시장을 막 벗어났습니다. 가마를 부를 걸 그랬습니다. 그렇지요?"

"난 괜찮다."

"어? 그런데 왜 갑자기 사람이 없지?"

"하 대감이 지나간다."

늙은 여인의 목소리였다. 억양은 예전 한양 말씨, 요즘의 양주 말씨였다. 무엇보다 하 대감은 하람의 조부를 일컫는 말이다. 하람이 걸음을 멈췄다.

"만수야, 누구시냐?"

만수가 속삭였다.

"그냥 가요. 할머니인데 거지예요."

"그냥 가면 서운하지. 정말 오랜만인데. 인간의 시간으로 치자면 말이지. 호호."

하람이 눈에서 약간의 틈을 만들었다. 순간 하람의 눈이 떠졌다. 자신도 모르게 눈꺼풀을 올린 것이다. 붉은 세상만 보이던 눈동자였다. 그런데 그 붉은 기운을 뚫고 사람의 형체가 어렴풋하게 보였다. 여섯 살 이전의 기억이 잘못된 것이 아니라면, 지금 보이는 사람의 형체는 만수가 말한 할머니일 리가 없다. 분명 젊고 아름다운 여인이다. 어떤 것이 아름답고 어떤 것이 추한지는 자신 있게 말하지 못한다. 눈이 없기에 주입을 당하지 않았기 때문이다. 하지만 눈앞의 여인은 마음으로부터 아름답다고 느껴졌다.

"할머니라고?"

"네, 거지 노파요."

앞의 여인이 하람을 보면서 몹시도 사랑스러운 웃음으로 말했다.

"너, 내가 보이는 거다. 다른 걸 본다고 틀렸다는 생각은 마라."

하람이 노파 앞에 다가가 떨리는 다리를 낮췄다. 보인다. 정말로 보인다. 그런데 어째서 이 사람만 보이는 거지?

"죽지 않으려고 마魔의 눈을 흡수한 거다. 마魔는 졸지에 제 눈을 잃었지. 후후."

마魔? 눈? 처음으로 무언가를 본 것만으로도 정신없는데, 알아들을 수 없는 여인의 말은 하람의 혼란을 더 부추겼다.

"무, 무슨 뜻입니까?"

"나도 어떻게 된 건지는 잘 몰라. 여기만 앉아 있어서 듣는 말이 별로 없어."

"방금 하신 말은 그럼……."

"하 대감은 지금 인간을 보지 못해. 인간이 사는 세상도."

"그럼 제가 귀鬼를 본다는 말씀이십니까? 이제껏 그런 적이 단 한 번도 없었는데……."

하람의 목소리가 떨리고 있었다.

"귀鬼도 한때는 인간이었어. 그래서 못 봐."

"그럼 당신은?"

"나는 나다. 네 눈에 보인다면 인간도 아니고 귀鬼도 아니야."

"자세하게 말씀해 주십시오."

간곡한 말이었다. 여인이 안타까운 표정을 하였다. 그동안 사람은 보지 못했지만, 이것이 안타까운 감정을 담은 얼굴임은 알 것 같았다.

"뭘 듣고 싶은지를 모르겠어. 뭔지는 모르겠지만, 나보다 다른 분을 찾아서 물어봐."

사람의 언어인데, 무슨 말인지 전혀 알아들을 수 없었다.

"다른 분?"

"요즘 인간들은 거기를 경복궁이라고 부르더군. 너의 집터를 말이야. 그 법궁의 터주신."

"법궁의 터주신은 사람들이 저를 가리키는 말입니다."

"너는 인간이잖아. 진짜 터주신. 한양의 지신이라고도 부르더군. 인간들은 부르는 말이 제각각이야. 수시로 바뀌고. 그러니 내 말도 못 알아먹어. 그래 놓고 나더러 못 알아듣게 말한다고 그러거든. 그분 덕에 아직 마魔에 안 빼앗긴 거야, 몸을. 그 터는 네 것이니까. 아직도."

무슨 의미인지는 모르겠지만 들어야만 하는 말임은 알 것 같았다. 그리고 이해가 안 되는 말일지언정 조금 더 듣고 싶었다. 어떤 거라도. 하람이 조급하게 물었다.

"마魔가 무엇인지 상세하게 설명을 해 주십시오."

"내 말을 제대로 못 듣는 건 네가 지금 혼란스러워서야. 계속 말해 봤자, 넌 더 못 알아들어."

"처음입니다, 눈이 먼 이후로 무언가가 보인 것은. 당연히 혼란스러울 수밖에요."

"그건 너 때문이야."

나? 무엇이 나 때문이란 거지? 혼란스러운 거? 아니면 처음으로 무언가를 본 거?

"좀 더 알아듣기 쉽게 설명해 주십시오."

"충분히 설명했어. 이 이상은 나도 어려워. 게다가 엮인다고. 난 귀찮은 건 딱 질색이야."

이번에도 뭐가 뭔지 알 수 없는 말이다. 무엇을 물어야 할지 모르기 때문에 더 그런지도 모른다. 머리가 차분해지지가 않았다. 그런데, 눈에 보이는 이 존재는 뭐지? 인간도 아니고 귀鬼도 아닌 이 존재는 대체……. 여인이 물었다.

"네 눈에 보이는 나는 어떤 모습이지?"

"젊고 아름다운 여인의 모습입니다."

"젊고 아름다운 여인……. 흐흐. 잘 기억해 둬라. 어차피 잊지 못할 테지만."

여인이 일어섰다. 하람이 잡으려고 일어섰지만, 어느새 멀리 가고 있었다. 사람의 형체가 사라진 자리에는 다시 붉은색 세상만 남았다. 어? 뭐지? 방금 여인을 따라 분명히 일어섰는데, 다리가 앉은 그대로였다.

"아함! 시일마님 우리도 가요."

하품을 마친 만수의 목소리였다. 여인과 대화를 나누는 동안 만수는 안중에도 없었다. 옆에 있는지조차 신경 쓸 틈이 없었다. 그런데 이상한 대화가 오갔는데도 만수의 목소리는 달라지지 않았다. 너무도 태연했다. 누구보다 먼저 반응이 나왔을 아이인데 이상했다.

"만수? 계속 옆에 있었느냐?"

"네? 그럼요."

"방금 대화한 내용……."

"무슨 대화요?"

"앞에 있던 여인, 아니 노파 말이다."

"시일마님 눈을 보자마자 일어나서 갔습니다. 무서워서 내뺀 것 같은데요? 어? 걸음 빠르다. 벌써 사라지고 없습니다."

"뭐? 보자마자 갔다고?"

"네. 시일마님이 다리 굽혀 앉자마자요. 제가 하품하는 사이에 일어나더니 갔습니다. 엄청 굽은 등으로. 마음 쓰지 마십시오. 붉은색 눈동자를 처음 봐서 익숙하지 않은 거니까요. 자주 보면 괜찮은데."

"내 목소리도 못 들었느냐?"

"지금 저한테 하시는 말씀 외에는 안 들렸는데……. 왜 그러세요, 무섭게……."

만수가 울먹였다. 그러잖아도 무서움을 꾹 참고 하람 곁에 있는 중이었다. 비록 계속 남겠다고 한 결정은 스스로에 의한 것이지만, 무서움까지 아무렇지 않은 척 참아 낼 수 있는 나이는 아니었다. 하람의 떨리던 다리가 지탱할 수 없을 만큼 후들거렸다. 결국 휘청거리며 바닥에 주저앉았다. 깜짝 놀란 만수가 그를 일으켜 세웠다.

"괜찮으십니까? 얼굴이 창백하십니다."

그러고는 옷에 묻은 흙을 털어 주었다.

"괜찮다."

말뿐이었다. 놀란 가슴을 진정시킬 수 없었던 하람은 한 발짝도 떼지 못하고 만수의 어깨를 잡았다. 힘을 주어 잡은 건 아니었지만, 살짝 얹어만 둔 것으로도 의지가 되었다. 만수는 제 어깨에 닿은 하람의 손이 떨리고 있음을 보았다. 보고도 아무 내색 하지 않으려고 노력했다. 그 떨림이 두려움으로 인한 게 아닌 것 같아서였다. 그래서 만수도 무섭지 않았다.

6

| 세종 20년(무오년, 1438년) 음력 1월 24일 |

아직 새벽이 오기 전이었다. 하람이 간의대 쪽으로 가기 위해 방을 나섰다. 궐내 서운관에서 얼마 떨어지지 않은 곳에 있는 방이었다. 경복궁 안은 익숙해서 혼자 다니기 충분했다. 그래서 새벽에 간의대로 갈 때는 굳이 곤히 자는 만수를 깨우지 않았다. 혼자서 거니는 이 시간을 즐기기 위해서이기도 하였다. 머리가 복잡한 근래는 특히 그랬다. 마魔, 눈, 마魔의 눈을 흡수. 법궁의 터주신, 집터, 이 터 덕분에 빼앗기지 않은 몸. 이 말들을 제대로 된 인간의 말로 배열하고 싶었지만, 너무 중구난방이었다.

"마魔. 혹시 의식이 없을 때 내 몸을 움직이는 것이 마魔라는 건가?"

새로 짓고 있는 석축간의대도 그렇고, 지금 사용 중인 간의대도 임금이 있는 장소를 피하려면 경회루 방면을 지나지 않으면 안 되었다. 큰 연못이 있는 장소였다. 여차하다가는 빠질 수도 있기에 보폭 크기 하나에도 신경을 집중해야 되는 곳이다. 경회루는 여섯 살, 눈이 멀기 전에 마지막으로 보았던 곳이다. 경회루를 본 것이 그날의 처음이자 마지막이었다. 그래서 이곳은 여전히 머릿속에 잔상처럼 남아 있었다. 하람은 이곳을 지날 때마다 그날의 장면을 떠올려 보고는 하였다. 오늘은 유독 심하게 그날의 기억들이 하람을 괴롭혔다.

| 세종 1년(1419, 기해년) 음력 6월 7일 |

"아빠, 왜 우리는 한양에 가면 안 되는 거예요?"

여섯 살의 어린 하람이 물었다. 세상을 보려면 땅에 피어나는 낮은 꽃들을 제외한 대부분의 것들이 크고 높아서, 발을 돋우고 고개를 들지 않으면 볼 수 없는 것들뿐이었다. 아버지도 그중의 하나였다. 하람은 질문을 하면서 고개를 뒤로 젖히고 아버지를 보았다. 하람을 바라보는 아버지의 머리 뒤로 언제나 파란 하늘이 있었다.

이날은 한양에서 손님이 오신 날이었다. 그래서 할아버지가 돌아가실 때 했던 질문을 똑같이 하였다. 할아버지는 돌아가시기 직전까지 고향이었던 한양을 그리워하셨다. 고향이란 것은 생명의 근원과 다름없다고 하셨다. 그럼에도 살아생전에 발 한 번 디뎌 보지 못했다. 관악산에 올라 아득하게 내려다본 것이 전부였다. 입경 금지령 때문이라고 하였다. 어린 하람은 이해하기 어려운 말이었다.

조선을 건국하면서 한양을 도읍지로 정할 때였다. 도읍을 정비하기 위해 옛날부터 한양의 지운과 함께 살아왔던 백성들을 견주로 강제 이주를 시켰다. 특히 경복궁이 지어질 터를 중심으로 살던 백성들이 주요 이주 대상자였다. 이주 후, 견주를 양주로, 한양을 한성으로 바꿨다. 지명을 바꿈으로 해서 한양의 지운을 그들과 완전히 분리시키고자 하였다. 그 일환 중의 하나로 이주한 백성들은 한양으로 들어올 수 없도록 규정한 입경 금지령도 포함되었다. 조선 팔도 그 어디를 다녀도 상관없지만, 고향 땅인 한양만큼은 갈 수 없었던 것이다. 그리고 하람의 집안은 대대로 내려온 한양의 토호土豪였던 탓에 더욱 강한 제재와 감시를 받을 수밖에 없었다. 하지만 여전히 사람들은 한양이라 불렀고, 견주라 불렀다. 지명은 쉽게 바꿀 수 있어도 사람들의 머릿속은 그 어떤 노력에도 쉽게 바꿀 수 없었다. 완전히 한성이 되지 못한 한양, 그곳에는 아직도 하씨 가문의 기운이 남아 있었다.

한양에서 온 손님은 인자했다. 다들 맹 영감이라고 불렀는데, 진짜 이름은 맹사성이라고 하였다. 조정에서 이조판서로 계시다고들 하였다. 하지만 하람은 이조판서가 뭐 하는 자리인지, 얼마나 높은 자리인지 알지를 못했다. 그저 인상이 좋은 할 아버지라 앞에서 방글방글 웃기만 하였다. 맹사성이 말했다.

"가뭄 때문에 왔소."

여러 해 동안 가물었다. 노인들은 이렇게 오랫동안 흉년이 이어진 건 처음이라고 입을 모았다. 그리고 새 임금이 즉위하고 처음 맞은 기해년, 이전의 가뭄을 비웃기라도 하듯 최악의 가뭄이 조선 팔도를 뒤덮었다.

더군다나 기해년에는 가뭄만이 아니라 이상 기후가 줄지어 나타났다. 정월에 있은 한파를 시작으로, 봄이 되어서도 추위가 맹위를 떨치는가 하면, 절기가 입하에 들었는데도 서리가 내리는 기괴한 일이 발생했다. 그리고 메뚜기 떼가 하늘을 뒤덮어 낮을 밤으로 둔갑시킨 일도 있었고, 기우제를 올리는 제단 위로 밤톨만 한 우박이 쏟아져 수많은 이들이 다치기도 하였다. 비 올 징조인 햇무리가 나타나 희망을 품으면, 어김없이 땅에 닿기도 전에 비가 소멸해 버렸다. 게다가 태백성이 계속해서 낮에 나타났다.

이렇듯 새 임금을 불길하게 여길 만한 하늘의 징조는 기해년 들어 대부분이 나타난 셈이다. 왕이 될 자격이 없는 자가 왕의 자리에 앉았다. 이방원과 그 핏줄은 하늘이 내린 왕이 아니다. 이것이 하늘의 답변이다. 항간에 떠도는 민심은 이러했다.

"하늘이 내린 가뭄을 왜 여기 와서 말씀하십니까?"

"아드님께 부탁이 있어서 왔소."

말을 더 듣기도 전에 아버지의 얼굴에서 분노가 일었다. 그것은 두려움이기도 하였다. 하람은 아버지를 위로하듯 가슴에 포옥 안겼다.

“오해하지 말고 끝까지 들어 보시오. 석척 기우제를 부탁하려는 거요, 석척 기우제!”

“아……, 그, 도마뱀인가, 도롱뇽인가 하는 걸로 올리는 기우제…….”

경계를 완전히 풀지는 않았지만 분노와 공포는 어느 정도 누그러진 듯했다. 맹사성이 이마에 맺힌 땀을 닦으며 말했다.

“도롱뇽이오. 물을 관장하는 용의 또 다른 형태인 도롱뇽.”

“한양에도 사내아이들이 많을 터인데 왜 멀리 있는 제 아들을 찾으십니까?”

맹사성은 아버지의 얼굴에서 근심을 읽었다.

“이미 석척 기우제를 올렸었소. 이레 전이니까 5월 29일쯤일 거요. 한꺼번에 사내아이 구십 명과 도롱뇽 구십 마리를 모았는데 석척 기우제가 생긴 후로 가장 큰 규모였소.”

그럼에도 불구하고 효과가 없었다. 그래서 떠나온 지 오래된 한양 땅이었지만 하람의 집안이 아직까지 한양의 지운과 닿아 있다고 판단한 것이다. 석척동자에 이 집안의 핏줄이 있었어야 했다는 판단.

“하! 정말이지, 세상에 그런 난리도 없었다오.”

맹사성이 고개를 절레절레 저었다. 아버지가 웃음을 터트렸다.

“제 아들 또래들로 구십 명이라니, 정말 끔찍했겠습니다. 전 한 명도 정신이 없는데. 지금도 보십시오. 가만히 못 있어서 엉덩이 들썩거리는 거. 하하하. 람아, 지겨워?"

하람은 하품을 하면서 도리질을 하였다. 손님이 하람을 불렀기에 어쩔 수 없이 어른 틈에 앉아 있는 거였다.

"신동이라고 한양까지 소문이 났소. 운을 떼면 시문을 완성하고, 경문을 외운다고."

"헛소문입니다. 아직 천 자와 지 자도 구분 못 합니다. 이 녀석 눈을 보십시오. 장난기만 가득한 거."

더위를 피하려고 바람이 통하는 이곳 누각에 올라올 때도 하람은 계단과 문을 통하지 않고 난간 기둥을 타고 올라오다가 야단을 맞았다. 개구쟁이라고 소개를 하였다. 하지만 맹사성은 똘망똘망한 하람의 눈동자를 보면서 신동이 아니어도 괜찮겠다고 생각했다. 아이답게 맑았다. 그리고 아이답지 않게 신비로웠다. 소년의 눈빛은 보면 볼수록 묘했다. 보통의 사람과 똑같이 생긴 눈동자였기에 느낌이 주는 다름은 더 신기했다. 두루두루 보라는 의미의 이름은 이 눈동자를 보고 지은 듯했다.

"얼굴만으로도 배불리 먹고 살겠구나."

"그러니까 석척 기우제에 제 아들이 필요하다는 말씀이시지요?"

맹사성의 시선이 하람에게서 떠나지를 않았다.

"이미 한번 올렸던 기우제이니 하 선생 아들로 딱 하루만 더 해 보자는 거요. 이 기우제가 안 되면 저 기우제를 해 보고, 저 기우제가 안 되면 또 다른 기우제를 찾고. 어리석은 줄 알면서도 혹시나 하는 마음에 근거도 없는 이런 짓 저런 짓 다 해 보는 거요."

"우리는 한양으로 들어가지 못합니다."

아버지의 근심은 기대감으로 변했고, 그것은 얼굴에 고스란히 드러났다.

"이제부터가 내가 이곳까지 온 진짜 이유요. 상왕 전하의 윤허가 떨어졌소. 우선 급한 대로 하 선생의 아들부터 입경 금지를 해제하기로 하였소. 차차 하 선생 집안과 이 마을 사람들, 그리고 견주 땅에 살고 있는 이전 한양 사람들까지 해제하기로 하였소."

보통의 석척동자들이 쌀 한 되를 받는 거에 비하면 파격적인 대가라 할 수 있었다.

"그럼 제 아들은 오늘부터 자유로이 오갈 수 있단 말입니까, 이 세상 그 어디로든?"

맹사성이 사람 좋은 미소로 답을 대신했다. 아버지가 감격에 겨워서 말했다.

"우리가 갈 수 없는 곳은 조그마한 한양 땅뿐이었는데, 세상이 다 막힌 듯하였습니다. 대가는 충분합니다. 우리 람이에게 한양 땅이 열린 것만으로도……."

"원래 나라에 우환이 끊임없을 때는 백성들의 억울함부터 풀어 주는 법이오. 하여 이전부터 논의되고 있었소. 가물 때마다 예조에서 올린 계에 하 선생 집안의 억울함을 풀어 줘야 한다는 내용이 포함되었는데, 이번 조치는 여러 가지를 겸해서 내려진 것이오. 그동안 임금도 여러 차례 바뀌었고, 세월도 많이 흘러 상왕 전하의 경계도 많이 누그러진 덕분이오."

모두가 기뻐했다. 아버지뿐만이 아니라 소식을 전해 들은 마을 사람들 모두가 들떴다. 특히 젊은이들보다 한양 땅에서 살다가 온 노인들은 그 기쁨이 더했다. 그토록 그리워했던 고향 땅을 눈을 감기 전에 밟을 수 있게 된 것이다. 통행이 풀린다 한들, 다시 한양 땅에서 살기는 어려웠다. 이미 그 땅에 살 자리는 남아 있지 않았고, 더군다나 30년 가까이 이곳 견주 땅에 어렵사리 터를 내렸기 때문이기도 하였다. 그래서 이제 와서 금지령도 풀어 준다는 것이겠지만, 자유롭게 오갈 수 있게 된 것만으로도 충분히 만족스러웠다.

바로 길을 떠났다. 맹사성과 아버지, 그리고 하인 두 명과 함께였다. 마을 사람들은 동구 밖까지 나와서 손을 흔들었다. 어머니는 그보다 몇 발짝은 더 따라왔었다. 몇 번이나 하람의 머리카락을 쓰다듬어 주며 환하게 웃던 어머니. 단 하룻밤만 지나면 돌아올 아들이건만, 품에서 떨어뜨리는 게 처음이어서 웃음 속에서도 근심이 가득했던 어머니의 얼굴. 그 얼굴이 하람의 눈으로 본 마지막 모습이었다.

아버지와 하인 두 명은 한양 밖의 도성 문까지만 함께했다. 그리고 다음 날 하람이 한양을 나올 때까지 천막을 치고 하룻밤을 보내기로 하였다. 어린 아들과 최대한 가까이에 있고 싶은 마음에서였다. 어차피 떨어져 하룻밤을 보내는 건 똑같았지만, 먼 집에서 기다리기에는 불안했던 것이다. 헤어지기 전, 하람이 배를 앞으로 쭉 내밀고 발끝으로 땅을 차면서 칭얼거렸다.

"가기 싫은데……, 아빠와 떨어지기 싫은데……."

"사내 녀석이 어리광은. 너는 여기 맹 영감 댁에서 자게 될 거다."

"아빠랑 엄마가 보고 싶으면 어쩌지요?"

"내일이면 볼 텐데, 뭐. 말 잘 듣고."

"그래도……, 밤에 자다가 보고 싶으면요? 지금도 엄마가 엄청 보고 싶은데. 아까부터 보고 싶었어요."

아버지가 다리를 낮춰 앉았다. 그러고는 하람과 똑같은 높이에서 시선을 맞추었다.

"람아, 경복궁에 들어가거든 신발과 버선을 벗고, 맨발로 흙을 밟아라. 그 터가, 우리의 터가 너를 반겨 줄 거다. 그리고 너는 너의 맨발로 그 터를 달래 줘야 한다. 지운과 너의 기운이 통하면, 너와 땅이 함께 안정이 된단다. 비록 진짜 집터까지는 들어갈 수 없겠지만, 그 근방이라도 맨발로 거닐어 다오."

진짜 집터, 그곳은 지금의 근정전이 있는 자리였다.

"거기서는 맨발로 뛰어다녀도 된다는 말씀이시지요? 우와! 신난다."

"아이고, 아빠가 말을 잘못 했구나. 계속 그렇게 하라는 게 아니라, 들어가서 잠시 동안만이다."

"잠시만? 잉, 시시해."

맹사성이 말했다.

"내일 석척 기우제 장소까지는 내가 따라 들어갈 거요. 그건 내가 시키도록 하겠소."

"꼭 부탁드립니다. 꼭!"

하람이 맹사성의 손을 잡고 도성 문으로 갔다. 다른 한 팔은 아버지를 향해 보이지 않는 속도로 흔들었다. 그러다가 맹사성의 손을 뿌리치고 아버지를 향해 달려가 품에 안겼다.

"아빠, 말 잘 듣고 올게요. 저 문을 넘어가면 말도 조심해서 할게요. 아빠가 시키는 대로 다 하고 올게요. 그러니까 꼭 여기서 기다려 주셔야 해요."

"아빠가 널 두고 어딜 가. 잘하고 오면 네 소원 하나 들어줄게. 무리한 건 안 돼."

하람이 조그마한 얼굴을 있는 힘껏 구겨서 고민했다.

"음……, 끙……, 아! 저 바다 보고 싶어요. 저번에 책 읽으면서 바다 이야기 해 주셨잖아요. 근데 말만으로는 잘 이해가 안 됐어요. 직접 보고 싶어요."

"그러자. 나도 다시 한 번 보고 싶구나."

"정말이죠? 약속!"

손가락을 걸었다. 그러고서 아버지의 얼굴을 보았다. 하람이 이 이후로 기억하게 되는 마지막 얼굴이었다.

| 세종 1년(1419, 기해년) 음력 6월 8일 |

세상을 산 건 고작 5년도 안 되지만, 태어나서 이렇게 거대한 집은 본 적이 없었다. 대문도 이제껏 보았던 집들에 비하면 수십 배는 큰 것 같았다. 마당도 까마득했다. 그런데 마당 하나로 끝나는 것이 아니었다. 마당 안에 또 담장이 있고, 그 담장 안에 또 집과 마당이 있고, 또 담장이 있고, 또 마당이 있고, 또 있고, 또 있고……. 본가가 있는 마을보다도 훨씬 크고 많은 집들이 즐비했다. 아직은 여섯 살밖에 되지 않아 키가 낮았기에 하람의 눈으로 보는 경복궁의 건물은 크기도 컸지만, 높이도 어마어마했다.

하람이 맹사성의 손을 잡고 간 곳은 거대한 인공 연못과 그 뒤로 수많은 기둥이 받치고 있는 누각이었다. 처음에는 하품만 계속 해 대던 하람이 이곳에 들어선 순간부터 말똥말똥해졌다. 씩씩하게 버티고 선 누각이 마음에 쏙 들었던 것이다. 마치 용감한 장군을 보는 듯했다.

"엄마하고 아빠하고 같이 봤으면 좋았을 텐데……."

"맹 영감!"

하람이 소리 나는 곳을 보았다. 엄청 늙은 남자가 인사를 하면서 다가오고 있었다. 하지만 힘없어 보이는 외양과는 다르게 걸음은 빠르고 힘찼다. 서운관의 일관이자, 지관인 이양달! 일관으로서 하늘의 기밀을 읽어 내고, 지관으로서 땅의 기밀을 읽어 내는 사람이었다. 그리고 이 당시 여기에 관해서는 이양달을 따를 자가 없었다. 하람이 이 사람에 대해 자세하게 알게 된 건 이날로부터 오랜 시간이 지나고 나서의 일이었다. 이때는 그저 또 처음 보는 사람이 나타났구나, 하는 정도였다. 이양달이 가까이 와서 말했다.

"해가 뜨기도 전인데 벌써부터 덥다니. 오늘 하루 폭염이 걱정입니다. 아이고, 이 귀여운 도령이 하 대감 손자구만. 맹 영감, 멀리까지 다녀오시느라 고생하셨습니다."

"고생은 무슨. 나야 잠시라도 바람 쐬고 좋았소."

"거기는 어떠하던가요?"

맹사성이 하람의 손을 잡은 채로 골똘히 생각하다가 말했다.

"허! 그러고 보니, 참 묘하군."

"뭐가요?"

"거기는 분명 예전의 견주인데, 마치 예전의 한양을 다녀온 기분이오."

"정말 이상한 일이지요. 인간이 지신의 영향을 받는 걸로 아는데, 언제나 인간에 의해 지신이 변하는 느낌이랄까. 여기 한양도 지금은 예전의 그 느낌이 아니고……."

이양달이 하람을 쳐다보았다. 그러고는 무릎을 낮춰 하람의 눈을 들여다보았다.

"하가의 핏줄. 오! 너는 특히 그 피가 진하구나."

이양달이 오랫동안 하람을 살피다가, 에구구구, 하는 신음소리를 내면서 힘들게 허리와 다리를 폈다. 일어선 그가 맹사성에게 말했다.

"이번에도 하가네 집 담장 너머로 나무 심으면 큰일 나겠습니다. 하하하. 참! 신동이라는 소문은 사실이지요?"

"하 선생 말로는 천 자와 지 자도 구분 못 한다고 하오."

"하하하. 그 말을 믿으셨습니까? 팔불출이 안 되려고 한 말일 겁니다."

이양달이 누각의 현판을 손가락으로 가리키면서 말했다.

"하 도령, 저기 쓰여 있는 글자를 읽어 봐라."

하람이 슬쩍 보고 대수롭지 않게 말했다.

"경회루."

이양달이 주위를 두리번거리더니 나뭇가지 하나를 주워 왔다. 그러고는 땅에 문장처럼 한 줄가량의 글자들을 썼다. 하람이 접해 본 적 없었을 것 같은 단어들을 무작위로 고른 거였다.

"땅에 있는 글자를 읽었느냐?"

"네."

이양달이 발로 글자를 지우고 나뭇가지를 하람에게 넘겼다.

"방금 여기 있던 글자를 써 봐라."

나뭇가지를 받아 든 하람이 맹사성과 이양달을 번갈아 보다가 땅에 글자를 쓰기 시작했다. 하람이 쓴 글자는 조금 전 이양달의 글자와 한 글자도 다르지 않았다.

"거 보십시오. 신동이라니까."

맹사성이 기특한 표정으로 하람의 머리를 쓰다듬었다. 하람이 이양달을 보면서 말했다.

"그렇지만 무슨 뜻인지는 모릅니다."

"별자리 이름들을 연달아 적은 거란다. 반갑다, 하 도령. 나는 서운관의 이양달이다."

한양을 조선의 도읍지로 정하고, 한양의 백성들을 견주로 이주시키는 일을 추진할 당시, 이양달도 그 중심에 있던 인물들 중 한 명이었다. 이러한 사실도 하람은 훗날 알게 되었다.

맹사성이 주변을 두리번거리면서 말했다.

"그런데 여기 석척 기우제에 왜 주관자가 보이지 않소? 예조 참의가 주관한다고 들었는데?"

"아! 맹 영감께서는 어제 일을 모르시겠군요."

이양달이 아무도 없는 주변을 굳이 한 번 더 살피고 나서 맹사성 귀에 입을 붙였다.

"어제 도화원 쪽에서 불미스러운 일이 있었습니다. 오늘 이곳에 예정되었던 예조 관원들이 어제 일을 목격한 바람에 불참하도록 권고했습니다."

어제라면 도화원에서 완성한 어용을 예조에서 받아서 상왕에게 보이기로 한 날이었다.

"혹여 상왕 전하의 어용에 변괴라도?"

맹사성의 목소리도 엄청 낮았다. 그래서 어린 하람도 심각한 문제임을 눈치챌 수 있었다.

"네. 상왕 전하의 어용, 그걸 그린 화원이 제 손가락을 잘랐답니다. 그것도 어용 앞에서. 어용을 받으러 갔던 예조 관원들이 하필 손가락 자르는 장면을 직접 보았다지 뭡니까."

"어용 앞에 피를 뿌리다니. 이런 기함할 일이 있나. 그 화원은 어찌 되었소? 무사하긴 힘들 텐데?"

"주상 전하께오서 비밀에 붙이고 상왕 전하께 어용을 보여드렸는데, 다행히 마음에 들지 않는다고 태워 버리라고 하셨답니다. 그래서 어용은 태우고 이 사건은 함구하라는 어명이 있었습니다.”

“그럼 상왕 전하께서는 모르시오?”

“네, 지금까지는. 만약에 알게 되면 그 화원의 목숨은 끝이지요. 정초鄭招 참의가 하필 그 목격자 중 한 명일 게 뭐랍니까. 그런 일을 겪었는데 석척 기우제 쪽은 얼씬하면 안 되지요.”

“그럼 여기 일은 누가 맡소?”

“한성부윤 최덕의崔德義가 나올 겁니다.”

“음…….”

한성부. 한양을 대표하는 관아다. 옛 한양 토호의 핏줄까지 불러들인 이곳에 이 일을 적극 밀어붙였던 예조가 불참하고 한성부가 참석한다? 묘한 우연이 아닐 수 없었다.

“갑자기 배정받은 그 사람이 일을 제대로 할 수 있겠소?”

“그래서 여기 제가 왔지 않습니까. 하하하.”

“제일 바쁜 분이? 오늘 여러 기우제가 한꺼번에 거행될 터인데, 이 일관이야말로 여기 묶이시면 안 되지 않소?”

“하 도령을 석척동자로 데리고 와야 한다는 주장을 한 사람이 저인데, 몸이 달아서 손 놓고 있을 수가 없었습니다. 며칠 연달아 지낸 기우제에다가 오늘도 여러 개가 겹치다 보니 일손도 턱없이 부족하고. 비만 오면 저도 다리 뻗고 잠 좀 잘 수 있겠지요.”

맹사성이 고개를 끄덕였다.

“모두가 그렇지요. 요즘 다리 뻗고 자는 사람이 몇 없을 거요.”

“아차! 맹 영감, 종묘 쪽 기우제가 끝나 갈 겁니다. 맹 영감은 소격서 기우제로 가 보셔야지요. 원구단 다음 차례입니다."

"아이고, 내 정신! 도화원 사건 듣다가 정신을 놓았군. 난 그럼 가리다. 하 도령을 잘 부탁하오. 나도 소격서 쪽 기우제가 끝나는 대로 다시 오리다. 람아, 이따가 보자. 어디 가지 말고 여기 있어야 한다."

"네. 걱정 말고 다녀오십시오."

하람이 이양달을 쳐다보다가 고개를 내려 자신의 발을 보았다. 어른들이 알아들을 수 없는 말들을 주고받는 동안, 하람은 줄곧 자신의 발에만 신경 쓰고 있었다. 맹사성에게 물어보려고 기회를 엿보고 있었으나 결국 실패하고 만 것이다.

"아빠가 맨발로 땅을 밟으라고 그러셨는데……."

하람은 우두커니 서서 눈치를 살폈다. 사람들이 기우제를 준비하느라 분주하게 뛰어다녔다. 이양달은 하람에게 신경 쓸 틈이 없을 만큼 바빴다. 곧바로 하람을 내버려 두고 제단을 설치할 위치와 사람들을 배치시킬 자리 등을 정하고, 이들 모두를 통솔하느라 뛰어다녔다.

하람이 슬쩍 신발을 벗었다. 그러고는 주저앉아 낑낑거리며 버선을 벗었다. 아버지 말대로 맨발이 된 하람이 땅을 디디고 섰다. 그러고는 그 근방을 천천히 걷기 시작했다. 조금 멀리 갔다 싶으면 다시 돌아왔다가 다시 멀어졌다. 주변을 뱅뱅 돌면서 걷다 보니 조금 전에 자신이 나뭇가지로 적어 둔 별자리 이름들이 맨발에 밟혀 서서히 지워졌다.

"대충 준비가 끝났나? 아차! 제일 중요한 석척동자!"

이양달이 뛰어왔다. 가까워지고 나서야 하람이 맨발로 걷고 있는 걸 알아차렸다. 하람이 깜짝 놀라서 자리에 멈춰 섰다. 다행히 이양달은 큰 소리로 웃었다.

"하하하. 우리 하 도령이 지신께 안부를 여쭙고 있었구나."

그러고는 하람의 머리를 쓰다듬었다.

"이 땅이 여러 차례 피로 적셔졌었다. 아무래도 여기 지신이 고집이 센 모양이야. 지금쯤이면 바뀐 인간들에게 마음을 열어 줄 만도 한데. 휴! 너로 인해 위로가 전해졌으면 좋겠구나. 정말로 그랬으면 좋으련만……."

무슨 의미인지 알 수 없는 말이었다. 하지만 맨발로 걸은 것에 대해 칭찬하는 뜻은 알 것 같았다.

"그럼 지금 여기를 막 뛰어다녀도 되는 거예요?"

장난기로 똘똘 뭉친 하람의 눈을 보면서 이양달은 환한 미소로 대답했다.

"기우제가 끝나고 나면 하자. 기우제가 시작되기도 전에 네가 발이라도 다치게 되면 큰일이니까. 나중에 저기 근정전까지 뛰어가도록 해 주마. 지금은 우선 발 닦고 옷부터 갈아입자."

해가 중천으로 올라서고 있었다. 비록 커다란 연못 주변에 자리를 잡고 있어서 다른 곳보다는 사정이 좋았지만 더위의 기승을 완전히 피할 수는 없었다. 사람들의 땀이 비 오듯 흘렀다. 석척동자는 푸른 옷을 입는 게 관습이었기에 하람도 지급되는 것으로 갈아입었다. 그런데 저고리와 바지를 여러 겹 입고 그 위에 푸른색 사규삼에 검은색 복건까지 착용하니 더위가 옷 밖으로 배출되지를 못했다. 그래서 땡볕 아래에 선 하람은 어린 아이가 참기 힘들 만큼 온몸이 땀으로 젖었다. 하지만 입술을 앙다물고 버텼다. 궁궐 안은 위험한 곳이라 조금도 실수하면 안 된다는 아버지의 당부 때문이었다.

소격서의 기우제가 끝났으니 어서 이곳에서도 시작하라는 연락이 당도했다. 물을 가득 넣은 커다란 두 개의 독 앞에 버들가지를 든 하람이 섰다. 독 안에는 여러 마리의 도롱뇽이 들어 있었다. 옆에서 최덕의와 이양달이 분향을 하다가 하람에게 눈짓을 하였다. 이에 여러 차례 연습한 대로 하람이 버들가지를 위협적으로 들고, 독 안에 있는 도롱뇽에게 어깃장을 놓듯이 큰 소리로 말했다.

"도롱뇽아! 도롱뇽아! 구름을 일으키고 안개를 토하며 비를 주룩주룩 오게 하면 너를 놓아 보내고, 그러지 않으면 너를 구워 먹겠다!"

맑고 청아한 목소리였다. 그런 만큼 공기의 파장을 잘 타서 멀리까지 쩌렁쩌렁하게 퍼져 나갔다. 하람이 똑같은 말을 되풀이했다. 흘러내린 땀이 옷을 적시고도 모자라 버선까지 내려왔다. 밑에 깔아 둔 자리 위로 하람의 땀이 한두 방울 떨어져 내렸다. 소리를 지르면 지를수록 열이 더 심해졌다. 머리가 어지러웠다.

그때였다. 갑자기 세상이 캄캄해졌다. 눈을 감아도 눈을 떠도 캄캄함이 사라지지 않았다. 기우제가 끝날 때까지는 아무 말도 하지 말라고 하였다. 그런데 어느 누구도 끝났다는 말을 한 사람이 없었다. 옆에서 향을 피우는 냄새가 여전했다. 당황한 하람이 앞을 더듬었다. 커다란 독이 있었다. 온몸이 타들어 갈 듯 아프고 다리에 힘이 풀렸다. 하람이 넘어지면서 도롱뇽이 든 독을 덮쳤다. 독과 하람이 같이 뒹굴었다. 그제야 깜짝 놀란 사람들이 소리를 내기 시작했다.

"하 도령! 앗! 아이가 더위 먹었나 보다."

말썽을 부리면 안 된다는 아버지의 말이 떠올랐다. 하람은 의식을 잃어 가면서도 일어나서 걸으려고 애를 썼다. 여전히 세상은 캄캄했다. 앞으로 발을 디뎠다.

"안 보여. 안 보여요."

사람들이 달려와서 하람의 손을 잡으려고 하였다. 하지만 그 직전에 하람의 발이 경회루 연못을 딛고 말았다. 몸이 아래로 떨어져 물속으로 빠져 들어갔다. 사람들의 비명 소리가 점점 멀어졌다.

주변에는 건장한 청년들이 있었다. 그들이 즉시 연못으로 뛰어들어 늦지 않게 하람을 건져 냈다. 어린아이의 몸은 축 늘어져 있었다.

"하 도령! 정신 차려 봐라!"

이양달의 목소리가 떨리고 있었다. 하람은 착한 아이가 되기 위해 작은 신음 소리로 대답했다. 말을 하고 싶었지만 입으로 낼 수 있는 건 신음이 고작이었다. 이양달이 절망스럽게 소리쳤다.

"이런 제길!"

소격서 기우제를 마친 맹사성이 때마침 나타났다.

"이게 대체 무슨 일이오! 람아!"

사람들을 밀어내고 맹사성이 하람을 끌어안았다. 몸이 불덩이였다.

"람아! 내 말이 들리느냐? 대답이라도 해 봐라!"

"눈이……."

가까스로 입을 열게 된 하람이 눈도 같이 뜨면서 말했다.

"눈이…… 캄캄해요. 안 보여……."

흑갈색 눈동자가 빛을 인식하지 못하고 있었다. 깜짝 놀란 맹사성이 소리쳤다.

"안 보인다고? 람아, 지금 눈을 떴는데 진짜 안 보여?"

이양달도 맹사성과 거의 동시에 소리쳤다.

"안 보인다니! 그게 무슨 말이냐!"

"네. 캄캄……."

"당장 의원을 데리고 오너라! 이 일관! 대체 이게 어떻게 된 일이오!"

"모, 모르겠습니다. 우리는 그저 분향을 올리던 중이었는데……."

이양달의 대답에 이어, 겁에 질린 최덕의도 말했다.

"조금 전에 아이가 더위 먹은 거 같긴 했습니다. 땀도 많이 흘리고……. 그런데 갑자기 넘어졌다가, 일어나더니 걸으면서 연못으로……. 즉시 건져 냈습니다. 넘어지기 직전까지 큰 소리로 비를 빌던 중이었는데……, 진짜 갑자기 그랬습니다. 찰나의 순간이었습니다."

여간해서는 분노하지 않는 맹사성이었다. 하지만 이번은 참지를 못했다.

"고작 더위 먹었다고 이렇게 된단 말이오! 우선 마실 물부터!"

맹사성이 하람의 몸을 칭칭 감고 있는 옷을 벗겨 내기 시작했다. 이양달이 소리쳤다.

"그늘 막! 그늘 막이 없으면 다들 옷이라도 벗어!"

물이 먼저 도착했다. 맹사성이 하람의 입을 벌리고 물을 조금씩 흘려 넣었다. 그리고 사람들은 벗은 옷들을 마주 잡아 들고 하람을 에워쌌다. 잠시 후, 궁궐에 들어와 있던 의원이 달려왔고, 하람은 완전히 의식을 잃었다.

이 이후로도 오랫동안 하람의 열은 내리지를 않았고, 눈도 돌아오지 않았다. 그래서 회의가 오갔다. 이대로 궐에 둘 것인가, 아니면 도성 밖에 기다리고 있는 아비에게 애를 넘길 것인가에 대한 의논이었다. 그사이에 해가 저물고 있었다. 긴 의논 끝에 아비에게 데리고 가는 것으로 결정 났다. 대신 맹사성, 이양달과 함께 의원도 따라가기로 하였다.

이날은 해가 저물어도 별이 나타나지 않았다. 그래서 하람의 눈처럼 세상도 캄캄했다. 도성의 문을 바라보면서 노심초사 기다린 아버지는 달라져서 돌아온 아들을 품에 안고 오열했다. 왕가를 향한 저주의 말들을 밖으로 내뱉지 못하고 이를 악물고

삼켜 가슴속으로 밀어 넣었다. 하람은 아버지의 가슴 소리를 들으면서 눈을 떴다. 눈꺼풀 아래로 붉은색 눈동자가 처음으로 모습을 드러냈다. 그렇게 다시 보인 세상은 붉은색으로 바뀌어 있었다.

별을 가린 구름이 아버지의 눈물처럼 비를 뿌리기 시작했다. 이날 밤을 시작으로 9일, 10일까지 연달아 비가 내렸고, 이렇게 내린 비는 기해년 조선의 모든 가뭄을 거두어 갔다.

| 세종 20년(무오년, 1438년) 음력 1월 24일 |

과거의 기억으로부터 돌아온 하람은 여전히 경회루를 지나고 있었다. 연못 옆을 지날 때였다. 갑자기 하람의 걸음이 멈췄다. 섣달그믐, 두통과 함께 찾아왔던 기억이 떠올랐기 때문이다. 하지만 섣달그믐에 다시 떠오른 경회루의 장면은 이전에 있던 기억과 어딘지 모르게 다른 부분이 있었다. 그것이 무엇인지는 잡히지 않았다. 연못의 모양이 이상한가? 아무리 떠올리려고 애를 써도 안 되었다. 붉은색이 눈을 가로막고 있는 것처럼, 기억도 알 수 없는 무언가에 의해 강제로 꽉 막혀 있는 느낌이었다.

"하가야!"

어디선가 들려온 소리였다. 하람이 기억에서 빠져나와 귀를 쫑긋 세웠다. 알 수 없는 거대한 어떤 것이 다가오고 있었다. 소리도 들리는 것 같았다.

우르르르르.

시끄럽지는 않지만 거대한 소리. 소리만 오는 것이 아니었다. 땅을 울리는 진동도 함께 오고 있었다.

"하가야."

이건 귀로 들리는 소리가 아니었다. 머릿속에서 곧바로 인식되는 듯한 목소리였다. 붉은색으로 꽁꽁 싸인 기억 속에서 무언가가 떠오를 것 같았다. 지금의 소리처럼 귀를 거치지 않고 바로 머릿속으로 들어오던 오래전의 그 목소리. 경회루의 장면과 소리가 겹쳐졌다.

'눈…… 잠시…….'

단편적으로 떠오른 과거의 소리였다.

"하가야!"

지금의 소리였다. 알 수 없는 거대한 진동은 순식간에 하람이 발을 딛고 선 땅과 공기를 훑고 지나갔다. 몸이 흔들릴 정도의 진동이었다. 눈을 뜨면 붉은색, 눈을 감으면 캄캄함밖에 없는 하람이 느낀 진동의 공포는 이루 말할 수 없었다. 만수가 없었다. 그래서 방금 지나간 것이 눈에 보이는 것인지, 아닌지를 물어볼 수가 없었다. 하람은 지팡이에 두 손을 올리고 겨우 몸을 지탱하고 섰다.

"지진이다! 지진이 지나갔다!"

아득하게 느껴졌지만, 궐내 곳곳에서 들리는 말이었다. 보이지 않고 진동만 느끼는 지진은 눈이 보이는 사람이나, 보이지 않는 사람이나 처지가 똑같았다. 하지만 느끼는 강도와 공포는 다른 모양이었다.

"하가야."

누구를 부르는 소리지? 하람이 보이지도 않는 눈으로 주변을 빙 둘러보았다. 순간 무언가를 본 듯한 느낌에 의해 멈췄다. 잠시 머뭇거리던 하람의 시선이 조금 전의 위치로 되돌아갔다. 저 멀리, 아득한 느낌의 거리에서 움직이는 것이 보였다. 저잣거리의 거지 노파, 혹은 젊은 여인이 붉은색을 뚫고 들어오던 느낌과 흡사했다. 움직이는 무언가는 하람의 붉은 세상을 헤집고 점점 가까워졌다.

고양이? 처음에는 작은 고양이라고 생각했다. 원근감을 알 수 없었기 때문이다. 천천히 걸어서 다가오고 있는 고양이는 눈앞에 당도했다고 느꼈음에도 불구하고 점점 더 다가왔다. 그런 만큼 크기는 점점 더 커졌다. 고양이가 자세하게 보였다. 아마도 노란색이리라 생각되었다. 가슴 쪽으로는 흰색도 있었다. 삐죽삐죽 뻗어나간 하얀 수염, 황금색 눈동자, 몸 전체의 검은색 긴 무늬, 이마에 선명하게 있는 검은색 왕王 무늬. 호, 호랑이다! 직접 본 적은 없었지만, 귀로 끊임없이 들어 온 호랑이의 모습이었다. 달아나야 한다!

"하가야!"

누가 부르는 소리지? 설마 호랑이? 그럴 리가 있나. 잠깐! 호랑이도 인간이 사는 세상에 속한 동물이다. 다른 동물이 보이지 않는 것처럼 호랑이도 보일 리가 없다. 평범한 호랑이라면 그렇다. 앞으로 다가오던 호랑이가 방향을 틀어 옆으로 걸음을 옮겼다. 길고 멋진 몸통이 보였다. 호랑이는 마치 하람을 살피듯이 주변을 돌았다. 천천히, 천천히……. 하람의 몸속을 도는 피가 모조리 말라 가는 듯했다.

갑자기 호랑이가 하람에게로 발을 내디뎠다. 소스라치게 놀란 하람이 자신도 모르게 뒷걸음질을 하였다. 여기가 어딘지를 망각했다. 보폭 하나조차 계산에 의해 움직여야 하는 곳인 것도 망각했다. 뒤로 내딛던 발이 연못을 밟았다. 그러자 하람의 몸이 마치 하늘 위로 떠오른 듯하다가, '풍덩!' 하는 소리를 내면서 연못의 물속으로 빠졌다.

'눈을 빌려 가마. 잠시만.'

언제 들었는지, 누구의 것인지도 알지 못하는 과거의 목소리였다. 하람의 몸은 점점 더 연못 아래로 가라앉았다. 어렸을 때 보았던 어머니의 얼굴이 지나갔다. 아버지의 얼굴도 지나갔다. 맹사성의 얼굴도 지나갔다. 만수와 돌이의 목소리도 지나갔다. 마지막으로 홍천기의 목소리가 지나갔다. 그와 동시에 저잣거리에서 보았던 젊은 여인의 얼굴이 머릿속에 나타났다. 아름다운 여인……. 아름다운…….

저잣거리의 젊은 여인이 홍천기의 목소리로 말했다.

"하람……입니까? ……서로의 눈을 보고, 서로의 이름을 나누고 싶었거든요."

《홍천기》 1권 끝, 2권에서 계속.